Du même auteur, chez le même éditeur :

1. *Ta-Shima* (2008)
2. *L'Exilé de Ta-Shima* (2008)

www.bragelonne.fr

Adriana Lorusso

L'Exilé de Ta-Shima

Ta-Shima – tome 2

Bragelonne SF

Collection Bragelonne SF dirigée par Jean-Claude Dunyach

© Bragelonne 2008

Illustration de couverture :
© Stéphane Collignon

ISBN : 978-2-35294-220-7

Bragelonne
35, rue de la Bienfaisance – 75008 Paris

E-mail : info@bragelonne.fr
Site Internet : http://www.bragelonne.fr

Je dédie ce roman au plus attentif de mes lecteurs, qui pointe inexorablement du doigt tout point faible, mais accompagne toute critique d'un encouragement – et qui refuse mordicus que son nom soit cité.
Ça va comme ça Jean-Claude ?
Ooooups. Ça m'a échappé.

Avant-propos

Fuyant les ravages des guerres galactiques, les professeurs et les chercheurs de l'université intergalactique avaient embarqué leurs familles et leurs laboratoires sur un cargo spatial. Ils avaient trouvé refuge sur une planète lointaine – Ta-Shima – qui tourne autour d'un soleil aux radiations dures et qui est dotée d'un climat épouvantable.

Parmi eux il y avait des généticiens qui réussirent à adapter à un environnement hostile les plantes alimentaires traditionnelles et quelques animaux domestiques. Ils sont aussi intervenus sur le génome humain.

Les difficultés à survivre aux ouragans dévastateurs et aux sécheresses tout aussi dévastatrices vont façonner les caractéristiques de la société de Ta-Shima, axée sur le nécessaire d'une façon obsessionnelle, au point de traiter avec le plus grand mépris ce qui est superflu, qu'il s'agisse des bijoux ou de la teinture pour cheveux utilisés par les habitants des autres mondes, voire des manifestations les plus sublimes de toute forme d'art.

Huit siècles plus tard, on trouve sur la planète deux races humaines très différentes mais complémentaires qui coexistent dans un mode de fonctionnement codifié et efficace.

Les Shiro sont les seigneurs de la planète, arrogants et sanguinaires, prêts à s'entre-tuer pour une question d'honneur qui apparaîtrait sans importance à n'importe qui d'autre. Ils sont toutefois incapables de faire du mal aux membres de la deuxième race, les Asix. Ils estiment au contraire que c'est leur devoir de les protéger en toutes circonstances, au point que tout crime commis contre un Asix est passible d'une peine extrêmement sévère. Ils trouvent d'ailleurs d'une grande beauté les Asix, qui semblent extrêmement laids aux étrangers qui débarquent sur la planète : trapus et velus, avec des bras trop longs et un visage prognathe, ils ont tout du pithécanthrope.

Les Asix, quant à eux, vouent aux Shiro une admiration sans bornes et sont sexuellement attirés par eux. De la sorte l'équilibre social est garanti, et il s'est maintenu pendant des siècles.

Toutefois, l'arrivée d'un astronef de la toute-puissante Fédération des mondes humains, qui « redécouvre » la planète, a mis en danger cet équilibre. En effet, la Fédération s'intéresse d'un peu trop près à Ta-Shima. Le danger est réel : après les guerres, la Fédération a voté l'interdiction de toute manipulation génétique. Dans tous les mondes humains, on a pourchassé et éliminé sans pitié les organismes transgéniques.

Les Shiro refusent donc d'adhérer à la Fédération, mais aussi de permettre aux citoyens de celle-ci de voyager librement sur Ta-Shima : ils craignent que les étrangers finissent par se rendre compte que les Asix, créatures aux muscles puissants, à la vue perçante et à l'ouïe très fine, sont le résultat d'une manipulation génétique poussée.

De plus, comme le savent les dames du clan Jestak, spécialisées en médecine et génétique, le génome des Shiro a lui aussi subi quelques interventions : dans leur ADN est inséré un gène qui code pour un comportement bien précis : l'inhibition absolue de l'agressivité – physique ou autre – envers un Asix, associée à une sympathie instinctive pour l'autre race et pimentée d'une bonne dose d'attirance sexuelle…

L'œil de la Fédération s'est braqué sur Ta-Shima. La situation est désormais explosive.

Chapitre premier

— Je ne comprends pas pourquoi vous avez les yeux décolorés, Elide, fit observer Olov, le plus jeune des Asix, encore adolescent.

Depuis quelques jours il s'était mis à lui poser des questions sur ce qu'il avait appelé les « mondes barbares », jusqu'à ce qu'une remontrance de l'homme à tout faire l'induise à rectifier et à dire « mondes étrangers ». Il avait écouté ses réponses avec attention, concentré dans son effort pour comprendre.

Il était difficile d'expliquer comment pouvait se dérouler la vie ailleurs à des gens qui n'avaient jamais connu autre chose que Ta-Shima, une planète à bas niveau d'industrialisation où, pour cuisiner, on faisait un feu sur lequel on posait une casserole et où, pour y voir la nuit, on allumait des lampes à huile primitives. Mais Elide s'ingéniait à se faire comprendre, en mélangeant des phrases de galactique à ce qu'elle connaissait du dialecte local. Les serviteurs qui avaient travaillé plusieurs années pour l'un ou l'autre commerçant étranger, ou qui avaient fait partie de l'équipage d'un astronef, comprenaient assez bien cette langue ; ils traduisaient pour les autres. Il ne lui avait pas fallu longtemps pour se rendre compte que les résidents de l'ambassade avaient tort quand ils affirmaient que les Asix étaient passablement bêtes.

— Ils sont comme des enfants, soutenait charitablement Ida Soener, considérée comme une autorité en la matière parce qu'elle vivait depuis dix ans déjà sur ce monde oublié même par les sept dieux de la religion unitariste.

» Ils sont ingénus, un peu simplets, mais honnêtes et pacifiques.

La première dame Rasser n'en était nullement convaincue. Elle appartenait à une mouvance religieuse tellement rigoriste et puritaine qu'Elide, après quatre années de vie en sa compagnie, en tant que deuxième épouse de Son Excellence l'ambassadeur de la Fédération Aziz Rasser, ne connaissait toujours pas son prénom : la modestie féminine défendait de l'utiliser en public.

Bien qu'elle n'ait débarqué sur la planète qu'un an et demi plus tôt, ce qui correspondait à presque deux années SN – Standard Neudachren –, la noble dame s'était formé des opinions bien précises. En premier lieu, elle doutait que les indigènes soient si pacifiques que ça et, en deuxième lieu, elle estimait que l'expression exacte était « mentalement arriérés », plutôt qu'ingénus.

Ce n'était d'ailleurs pas étonnant. Pendant plus de sept cents années standards ils avaient vécu isolés sur une planète qui faisait penser aux descriptions de l'enfer contenues dans les livres saints : tellement chaude et humide que le simple fait de respirer était fatigant et que, parfois, on avait l'impression de pouvoir repousser l'air de ses mains, tant il était épais.

Il n'était venu à l'esprit de personne de demander l'avis d'Elide ; elle, de son côté, se gardait bien de le donner. Elle avait découvert à ses dépens qu'il valait mieux se montrer prudente. Chacune de ses affirmations pouvait être employée contre elle par la suite, à moins, bien sûr, de faire immédiatement l'objet des remarques moralisatrices de sa coépouse ou de l'ironie de sa belle-fille.

Pour justifier ses opinions, elle aurait dû en outre expliquer qu'elle arrivait désormais à comprendre la langue locale ; or il s'agissait là d'un renseignement qu'il était assurément superflu de communiquer à sa coépouse ou à Mme Soener. Sans doute celles-ci auraient-elles considéré qu'il était stupide de perdre autant de temps à apprendre le dialecte d'un monde périphérique et sous-développé. Pis encore, les deux dames risquaient de se rendre compte qu'elle passait pas mal de temps à bavarder avec les serviteurs dans les cuisines en plein air adossées au mur de l'ambassade.

On pouvait être certain que la première dame Rasser aurait eu des objections à formuler et Elide ne voulait pas être privée de ce passe-temps parfaitement innocent : rester assise par terre, sur un coussin que les Asix gardaient là exprès pour elle, à écouter les commérages des serviteurs tout en sirotant une tasse de ce qu'ils appelaient « thé », bien que cela ne ressemble en rien au breuvage du même nom que l'on buvait sur Neudachren. Le goût en était légèrement piquant et elle avait l'impression qu'à en boire trop sa tête tournait un peu. En vérité, la boisson ne lui plaisait pas vraiment, mais elle l'acceptait toujours avec reconnaissance depuis qu'elle avait découvert qu'ils n'en offraient à aucun des autres résidents de l'ambassade, alors qu'ils en faisaient eux-mêmes une consommation démesurée.

Quand sa coépouse la regardait de haut, ou quand Arsel, fière de descendre de générations d'aristocrates de la capitale, se fendait de commentaires ironiques qu'elle croyait trop subtils pour l'intelligence d'une fille de la campagne, Elide avait la satisfaction de se dire que les serviteurs au moins avaient davantage de considération pour elle que pour les deux nobles dames.

— Dans mon monde, répondit-elle à Olov, il y a beaucoup de gens qui naissent avec les yeux et les cheveux clairs.

— Mais pourquoi vos Jestak ne vous soignent-elles pas ?

— Ce n'est pas une maladie, nous sommes faits comme ça ; au contraire, les cheveux clairs sont hautement appréciés. Regarde, ajouta-t-elle en baissant la tête pour lui montrer les racines châtaines, je suis obligée de me les éclaircir pour ressembler aux grandes dames de ma planète.

Olov écarquilla des yeux tout ronds.

— Tu veux dire que, dans ton monde, il y a des gens qui sont presque pareils à de vrais êtres humains à la naissance, et qui se versent ensuite sur la tête de la peinture jaune ?

— Elide est un vrai être humain, le réprimanda la vieille femme qui, officiellement, dirigeait les cuisines, mais qui, en réalité, faisait la pluie et le beau temps parmi les serviteurs. Il lui arrivait même d'en licencier un et d'en engager un autre, au nez et à la barbe de Mme Soener.

— Mais, insista Olov, pourquoi on ne fait pas naître que des gens comme il faut, avec des yeux normaux ? C'est peut-être à cause de la couleur que tu as une si mauvaise vue.

— Qu'est-ce que tu racontes ? Elle y voit aussi bien qu'un seigneur shiro ! objecta une des jeunes servantes.

— Personne n'est capable de faire naître des gens avec… avec (comment pouvait-on dire « caractéristiques » en gorin ?) un nez, des yeux ou des dents conçus d'une manière et pas d'une autre.

— Mais si, bien sûr qu'on peut, lança le garçon, outré. Les Jestak le font tout le temps. Si elles décident…

— Ne raconte pas n'importe quoi, l'interrompit l'ancienne d'un ton sec comme un coup de fouet. Elide a raison. Personne n'est capable d'accomplir pareille chose.

— Si fait ! J'en suis sûr parce que…

Au grand étonnement d'Elide, qui connaissait bien le caractère doux des Asix, qui démentait leur apparence bestiale, une autre femme assena au garçon une gifle retentissante.

— Tais-toi ! Comment te permets-tu de contredire l'ancienne ? Tu n'es qu'un garçon stupide et, qui plus est, tu négliges ton travail. Cesse de bavarder à tort et à travers et va chercher la nourriture pour les étrangers à l'entrepôt des Bur.

Au lieu de protester énergiquement, comme l'aurait fait n'importe quel adolescent dans n'importe quel monde, Olov s'inclina en silence et s'éloigna au trot.

Elle s'apprêtait à demander pourquoi le jeune homme avait été puni pour une phrase si anodine, mais elle n'en fit rien. Toutes les personnes présentes s'étaient figées et levaient le visage, comme si elles percevaient quelque chose qu'Elide n'arrivait ni à voir ni à sentir.

Une des femmes se mordit la lèvre, soucieuse.

— C'est trop tôt !

— Pourtant le vent est en train de tourner.

— Nous devons rentrer à Gaia. Vous deux, arrangez-moi la maison pour la protéger des ouragans, et vite, ordonna celle que les autres appelaient « Ancienne », en prononçant le mot comme s'il avait été écrit avec une majuscule. Iola, dépêche-toi d'aller prévenir Gaia : ici, sur la péninsule, on sent le vent avec quelques heures d'avance. Pas la peine de revenir, mets-toi à la disposition du conseiller du clan.

Du regard elle passa en revue ceux qui étaient là, tout en distribuant les tâches. Elle ne parlait pas avec son habituel flegme, mais en rafales, comme un canon à plasma. Ils furent tous debout à la seconde, se hâtant de lui obéir en travaillant à une vitesse et avec une précision auxquelles leurs employeurs n'étaient nullement accoutumés.

— Vous partez si tôt ! regretta Elide. Cela sera bien triste de ne pas vous voir pendant si longtemps.

— Nous serons ici aux prochaines pluies, Elide, répondit un des hommes, qui se hâtait vers la porte menant au sous-sol, une pile impressionnante d'ustensiles de cuisine sur les bras.

À vrai dire il prononçait plutôt *Eride*, mais le nom était reconnaissable, ou tout au moins Aziz Rasser le reconnut.

— Viens, lui dit celui-ci. J'ai à te parler !

Surprise, la jeune femme se retourna.

— Je te croyais chez Osmad Tani.

Elle le suivit immédiatement, prenant soin de cacher sa main droite dans un pli de sa jupe : comme d'habitude elle s'était rongé l'ongle de l'index jusqu'à la chair.

— Je m'en rends compte, grommela son mari, sans quoi tu ne serais pas assise par terre comme une sauvage, en train de bavarder avec les serviteurs. Est-ce là le comportement d'une dame ? Et en plus, ils t'appelaient par ton prénom ! N'importe qui aurait pu les entendre, même ta coépouse qui, comme tu le sais fort bien, est stricte sur les préceptes religieux, et notamment sur ceux qui traitent de la pudeur féminine. On ne peut pas lui donner tort, d'ailleurs : une femme mariée qui continue d'employer son prénom fait fi de la plus élémentaire modestie.

» Tu devrais aussi penser à ton rang ; le titre de « madame l'ambassadrice » te revient de droit, bien qu'il m'arrive de me poser des questions sur la valeur d'une fonction diplomatique sur ce monde de quatre sous, loin de tout.

Malgré le reproche il souriait, si bien qu'Elide se hasarda à se justifier.

— Avec qui pourrais-je donc parler ? Quand on était chez nous, je pouvais sortir faire des achats, rencontrer des connaissances et même, de temps en temps, aller voir ma famille ; ici il n'y a que les Soener et quelques commerçants. De surcroît, ma coépouse refuse de recevoir ceux d'entre eux qui ont une concubine indigène, parce qu'elle considère qu'il ne s'agit pas de fréquentations dignes d'une dame noble, et surtout d'une demoiselle. C'est encore une chance, ajouta-t-elle avec un sourire de connivence, qu'elle ne soit pas au courant des affaires personnelles des gens. Autrement, plus personne ne serait admis ici !

— Et toi ? Qui donc t'a renseignée ? Tu ne vas pas me dire que les commerçants se permettent de parler de sujets si inconvenants devant toi ?

— Pas du tout, se hâta-t-elle de le rassurer, je ne les autoriserais jamais à me manquer de respect. Ce sont les serviteurs : ils sont toujours au courant de tout et ils ne font rien d'autre qu'échanger des commérages. J'arrive à comprendre assez bien la langue, celle que parlent les Asix, je veux dire. Les rares fois où j'ai entendu des Shiro discuter entre eux, je n'ai saisi qu'un mot par-ci par-là.

Elle regretta sa phrase avant de l'avoir terminée, mais elle n'avait pas résisté au désir de se faire valoir face à son mari. Aziz, par ailleurs, parut satisfait.

— Tu arrives vraiment à les comprendre ? Tu ne te débrouilles pas mal. Le professeur Li, qui est tellement plus cultivé que toi et qui étudie avec acharnement, ne s'en sort pas aussi bien.

— Le professeur se concentre sur les érimo… énimologies ?

Son mari n'ayant pas corrigé la faute, Elide continua, ragaillardie :

— Sur les règles de grammaire et ce genre de choses, alors que moi je ne pense qu'à essayer de dire ce que je veux ; même si je fais des fautes, ils me comprennent.

— Tu n'es pas juste mignonne, tu es aussi maligne. En t'épousant j'ai fait une bonne affaire.

C'est cela, se dit-elle, voilà exactement ce que je suis : une bonne affaire. Il a raison : après tout c'est avec mon père qu'il a passé des accords. Moi, il ne m'a même pas demandé de l'épouser. Mes parents se sont bornés à m'apprendre que j'allais me marier, et avec qui.

Mais c'étaient là des idées qu'il valait mieux garder pour soi. Elle lança :

— Tu sembles satisfait. Tani t'a-t-il donné de bonnes nouvelles ?

— Très bonnes même. Tu sais qui est le général B'chir, n'est-ce pas ? On n'a pas besoin de s'intéresser à la politique pour connaître son nom.

Elide hocha la tête. Il s'agissait d'un personnage célèbre, et pas uniquement sur Neudachren. Il était le fondateur du parti Paix Armée, une aile extrémiste très puissante, malgré le petit nombre de ses adhérents. C'était un secret de Polichinelle qu'il avait, en outre, la haute main sur les services spéciaux. Ceux-ci formaient une organisation ramifiée, infiltrée sur les cent vingt-sept mondes, et qui, lorsque l'intérêt de la Fédération était en jeu, avait le droit de procéder à des arrestations, pas nécessairement en vue d'un procès.

À vrai dire, il y avait des gens – sur des planètes périphériques, bien entendu – pour affirmer qu'au lieu de « l'intérêt de la Fédération », il aurait été plus correct de parler de l'intérêt de Neudachren. Mais quelle différence ? Neudachren *était* la Fédération, n'est-ce pas ?

De toute façon, même sans rien avoir à se reprocher, personne ne pouvait réprimer un frisson d'angoisse devant les milices officielles des services spéciaux. Leurs hommes, vêtus d'un uniforme gris dépourvu de tout insigne, avaient le droit de convoquer, de retenir et d'interroger n'importe qui, sans qu'un quelconque justificatif soit nécessaire.

Depuis que B'chir était devenu une figure de premier plan, il était arrivé à maintes reprises que des personnes arrêtées par la milice n'aient jamais refait surface. Dans le sous-sol du bâtiment qui hébergeait la partie émergée de l'iceberg des services spéciaux, une épidémie de suicides et de crises cardiaques avait apparemment éclaté.

— Eh bien, le général a été accusé de corruption ; il est probable qu'il soit obligé de présenter sa démission. Il pourrait réussir à conserver sa charge, et même à réfuter les accusations, mais le seul fait que quelqu'un ait osé le dénoncer signifie qu'il a perdu beaucoup de son influence.

» Mais ce n'est pas normal que je l'apprenne d'un commerçant, qui lui-même a été renseigné par un spatial de passage. Le ministère aurait dû me le faire savoir directement.

Son Excellence fronçait maintenant les sourcils, et sa femme le regarda en catimini, espérant qu'il n'allait pas piquer l'une de ses périodiques crises de colère. Il s'en repentirait sans doute immédiatement, en présentant de plates excuses, mais seulement après avoir braillé contre elle pendant une demi-heure, et peut-être après lui avoir laissé des bleus. Quelque temps auparavant, il lui avait fait vraiment mal, au point que les Asix, sans rien demander à personne, avaient fait appel à la Jestak de l'astroport pour soigner la jeune femme, qui avait une côte fêlée.

— Que lui est-il arrivé ? avait demandé la doctoresse, s'adressant à une Asix, vu que personne n'avait eu l'idée de lui dire que la plus jeune des dames Rasser comprenait le gorin.

Tout en aspergeant le thorax contusionné de sa patiente d'un liquide laiteux, à l'odeur piquante, qui avait immédiatement soulagé la douleur, la Jestak avait écouté les explications, puis s'était bornée à conclure :

— La Sitabeh doit être complètement idiote pour se laisser frapper sans se battre.

Elide était restée silencieuse. Elle n'avait jamais imaginé, même en rêve, faire autre chose que baisser la tête sous les reproches, avec soumission, et encaisser les gifles. Depuis lors, pourtant, elle avait commencé à se risquer à de prudentes révoltes, si insignifiantes que personne sans doute ne s'en était aperçu, bien qu'elle en ait été gonflée de fierté. Elle avait abandonné – uniquement à la maison, bien entendu – les tenues de Neudachren pour porter, comme le faisait Mme Soener, de longues tuniques en coton. Même sa royale et hypercritique coépouse ne pouvait y voir un manquement à la pudeur, étant donné que pas même un centimètre carré de peau ne restait à découvert. Tout inesthétiques qu'ils étaient, ces vêtements permettaient à l'air de circuler et ils étaient mieux adaptés à la température de sauna qui régnait sur Ta-Shima.

C'était à la même époque qu'elle avait pris l'habitude de se faufiler presque chaque jour dans les cuisines pour bavarder avec les serviteurs asix. À la maison il était plus prudent de ne pas trop leur parler : n'importe qui aurait pu la voir et sa noble coépouse aurait sans aucun doute décrété qu'il s'agissait là d'un comportement indigne de leur rang. Les cuisines, par contre, étaient en plein air, en retrait, sur le chemin qui conduisait au pont, un chemin que les résidents de l'ambassade n'empruntaient presque jamais. Parmi leurs connaissances, Tani était le seul à habiter par là.

Pour les Rasser – c'est le nom qu'elle donnait en pensée aux membres d'une famille dont elle n'avait pas l'impression de faire vraiment partie –, les serviteurs n'étaient qu'une commodité ; en tant qu'individus, on aurait pu croire qu'ils étaient transparents. Sa coépouse en parlait uniquement pour se plaindre, à l'occasion, de ce qu'ils étaient lents et durs de la comprenette. À elle, ils lui rappelaient les gens qu'elle avait fréquentés dans son enfance, quand elle vivait à la ferme.

Ils parlaient du temps ou de leurs enfants, ou alors ils potinaient sur les affaires des étrangers, mais surtout des Shiro, en se rappelant l'un l'autre à longueur de journée des épisodes déjà rabâchés cent fois, et en s'amusant tout autant à chaque redite.

Chez les Rasser, on pontifiait d'un air supérieur à propos de musique et d'art ; on laissait tomber des allusions, incompréhensibles aux non-initiés, concernant les grandes familles qui, *de facto*, détenaient le pouvoir sur Neudachren ; on discutait de tournois sportifs ou des grands night-clubs à la mode – dans lesquels elle n'avait jamais mis les pieds, parce que Aziz n'aimait pas la musique moderne et qu'il ne lui aurait jamais permis de s'y rendre sans lui – ou encore on dissertait sur la politique et sur d'autres sujets dont elle ignorait le premier mot.

Avec les Asix, il ne lui arrivait jamais de se sentir stupide et de ne pas oser ouvrir la bouche. Elle avait l'impression qu'eux aussi se sentaient à l'aise avec elle : à plusieurs reprises, ils avaient laissé échapper un commentaire sur les résidents de l'ambassade et Elide s'était rendu compte que, malgré l'expression obtuse de leurs visages ronds, avec leurs yeux écarquillés en permanence qui leur donnaient un air ingénu, ils étaient au courant d'un tas de choses sans que l'on sache comment.

Quand elle se sentait malheureuse, ou quand son mari, pour des raisons connues de lui seul, arborait une mine orageuse, elle se faufilait au-dehors par la porte du jardin qui donnait sur les cuisines, et passait quelques minutes avec eux. Là, au moins, pas de critiques continuelles ni d'allusions à ses origines. Comme si c'était une honte que de venir d'une ferme! Elles auraient dû essayer de travailler de leurs mains, les grandes dames chichiteuses, au lieu de passer la journée assises à s'empiffrer de gâteaux et à parler de sujets abscons, le nez en l'air tellement elles étaient imbues de leur prétendue supériorité.

Tout en déménageant meubles et vaisselle au sous-sol, les serviteurs n'interrompaient pas une seconde leur bavardage.

— La Jestak a raison. Pourquoi Elide ne se bat-elle pas? Ne devrait-elle pas avoir appris à rendre les coups depuis le temps? demanda une jeune Asix entrée depuis peu au service de l'ambassade.

— Les femmes extramondines ne se battent jamais, c'est elle-même qui me l'a raconté.

— Mais pourquoi? Et si les femmes ne combattent pas, pourquoi il la défie?

Les autres haussèrent les épaules. Tous, depuis ceux qui travaillaient à Niasau depuis des années jusqu'au dernier arrivé, savaient que les étrangers n'étaient pas très intelligents et qu'ils faisaient tout le temps des choses absurdes. Bien sûr, ce n'était pas leur faute s'ils avaient eu la malchance de naître sur un monde inculte et pas sur Ta-Shima. Cette histoire, colportée par certains Asix âgés, selon laquelle les gens d'Extramonde n'étaient pas complètement humains était peut-être inexacte, mais le fait est qu'ils se conduisaient parfois comme de vrais animaux.

Le plus âgé des serviteurs croyait connaître l'explication :

— Ce n'est pas un défi, il fait ça quand il est en colère pour une raison quelconque. C'est peut-être une punition, comme celles que les jeunes Shiro reçoivent de leurs tuteurs.

La jeune femme eut une grimace involontaire : le simple fait de penser aux marques de fouet sur les jambes et le dos des adolescents shiro la rendait malade.

— Depuis que l'autre femme qui partageait sa natte avec lui a décidé de garder la porte de sa chambre fermée à clé, il se fâche tout le temps avec Elide, remarqua-t-elle. Il devrait lui en savoir gré pourtant : elle l'invite toutes les nuits.

— Ce n'est pas elle qui l'invite, rectifia avec mépris un des hommes. C'est toujours lui qui se met en avant.

— Ils n'ont pas la moindre éducation. Quel soulagement de pouvoir passer les quatre prochains mois avec des gens civilisés !

— Tu espères juste qu'une dame shiro trouvera à son goût ta vilaine trogne blanche et qu'elle t'invitera à partager sa natte !

— Quand il fait noir on ne voit pas la couleur du visage, lança quelqu'un, et ils éclatèrent tous de rire, heureux des vacances de quatre mois qu'ils avaient devant eux. Des vacances au début desquelles ils auraient à affronter les terribles ouragans du changement de saison dans les sous-sols des maisons de leurs clans respectifs, pour ensuite travailler avec acharnement pendant quatorze, seize ou même vingt heures par jour pour réparer les dégâts les plus graves. C'était un labeur bien plus lourd que celui dont ils avaient la charge au service des étrangers, mais ils l'accomplissaient avec enthousiasme, car il était directement utile au clan.

Une fois les réparations les plus urgentes terminées, ils pourraient enfin se prélasser dans ce qu'ils considéraient comme de l'oisiveté : des tours de travaux ménagers de six ou sept heures au maximum, et donc une grande quantité de temps libre, qu'ils pourraient passer à s'entraîner à l'escrime ou à la lutte, à participer aux tournois interclans, ou encore à s'occuper des enfants. La plupart de ceux-ci étaient restés à Gaia après les incidents provoqués l'année précédente par les soldats de la Fédération.

Alors disparaîtrait ce mécontentement sourd qui, à la fin de la saison des pluies – ces douze longs mois passés à Niasau à travailler pour les étrangers –, devenait presque une souffrance physique : l'absence des Shiro. Les Shiro, avec leur visage sévère au nez en bec d'aigle, leur regard glacial, leur corps souvent marqué par les cicatrices d'un duel au dernier sang, livré pour un prétexte futile, leurs membres minces et fuselés, d'apparence faussement fragile, leur peau couleur pain d'épice, à l'odeur si excitante.

À Gaia ils allaient habiter dans la maison d'un clan, où ils croiseraient des Shiro à chaque pas. Ils mangeraient, prendraient leur bain, assisteraient aux tournois avec eux. Avec un peu de chance, les hommes seraient invités à partager la natte d'une dame shiro. Pour les filles c'était plus simple : elles pouvaient courtiser les seigneurs, et l'un ou l'autre finissait toujours par accepter, mais les hommes ne pouvaient rien faire d'autre qu'essayer de se faire remarquer aux bains ou pendant les repas, ou bien proposer leur aide pour un travail pénible.

Pour les étrangers la saison sèche pouvait très bien ne représenter qu'une gêne, avec des températures diurnes dépassant les cinquante degrés et la nécessité de se protéger du soleil, qui inondait le Haut Plateau de ses radiations puissantes, dangereuses même lors d'une courte exposition, et mortelles lors d'une plus longue. Les Ta-Shimoda, eux, passaient les journées à dormir et vivaient pendant la nuit, qu'une ou deux des lunes de la planète inondaient d'une brillance argentée. Une expérience séculaire avait appris aux Asix que cette lumière amenait les Shiro à se montrer d'une humeur presque cordiale. Au lieu de se provoquer en duel pour un quelconque point d'honneur, ils pensaient aux Fêtes des Trois Lunes, pendant lesquelles ils allaient se réunir autour d'un des feux allumés dans les champs ou près du bras mort du fleuve pour bavarder avec une liberté inaccoutumée, blaguer entre eux et avec les Asix, rire, vider les dernières outres du vin de l'année précédente et se chercher une compagnie pour la nuit.

Pendant les Fêtes, trois des satellites qui dessinaient des orbites acentriques et compliquées, en tournant autour de la planète mais aussi l'un autour de l'autre, sillonneraient en même temps le ciel. Aucune dame shiro ne terminerait alors la soirée sans inviter un ou deux mâles asix à la suivre dans les dunes, et aucun seigneur ne refuserait l'invitation des filles.

Et donc le pont de Niasau était maintenant parcouru par un flux ininterrompu d'Asix joyeux et rieurs qui se dirigeaient vers Gaia. Tous, femmes et hommes, vieux et jeunes, portaient des sacs à dos ou des baluchons, tandis que quelques jeunes gens robustes transportaient de gros rouleaux de nattes. Parmi eux marchait d'un pas décidé une silhouette vêtue des somptueux habits de Neudachren : sa jupe coûtait à elle seule bien plus que le salaire de trois mois d'un Asix. C'était une des innocentes rébellions d'Elide, dont le cœur battait à l'idée de sa propre audace. Depuis le jour où, quatre ans auparavant, son père l'avait donnée en mariage à Rasser, c'était la première fois qu'elle faisait un pas dans une direction qu'*elle* avait choisie.

Arrivée au pont, qui, depuis plus d'une longue année de Ta-Shima, représentait la limite infranchissable de leur petit univers, elle s'arrêta.

—On se reverra à la nouvelle saison des pluies ! L'année prochaine, je pourrai peut-être visiter votre ville.

—Tu verras comme elle est belle ! s'exclama en souriant un Asix qui lui était inconnu, et les observations fusèrent de tous côtés :

—Gaia... les seigneurs shiro... les canaux... les seigneurs shiro... les maisons des clans... les seigneurs shiro...

Elle rentra d'un pas ferme à l'ambassade.

—Où étais-tu passée ? demanda son mari.

—Au pont, regarder les Asix qui s'en vont, répondit-elle d'un air de défi. Elle s'attendait à un reproche, mais Aziz Rasser lui adressa un sourire inattendu.

—Maintenant, tu pourras aller te promener toute seule, si tu le souhaites. Je crois que tu ne cours plus aucun danger.

—Tu penses vraiment que les serviteurs pourraient me faire du mal ? Je t'assure que ce sont de très braves gens.

—Je n'avais aucun doute à ce sujet. C'était quelqu'un d'autre qui me préoccupait, mais maintenant je suis convaincu qu'on lui a retiré ses moyens. Il n'a plus de protecteurs puissants dans la capitale, et de surcroît, à ce que m'affirme le docteur Singh, il est devenu toxicomane. Il a aussi perdu son prestige auprès de ses hommes et il n'osera plus lever la main sur toi.

—Aber ? C'est de lui que tu es en train de parler ?

Rasser hocha la tête et sa jeune épouse le dévisagea, bouche bée.

—Mais comment peux-tu affirmer... Et si c'est vrai, pourquoi ne m'as-tu jamais rien dit ?

—J'ai insisté pour que tu ne sortes jamais toute seule et j'ai essayé de t'accompagner chaque fois que tu mettais le nez dehors, mais en parler ouvertement, tu veux rire ? Comment être sûr que l'un de nous deux ne porte pas sur lui un microphone-espion ? Ne te fais pas d'illusions, les services spéciaux ne se laisseraient pas arrêter par des considérations de respect de la vie privée.

» Toutefois, la situation a changé. Celui qui est en train de perdre son temps à m'écouter, ajouta-t-il sur un ton d'avertissement, a intérêt à bien réfléchir avant d'utiliser ce qu'il entend.

—Mais alors il se peut bien qu'on nous ait écoutés quand nous... Aziz, c'est horrible, tu aurais dû me prévenir d'une façon ou d'une autre, je n'aurais jamais...

Elide n'osait plus terminer ses phrases. Elle tremblait à l'idée que la conversation n'était pas privée, mais que ses mots étaient destinés à être analysés et évalués dans un bureau de Neudachren.

—Justement, tu n'aurais jamais... Tu es trop ingénue, tu n'aurais pas été capable de jouer la comédie. Ils se seraient rendu compte que nous les soupçonnions de nous épier. Crois-moi, c'était mieux comme ça.

Elle ressentit une humiliation profonde à l'idée que les services spéciaux possédaient l'enregistrement, voire les images, des nuits où son vieux mari venait la trouver, pour exiger d'elle ce qu'il appelait son « devoir conjugal ». Et il y avait pis encore : Aber, l'officier toujours tiré à quatre épingles qui l'avait constamment traitée avec une courtoisie condescendante et un peu moqueuse, à la limite de l'insolence – bien que d'un point de vue formel on ne puisse rien lui reprocher –, avait peut-être été à l'écoute quand Aziz s'était mis en colère et lui avait crié après. Elle revit, comme dans une série d'images holo, les gifles qu'il lui avait assenées lors d'une crise de rage, ses supplications et ses sanglots.

Soumise depuis toujours, elle se borna à lui tourner le dos en silence et à sortir de la pièce. Elle faillit se heurter à Arsel, qui demanda :

— As-tu vu mon père ? Je veux lui faire écouter le nouveau morceau que j'ai appris à jouer.

— Un nouveau morceau ? demanda-t-elle en s'efforçant de paraître intéressée. De qui est-il ?

— Une symphonie de Nordon Rao, répondit Arsel en souriant.

Avec méfiance, Elide lui rendit son sourire, fort étonnée d'une telle gentillesse.

— Formidable, cela doit être bien difficile. Tu nous la feras écouter ?

— Tu apprécies donc la musique de Rao ? Je croyais que tu n'écoutais que des chansonnettes.

— Oh, j'aime beaucoup, mentit-elle maladroitement. Elle n'avait jamais entendu nommer ce compositeur, ni d'ailleurs la plupart des autres.

— Et qu'est-ce que tu préfères ? Les symphonies ou les quatuors ?

Elide était sur des charbons ardents : autant d'amabilité, comme ça, d'un coup, de la part de sa belle-fille ? Il devait obligatoirement y avoir anguille sous roche.

— Les symphonies ? murmura-t-elle, incertaine, sans parvenir à réprimer un ton interrogatif.

— Comme c'est intéressant... Et dire que Rao est un sculpteur traditionnel, qui travaille en solide : il se sert de plastique et non d'images laser. Il faut croire qu'à la campagne le bon peuple écoute des symphonies en plastique. Cela doit être extrêmement instructif, lança Arsel en lui tournant le dos.

À sa propre stupéfaction, Elide, au lieu d'accepter la réprimande, osa répliquer. C'était bien la première fois depuis qu'elle était entrée dans la famille comme deuxième épouse.

—Si tu es mal lunée parce que le Shiro après lequel tu soupires n'est pas passé dire bonjour avant le début de la saison sèche, ce n'est pas la peine de t'en prendre à moi.

Elle s'en repentit immédiatement : Arsel devait croire son secret bien gardé. Elle ne se rendait pas compte qu'elle s'était trahie depuis belle lurette, à rougir et à parler perpétuellement des Shiro. Quelle aurait été sa réaction si elle avait su que les Asix discutaient ouvertement de son engouement, sans se soucier de sa présence, vu que la demoiselle ne s'était jamais donné la peine d'apprendre la langue d'une minable petite planète plus que périphérique ?

Arsel ouvrit tout grands les yeux et la bouche, en une grimace comique, avant de faire brusquement demi-tour et de s'enfuir, des larmes de rage plein les yeux. Elle allait certainement se plaindre à sa mère, qui ferait à son tour à leur mari les remontrances qui s'imposaient. Or, Aziz avait horreur des querelles domestiques et il piquerait une colère, sûr et certain. Et à qui allait-il s'en prendre ? Pas à sa première épouse, qui sortait d'une famille patricienne de la capitale, ni à sa fille, qu'il aimait au point d'en être gâteux.

Au fond, bien qu'Arsel soit imbue d'elle-même et désagréable vis-à-vis de sa belle-mère, elle lui faisait de la peine. Après avoir passé toute son enfance dans un collège très chic, pendant que ses parents déménageaient d'une base astronautique à l'autre, elle n'en était sortie que pour venir sur Ta-Shima, où il n'y avait personne de son âge, où manquaient tous les amusements auxquels pouvaient prétendre les jeunes filles sur Neudachren et surtout où il n'y avait pas un seul jeune homme acceptable que ses parents puissent lui permettre de fréquenter pour un flirt innocent, autorisé même par la morale puritaine de l'aristocratie de la capitale. Comment s'étonner alors qu'avec la tête farcie de séries holovid à l'eau de rose elle s'intéresse à l'unique jeune homme qu'elle connaissait ? Par malheur il s'agissait d'un Shiro de Ta-Shima qui (comme Elide ne le savait que trop bien, étant donné que les Shiro étaient le sujet de conversation préféré des serviteurs asix) ne se serait jamais abaissé à regarder une étrangère.

Mais il était ridicule de se soucier d'Arsel, qui avait derrière elle une famille riche et puissante, qui l'aiderait et la soutiendrait en toutes circonstances, tandis qu'elle-même n'avait qu'une seule protection :

continuer à plaire à son mari. Si des enfants lui étaient nés, sa position aurait été plus solide, mais en l'état des choses… Sa coépouse avait déjà commencé à laisser tomber l'une ou l'autre allusion, pas vraiment voilée :

— « Arbre qui point de fruit ne donne, à la racine on coupe. » C'est un proverbe que tu dois bien connaître, n'est-ce pas ma chérie ? Ne t'occupais-tu pas d'arbres quand tu étais fermière ?

— D'animaux, madame, s'était-elle bornée à répondre, pendant qu'un frisson glacé lui courait le long de la colonne vertébrale.

Une deuxième épouse sans enfants pouvait être cédée à une autre famille comme deuxième ou troisième épouse, en continuant à changer de maître et à baisser de rang au fur et à mesure qu'elle se flétrissait. Et si Aziz venait à mourir, que deviendrait-elle ? Elle n'osait pas se renseigner : une question toute simple – quels accords avait-il conclus exactement avec ses parents ? – l'avait déjà fait sortir de ses gonds.

Mauvaises pensées, se reprocha-t-elle, le genre de réflexions qui font froncer les sourcils et provoquent des rides ; or, les sept dieux savent qu'une fille qui ne peut compter que sur son aspect physique ne vieillit que trop tôt. Mais les perspectives de son avenir immédiat n'étaient pas beaucoup plus réjouissantes. Durant les quatre prochains mois le pont resterait désert. Les serviteurs, ainsi que les arrogants Shiro qui géraient les activités commerciales dans la maison en pierre grise, pas loin de l'ambassade, se retireraient à Gaia, ou allez savoir où, pour s'y adonner à leurs mystérieuses activités.

De l'autre côté du détroit, un contrefort surmonté d'un haut piton rocheux, qui descendait à pic dans la mer, cachait presque complètement la ville. On ne voyait que les bandes de gamins qui dégringolaient jusqu'à l'isthme, à marée basse, afin d'y ramasser algues et mollusques. Comment les indigènes pouvaient-ils prévoir la durée des basses eaux, avec quatre lunes qui semblaient sillonner le ciel sans rime ni raison, et qui de surcroît étaient cachées par les nuages pendant douze mois sur les seize que comptait une année ? Eh bien, c'était là un mystère qu'Elide n'était pas parvenue à percer.

« L'instinct », disait avec condescendance la première dame Rasser, comme celui des oiseaux migrateurs de Neudachren, qui semblaient au courant des changements de saison et partaient pour les régions équatoriales avant que les tempêtes de neige commencent.

Elide n'était pas sûre que ce soit la même chose. Après tout, étés et hivers se suivaient plus ou moins régulièrement, année après année, alors que les marées de Ta-Shima semblaient un vrai casse-tête. Il arrivait que l'isthme reste accessible pendant des heures entières, mais plus souvent l'eau qui se retirait était repoussée par ce que les Asix appelaient une « onde de marée », un mur d'eau qui avançait à la vitesse d'un module terrestre... oh, d'accord, *presque* aussi vite. L'onde aurait balayé les jeunes qui ramassaient les mollusques sans qu'ils aient le temps de se mettre en sécurité, seulement voilà, le mugissement d'un cor avait résonné une demi-heure plus tôt et les gamins avaient eu tout le temps de grimper avec leurs paniers dégoulinants d'eau sur le sentier qui montait en lacets à l'assaut des contreforts rocheux.

Elide les avait observés à maintes reprises avant que sa coépouse, sortie par hasard de la maison avec leur mari, s'aperçoive que les enfants portaient pour tout vêtement des bottes et un gant. Outrée d'une pareille impudeur, la dame avait sévèrement défendu aux autres femmes qui résidaient à l'ambassade d'approcher le pont à marée basse.

Le piton de roche, évidemment, n'était pas un réel obstacle : un satellite-espion aurait permis de compter les cheveux sur la tête de n'importe quel individu de l'autre côté du pont, mais la Fédération n'allait pas engager une pareille dépense uniquement pour satisfaire la curiosité de quelques diplomates qui s'ennuyaient ferme sur un avant-poste où il ne se passait jamais rien.

L'été précédent, l'odieux Aber avait lancé l'idée d'envoyer un module survoler la ville ta-shimoda, bien que les Shiro aient fermement refusé de lui en donner l'autorisation. Aziz était convaincu que, si les indigènes s'en étaient aperçus, cela aurait sonné le glas de la détente qu'il voulait à tout prix instaurer après les incidents survenus quelques semaines auparavant. Les commerçants avaient protesté en bloc et avec énergie. Tani, leur porte-parole officieux, avait déclaré ouvertement qu'après l'idée de génie des patrouilles militaires, qui avaient provoqué la mort d'une centaine d'indigènes, leur chiffre d'affaires s'était réduit comme peau de chagrin. Si l'ambassade offensait les Shiro, tous les citoyens de la Fédération pouvaient aussi bien plier bagage et rentrer chez eux. Au début, Aber s'était obstiné, puis il avait perdu soudainement tout intérêt pour les survols et les patrouilles ; quand le module qu'il avait réclamé était enfin arrivé, quelques mois plus tard que prévu, il s'en était complètement désintéressé.

Personne n'avait compris ce qui lui arrivait, jusqu'à ce que, l'ayant croisé par hasard, le docteur Singh ait subodoré que le fringant capitaine était sous l'emprise d'un stupéfiant, tiré peut-être d'une plante indigène.

La précédente saison sèche avait appris à Elide combien pouvaient être fastidieux ces mois pendant lesquels la monotonie n'était même pas interrompue par l'arrivée d'un envoi de cubes holo ou de produits peut-être superflus, mais ô combien agréables, ou encore par la visite d'un spatial de passage. L'astroport fermé, les serviteurs disparus, elle allait se retrouver dans la seule compagnie des résidents de l'ambassade pendant des jours et des jours, hormis durant les rares visites d'un commerçant que sa coépouse acceptait de recevoir.

Le professeur Li était assez sympathique et il lui arrivait de s'arrêter pour bavarder avec elle, bien que presque toujours de sujets trop abscons pour qu'elle puisse vraiment comprendre, mais les autres… *Je les déteste, s'avoua-t-elle, et pas seulement la première dame Rasser et sa fille, non, tout le monde, même Ida Soener, qui s'estime en droit de me traiter avec condescendance simplement parce que ma coépouse le fait ; il m'arrive même de détester Aziz.*

Il est vrai qu'il me fait vivre dans l'aisance et le luxe, mais il est tellement convaincu que je dois lui en savoir gré du matin au soir, et surtout du soir au matin ! Je me demande si le devoir conjugal serait moins fastidieux avec un homme plus jeune, comme le gardien de troupeau que papa avait engagé l'année où les affaires avaient si bien marché qu'il avait pu acheter cinq vaches sélectionnées…

Encore de mauvaises pensées, se reprocha-t-elle, *à bannir absolument.*

Ayant entendu la voix impérieuse de la première dame Rasser, elle baissa automatiquement le regard pour vérifier si sa jupe tombait correctement, craignant de s'être trompée une fois de plus dans le choix des couleurs des jupons ou dans la façon compliquée de lacer ses séran ; des délits qui lui vaudraient des remarques acerbes ou des allusions aux lacunes de son éducation.

En entendant le bruit des pas de sa coépouse qui approchait, elle se faufila à toute vitesse dans le jardin, où elle s'assit au pied d'une plante indigène, que tout le monde appelait un arbre, bien qu'elle ait plutôt l'aspect d'un pied de laitue haut de trois mètres. Ses grandes feuilles retombaient mollement en formant un rideau ; si on restait parfaitement immobile, il y avait d'excellentes chances de ne pas être vu.

L'air était exceptionnellement lourd. En sentant sur la joue un souffle de vent, chaud comme s'il sortait d'un haut-fourneau, elle leva les yeux vers le ciel. À l'est, en deçà de l'habituelle chape grise, filaient de menaçants nuages noirs qui s'approchaient bien trop rapidement.

Rentrée en toute hâte, elle annonça :

— Un ouragan se prépare.

Ida Soener lui lança un regard méprisant.

— C'est bien trop tôt, il me semble. Les serviteurs viennent de partir.

— Allez donc voir par vous-même, lui répondit-elle, mais ce ne fut pas nécessaire. De l'autre côté du détroit les cors d'alerte résonnaient lugubrement à l'unisson.

La première dame Rasser avait déclaré qu'elle mourrait de peur si elle devait passer encore une fois dix jours dans sa chambre au premier étage, à attendre que le vent emporte un pan du toit. Cette année, donc, sur la suggestion d'Ida Soener, les résidents de l'ambassade allaient adopter les usages ta-shimoda et se réfugier au sous-sol jusqu'à la fin des ouragans.

Avant de s'en aller, les serviteurs avaient fixé les lourdes planches qui protégeaient les fenêtres et avaient transporté dans les caves draps et matelas. Il ne restait qu'à verrouiller la porte d'entrée et celle du jardin puis à se préparer à une dizaine de jours d'inactivité et d'ennui, et sans doute aussi de disputes.

Je n'ai vraiment pas choisi le meilleur moment pour rabrouer Arsel, se dit Elide en soupirant. *Nous allons être obligées de rester coude à coude jusqu'à la fin des ouragans ; je parie qu'elle trouvera le moyen de me le faire payer.*

Chapitre 2

Suvaïdar ouvrit les yeux dans le sous-sol de la maison du clan. Seules quelques lampes en papier illuminaient faiblement l'ample salle, dans laquelle plusieurs centaines de membres de sa famille dormaient, couchés sur leurs nattes, tout habillés et sans même un drap.

Qu'est-ce qui m'a réveillée ? se demanda-t-elle.

On n'entendait aucun bruit, à part le vague bourdonnement occasionné par une foule de dormeurs : le bruissement produit par quelqu'un qui se retournait dans son sommeil, la respiration lourde d'une personne âgée, le ronflement sonore d'un Asix couché sur le dos, la bouche grande ouverte.

Comprenant que ce qui l'avait réveillée, c'était le silence soudain, elle se redressa sur son séant et tendit l'oreille : le hurlement de l'ouragan qui faisait rage sur leurs têtes depuis neuf jours s'était tu, il n'y avait plus qu'un grand silence. Autour d'elle les Asix ouvraient les yeux et levaient la tête, aux aguets.

— Le vent est tombé, déclara-t-elle à haute voix, et en un instant tout le clan fut debout.

— Va voir, ordonna Tore, un des hommes les plus âgés, à un adolescent aux cheveux encore longs.

— Tout de suite, sazdo-adaï, répondit-il, et Suvaïdar sursauta en entendant le titre honorifique, avant de se rappeler que Tore était le tuteur de tout un groupe d'adolescents du clan Romano. Le garçon l'avait appelé comme ça uniquement à titre privé.

Le clan Huang vivait une anomalie : il n'avait pas de saz-adaï. Après la mort d'Odavaïdar, on avait tenu des réunions, durant lesquelles des témoignages avaient été écoutés et des preuves examinées ; on avait débattu pour établir qui était coupable et qui était innocent. Cela avait été un épisode long et extrêmement désagréable, au terme duquel tout le monde avait admis que Suvaïdar avait agi correctement, tandis que Middael avait été reconnu coupable et autorisé à choisir le privilège shiro.

L'homme avait offert un spectacle indigne de sa race : il avait tenté de se justifier en accusant Odavaïdar et en mendiant des excuses. L'administratrice s'était bornée à lui lancer un coup d'œil plein de mépris tout en déclarant, sans s'adresser directement à lui pour bien montrer le peu de considération qu'elle avait pour lui :

— Il nous prouve qu'il n'est pas un Shiro.

D'un geste elle avait désigné un des anciens du clan, qui avait dégainé son couteau et tondu à ras Middael, puis lui avait fait glisser la veste des épaules pour barrer d'un grand X le tatouage clanique sur l'omoplate gauche. L'ex-conseiller avait accompagné le premier convoi de la saison sèche destiné à Nova Estia, où il allait descendre dans les mines et où (comme l'avait déclaré d'une voix monocorde l'administratrice) il pourrait vivre ou mourir sans que le clan ait à se soucier de lui.

On aurait donc pu dire que tout s'était terminé pour le mieux, mais le scandale avait gonflé comme une boule de neige qu'on aurait fait rouler d'un sommet des Monts Corosaï. L'administratrice et quatre autres anciens qui avaient été des proches d'Odavaïdar avaient choisi le privilège shiro ; trois matins de suite, la charrette des Bur était venue ramasser les cadavres. Suvaïdar trouvait qu'elle s'était trop mise en lumière dans cette affaire : elle jouissait maintenant d'une attention excessive de la part des membres de sa famille. Pendant la saison sèche, elle avait passé au moins autant de temps en salle d'armes qu'aux feux de camp des Fêtes des Trois Lunes. Elle pouvait remercier la maîtresse d'escrime, la vieille Doran Huang, si les combats ne s'étaient déroulés qu'avec les armes d'entraînement ; grâce à cela elle avait survécu.

Odavaïdar avait perpétré un crime monstrueux : aidée par Middael, elle avait organisé la mort de la Sadaï de Ta-Shima et de deux de ses enfants, tandis que les deux autres n'avaient eu la vie sauve que par hasard. Néanmoins, aux yeux des membres les plus traditionalistes de sa famille, Suvaïdar était coupable d'avoir dévoilé toute l'histoire et d'avoir fait éclater le scandale. Inutile d'espérer que la nouvelle reste un secret du clan Huang. Quelques Asix l'avaient apprise presque immédiatement ; or, raconter une chose aux Asix équivalait à la transmettre dans un bulletin holo, comme il en existait sur les autres planètes. Par rapport à un holobulletin de Wahie ou Neudachren, l'unique différence était qu'il avait fallu presque une décade pour que l'information se répande, mais à présent tout Ta-Shima était au courant, aussi bien les gardiens de troupeau partis pour la transhumance dans les vallées escarpées autour de Gorival que les pêcheurs du clan Gantois, qui passaient la plus grande partie de la saison sèche dans les îles majeures de l'Archipel de la Main.

Le clan Huang avait perdu beaucoup de son prestige. Il y avait fort à parier que, pendant les prochains siècles, on ne verrait aucune dame Huang dans la maison de la colline qui hébergeait la Sadaï depuis le jour de son élection jusqu'à celui de sa mort, les deux dates n'étant en règle générale pas très éloignées l'une de l'autre : quand elles estimaient avoir commis une faute, les Sadaï veillaient à leur honneur en choisissant le privilège shiro.

À cause de toute cette affaire, le clan entier se sentait humilié, frustré et de méchante humeur, bien que l'unique symptôme apparent soit l'extrême et pointilleuse courtoisie avec laquelle tout le monde s'adressait la parole. Mais l'énervement général s'était traduit pendant l'été par une prolifération de duels ; six fois la charrette des Bur avait dû venir chercher le corps d'un combattant particulièrement malchanceux, ou malhabile.

C'est uniquement par le plus grand des hasards que Suvaïdar n'avait pas fait partie du dernier convoi ; au lieu de cela elle avait passé une bonne partie de la décade qui précédait immédiatement les ouragans à la Maison de la Vie. Lors de la dernière Nuit des Trois Lunes, c'est d'une fenêtre de la Maison de la Vie que, tout en grattant les points de suture qui lui décoraient le ventre, elle avait suivi d'un regard envieux les groupes de jeunes et d'adultes qui se rendaient aux feux de camp allumés près du bras mort du fleuve et dans les champs au nord de la ville.

Mais si les autres étaient de mauvaise humeur, elle était tout simplement furibonde : qui était la victime et qui était le coupable ? N'était-ce pas elle que Middael avait essayé d'assassiner ? et pas de tuer en duel, comme une personne civilisée, mais littéralement d'assassiner dans un guet-apens, comme aurait pu le faire un Extramondin. N'était-ce pas elle la personne à la poursuite de laquelle Odavaïdar avait lancé les services spéciaux de la Fédération ? Or, malgré cela, il y avait des gens dans le clan qui la regardaient avec hargne, au lieu de la remercier d'avoir découvert les crimes dont s'était rendue coupable la saz-adaï.

Elle avait fini par devenir encore plus ombrageuse que les autres, prête à se cabrer devant un regard de travers et à défier l'offenseur, n'ayant cure de son habileté ni de son grade.

Quand Oda, son frère-même-mère-même-père, avait essayé de la raisonner, elle lui avait répondu de mauvaise grâce :

— Quelle importance veux-tu qu'ait le niveau de mon adversaire ? De toute façon tout le monde est meilleur escrimeur que moi.

Oda, qui n'avait nullement envie de la retrouver en face de lui en salle d'armes, avait ravalé la phrase qu'il avait sur les lèvres et s'était résigné à la suivre dans sa chambre, une fois par décade, pour l'aider à soigner ses blessures.

Suvaïdar avait fini par mériter un certain respect : insoucieuse des coups reçus, elle attaquait rageusement, ne parvenant presque jamais à toucher son adversaire, mais avec un tel mépris de la douleur que ses congénères se sentaient tenus, à contrecœur, de l'admirer.

Pendant les ouragans du changement de saison, aucun combat n'avait lieu et aucun défi n'était permis. Durant cette dizaine de jours personne ne faisait rien d'autre que sommeiller sur les nattes, déroulées si près l'une de l'autre qu'il était presque impossible de se lever pour se rendre aux sanitaires ou se chercher à manger sans déranger quelqu'un. Les Shiro prenaient soin d'avoir autour d'eux de bons bougres d'Asix, au caractère égal : s'ils recevaient un coup de coude du voisin qui se retournait dans son sommeil, ils se contentaient de le pousser doucement de côté, heureux comme ils l'étaient de passer autant de jours et de nuits à proximité des dames et des seigneurs shiro.

Les ouragans du début de l'été avaient éclaté soudainement, en avance sur la date normale, sans qu'on puisse mener à terme les dernières récoltes et avant même qu'on puisse élire celle qui devait remplacer Odavaïdar. La tradition voulait que les élections ne se tiennent pas en été. En conséquence, pendant toute la saison sèche, le clan avait été pareil au corps d'un grand saurien décapité : il continuait à bouger par inertie, bien qu'amputé de tous ses responsables, saz-adaï, conseiller, administratrice. Le seul ancien dirigeant encore en vie était Tore, le chef agronome, qui avait coutume de passer toute la saison humide dans une grande ferme au milieu des champs et qui ne s'était donc jamais compromis avec Odavaïdar.

Pendant l'été il avait insensiblement commencé à donner des ordres et à prendre les décisions nécessaires. Maintenant ils étaient plusieurs à se dire qu'au cours de la réunion qui aurait lieu dès la fin des réparations urgentes et des semailles, quand on élirait les nouveaux responsables, le nom de Tore avait beaucoup de chances de se trouver en bonne position, comme conseiller ou administrateur. Il s'était même trouvé quelqu'un pour marmonner « et pourquoi pas comme sazdo-adaï ? » Après tout, Odavaïdar, qui semblait tellement traditionaliste, avait traîné le nom du clan dans la boue, en provoquant le pire scandale de l'histoire de Ta-Shima. Il ne serait peut-être pas mauvais de marquer un tournant dans un sens opposé à la tradition ; du reste, le clan Huang ne serait pas le premier à être dirigé par un homme.

L'adolescent envoyé au rez-de-chaussée redescendit l'escalier en courant.

— Le vent est tombé, les nuages couvrent le soleil et le temps est splendide, déclara-t-il.

Cela signifiait que la pluie de la saison humide tombait légère comme des embruns, douce à la peau comme une caresse.

En une seconde ils furent tous debout, prêts à commencer automatiquement les gestes qu'on accomplissait chaque année à la fin des ouragans, comme une machine bien rodée qui continue de fonctionner sans que personne la dirige.

— Les jeunes qui n'ont pas encore passé les Épreuves, allez nettoyer les bains ; ceux qui sont adultes depuis une, deux et trois saisons sèches, allez bêcher le potager, commanda une voix, sans que personne ne pense à en contester l'autorité.

La vieille Asix responsable des cuisines se rendit d'un pas alerte vers l'auvent en plein air qui était son domaine, et revint aussitôt faire son rapport.

— J'ai besoin de six ou sept Asix parmi les plus robustes : un des poteaux de soutien s'est brisé et le toit risque de tomber.

— Vous ! ordonna Suvaïdar à un groupe de jeunes, venez avec moi nettoyer le dispensaire. Je veux qu'il soit opérationnel avant qu'un tas de gens encore à moitié endormis s'adonnent au bricolage avec des haches, des scies et autres instruments coupants.

Les Asix éclatèrent de rire, comme si la boutade avait été particulièrement amusante, et grimpèrent l'escalier à toute vitesse, laissant exploser l'énergie contenue pendant les derniers jours. Ils étaient suivis par les jeunes Shiro, qui obéissaient, bien sûr, mais étaient nettement moins enthousiastes à l'idée de travailler sous les yeux d'une adulte.

Le dispensaire n'avait pas trop souffert ; il n'y avait que la protection en bois d'une fenêtre qui s'était cassée. Le plancher était couvert de boue, de feuilles et d'éclats de verre, mais le toit était intact. Un des garçons se hâta vers l'entrepôt, d'où il rapporta un carreau de rechange, deux autres éliminèrent le gros des détritus à l'aide d'une pelle et d'un seau. Suvaïdar balaya énergiquement derrière eux et dirigea le montage des étagères, n'épargnant pas les remarques acerbes aux adolescents shiro ; pendant ce temps, deux filles asix, pantalon retroussé et torse nu pour ne pas salir leur veste, lavaient le sol à grands seaux d'eau puisée dans les bains, encore un peu trouble.

Ils travaillaient tous à un rythme frénétique et, quelques heures plus tard, le dispensaire pouvait de nouveau remplir sa fonction. Les médicaments étaient alignés sur les étagères ; le grand bloc de bois qu'on utilisait comme table d'examen avait été recouvert d'une natte et d'un drap ; les instruments avaient été minutieusement contrôlés et rangés. Suvaïdar lança un coup d'œil satisfait autour d'elle et ordonna aux jeunes d'aller se mettre aux ordres du chef agronome.

— Immédiatement, ajouta-t-elle sèchement en remarquant qu'une des jeunes Shiro s'appuyait à la paroi pour se reposer un instant.

Ils se hâtèrent d'obéir, les Asix de leur trot infatigable qui avale des kilomètres, tandis que les Shiro, moins résistants et moins forts, faisaient de leur mieux pour ne pas se montrer inférieurs. Elle les suivit d'un pas qu'elle espérait alerte, tout en se préparant mentalement à plusieurs heures de labeur dans les potagers et les vergers. À la tombée du jour, les travaux continuèrent à la lumière des feux, dans lesquels on brûlait ce qui avait été irrémédiablement réduit en morceaux, avec les branches cassées et les feuilles arrachées qu'on avait ramassées dans les bains ou les cuisines.

Personne n'irait se coucher avant que soient en terre, en longues rangées ordonnées, toutes les plantes précoces qu'on avait semées pendant l'été dans des grandes jardinières en bois et transportées à l'abri du vent dix jours auparavant.

Il faisait grand jour quand ils terminèrent. Même les plus robustes des jeunes Asix titubaient d'épuisement. La fatigue ayant diminué le niveau d'attention, Suvaïdar se tenait dans le dispensaire depuis quelques heures, à soigner coupures et contusions.

Quand finalement résonna le cor annonçant qu'il était permis d'interrompre les travaux, les Huang et les jeunes des autres clans confiés à un tuteur Huang se dirigèrent d'un pas d'automate vers les douches ou les cuisines en plein air. Un délicieux fumet de nourriture cuite montait des feux, bienvenu après neuf jours de pain chaque soir plus rassis, de fromage, de tartes aux noix dures comme des pierres, et de fruits. On ne cuisinait jamais dans les sous-sols, où les seules flammes autorisées étaient celles des rares lampes, qui éclairaient chichement le parcours menant aux sanitaires et aux réserves de nourriture.

L'Asix responsable des cuisines avait fait des miracles. Elle devait avoir gardé de côté quelques sachets d'épices destinées à ce premier repas et avoir fait trimer comme des esclaves ses aides qu'elle avait envoyés sur l'isthme ramasser les poissons et les mollusques échoués par la tempête.

Réprimant de justesse le soupir de soulagement qui lui montait aux lèvres, Suvaïdar s'unit aux affamés qui attendaient de pouvoir se servir. Quelques pas derrière elle, une voix trop courtoise lança :

—J'étais devant toi dans la file, Shiro-adaï. Tu sembles fort pressé ; si tu disposes encore de tellement d'énergie nous devrions peut-être l'utiliser ensemble, pour un petit entraînement.

La réponse fusa avec la même courtoisie glaciale :

—Tu me fais grand honneur, Shiro-adaï. Immédiatement après le repas ?

Suvaïdar ferma les yeux dans un mouvement d'exaspération, qu'heureusement personne ne remarqua. Elle était morte de fatigue et voulait aller se coucher au plus vite, plutôt que de passer encore une heure au dispensaire à soigner des combattants qui fêtaient la fin des ouragans en essayant de s'étriper l'un l'autre.

—Pas d'entraînements jusqu'à ce que les réparations urgentes et les semailles soient terminées, rugit la voix d'une Ancienne.

—Qui l'ordonne ? Nous n'avons pas de saz-adaï.

—C'est le simple bon sens qui l'ordonne : le clan n'a aucun besoin d'irresponsables. L'élue, quelle qu'elle soit, pourra toujours organiser un convoi pour les mines, qui nous débarrassera des têtes chaudes, incapables de se dominer quand c'est nécessaire, répondit la maîtresse d'escrime.

Personne ne se permit de répliquer : Doran Huang, qui approchait les quatre-vingts saisons sèches, était une autorité incontestée, au point que personne n'avait lancé de défi pour conquérir sa charge. Parmi ses élèves ils étaient pourtant nombreux à être en mesure de la battre.

Avant de pouvoir souffler, il fallut huit jours de dur labeur, et quand les Ta-Shimoda employaient ce terme ils savaient de quoi ils parlaient. Enfin, un matin, Doran proposa :

—Maintenant nous pouvons nous réunir pour élire saz-adaï et administratrice.

Tout le monde poussa un soupir de soulagement. Les horaires de travail allaient se réduire aux douze heures normales par jour, l'Académie d'escrime et les écoles seraient ouvertes ; les jeunes pourraient aller en classe, au lieu de rester dans les pieds des adultes, avec les conséquences qu'on pouvait imaginer.

Chapitre 3

À Gorival, les dégâts provoqués par les ouragans n'étaient pas aussi graves. Les vallées étaient orientées nord-sud et entourées de montagnes dont les parois escarpées protégeaient, au moins en partie, maisons et plantations.

Pendant les neuf jours de vent, le clan Johnson s'était tout de même réfugié au sous-sol, comme tous les Ta-Shimoda. Eux aussi somnolaient et s'ennuyaient à mort, couchés sur leurs nattes alignées trop près les unes des autres. Sur la rive droite du Gor, les maisons étaient adossées à une paroi rocheuse, qui les protégeait tout en permettant qu'on construise sur deux étages. Les sous-sols étaient en conséquence moins étendus et l'espace encore plus réduit qu'à Gaia, d'autant que deux caves bien fermées étaient réservées aux abeilles, qui bourdonnaient, énervées, dans leurs ruches enveloppées d'un voile de coton très fin.

Le chef des gardiens de troupeau, ainsi que ses aides, responsables des abeilles, étaient les seuls à travailler pendant les ouragans. Il fallait contrôler que les ruches soient aérées, pas trop chaudes mais pas trop ventilées non plus, et que les ouvrières ne manquent pas d'un peu de sucre de canne pour survivre pendant les jours où elles ne pouvaient pas sortir butiner. Le miel étant le principal produit d'échange des Johnson, le chef des gardiens de troupeau, un vieil Asix taciturne, était une personne d'importance dans le clan. Ses demandes de main-d'œuvre se voyaient satisfaites immédiatement.

À vrai dire, une autre personne était aussi en train de travailler, bien qu'en apparence elle se borne à rester assise sur sa natte, les lèvres serrées et l'air renfrogné. La saz-adaï réfléchissait à un problème qui, de toute évidence, la mettait de *très* mauvaise humeur ; tout Shiro, qu'il soit adulte ou adolescent, prenait garde à se tenir le plus possible à distance.

Il y avait trop de monde dans les sous-sols, et notamment trop d'Asix à l'ouïe exceptionnellement fine, pour qu'on puisse mener une discussion à son aise sans qu'une heure après tout le clan en connaisse tous les détails. En conséquence, la saz-adaï décida d'attendre que le vent tombe et que se terminent les travaux les plus urgents qui marquaient le début de la saison des pluies.

Dès que la charpente du toit fut consolidée et les canaux dragués, dès qu'on eut terminé les semailles, elle convoqua le maître d'escrime du clan. Rob, un de ses frères-même-mère, avait été élevé avec elle par la même nourrice asix. Comme ils continuaient de se traiter avec familiarité, elle le reçut dans sa chambre, où elle avait disposé une théière et un pot de miel, se souvenant que dans son enfance, beaucoup de saisons sèches auparavant, Rob avait coutume d'ajouter une petite cuillerée de miel à son thé.

Le maître s'inclina respectueusement, mais voyant la tasse déjà prête et le pot ouvert, il sourit et s'adressa à elle en l'appelant de son nom enfantin, comme il le faisait quand ils étaient placés ensemble en nourrice. Lui ayant souri amicalement en retour, elle renonça aux formalités avec lesquelles elle aurait normalement abordé le dialogue avec une personne du rang de son frère et entra tout de suite dans le vif du sujet.

— Rinvar, se borna-t-elle à dire, et le maître soupira avant de répondre :

— Un de mes meilleurs élèves, un combattant hardi et extrêmement doué.

— Combien de duels pendant l'été ?

— Vingt-trois.

— Trois morts et, si mes informations sont exactes, six ou sept blessés incapables de travailler pendant plusieurs jours. Parmi les morts, il y en avait un qui venait de terminer ses études d'agronomie. Des compétences perdues pour le clan, avant même que son travail puisse rembourser les frais de son éducation.

— On ne peut pas reprocher à Rinvar d'avoir enfreint le Sh'ro-enlei, remarqua Rob. Il tue sereinement et sans cruauté. Il se conduit avec la plus parfaite correction formelle.

— Le Sh'ro-enlei de Rinvar revient trop cher au clan Johnson, rétorqua brusquement la saz-adaï.

Elle jouait sur la double signification du terme : code shiro, mais aussi honneur shiro.

— Ne peux-tu pas trouver un moyen de le discipliner ?

Rob médita en silence, tout en sirotant son thé, avant de répondre :

— Je ne crois pas. J'ai essayé diverses allusions, qu'un autre aurait saisies au vol, mais Rinvar a l'arrogance de l'escrimeur qui n'a jamais connu la défaite.

— Il est comme toi, en d'autres termes.

— Il serait non seulement comme moi, mais comme tous les maîtres d'escrime de Gaia, si ce que tu affirmes était exact. Toutefois, ce n'est pas le cas, ou du moins ce n'est pas tout à fait le cas.

Le maître se permettait de contredire l'Ancienne, se fondant sur l'intimité née au cours d'une enfance passée ensemble chez la même nourrice, et peut-être aussi parce que n'importe qui y aurait réfléchi à deux fois avant de le défier, lui qui avait à son actif plus de duels que tous ses élèves mis ensemble et qui n'en avait jamais perdu un seul. Mais son escrime ne coûtait presque jamais de vie au clan : Rob était capable de diriger et de doser parfaitement ses coups, en blessant au visage celui qui l'avait offensé, et dans le dos celui qui, à son avis, se montrait poltron ou malhabile. Les blessures n'étaient jamais trop profondes, ni placées sur les points vitaux. Toutefois, elles laissaient toujours une cicatrice bien visible.

— Celui qui décide, par libre choix, de suivre la voie du sabre, comme je l'ai fait, apprend à se contrôler et ne passe pas son temps à sauter sur la moindre occasion pour lancer un défi aux personnes moins adroites que lui au combat. Mon art a pour but d'apprendre aux autres et de les aider à progresser, alors que celui de Rinvar semble destiné à décimer le clan.

» Pour quelle raison ne l'as-tu pas confié à une Académie après les Épreuves ?

— Ce n'était pas moi la saz-adaï à l'époque, lui rappela sa sœur. La solution serait peut-être que tu demandes à un de tes meilleurs élèves de le provoquer en un duel à mort.

Un froid sourire étira les lèvres du maître.

— Rinvar est, et de loin, mon meilleur élève. Le seul résultat serait d'ajouter une autre personne à celles que son sabre a déjà poussées sur la charrette des Bur.

— Combats donc contre lui, toi !

— Il me vaincrait et, après ma mort, il deviendrait le maître d'armes du clan. Il finira de toute façon par me défier et il gagnera, parce qu'il est déjà supérieur à ce que j'ai été dans mes meilleurs jours, mais j'espère que le respect que je lui inspire encore retardera de quelques années cette échéance. Entre-temps il aura peut-être mûri un peu.

— Je ne peux pas admettre qu'il dirige la salle d'armes du clan ! s'exclama la saz-adaï. Il est trop jeune et trop arrogant. Il a beau être un bretteur d'exception, il manque de toutes les qualités qui font d'un homme un authentique maître. Ce n'est pas un enseignant auquel le clan peut confier ses jeunes, car son rôle ne se limitera pas à leur apprendre le maniement des armes, mais aussi à respecter l'esprit, et pas uniquement la lettre du code Shiro. Avec Rinvar comme maître, je me retrouverais avec toute une génération de querelleurs imbéciles, qui passeraient la journée à s'entre-tuer.

— La décision ne sera plus tienne après qu'il m'aura défié et vaincu. L'Académie a ses propres règles et elle les applique comme elle l'entend.

Rob resta silencieux assez longtemps pour conférer un poids particulier à la phrase suivante, en apparence anodine, qu'il lança avec une indifférence appuyée.

— Avant qu'il accède au rang de maître, toutefois, tu pourrais trouver une solution d'un autre genre.

Il bondit souplement sur ses pieds et, après avoir rincé dans une cuvette la tasse dont il s'était servi, il la déposa sur une vieille veste, usée et déchirée. S'étant incliné poliment, il sortit, laissant la saz-adaï plongée dans des pensées pas particulièrement réjouissantes.

Trouver un prétexte pour condamner quelqu'un à mort ne la troublait pas outre mesure, si cela s'avérait nécessaire pour le bien commun, mais Rinvar se conduisait toujours plus que correctement, au moins d'un point de vue formel, sans prêter le flanc au blâme. Il jouissait d'une grande popularité parmi les jeunes, qui l'admiraient. Se servir d'un prétexte futile pour l'éliminer risquait de provoquer un mécontentement général. Il ne fallait pas non plus oublier qu'il pourrait se révéler utile, s'il arrivait à contrôler son agressivité. Pendant l'été qui venait de s'achever, il s'était classé deuxième du tournoi interclans d'escrime et de lutte, bien qu'il n'en soit qu'à la dix-septième saison sèche de sa vie. Or, le clan Johnson ne pouvait pas se permettre de négliger une chance d'augmenter son prestige.

Leur maison principale se dressait en effet à l'extérieur de Gorival, dans une vallée escarpée qui la protégeait en partie des ouragans. Sur n'importe quel autre monde cela aurait été considéré comme une position enviable, mais sur Ta-Shima la chose leur valait une certaine condescendance de la part des autres Shiro, comme si les Johnson avaient cherché refuge contre le déchaînement des éléments par manque de courage et non pas parce que les abeilles prospéraient particulièrement bien dans les vallées.

De plus, les dirigeants du clan étant éloignés de Gaia, ils ne participaient que de temps en temps aux réunions du Conseil. Bien qu'en théorie toute Ancienne puisse être élue à la plus haute charge (et, au fond, se dit avec amusement la saz-adaï, même un des hommes que certains clans peu respectueux des traditions avaient désignés pour les diriger aurait pu être élu), en pratique quatre Sadaï sur cinq étaient originaires de Gaia.

L'Ancienne secoua la tête et retourna au problème qui la préoccupait. En premier lieu il fallait prendre des renseignements plus précis. N'étant en poste que depuis trois ans, elle n'était pas au courant de tout ce qui concernait les presque deux mille Shiro qui appartenaient à sa maison.

Un des avantages de la position de saz-adaï était la possibilité d'utiliser le vétuste comp-system du clan. C'était aussi du reste un sujet de souci. L'Asix qui en assurait l'entretien lui avait affirmé que l'appareil était littéralement en train de tomber en morceaux et qu'il serait impossible de le garder longtemps en état de marche. Le prix d'un des nouveaux comp vendus par les Extramondins à Niasau correspondait, selon le calcul le plus pessimiste, à six tonnes de miel, la production de quatre ans. De plus, elle s'était laissé dire que les nouveaux appareils n'étaient pas aussi solides et qu'ils résisteraient difficilement pendant trente ans, comme l'actuel. L'humeur de la saz-adaï empirait de minute en minute.

— Trouve-moi toutes les données sur Rinvar, marmonna-t-elle en s'adressant au volumineux cube de plastique, un matériel arrivé on ne savait comment sur Ta-Shima depuis quelque monde lointain, bien avant que les commerçants extramondins atterrissent avec leurs astronefs pleins à craquer de marchandises parfois utiles, mais toujours désespérément coûteuses.

Elle examina rapidement les données qui défilaient à toute vitesse : nom des parents biologiques, de la nourrice et du tuteur, une femme du clan Gantois, suivis par les notes des Jestak sur les examens annuels dans le centre d'eugénisme.

Tout était parfaitement normal jusqu'aux Épreuves de la Majorité. Celle qui l'avait précédée dans sa charge n'avait eu aucune raison de confier le garçon à une Académie, où il aurait passé une vie vraisemblablement courte à combattre contre d'autres têtes brûlées, jusqu'au jour où il serait tombé sur un escrimeur meilleur que lui, en laissant sa vie sur la pointe d'un sabre et son corps à la charrette des Bur.

Du temps où il avait encore les cheveux longs, il avait été un étudiant moyen, qui n'avait pas eu trop souvent besoin du fouet et qui s'était toujours conduit normalement. Il s'était aussi battu occasionnellement en duel avec des gens de son âge, mais pas plus souvent que les autres. Il avait été soumis aux Épreuves pendant le quinzième été où était en fonction Haridar Sadaï, après quoi il avait intégré le clan…

Il y avait toutefois une anomalie : la cérémonie de la coupe des cheveux et du tatouage de Rinvar avait eu lieu presque un mois après celle des autres. Un contrôle rapide révéla qu'il avait été hospitalisé à la Maison de la Vie avec des blessures très graves, qui l'avaient laissé entre la vie et la mort pendant plusieurs jours. Les Épreuves avaient été dures pour lui, à ce qu'il semblait.

Elle eut la curiosité de vérifier les noms des quatre autres qui les avaient affrontées avec lui, pour autant qu'à l'époque il ait réussi à intégrer un groupe de cinq – et il n'y avait pas de raison qu'il ne l'ait pas fait. Il n'avait jamais eu un comportement antisocial et il était déjà un excellent athlète.

Rinvar, découvrit-elle, était parti avec trois filles et un garçon et était revenu seul, en portant sur les épaules une des filles, mourante. L'effort consenti pour traîner avec lui sa compagne, malgré l'affreuse plaie béante que lui-même avait à l'abdomen, l'avait épuisé, et il s'était évanoui en entrant dans le pavillon de la Majorité.

Les Anciennes avaient appelé immédiatement un module volant, mais seul le garçon avait été transporté à la Maison de la Vie. La sazadaï Jestak, qui était présente, avait affirmé qu'il serait inutile d'essayer de soigner la jeune fille, dont les blessures étaient trop graves pour lui permettre de mener une vie autonome. Elle l'avait aidée personnellement à profiter du privilège shiro et avait remis son corps aux Bur.

Il ne restait donc en vie aucun des sei-hey de Rinvar, ces amis qui accompagnent un Shiro pendant toute son existence, sur lesquels il sait qu'il pourra compter en toutes circonstances, avec lesquels il peut parler ouvertement et sans aucune inquiétude.

Si une authentique Shiro pouvait être capable d'un sentiment comme la compassion, il est probable que l'Ancienne en aurait nourri pour quelqu'un qui avait perdu si tôt tous ses sei-hey.

Qu'avait-il bien pu arriver à ce groupe pendant les Épreuves ? Il était bien évidemment impossible de le découvrir. Suivant la tradition, personne ne demandait comment s'étaient passées les Épreuves, et ceux qui les avaient traversées n'en parlaient qu'avec leurs sei-hey. Ils se remémoraient ensemble cet épisode qui marquait l'entrée dans l'âge adulte et qui était une des étapes les plus importantes de leur vie.

C'étaient là les données officielles. À présent, la saz-adaï avait besoin de connaître les ragots et les commérages. Elle sortit de sa chambre et se dirigea vers les cuisines en plein air, sous les respectueuses salutations de tous ceux qui se trouvaient sur son chemin.

Elle jeta un regard circulaire sur les cuisines, faisant mine de contrôler l'état d'avancement des travaux. Avec satisfaction elle enregistra l'attitude des jeunes Shiro de corvée de cuisine, qui baissaient la tête en essayant de ne pas se faire remarquer, tout en accélérant le rythme de travail, tandis que les Asix du même âge lui souriaient, tout heureux de la voir.

— Iri, appela-t-elle. J'ai à te parler.

Au son de sa voix, une Asix âgée, assise en tailleur près d'un monceau de ces légumes qui mûrissent sous terre, et sont donc à l'abri des ouragans, leva les yeux. Elle était en train de couper en morceaux des navets et des carottes, qu'elle jetait dans un grand chaudron.

La reconnaissant, l'Asix s'essuya hâtivement les mains avec un torchon, puis se leva d'un mouvement rigide et vint à sa rencontre avec un sourire de bienvenue.

— Dame honorée, salua-t-elle en s'inclinant.

La saz-adaï lui répondit en l'appelant « sœur aînée », parce qu'il s'agissait d'une des filles de sa nourrice, avec laquelle elle avait été élevée.

L'Asix rougit de joie et les deux femmes s'éloignèrent de quelques pas pour qu'on ne puisse pas les entendre, car tous les autres, qu'ils soient inquiets ou simplement curieux, ne cessaient de les observer à la dérobée. La Shiro marchait d'un pas alerte et l'Asix la suivait plus lentement.

Elle n'a que deux ans de plus que moi, se dit avec chagrin la saz-adaï. Sans aucun doute, dans une vingtaine d'années, Iri, n'ayant vu passer que quatre-vingts saisons sèches, arriverait au terme de son éphémère vie d'Asix. Il était triste de penser à quel point leur existence était courte. Bien sûr, celle des Extramondins l'était encore davantage et leurs générations se succédaient à un rythme rapide. C'était probablement pour cette raison qu'ils ne parvenaient pas à un niveau décent de civilisation, mais qu'ils vivent ou meurent, ce n'était pas là un sujet qui puisse intéresser un Ta-Shimoda, tandis que les Asix… eh bien c'étaient les Asix, et bien évidemment l'Ancienne s'en sentait responsable.

Les deux femmes s'assirent sous un arbre et la Shiro ordonna :

— Parle-moi de Rinvar.

— Un escrimeur hors pair, mère honorée.

— Iri, je ne te demande pas de me dire ce que tout le monde sait, c'est le reste que je veux savoir. Est-ce que tu t'imagines que je suis arrivée à l'âge que j'ai sans m'être aperçue que les Asix passent la moitié de leur temps libre à échanger des commérages ? Ce que l'un d'entre vous a découvert, tout le monde l'apprend aussitôt. Et il n'y a pas grand-chose qui échappe à vos oreilles aux aguets et à votre vue perçante.

» Qui partage la natte avec lui ? Que disent de lui ses compagnes de jeux sur l'oreiller ? Que fait-il quand il ne travaille pas et n'est pas de corvée de ménage ?

— Il a tendance à préférer les hommes aux femmes comme compagnons de natte, toutefois il a fait personnellement son devoir avec les Asix qui lui ont été assignées, sans demander l'insémination artificielle. Pour le reste, je le regrette, ma dame, mais je n'ai rien d'autre à te rapporter. Il ne fréquente personne en particulier et passe toutes ses soirées en salle d'armes.

— Trouve-t-il des mâles asix disposés à partager la natte avec lui, ou bien est-il obligé de se contenter des Shiro ? interrogea-t-elle, soucieuse.

Les mâles asix qui préféraient les hommes étant rares, c'était là un autre élément contre le jeune Rinvar.

— Il y a Doni, Niki, et parmi les Shiro…, commença Iri, mais la saz-adaï l'interrompit d'un geste. Les noms ne l'intéressaient pas, du moment que le jeune homme se conduisait normalement. Or, un Shiro qui n'aurait pris comme compagnons de jeux que ses congénères lui aurait inspiré une bonne dose de dégoût.

— Les deux Asix qui ont eu des enfants de lui, qu'en disent-elles ?

— Elles l'adorent, à quoi tu t'attendais ? demanda Iri avec impertinence.

La mère honorée lui sourit et elle lui aurait volontiers donné une chiquenaude affectueuse sur la joue, mais les yeux de la moitié du clan étaient fixés sur elles.

— Et toi, personnellement, quelle est ton opinion sur lui ?

— Je crois qu'il a choisi la mort comme compagne de jeux, ma dame, répondit avec gravité la vieille Asix. Et c'est bien dommage qu'il soit si bon bretteur, parce qu'il prendra beaucoup de vies avant que quelqu'un prenne la sienne.

La saz-adaï remercia sa sœur-de-nourrice et retourna dans sa chambre. Qu'une Asix arrive à souhaiter qu'un jeune Shiro de son clan se fasse tuer en duel, ce n'était nullement chose négligeable. Elle faisait absolument confiance aux jugements d'Iri, ne commettant pas l'erreur de tenir tous les Asix pour moins intelligents du simple fait qu'ils étaient bruyants et rieurs, à la différence des Shiro, sérieux et pondérés.

Elle passa encore une journée entière à réfléchir avant de se décider à appeler le sazdo-adaï nouvellement élu du clan Huang. Elle avait l'impression que s'adresser à un homme était légèrement en dessous de sa dignité, mais, après tout, Tore occupait la même fonction qu'elle. De plus, il serait probablement plus malléable que les autres Anciennes : cela ne devait pas être facile pour lui de s'affirmer dans un milieu par tradition exclusivement féminin ; il ne mépriserait sans doute pas la possibilité de se faire une alliée. De plus, après que le puissant et riche clan Huang avait été sali par un tel scandale, il n'allait pas être trop arrogant.

— Félicitations pour ta nouvelle charge, murmura-t-elle du bout des lèvres dès que l'image holo de Tore se matérialisa.

Elle parvint même à lui adresser ce qui, du point de vue d'un Shiro, pouvait presque passer pour un sourire cordial. Après avoir expédié les civilités en vitesse, avant que le comp-system, qui réglait aussi le communicateur, rende l'âme, elle lui posa la question qui lui tenait à cœur.

— Je sais que l'ambassadeur étranger et quelques-uns parmi ses barbares sont autorisés à visiter le Haut Plateau. Comment va se dérouler la visite, et qui les accompagnera ? Je suppose que ce sera la doctoresse Huang, j'ai ouï dire qu'elle avait passé pas mal de temps au-delà du pont, en compagnie des Sitabeh.

Elle utilisa à dessein le sobriquet méprisant, signifiant « mangeurs de cadavres », dont les Ta-Shimoda, rigoureusement végétariens, affublaient les étrangers, comme pour sous-entendre que pendant les années passées loin de son monde, la doctoresse Huang aurait pu faire siennes de si répugnantes habitudes alimentaires.

Sans relever la pointe, Tore répondit paisiblement :

— Je voulais la désigner, en effet, mais elle m'a demandé de la dispenser de cette tâche. Elle est en train d'effectuer d'importantes recherches pour la Maison de la Vie, et craint que si elle les abandonnait, ses échantillons en souffrent, ou ses préparations sur lamelles, enfin, quelque chose dans ce goût-là. Je ne sais pas exactement, je ne suis pas un scientifique comme elle.

La saz-adaï avala la couleuvre, parvenant même à le féliciter aimablement.

— Un membre du clan qui travaille pour la Maison de la Vie représente vraiment un grand honneur. Les doctoresses n'appartenant pas au clan Jestak ne sont pas plus de cinquante, n'est-ce pas ?

— C'est exact, et les chercheuses ne sont que deux : Suvaïdar Huang et Yoriko Sobieski. C'est en vérité un grand honneur pour nous ; j'ai donc accepté sa demande et je l'ai dispensée. J'ai choisi quelqu'un qui, ayant étudié à l'université de Neudachren, connaît bien la langue des barbares. Les autres clans ont aussi indiqué le nom d'un de leurs membres. Ce sera à la Sadaï de décider qui envoyer.

— Il faut dire qu'en vivant à Gaia c'est plus facile… Je veux dire qu'ici, à Gorival, les nouvelles arrivent souvent en retard. J'ai un jeune à qui j'ai décidé de faire suivre des études universitaires en Extramonde. Comme il est justement en train d'étudier la langue de la planète d'origine des étrangers, j'aimerais le proposer, pour qu'il puisse s'exercer.

— Un jeune ? Le crois-tu à la hauteur ? S'il arrivait quoi que ce soit aux Extramondins qui visitent le Haut Plateau, cela pourrait donner lieu à un incident avec les gouvernements des autres mondes. Je ne crois pas que la Sadaï accepterait de confier la tâche à un étudiant.

— Je n'avais pas l'intention de proposer qu'il soit nommé officiellement, mentit avec impudence l'Ancienne. Je me disais qu'il pourrait se joindre à l'expédition. Bien entendu, le clan Johnson ne demanderait pas de rétribution pour son travail, ajouta-t-elle, en cachant avec difficulté son dépit.

— Oh ! alors, s'il s'agit de rendre service à ton clan, bien volontiers. Si mon candidat est choisi, je n'ai aucune objection à lui attribuer un aide, qui devra bien évidemment être sous ses ordres. Mais je me dois de te faire remarquer que si quelque chose arrivait aux barbares pendant le voyage, qu'il s'agisse de la morsure d'un scorophon ou d'un coup de couteau infligé par un Shiro ombrageux, la Sadaï a menacé de fouetter personnellement les accompagnateurs. Je n'ai pas l'impression que c'était une façon de parler.

» Si la personne envoyée par notre clan devait subir une punition déshonorante à cause d'une faute commise par un membre d'un autre clan, je crains fort que cela débouche sur des frictions pour motif d'honneur. Personnellement, cela me navrerait, mais tu sais bien que l'Ancien lui-même ne peut pas interférer avec des questions de Sh'ro-enlei.

» Si tu crois vraiment que ton jeune mérite ta confiance, tu pourras l'envoyer à Gaia après la première récolte. Si le choix se porte sur mon candidat, je te préviendrai en temps utile. Malheureusement, c'est quasiment certain : les étrangers l'ont déjà rencontré dans l'astronef qui les amenait ici et ils préféreront sans doute avoir affaire à lui plutôt qu'à un inconnu. En ce qui me concerne, je céderais volontiers cette charge : si tout va bien, ce ne sera qu'une perte de temps, tandis que si quelque chose va de travers, cela déshonorera le clan entier.

La saz-adaï Johnson le remercia un peu plus sèchement que nécessaire. Pour un homme il s'en sortait bien, trop bien même. Il l'avait mise en net désavantage : Rinvar allait travailler pendant plus d'une décade sans que le clan reçoive la moindre rétribution, et de surcroît, le service reçu signifiait qu'elle avait contracté une dette. Pis encore : il y avait le danger d'une vendetta d'honneur avec le clan Huang, tellement plus vaste que le clan Johnson.

Elle n'était plus sûre à cent pour cent d'avoir eu une si bonne idée que cela, mais en faisant marche arrière elle perdrait la face. Quelques jours plus tard, quand Tore Huang lui confirma que son candidat avait été choisi, elle le remercia de ses bons offices et convoqua Rinvar. Elle faisait impatiemment les cent pas en l'attendant, et malgré ses efforts pour garder l'expression impassible qui convient à une Shiro, même les Asix faisaient un détour pour éviter de passer devant la porte ouverte de l'antichambre qui donnait dans son bureau. S'ils ne pouvaient faire autrement, ils marchaient sur la pointe des pieds.

— Te voilà enfin, il était temps ! l'accueillit-elle avec agacement.

— Je suis venu immédiatement, mère honorée.

— Qu'est-ce que cela veut dire ? Te plains-tu de ce que *moi*, je t'ai fait un reproche injustifié ?

— Certainement pas, ma dame, jamais je ne me le permettrais.

— Essaie alors de t'exprimer correctement !

— Je vous présente mes excuses, mère honorée, murmura Rinvar.

L'Ancienne le dévisagea pensivement.

Est-ce que cela valait la peine de risquer l'inimitié du clan Huang, et peut-être de surcroît la colère de la Sadaï, uniquement à cause de ce jeune coq ? Ne vaudrait-il pas mieux lui ordonner de profiter du privilège shiro et s'en débarrasser une fois pour toutes ?

D'un autre côté, on pourrait peut-être faire d'une pierre deux coups : l'éloigner de Gorival en obtenant en même temps un avantage pour le clan. Non qu'elle ait l'intention, pour financer les études de ce casse-pieds en Extramonde, de dépenser l'argent dont on avait désespérément besoin pour des achats bien plus urgents, mais si Rinvar arrivait à nouer des contacts utiles avec les étrangers, elle lui donnerait l'ordre de déménager à Niasau. Les clans de Gaia avaient la possibilité de traiter directement avec les Extramondins. Bien qu'en théorie tout le commerce passe par ceux qui occupaient ce qui avait été la maison Bur, elle était fermement convaincue que les clans majeurs de Gaia, Huang, Jestak, Sobieski et Cutatis, se servaient au passage, laissant aux autres les affaires moins juteuses. Un Johnson connaissant la langue des barbares et vivant à Niasau pourrait s'avérer utile.

Et, si cela ne marchait pas, rien ne l'empêchait de l'envoyer mourir dans les mines plus tard. En attendant, loin de Gorival, le garçon perdrait l'ascendant qu'il avait sur les autres jeunes du clan, et ce serait au tour de quelqu'un d'autre de faire les frais de son ombrageux Sh'ro-enlei. Elle hésita encore un instant : ne valait-il pas mieux envoyer à sa place Jan, qui non seulement connaissait bien la langue des barbares, mais était en outre calme et pondérée ? Mais non, elle ne pouvait pas se passer d'elle : pour financer les études d'informatique de la jeune femme sur Neudachren, elle avait hypothéqué auprès des Bur un quart de la production de miel des trois prochaines années, un investissement qu'elle avait bien l'intention de faire fructifier. Dès la réouverture des écoles, Jan commencerait à donner des cours à un groupe de jeunes Van Voss, contre la fourniture de lait et de fromages pour quatre mois.

Son regard calculateur, qui soupesait les différentes possibilités, resta fixé sur Rinvar suffisamment longtemps pour le mettre mal à l'aise.

— Assieds-toi, lui ordonna-t-elle sèchement, s'asseyant à son tour en tailleur derrière la table basse qui lui servait de bureau.

Avec satisfaction, elle remarqua le léger voile de transpiration qui brillait sur la lèvre supérieure de son interlocuteur. Très bien : sa présence suffisait à lui inspirer une salutaire frayeur.

— Certains Extramondins de Niasau ont obtenu la permission de visiter le Haut Plateau ; ils partiront dès la fin de la première récolte de la saison des pluies. Il s'agit de gens importants et la Sadaï tient à ce que rien de fâcheux ne survienne. Ils seront donc accompagnés par deux Ta-Shimoda qui connaissent leur langue et qui seront chargés de veiller à ce qu'ils ne marchent pas sur la tanière d'un scorophon, ne se fassent pas étriper en salle d'armes, ne soient pas mordus par un reyo et ne fassent aucune des idioties que des barbares, dépourvus de toute civilité, ont sans doute tendance à commettre si on les laisse sans surveillance dans un monde peuplé de gens normaux.

» Ôte immédiatement ce sourire stupide de ton visage. Qu'y a-t-il de si amusant ?

— Je vous présente mes excuses, ma dame. Je pensais juste aux pauvres Asix qui seront obligés de servir de nourrices aux barbares.

— Asix ? Qui a parlé d'Asix ? Et ne gaspille pas ta compassion pour quelqu'un d'autre. Tu es une des personnes qui les accompagneront.

— Mais, Ancienne honorée, je ne parle pas leur langue ! Miran et Jan la connaissent, ils ont tous les deux étudié en Extramonde.

— Stupide garçon, lança-t-elle avec mépris, faisant semblant d'ignorer qu'il arborait les cheveux courts de l'adulte depuis quelques étés.

» Miran a étudié sur une autre planète. Crois-tu par hasard que tous les barbares parlent de la même façon ? Seule Jan connaît leur langue, mais je ne peux pas la choisir. Selon mes informations elle a été grièvement blessée dans un stupide duel, livré pour un point d'honneur proprement ridicule. Tu es au courant, je suppose, étant donné que tu étais son adversaire.

» Eh bien, tu vas te rendre chez elle pour lui demander, *très* poliment, de t'apprendre la langue barbare. Tu as un mois et demi à peu près pour en maîtriser au moins les premiers rudiments. Tu peux disposer.

— Mais, mère honorée, dans un mois et demi Jan-adaï sera guérie, et...

Sa voix s'étouffa dans sa gorge sous le regard de l'Ancienne.

— Ay, ma dame, je ferai de mon mieux.

— Ton mieux ne m'intéresse pas. Je veux des résultats tangibles. Jusqu'à ce que Jan me confirme que tu connais suffisamment cette langue, tu n'as droit à aucune heure libre, et qu'il ne te vienne pas à l'idée de mettre ne fût-ce qu'un pied en salle d'armes. Dépêche-toi, que fais-tu encore ici ? Ne t'ai-je pas ordonné de commencer à étudier ? Crois-tu avoir du temps à perdre ?

— Ay, ay ma dame, j'y vais.

Les yeux de la saz-adaï le suivirent avec satisfaction. Pendant un mois et demi il serait neutralisé et avant qu'il parte pour Gaia, elle prendrait soin de lui passer encore un savon, pour lui ôter l'envie de provoquer quelqu'un en duel à tout bout de champ.

Quand elle le convoqua pour un deuxième entretien, elle l'accueillit encore plus vertement que d'habitude.

— Jan me fait savoir que tu es très en retard dans les études, lui lança-t-elle avant même qu'il franchisse le seuil.

» Tu mérites une bonne volée de coups de fouet. Je suppose que, quand tu étais préadolescent, ton tuteur t'a traité avec une indulgence inadmissible. De toute façon le temps manque pour te donner la punition que tu mérites. Tu dois partir demain avant l'aube ; prends garde de ne pas te battre en duel un jour sur deux ni à te fourrer dans des ennuis d'aucune sorte. Tu iras à Gaia, à la maison du clan Huang, où tu demanderas Oda Huang. C'est lui qui sera le chef de l'expédition et tu auras pour lui le même respect que tu as pour moi.

» Avec les Extramondins tu te conduiras avec la plus parfaite courtoisie, la plus parfaite, tu m'entends ? Quoi qu'ils fassent ou disent. Et ne me sors pas des idioties sur le Sh'ro-enlei : les étrangers ne sont pas vraiment humains. Si une vache t'écrase un pied, la provoques-tu en duel ?

» Mais, d'un autre côté, n'oublie pas qu'ils sont puissants et dangereux pour nous tous, et qu'il ne faut pas les mécontenter. Tu as déjà fait ton devoir pour l'espèce, n'est-ce pas ? Eh bien, si une plainte quelconque devait m'arriver du clan Huang, ou des étrangers, je veillerais personnellement à te châtrer, afin de réduire à un niveau acceptable ton taux de testostérone, qui est manifestement trop élevé. Dans les mines on a besoin de bras robustes et de rien d'autre. Je me suis laissé dire qu'ils acceptent les castrats : cela ne pose aucun problème pour les travaux manuels. Tu peux disposer.

— Saz-adaï, mais pourquoi…

— As-tu entendu ce que j'ai dit, oui ou non ? Serais-tu par hasard pressé de te soumettre à la petite opération dont je parlais, au point de préférer le faire avant de mener à bien la mission que je t'ai confiée ?

— Avec ta permission, je pars sur-le-champ, dame honorée, répondit Rinvar.

Avant que la saz-adaï ait le temps de revenir sur sa décision et de le rappeler pour un nouvel entretien, il prépara en toute hâte un sac où il fourra un peu de linge, une veste et un pantalon de rechange. Après un bref moment d'hésitation, il passa chercher son sabre personnel en salle d'armes et en accrocha la gaine de tissu rêche à l'épaule, de façon que l'arme s'appuie contre son dos. Quelques minutes plus tard, bien que le soir ne soit pas loin, il descendait au pas de charge les lacets de la route de Gaia. Tout en marchant, il consommait son dîner : du pain et un petit séol de montagne, qu'on avait laissé sécher tout l'été sur une claie du garde-manger.

Il se sentait déconcerté, exaspéré, et embrasé de la colère qu'il avait dû étouffer pendant l'entretien avec l'Ancienne. Jan se portait maintenant comme un charme : elle aurait très bien pu aller jouer la nourrice pour les Extramondins, dont elle parlait couramment l'horrible langue dépourvue de toute logique. L'Ancienne semblait l'avoir pris pour cible, mais pourquoi ? Il respectait toujours scrupuleusement les règles : en toutes circonstances il s'était conformé exactement au Sh'ro-enlei.

Il marcha pendant toute la nuit et une bonne partie de la journée suivante et l'exercice physique finit par le calmer un peu. À la tombée du jour, le jeune homme, fatigué et affamé, voulut demander l'hospitalité dans une ferme située à un quart du chemin de Gorival à Gaia, mais il se rendit compte que, dans sa hâte, il n'avait même pas pensé à se faire donner par l'administrateur un peu d'argent ou un papier endossant les frais de voyage.

Pour payer l'hébergement et la nourriture, il fut donc contraint de travailler le matin suivant. En rajoutant quelques heures il eut droit au dîner et à une autre nuitée. Il décida de ne plus s'arrêter dans aucune ferme : la saz-adaï lui avait ordonné de partir immédiatement et s'il perdait encore quelques jours il risquait d'arriver en retard. Il préférait ne pas imaginer ce qui lui arriverait si les étrangers étaient à la maison du clan Huang avant lui et entamaient déjà leur tour.

Il quitta la ferme deux heures avant l'aube et marcha toute la journée, ne s'arrêtant même pas pour manger son pain et son fromage. Le voyant déjà levé et prêt à partir, une Asix qui dévorait son casse-croûte avant d'aller s'occuper de la première traite des vaches, prise de pitié, lui avait donné un peu de nourriture. Le soir venu, il trouva à s'abriter de la pluie, au moins partiellement, sous l'arche d'un pont qui enjambait un canal. Là, après avoir enfin mangé ses maigres provisions, déjeuner et dîner tout à la fois, qu'il fit passer avec un peu d'eau, il se couvrit le visage de son capuchon, se pelotonna par terre et essaya de dormir.

Il arriva à Gaia, deux cents kilomètres plus loin et trois jours plus tard, fatigué, affamé, mal lavé, et en proie à une froide colère shiro, qui brûlait sous une façade contrôlée et impassible, et d'autant plus frustrante qu'il ne savait même pas exactement contre qui la diriger.

Il fut très impressionné par Gaia : c'était une grande ville, aux rues incroyablement animées. Il passa devant l'université, aussi vaste que la moitié de Gorival, puis devant la Maison de la Vie, qu'il examina avec un respect tout particulier. C'était le plus important des centres dans lesquels œuvrait le clan Jestak : elle hébergeait le centre d'eugénisme et le laboratoire d'ingénierie génétique, où on décidait du droit à la vie et à la reproduction de tous les êtres vivants non indigènes de Ta-Shima : humains, animaux et plantes.

Après avoir tourné en rond pendant une demi-heure sans voir de porte aux armes des Huang, il se décida à demander son chemin au premier Asix qu'il croisa. Il apprit qu'il devait retourner sur ses pas : il avait déjà dépassé depuis une bonne dizaine de minutes le bâtiment qu'il cherchait.

— Il n'y avait pas les armes des Huang, fit-il remarquer.

— Elles ne se trouvent qu'au-dessus de la porte principale, bien sûr, lui répondit, interloqué, l'Asix, tu es passé devant l'aile dortoir.

Il rebroussa chemin, contrarié d'être passé pour un provincial : à Gorival un des murs des maisons était adossé à la montagne, et il n'y avait donc jamais plus d'une entrée. Il ne lui était pas venu à l'esprit qu'à Gaia les choses pouvaient être différentes.

Arrivé à destination à la tombée du jour, il fut dépassé par de jeunes Asix qui entraient, comme lui. Ils semblaient tous de très bonne humeur et il se demanda s'ils étaient des invités qui venaient passer la nuit avec un jeune Shiro. C'était sans doute cela : aucun d'entre eux n'arborait les armes des Huang sur sa veste. Il regarda avec intérêt un beau garçon et lui sourit. L'Asix répondit au sourire, se retournant pour le lorgner par-dessus son épaule, puis il entra avec les autres et Rinvar leur emboîta le pas.

Il était inutile de les interroger, autant attendre que l'un des habitants de la maison passe par là.

Il resta debout dans le couloir, pendant que les Asix disparaissaient derrière un tournant. À Gorival, cette aile aurait été réservée aux adolescents, pour éviter que les allées et venues des visiteurs nocturnes agacent les adultes. Probablement qu'ici aussi les maisons étaient bâties selon le même plan général. Oda ne dormait sans doute plus là : il devait être plus âgé que lui d'une dizaine d'années. Il s'en souvenait parfaitement bien : quelques décades auparavant, il l'avait battu dans les demi-finales du tournoi interclans. Il lui avait aussi proposé de partager la natte, mais Oda, hélas ! n'était pas du tout intéressé par les hommes.

 Il avança de quelques pas et passa un coin derrière lequel s'étendait un couloir long d'une bonne dizaine de mètres, qui en croisait trois autres. Combien de personnes habitaient donc là ? Et que faire maintenant ? Était-il correct de frapper à une porte, et de déranger un inconnu ? Comme Gorival était une ville beaucoup plus petite, il avait connu, à l'école ou bien à l'Académie, des jeunes de tous les clans. Il ne lui était jamais arrivé auparavant d'avoir à pénétrer dans un bâtiment habité exclusivement par de parfaits étrangers. Il n'était pas très sûr des règles de conduite à adopter en pareille situation.

 Une des chambres était ouverte, mais à l'odorat il reconnut qu'il devait s'agir du dispensaire. Pendant qu'il hésitait, une autre porte s'entrebâilla quelques pas plus loin, livrant passage à une jeune Asix. Une Huang, remarqua avec soulagement Rinvar : les armes du clan se détachaient dans la pénombre, noires sur fond blanc. La jeune fille parlait à quelqu'un dans la chambre, la tête tournée en arrière ; dès qu'elle eut pivoté et l'eut aperçu, elle lui fit un sourire engageant.

—Puis-je faire quelque chose pour toi ?

—Oui, je te remercie : tu peux me dire où se trouve la chambre d'Oda-adaï.

—Certainement, seigneur, mais Oda-adaï est…

La jeune Asix s'interrompit tout net, le regard passant derrière lui. Il se retourna, mais il n'y avait personne et il ne comprit pas qu'elle regardait la garde de son sabre qui dépassait de son épaule gauche.

—Sa chambre est la troisième après le coin ; les armes Huang et Jestak sont dessinées au-dessus, comme ici, sauf qu'elles sont agencées autrement, lança-t-elle en toute hâte, avant de lui tourner le dos et de s'éloigner.

 Il suivit ses indications et trouva la porte ornée du reptile sans pattes des Jestak qui entourait l'idéogramme Huang. Il frappa, sans obtenir de réponse. Il frappa de nouveau, plus fort, et tendit l'oreille, mais aucun bruit ne parvenait de derrière la mince paroi de bois.

 Avec agacement il regarda de droite à gauche, mais le couloir restait désert. Sans personne pour le renseigner, il serait contraint de se rendre à la salle commune et aux bains, et de se présenter chaque fois, et pas uniquement avec le nom de son clan, mais aussi avec son nom personnel, tout humiliant qu'il était d'en faire part à des inconnus sans raison précise, après quoi il lui faudrait demander dans les formes la permission d'entrer. Quel ennui et quelle perte de temps que tout cela ! Pourvu qu'Oda ne soit pas déjà parti avec son troupeau de barbares ! Rinvar frissonna à l'idée de la réaction qu'aurait la saz-adaï en découvrant qu'il était arrivé trop tard.

Quand il trouva la salle commune, il s'inclina poliment sur le seuil, en précisant son nom complet, matronyme, patronyme et nom personnel. Il demanda la permission d'entrer en se tenant strictement aux formes de politesse, et après l'avoir obtenue il s'inclina de nouveau et formula sa demande : il cherchait Oda-adaï. Quelqu'un l'avait-il vu ? Il reçut des réponses brèves et nullement chaleureuses, et pas seulement de la part des Shiro, ce qui aurait été normal, mais aussi des Asix. *Qu'est-ce qu'ils ont donc tous ?* se demanda-t-il, désemparé. *On dirait qu'ils me détestent. Les Asix ne se conduisent jamais de la sorte.* Était-il possible qu'ils soient tellement différents de ceux de Gorival ?

La permission d'entrer ne se refusait pas sans raison valable et on la lui avait donc accordée, toutefois aucun Asix plein de bonne volonté ne lui proposa d'aller à sa place à la recherche d'Oda aux bains et en salle d'armes. Il demanda avec une extrême politesse où se trouvaient les bains, s'y rendit et répéta toute la cérémonie, après quoi il prit la direction de la salle d'armes, où il fut obligé d'attendre l'intervalle entre deux entraînements pour s'adresser aux personnes présentes. Entre-temps il avait perdu une bonne demi-heure avec ses recherches improductives, il était sérieusement agacé et l'envie d'en découdre commençait à le démanger.

— Asix, appela-t-il d'une voix ferme, en s'adressant à un homme d'un certain âge, je viens de Gorival avec une mission que m'a confiée ma saz-adaï. Il est impératif que je parle avec Oda-adaï ; il n'est ni dans sa chambre, ni aux bains, ni en salle d'armes. Peux-tu me dire s'il passe la nuit à l'extérieur, et quand est-ce qu'il revient ?

— Je crois qu'il est à la maison. Si tu ne l'as pas trouvé autre part, il est sans doute chez sa sœur, qui loge dans la chambre à côté du dispensaire.

« Sans doute chez sa sœur » ? Oda Huang avait-il une compagne fixe, comme un gardien de troupeau asix pendant la transhumance ? Et tous les Asix de la maison étaient au courant ? se dit-il, déçu et avec une ombre de mépris amusé.

De retour dans le dortoir, il tournicota dans le dédale de couloirs, jusqu'à ce que ses narines perçoivent de nouveau l'odeur de désinfectant. Il frappa à la porte voisine, et se rendit compte que c'était de là qu'était sortie la jeune Asix à laquelle il avait demandé où se trouvait la chambre d'Oda. S'il était là, pourquoi donc la fille ne lui avait-elle rien dit ? Ce fut une voix d'homme qui répondit :

—Entre.

Rinvar obtempéra. Une femme shiro était à moitié couchée sur la natte, le dos appuyé à la paroi, avec près d'elle un homme assis en tailleur. Il le reconnut immédiatement, il s'en souvenait parfaitement bien : il l'avait trouvé très attirant et le combat avec lui avait été excitant, dans tous les sens du terme. L'homme ne fit cependant pas mine de le reconnaître, et Rinvar se conduisit donc comme s'il avait en face de lui un parfait étranger.

—Oda-adaï, n'est-ce pas ? interrogea-t-il. On m'a dit que je te trouverais probablement ici.

Il dévisagea avec curiosité, et plus longtemps que le permettait la bienséance, la femme qui, s'il avait bien compris, était la sœur et la compagne de natte d'Oda. Il fut déçu : elle n'avait rien de spécial. Elle ressemblait à son frère, à vrai dire, mais sans en avoir la beauté. Pâle, les traits tirés et les yeux cernés, elle ne faisait pas preuve de beaucoup de politesse : elle ne s'était même pas donné la peine de s'asseoir correctement en entendant frapper.

Comme décidément il s'attardait trop à l'examiner, elle lui demanda à voix basse :

—Dans ton clan, quand on frappe à la porte d'un inconnu, n'a-t-on pas coutume de se présenter, plutôt que de rester à le dévisager bouche bée ?

—Clan Johnson to Yamamoto, Rinvar, rétorqua-t-il d'une voix sans timbre. Si mes manières ne te conviennent pas, nous pourrions en débattre en salle d'armes.

À Gorival son nom seul aurait suffi à impressionner un éventuel adversaire ; de plus Oda aurait dû se souvenir de lui : le tournoi n'avait eu lieu que cinq décades auparavant. Aucun des deux Shiro toutefois ne broncha.

—Ce sera avec plaisir, lui répondit la femme avec indifférence. Tu devras cependant attendre une décade et demie.

D'un mouvement raide elle se pencha pour prendre un bol de thé et Rinvar s'aperçut qu'elle devait être blessée. Voilà pourquoi elle s'appuyait à la paroi, au lieu de garder le dos parfaitement droit. Il se mordit la lèvre, fâché contre lui-même : il s'était laissé aller, une fois de plus, à lancer un défi avant d'avoir saisi exactement la situation. La sazadaï lui avait défendu de se battre trop souvent, et voilà que la première chose qu'il faisait, à peine arrivé, était de provoquer une inconnue, qui semblait souffrante et qui était de plus la sœur, et peut-être aussi la compagne de natte, de l'homme avec lequel il allait voyager. S'il n'avait pas été fatigué après ses nuits à la belle étoile, déconcerté par l'accueil reçu, et qui plus est excité par la présence d'Oda, jamais il n'aurait laissé échapper pareille gaffe, mais sans réfléchir il remarqua étourdiment :

— Tu es blessée.

Irrité par la grossièreté d'une telle indiscrétion, Oda serra les lèvres, puis il se leva souplement.

— Tu souhaites visiter la salle d'armes du clan, si j'ai bien compris. La dame shiro est retenue aujourd'hui, mais moi, j'ai justement un peu de temps libre.

Se tournant vers sa sœur, il ajouta :

— À bientôt, o-hedaï.

Il s'adressait toujours à elle en employant le terme respectueux, bien qu'ils soient intimes.

— À bientôt, seigneur, lui répondit-elle, avec la même politesse formelle, suivant d'un regard inexpressif les deux hommes qui sortaient.

Pourvu qu'ils ne choisissent pas les lames-de-sang, se dit-elle. Bien évidemment elle connaissait la renommée de Rinvar : que quelqu'un de si jeune se classe deuxième dans le tournoi interclans, c'était un événement suffisamment hors du commun pour attirer l'attention. Pour bon bretteur que soit Oda, c'était incontestable que le garçon le dépassait de plusieurs longueurs. Elle aurait voulu aller assister au combat, pour être immédiatement disponible si Oda était blessé, mais elle ne pouvait en aucun cas traverser la maison du clan en boitant et en s'appuyant aux parois.

— Asix ! appela-t-elle à voix basse, tellement basse qu'aucun Shiro n'aurait pu l'entendre depuis le couloir ni depuis une des chambres proches.

Presque immédiatement on frappa à sa porte. Dès qu'elle eut dit d'entrer, une très jeune Asix passa la tête dans l'embrasure de la porte.

— Shiro-adaï ?

— Mon frère cadet se bat en salle d'armes. Si l'un des combattants a besoin de soins, conduis-le ici, veux-tu ? Tu pourras aller me chercher le nécessaire au dispensaire.

— Ay, répondit la petite fille en soupirant.

Les duels continuels des Shiro étaient pour les Asix une source de souci constant. Le bruit courait que le jeune homme qui cherchait Oda-adaï avait sur lui son sabre de combat. Elle n'avait nullement envie d'assister à un combat où on se servait des lames-de-sang ; toutefois Suvaïdar lui avait donné un ordre et elle porta donc ses pas vers la salle d'armes, traînant des pieds et marchant aussi lentement que possible.

À son arrivée la rencontre était déjà terminée. Ils s'étaient heureusement servis des sabres d'exercice, mais Oda-adaï devait avoir reçu un coup très fort à l'abdomen : il marchait en se tenant très raide et quand elle l'appela il se retourna en pivotant sur les jambes, sans bouger le torse.

— La dame m'a ordonné de conduire chez elle quiconque aurait besoin de soins.

— Personne n'est dans ce cas, n'est-ce pas ? répondit Oda, lançant un regard à son adversaire.

» Mais tu me cherchais. Voulais-tu autre chose que provoquer en duel quelqu'un qui pour le moment n'est pas en mesure de combattre ?

Déconcerté par un pareil manque de courtoisie de la part de quelqu'un qui avait la renommée du parfait seigneur shiro, Rinvar fut sur le point de réagir à cette insinuation, mais il se contint. La saz-adaï lui avait ordonné de faire preuve du plus grand respect vis-à-vis de cet homme, et ce serait malvenu qu'elle apprenne qu'il s'était battu deux fois contre Oda Huang dix minutes après l'avoir rencontré.

— J'ai reçu l'ordre d'accompagner les barbares qui visitent le Haut Plateau.

— Vraiment ? Tu arrives bien en avance, ils ne seront là que dans une décade et demie.

— Mais... Pourquoi m'a-t-on donc ordonné de partir avec une telle urgence ?

Oda l'examina, la tête penchée vers l'épaule.

— Il se peut que quelqu'un de ton clan n'ait pas eu envie de t'avoir à proximité, lança-t-il aigrement. Vous avez une maison à Gaia, n'est-ce pas ? Je te ferai prévenir dès que la date exacte du départ sera fixée.

Il lui tourna le dos et le quitta, et Rinvar le suivit du regard. Tout le monde semblait lui en vouloir depuis quelques jours ! Non seulement Oda ne lui avait pas offert l'hospitalité de la maison Huang, hospitalité que bien évidemment il aurait remboursée en travaillant, mais de plus il l'avait insulté délibérément, et sans aucune raison.

— Quelle mouche le pique ? demanda-t-il en murmurant à la jeune Asix. Et ce n'est pas le seul qui semble furieux contre moi. Ai-je fait quelque chose qui soit contraire aux usages de la maison ?

— Tu es entré en portant une lame-de-sang. Aucun Asix ne se réjouit quand les Shiro de son clan sont provoqués en un duel à mort.

— Mais je ne l'ai pas prise avec moi avec l'intention de me battre dans un duel à mort ! rétorqua-t-il.

Il venait tout à coup de comprendre comment on avait dû interpréter le fait qu'il ait été à la recherche d'Oda.

— Je ne l'ai prise que parce que j'espérais avoir un peu de temps libre pour m'exercer dans une des grandes Académies de Gaia. J'avais ouï dire qu'à la Paix Intérieure on s'entraîne aussi avec les armes en acier. Je n'ai pas demandé la lame-de-sang pour le duel, tu as bien dû l'entendre. D'ailleurs Oda-adaï ne la craint certainement pas, c'est un combattant valeureux.

Ce fut la maîtresse d'escrime qui avait arbitré la rencontre qui répondit. Elle était fort âgée, et Rinvar se dit que pour être toujours en fonction elle devait connaître un coup secret imparable. Elle bougeait lentement et avec une certaine raideur ; et il lui semblait tout bonnement incroyable qu'aucun de ses élèves n'ait réussi à la battre, pour s'emparer de sa charge.

— Porter son sabre quand on est à l'extérieur d'une salle d'armes est considéré comme agressif dans tout le Haut Plateau, et pas uniquement à Gaia, à ce que je sais. Néanmoins, je prends acte de ton explication et je l'accepte, mais je te conseille de déposer au plus tôt ton arme auprès d'une Académie.

Elle partit sans même le féliciter pour sa technique et Rinvar s'adressa de nouveau à la jeune Asix.

— Écoute, comme je vais être obligé de passer plusieurs jours avec Oda-adaï, il serait préférable que je sois au courant de ce qui se passe. Comment pourrai-je éviter un nouveau duel si je ne sais même pas pour quelle raison il semble être tellement en colère contre moi ?

— Je l'ignore, seigneur. Qu'est-il arrivé quand vous vous êtes rencontrés ?

Rinvar la mit au courant en deux mots et la jeune fille secoua la tête.

— Oda-adaï est toujours en colère contre quiconque provoque sa sœur Suvaïdar-adaï, la dame dans la chambre de laquelle tu es entré, et aussi contre ceux qui acceptent ses défis. Voilà quelques mois qu'il est constamment de mauvaise humeur : la dame est en salle d'armes un jour sur deux.

— Vraiment ? demanda-t-il avec intérêt. Est-elle une bonne lame ?

— Pas du tout, soupira l'Asix, elle n'a pas gagné une seule fois.

— Pour quelle raison se bat-elle donc si souvent ? demanda-t-il étourdiment, et s'il avait pu ravaler ses paroles il l'aurait fait, mais il était trop tard.

— Honneur shiro, répondit à la place de l'Asix une Shiro très jeune, les cheveux pas encore coupés.

» Tu n'as jamais entendu parler du Sh'ro-enlei ?

Rinvar écarquilla les yeux sous l'insulte et regarda autour de lui. Une dizaine d'élèves de l'Académie l'entouraient, visages de pierre et mains appuyées négligemment au manche de leur couteau.

Qu'est-ce que je fais maintenant ? se demanda-t-il avec désespoir. Je suis obligé de défier celle qui vient de parler, et il est évident que dès que je l'aurai vaincue, tous les autres voudront aussi se battre. Si le soir même de mon arrivée je blesse grièvement deux ou trois personnes, ou pis, si je cause la mort de quelqu'un, la saz-adaï l'apprendra à coup sûr.

Ses testicules se contractèrent au souvenir de la menace de l'Ancienne. Il la connaissait suffisamment pour savoir que cela n'avait pas été des paroles en l'air. Si des plaintes à son égard lui parvenaient, elle le castrerait, ne serait-ce que pour ne pas perdre la face. Il fut sauvé par un adulte, de plusieurs années plus âgé que les jeunes qui l'entouraient.

— *Mon* Sh'ro-enlei, lança-t-il sèchement, prohibe de défier un étranger qui vient d'arriver. Je lui laisserais au moins le temps de prendre une douche et de manger. Vous êtes tous exemptés de la corvée du ménage, par hasard ? Non ? Alors vous n'avez aucune raison de rester ici à perdre votre temps.

La tension sembla se relâcher de manière tangible. La fille qui lui avait adressé la parole s'éloigna la première, suivie par les autres, après quoi Rinvar aussi gagna rapidement la sortie de la maison Huang.

La nuit était tombée et peu de passants s'attardaient encore dans les rues. Après qu'il eut décroché et enveloppé son sabre dans son manteau, le portant comme un paquet, il demanda son chemin au premier Asix qu'il rencontra, et celui-ci fut tout heureux de l'accompagner en bavardant amicalement jusqu'à la petite maison que les Johnson avaient à Gaia.

Il y passa la nuit et les jours qui suivirent en attendant qu'Oda vienne le chercher. Il prit soin de ne parler que lorsque cela était indispensable, et toujours avec grande circonspection et courtoisie. Curieux de voir un maître asix – à sa connaissance le premier de l'histoire de Ta-Shima –, il porta son sabre à l'Académie de la Paix Intérieure et ne s'entraîna que là. Il préférait éviter la petite salle d'armes de la maison de son clan où il était trop supérieur aux autres élèves, et même au maître, à ce qu'il lui semblait.

Il exécuta en silence les tâches que lui confiaient l'administratrice de la maison et le Shiro qui exhibait une vilaine balafre et qui semblait gérer l'intendance de l'Académie de la Paix Intérieure. Quant au peu de temps libre qui lui restait, il le passa seul, dans l'étroite chambre qu'on lui avait attribuée.

Une décade plus tard, quand Oda vint frapper à sa porte, il demanda :

— Les étrangers sont-ils là ?

— Pas encore, nous devons aller les chercher à Niasau après-demain. Peux-tu venir à la maison de mon clan ? Il serait peut-être opportun qu'on discute des tâches qu'on nous a confiées.

— Nous pouvons le faire ici, si tu le souhaites. Je peux passer aux cuisines chercher une théière ou bien une outre de vin.

— O-hedaï veut aussi te voir.

— Souhaite-t-elle honorer le défi maintenant ?

— Je l'ignore, elle ne se confie pas à moi en la matière, mais quand bien même elle se déciderait en ce sens, sache que je ferai tout mon possible pour l'en empêcher, quitte à t'offenser gravement, comme ça elle sera obligée d'attendre son tour. En ce qui te concerne aussi, du reste, il y a plus d'honneur à te battre contre un adversaire aguerri plutôt que contre quelqu'un qui n'a même jamais réussi les examens du troisième degré.

Pour la première fois Rinvar se sentit favorablement impressionné par la sœur de son interlocuteur.

— Vraiment ? Même pas le troisième degré ? Si elle se bat si souvent, elle doit avoir un sens de l'honneur très élevé.

— Elle a plutôt un très haut niveau d'obstination, objecta Oda, de mauvaise humeur.

Il s'éloigna et Rinvar lui emboîta le pas. En chemin il essaya une ou deux fois d'entamer la conversation, demandant quelle était la surface de Gaia et comment se déroulaient les cours dans les autres Académies interclans de la ville, mais après une série de réponses courtoises mais laconiques, il cessa de poser des questions et marcha en silence. Il commençait à se dire que les prochains jours n'allaient pas être folichons, avec ce compagnon de travail dont le dialogue se bornait à des réponses aussi brèves que possible.

Il suivit son hôte à l'intérieur de la maison Huang, qui à la lumière du jour était encore plus impressionnante : elle était au moins six fois plus grande que la maison Johnson à Gorival. Ils parcoururent un long couloir qui semblait tourner sur lui-même, puis traversèrent un grand jardin potager, dans lequel presque toutes les plantes portaient déjà les fruits de la première récolte de la saison des pluies.

— La végétation est bien plus précoce ici, remarqua-t-il. Chez nous dans les montagnes, il faut encore attendre au moins une décade pour la première récolte des légumes.

Ne s'attendant pas vraiment à une réponse, il ne fut pas surpris qu'Oda se borne à un signe d'assentiment.

Ils rejoignirent une dépendance d'où leur parvenait une odeur pénétrante mais pas désagréable. La sœur d'Oda était en train d'expliquer à un petit groupe de très jeunes Asix quelles plantes médicinales il fallait faire sécher, lesquelles on faisait bouillir et lesquelles on mettait en infusion dans de l'alcool.

— Shiro-adaï, la salua Rinvar en s'inclinant. Il obtint en réponse un sourire inattendu, qui lui fit presque comprendre pour quelle raison Oda tenait tellement à sa sœur.

— Suvaïdar Huang, se présenta-t-elle.

Lui communiquer d'emblée son nom personnel témoignait d'une affabilité sans pareille.

— Asseyez-vous, ajouta la dame, mais ils s'agenouillèrent respectueusement à côté des Asix sur la natte qui entourait la table.

Tout en continuant à surveiller du coin de l'œil les jeunes en train de trier les simples, Suvaïdar s'adressa à Rinvar.

— Je crois être la Ta-Shimoda qui a vécu le plus longtemps en Extramonde : le temps de six saisons sèches. Loin de moi l'idée de te dicter la conduite à suivre, seigneur shiro ; si toutefois tu estimes profitables quelques renseignements sur les étrangers, qui pourraient s'avérer utiles pour traiter avec eux, je suis à ta disposition. Et je suppose qu'il serait opportun que je te les transmette avant de me battre contre toi. Je ne sais pas si je serai encore en mesure de le faire quand nous aurons terminé.

Il était sur le point d'opposer un refus à ce qui, bien qu'enveloppé de phrases courtoises, était bel et bien une tentative de lui dicter sa conduite, mais le sujet l'intéressait. Il appréciait aussi que son interlocutrice se propose de lui communiquer des renseignements qui pourraient en effet se révéler précieux, avant de se faire tuer en duel par lui.

— Je te remercie, répondit-il, je suis ton débiteur. Il est extrêmement courtois de ta part de t'inquiéter de la sorte pour moi.

— Pour toi, Shiro-adaï? L'éventualité de ta survie est le cadet de mes soucis. Mais mon frère-même-mère-même-père est le responsable de l'expédition et si quelque chose va de travers, il en subira lui aussi les conséquences.

— J'écouterai tout ce que tu estimeras opportun de me dire. Pour ce qui est de notre défi, pourrais-tu avoir l'amabilité d'attendre que j'aie mené à bien la tâche qu'on m'a confiée? ajouta-t-il, se disant que s'il devait passer une décade ou plus aux ordres d'Oda, autant que ce dernier ne soit pas d'une humeur complètement massacrante.

— Certainement. Pour ce qui est des étrangers, la personne qui t'a appris leur langue t'a-t-elle expliqué certaines choses?

— Oui, ma dame. Elle m'a fourni les instructions standards qu'on donne à tous ceux qui se rendent en Extramonde pour étudier dans une université. Elle m'a aussi recommandé avec une grande insistance d'éviter la moindre allusion à l'ingénierie génétique, qui serait un crime dans leurs mondes.

— Rien d'autre? interrogea Suvaïdar, et en réponse au signe de dénégation de son interlocuteur elle reprit : Ceux qui partent pour s'inscrire dans une université sont vivement encouragés à passer beaucoup de temps à étudier et très peu en compagnie des étrangers, avec lesquels ils nouent très difficilement des relations personnelles. Vous, en revanche, vous resterez avec eux du matin au soir pendant une décade et demie ou plus. Or, selon les Extramondins, le but du voyage est de mieux connaître notre pays et nos usages. Ils vous submergeront de questions en tous genres. La plupart te sembleront tellement absurdes que tu ne sauras même pas quoi répondre. Beaucoup de choses que nous considérons honorables, voire tout simplement normales, sont sur les autres planètes un crime ou un objet de mépris, comme je l'ai découvert peu après mon arrivée en Extramonde.

» Les étrangers sont tellement convaincus d'être seuls dépositaires de la vérité que, lorsqu'ils ne sont pas d'accord avec toi à propos d'une bagatelle sans intérêt, ils passent des heures à essayer de te convaincre. En ce qui me concerne – et mon intention n'est pas de distribuer des conseils à droite et à gauche, je me borne simplement à relater mon expérience personnelle –, en ce qui me concerne, disais-je, j'en étais arrivée à la conclusion que si je voulais éviter des discussions à n'en plus finir, il était préférable d'éviter tout sujet de conversation à caractère personnel, y compris ceux d'une grande banalité, avec les personnes avec lesquelles on partage sa natte, entre autres.

» Partout, et notamment sur Neudachren, le monde d'origine de l'ambassadeur et de sa famille, règnent les plus étranges idées en la matière. Tu veux des exemples ? Un homme qui partage sa natte avec un autre homme est un objet de mépris, et les jeux entre frère et sœur sont un délit.

— En es-tu sûre ? demanda-t-il, ébahi, ajoutant précipitamment : Non que je me permette de douter de tes paroles, je te prie de le croire, mais cela me semble si illogique ! Quelle importance cela a-t-il de savoir quels compagnons de jeux choisit un adulte ou un adolescent ? Cela ne regarde que lui, du moment qu'il prend soin d'éviter des grossesses qui n'ont pas reçu l'approbation de la Maison de la Vie.

Toutes les personnes présentes approuvèrent, les deux Shiro d'un signe, les Asix bruyamment. Tout en interrompant du geste un jeune mâle qui semblait décidé à étayer l'argumentation grâce au compte-rendu détaillé de toutes les compagnes de jeux qu'il avait eues pendant l'été, Suvaïdar répondit :

— À moi aussi, cela me semble évident, mais les Extramondins nourrissent plein d'idées vraiment extravagantes.

— Est-il vrai qu'ils ne sont pas complètement humains, comme l'affirment certains vieux Asix ?

Un court instant, si court que plus tard Rinvar penserait s'être trompé, une étrange expression passa sur le visage de Suvaïdar. Encore cette histoire ! Depuis ses toutes récentes études dans le centre de recherche, elle savait bien qui n'était pas complètement humain ! Toutefois, les interventions que les premières Jestak avaient pratiquées sur le génome shiro, mais surtout sur celui des Asix, étaient un des secrets les mieux gardés de la Maison de la Vie, et devaient absolument le rester. S'ils découvraient que plus de un tiers de leur patrimoine génétique était d'origine non humaine, les Asix risquaient de mal le prendre, et les Extramondins réagiraient de manière encore bien pire, car pour eux l'ingénierie génétique était synonyme d'abomination, au point que le terme même était considéré comme une obscénité.

— Ils ne sont pas comme nous, et donc si nous, nous sommes humains, il faudrait peut-être en conclure qu'ils ne le sont pas. Toutefois, des femmes asix ont eu d'eux des enfants, qui ne sont pas différents de nous, se borna-t-elle à répondre.

Les Shiro estiment qu'un mensonge direct est en dessous de leur dignité, mais il faut parfois savoir lire entre les lignes de leurs réponses et Oda plissa le front, car cette formulation lui semblait receler quelque chose de pas clair. Cependant, Rinvar était encore trop jeune et direct ; de plus il ne connaissait pas aussi bien que lui Suvaïdar et son penchant pour jongler avec la vérité, à la manière d'un Asix qui essaie de se soustraire à un ordre qui lui déplaît, tout en respectant scrupuleusement les formes. Oubliant pour une fois d'être arrogant, il inclina la tête vers elle pour se documenter avec un réel intérêt :

— Et les Jestak, autorisent-elles la conception ?

— Elles l'encouragent, même. Notre problème est celui d'un pool génétique extrêmement réduit. Tu as étudié l'agronomie et la médecine vétérinaire, n'est-ce pas ? Tu connais bien sûr la dysplasie de la hanche chez les bovins. Malgré une sélection soigneuse et des interventions d'ingénierie génétique, la maladie a tendance à se manifester de nouveau. Eh bien, les Van Voss ont acheté en Extramonde du sperme bovin congelé pour essayer de résoudre ce problème à titre définitif.

Rinvar hocha la tête, étonné que la dame soit au courant non seulement de ses études, mais aussi de questions relatives à l'élevage du bétail dans des fermes situées au beau milieu du Haut Plateau.

— Je sais. Notre saz-adaï a d'ailleurs discuté avec le chef agronome de l'éventualité de les imiter : les nouvelles vaches des Van Voss produisent moins de lait, mais, contrairement aux nôtres, elles ne s'estropient jamais pendant la transhumance. Le chef agronome et le vétérinaire espèrent éliminer la dysplasie par des croisements appropriés avec le bétail des Van Voss. J'avoue pourtant ne pas comprendre pourquoi les Jestak ne peuvent pas le faire. Cela ne devrait pas être un problème d'ingénierie génétique particulièrement compliqué pour des savantes qui ont été capables de doter les Asix d'une vision crépusculaire et d'une ouïe très fine.

— En principe il s'agit d'une intervention assez simple, en effet. On peut se servir d'un banal véhicule viral non pathogène, mais bien évidemment un véhicule de synthèse est préférable, parce qu'il permet d'éviter une éventuelle réponse immunitaire non désirée. Toutefois, on se heurte à deux obstacles. Vois-tu, il s'agissait sans aucun doute, chez les premiers bovidés, d'un gène contenu dans l'hétérocromatine, donc comprimé. Les Jestak de l'époque avaient suffisamment à faire pour éliminer les maladies manifestes, et je suppose qu'elles n'ont pas analysé à fond l'hétérocromatine du noyau. La maladie n'a fait son apparition qu'après un bon siècle, quand on a commencé les transhumances, et entre-temps tous nos bovins avaient été croisés entre eux. Nous avons des milliers de têtes de bétail, et il faudrait intervenir sur tous les animaux : même ceux qui ne développent pas la maladie en transmettent la prédisposition à leurs descendants. De plus, on s'est vite rendu compte que l'intervention était compliquée, du fait qu'il s'agit d'un gène pléiotrope…

Oda se racla bruyamment la gorge et Suvaïdar s'interrompit pour chercher des termes moins techniques.

— C'est un gène qui contrôle l'expression de plusieurs caractères : son altération affecte donc plusieurs fonctions. Nous devrions donc effectuer sur toutes nos vaches une intervention délicate et longue, qui consiste à…

Après un coup d'œil à son frère, elle s'interrompit de nouveau.

— Bon, les détails de l'opération ne t'intéressent sans doute pas. Le fait est qu'il est nettement plus simple d'utiliser l'ADN d'animaux indemnes. Entre exemplaires provenant de la même espèce, on finit par en trouver quelques-uns avec un certain degré d'histocompatibilité. Dans ce cas une intervention est l'enfance de l'art, et nous permet en plus d'élargir le pool génétique. Voilà pourquoi nous avons importé de l'Extramonde du sperme de bovidés. Eh bien, nous faisons la même chose pour les Asix, en sélectionnant soigneusement les donneurs, bien sûr.

— *Nous* faisons ?

— Je suis chercheuse à la Maison de la Vie.

— Ay, ma dame, mes félicitations respectueuses. Tu honores ton clan, répondit-il automatiquement. Les conseils venant de la Maison de la Vie doivent, bien entendu, être considérés comme des ordres.

Oda eut de la peine à retenir une repartie ironique : le garçon avait réussi à déclarer qu'il acceptait les conseils, tout en évitant de se mettre en situation d'infériorité, c'était un vrai tour de passe-passe !

— Je suivrai en toute chose l'exemple d'Oda-adaï, conclut Rinvar.

Oh, génial ! se dit Suvaïdar, essayant de rester impassible. Oda avait toujours fait preuve de la plus profonde ignorance quant aux usages des Extramondins. Après quelques contacts avec les habitants de Neudachren, il était parvenu à la conclusion qu'ils étaient vulgaires et dépourvus de la moindre éducation. Il avait cessé de les fréquenter et s'était plongé dans ses études, essayant de concentrer en deux années le programme de quatre. Officiellement c'était pour ne pas trop peser sur les finances du clan, mais sa sœur soupçonnait que l'envie de quitter au plus vite ce monde qu'il trouvait tellement inhospitalier avait pesé dans sa détermination.

Eh bien, soupira-t-elle, après tout ils ne vont passer qu'une décade avec les étrangers ; même Rinvar ne devrait pas réussir à déclencher une guerre stellaire en un temps si réduit.

— Autre chose : si on en vient à parler de l'âge des gens, ne montre aucun étonnement si les étrangers te paraissent beaucoup plus âgés que ce qu'ils devraient être. Nous vivons plus longtemps qu'eux, et nous ne vieillissons pas aussi vite.

— Comment cela se fait-il ?

— C'est un peu compliqué… Les premières Jestak, celles qui ont créé les Asix, leur ont donné des sens plus aigus et une force exceptionnelle, mais malheureusement les gènes correspondants interféraient avec l'augmentation de la longévité. Les premiers Asix avaient une espérance de vie très courte : pas plus d'une cinquantaine de saisons sèches.

— C'est abominable ! s'écria Rinvar.

— En effet, c'était inacceptable. Elles se sont donc employées à remédier à cet état de choses. Elles ont travaillé sur le gène responsable de l'inhibition de l'autorégénération des cellules. Il était connu depuis bien avant la fondation de Ta-Shima, mais comme l'ingénierie génétique n'est pas pratiquée en Extramonde, là-bas on ne l'élimine pas – ou peut-être qu'on ne l'élimine plus – du génome humain.

Les chercheuses de la Maison de la Vie ont fait le nécessaire pour le génome asix. Bien évidemment, elles sont intervenues de la même façon sur les Shiro. Voilà pourquoi notre vie est plus longue que celle des Extramondins.

— Elles devraient parvenir à donner aux Asix une existence de la même longueur que la nôtre, n'est-ce pas ?

— Non, malheureusement pas. Au départ, leur horloge biologique était conditionnée… Enfin, c'est comme ça, on peut le regretter, mais on ne peut rien y changer. Nous avons prolongé la vie de nos Asix, autant que faire se pouvait.

Rinvar secoua la tête, essayant d'assimiler ce que la dame venait de lui dire. Il avait toujours su que les membres de l'autre race entraient plus vite dans l'adolescence et qu'ils devenaient plus vite adultes que les Shiro, et au fond de lui, il avait conscience du fait que leur espérance de vie était plus réduite. Mais il n'avait jamais eu envie de s'appesantir sur quelque chose d'aussi déplaisant que la mort des Asix qu'il connaissait. Il se hâta de changer de sujet.

— Après avoir reçu l'ordre de participer à l'expédition, je me suis renseigné auprès des Asix de ma maison qui avaient travaillé en qualité de spatiaux ou bien de serviteurs à Niasau.

Il regarda Suvaïdar par en dessous, pour voir si elle allait se moquer de lui, mais la dame hochait la tête d'un air sérieux.

— Une initiative fort intelligente, approuva-t-elle.

— D'une intelligence inattendue, fut la remarque acide d'Oda.

Suvaïdar serra les lèvres : elle était en train de faire preuve d'une cordialité et d'une gentillesse qui n'étaient nullement dans sa nature, pour mettre le jeune homme dans des conditions d'esprit moins combatives. Ainsi, peut-être les deux hommes obligés de travailler coude à coude pendant des journées entières s'abstiendraient-ils de se défier en un duel à mort au retour de leur mission. Et voilà que son fichu frère réduisait à néant tous ses efforts.

— Il est en effet inattendu, rétorqua-t-elle, qu'un jeune fasse preuve d'autant de maturité. Certains d'entre nous, s'estimant supérieurs aux Asix, n'ont même pas l'idée de les interroger.

Le ton de sa voix était brusque et ses yeux étaient fixés sur Oda, bien qu'elle ait parlé à Rinvar. Celui-ci était passablement étonné : la tension entre eux deux était palpable et ce n'était pas une situation saine. Pourquoi donc n'allaient-ils pas en salle d'armes, y mettre un terme une fois pour toutes ? Mais Oda se borna à un humble « Ay » et Rinvar, après une hésitation, continua :

— À ce que j'ai appris, une des femelles de leur clan est folle à lier. Elle est convaincue de l'existence de personnes invisibles, douées d'énormes pouvoirs extrasensoriels.

— C'est une idée fort répandue en Extramonde. Cela s'appelle « religion ». Je me suis souvent demandé s'ils y croient pour de bon ou s'ils font semblant, pour une quelconque raison inhérente à leur histoire, ou bien à leur politique. C'est difficile à appréhender pour un Ta-Shimoda. Non, seigneur shiro, ne fronce pas les sourcils, il n'y a pas d'offense, je te prie de le croire. Je ne voulais pas dire que *toi*, tu ne pouvais pas comprendre, mais qu'en six ans *moi* je n'y étais pas arrivée. À mon avis il s'agit d'un des nombreux sujets qu'il vaut mieux éviter de soulever avec les étrangers. Je suis certaine d'une chose : mettre ouvertement en doute ces superstitions est considéré comme un manquement grave, aussi grave qu'une violation du Sh'ro-enlei chez nous.

» Par ailleurs je ne crois pas que la femme qui a tenu ces propos souhaite venir à Gaia : elle a une peur bleue des Asix.

Les rires fusèrent et le dialogue continua encore pendant quelques minutes dans une ambiance plus détendue, jusqu'au moment où Rinvar remarqua :

—Je n'ai pas l'impression que ce soit une bonne idée de permettre à des gens aussi peu civilisés de venir sur le Haut Plateau. Pourquoi ne leur ordonne-t-on pas de rester à Niasau ?

—Si tu es d'avis que la Sadaï ne gouverne pas comme il faut, pourquoi ne vas-tu donc pas lui proposer de l'aider à profiter du privilège shiro ? Tu pourrais te présenter comme candidat à la succession, rétorqua avec exaspération Oda.

Avait-on jamais vu un Shiro se permettre de discuter en public, ouvertement, les décisions de ses supérieurs ? Il pouvait arriver qu'on ne soit pas d'accord…, ou plutôt, se morigéna-t-il, qu'on ne comprenne pas bien les raisons d'un ordre, mais en parler ! Cela ne pouvait se faire qu'en privé, avec quelqu'un dont on était sûr, comme un sei-hey, par exemple, mais en aucune façon en présence des Asix.

Suvaïdar intervint rapidement, pour désamorcer la tension.

—Ils ont demandé poliment la permission, alors qu'ils sont appuyés par une puissance militaire qui leur permettrait de l'exiger, voire d'employer la force. Se soustraire à un danger, quand on est beaucoup trop faible pour l'affronter, n'est pas contraire au code shiro. C'est le sens même des Épreuves de la Majorité : on ne demande pas à un groupe qui rencontre un troupeau de nékos de les affronter, le couteau à la main. Dans un pareil cas il n'y a pas de déshonneur à prendre la fuite. C'est vrai que l'Académie nous impose l'acceptation sereine de la mort, parce que l'individu n'a pas d'importance, du moment qu'il a fait son devoir pour l'espèce. Or, un combat contre les Extramondins signifierait la fin de l'espèce elle-même.

L'argumentation était convaincante. Rinvar prit congé, promettant d'être à la maison Huang le cinquième jour de la décade, trois heures après le lever du soleil. Dès qu'il disparut, Oda prit une position moins protocolaire, assis en tailleur. D'un air pensif il remarqua :

—Ce jeune crétin arrogant ne me plaît pas.

—Je me demande s'il lui est arrivé de plaire à quelqu'un, à part sa nourrice asix. Pour quelle raison la saz-adaï Johnson a-t-elle bien pu le choisir ? Il est trop jeune, et aussi présomptueux qu'un petit coq.

— Moi non plus je ne trouve pas son choix judicieux. Crois-tu que ce soit à la suite d'une intrigue quelconque ?

Suvaïdar adressa un sourire suave aux Asix, qui continuaient à déplacer sans raison les simples d'un côté de la table à l'autre, tout en tendant l'oreille pour ne pas perdre un mot d'une conversation qui avait tout l'air de devenir très intéressante.

— Je constate que vous avez terminé. Apportez les plantes au dispensaire, où vous les préparerez comme je vous l'ai expliqué. Ce faisant, concentrez votre attention sur les étiquettes plutôt que de vous creuser la cervelle à propos de ce que nous pourrions bien dire entre-temps.

Elle attendit qu'ils se soient levés et qu'ils se soient éloignés, de mauvaise grâce et sans se presser, pour marmonner entre ses dents :

— Il m'arrive de temps en temps d'avoir envie de donner un coup de poing sur la tête d'un Asix.

Oda la gratifia d'un regard scandalisé.

— O-hedaï ! Le Sh'ro-enlei…

Elle l'interrompit avec impatience.

— Ce n'est qu'une façon de parler, tu sais parfaitement bien que jamais je ne leur ferais du mal. Le voudrais-je que j'en serais incapable.

— Mais comment peux-tu dire une chose pareille ? Comment peux-tu seulement *imaginer* de frapper un Asix ?

— Ôte-toi immédiatement cette expression dégoûtée et soupçonneuse du visage, Oda-adaï. Une fois pour toutes, aucun de nous ne touchera à un cheveu d'une tête asix !

» Revenons au sujet de notre conversation. J'ignore, évidemment, les raisons qui ont présidé au choix de l'Ancienne Johnson, mais le peu que je sais d'elle n'est pas de nature à m'inspirer confiance. Ce n'est que récemment qu'elle a été élue. Elle a succédé à Doran Johnson, une dame douée d'un charisme et d'une intelligence exceptionnels. Elle se croit obligée de prouver qu'elle ne vaut pas moins que celle qui l'a précédée. C'est une tâche pratiquement impossible ; en conséquence, elle est sur la défensive et elle tend à s'appuyer sur ses frères biologiques et ses relations personnelles.

— Ce n'est ni correct, ni conforme à la tradition.

— En effet. Et on peut supposer en toute logique qu'elle obtient l'effet contraire à celui qu'elle escompte : son prestige s'en ressent.

— Pourquoi alors ne change-t-elle pas d'attitude ?

— J'ai souvent remarqué que les personnes peu sûres d'elles peuvent se révéler parfois extrêmement têtues.

Oda hocha la tête d'un air convaincu, sans se rendre compte que l'allusion le concernait, et sa sœur continua :

— Elle craint peut-être que le fait de reconnaître une erreur la disqualifie et lui fasse perdre son autorité.

— Comment cela se fait-il qu'on l'ait élue ?

— J'ai appris par un Asix Johnson que fort peu de candidates ont participé à l'élection ; même des personnes qui avaient été pressenties ont préféré se désister. Cela ne doit pas être facile de succéder à quelqu'un qui a géré le clan d'une main ferme et avec intelligence pendant plus de quarante années. Je suppose que, pour finir, ce sont justement les personnes les moins adéquates qui se sont présentées : pour la plupart, des dames dépourvues de la capacité d'autocritique. Arania Johnson était sans doute un moindre mal. Tout ce qu'on peut lui reprocher, c'est d'être entêtée et coléreuse...

Elle éclata de rire et ajouta :

— Des qualités que beaucoup de saz-adaï développent, en admettant qu'elles ne les possèdent pas déjà avant d'accéder à leur charge. Tore (elle leva la main en un geste qui s'approchait d'une excuse autant que faire se pouvait de la part d'une Shiro), je voulais dire l'Ancien honoré, m'a convoquée pour un entretien ce soir. J'essaierai de me faire raconter ce qui se passe. S'il se trame une quelconque manigance pas claire entre clans, je ne veux pas que ce soit toi qui en fasses les frais.

Oda lui pardonna immédiatement les manières brusques qu'elle avait eues avec lui peu auparavant, et même l'inadmissible menace de frapper un Asix.

— Ne crois surtout pas que je veuille me mettre au niveau de ce stupide garçon qui se permet de discuter les ordres de ceux qui nous dirigent, mais je me suis demandé moi aussi s'il y avait une raison particulière pour qu'on permette aux étrangers de venir fourrer leur nez dans notre monde.

— C'est mon idée... Ne me regarde pas de cet air catastrophé, je n'ai pas que des projets absurdes. Pour la plupart des habitants des Mondes Fédérés, Ta-Shima n'est qu'un objet de curiosité. Pourtant, s'ils devaient soupçonner que nous avons quelque chose à cacher, par exemple les manipulations génétiques, vis-à-vis desquelles ils ont développé une vraie paranoïa, ils pourraient décider d'engager contre nous une de ces guerres sanglantes dont ils sont coutumiers. Et dans ce cas ils pourraient détruire notre planète depuis l'espace, mais ils pourraient tout aussi bien débarquer pour donner la chasse à tous les organismes génétiquement modifiés. Peux-tu seulement imaginer leurs soldats en train de poursuivre nos Asix, pour les abattre avec des fusils à plasma ?

Oda devint vert : même son parfait autocontrôle shiro ne pouvait tenir face à une idée si monstrueuse.

— Alors que, si nous leur permettons de se balader de long en large à travers Gaia, continua Suvaïdar, ils arriveront forcément à la conclusion que Ta-Shima est un monde agricole sous-développé, dépourvu du moindre intérêt. C'est l'idée que vous deux êtes censés étayer.

— Je suis malencontreusement obligé de te quitter maintenant. Pouvons-nous reprendre cette discussion plus tard, peut-être après dîner ? demanda Oda avec un sourire timide, que sa sœur interpréta immédiatement.

— Je crois que j'irai me coucher tôt : j'ai deux opérations compliquées demain matin, rétorqua-t-elle avec à peine une ombre d'impatience.

Son frère serra les lèvres. Bien entendu, il ne pipa mot : l'étiquette était formelle en la matière, et même des hommes moins fidèles à la tradition qu'Oda y auraient réfléchi à deux fois avant de s'offrir à une dame shiro sans y avoir été invités. Inévitablement, le résultat aurait été de se retrouver en salle d'armes, un sabre à la main, plutôt que sur une natte, entre deux draps.

Le soir, Suvaïdar dîna en hâte avant de se diriger vers les appartements de la saz-adaï (tout le monde continuait de les appeler comme ça, bien qu'ils soient maintenant occupés par un homme).

Tore ne la fit pas attendre dans l'antichambre pendant la moitié de la soirée, comme Odavaïdar en avait l'habitude. Il la reçut presque immédiatement, lui tendit une tasse de thé et l'invita courtoisement à prendre place sur un des coussins qu'il avait disposés dans son bureau à l'usage de ses visiteurs. C'était là une agréable nouveauté par rapport à la saz-adaï précédente, qui laissait à ses interlocuteurs le choix entre rester debout ou bien s'agenouiller sur le sol.

— Comme tu le sais, j'ai déjà choisi un conseiller, ou pour être exact une conseillère. Bien qu'il soit contraire à la tradition d'en avoir plus d'un, j'ai l'intention de te nommer conseillère adjointe, chargée de tout ce qui concerne les Extramondins.

Pendant un bref instant, la surprise la paralysa. Elle aurait donné cher pour obtenir un tel titre l'année précédente, en des temps qui lui paraissaient maintenant plus heureux et moins compliqués. À l'époque elle était sûre d'elle-même et de ses opinions, mais c'était avant qu'une de ses brillantes idées cause, ou du moins précipite, la mort du plus cher de ses sei-hey : Saïda Jestak.

Tore leva un sourcil avec impatience :

— Eh bien ?

— Adamé, répondit-elle lentement, je suis honorée, mais le travail à la Maison de la Vie prend tout mon temps ; avec ta permission je voudrais donc refuser ta proposition.

— Qui a parlé d'une proposition ? Il s'agit d'un ordre.

Bien que le ton soit paisible, le regard de l'Ancien était glacial. Il n'y avait désormais qu'une réponse possible :

— Ay. Je suis à tes ordres, bien entendu. Mais comment dois-je concilier le travail que je fais pour les Jestak et les tâches que tu me confies ?

— Doctoresse, lui fit-il remarquer avec une légère ironie, sais-tu combien de jours de travail tu as manqués cet été ?

— Oui, père honoré. Dix-neuf.

— Le clan n'a pas investi de l'argent dans tes études pour que tu passes ton temps couchée sur ta natte.

— Je ne peux certes pas me soustraire aux combats, seigneur. Pendant l'été j'ai souvent été défiée.

— Et plus souvent encore c'est toi qui as provoqué quelqu'un en duel.

— Uniquement quand j'ai considéré que mon honneur avait été lésé. M'en fais-tu le reproche, seigneur ?

— Pas du tout. Je me borne à te faire remarquer que ton travail à la Maison de la Vie ne souffrira pas plus des nouvelles tâches que j'entends te confier qu'il a souffert de tes absences.

Suvaïdar comprit ce que sous-entendait l'Ancien : si elle acceptait une charge formelle au sein du clan, elle n'aurait plus le droit de provoquer en duel les autres Huang, sauf les deux ou trois qui avaient un grade comparable au sien : Tore lui-même, la conseillère, le chef agronome et la maîtresse d'escrime, à supposer que quelqu'un puisse être suffisamment inconscient pour souhaiter se battre contre Doran.

Si elle devait s'estimer offensée par un autre Shiro, il lui faudrait en appeler au conseil du clan, qui déciderait alors de la punition à appliquer, et il s'agirait dans tous les cas d'une punition déshonorante. En conséquence, tout le monde prendrait bien soin de se conduire avec la plus grande correction vis-à-vis d'elle.

—Ay, répéta-t-elle. Quels seront exactement mes devoirs ?

—Tu seras chargée de tout problème concernant, de près ou de loin, les Extramondins, qu'il s'agisse de commerce ou des relations avec ceux d'entre eux qui vivent à Niasau. Il m'est arrivé de me demander si des renseignements plus précis sur les étrangers n'auraient pas permis à Tsune Sadaï de limiter le désastre survenu l'année passée, et d'éviter ainsi la mort inutile de tant d'Asix.

Qu'un groupe de jeunes Shiro soit aussi tombé sous le feu des armes à plasma ne semblait pas troubler Tore outre mesure, et après les recherches conduites sur ordre de Maria Jestak, Suvaïdar connaissait les raisons de son attitude, qu'il partageait d'ailleurs avec tous ses congénères.

Les Shiro étaient prêts à s'infliger les uns les autres de graves blessures, voire à se tuer, en réaction au plus minime manquement à la politesse, d'ailleurs souvent imaginaire, sans que cela leur coupe l'appétit. Toutefois, ils ne supportaient pas de faire du mal à un Asix. Parfois, très rarement en fait, il y avait des duels entre adolescents des deux races. Bien qu'ils n'aient évidemment le droit de se servir que d'armes en bois, les deux combattants se préoccupaient davantage de ne pas frapper trop fort l'adversaire que de parer ses coups. Le tout finissait par n'être qu'une gymnastique stupide, semblable aux spectacles de ballet dont étaient si friands les barbares de l'Extramonde. De tels épisodes cessaient complètement à l'âge adulte.

—Je soumettrai scrupuleusement chaque idée à ton approbation, cela va sans dire. Il faudrait toutefois que je sois autorisée à prendre des décisions de mon propre chef en cas d'urgence, en fonction de la situation. Si pendant que je me trouvais à Niasau surgissait un problème inattendu qui requière une solution rapide, je ne pourrais pas rentrer pour me concerter avec toi, ni avec le conseil du clan.

Avec Odavaïdar elle n'aurait certes pas osé mettre des conditions. Elle espérait que Tore, qui ne revêtait sa charge que depuis peu, soit plus malléable.

—D'accord. Mais tu me rendras personnellement compte des décisions que tu auras prises. Je n'admettrai aucune faute qui puisse avoir des répercussions malencontreuses pour le clan.

Nous autres Shiro ne rendons de comptes qu'en salle d'armes, avait publiquement déclaré Haridar pendant sa cérémonie d'accès à la Majorité. Haridar, qui était alors Sadaï, était aussi la mère de Suvaïdar. Toutefois, cette règle souffrait quelques exceptions. Rendre compte à Tore pouvait signifier le fouet ou, dans le pire des cas, les mines. Suvaïdar s'inclina néanmoins avec déférence et le sazdo-adaï se borna à un sec :

— Tu peux disposer.

Il apprenait vite. Il n'était plus l'aimable chef agronome, un peu distrait, d'autrefois ; il était inutile d'essayer de lui soutirer des renseignements sur les raisons qui avaient poussé les Johnson à porter leur choix sur Rinvar. Après cet entretien décevant, Suvaïdar décida qu'il valait mieux se rendre immédiatement dans sa chambre. La sourde irritation qui avait commencé à poindre pendant sa discussion avec Tore atteignait un niveau qui ne pouvait que déboucher sur une explosion de colère shiro. Elle préférait ne pas devoir adresser la parole à un autre Shiro, du moins jusqu'à ce que le sazdo-adaï annonce sa nomination.

Le matin suivant, quand elle alla examiner le tableau des tâches journalières, le petit groupe de gens qui, comme d'habitude, s'agglutinait devant la grande dalle en ardoise s'écarta devant elle avec une déférence inusitée. Sa nouvelle charge y était déjà indiquée :

« Suvaïdar, conseillère pour les problèmes avec les Extramondins. » Comme unique corvée ménagère pour ce jour il y avait inscrit : « Réunion, une heure après le coucher du soleil. »

Elle aurait mieux aimé faire la vaisselle, voire travailler au potager ou même pousser des brouettes chargées de purin, mais on ne pouvait rien y changer. Elle resta impassible, pendant que ceux qui la connaissaient un peu la félicitaient, tandis que les autres lui laissaient le passage, en s'inclinant.

Oda aussi lui présenta des félicitations très formelles, puis il s'empressa de lui demander un entretien pour le soir même. Il lui donna son nouveau titre de conseillère, avec un tel respect qu'il ne s'agissait de toute évidence pas d'une de ses habituelles tentatives pour se faire inviter à partager sa natte.

Il allait devoir guider Aziz Rasser pendant sa visite de Gaia, et il avait certes droit à un entretien, mais cela voulait dire que ce soir Suvaïdar n'aurait pas une minute à elle. À son retour de l'hôpital il lui faudrait prendre sa douche à toute vitesse, sans s'attarder à bavarder dans le grand bassin commun, avaler son dîner, participer à la réunion fixée par Tore, et enfin rester à discuter avec Oda de toutes les éventualités possibles. Or, Oda était tatillon et détestait les imprévus ; il voudrait des instructions détaillées, pour être en mesure de faire face à n'importe quelle question de Rasser, sans être obligé de prendre une quelconque initiative personnelle.

Décidément, la charge de conseillère comportait des tas d'inconvénients. Elle savait déjà qu'aucun Shiro n'envisagerait plus de rapports personnels avec elle, d'aucune espèce : le respect dû à ceux qui, *de facto*, détenaient le pouvoir sur la vie des autres membres du clan n'incitait pas les gens à accepter des invitations cordiales à partager une théière et une assiette de biscuits, et encore moins à partager la natte, mais elle avait espéré qu'Oda, son unique ami, aurait fait exception.

Bon, se consola-t-elle, *heureusement qu'il y a toujours les Asix.*

Ce fut une journée fatigante, qui ne se termina que tard dans la nuit, ne lui laissant qu'un nombre insuffisant d'heures de sommeil. Avec une mauvaise foi ignominieuse, Suvaïdar décréta toutefois que, en sa qualité de chargée des relations avec les Extramondins, il était de son devoir de présider au départ d'Oda et de Rinvar.

Comme les étrangers avaient la sotte coutume de continuer à dormir pendant plusieurs heures après l'aube, à son réveil elle utilisa le communicateur, qui n'était destiné en principe qu'aux urgences, pour appeler l'Asix de garde. Bien qu'il connaisse parfaitement sa voix, comme tout le personnel de l'hôpital, elle se présenta en déclinant son nom, accompagné de son tout récent titre de conseillère. Elle lui affirma qu'elle était retenue par des affaires urgentes concernant le clan et lui demanda de déplacer de trois heures son horaire de service, après quoi elle retourna satisfaite à sa natte, où elle s'octroya un luxueux petit somme supplémentaire.

À l'heure convenue, elle était dans la salle commune. À voix basse elle recommanda une dernière fois à Oda de ne jamais perdre son calme avec l'assistant qu'on lui imposait. Après avoir accueilli Rinvar avec une courtoisie distante, elle accompagna les deux jeunes gens jusqu'au pont. Elle les suivit du regard, sans pouvoir se départir d'une impression désagréable. Après des mois de discussions, à son avis parfaitement inutiles, étant donné que l'issue en était prévisible, le Conseil avait accepté son argumentation : il était préférable d'essayer de s'entendre avec les étrangers, pour éviter d'éveiller le soupçon que Ta-Shima avait effectivement quelque chose à cacher. Si on leur défendait de visiter le Haut Plateau, ils pourraient mettre en orbite un satellite-espion, qui leur permettrait de visionner en toute tranquillité tout ce qui se passait dans les trois villes. Une perspective extrêmement déplaisante. Il valait mieux accueillir la demande de Rasser, et le faire accompagner d'un Shiro qui avait fait ses études dans son monde et qui lui montrerait tout ce qu'il souhaiterait voir.

L'argumentation restait valable, mais depuis qu'elle l'avait présentée devant les honorées conseillères, les recherches qu'elle avait conduites dans le centre d'eugénisme de l'hôpital lui avaient donné une idée plus exacte de l'immensité du fossé qui séparait le génome des Ta-Shimoda de celui des barbares… C'est-à-dire, se reprit-elle, de celui des êtres humains, qui pour ses compatriotes resteraient toujours désespérément étrangers, avec leurs ridicules histoires d'art et de religion, d'amour et de musique, incompréhensibles pour quiconque possédait ne fût-ce qu'une miette de bon sens.

Mes soucis sont absurdes, se répéta-t-elle pour la énième fois.

Elle avait vécu en Extramonde des années entières. Pourtant, malgré ses connaissances de base en ingénierie génétique, elle ne s'était jamais rendu compte que les différences de comportement entre Ta-Shimoda et étrangers n'étaient pas uniquement dues à une éducation différente, mais étaient le fruit des manipulations pratiquées par les premières Jestak, des siècles auparavant.

Rasser, qui n'était pas un scientifique, se bornerait à se promener dans Gaia pendant une décade et demie. Il y avait déjà peu de chances qu'il puisse saisir quels étaient les fondements de leur société. Jamais de la vie il ne lui viendrait à l'esprit que les Shiro qui bavardaient avec lui puissent avoir un patrimoine génétique différent du sien.

Malgré tout, au lieu d'être satisfaite que le Conseil ait approuvé sa proposition, elle n'arrivait pas à chasser l'impression que quelque chose finirait par aller de travers.

— Non que je puisse me fier à mes impressions, marmonnat-elle en se souvenant de Middael, qui s'apprêtait à la tuer et qu'elle n'avait pas aperçu jusqu'à la dernière seconde. Penser à Middael lui faisait le même effet désagréable qu'une blessure reçue pendant un duel, suturée sans anesthésie et désinfectée avec de l'alcool pur au lieu d'un des produits indolores dont disposent les Jestak. Pendant un ou deux jours, il faut résister à la tentation de se gratter, mais la main va d'elle-même effleurer les points de suture.

De la même façon, son cerveau revenait continuellement à cet épisode. Elle avait l'impression très nette que quelque chose lui échappait. Il devait s'agir d'un élément dont elle était probablement informée, peut-être sans en être vraiment consciente. Mais elle avait beau essayer de l'épingler, son esprit se focalisait sur des détails insignifiants, par exemple sur Tarr, son frère de lait asix, qui parlait de Middael comme d'une erreur génétique.

Elle essayait de se concentrer, mais le souvenir s'accrochait à la périphérie de sa conscience. Quand elle avait examiné l'ascendance de Middael dans les bases de données du centre d'eugénisme, elle avait remarqué une anomalie, mais laquelle ? Impossible de s'en souvenir. Elle secoua la tête avec agacement, essayant de reconstruire ces heures pleines de tension, pendant lesquelles elle savait qu'on avait essayé de la tuer, mais n'arrivait pas à deviner qui était ce *on*, et qu'elle était donc obligée de se méfier de tout le monde.

Rien à faire : la seule chose qui continuait à lui venir à l'esprit était la voix rauque de Tarr qui prononçait, sans même bégayer, ces mots longs et difficiles, « *erreur génétique* ».

Ce fut comme si elle avait reçu sur la tête le coup que Middael lui destinait, et qui avait tué à sa place le jeune homme avec lequel elle était en train de parler. Si l'autodiscipline shiro ne l'avait retenue, elle se serait frappé le front de la main, se traitant à haute voix de tous les noms.

« Erreur génétique » était une insulte dont les jeunes Shiro se gratifiaient parfois l'un l'autre, et qui conduisait immanquablement à un duel, mais jamais, au grand jamais, elle n'avait entendu un Asix injurier de la sorte un Shiro.

Cela lui avait échappé sur le moment, parce que Tarr, en tant que maître de l'Académie d'escrime la plus prestigieuse de Gaia, devait forcément avoir développé un comportement légèrement différent de la norme. Après tout, on ne peut pas passer sa journée à brailler des ordres et des reproches à une centaine de Shiro sans que quelque chose change, mais de là à manquer ouvertement de respect à un représentant de l'autre race, il s'en fallait de beaucoup.

Pour vérifier son idée, la solution la plus logique était d'attendre de se trouver seule pendant plusieurs heures dans le centre de recherche, où elle pourrait utiliser à son aise l'intelligence artificielle et les comp-systems. Mais il y avait un hic, et de taille : quelqu'un pouvait arriver à tout moment. Même la nuit, il n'était pas exclu qu'une doctoresse qui avait une expérience en cours passe pour contrôler les résultats et la découvre, en train d'utiliser les précieux appareils à des fins personnelles.

Les risques n'étaient pas négligeables ; elle décida donc de commencer par la méthode empirique, qui avait l'avantage d'être simple, et qui plus est agréable. Elle allait interroger les Asix, avec les précautions qui s'imposaient, bien entendu. Il suffirait d'exploiter leur envie de cancaner pour qu'ils lui racontent ce qu'elle voulait apprendre, et cela sans même se rendre compte qu'ils étaient en train de répondre à des questions.

Dommage qu'à l'époque elle n'ait pas eu l'idée de se renseigner auprès d'Odavaïdar, qui devait en savoir long sur la question, vu qu'elle avait choisi Middael comme conseiller. Mais il était bien trop tard : depuis des mois, désormais, la précédente saz-adaï Huang avait été transformée en nourriture pour chiens, ou bien pour Extramondins.

Enfin, les Asix savaient certainement quelque chose. Si les Shiro avaient plus souvent le réflexe de les interroger, ils s'épargneraient pas mal de migraines.

Il n'était pas inhabituel que Suvaïdar, fuyant l'ambiance compassée de la salle commune, passe la soirée dans les cabanes provisoires, le plus souvent avec un mâle asix, mais parfois aussi juste pour pouvoir bavarder sans être constamment sur le qui-vive. Elle retournait ensuite dans sa chambre pour y passer la nuit, seule.

En sa qualité de conseillère, elle était maintenant tenue de manger à la table des anciens, avec les dirigeants du clan et quelques vieux Shiro traditionalistes et laconiques. Le soir précédent, le formalisme des autres convives lui avait presque coupé l'appétit. Une excuse pour déguerpir dans les cabanes provisoires était la bienvenue.

Arrivée aux propriétés du clan, au lieu d'entrer par la porte principale, elle passa par le potager, puis se faufila dans les ruelles sombres entre les cabanes. Les voix rauques et l'odeur, légère mais pénétrante, de la peau blanche des gens de l'autre race suffisaient déjà à lui donner une sensation de calme et de bien-être.

Elle s'arrêta sur le seuil d'une cabane d'où lui parvenaient des voix de femmes, et elle salua poliment. On l'invita immédiatement à entrer et à partager le repas des occupantes. Dès qu'elle eut accepté, une des femmes se hâta d'allumer une petite branche de barse, pour lui permettre à elle aussi d'y voir quelque chose.

Elles étaient cinq, une ancienne, deux femmes d'âge mûr et deux préadultes, qu'on expédia immédiatement chercher le dîner pour tout le monde aux cuisines.

Pendant qu'elles attendaient, Suvaïdar aiguilla la conversation sur les crimes commis par Odavaïdar avec l'aide de Middael. Tout Ta-Shima était au courant, et les Asix, qui savaient toujours tout avant tout le monde, connaissaient bien évidemment l'histoire sur le bout des doigts. Malgré cela, les trois femmes ne furent que trop heureuses de la réécouter du début jusqu'à la fin, racontée par elle, qui en avait été une des protagonistes. Elles se firent même répéter les détails les plus impressionnants, qu'elles écoutèrent en roulant des yeux et en secouant la tête.

Les deux adolescentes apportèrent trois sortes différentes de pain, une demi-meule de fromage et une énorme terrine, pleine à ras bord d'une salade mixte qui semblait très appétissante. Suvaïdar se mit à rire, puis s'exclama :

— Par la Galaxie, les jeunes de ta maison me paraissent bien affamées, l'ancienne. Je parie qu'elles se sont dégotté deux compagnons de jeux chacune.

Flattées, les deux adolescentes gloussèrent et commencèrent à parler des garçons avec lesquels elles partageaient la natte, stimulées de temps en temps par une question de Suvaïdar. L'ancienne ouvrit une petite outre de vin et la fit passer. L'ambiance devint très gaie et les autres Asix se lancèrent à leur tour dans des histoires d'hommes et de Fêtes des Trois Lunes. Suvaïdar n'eut aucune difficulté à glisser une question sur les personnes qui avaient partagé la natte de Middael. Les femmes échangèrent un regard, puis l'ancienne répondit :

— Personne d'entre nous, pour autant que je sache.

— Comment cela se fait-il ? Il refusait de passer la nuit avec des Asix ?

— Je ne crois pas qu'on l'y ait jamais invité.

C'était étonnant : les Shiro étaient d'habitude assiégés par des filles asix, qui espéraient se faire faire un enfant, ou qui souhaitaient tout simplement passer la nuit avec eux pour pouvoir s'en vanter ensuite dans les cabanes provisoires. Suvaïdar se borna à lever un sourcil avec un regard interrogateur.

Une des femmes marmonna « pas juste ».

— Qu'est-ce qui n'est pas juste ? Qu'aucune d'entre vous ne pense à inviter un Shiro ?

— Non, ma dame. C'est lui qui n'est pas juste. Il n'a pas l'odeur d'un Shiro et ne se conduit pas selon le Sh'ro-enlei, bien que, formellement, il le respecte.

— Il est différent. On pourrait presque le prendre pour un Sitabeh, sauf qu'il ne charrie pas la puanteur d'animaux morts.

Suvaïdar avala de travers et se mit à tousser. Middael, un croisement entre un Shiro et un barbare ? Impossible. Indépendamment du fait que jamais les Jestak n'auraient autorisé pareille indécence, l'ex-conseiller était né bien avant que les Extramondins débarquent.

Toutefois, elle avait déjà soupçonné que dans le passé il y avait eu quelques rapports avec les étrangers : certains appareils dont se servaient les chercheuses de la Maison de la Vie étaient trop compliqués pour l'industrie ta-shimoda. Peut-être qu'un jour un marchand était tombé par hasard sur leur monde, et qu'il avait gardé le secret pour avoir l'exclusivité du commerce, tandis que la Sadaï de l'époque décidait de faire la même chose, pour protéger son peuple du contact avec ceux qui avaient dû lui paraître être des dégénérés.

Mais qu'une Shiro accepte de se faire engrosser par un barbare ! La seule idée de la conception d'un pareil être contre nature la faisait frémir de dégoût. Pourtant, elle acceptait comme des Asix normaux les enfants des concubines des marchands étrangers. Mais ces enfants avaient l'aspect des Asix, et surtout ils en avaient l'odeur, cette senteur légère de cannelle et de noix muscade, dont une seule bouffée était suffisante pour inhiber totalement l'agressivité d'un Shiro adulte. Le croisement entre un Shiro et un Extramondin, en revanche, était tout simplement une abomination.

Pourquoi Odavaïdar aurait-elle laissé courir ? Pis encore, aurait-elle aidé la coupable à cacher son crime ? Faire quelque chose sans en retirer un avantage, ce n'était pas son genre. À moins que... Mais oui, bien sûr. Elle avait dû penser qu'un pareil être serait facile à manipuler et qu'elle pourrait en faire son complice. S'adonner aux conjectures était toutefois inutile : si une dame shiro avait vraiment osé mettre au monde un enfant non autorisé par le centre d'eugénisme, elle avait eu plus de trente années pour brouiller les pistes et cacher tout indice. Les cacher aux Shiro, du moins, parce qu'il était clair que les Asix savaient quelque chose. Elle avait enfin compris pourquoi son subconscient avait continué à lui faire entendre la voix de Tarr qui traitait Middael d'erreur génétique. Il n'avait pas employé un terme méprisant général, il s'était exprimé littéralement. Pourquoi diantre lui, ou un autre Asix d'ailleurs, n'en avait-il donc jamais parlé ouvertement ?

Elle se secoua, puis se remit à bavarder avec l'ancienne, lui posant une question sur ses descendants biologiques. Ce sujet, comme elle le savait très bien, allait être creusé avec délectation, sans qu'elle ait besoin d'y contribuer. Tout en se laissant bercer par le bruissement rauque de la voix, elle réfléchissait à son problème. La solution lui apparut presque immédiatement : les Asix n'avaient tout simplement pas pu imaginer que les Jestak, pour les capacités desquelles ils nourrissaient un respect infini, puissent ignorer un fait qui leur paraissait, à eux, évident. Sans doute étaient-ils persuadés que les Shiro avaient une bonne raison pour ne pas punir le crime. S'ils avaient une opinion personnelle, ils n'avaient pas jugé utile de la faire connaître.

Dès qu'elle eut à conduire une recherche sur une lignée génétique supprimée deux siècles auparavant, elle en profita pour consulter en cachette le dossier de Middael. C'est avec une certaine surprise qu'elle apprit qu'il était encore en vie. Cela ne présentait pas le moindre intérêt, bien sûr, mais elle n'aurait pas cru que quelqu'un qui descendait dans les mines privé du nom et du soutien de son clan puisse parvenir à échapper au couteau des autres condamnés pendant plus de quatre mois.

Elle demanda au comp-system qui étaient les parents biologiques, et découvrit que Middael avait appartenu, à l'origine, au clan Romano, et qu'il avait été adopté ensuite par le clan Huang.

Bizarre. *Très* bizarre. Ce n'était pas impossible, à proprement parler, mais les adoptions n'étaient pas chose courante. On les décidait pour des raisons bien précises, pour une alliance professionnelle ou reproductive entre clans, ou pour échanger des individus aux compétences spécifiques et précieuses. Les raisons qui avaient poussé le clan Huang à vouloir Middael dans ses rangs n'étaient pas indiquées.

Yoriko Sobieski, qui travaillait dans la même pièce, leva les yeux et Suvaïdar se hâta de se pencher sur les recherches dont elle était chargée, mais un coin de son esprit continuait à ruminer les données sur l'ancien conseiller. Les deux parents avaient appartenu au clan Romano. Il était inhabituel que les Jestak, toujours désireuses d'éviter, dans les limites du possible, toute consanguinité, approuvent une conception entre personnes du même clan. Ce n'était pas impossible, mais c'était une deuxième incohérence qui, considérée isolément, n'aurait pas éveillé ses soupçons. Seulement voilà, il y avait un troisième élément troublant. Comme le savait toute personne travaillant pour la Maison de la Vie, une trentaine d'années auparavant une partie des archives concernant le clan Romano avait été irrémédiablement endommagée pendant un ouragan hors saison, qui avait fait sauter le générateur de l'hôpital. Pour quelqu'un qui, à l'époque, souhaitait dissimuler un crime contre les règlements de fer du centre d'eugénisme, ce clan représentait la seule chance de réussite.

Par la suite, les archives avaient été reconstituées en partie, en s'appuyant sur la mémoire des membres du clan, mais les Jestak n'avaient pas estimé nécessaire de reconfirmer toutes les données en refaisant les analyses ADN d'à peu près deux mille Shiro et d'une dizaine de milliers d'Asix. Elles les pratiquaient au cas par cas, quand la nécessité s'en faisait sentir.

À l'heure du repas du soir, Suvaïdar était encore dans son laboratoire, seule. Elle en profita pour lancer une recherche de compatibilité génétique. Immédiatement, le comp-system qui analysait les séquences commença à envoyer les résultats avec un clignotement rapide : incompatible... incompatible..., puis une série d'éléments compatibles, mais cela n'avait pas une grande signification : tous les Ta-Shimoda étaient plus ou moins liés entre eux par le sang. Suivirent de nouveau les rapides clignotements bleus : incompatible...

En une heure de temps, un quart de l'analyse était terminé, et dans cette partie l'incompatibilité était de quatre-vingt pour cent.

Les choses étaient claires. Sa généalogie officielle pouvait déclarer ce qu'elle voulait, Middael n'était pas le descendant des deux Shiro du clan Romano que son dossier indiquait comme ses parents biologiques.

Si elle avait été chargée officiellement de cette enquête, elle aurait laissé le système en fonction, dans l'espoir de glaner des informations supplémentaires, mais comme ce n'était pas le cas, elle se contenta d'avoir obtenu confirmation qu'il y avait une erreur dans le dossier.

Et maintenant ? se demanda-t-elle. Il était de son devoir de transmettre le renseignement à la collègue qui s'occupait des autorisations de conception : il était impératif qu'on supprime une lignée génétique tellement contestable. Mais, pour ce faire, il lui faudrait avouer qu'elle avait employé les appareils du centre de recherche à des fins personnelles.

Elle passa une bonne partie de la nuit à se débattre avec ce problème. Le matin suivant, elle réussit à jeter un coup d'œil sur le programme de contrôle de la reproduction. Ce fut avec un réel soulagement qu'elle constata que toute intervention de sa part était superflue : on avait déjà fait le nécessaire. Les descendants vivants de Middael avaient fait l'objet d'une nouvelle vérification approfondie. Presque tous avaient été stérilisés, tandis que les spermatozoïdes et les fœtus avaient été détruits sans discrimination. Les Jestak avaient-elles découvert la vérité, ou bien s'agissait-il de la réaction à la tentative d'homicide sur sa personne ?

Comme elle-même descendait d'Odavaïdar, qui était tout aussi coupable que Middael, si ce n'est plus, elle eut la curiosité d'examiner ce qu'était devenue sa propre lignée génétique. Interloquée, elle découvrit qu'à peine une décade plus tôt son quota d'enfants shiro avait été augmenté. Shiro, pas halb. Elle n'arrivait pas à y croire, au point qu'elle se frotta les yeux, craignant d'avoir mal vu. Il devait y avoir une erreur, ce n'était pas possible. Elle s'adressa à la collègue qui travaillait au comp-system en face du sien, demandant avec une feinte indifférence :

— Sevrin-adaï, est-ce que tu connais les règles qu'on applique pour déterminer le nombre des descendants ? Utilise-t-on un code, ou un autre système ?

— Pour quelle raison veux-tu le savoir ?

— Simple curiosité.

— Ce n'est pas une raison valable !

— Curiosité pour nos recherches, doctoresse, répondit-elle avec raideur. Il y a quelque temps, tu m'as parlé, avec une certaine inquiétude, des lignées génétiques shiro qui avaient été supprimées. Je me demande s'il ne serait pas opportun de refaire les contrôles. Si une lignée a été supprimée pour des raisons qui, à la lumière des découvertes récentes, n'apparaissent plus totalement valables, il serait peut-être possible de la rétablir. Le pool génétique shiro s'est beaucoup réduit et nous ne pouvons pas admettre des croisements avec les Extramondins, comme nous le faisons pour les Asix.

L'idée fit frémir la Jestak de dégoût, comme Suvaïdar l'avait escompté. Après une hésitation, Sevrin répondit :

— L'en-tête de chaque dossier se compose d'une colonne de chiffres, qui indiquent les variations successives de l'évaluation. Le comp connaît les références, tu n'as qu'à l'interroger. Le chiffre est en noir pour les voix négatives, en rouge pour les positives.

— C'est-à-dire ?

— Par exemple, quand le nombre se réfère à la santé, ou aux Épreuves de la Majorité, s'il est noir cela signifie problèmes de santé, ou décédé pendant les Épreuves ; s'il est rouge c'est le contraire : bonne santé, Épreuves réussies. Les nombres ont deux chiffres, suivis de zéros. Le nombre de zéros est proportionnel à la valeur de l'indication.

Sevrin se replongea dans ses recherches, en murmurant un ordre qui fit flotter devant elle un diagramme holo. Suvaïdar demanda les numéros de code avec leur signification. Ils n'étaient que seize, et elle les passa rapidement en revue.

Le numéro 01 concernait les maladies héréditaires ; le 02, les malformations congénitales... Tous les deux devaient être inutilisés depuis des générations. Suivaient les déséquilibres nerveux, ce qui, elle le savait, signifiait dans la pratique la manifestation d'une quelconque forme d'agressivité vis-à-vis d'un Asix, ensuite le Sh'ro-enlei, le code shiro, qui venait en quatrième position, précédant la capacité de survivre aux Épreuves et l'accusation de crimes assez graves pour mériter le fouet, les mines, ou pis encore l'expulsion du clan.

Elle s'assura d'un coup d'œil que Sevrin était en plein travail et se désintéressait complètement du tableau holo qui brillait à mi-hauteur devant sa collègue, puis fit réapparaître le dossier de Middael. L'en-tête indiquait 04 – 0000 : la lignée génétique avait été supprimée à cause d'une grave infraction au code shiro.

— Spécifier, murmura-t-elle.

— Accusé d'un crime et invité à se prévaloir du privilège shiro ; au lieu d'obtempérer, il s'est cherché des excuses, répondit la voix mécanique du système.

— D'autres raisons ?

— Question sans objet. L'infraction était suffisante pour motiver la suppression de la lignée génétique.

Si elle avait nourri l'illusion que la tentative d'homicide sur sa personne puisse avoir une quelconque importance aux yeux de ses compatriotes, elle savait désormais à quoi s'en tenir.

Après un nouveau coup d'œil à Sevrin, elle rappela son propre dossier. La dernière modification, celle qui avait motivé l'augmentation du nombre d'enfants qui lui étaient alloués, portait pareillement le code 04, qui n'était cependant pas suivi de zéros. Cela signifiait une légère amélioration de son respect du Sh'ro-enlei.

— Spécifier, ordonna-t-elle.

— Dix-sept duels pendant l'été.

Elle fixait encore son regard sur les chiffres, déconcertée, quand ses réflexions furent interrompues par une voix glaciale.

— Doctoresse Huang, le comp-system sert aux recherches, pas à fouiller dans son propre dossier.

Debout derrière elle se trouvait la directrice de la Maison de la Vie, Maria Jestak, qu'elle n'avait pas entendue approcher. Suvaïdar se figea : Maria-adaï était quelqu'un de puissant ; susciter sa colère pouvait être dangereux.

Elle se leva, puis s'inclina pour gagner un peu de temps, pendant lequel elle chercha fiévreusement une excuse valable, sous le regard inquisiteur de Maria.

— Comme je viens d'expliquer à Sevrin-adaï, je suis en train de contrôler les motifs qui ont présidé à la suppression de certaines lignées génétiques, en rapport avec le travail que tu m'as confié. J'ai eu l'idée d'examiner les cas dans lesquels je savais exactement ce qui s'était produit. En effet, les formulations sont parfois lapidaires, ce qui rend assez ardu de parvenir à une conclusion. Voilà pour quelle raison j'ai voulu vérifier les cas d'Odavaïdar et de Middael Huang. Je consultais mon dossier uniquement parce que je suis une des descendantes shiro d'Odavaïdar.

Pas complètement convaincue, Maria haussa un sourcil, puis elle lui tourna le dos et s'en alla ; alors seulement Suvaïdar se permit de laisser échapper un soupir de soulagement.

Il était plus prudent d'abandonner l'idée d'aller fourrer son nez dans le dossier de Rinvar pour essayer d'en apprendre un peu plus sur lui. Elle s'en était tirée de justesse, cette fois-ci ; toutefois, si une des Anciennes Jestak la surprenait de nouveau en train de faire une recherche si peu orthodoxe, elle risquait de graves ennuis.

Chapitre 4

Neudachren

Dans le luxueux bureau du gratte-ciel des services spéciaux de Neudachren, Mo Hannai était debout devant son supérieur, dans l'attente de l'inévitable algarade. Il avait commis une erreur monumentale et il n'en était que trop conscient. Il savait aussi que le laisser poireauter une demi-heure durant au garde-à-vous, sans daigner prendre acte de sa présence, était une méthode d'intimidation archiclassique : il l'employait lui-même. Ce qui ne l'empêchait pas de transpirer à grosses gouttes.

La peur n'était pas son seul sentiment, pourtant. La moutarde commençait tout doucement à lui monter au nez. Après tout, il était l'un des cent vingt-sept responsables planétaires des services spéciaux. Il était un haut fonctionnaire : dans la hiérarchie, *les* Cent Vingt-Sept, comme on les appelait, venaient immédiatement après l'homme qui lui faisait face, l'adjoint du général B'chir.

Il se racla la gorge et l'autre daigna enfin lever les yeux.

— Monsieur s'impatiente ?

Comprenant qu'il était tombé dans le panneau, Hannai fit claquer les talons et ne répondit que :

— Non, mon commandant.

Trente-cinq années d'espionnage avaient rendu son supérieur tellement obsédé par sa sécurité qu'il gardait son nom secret vis-à-vis de tous, y compris de ses subordonnés. Même quand ils étaient entre eux, ils ne l'appelaient que par son titre.

— Qui êtes-vous, déjà ? demanda le commandant, qui le savait fort bien.

Sans avoir besoin de contrôler ses archives, il aurait pu préciser en quelle année et quel jour Mo était entré dans le service, et probablement aussi à quelle date et en quelles circonstances il avait perdu son pucelage ou quelle marque de sous-vêtements il portait.

Mo se présenta, nom et grade :

— Hannai, responsable de secteur pour Nueva Vida.

— Responsable ? Vous devez faire erreur. Irresponsable serait le terme exact. Combien d'agents comptait votre réseau sur la planète ? Sept cent vingt-trois, n'est-ce pas ? Vous les aviez choisis personnellement et le service les a payés des années durant. Pour quoi faire, on se le demande : un soulèvement qui éclate en même temps dans les trois villes principales, et personne n'a rien vu venir. Où sont maintenant vos soi-disant agents ?

— Nous avons perdu le contact avec la presque totalité d'entre eux, monsieur, mais...

— *Nous*, Hannai ? Qui était supposé gérer le réseau sinon vous ? *Vous* avez perdu le contact, parce que certains de vos hommes ont été retournés, et qu'ils ont donné les autres. Parce que vous ne vous êtes jamais aperçu que les rapports qui vous parvenaient avaient été en réalité rédigés par les rebelles.

— Donnez-moi trois mois, et j'aurai reconstitué tout le réseau, je vous le promets !

— Non. C'est *vous* qu'on remplace, à partir d'aujourd'hui. Vous restez responsable planétaire, néanmoins avec une nouvelle affectation.

Pendant un bref instant, Mo fut soulagé de s'en tirer à si bon compte. Mais il y avait anguille sous roche, bien sûr. Aucun de ses collègues n'était en âge de quitter son poste, et, du reste, Nueva Vida était une des planètes les moins importantes. Une nouvelle affectation aurait signifié une promotion, ce qui dans les circonstances présentes était impensable. Le commandant semblait ravi de le voir sur les charbons ardents. Il fit durer le plaisir un bon moment avant de laisser tomber :

— La nouvelle planète qui pourra bénéficier de vos compétences inégalées est Ta-Shima. Vous devrez gérer l'unique agent qu'on a estimé opportun d'y affecter. Même vous, vous devriez pouvoir vous en sortir. Vous pouvez disposer !

Les mines faussement compatissantes qu'arboraient ses collègues pendant qu'il vidait son ancien bureau pour intégrer le nouveau, deux fois plus petit et sans fenêtres, ne firent rien pour améliorer l'humeur de Mo.

Il passa une bonne heure à ruminer sa situation. La possibilité de donner sa démission ou d'être licencié n'était pas prévue dans le règlement des services spéciaux : quand on y entrait, c'était pour la vie. Si on n'était plus en mesure de mener à bien son travail, eh bien on en recevait un plus simple, dans lequel on ne risquait pas de faire de dégâts.

Du moins si on avait de la chance. Dans le cas contraire, on se faisait éliminer discrètement, il ne le savait que trop bien. Sa dernière mission sur le terrain avait justement consisté à organiser l'accident qui avait coûté la vie à son prédécesseur.

S'il se sentait soulagé que cette dernière solution n'ait pas été retenue pour lui, Mo était aussi décidé à prouver qu'il n'était pas encore sur la touche. Il se plongea dans l'étude de tout le matériel concernant la planète qu'on lui confiait, dans l'espoir de découvrir un élément qui aurait échappé à l'analyste qui avait reçu les rapports avant lui. Par chance, la documentation n'était pas énorme, comme cela aurait été le cas pour un monde densément peuplé et connu depuis longtemps.

Il savait déjà que Ta-Shima était affreusement sous-développée et qu'elle ne faisait même pas partie de la Fédération, mais quand il prit connaissance des données ethnologiques et économiques, son dépit atteignit des sommets. Ce trou perdu ne comptait que trois millions d'habitants et ne présentait aucun intérêt stratégique ou commercial. Le service y avait envoyé un agent pour une seule et unique raison : le clergé avait lourdement insisté. Fondée au début des guerres galactiques, la colonie était restée isolée du reste de l'humanité et ignorait en conséquence l'existence même de la religion unitariste. Des missionnaires résolus à l'implanter coûte que coûte y avaient donc été dépêchés. On n'en avait aucune nouvelle.

Le Très Saint Homme, chef spirituel de tous les croyants – et sur Neudachren on avait intérêt à être croyant – s'était adressé directement au général B'chir. Il exigeait qu'on découvre ce qui était arrivé à ses missionnaires et sommait le général de veiller à ce que les prochains Saints Hommes chargés de conduire le « troupeau égaré » dans le giron du temple puissent accomplir leur tâche sans entraves.

La Fédération ayant pour principe de ne jamais entamer une action militaire sans un prétexte crédible, le service avait délégué sur les lieux un agent, nom de code Patrizio, couverture marchand d'épices, qui devait évaluer les chances d'obtenir ce que souhaitait le clergé par la voie de la négociation.

Là, Mo découvrit quelque chose qui pouvait valoir la peine d'être creusé : l'homme s'était en effet évaporé sans laisser de traces, tout comme les missionnaires. Une enquête était en cours, conduite par un agent chevronné, nom de code Aber. Sa couverture était transparente : attaché militaire auprès d'une ambassade qui n'en avait jamais eu auparavant. On ne parlait plus de négocier : la perte d'un agent avait hérissé le général B'chir, qui avait personnellement rédigé les instructions d'Aber. Il le chargeait d'organiser un incident, de façon à déclencher une réponse de la part des indigènes. Cela permettrait une intervention musclée de l'armée fédérale ; la planète serait « pacifiée » en moins de deux, et le Très Saint Homme pourrait envoyer ses missionnaires sous la protection de la troupe.

L'Aber en question avait été équipé des traceurs les plus performants. Il ne serait pas aussi facile de le faire disparaître que le premier agent. Il ne fallait pas être grand clerc pour réaliser que la couverture minable, associée à la présence d'un matériel ultrasophistiqué, signifiait que le collègue était aussi destiné à servir d'appât. Les membres du service étaient sacrifiables, du premier au dernier, quand l'intérêt supérieur de la Fédération était en jeu.

Mo entama l'examen de tous les rapports, par ordre chronologique. Ceux de Patrizio (un seul par mois) étaient très brefs et d'une médiocrité décevante. Des conversations vaguement subversives tenues par des marchands, une phrase de l'ambassadeur qui aurait pu être interprétée comme une critique du haut clergé… des broutilles, sans aucune substance. Le dernier message, toutefois, tranchait nettement sur les autres.

Patrizio avait été contacté par la future dirigeante de la planète. (Ces ignares confiaient des fonctions décisionnelles à des *femmes*. On aurait tout vu !) Cette personne avait fait preuve d'une certaine ouverture d'esprit, et se déclarait disposée à négocier l'adhésion de son minable tas de boue à la Fédération dès son accession au pouvoir. En toute logique, l'agent s'était donc empressé de hâter cet événement. Il avait éliminé la gouvernante en exercice ainsi que, pour faire bonne mesure, ses descendants mâles. Malheureusement, l'ambassadeur fédéral avait eu des soupçons et avait menacé de déclencher un scandale. Il avait été nécessaire de le supprimer lui aussi.

C'était là la teneur du dernier message de Patrizio, qui n'était suivi que d'un communiqué du premier secrétaire, confirmant le décès de Son Excellence l'ambassadeur Coont.

Quant à la nouvelle dirigeante de la planète, elle n'avait pas manifesté la moindre intention d'entamer des pourparlers en vue d'une adhésion.

Quand Hannai passa aux rapports hebdomadaires d'Aber, ce fut avec un vrai soulagement. Ils étaient clairs et circonstanciés. Son analyse de la situation était d'une logique imparable et les mesures qu'il proposait étaient parfaites, de vrais cas d'école. Sur son prédécesseur, toutefois, il n'avait recueilli que des racontars. Il aurait décidé à l'improviste de renoncer à sa nationalité pour prendre celle de Ta-Shima et il serait parti pour l'intérieur du pays. C'était peu vraisemblable et Aber se proposait de reprendre ses investigations dès que les conditions auraient évolué selon ses plans, c'est-à-dire dès que l'armée serait solidement implantée sur la planète.

Au début, tout avait marché comme sur des roulettes. Les indigènes avaient réagi aux provocations comme on pouvait l'escompter, l'escalade avait débouché sur un premier incident mortel, puis sur un deuxième... Mais au moment où la situation semblait prête à exploser, elle s'était au contraire dégonflée comme un ballon crevé.

Les indigènes n'avaient pas bronché à la mort d'une centaine des leurs et tout espoir de monter en épingle le fait que dans l'escarmouche avaient péri une demi-douzaine de soldats de la Fédération avait fait long feu. Des fuites s'étaient en effet produites, et des reportages présentant l'armée sous un mauvais jour avaient fait la une des émissions holovid. Cela n'aurait été que partie remise mais, avant que le scandale se soit suffisamment tassé dans les esprits volages du public, l'attention des hommes politiques avait été accaparée par d'autres événements.

Des troubles s'étaient produits sur Nueva Vida. Le responsable planétaire n'avait rien pressenti avant qu'il soit trop tard pour étouffer dans l'œuf ce qui était devenu un vrai soulèvement. Se voir de nouveau confronté à son échec fit grincer les dents de Mo. De plus, l'analyste qui avait rédigé le synopsis des événements ne cachait pas son opinion sur le manque de professionnalisme du responsable en question. Mo s'en mordit les doigts de rage, se promettant de trouver une vengeance appropriée.

Ensuite une crise de gouvernement avait éclaté sur Neudachren. Les nouvelles élections avaient vu l'arrivée au pouvoir de l'opposition laïque – enfin, ce qui pouvait passer pour telle sur ce monde – et personne ne s'était plus soucié de l'éventuelle adhésion d'une planète qui ne présentait d'intérêt que pour le clergé. Ce qui n'avait pas empêché Aber de continuer à envoyer ses rapports avec la régularité d'un métronome, du moins dans les premiers temps. Celui de la soixantième semaine manquait, après quoi on enregistrait des petits retards par-ci par-là, juste d'un ou deux jours.

Pas de quoi fouetter un chat, avait dû se dire l'analyste précédent. Toutefois, Mo avait avalisé une année durant des messages censés provenir de ses agents mais rédigés en réalité par la rébellion. Il était devenu plus soupçonneux – ce qui, s'agissant d'un membre des services spéciaux, pouvait se traduire comme carrément paranoïaque. Il reprit les messages d'Aber depuis le début, à l'affût de la plus petite discordance. La voix, qui passait par un brouilleur, ne fournissait évidemment aucun indice. Cependant, en écoutant attentivement les messages de soixante et un à quatre-vingts on remarquait d'infimes différences dans le débit par rapport aux précédents. Une hésitation, de temps en temps. Une répétition. La syntaxe aussi était légèrement – très légèrement – altérée. Une phrase inutilement alambiquée, une autre qui ne se terminait pas.

Les trois rapports suivants étaient de nouveau normaux quant à la forme mais moins concrets. Ils ne citaient que des détails sans grand intérêt.

La dégradation se poursuivait inexorablement, en dents de scie : deux ou trois messages corrects, suivis d'une série de textes insignifiants, de la poudre aux yeux. Les deux derniers mentionnaient obscurément un complot dont aurait fait partie l'ambassadeur et promettaient des révélations d'une extrême importance « dès que j'aurai en main tous les éléments ». Depuis deux semaines, c'était le silence.

Hannai était sûr de tenir quelque chose, et son erreur fut d'être trop pressé. Soucieux de prouver qu'il méritait mieux que de s'occuper d'un monde qui comptait moins d'habitants qu'une ville moyenne sur une planète civilisée, il demanda un rendez-vous au commandant pour lui exposer ses soupçons.

Celui-ci le fit attendre cinq jours – une nouvelle gifle dont il se serait bien passé – et quand enfin il le reçut, il aboya :

— De quoi s'agit-il, cette fois-ci ?

Dans un silence de mauvais augure, il attendit que Mo termine son exposé, sans le gratifier du moindre hochement de tête qui puisse lui faire comprendre qu'il appréciait son travail. Ses premiers mots toutefois semblaient prometteurs.

— Félicitations. Vous avez réussi un exploit.

— Merci, mon commandant.

— Dites-moi, comment êtes-vous parvenu à percer la couverture d'Aber ?

— Moi, monsieur ? bredouilla-t-il, terrifié.

Pour découvrir qui se cachait sous une identité de couverture, il aurait fallu fracturer les systèmes de sécurité de l'IA du bureau. Cela relevait de la trahison. Or, le bureau n'était pas tendre avec les traîtres. Mais alors pas du tout.

— Donc vous ne savez pas de qui il s'agit. C'est par le plus grand des hasards que l'homme dont vous vous acharnez à détruire la réputation est justement un agent avec lequel vous avez eu des démêlés par le passé. Un agent, j'ajouterai, qui vous vaut largement et que je destine d'ailleurs à un poste parmi les Cent Vingt-Sept, maintenant qu'une place est vacante… je parle de la vôtre, Hannai.

— J'ignore absolument qui se cache sous la couverture d'Aber, monsieur. (Mo essayait de réprimer les tremblements de sa voix, sans grand succès.) Si j'ai voulu porter certaines discordances à votre attention, c'est dans l'intérêt du service. C'est ce qui a toujours motivé mes actions.

— Non, mais je rêve… Vous me parlez de quoi, là ? Une phrase dont la syntaxe ne vous plaît pas ? Le retard de deux jours dans la transmission d'un rapport ? Cela fait trop longtemps que vous n'êtes plus sur le terrain, mon garçon. Il y a des circonstances qui peuvent empêcher un agent de prendre contact avec la base à un moment donné. Il peut se trouver entouré de gens, ou alors être en train de suivre une piste, d'appâter un suspect…

» Vous avez été un bon élément par le passé ; en conséquence, je vais considérer que cette discussion n'a pas eu lieu. Disparaissez, Hannai, et ne vous avisez pas de remettre les pieds dans mon bureau pour m'entretenir de fadaises. Me suis-je bien fait comprendre ?

— Oui mon commandant.

Après un garde-à-vous impeccable – effort gaspillé, parce que son supérieur s'était tourné vers son écran – Mo pivota tout aussi impeccablement sur ses talons et ce ne fut qu'après être rentré dans son bureau qu'il s'autorisa à claquer des dents de peur.

Le commandant avait affirmé vouloir oublier leur entretien, mais c'est ce qu'il aurait prétendu de toute façon. Peut-être disait-il la vérité, mais dans le cas contraire, avant même que Mo soit arrivé au cagibi qui lui tenait lieu de bureau, l'un de ses collègues devait avoir déjà reçu l'ordre de le faire disparaître. Une goutte de transpiration glacée descendit le long de sa colonne vertébrale, tandis qu'une hypothèse encore plus effrayante se frayait un passage dans son esprit embrumé par l'angoisse.

Est-ce que le commandant l'avait cru, lui, quand il avait assuré qu'il n'avait pas découvert l'identité de l'agent envoyé sur Ta-Shima ? Parce que, s'il le soupçonnait de mentir, deux miliciens portant l'uniforme gris dépourvu d'insignes, réservé aux exécuteurs des basses œuvres des services spéciaux, allaient se pointer à sa porte pour le traîner au sous-sol.

Par mesure élémentaire de précaution, les membres du bureau étaient mis en condition de résister à un sondage psychique. Toute tentative d'y procéder se solderait par une mort cérébrale immédiate. Mais il y avait d'autres moyens de contraindre les gens à révéler un secret, et on disait que le général B'chir les préférait, et de loin. Il était notoire qu'il gardait en permanence une tenue de rechange dans son bureau, au cas où les éclaboussures de sang seraient trop voyantes sur celle qu'il avait endossée le matin.

Secoué de haut-le-cœur, Mo dut se précipiter aux toilettes.

— Nerveux, collègue ? laissa tomber, goguenard, un jeune agent, qui un mois auparavant se serait mis au garde-à-vous en le croisant, tout en lui donnant du « monsieur » long comme le bras.

Il grommela quelque chose d'incompréhensible en réponse puis il s'éloigna, les épaules raidies dans l'attente du rayon laser qui allait lui transpercer le dos pour se frayer un chemin jusqu'au cœur.

Il se renferma dans son bureau, puis enclencha l'alarme, tout en sachant que ses précautions étaient dérisoires : l'homme chargé de l'assassiner serait par la force des choses un membre des services spéciaux. Se jouer de toute barrière électronique serait un jeu d'enfant pour lui.

La journée semblait ne jamais devoir se terminer. Mo écoutait la voix de l'agent dont il était responsable sans entendre un seul mot. Il aurait voulu pouvoir couper ce son mécanique, sortant d'un brouilleur, poser les bras sur le bureau et y appuyer son front, mais il n'osait pas : le minuscule œil bleu de la caméra de surveillance le narguait. On ne pouvait jamais savoir à quel moment on était contrôlé. Or, il fallait absolument qu'il présente toutes les apparences d'un agent sûr de lui, en train de faire son travail.

Quand une semaine se fut écoulée sans que rien ne se produise, il recommença à respirer, mais il lui fallut plus d'un mois pour se sentir rassuré. Il reprit alors l'examen des rapports en provenance de

Ta-Shima, qui devenaient de plus en plus brouillons. Il n'osa pas s'en ouvrir à qui que ce soit. En l'absence d'un fait concret et incontestable qui lui permette d'étayer ses soupçons sans être obligé de critiquer ce maudit Aber, ce serait du suicide.

Il chargea l'intelligence artificielle de trouver dans les archives du service toute référence au monde dont il était désormais responsable, jusqu'à la plus anodine. Il passa deux semaines à parcourir, l'œil morne, la liste des étudiants ta-shimoda qui venaient se perfectionner dans les universités de Neudachren ou d'Oderissan, sans rien trouver d'utile. Ils ne semblaient rien faire d'autre que suivre des cours et étudier. Même pas une interpellation pour une bagarre, une infraction au code de la route ou des airs. Pas la moindre plainte pour tapage nocturne ! Une telle correction était peut-être inhabituelle, mais il se voyait mal dénoncer comme suspects des jeunes, juste parce qu'ils n'avaient jamais commis le moindre délit !

Il tomba enfin sur une résistance à l'arrestation qui s'était soldée par une empoignade. Cela s'était produit plus d'une année SN – standard Neudachren – auparavant, sur Wahie. Étaient impliqués une doctoresse de l'hôpital principal de la ville, d'origine ta-shimoda, et son frère. De la roupie de sansonnet, sauf que le rapport en provenance de Wahie passait sur trop de détails. L'agent essayait sans doute de cacher une faute commise ; deux mois auparavant Mo se serait fait un plaisir de dénoncer cet incapable, mais, à présent, il préférait garder profil bas. Si le commandant le soupçonnait de parler juste pour saper la position d'un autre agent sur le terrain, il pouvait décider de sévir.

Il se redressa sur sa chaise quand l'intelligence artificielle signala un recoupement, mais ses espoirs furent vite déçus. Ce n'était que la même doctoresse, qui se trouvait maintenant sur sa planète natale – sans que ces imbéciles sur Wahie aient signalé son départ.

Rien. Il n'y avait rien qui puisse lui servir.

Mo passa les mois suivants à essayer de se faire oublier. Il continuait à analyser les rapports d'Aber, qui entre-temps étaient devenus carrément incohérents ; l'angoisse constante dans laquelle il vivait lui donnait des brûlures d'estomac. Il était entre le marteau et l'enclume. Il pouvait s'abstenir de porter à la connaissance de son supérieur un fait préoccupant : un agent sur le terrain en train de délirer. Dans ce cas, quand l'affaire éclaterait – et elle ne pouvait pas manquer d'éclater tôt ou tard – il serait le bouc émissaire rêvé. Ou alors il accomplissait son devoir, envoyant une note au commandant. Celui-ci serait obligé de lui donner raison, dès qu'il serait évident pour tout le monde qu'on ne pouvait plus accorder de crédit à l'agent sur Ta-Shima. Il le réhabiliterait très certainement. À titre posthume.

Quand il finit par tomber sur quelque chose d'utile, il était tellement harassé qu'il faillit ne pas s'en rendre compte.

Né dans un monde où les soins esthétiques destinés à pallier les outrages de l'âge étaient monnaie courante, il ne s'était pas étonné de voir que la doctoresse ta-shimoda de Wahie, la seule dont on possédait des portraits pris à plusieurs années de distance, ne paraissait pas avoir vieilli d'un jour entre le moment où elle avait débarqué pour la première fois sur une Planète Fédérée et celui où Aber l'avait filmée à son insu avec une caméra miniaturisée. Entre les deux dates ne s'était écoulée qu'une dizaine d'années SN et un tel exploit était monnaie courante pour n'importe quelle beauté de Neudachren.

Il écoutait pour la énième fois les premiers rapports de Patrizio, et il était arrivé au point où l'agent déclarait que les habitants de cette infâme Ta-Shima étaient plus sobres que les fanatiques de la secte des renonciateurs, qu'ils refusaient les drogues, y compris celles qui étaient légales et inoffensives, qu'ils ne voulaient rien savoir de l'art, de la musique, de la mode, des cosmétiques, de la chirurgie esthétique… enfin de tout ce qui n'était pas indispensable à la survie.

Il était sur le point de mettre de côté une fois de plus le cube, en se disant simplement que vivre là-bas devait être pis qu'être en prison, quand une idée se présenta à son esprit.

Cette femme qui avait été impliquée dans une bagarre, elle était doctoresse, n'est-ce pas? Si ses souvenirs étaient exacts – et un rapide contrôle du message de l'agent de Wahie le lui confirma – elle était déjà spécialisée en neurochirurgie quand on l'avait engagée. Sur toutes les planètes les études de médecine étaient longues: sept ou huit années d'études pour la licence, trois de plus, au bas mot, pour la spécialisation, après quoi il y avait l'assistanat. Même en admettant qu'elle ait quitté son monde juste après, elle ne pouvait avoir eu moins d'une trentaine d'années quand elle avait débarqué sur Wahie. Ce qui lui faisait quarante années standards sur la dernière image. Or, elle n'en paraissait pas plus de vingt-cinq. Si elle n'avait pas eu recours à la chirurgie esthétique, si elle ne se maquillait même pas, comment pouvait-elle garder un aspect juvénile? Impossible. Une substitution de personne, donc? Mais dans quel but?

Si Mo Hannai était un excellent agent, ce n'était pas grâce à une intelligence particulièrement brillante, mais à cause de son opiniâtreté à toute épreuve.

Il reprit en main sa documentation et réécouta le tout, à partir du cube le plus ancien. C'était le livre de bord du commandant de l'astronef qui avait redécouvert ce monde, trente-deux années SN auparavant (dommage que l'astronef ne se soit pas abîmé dans le soleil de cette maudite planète sans donner le temps à l'équipage de s'éjecter ni de communiquer sa découverte).

— Les indigènes… bla-bla… deux races différentes… le climat… je n'en ai rien à cirer du climat, maugréa Mo, je *sais* qu'il y avait une phrase qui m'avait fait tiquer, ah ! la voici : « … provenance de la planète Estia, détruite tout au début des guerres galactiques. »

Pourquoi les criminels d'Orivaï avaient-ils détruit ce monde durant la première année de guerre ? Détruit, pas simplement attaqué. Qu'y avait-il de si particulier sur Estia ? Les cours d'histoire qu'il avait suivis à l'école ne s'attardaient pas sur les raisons de telle ou telle bataille. Il y en avait eu beaucoup trop.

Il interrogea l'intelligence artificielle et apprit qu'Estia avait hébergé l'université intergalactique.

Le gouvernement de ce monde dépravé qu'avait été Orivaï avait commis, les sept dieux le savaient, assez de crimes contre l'humanité pour justifier pleinement leur extermination. Cependant, ils ne devaient pas être complètement idiots, sans quoi la guerre aurait été gagnée en un tournemain au lieu de s'éterniser pendant des siècles. Pourquoi aller attaquer une université ? Il poussa son enquête plus loin, et, à son grand étonnement, apprit que la destruction des facultés des sciences d'Estia avait été une des premières actions de la glorieuse flotte de Landsend. Pas d'Orivaï, de *Landsend*.

— Pourquoi ? demanda-t-il à l'IA.

— Les recherches irresponsables qu'on y menait s'opposaient aux principes éthiques universellement acceptés.

Il essaya d'en savoir plus, mais l'accès aux renseignements en la matière était consigné dans les fichiers de contrôle de l'IA et laisser des traces trop évidentes de son passage dans les archives lui paraissait imprudent.

Pas besoin d'être un membre des services spéciaux pour tirer les conclusions qui s'imposaient. Tout citoyen lambda savait qu'à l'origine des guerres qui avaient coûté des milliards de vies humaines et causé l'anéantissement de planètes entières, il y avait les ignobles tripatouillages génétiques auxquels s'étaient adonnés certains mondes. Abhorrées par la religion, mais aussi par tout homme pourvu d'un minimum de sens civique, ces manipulations n'avaient pas seulement concerné des créatures inférieures. L'abomination avait même touché aux embryons humains.

Les Glorieux Martyrs de Landsend, vénérés dans toute la galaxie, ne s'en seraient jamais pris à des scientifiques sans une excellente raison, et quelles autres recherches auraient pu valoir à toute une planète de se faire anéantir ?

Mais si les fondateurs de Ta-Shima venaient d'Estia, cela signifiait que certains des savants criminels avaient échappé au juste châtiment. Auraient-ils continué leurs aberrations sur leur planète d'exil ? Cela pourrait expliquer pourquoi la femme de Wahie semblait ne pas vieillir normalement.

Mais non, ce n'était pas possible : toutes les sources s'accordaient pour déclarer que Ta-Shima avait régressé au niveau préindustriel. Ses habitants ne pouvaient donc pas disposer de techniques scientifiques sophistiquées. Bah ! quelle importance que les indigènes là-bas s'adonnent vraiment à des recherches interdites ? Il lui suffisait de soulever un doute raisonnable, puis d'ajouter que le commandant lui avait interdit d'enquêter là-dessus. La simple idée d'un centre où on pratiquait l'ingénierie génétique ferait bondir toute la hiérarchie du clergé. Elle exigerait l'envoi immédiat de l'armée fédérale et la punition de tous les coupables. Aucun gouvernement ne pourrait refuser, sous peine de perdre le soutien de la population. Ladite armée passerait deux ou trois mois à retourner chaque caillou de cette stupide petite planète avant de rentrer bredouille, mais ce serait alors trop tard pour sauver le commandant.

Pour la première fois depuis des mois entiers, un sourire de satisfaction se dessina sur les lèvres pâles de l'agent en disgrâce. Il avait trouvé comment s'en sortir. Court-circuiter son supérieur ne serait pas un problème, il avait déjà une petite idée de la méthode à adopter. Mais auparavant il fallait constituer un dossier en béton ; cette fois on ne le prendrait pas au dépourvu, il aurait une réponse prête à toute question qu'on risquerait de lui poser.

— Il me faut aussi la documentation extérieure au service, ordonna-t-il à l'intelligence artificielle. Tout ce que tu peux trouver sur Ta-Shima, commentaires holo, magazines, textes scientifiques. Tout !

Chapitre 5

Le bout de papier que l'Asix avait remis à Omiari Kader, le deuxième secrétaire, était écrit à la main.

— « Sont autorisés à passer le pont de Schreiberstadt », lut à haute voix le professeur, « Aziz Rasser, euh… les dames Rasser une et deux » (en effet les prénoms des deux femmes étaient écrits noir sur blanc, mais il s'était bien gardé de les prononcer : la première épouse aurait été offensée par l'usage de son prénom en public. Comment les Ta-Shimoda avaient-ils donc pu l'apprendre ? En presque deux années standards passées sous le même toit, lui n'avait jamais su qu'elle s'appelait Almira), « le professeur Li Hao, Jamr Soener, Ida Soener et Omiari Kader. »

— Et moi ? s'insurgea Arsel. Ils ne me nomment même pas, comme si je ne comptais pas. Alors que tous les autres résidents de l'ambassade sont autorisés à visiter le pays, moi seule je devrais rester à la maison ? Je veux y aller aussi !

— C'est exclu, lui répondit fermement sa mère. D'ailleurs, merci beaucoup mais je n'ai moi-même aucune intention d'accepter l'invitation. Je ne vois vraiment pas pourquoi je devrais aller jouer à la touriste dans un pays arriéré, dépourvu des commodités les plus élémentaires, où il n'y a absolument rien d'intéressant à visiter. Si j'en juge par les constructions qu'on voit ici, l'architecture est insignifiante ; à ce qu'il paraît, il n'y a même pas un musée, un temple, un sanctuaire, voire un festival folklorique. En plus, je suppose qu'on est censés voyager sur une charrette, tirée par une de ces bêtes malodorantes.

» Aziz, je crois vraiment que toi aussi tu ferais mieux d'abandonner cette idée. Ce n'est pas prudent. Abstraction faite des conditions d'hygiène, qui sont sans doute déplorables, on ne sait jamais quelles réactions peuvent avoir des gens si primitifs. Ils pourraient devenir agressifs sans raison.

— Ma chérie, j'ai insisté pendant des mois pour obtenir cette autorisation, et maintenant je devrais la refuser ? Sans compter une curiosité bien naturelle, j'estime que visiter le reste de la planète, la partie habitée je veux dire, fait partie intégrante de ma mission. Ici nous sommes isolés : nous vivons en vase clos, comme si nous nous trouvions dans un avant-poste sur un monde désert. Quand mon mandat viendra à échéance, on me demandera quelle est la situation de la planète. Je devrai aussi présenter une évaluation sur les perspectives, à court et à moyen terme, d'une adhésion de Ta-Shima à la Fédération.

» Mon prédécesseur étant mort sans avoir transmis ses propres conclusions, c'est maintenant moi qui porte l'entière responsabilité de ce dossier. Que voudrais-tu que je déclare ? Que je n'ai visité que l'astroport et le quartier où se trouve l'ambassade, et que je n'ai mis les pieds qu'une seule fois dans une habitation indigène ?

— Ce que nous avons vu est déjà concluant. Pendant les siècles où ils sont restés isolés, les natifs ont régressé au point de devenir des demi-sauvages, incapables de comprendre ce qui est bien pour eux.

» La meilleure chose qui pourrait leur arriver serait une annexion, forcée si nécessaire. On aurait alors la possibilité de ramener ces païens à la raison. Au bout de quelques années, ils pourraient arriver, je ne dis pas au niveau de Neudachren, mais au moins à celui de l'un des mondes secondaires.

Rasser fit une grimace, comme s'il avait mordu dans un citron. C'était là l'opinion, pratiquement mot pour mot, du puissant clergé de l'Église unitariste et des partis les plus conservateurs. Pour sa part, il estimait qu'il s'agissait d'idées qui avaient germé dans le cerveau d'un bureaucrate fanatique, qui développait ses raisonnements assis devant son intelligence artificielle, sans jamais avoir vu de près une des planètes périphériques.

— Moi, je trouve parfaitement inutile de gaspiller des ressources et de mettre en danger la vie d'un seul de nos hommes pour annexer une population qui n'en a pas envie. D'autant plus que, bien que sur le plan théorique il s'agisse d'un monde, les habitants ne sont que quelques millions, moins que ceux des faubourgs nord de Dachrenstadt.

— Notre devoir religieux…, commença la dame, mais son mari l'interrompit :

—Il se peut que tu aies raison, bien qu'il y a quelques mois tu aies soutenu une opinion diamétralement opposée. Toutefois, je veux le constater de mes propres yeux. Je vais faire cette visite et j'apprécierais que tu m'accompagnes. Il ne faut pas dramatiser, voyons : il ne s'agit que de quelques jours, pendant lesquels on peut montrer un peu de souplesse et se passer de nos commodités habituelles. N'es-tu pas curieuse de voir comment ils vivent, à quoi ressemble la capitale d'un monde resté isolé pendant des siècles ?

—En trente années de mariage, je t'ai suivi dans une demi-douzaine d'endroits, plus déprimants les uns que les autres : parfois il n'y avait même pas une réception holovid décente et l'autochef datait de trois ans au bas mot. Là, je n'ai aucune intention de mettre ma vie en danger dans ce trou perdu. Aber a raison, ces gens ne sont pas civilisés.

—Pour l'amour des sept dieux, l'opinion de cet individu ne fait pas autorité. Ne t'ai-je pas expliqué… ?

Avec un coup d'œil significatif à leur fille, il s'interrompit.

—Aziz, je ne t'accompagnerai pas. C'est comme ça.

Elle lui tourna le dos d'un air très décidé et quitta la pièce. Ses rébellions étaient rares, mais l'expérience avait appris à son mari que, quand elle s'était mis une idée en tête, elle était inébranlable. Il soupira avec exaspération, puis se plaignit auprès du professeur :

—C'est fâcheux, et cela fera très mauvais effet. C'est pratiquement comme d'affirmer que je ne leur fais pas assez confiance pour me rendre dans leur capitale avec mon épouse.

—Je pourrais venir avec toi, moi, suggéra à mi-voix Elide.

—Toi, vraiment !

D'un geste significatif, Arsel agita en l'air ses doigts fuselés, aux longs ongles impeccablement peints un à un d'exquis motifs floraux, puis passa la main dans ses cheveux blond clair, presque argentés, qui la classaient d'emblée parmi les rejetons de l'aristocratie de Neudachren.

—Il faut avoir une certaine classe ; après tout c'est d'une mission diplomatique qu'il s'agit. Papa ne peut pas avoir dans sa suite une personne incapable de se tenir convenablement à table, ni de combiner les couleurs de ses vêtements selon les règles. Et qui n'est pas capable de résister trois jours sans se ronger les ongles.

—Arsel ! s'exclama Aziz. File dans ta chambre, pour y méditer sur la modestie qu'une jeune fille devrait montrer en toutes circonstances, et sur le respect qu'elle est tenue de manifester aux épouses de son père.

Pendant que sa fille obéissait, avec une expression butée et sans oublier de claquer la porte en sortant, il reprit, s'adressant à Elide :

— Tu peux venir, si tu es sûre que ça ira.

Elide baissa le visage, pour cacher son expression amusée. Elle était certaine que son mari n'avait jamais eu la moindre intention de lui permettre de l'accompagner. S'il le faisait, c'est à la méchanceté d'Arsel qu'elle le devait.

Le professeur reprit sa lecture, s'interrompant souvent pour y glisser ses commentaires.

— « Dans deux décades… » Quelle étrange façon de compter les jours, je me demande pourquoi ils n'utilisent pas les semaines. « Dans deux décades, disais-je, une Jestak passera à l'ambassade, pour les examens et les vaccins nécessaires. Le matin suivant se présentera Huang to Narufeni Shiro-adaï, qui, sauf erreur, devrait être le jeune homme qui a voyagé avec nous, comme vous l'aviez demandé. Shiro-adaï, comme vous le savez, n'est qu'un titre honorifique. Je me souviens que le nom du jeune homme était Huang, mais je me demande ce que peut vouloir dire Narufeni qui, entre parenthèses, est écrit avec une majuscule. Cela pourrait être une fonction, mais…

» Excusez la digression, je vous en prie, donc je disais que ce monsieur Huang, etc., etc., fera fonction d'accompagnateur et d'interprète… »

» Excellence, sauf avis contraire de votre part, j'ai l'intention de profiter de l'occasion qui m'est offerte. Je suis en train de préparer un cube holo sur Ta-Shima, je crois que vous le savez tous (il adressa un sourire d'excuse à la ronde : il nourrissait le soupçon d'avoir peut-être parlé un rien trop souvent de ses travaux). Je m'étais résigné à me borner aux ouï-dire et aux renseignements de deuxième main. J'ai enregistré des heures entières d'entretien avec les indigènes, aussi bien le personnel de l'ambassade que les employés d'Osmad Tani et de quelques autres anciens résidents. Mais c'est là le *modus operandi* d'un anthropologue théorique, pas vraiment différent de celui que j'ai employé pour rédiger mes cubes sur des sociétés disparues, pour lesquelles je disposais de l'excellente documentation de mes prédécesseurs.

» Maintenant, par contre, j'ai la possibilité de mener une authentique recherche sur le terrain, et d'étudier la vie de ces gens dans leur milieu naturel. Il est évident en effet que la valeur des observations effectuées à Schreiberstadt est toute relative : ceux qui habitent ici ont subi, par la force des choses, notre influence, et en conséquence…

Son Excellence l'interrompit, gentiment mais avec fermeté.

—Mais bien sûr, professeur. Votre présence, et surtout votre connaissance de la langue locale, seront précieuses. C'est décidé, nous irons tous les trois. Je sais que Mme Soener n'accepterait jamais de mettre un pied de l'autre côté du pont ; je crois aussi que son mari et Kader préfèrent avoir le moins possible à faire avec les Shiro.

Nous trois ? pensa Elide. J'avale ma nouvelle veste en fototex, y compris les boutons, si Arsel ne parvient pas à nous accompagner, surtout si elle découvre qui va être notre guide. Depuis que nous avons débarqué, cette tête de linotte ne fait que rêver d'aventures romantiques avec le Shiro que nous avons connu dans l'astronef.

Je veux bien qu'à sa façon il ne manque pas d'un certain charme, bien qu'il soit d'une demi-tête plus petit qu'elle, mais moi, il me met mal à l'aise, même s'il est toujours correct et courtois. Les Asix sont d'un accès beaucoup plus facile.

Arsel était assise dans un petit fauteuil à air qui épousait parfaitement la forme du corps, les pieds appuyés sur un ancien et précieux escabeau en plastibois rose, arrivé d'Oderissan par le dernier cargo. Elle regardait sans les voir ses nouvelles robes, qui reposaient toujours dans la caisse dans laquelle elles avaient été emballées, avec quelques colifichets et une nouvelle ligne de produits de beauté.

Elle s'ennuyait comme un rat mort.

Pour obtenir certains de ces jolis objets et petits flacons, dont la plupart coûtaient autant que le salaire annuel d'un serviteur asix, elle avait pleuré, cajolé et trépigné, jusqu'à ce que son père cède, comme d'ailleurs il le faisait toujours.

Elle se leva, puis souleva la robe de cérémonie, qui quelques mois auparavant lui avait paru indispensable. Il fallait bien admettre que sa mère avait eu raison. Si elle avait dû porter la jupe en fototex rigide, de couleur changeante dans tous les tons de l'azur et du vert, avec les cinq jupons traditionnels, ailleurs qu'au premier étage de l'ambassade qui était climatisé, elle serait morte de chaleur.

Avec mauvaise humeur, elle jeta la robe par terre, puis elle changea d'avis et la ramassa pour la ranger dans son armoire. Les serviteurs refusaient d'entrer dans sa chambre, comme dans celles de ses parents, à cause de l'air conditionné, et si les automates domestiques nettoyaient de façon satisfaisante, ils n'étaient pas capables de suspendre un vêtement sur un cintre.

Avec un soupir, elle ouvrit le flacon du nouveau fond de teint et une voix synthétique murmura, d'un ton suggestif, des félicitations à la personne qui avait acheté un produit qui allait transformer sa peau en un pétale de fleur. Elle en essaya un peu sur une joue. Avec satisfaction, elle remarqua que cela cachait à la perfection la désagréable irritation causée par la chaleur humide.

Mais quand aurait-elle l'occasion d'arborer toutes ces belles choses ? Dans cet horrible patelin, la vie sociale était inexistante : quelques commerçants, vulgaires et dépourvus de la moindre culture ; de temps en temps un spatial, qui ne restait à terre que le temps nécessaire pour compléter les opérations de chargement et de déchargement ; ce professeur pédant et le capitaine Aber. Ce dernier, au premier abord, lui avait paru intéressant. Il l'avait courtisée, parlant même mariage, mais depuis quelque temps, au lieu de se soucier d'elle, il ne faisait que se promener avec un air perpétuellement ahuri.

Et maintenant que quelque chose venait enfin interrompre la routine, elle aurait dû en être exclue ? Tous les autres pourraient partir en excursion avec le séduisant M. Huang, tellement distingué, et noble par-dessus le marché, alors qu'elle serait obligée de rester à la maison avec maman, comme une petite fille ? Elle saisit son shamisen, se composa une contenance contrite, puis descendit au rez-de-chaussée. Ses parents avaient terminé leur repas et étaient assis l'un en face de l'autre, sur ces grotesques chaises en bois de fabrication indigène.

— Mon petit papa chéri, proposa-t-elle, veux-tu que je te joue *Au-delà de la galaxie* ?

— Quel changement ! remarqua aigrement sa mère. Jusqu'à avant-hier tu trouvais qu'il s'agissait d'une vieillerie qu'aucune personne de bon goût n'aurait écoutée.

Arsel fit comme si de rien n'était. Elle adressa à son père un sourire éblouissant, puis ses doigts agiles entreprirent de tirer de l'instrument les notes d'une mélodie qui avait été à la mode trente ans auparavant, quand le lieutenant Rasser avait reçu sa première affectation à bord d'un astronef.

Arsel continua ses manœuvres le jour suivant, avec une telle insistance qu'elle finit par provoquer une dispute entre ses parents. Ils étaient en train de dîner quand, après la énième cajolerie de la jeune fille, la première dame Rasser éclata :

— J'espère que tu ne vas pas te laisser embobiner par ta fille. Le fait que depuis avant-hier soir elle soit en train de jouer, sans trop de subtilité du reste, le rôle de la parfaite petite demoiselle ne signifie pas qu'elle soit en mesure de te seconder dans ton travail.

— Et pourquoi ne le serais-je pas ? À l'école on a eu pendant tout un semestre des leçons de comportement : avec quel titre il faut s'adresser aux uns et aux autres, comment placer les convives à table, comment conduire une conversation brillante. Elle (et d'un geste du menton elle désigna sa belle-mère) n'a jamais rien appris de ce genre. Si quelqu'un devait rester ici, ce serait plus juste que ce soit elle.

Elide préféra s'abstenir de prendre la parole : elle savait d'expérience que cela n'aurait aucun effet. Mais elle trouva une alliée inattendue dans sa coépouse.

— Toutes tes leçons de comportement ne servent à rien dans un monde primitif. Sur quels sujets t'imagines-tu pouvoir conduire une conversation brillante avec les indigènes ? Ils sont restés isolés de la civilisation pendant des siècles, ils n'ont jamais entendu nommer les artistes les plus célèbres des sept cents dernières années et ils ne savent rien des personnes ou des événements connus dans tout le reste de la galaxie.

» Et pour ce qui est de s'adresser aux gens avec le titre qui convient, eh bien peut-être que ma coépouse (à propos, essaie de t'exprimer respectueusement quand tu parles de la deuxième femme de ton père. Ou bien est-ce que cela, on ne te l'a pas appris à l'école ?), ma coépouse, disais-je, est peut-être la seule effectivement capable de parler avec les gens d'ici. Je l'ai entendue s'adresser aux membres du personnel dans le dialecte local.

— Les membres du personnel, bien sûr ! Cela ne m'étonne pas du tout. Ce sont des gens du peuple comme elle et...

— Quitte la table, se borna à ordonner sa mère, après un coup d'œil en biais à son mari, dont le visage était en train de virer au violet.

— Mais ce n'est pas juste ! Moi, je...

— Quitte la table. Maintenant. Sur-le-champ !

Arsel lança rageusement sa serviette par terre, repoussa sa chaise, qui tomba avec fracas, puis sortit de la pièce. Un Asix redressa la chaise et ramassa la serviette, tandis qu'un autre, qui n'en était qu'à son deuxième jour de travail, demandait, par-dessus la tête des convives :

— Ils sont tous impolis comme ça, les étrangers ? Pourquoi la grosse Tête-de-Paille fait-elle tout ce raffut ?

— Elle veut aller visiter Gaia avec les autres.

— Ah, c'est celle-là qui espère se faufiler sur la natte d'Oda-adaï ! Elle peut attendre longtemps.

— Tais-toi, marmonna son collègue, avec un signe vers Elide, qui essayait de suivre leur conversation.

Les autres ne leur prêtaient aucune attention, habitués qu'ils étaient depuis toujours à l'éternel bavardage des Asix, qui servaient à table en échangeant des commentaires dans leur langue sur tout ce qui leur passait par la tête, mais surtout sur leurs ignares employeurs.

Le professeur, qui aurait peut-être pu comprendre, gardait le regard rivé sur son assiette. Elide se dit qu'il devait être gêné par la dispute domestique, mais il était difficile d'en être sûre : quand il le voulait, il était capable de prendre le même air inexpressif que les Shiro.

L'absence d'Arsel ne mit pas fin à la discussion.

— Tu l'as toujours honteusement gâtée, et voilà le résultat.

— Moi, je l'ai gâtée ? C'est toi la mère et l'éducation des enfants fait partie de tes devoirs.

— Personne ne peut m'accuser d'avoir négligé les devoirs que la sainte religion impose à une femme, mais si tu interfères en annulant les punitions ou en faisant des cadeaux qui ne sont pas mérités... Regarde quels résultats tu as obtenus : les garçons, dont tu ne t'es jamais occupé, sont beaucoup plus respectueux.

— Vraiment ? Morise aussi ?

Aïe, soupira Elide. C'était là un sujet délicat. Morise, le deuxième fils, était la pomme de discorde à la maison. Il avait fait les quatre cents coups, et chacun de ses parents en attribuait la responsabilité à l'autre. Les récriminations risquaient de se prolonger pendant toute la soirée. En conséquence, aujourd'hui Aziz serait de nouveau irritable et de mauvaise humeur. Et qui en ferait les frais, maintenant que sa coépouse avait décrété qu'elle s'était soumise pendant assez longtemps au devoir conjugal et qu'il était grand temps que la plus jeune des épouses s'y astreigne désormais toutes les nuits ?

Elle se hâta de cacher sous la serviette sa main gauche, avec l'ongle de l'index rongé jusqu'à la chair, mais pour une fois le regard inquisiteur de sa voisine glissa sur les imperfections de sa tenue et de sa coiffure sans en prendre acte.

Disputes, larmes et discussions continuèrent pendant toute la semaine, à grand renfort de piaillements et claquements de portes. Il y eut aussi quelques gifles – dont la destinataire était, bien entendu, Elide – suivies des remords d'Aziz et de ses excuses.

— Cela suffit, pour l'amour des sept dieux ! hurla la veille du départ l'ambassadeur exaspéré aux deux femmes qui l'assiégeaient.

» Je ne veux plus entendre un seul mot, fichez-moi le camp, toutes les deux. Arsel peut m'accompagner. Tais-toi, femme, j'ai décidé. Et toi, va faire tes bagages. Ne prends que peu d'affaires, tu as compris ? N'emporte pas avec toi la moitié de ta garde-robe, et borne-toi à des tenues simples et pratiques. Et maintenant, disparais jusqu'à ce que leur doctoresse arrive pour les vaccins. Si j'entends encore un « mon petit papa chéri », je change d'avis et je te laisse à la maison.

La jeune fille ne se le fit pas dire deux fois et les deux parents restèrent seuls, à s'affronter comme deux coqs de combat.

— Tu ne peux pas lui céder chaque fois, répéta encore une fois la dame. Jamais tu n'as été si faible avec les garçons. De plus, cette expédition dans un monde primitif est réellement dangereuse.

L'ambassadeur marmonna quelque chose entre ses dents. Il ne pouvait le nier : la cadette de ses enfants, la seule fille née après six garçons, et à sept ans de distance alors qu'il avait abandonné tout espoir, était sa préférée. Elle était tellement jolie, avec ses immenses yeux clairs et son teint nacré ! Elle ressemblait à une petite poupée, et de plus elle était toujours si affectueuse… enfin presque toujours, du moins quand elle avait obtenu ce qu'elle voulait. Comment un père pourrait-il avoir le cœur de lui refuser de nouvelles robes ou des colifichets ?

— Allons donc, ma chérie, nous ne courons aucun danger. Nous allons être accompagnés par ce Huang, qui a passé deux années sur Neudachren. Il devrait s'y être suffisamment civilisé.

Mme Rasser poussa un soupir d'exaspération. Il n'y avait vraiment pas moyen d'avoir une discussion raisonnable avec son mari. Était-il possible qu'il soit sourd et aveugle pour tout ce qui concernait leur fille ?

— Aziz, lança-t-elle avec impatience, le fait que ce Huang t'accompagne est une raison supplémentaire pour laisser Arsel à la maison. Ne t'es-tu donc jamais aperçu qu'elle le regarde comme une jeune fille bien née ne devrait regarder aucun homme ?

— C'est ridicule, ma chérie. Sous le vernis des deux années passées sur notre planète, cet homme reste toujours un indigène ignorant. Comment veux-tu qu'il puisse intéresser une demoiselle de Neudachren aussi bien élevée que notre fille ? De plus, Arsel est encore une enfant.

— Elle aura bientôt dix-neuf ans. Quel âge avait ma coépouse quand elle est entrée dans la famille ? Seize, sauf erreur. Et je n'ai jamais remarqué que tu l'aies considérée comme une enfant.

Se sachant dans son tort, Rasser piqua une colère.

— J'en ai ma claque, brailla-t-il, et je ne veux plus entendre un mot – plus un seul, tu as compris ? – jusqu'à ce que je t'autorise à parler.

Sa femme le dévisagea sans mot dire, puis lui tourna le dos et s'en alla sans répliquer.

Il en fut d'abord soulagé, puis se sentit envahi d'une sourde inquiétude. Ce n'était pas le genre de sa femme d'accepter qu'on oublie le respect auquel elle considérait que ses origines lui donnaient droit. Était-elle en train de fomenter une vengeance conjugale ? Elide arrivait vraiment mal à propos.

— Que veux-tu, toi, maintenant ? l'assaillit-il. As-tu des protestations, des plaintes ou d'autres idioties féminines à faire valoir ?

— Certes pas. (La jeune femme tenta de l'amadouer avec un sourire.) Je me demandais juste si…

— Cesse de te le demander. Et fiche-moi le camp, toi aussi.

Je me demandais, s'expliqua Elide à elle-même en sortant, *si cela ne serait pas une bonne idée de m'acheter des bottes, comme celles que portent les indigènes. Nous aurons à marcher, allez savoir sur quelle distance, et il me suffit d'arriver au pont avec les séran aux pieds pour attraper des crampes aux mollets.*

Elle alla requérir des lumières chez la plus âgée des Asix, à laquelle les autres serviteurs témoignaient un grand respect.

— Demain matin nous allons à Gaia, l'informa-t-elle.

— Bien sûr. Nous sommes au courant depuis un mois déjà.

— Vous le saviez avant que la lettre arrive ?

L'Asix se borna à un laconique « oui ».

— Pourquoi ne pas nous prévenir, alors ?

— Si les Shiro ne l'ont pas fait, c'est qu'ils avaient leurs raisons.

Elide préféra ne pas creuser la question. Pour raisonnables et intelligents que soient les Asix (n'en déplaise à Mme Soener), s'il y avait un sujet sur lequel ils semblaient incapables de réagir logiquement, c'était celui des Shiro. Ils étaient l'objet de discussions, de spéculations et de récits enthousiastes. Il pouvait arriver (très éventuellement) qu'en parlant d'eux un Asix se laisse aller à secouer silencieusement la tête, mais jamais, au grand jamais ils ne se permettaient la moindre critique ouverte.

— Crois-tu que ce serait une bonne idée d'acheter des bottes ? lui demanda-t-elle.

La vieille regarda pensivement les jolis séran d'intérieur, hauts d'une dizaine de centimètres à peine.

— Tu ne peux certes pas te promener juchée sur ces machins. À ce que tu nous as raconté, dans ton monde les gens voyagent dans des modules terrestres ou aériens même pour de petites distances, mais chez nous on ne se déplace qu'à pied à l'intérieur des villes. Tu devrais aussi te procurer un pantalon et une veste comme les nôtres.

— Pourquoi ? demanda-t-elle, étonnée et soucieuse.

Quelle tête tirerait Aziz, ou pis encore, sa coépouse, en la voyant arrangée comme une indigène ?

— À part le fait que c'est nettement plus commode, ça se lave rapidement et ça sèche en quelques heures. Tu les rinces le soir, et le matin tu peux les mettre de nouveau. Comme ça tu n'es pas obligée de prendre avec toi un sac plein d'habits de rechange, que tu devras porter tout le long du chemin. Tu ne crois quand même pas qu'un Shiro va charger sur ses épaules les bagages d'un étranger ? Et c'est un Shiro qui vous accompagnera, ou plutôt deux.

— Pourquoi un ou deux Asix ne viennent-ils pas aussi, ou peut-être une charrette, comme celle de l'ambassade, sur laquelle on mettrait les bagages de tout le monde ?

Mais la vieille femme secoua la tête.

— La plupart des rues ne peuvent être parcourues qu'à pied : beaucoup de ponts ont des marches aux deux extrémités. Une charrette ne serait pas très utile. Pour ce qui est des Asix, personne d'entre nous n'a reçu l'ordre de vous accompagner. Il se peut bien que là-bas (elle fit un geste du menton en direction du pont) ils ne sachent pas combien vous êtes peu résistants.

— Comment vais-je faire pour en parler à mon mari ? médita-t-elle à haute voix. Il n'admettra jamais que je porte une tenue qui n'est pas à la hauteur de ma, ou plutôt de sa dignité.

D'autre part, elle tenait à être dans les meilleures conditions pour cette excursion tant attendue, qui allait enfin interrompre la monotonie de ces longs mois d'inactivité.

— Les Shiro, eux, apprécieront ton intelligence. Vos habits sont ridicules.

Après une courte lutte contre elle-même, Elide remit une poignée de pièces à l'Asix, qui envoya aussitôt Olov à Gaia, avec mission d'acheter ce qui, selon elle, était indispensable.

Ce soir-là, après la visite d'une doctoresse shiro qui les vaccina tous sans desserrer les lèvres, Elide passa une demi-heure dans les cuisines, pour apprendre comment on attachait la veste, dépourvue de boutons ou de fermetures magnétiques et maintenue en place par de bizarres lacets intérieurs, et comment on réglait les bottes en daïban. Elle découvrit que celles-ci, si elles étaient laides et informes, étaient pourtant extrêmement confortables. Loin d'être rigides, comme leur aspect extérieur le faisait supposer, elles étaient aussi souples que du tissu. Elles permettaient de fléchir la cheville et étaient larges, de façon que l'air puisse y circuler, ce qui maintenait à l'intérieur une température pas trop désagréable.

— Tu parles assez bien notre langue, fit remarquer une femme qui assistait à l'essayage, s'amusant et donnant des conseils, mais tu ne peux pas t'adresser de la sorte à un seigneur shiro. Par exemple si tu dois répondre par l'affirmative à une question, il vaut mieux employer « ay » plutôt que « neim ».

— Qu'est-ce que cela veut dire au juste ?

— Ça veut dire « oui », mais aussi « pardon », et éventuellement « bonjour », surtout si tu crains d'avoir fait quelque chose de mal, ou si le seigneur te paraît être en colère, lui expliqua la femme, pleine de bonne volonté.

— Et ne dis jamais « haï », hein ? ajouta une autre.

— « Haï » ? Vous l'employez tout le temps quand quelque chose vous déplaît. J'ignorais que c'était un mot grossier.

— Ce n'est pas un gros mot à proprement parler, mais ce n'est pas quelque chose à dire à l'un des seigneurs, bien qu'eux l'emploient en parlant entre eux, bien entendu.

— Vous allez l'embrouiller, leur reprocha l'ancienne. Je vais te dire un certain nombre de phrases de politesse que tu apprendras par cœur, cela sera suffisant.

Le matin suivant, pour se montrer dans sa nouvelle tenue, Elide attendit prudemment l'arrivée de leurs guides. Elle espérait qu'Aziz n'oserait rien lui dire devant eux. Arsel avait eu la même idée : elle la vit descendre l'escalier quelques marches devant elle.

En arrivant dans la salle de réception, elle constata qu'en effet les Shiro étaient deux. À côté de celui qui avait fait le voyage en astronef avec eux il y en avait un autre, plus jeune et de plus grande taille, qui était justement en train de se présenter :

— Johnson to Yamamoto.

— Enchanté, monsieur Yamamoto, dit Rasser en lui tendant la main, que l'autre prit après une courte hésitation.

Pourquoi donc son mari n'arrivait-il pas à se mettre dans la tête que les Ta-Shimoda détestaient qu'on les touche ?

— Johnson, pas Yamamoto, corrigea le Shiro.

— Ma fille souhaite nous accompagner, continua Aziz, se tournant vers la jeune fille.

C'est uniquement parce qu'il avait conscience d'être maintenant un diplomate auprès d'un peuple extrêmement susceptible et orgueilleux, et non plus le commandant d'un astroport militaire, qu'il se retint de sortir de ses gonds et de l'envoyer se changer et se laver la figure sur-le-champ.

Arsel s'était habillée et arrangée avec grand soin, sans demander de conseil à personne, et maintenant elle souriait, assez satisfaite d'elle-même. Elle avait fait de son mieux pour apparaître fascinante, appliquant les conseils que Tatiana Ostrogovi donnait à la jeune Mélusine dans sa série holovid préférée. Une vraie dame se doit d'être toujours soignée, impeccablement maquillée et coiffée, parfaite en toutes circonstances.

La veille, après avoir passé longuement en revue sa garde-robe avec moult hésitations et changements d'avis, elle avait fini par céder à la tentation et par jeter son dévolu sur la magnifique nouvelle robe de cérémonie. Elle était un brin trop sophistiquée pour la circonstance, mais tellement seyante ! La jupe soulignait sa taille fine et le doux arrondi de ses hanches, tout en suggérant la sveltesse de ses longues jambes.

Il était plus que probable que les Ta-Shimoda n'aient pas la moindre idée des tenues appropriées pour les différentes occasions ; personne ne s'apercevrait qu'elle portait en fait une robe de soirée.

Pour moins souffrir de la chaleur, elle avait eu l'idée d'ôter les jupons et de découper une bande de tissu de chacun, qu'elle avait collée sous l'ourlet de la robe. L'effet était absolument identique… enfin, presque, s'était-elle dit en examinant dans le miroir le résultat de son travail. Elle avait disposé les couleurs selon le style Kodor, avec un ton vif entre les teintes pastel. Pour une jeune fille c'était un rien osé, et cela n'aurait pas manqué de lui attirer les critiques de sa mère. Son audace lui donna un délicieux petit frisson.

Elle s'était aussi maquillée avec un soin extrême, avait peint ses lèvres d'un ton azur pour les harmoniser à la couleur de la robe, puis elle avait arrangé ses cheveux en une coiffure très élaborée, avec de longues mèches soyeuses qui retombaient artistiquement depuis un anneau de métal précieux. Pour finir, elle avait sélectionné des bijoux qui reprenaient la couleur de ses yeux et de ses lèvres et s'était aspergée abondamment de parfum.

Elle était certaine que les jeunes gens, habitués à leurs femmes fades, dépourvues de grâce et de féminité, seraient fascinés par son aspect. Mais ils se bornèrent à lui adresser un bref regard de leurs yeux noirs comme de l'obsidienne (et à peu près tout aussi expressifs), jaugeant les séran de vingt centimètres de haut et la jupe, resserrée en bas, qui ne permettait de marcher qu'à petits pas affectés. Ils portèrent ensuite leur attention sur Elide, qui venait d'entrer dans la pièce derrière elle, et qui était tout simplement grotesque, fagotée comme elle l'était dans une veste indigène trop grande pour elle, qui flottait sur ses épaules, et un pantalon informe, comme ceux des Asix.

En présence des Shiro, l'ambassadeur n'allait certes pas se laisser aller à une scène de ménage, mais tandis qu'il passait alternativement en revue les deux jeunes femmes, son visage se mit à prendre cette malsaine couleur rouge qui était le signe précurseur d'une explosion de colère.

Avant qu'il ait eu le temps de se ressaisir de sa surprise pour trouver la phrase qu'il fallait, du genre : *ma femme par contre reste ici*, Elide s'inclina poliment, suivant l'usage ta-shimoda, en prononçant d'une voix ferme et claire une des phrases de la langue locale qu'elle avait apprises par cœur la veille au soir :

—Avec votre permission, Shiro-adaï, moi aussi je vais vous accompagner.

Elle récolta un sourire un peu étonné et un regard appréciateur, qui déconcertèrent Arsel et firent ravaler à son mari le commentaire qu'il avait sur le bout de la langue. Comment pouvait-il lui reprocher sa tenue vestimentaire, vu qu'elle portait le costume national de la planète ? Au fond, ce n'était peut-être pas une mauvaise idée : les Shiro semblaient apprécier cette espèce d'hommage à leurs traditions.

Johnson marmonna quelque chose en regardant Arsel.

—Cette étrangère-là… aux pieds ? fut tout ce que comprit Elide.

L'autre, celui qui avait déclaré s'appeler Huang, lui répondit d'une phrase dont elle ne saisit pas un mot, puis, s'adressant à Aziz, il proposa :

—Nous pouvons partir tout de suite, si cela vous convient.

Le matin, la femme de Son Excellence était sortie de bonne heure avec Mme Soener, l'air très décidée, et n'avait pas daigné réapparaître en temps utile pour leur dire au revoir. Elle devait être encore de mauvaise humeur.

Cela va lui passer, se dit philosophiquement son mari. *Je n'ai toutefois pas l'intention d'obliger tout le monde à attendre ici pendant qu'elle prend ses aises.*

— Nous pouvons y aller, répondit-il, puis il emboîta le pas à Oda et à Rinvar. Elide et le professeur Li le suivaient de près ; Arsel venait en dernier, avançant d'un pas léger sur ses séran, avec la grâce d'un cygne qui glisse sur l'eau.

— Qu'a-t-il dit ? C'est de moi que ce Johnson était en train de parler, n'est-ce pas ?

— De tes séran, se borna à répondre Elide.

Elle avait comme l'idée que le jeune homme avait dit quelque chose du genre : « Combien de temps est-ce qu'elle s'imagine pouvoir marcher avec ces machins aux pieds ? »

— Ils sont beaux, n'est-ce pas ? fit Arsel, flattée, tout en examinant les plates-formes soutenues par trois plaquettes de vingt centimètres de haut et maintenues par des lacets extrêmement étroits, censés éviter de faire un faux pas et de se fracturer la cheville.

Elide hocha distraitement la tête.

— Où pouvons-nous mettre les bagages ? demanda Li Hao qui avait remarqué l'absence d'un quelconque moyen de transport.

— Où vous voulez, lui répondit Rinvar. En ce qui me concerne, j'aime mieux les porter sur les épaules, pour garder les mains libres, mais comme vous voyagez avec nous, vous ne courez aucun danger. Si vous préférez les porter à la main, cela va aussi.

— S'il n'y a pas de porteur, un de ces messieurs voudrait-il bien m'aider pour mes petites affaires ? demanda Arsel avec coquetterie.

Les deux Shiro ne tournèrent même pas la tête et ce fut le professeur qui souleva péniblement la lourde valise.

— Donnez-moi ça. Je ne pense vraiment pas qu'ils porteraient les bagages de quelqu'un d'autre.

— Est-ce que tu traînes avec toi la moitié de la maison ? siffla son père en se retournant. Je t'avais bien dit de ne prendre que l'indispensable. Déposez cette valise, professeur, vous avez déjà votre sac. Quant à toi, ma fille, si tu veux trimballer un tas de fanfreluches inutiles, tu n'as qu'à les porter toi-même, sans déranger les autres.

» Je te rappelle qu'il s'agit ici d'une mission diplomatique, comme tu le faisais toi-même remarquer à juste titre il y a quelques jours. À te voir, on dirait que tu te rends à un bal masqué.

— Je n'ai pris que le minimum indispensable, rétorqua dignement Arsel, puis elle serra les dents et empoigna sa valise.

Ils n'avaient fait que quelques pas quand ils croisèrent Aber, qui avançait raide comme un piquet, mais l'œil vague. Dans l'ensemble son apparence était toujours correcte, cependant on remarquait des signes de laisser-aller. Une auréole de transpiration marquait le col de sa veste, et si son visage était rasé de près comme il se devait, une petite touffe de poils avait été oubliée sous le menton.

Arrivée à sa hauteur, Arsel fronça avec dégoût son petit nez retroussé.

— Vous feriez mieux d'aller prendre une douche, laissa-t-elle tomber avec hauteur. Vous ne sentez pas précisément la rose.

— Tais-toi ! s'exclama son père.

Plutôt que de la colère, sa voix trahissait la peur. Aber fit mine de ne pas entendre et se dirigea vers l'ambassade. Bien que la porte ait été grande ouverte, il se cogna le bras contre l'un des montants, jura à haute voix, puis disparut à l'intérieur, se frottant l'épaule.

— Serait-il pris de boisson ? s'indigna Arsel.

Un homme qui avait manifesté l'intention de l'épouser, elle, n'avait qu'à se conduire comme un gentleman, et non comme un ivrogne !

Sans lui répondre, son père hâta le pas pour rejoindre leurs guides, qui s'éloignaient dans le dédale de ruelles du quartier asix.

Ils s'engagèrent finalement dans l'escalier qui menait au pont. Sous leurs pieds le courant s'engouffrait en bouillonnant dans ce qui, à marée basse, formait un isthme. De l'autre côté, le pont se terminait par une nouvelle volée de marches. Elide remercia les sept dieux d'avoir eu l'idée de mettre des chaussures pratiques. Du coin de l'œil, elle reluqua en direction d'Arsel et fut obligée de reconnaître que sa flopée d'ancêtres aristocratiques lui avait du moins transmis assez d'orgueil pour qu'elle se sente tenue de marcher sans une plainte et sans se laisser distancer. Pourtant, hisser sa lourde valise sur une vingtaine de marches avait dû être une vraie torture.

Après le pont, la route contournait un grand piton rocheux, passé lequel ils eurent devant les yeux la ville de Gaia.

La première impression fut positive. Le bras du fleuve qui avait été détourné pour lui faire traverser le Haut Plateau se fractionnait en un réseau d'une centaine de canaux, destinés à l'alimentation en eau des maisons des différents clans. Il en montait en volutes lentes une brume matinale nacrée et la ville semblait sortir du brouillard comme une image de rêve. On aurait dit que les constructions flottaient sur l'eau.

Au fur et à mesure qu'ils en approchaient toutefois, toute beauté disparaissait. Les édifices n'avaient ni âme ni style, leur forme était chaotique, comme si après la fin des travaux on avait décidé de rajouter anarchiquement des pièces par-ci par-là. Le seul matériau utilisé était la pierre volcanique grise, qu'on n'avait ni crépie ni agrémentée d'une quelconque décoration. Les toits, en terrasse ou bien légèrement inclinés, étaient en ardoise, d'un gris à peine plus foncé que le ciel bas, dans lequel couraient des nuages de toutes les nuances de gris.

Le professeur tournait sa minuscule holocaméra dans toutes les directions, en essayant de ne rien rater. Il murmurait dans le micro des explications et des notes sibyllines, ne s'interrompant que pour submerger de questions les deux Shiro dans un mélange de gorin et d'universel.

— Qu'est-ce que c'est que ce grand bâtiment ? demanda-t-il en indiquant une des nombreuses constructions irrégulières, toutes en saillies et en renfoncements.

Ils étaient en train de parcourir une rue toute en lacets, aussi étroite que les ruelles du quartier asix de Schreiberstadt, et l'immeuble qui avait éveillé sa curiosité ne se distinguait des autres que par ses dimensions : le mur extérieur était tellement long que cela faisait plusieurs minutes qu'ils le longeaient.

— C'est l'université, et en face c'est l'hôpital. Tout le reste, ce sont des logements.

— Mais ils sont énormes ! Combien d'appartements contiennent-ils ?

— Appartements ? Comment cela ? Ce sont des maisons, dont chacune appartient à un clan. Celles des clans qui ont ici leur résidence principale sont grandes, en effet. Mon clan, lui, n'a qu'une maison secondaire à Gaia, très petite, lui répondit Rinvar, indiquant une construction étendue, qu'on aurait pu prendre pour une caserne, ou une prison.

» Il n'y a de place que pour quelques centaines de personnes. La maison Huang, où nous allons passer la nuit, est bien plus vaste.

— Maison Huang ? C'est donc le nom de tout un clan ? Quel est alors le prénom de votre collègue ?

— Vous pouvez l'appeler Huang, biaisa Rinvar.

— Est-ce encore loin ? se renseigna Arsel. Elle avait la figure rouge et couverte de transpiration, si bien que son maquillage était en train de couler. Depuis qu'ils s'étaient mis en marche, elle n'avait pipé mot et portait stoïquement sa valise, juchée sur ses séran. Elle était capable d'avancer avec ces incommodes chaussures aux pieds avec la grâce que les femmes de tout l'Univers enviaient aux beautés de Neudachren, mais elles convenaient davantage au sol parfaitement lisse d'une salle de bal qu'aux pavés plats et irréguliers des rues de Gaia.

— Non, la rassura-t-il. Deux ou trois kilomètres au grand maximum.

La rue était pleine de monde. Ils croisèrent des Shiro, qui ne cachaient pas leur visage en ne laissant à découvert que les yeux, comme ils le faisaient à Schreiberstadt. Ils portaient des vêtements miteux, parfois grossièrement reprisés, voire rapiécés, ce qui ne les empêchait pas d'avancer avec un air hautain et méprisant, sans tourner la tête ou le regard vers eux. Leurs capes étaient rejetées en arrière avec négligence, découvrant l'épaule gauche et la main droite, posée sur la poignée de leur couteau.

Les Asix, beaucoup plus nombreux, les dévisageaient avec curiosité, et de temps à autre l'un d'eux hasardait une question, à laquelle l'un de leurs guides répondait sans trace d'impatience.

Ils marchèrent pendant une vingtaine de minutes dans ce paysage urbain monotone. Rien là-dedans ne répondait à l'idée que l'ambassadeur se faisait d'une ville. Des canaux, des ponts en pierre, pour la plupart si étroits qu'ils ne permettaient que le passage de piétons, des bâtiments sinistres et uniformes.

Où étaient les étalages des magasins, avec leurs décorations accrocheuses? et les images publicitaires? et l'arrière-fond sonore qui battait comme un cœur géant dans les métropoles de Neudachren, de jour comme de nuit? C'était une vibration tissée des bruits de la circulation, des programmes holovid provenant d'une fenêtre restée ouverte, de la musique qui s'échappait par vagues chaque fois qu'on ouvrait la porte d'un magasin ou d'un restaurant.

Ici, rien d'autre que des voix humaines. De temps en temps, depuis la rue principale, on entendait résonner sur les pavés les sabots d'un cheval attelé à une charrette. Un clapotis montait du canal lors du passage d'un chaland, propulsé par des bateliers poussant de tout leur poids sur de longues perches.

Même ces sons lui semblaient assourdis, comme absorbés par l'eau des canaux. Malgré la chaleur, il frissonna : il y avait dans cette quiétude excessive quelque chose qui le mettait mal à l'aise.

— C'est quoi cette senteur bizarre, à votre avis? demanda-t-il au professeur. Je ne parle pas de la puanteur qu'on sent quand un cheval passe à proximité, mais de l'autre odeur, plus légère.

— Ce n'est rien, répondit distraitement le professeur, l'œil collé à sa caméra.

— Comment cela?

— Ce que vous remarquez est plutôt une absence ; dans une ville, vous vous attendez à sentir toutes les odeurs qui accompagnent la civilisation : produits de toilette, moteurs, ozone des antigrav, parfums d'ambiance des magasins. Cet endroit est encore plus fade que Schreiberstadt : on sent juste les embruns saumâtres de la mer et un léger relent de terre mouillée, expliqua le professeur, qui recommença immédiatement à marmonner des commentaires dans son holocaméra.

— Qu'êtes-vous donc en train de filmer ? s'étonna l'ambassadeur. Avez-vous découvert quelque chose de particulier ? Pour ma part, jamais je n'ai vu de constructions plus banales et uniformes.

— C'est justement ce qui me frappe : dans la variété infinie des sociétés humaines, on retrouve certaines constantes, et l'une d'entre elles est la tendance à parer sa personne et à personnaliser son milieu, avec toutes sortes de choses : des fleurs, des couleurs vives, des décorations en tous genres, comme des sculptures ou des peintures, même maladroites.

» On retrouve cette tendance même sur des mondes qui, suite à une guerre, ont régressé au point qu'on peut les considérer comme primitifs ; on l'observe aussi chez des personnes dépourvues de moyens économiques.

» Regardez en revanche cette ville. Les bâtiments sont strictement fonctionnels, sans le moindre effort d'esthétique. Avez-vous remarqué, par exemple, qu'absolument toutes les fenêtres sont de forme et de dimensions identiques ? J'ai demandé à quoi cela était dû. La réponse a été que c'était plus pratique d'avoir une seule verrerie, qui fabrique des carreaux de taille égale.

» Qu'arriverait-il, à votre avis, si on proposait aux bâtisseurs de nos mondes d'utiliser des éléments architecturaux tous semblables, pour des raisons d'économie et de commodité ?

» Autre chose : je peux confirmer les observations que nous avions déjà faites à Schreiberstadt. Les gens ne prennent pas grand soin de leur apparence ; on dirait au contraire qu'ils font de leur mieux pour être (il lança un coup d'œil aux deux guides puis, craignant qu'ils soient à portée d'ouïe, il ravala le mot qu'il allait prononcer, *insignifiants*, et en chercha un plus diplomatique)… Je veux dire que vêtements, coiffures, accessoires sont aussi impersonnels que l'architecture, tout spécialement chez les Shiro.

» Les Asix les plus jeunes sont les seuls qui portent des couleurs vives. Pour le reste on ne voit que du gris ou du beige, et toujours le même modèle, absolument identique. Ces motifs appliqués aux vestes ne sont pas des décorations, ils servent à indiquer le nom de famille de la personne.

— C'est un monde pauvre, peut-être n'ont-ils tout simplement rien d'autre.

— Je l'avais pensé au début, mais les servantes n'ont jamais porté les fanfreluches ni les robes que votre épouse leur a données.

— Croyez-vous que les conditions climatiques puissent être à l'origine de cette mentalité ? La doctoresse Huang ne nous avait-elle pas expliqué qu'ils ont été contraints de bannir le superflu depuis les premiers temps de la colonisation ?

— Cela ne me semble pas une raison suffisante. Une teinture végétale, par exemple, comme celle qu'utilisent parfois les Asix, ne coûte pratiquement rien. Une des employées de Tani m'a montré comment ils font. C'est assez extraordinaire. Ils se servent de feuilles, ou d'écorce d'arbres, mais à ce qu'il paraît l'eau de cuisson de certains légumes peut aussi…

Le professeur partait avec enthousiasme dans une de ses digressions, mais il s'avisa de l'expression vide que Rasser avait prise, comme il le faisait d'habitude quand, du moins selon Li Hao, la discussion devenait vraiment intéressante. Il retourna donc en soupirant sur le droit chemin.

— Même dans des logements extrêmement provisoires, qu'on n'occupe que pendant une ou deux semaines, comme la cabine d'un astronef, on voit de petits objets, des cubes ou des bandes vidéo, ou du moins des images holo. Essayer de marquer de son empreinte le milieu ambiant est instinctif. Cette recherche du fonctionnel à tout prix est inhumaine.

En entendant les derniers mots, le cadet des Shiro se retourna pour darder un regard froid comme celui d'un reptile sur Li Hao qui, tout échauffé par son discours, ne remarqua rien, contrairement à l'ambassadeur. Celui-ci, cherchant une diversion, demanda au jeune homme s'il était possible d'assister à une fête ou à une cérémonie.

— C'est impossible.

— Pourquoi ? Les étrangers n'y sont-ils pas admis ? demanda Rasser, piqué.

La tendance aux cachotteries des Ta-Shimoda ne manquait jamais de l'étonner. Qu'avaient-ils donc à dissimuler ? Certainement pas des techniques de production qui auraient pu présenter un quelconque intérêt du point de vue de l'espionnage industriel, ni de grandes richesses, capables d'attirer des aventuriers en provenance d'autres mondes. Il était assez évident que la planète était désespérément sous-développée.

— Ce n'est pas du tout ça. Il n'y a aucune fête pendant la saison des pluies.

— Pas même un tournoi sportif ?

Rinvar secoua la tête. Conduire les barbares dans une des Académies d'escrime ne lui paraissait pas une idée lumineuse.

— Dans ce cas-là, j'apprécierais de rencontrer les responsables de l'industrie, de l'artisanat, du système sanitaire, enfin de tout ce que mon prédécesseur a négligé d'inclure dans ses rapports.

— Entendu.

Rinvar se promit de demander en tête-à-tête à Oda s'il fallait présenter à l'étranger le chef agronome et la directrice de l'hôpital.

Une pluie fine se mit à tomber, et les étrangers sortirent de leur poche un minichamp déflecteur et l'allumèrent, alors que les Shiro se bornaient à rabaisser leur capuchon sur la tête.

— Est-ce qu'il est permis de poser une question ? demanda Elide, employant la formule de courtoisie qu'elle venait d'apprendre la veille au soir.

Rinvar acquiesça, en la regardant avec curiosité : les gouttes d'eau s'arrêtaient à quelques centimètres de sa tête, ensuite elles descendaient lentement, comme si elles coulaient sur une vitre.

— Votre cape suffit-elle à vous protéger de la pluie ?

— Pas tout à fait, mais il est rare qu'il pleuve longtemps, sauf lors des ouragans ; pendant les éclaircies, on sèche. La sensation de la pluie sur la peau ne te semble pas agréable ?

— Nous ne l'aimons pas beaucoup, peut-être parce que nous n'y sommes pas habitués.

— Les saisons sèches sont donc si longues chez vous ? Cela doit être terrible.

— Ce ne sont pas des saisons sèches à proprement parler. Il y a un... (comment pouvait-on dire satellite atmosphérique ?), une machine dans le ciel, qui règle le climat, de façon qu'il ne pleuve que certains jours.

— Comment ça marche ? demanda-t-il avec un intérêt qui n'était pas feint. Une pareille machine serait utile. Chez nous il peut arriver que des précipitations trop abondantes ruinent une récolte, ou qu'on soit obligés de protéger certaines plantes fragiles avec de grandes bâches. Ils en ont de la chance, vos agriculteurs, qui peuvent obtenir le temps sec sur commande !

—Ah mais ce n'est pas selon les exigences des agriculteurs qu'on règle le soleil et la pluie, Shiro-adaï! La seule chose qui intéresse le ministre du Climat, c'est qu'il fasse beau à l'occasion des concerts au… à «l'auditorium à ciel ouvert», dit-elle en universel, ou pendant certaines autres manifestations culturelles.

Pendant un bon moment elle essaya, sans succès, de lui expliquer ce qu'était un auditorium et pourquoi un concert était considéré comme quelque chose d'important.

—Mais c'est absurde! Risquer de porter préjudice à ce qui est vital pour des inepties! Tu es sûre? Tu habitais la ville, n'est-ce pas? Tu n'es peut-être pas parfaitement au courant de ce qui se passait dans les campagnes.

Le professeur parlait dans son micro, tout absorbé, et personne d'autre ne comprenait le gorin. Elide osa donc lui avouer:

—J'ai été élevée dans une ferme, seigneur shiro, et je sais ce que je dis. Nous cultivions du fourrage, pour nos bêtes et pour en vendre à d'autres éleveurs. Eh bien, une année la récolte a séché sur pied et a été perdue, parce qu'à Dachrenstadt il y avait les finales d'un grand… (elle dut de nouveau se rabattre sur sa langue) festival avec concours pour l'exécution de morceaux de musique ancienne. Le festival durait un mois, pendant lequel on a veillé à ce que ne tombe pas une seule goutte d'eau. Nous avons dû travailler comme des forcenés pour irriguer quelques hectares, juste assez pour être en mesure de nourrir au moins notre bétail.

L'histoire du festival n'avait pas paru très claire au Shiro. Il avait toutefois compris que l'étrangère avait eu une occupation en rapport avec l'agriculture et l'élevage. Il eut un hochement de tête d'approbation.

—On m'avait affirmé que chez vous les femmes ne faisaient jamais rien, mais tu n'es pas une créature inutile, à ce que je vois.

—Ce ne sont que les femmes riches qui restent oisives. J'ai toujours travaillé avant de faire partie de la famille… je veux dire du clan de… (Elle indiqua son mari, qui marchait quelques pas en avant, plongé dans une discussion avec Oda.) Il m'arrive d'avoir la nostalgie de la campagne. J'aimerais bien y retourner, même pour peu de temps.

C'est cela du moins qu'Elide croyait avoir dit, mais elle s'était embrouillée avec les verbes, qui sont un vrai casse-tête en gorin. Elle avait bien choisi le mode, qui était le volitif, mais au lieu de le conjuguer au passé, pour indiquer le regret, elle l'avait mis au futur immédiat, qui signifie une volonté bien précise. Sa phrase, qui sonnait à peu près comme ceci : « maintenant/tout de suite un temps à la campagne être je veux », laissa Rinvar un peu perplexe, puis il eut l'impression qu'il avait saisi :

—Ah, je vois. Tu aimerais visiter une ferme.

Elle était sur le point d'expliquer que ce n'était pas du tout cela, d'autant plus que la visite d'une ferme n'intéresserait personne d'autre, elle en était sûre, mais Aziz se retourna en lui jetant un regard furieux. Il devait être fâché qu'elle reste si longtemps en conversation avec un jeune homme.

Elle ne corrigea pas le malentendu et ralentit imperceptiblement son allure, pour se laisser distancer, se disant avec défi *et pourquoi pas, au fond ?* Le professeur s'occupait d'un tas de trucs bizarres ; les autres penseraient sans doute que la proposition émanait de lui.

La maison Huang était une construction très étendue, articulée en ailes et dépendances chaotiques. Oda les guida à travers un hall d'entrée immense, dépourvu de meubles, qui ressemblait à une gare de départ des modules aériens.

Une vraie foule y circulait, composée de Shiro silencieux et d'Asix, dont chacun faisait du bruit pour deux. On avait l'impression que tous ne faisaient qu'entrer et sortir par une demi-douzaine de portes, quand ils ne s'agglutinaient pas devant une grande ardoise pendue à la paroi, en échangeant des commentaires.

Là aussi les Asix les dévisagèrent avec une curiosité manifeste, tandis que les Shiro regardaient droit devant eux, le visage inexpressif. Li Hao se rappela la réponse qu'avait donnée Soener à Arsel, qui se plaignait que les Shiro ne leur prêtent aucune attention :

—Si l'un d'entre eux devait vous examiner attentivement, mademoiselle, ce ne serait pas parce qu'il vous trouve attirante, mais parce qu'il est en train d'étudier la meilleure façon de vous tuer.

Tous les autres avaient ri de ce qu'ils avaient considéré comme un mot d'esprit, mais lui, personnellement, avait eu la nette impression que Soener parlait littéralement. Maintenant il ne se sentait pas à l'aise, entouré par tant de Shiro dont le visage n'exprimait qu'une arrogance glaciale. Cette visite de la capitale de Ta-Shima allait-elle se révéler dangereuse, comme le craignait la première dame Rasser ? Avait-il eu raison d'accompagner Son Excellence ? Mais il se reprocha sa lâcheté. Depuis l'expédition qui avait découvert la planète, ils étaient les premiers à passer le pont de Schreiberstadt avec un permis officiel. Ils avaient donc de bonnes chances de pouvoir rentrer chez eux sains et saufs.

Il suivit leurs deux guides silencieux le long d'un couloir chichement éclairé, aux parois nues, qui semblait interminable. Il y stagnait une légère odeur de moisi. Ils passèrent devant des dizaines de portes, toutes fermées, dont certaines étaient marquées d'un dessin, un logo peut-être, ou alors un idéogramme, pareil à ceux que, d'après ce qu'avait lu Li Hao, certaines cultures préhistoriques avaient employés dans les temps précédant l'avènement des intelligences artificielles.

Ils traversèrent une cour plantée d'arbres, longèrent un couloir qui donnait dans une autre cour, pour s'engager enfin dans un troisième couloir que rien ne distinguait des précédents.

Oda ouvrit quatre portes contiguës, au bois lisse, sans aucun dessin.

— Vos chambres. Johnson-adaï dormira dans celle qui se trouve immédiatement à côté, pour le cas où vous auriez besoin de quelque chose.

— Trois chambres suffisent, nous deux nous dormons ensemble, déclara le plus âgé des étrangers, indiquant la jeune femme qui parlait le gorin.

Rinvar en fut assez étonné : il n'avait pas entendu la fille l'inviter.

— Les portes n'ont pas de serrure, remarqua le professeur. Ne fermez-vous jamais à clé ?

— Avant d'entrer dans une chambre, on frappe. Si on n'est pas invité à entrer, on n'ouvre pas la porte, même si on sait parfaitement que l'occupant est à l'intérieur.

Ils ne semblaient pas craindre un vol et quand le cadet des Shiro ouvrit la porte de sa chambre, le professeur y lança un coup d'œil curieux.

À l'intérieur il n'y avait qu'une natte, avec deux draps mais sans oreiller. Une lampe à huile était posée sur un coffre et par terre il y avait des sandales en paille, ou peut-être en corde.

Il n'y avait en effet pas grand-chose à voler. C'était l'endroit le plus miteux qu'il lui ait jamais été donné de voir. Si on avait eu l'idée de prévoir des cellules de ce genre dans les prisons de son monde natal, on aurait dû affronter l'indignation de toutes les associations religieuses ou laïques qui militaient pour les droits des criminels.

Leurs chambres étaient tout aussi dépouillées, mais, comme le murmura Rasser à sa femme dès qu'ils furent seuls, ils n'y séjourneraient, grâce aux dieux, que peu de jours, alors que les Ta-Shimoda passaient toute leur vie dans un pareil dénuement.

Il palpa la natte sur laquelle il était censé dormir, qui reposait à même le sol, et fit une grimace de mécontentement :

— De quoi se réveiller avec un beau mal de dos. Ils exagèrent, ma foi. Même les sectes des renonciateurs ne sont pas aussi fanatiques. J'aurais cru qu'au moins ici, en ville, ils jouiraient d'un certain confort, mais l'ameublement n'est pas différent de ce que nous avons vu dans la cabane asix que nous avions visitée l'année passée à Schreiberstadt. Et c'est censé être leur capitale !

Les sanitaires étaient communs, et tout aussi spartiates, bien que propres.

— Il n'y a pas de douches ? s'alarma Arsel devant la rangée de lavabos.

Titubant sur ses séran, elle avait porté opiniâtrement sa valise, sans laisser échapper une seule plainte, malgré ses chevilles gonflées. Elle transpirait à grosses gouttes dans la robe en fototex, parfaite pour un soir d'été à Dachrenstadt, mais une vraie torture dans la chaleur étouffante de Ta-Shima. Il fallait qu'elle se lave ! Pour une vraie dame, sentir la sueur s'apparentait à un crime social. Et elle devait aussi arranger ses cheveux : elle préférait éviter de penser à ce qu'était devenue sa belle coiffure avec l'humidité de l'air.

— Mais si, bien sûr ! Elles sont à l'extérieur. Voulez-vous les utiliser maintenant ?

Avant qu'elle puisse accepter, son père se récria :

— Jamais de la vie ! Si on laisse entrer ces deux jeunesses dans une salle de bains, elles en auront pour des heures à se recoiffer et à faire des minauderies devant le miroir. Faites-nous visiter la ville, c'est la raison de ma présence, comme de celle de M. le professeur. Si elles sont fatiguées, les dames n'ont qu'à rester dans leurs chambres.

— Moi, je préfère venir avec vous.

Elide n'était pas venue jusque-là pour regarder pendant des heures le mur en face d'elle, assise sur cette espèce de tapis en corde qu'on utilisait comme lit.

Arsel hésitait, mais les lacets des séran serraient comme dans un étau ses pieds déjà gonflés.

— Je suis un peu fatiguée, dit-elle gracieusement. Cela ne me déplairait pas de me reposer.

Après tout, Tatiana Ostrogovi affirmait qu'une jeune fille se doit de se montrer frêle et douce. Ses pieds lui brûlaient comme s'ils avaient été plongés dans l'huile bouillante, mais elle glissa malgré tout d'une démarche élégante dans la chambre qu'on lui avait attribuée, se forçant héroïquement à sourire, puis se retourna.

Son sourire s'effaça. Dans une série holo, les deux jeunes hommes se seraient disputé l'honneur de rester avec elle pour lui tenir compagnie, mais Huang, plongé dans une discussion avec Li Hao, s'éloignait sans même s'apercevoir qu'elle ne les accompagnait pas. Le plus jeune le suivit sans un regard pour elle.

Tout en marchant, Oda répondait aux questions du professeur sur les aqueducs, et Rinvar le rejoignit en deux enjambées. Il lui murmura que l'une des femmes étrangères allait rester à la maison, toute seule. Ne risquait-elle pas de créer des complications, ou de se faire mal ?

Oda le remercia d'un signe, puis il demanda à la première Asix qu'ils croisèrent de tenir l'étrangère à l'œil.

—Où est-elle ? Et comment vais-je la reconnaître ?

—Elle est dans cette chambre-là, et tu ne risques pas de te tromper : elle est grande comme un cheval, grosse, et ses cheveux sont jaunasses.

Dommage qu'Arsel ne puisse le comprendre, elle cesserait peut-être de se rendre ridicule, se dit Elide avec une pointe de malignité, mais aussi avec une bonne dose d'étonnement. Tout antipathique qu'elle était, sa belle-fille était une vraie beauté, plantureuse mais pourtant pleine de grâce, avec de longues jambes et une poitrine généreuse. Elle était une vraie symphonie de couleurs pâles : les cheveux, loin d'être « jaunasses », étaient au contraire d'un exquis blond argenté, les yeux bleus, la peau blanche presque nacrée.

Sur Neudachren, les jeunes gens composaient des poèmes sur ses grands yeux, ou lui dédiaient des cantates dans lesquelles ils la comparaient aux légendaires princesses de Landsend. Toutefois, elle ne plaisait visiblement pas aux Ta-Shimoda. Elide avait entendu le sobriquet dont l'affublaient les serviteurs : la grosse Tête-de-Paille, mais elle pensait qu'il s'agissait là d'une petite vengeance, à cause de la morgue qu'Arsel montrait vis-à-vis d'eux. Le Shiro toutefois avait parlé distraitement, sans aucune hargne. Manifestement il la voyait seulement comme une fille trop grande et trop grasse, avec une couleur de cheveux qu'il n'aimait pas.

Cela avait déjà été une idée absurde de la faire venir sur Ta-Shima, mais pour l'amour des sept dieux, pourquoi lui permettre de participer à cette visite de la ville indigène ? Aziz devait bien être le seul à ne pas se rendre compte du béguin de sa fille.

Il ne reste plus qu'à espérer qu'elle ne fasse pas une idiotie quelconque, se dit-elle. *Arsel a peut-être étudié dans un collège très connu, où elle a appris un tas de trucs, parmi lesquels il se peut bien qu'il y en ait un ou deux d'utiles, mais elle est aussi ingénue qu'un bébé.*

Pour une fois, c'était agréable de pouvoir se sentir supérieure à cette demoiselle hautaine, objet de tant d'admiration à Dachrenstadt, capable de jouer du shamisen, de composer des morceaux de musique pour accompagner les sculptures lumineuses pour lesquelles sa mère était renommée, de mener une conversation brillante et spirituelle sur un tas de sujets dont Elide ignorait tout.

Pendant quelques heures ils parcoururent sous un crachin fastidieux des rues bondées, qui serpentaient d'une façon déconcertante entre deux rangées de bâtiments bas et monotones, sans doute fonctionnels, comme le soutenait le professeur, mais certainement laids et déprimants.

— N'y a-t-il pas d'usines, de centres de production, ou quelque chose dans ce goût-là ? demanda Rasser.

— Les usines principales se trouvent dans une autre ville, près des mines, mais les objets d'usage quotidien sont produits par les maisons des différents clans.

— Chaque clan vit donc en autarcie ?

Autarcie ? se demanda Elide. *Qu'est-ce que cela peut bien vouloir dire ?* Elle n'osa pas poser la question : elle aurait fait honte à Aziz, qui risquait de se mettre en colère. Par chance, le jeune Johnson ne connaissait pas ce terme en universel et le professeur se lança dans une de ses explications prolixes.

Quand il eut compris, Rinvar répondit :

— Non, bien que chaque maison produise un peu de tout, chacune a ses spécialités, qu'elle échange contre les produits des autres. La mienne, en montagne, est connue pour le miel et pour le travail du bois. Que voulez-vous voir ? Le tissage, la menuiserie, la fabrication de cordes… ?

Ils visitèrent donc des ateliers artisanaux dans différentes maisons, toutes construites selon le modèle de la maison Huang. Des couloirs étroits et très longs débouchaient dans des cours, des potagers ou des vergers. De là, on accédait à d'autres couloirs, ou bien à des entrepôts et à des ateliers, petits ou grands, où des gens des deux races et de tous les âges étaient en train de tisser, de coudre des bottes, de tresser des cordes, de laquer de la vaisselle en bois ou de fabriquer des objets primitifs, dans un vacarme de coups de marteau, de crissements de scies manœuvrées à la main, de grincements de poulies et de voix asix. Tout en travaillant, ceux-ci ne cessaient pas un instant de bavarder, souvent en criant à tue-tête pour surmonter le bruit. Ils ne se taisaient que quand un Shiro se fendait d'un bref commentaire.

Les rares machines étaient extrêmement simples, et n'utilisaient que la force manuelle ou celle des cours d'eau. Le professeur continua de répéter ses «absolument fascinant!», jusqu'à ce que, profitant de ce que les deux Shiro étaient plongés dans une discussion avec une Asix sur la possibilité d'appliquer un système de turbines à un énorme métier à tisser actionné à la main par un Asix à la carrure d'une armoire à glace, Rasser siffle:

— Que diantre pouvez-vous trouver de fascinant à ce travail monotone et répétitif? Pour obtenir assez de tissu pour un vêtement en nouant ensemble ces drôles de fils, il faut des heures et des heures. Ce serait beaucoup plus simple de nous acheter des rouleaux d'étoffe et de nous vendre en échange une plus grande quantité d'épices ou d'essences de bois précieux. Leur système ne me semble pas logique.

— Il ne l'est pas, en effet, si on se place d'un point de vue rigoureusement économique. D'un autre côté, si une paire de bottes, ou un vêtement, sont destinés à durer vingt ans, cela ne vaut pas vraiment la peine d'optimiser les procédés de production. En pratique, une personne n'en use pas plus de deux ou trois dans toute sa vie.

» Le système a une logique intrinsèque, mais il ne peut fonctionner que si personne n'a envie de changer de style ou de suivre une mode. C'est le cas, à ce qu'il paraît. Je suppose qu'il y a une dizaine de générations il s'est trouvé quelqu'un pour décréter que ce modèle convenait. Depuis lors, ils continuent à le produire, toujours identique.

— Remarquez, cela ne me déplairait pas vraiment qu'on arrive à insuffler la même idée à mes femmes, et surtout à ma fille, qui ne cesse de me demander de nouvelles robes chaque fois qu'une mode est lancée sur Neudachren. Ce que je trouve dommage, s'ils ont décidé d'avoir une seule et unique coupe de vêtements, c'est qu'ils en aient choisi une si vilaine!

— C'est bien mon avis. Si la formule n'était pas déplacée dans la bouche d'un scientifique, je dirais qu'une telle rationalité n'est pas normale. Ou du moins elle ne l'est pas pour des êtres humains. La société de cette planète me fait penser à une fourmilière. Tout ce que les différentes maisons produisent, échangent ou vendent, ce sont des produits de première nécessité. Ils ne fabriquent rien qui ne soit pas absolument indispensable, tout comme, à ce qu'il me semble, ils ne font rien juste pour le plaisir de le faire. Ils semblent se cantonner à une sinistre économie de survie, même quand ce n'est pas nécessaire.

Mais, comme pour donner tort au professeur, ils débouchèrent sur un espace animé, délimité par trois canaux qui en faisaient une sorte d'île. Quatre ponts le reliaient au reste de la ville.

C'était le marché en plein air où, sous des auvents, un grand nombre d'Asix, pour la plupart très âgés, étaient assis en tailleur devant des nattes usées, couvertes de marchandises en tous genres. Des fruits côtoyaient des aliments de couleurs bizarres (ou du moins cela ressemblait à des aliments, car ils étaient présentés dans des bols et des assiettes) et des objets en bois. Un homme très âgé tressait en quelques minutes des sandales sur mesure, en se servant de bandes d'une espèce d'écorce d'arbre, dont il avait une provision dans un grand panier. Sous l'auvent voisin on proposait des sacs en toile et en corde tressée, et plus loin, autour d'une marchande qui avait étalé sur sa natte des coupons de tissus colorés, se pressaient de jeunes Asix qui commentaient chaque pièce à haute voix. Çà et là, sur des foyers primitifs délimités par des pierres plates, chauffaient des casseroles contenant les dieux seuls savaient quoi.

Il flottait dans l'air une riche senteur de nourritures et d'épices inconnues. Le mélange était déconcertant pour des nez neudachreniens, habitués aux levures très légèrement aromatisées, quand elles n'étaient pas inodores, mais ce n'était nullement désagréable.

Le marché était bondé de Ta-Shimoda des deux races qui regardaient les marchandises avec grand intérêt. Toutefois les acquéreurs n'étaient pas nombreux.

Pendant un bref instant, l'expression de Rinvar, qui regardait un plateau de boules colorées, trahit une avidité enfantine ; mais tout de suite il reprit l'habituel masque impassible et se lança dans des explications, demandant à l'occasion l'aide d'Oda ou d'Elide Rasser pour les mots qu'il ne connaissait pas :

— Les Asix des fermes viennent vendre ici le surplus de la production, ou bien les objets qu'ils fabriquent durant leur temps libre. Les fruits et les sucreries que personne n'aura achetés seront vendus ce soir, au prix de gros, à la maison d'un clan.

Rasser avait changé une petite somme d'argent virtuel de la Fédération chez les Shiro qui vivaient dans la maison de pierre grise à Schreiberstadt. Il avait reçu en échange une quantité extravagante de piécettes en bois laqué qui servaient de monnaie à Ta-Shima.

— Pouvons-nous acheter quelque chose à manger? demanda-t-il. Nous serions heureux si vous acceptiez de partager avec nous. Qu'est-ce que c'est que ces boulettes, par exemple?

— Des friandises de pâte de riz.

Il en demanda le prix, qui lui sembla ridiculement bas. Pour être sûr, il se le fit répéter et Rinvar, se méprenant sur les causes de sa stupéfaction, lui fit remarquer:

— C'est un peu cher, bien sûr, parce que cela demande beaucoup de travail, mais j'en ai mangé une fois, quand j'étais petit, et elles sont vraiment délicieuses.

Rasser les acheta toutes, sous les murmures ébahis des Ta-Shimoda qui l'entouraient, puis il les distribua aux membres de son petit groupe. Elide les connaissait: les serviteurs en avaient préparé une fois et ils les lui avaient fait goûter. Elle ne les avait pas particulièrement appréciées: la pâte de riz collait aux dents, et si on prenait une trop grosse bouchée, on était amené à faire des grimaces de singe pour l'avaler. Elle en accepta une par politesse et la grignota précautionneusement, tandis que Rinvar avalait tout rond les siennes.

Il doit être très jeune, se dit-elle, et pendant un instant elle le trouva sympathique. Elle avait beaucoup de mal à donner un âge aux Shiro: ils semblaient tous jeunes, ou alors vraiment très vieux, comme s'il n'y avait pas de personnes entre deux âges. Demander à l'un d'eux combien d'années il avait vécu serait probablement considéré comme une ingérence inadmissible. Ils ne leur avaient même pas dit leurs prénoms: si Huang était le nom de tout un clan, on pouvait raisonnablement présumer que cela valait aussi pour Johnson.

Immédiatement adossés à l'un des petits ponts par lesquels on sortait du marché, il y avait deux auvents, de simples toits de branchages soutenus par des poteaux, sous lesquels mangeaient des Ta-Shimoda assis sur des nattes, devant des tables hautes de quelques centimètres à peine.

— Voulez-vous prendre votre repas ici?

— Un petit en-cas ne me déplairait pas, dit Rasser. Commandez pour nous, je vous prie: je n'ai pas la moindre idée de ce que sont la plupart des choses qu'on vend ici.

Oda échangea quelques mots avec un vieil Asix, qui découpa des tranches de quelque chose qui, de l'extérieur, ressemblait à une miche de pain toute simple, mais était farci d'une pâte rouge. Puis il remplit de vin un carafon qu'il lui tendit.

Après un coup d'œil à la natte, les étrangers déclarèrent qu'ils mangeraient volontiers debout, puis plantèrent leurs dents avec circonspection dans la tranche qu'ils avaient reçue. C'était en effet une sorte de pain chaud, dont la farce avait une saveur légèrement salée, très délicate.

—Qu'est-ce que c'est ? demanda Rasser.

—Une gelée d'algues.

L'ambassadeur pâlit et observa avec suspicion ce qu'il tenait en main. Des algues ? Comme ces immondes choses gluantes qui flottaient dans la mer ? Probablement que le Shiro s'était trompé de terme, se rassura-t-il, et il prit une autre bouchée, qu'il fit descendre avec un verre de vin rouge provenant du carafon d'Oda. En bon œnologue amateur, il fit tourner la première gorgée dans sa bouche avant d'avaler ; c'était fort différent des crus au parfum léger et au goût sec auxquels il était habitué. À vrai dire, il trouvait ce breuvage franchement déplaisant, mais ce n'était pas l'avis de tout le monde :

—Ce vin fruité et dense est étonnant au premier abord, mais il est excellent ! s'exclama en effet Li Hao, tendant son verre pour se le faire remplir de nouveau. Est-ce un cépage indigène ?

Les deux interprètes n'avaient pas la moindre idée de ce que pouvait être un cépage. Le professeur – les sept dieux en soient remerciés – n'insista pas. Il préféra engager la conversation avec une Asix qui vendait des fruits à quelques pas de là. Il aurait voulu lui demander ce qu'étaient ces grandes sphères orange, à la pelure brillante, qu'elle avait disposées à côté d'un panier de raisins, mais la femme, se méprenant sur son gorin boiteux, lui en découpa un quartier qu'elle lui tendit.

Plutôt que de se lancer dans de grandes explications pour essayer de lui faire comprendre qu'il n'avait pas eu l'intention d'acheter quoi que ce soit, il préféra lui tendre une poignée de pièces. La femme en choisit une, puis lui rendit les autres.

—Est-ce que cela se mange cru ? demanda-t-il à Oda, tout en examinant son achat involontaire avec curiosité.

—Oui, c'est un séol, un fruit qui pousse dans les montagnes.

Li Hao fit le geste de le porter à la bouche.

—Ne le croquez pas comme ça ! s'exclama le Shiro en lui prenant le fruit des mains.

Il tira de la gaine qu'il portait accrochée à sa ceinture un couteau impressionnant, avec une lame aiguisée d'au moins trente centimètres de long, puis il éplucha très soigneusement le séol avant de le lui rendre.

— La pelure est vénéneuse. Une seule bouchée est mortelle.

Le quartier de séol blanc et crémeux ne semblait plus du tout appétissant à Li Hao. Après l'avoir examiné d'un air soupçonneux, il le laissa tomber dans le canal. Il eut la vague impression que les Asix autour de lui le dévisageaient avec des yeux encore plus écarquillés que d'habitude. Il n'en était pas certain : avec leur visage et leurs yeux ronds, dans lesquels l'iris sombre empiétait sur le blanc jusqu'à le faire disparaître, ils avaient en permanence l'air ahuri.

Il voulut demander s'il avait commis un impair quelconque, mais une femme âgée qui se tenait près de lui le devança.

— Pourquoi donc achète-t-il un fruit si cher juste pour le jeter ? Sont-ils tous fous, les Sitabeh ? demanda-t-elle, les affublant, lui et ses compagnons, du nom méprisant qui signifiait « mangeurs de cadavres ».

C'était une phrase suffisamment simple pour que le professeur la comprenne. Il lança un coup d'œil à Elide, qui haussa les épaules avec un petit sourire. Olov avait utilisé le même terme une ou deux fois, et les autres serviteurs l'avaient grondé, mais pas trop sévèrement. Elle s'était rendu compte que c'était simplement pour rester polis vis-à-vis d'elle, mais qu'ils n'en pensaient pas moins.

Après s'être restaurés et reposés un peu, ils continuèrent la visite de la ville, bien qu'en fait, comme l'avait fait remarquer l'ambassadeur, il n'y ait pas grand-chose à voir. Devant eux les immeubles et les rues continuaient de se déployer, monotones, toujours du même gris qu'aucune note de couleur ne venait égayer.

Rasser était passablement déçu, et fatigué aussi, à vrai dire. Il n'était pas habitué à marcher pendant des heures, surtout par cette épouvantable chaleur, mais il ne voulait pas faire preuve de faiblesse devant sa jeune épouse qui, elle, avançait d'un pas alerte, tournant la tête à gauche et à droite et échangeant de temps à autre un mot dans le dialecte local avec leurs guides.

L'après-midi était déjà largement entamé, et ils n'avaient rien mangé d'autre de toute la journée que le casse-croûte pris au marché : les friandises de pâte de riz que Rinvar aimait tant et cette espèce de tourte salée.

Quand la pluie se mit à tomber dru, sans faire mine de vouloir s'arrêter, Oda demanda enfin s'ils estimaient avoir suffisamment visité Gaia pour ce jour-là et s'ils ne voulaient pas rentrer. Rasser accepta immédiatement. Il avait chaud et ses vêtements étaient trempés de sueur. Il ne rêvait que de prendre une douche et de se reposer un peu.

Depuis un moment déjà il avait l'impression que l'air était tellement lourd qu'il en devenait presque solide et il avait de la peine à respirer.

Ils regagnèrent la maison par une autre porte et suivirent les Shiro dans un dédale de courettes et de couloirs qui sentaient les vêtements mouillés, pour enfin atteindre leurs chambres. Arsel boudait parce qu'elle était restée seule pendant des heures. Elle en avait profité pour se recoiffer soigneusement et se remaquiller, mais ensuite elle avait commencé à avoir faim et à s'ennuyer ferme. Maintenant elle était anxieuse de se faire admirer et de passer à table.

— Venez-vous aux bains ?

Sans attendre une réponse, Rinvar se dirigea vers une porte entrouverte, d'où provenait un bruit d'eau courante.

— Où sont ceux des femmes ? se renseigna Arsel.

— Ils ne se trouvent pas dans un endroit particulier, répondit Rinvar, déconcerté, sans bien comprendre le sens de la question.

— Les bains sont communs, intervint Oda. Je me souviens en effet que sur Neudachren les vestiaires des centres sportifs étaient séparés, les hommes d'un côté et les femmes de l'autre – je n'ai jamais compris pourquoi, d'ailleurs –, mais chez nous il n'y en a qu'un. Il est très grand, toutefois, avec trois vasques qui peuvent contenir une quarantaine de personnes à la fois.

— Mais comment est-ce possible ? Se déshabiller devant un homme est indécent. Il doit bien y avoir des bains réservés aux femmes ?

Qu'est-ce que c'est que ces idioties ? se demanda Rinvar, mais il fit un grand effort d'amabilité.

— S'il est vraiment nécessaire que vous disposiez d'un espace réservé, proposa-t-il, nous pourrions tendre une corde au milieu du plus petit des bassins, et demander aux autres de ne pas la dépasser. Quant à ne pas se déshabiller en public, vous n'avez qu'à laisser vos vêtements dans vos chambres, beaucoup le font.

Rasser fronça les sourcils.

— Ce n'est pas cela que ma fille voulait dire. N'y a-t-il pas un endroit où les femmes puissent se laver à l'abri des regards indiscrets ?

— Des regards indiscrets ? Pourquoi quelqu'un devrait-il les regarder ?

— Mais deux femmes, dans une salle de bains…

— Il y aura au bas mot une trentaine de femmes qui circulent entre douches et bassins.

Rinvar était déjà sur le seuil et ce fut uniquement le souvenir de l'expression de sa saz-adaï lui ordonnant de se montrer courtois qui l'empêcha d'ajouter que des femelles sitabeh ne couraient aucun risque qu'on s'intéresse à elles dans un endroit où il y avait tellement de vraies femmes, shiro mais surtout asix.

Rasser se dirigea vers les chambres qu'on leur avait attribuées, faisant signe aux autres de le suivre. Du coin de l'œil il aperçut un petit groupe d'Asix qui allaient aux bains, bavardant entre eux. Avec horreur il constata que deux d'entre eux étaient complètement nus. Il poussa vite sa femme et sa fille dans leurs chambres. Ils se laveraient avec une serviette de bain mouillée, comme on le faisait à bord des astronefs.

Mais Li Hao était curieux, ou peut-être que le vin rouge était plus fort qu'il l'avait cru; il en avait bu deux bols au marché, tant la chaleur lui avait donné soif. Il suivit Oda et Rinvar dans la cour. La première chose qui le frappa fut une dizaine d'Asix nus, hommes et femmes, qui faisaient la file devant trois douches en plein air, à son avis parfaitement superflues puisqu'il pleuvait à verse.

Leurs corps hirsutes paraissaient encore plus disgracieux par contraste avec les Shiro présents. Les deux guides se déshabillèrent et prirent place dans une file, et il les imita. Il plia ses vêtements et les déposa sur un banc de pierre, sous un auvent, comme faisaient les autres. Après la douche, tous entraient dans un des trois grands bassins en pierre, alimentés par un maigre ruisseau. L'eau qui en sortait se déversait dans un canal qui traversait la cour pavée, laquelle était vide, à part une rangée d'arbres en espalier contre l'un des murs.

Quand il passa sous le jet de la douche, le souffle lui manqua tellement l'eau était froide. En reculant, il écrasa involontairement le pied de la personne qui le suivait, un Asix heureusement, qui accueillit ses excuses en riant avec un haussement d'épaules. Il se lava à toute vitesse, puis pointa un pied prudent vers le bassin.

—Elle est chaude, lui garantit un jeune garçon, et pour le lui démontrer, il sauta dedans à pieds joints, l'éclaboussant généreusement.

Il se retrouva trempé comme une soupe d'une eau qu'il aurait définie, lui, comme juste pas tout à fait glacée. Le bain ne le tentait pas particulièrement, mais il ne voulait pas faire le difficile. Il descendit donc dans le bassin, où Shiro et Asix plongés dans l'eau jusqu'au cou bavardaient sans le formalisme habituel.

Deux jeunes femmes shiro arrivèrent et se déshabillèrent avec indifférence, comme les autres. Il admira à contre-jour leurs silhouettes minces et délicates, qui lui rappelèrent les jolies poupées traditionnelles que, dans son monde, on offrait aux enfants à l'occasion de l'équinoxe de printemps. Quand elles s'approchèrent, toutefois, il distingua de grandes ecchymoses bleuâtres sur les bras et l'abdomen des deux femmes. L'une d'entre elles avait en outre le sein abîmé par une vilaine cicatrice et arborait la marque d'une blessure récente, qui lui traversait le ventre de gauche à droite et qui avait été recousue n'importe comment, avec de grossiers points de suture.

Malgré la grâce féline de leurs mouvements, elles lui semblèrent soudain nettement moins délicates, et en aucune façon désirables. Son avis ne semblait pourtant pas partagé par les mâles asix qui se rapprochèrent des nouvelles venues en les saluant avec déférence, mais avec une admiration tellement peu discrète que Li Hao en fut gêné.

La femme avec la blessure encore ouverte à l'abdomen n'entra pas dans l'eau, se bornant à rester assise sur le bord du bassin, à balancer les jambes et à parler (avec nettement plus d'amabilité que ce que montraient d'habitude les Shiro) à l'un des Asix. C'était une espèce de grosse brute, qui, sur un geste de la femme, avait quitté le coin opposé du bassin où il était en train de rire et blaguer avec des copains, pour s'approcher d'elle. Il s'appuyait maintenant au bord avec ses bras aux muscles hypertrophiés et l'écoutait, la tête penchée, avec un sourire jusqu'aux oreilles.

Le professeur commençait à se sentir à l'aise, et il serait volontiers resté encore un peu, mais comme ses guides avaient pris appui des paumes sur le bord du bassin pour en sortir d'un seul mouvement, il se sentit obligé d'en faire autant, bien qu'avec nettement moins d'agilité. Après s'être séché rapidement il entreprit de s'habiller. À ce moment-là sortit de la maison un groupe de Shiro très jeunes, tous complètement nus, les garçons comme les filles, et tous avec les cheveux longs jusqu'à la moitié du dos. Ils riaient entre eux et la fille qui marchait devant, la tête tournée pour parler à ses compagnons, heurta légèrement l'aîné des Shiro qui avaient servi de guides aux Extramondins. Celui-ci pirouetta sur lui-même avec la détente d'un serpent qui attaque et lui asséna un terrible coup de poing à l'abdomen, qui sonna sur la peau nue comme le claquement d'une branche qui casse, puis il lui tourna le dos et continua tranquillement à s'habiller.

La jeune fille fut projetée en arrière et alla heurter violemment le mur, sans qu'aucune des personnes présentes ne fasse un geste ou n'aille lui porter secours. Elle chancela, mais se redressa, puis s'inclina profondément, murmurant quelques mots d'excuse, auxquels l'homme ne répondit que par un geste distrait.

Comme si de rien n'était, les adolescents prirent place dans les files devant les douches, continuant à bavarder, bien qu'à voix très basse.

Li Hao était horrifié.

— Pourquoi a-t-il fait cela ? murmura-t-il à Johnson qui était près de lui.

— Elle l'avait touché.

— Il a réagi avec une telle brutalité simplement parce qu'elle l'a effleuré, sans le faire exprès ? C'est inhumain !

— Je dirais qu'il s'est montré indulgent. La fille n'avait pas glissé, et elle n'était pas tombée ; elle était tout simplement en train de marcher sans regarder où elle allait. Un adulte n'a pas à se pousser pour laisser passer quelqu'un aux cheveux encore longs. Les adolescents ne devraient pas se permettre de se promener dans la maison en riant et en parlant à voix haute, sans le moindre respect.

La réponse avait été très sèche. C'était la deuxième fois que le professeur utilisait le terme « inhumain ». S'il n'avait pas été un étranger, incapable de par sa nature de se conduire correctement, Rinvar lui aurait donné sur-le-champ une démonstration d'humanité, le sabre à la main.

Li Hao se rhabilla en hâte. Il ne se sentait plus du tout à l'aise et pendant le parcours jusqu'à sa chambre il fit bien attention de laisser assez d'espace entre lui et les Shiro qu'il croisait.

Après le bain il y eut le dîner dans la salle commune. Là aussi tout le monde était assis par terre, devant trois tables très longues, hautes de quelques centimètres. Celle du fond de la salle était garnie d'une série de coussins, tandis que devant celle du milieu il n'y avait qu'une natte. Automatiquement Rasser se dirigea vers la table du fond, mais Oda chuchota :

— Pas là, c'est la place des anciens.

— Que voulez-vous dire ? Certains sont relativement jeunes, et du reste, n'est-ce pas votre sœur, cette dame qui parle à l'homme aux cheveux gris ?

— C'est bien elle, et les autres sont le sazdo-adaï, le chef agronome... Venez, prenons place ici.

Li Hao trouva bien étrange le comportement du Shiro. Pourquoi se tenait-il loin de sa sœur au lieu de s'attabler à côté d'elle ? Les ayant vus souvent ensemble, il avait pensé qu'ils partageaient un appartement, ou une maisonnette, mais dans cet énorme bâtiment maussade rien n'évoquait un agréable chez-soi, ni l'intimité d'une famille. Cela ressemblait plutôt à un des dortoirs bon marché où, dans son monde, se réfugiaient les sans-abri.

Il se demanda pendant un instant s'il ne serait pas opportun de raconter à ses compagnons la violence gratuite dont ce monsieur, si courtois en apparence, avait fait preuve vis-à-vis d'une fillette à peine adolescente, mais il préféra s'abstenir. Ils ne passeraient que quelques jours dans la ville ta-shimoda et il était peut-être préférable de ne pas inquiéter Elide et Arsel. Les femmes, tout le monde le savait, étaient des créatures fragiles, enclines à l'hystérie. Qui sait comment elles réagiraient ?

Dans la grande salle aux murs nus c'était un va-et-vient continuel de gens, femmes et hommes, Shiro et Asix, qui transportaient des assiettes pleines ou vides. La troisième table, devant laquelle il n'y avait ni coussins ni nattes, était réservée aux jeunes et aux très jeunes. Les fils de Rasser n'étaient pas adultes depuis assez longtemps pour qu'il ait pu oublier le niveau sonore des chahuts qu'ils produisaient avec leurs amis à peine quelques années auparavant.

En bon militaire, il considéra avec approbation les adolescents agenouillés convenablement, en train de parler à voix si basse qu'on ne les distinguait pas dans le bourdonnement général des conversations.

— Très calmes et bien élevés, vos jeunes, remarqua-t-il, mais où donc sont les enfants ? Je n'en vois aucun.

Oda lui répondit avec étonnement :

— Votre jugement sur les adolescents est très indulgent. Pour ma part, je trouve que depuis la mort de la précédente saz-adaï la discipline se relâche.

» Les petits enfants sont avec leurs nourrices, évidemment. Qui souhaiterait les avoir dans les jambes ? Ils ne manqueraient pas de gêner les adultes, ce qui aurait des conséquences désagréables.

Après la scène dans les douches, Li Hao n'avait aucune peine à imaginer toutes sortes de « conséquences désagréables ». Si un Shiro en colère avait frappé un petit enfant avec la violence qu'avait témoignée sans raison aucune cet « assassin policé », comme disait toujours Soener, il l'aurait tué.

Rasser n'écoutait qu'à moitié. Il était en train d'essayer de s'asseoir en tailleur sur cette natte inconfortable sans devoir se mettre d'abord à quatre pattes, au grand dam de sa dignité.

Les Ta-Shimoda se bornaient à croiser une cheville devant l'autre, puis à se laisser tomber à la verticale, d'un seul mouvement, tout en gardant le dos parfaitement droit. Elide, qui depuis une année s'exerçait à faire la même chose dans les cuisines en plein air de l'ambassade, les avait imités comme si elle avait fait ça toute sa vie. Arsel, bien sûr, avait eu quelques difficultés, avec ses séran tellement hauts, mais avec l'agilité de la jeunesse elle était parvenue à se poser par terre avec une certaine grâce.

Son Excellence trouvait parfaitement barbare l'usage de manger sur le sol, comme des bêtes, mais, en tant que diplomate et invité, il savait qu'il fallait s'adapter aux usages locaux.

Dès qu'il fut assis, il avisa un Asix qui arrivait, un bol fumant à la main. Il lui fit un signe impérieux du menton, et l'Asix le regarda, l'air interloqué, puis répondit à son signe, en faisant de son mieux pour l'imiter, s'assit un peu plus loin et commença à manger. Gêné, il comprit qu'il s'agissait d'un des convives et pas d'un serveur. Du reste Shiro et Asix étaient assis à la même table et ne formaient pas de groupes séparés.

Li Hao, qui observait avec davantage d'attention, dictant ses notes sans interruption, avait déjà remarqué que les nouveaux arrivants avaient tendance à s'asseoir à côté d'un représentant de l'autre race. Les Shiro surtout, moins nombreux, semblaient agir sur les Asix comme des aimants. Les places à leurs côtés ne restaient jamais libres plus de quelques instants.

Il n'y avait qu'à la table du fond que les Asix étaient très peu nombreux et que les convives mangeaient en silence, s'adressant juste un mot par-ci par-là. Là non plus toutefois personne n'était chargé du service, tout le monde se levait pour aller remplir son bol ou son verre.

—Ne voulez-vous rien manger? demanda le plus jeune des Shiro, qui était resté debout, comme son compagnon.

—Est-ce que c'est un self-service? fit Arsel.

—Qu'est-ce que ça veut dire?

—Faut-il aller se servir soi-même?

—Évidemment, répondirent-ils d'une seule voix.

Se lever de cette position incommode sans se rendre ridicule, découvrit Rasser, était encore plus difficile que de s'asseoir. Il suivit ses guides hors de la salle, où il y avait sous un auvent une cuisine immense dans laquelle une dizaine de cuisiniers transpiraient devant une rangée de chaudrons grands comme des baignoires, d'où montait un intense arôme d'épices qui fit sourciller les Neudachreniens, peu habitués aux mets relevés. Au grand étonnement de Son Excellence, trois des personnes qui travaillaient dans cette chaleur épouvantable étaient des Shiro.

Imitant ses guides, il prit quelque chose de chaque chaudron, arborant un sourire de commande, tandis que Li Hao réussissait l'exploit de se servir, de submerger les cuisiniers de questions (en faisant bien attention de ne s'adresser qu'aux Asix) et de dicter ses notes. Le tout en même temps.

Elide regardait son mari en catimini, attentive à faire exactement la même chose que lui, mais elle tendait aussi l'oreille pour écouter le babillage d'Arsel, qui ne s'adressait qu'à l'homme qui se faisait appeler Huang.

— De quoi se compose cette soupe ?
— C'est une sauce piquante.
— Oh, *vraiment* ? Comme c'est amusant ! Et dire que j'étais sur le point d'en remplir mon assiette, non, ce n'est pas une assiette à proprement parler, n'est-ce pas ?

Elle fit entendre son rire argentin, auquel le Shiro ne fit pas écho, mais la jeune fille continua, sans se laisser démonter :

— C'est un genre de pâtes, ça, n'est-ce pas ? Les cuisiniers de l'ambassade en préparent souvent.
— Riz.
— N'est-ce pas la même chose ?
— Non.

Le laconisme du Shiro aurait découragé n'importe qui, mais elle rouvrit la bouche. C'était probablement pour se lancer dans une des remarques spirituelles suggérées par son livre de conversation dans la bonne société, se dit Elide, un brin perfide.

Mais Arsel découvrit à ses côtés un Asix qui la dévisageait avec intérêt. Rapide et silencieux, le Shiro s'était esquivé, s'approchant de deux femmes asix avec lesquelles il était plongé dans une conversation qui semblait requérir toute son attention.

Ils retournèrent à la salle à manger, portant leur bol plein, une cuiller et un verre, qui ressemblait plutôt à une tasse sans anse. De toute sa vie d'aristocrate qui avait vu le jour dans une famille traditionaliste de Neudachren, Rasser n'avait jamais transporté des assiettes pleines, c'était là le travail d'un serviteur. La cuiller lui échappa et quand il voulut la ramasser le verre lui glissa de la main.

— Je suis navré, je suis d'une maladresse ! Encore heureux que je n'aie rien cassé.

Il observa plus attentivement le verre, ou la tasse, qu'il venait de ramasser et qu'au toucher il avait pris pour de la céramique.

— Mais… c'est en bois, si je ne m'abuse.

— Oh! mais c'est vrai, gazouilla Arsel. Et la cuiller aussi est en bois, n'est-ce pas, monsieur Huang? Comme c'est original! Comment cela se fait-il?

— Incassable.

Elide prit verre et cuiller des mains de son mari, mit le verre dans le sien et les deux cuillers dans son bol.

— Laisse-moi faire. Toi, porte uniquement ton assiette.

Rasser lui lança un regard reconnaissant et s'abstint de lui faire remarquer que le terme exact était « bol ».

— Comment se fait-il que des Shiro aussi travaillent à la cuisine? demanda encore Arsel.

À la maison elle aurait sans doute sorti une quelconque méchanceté à propos d'Elide, qui était tellement douée pour le service à table, un vrai talent naturel, mais Huang tenait en équilibre, en plus de son propre repas, deux brocs qui contenaient l'eau et le vin pour tout le monde. Elle ravala donc sa remarque.

— Ce sont les corvées ménagères. Nous y sommes tous astreints.

— Comment, vous aussi? Mais ce n'est pas possible!

— Pourquoi donc?

— Vous êtes ingénieur, n'est-ce pas? C'est ce que j'avais cru comprendre.

— Cela ne me dispense pas des travaux ménagers. Je mange, j'utilise les bains et je reçois des draps propres quand j'en ai besoin. C'est bien naturel que je participe aux travaux.

— Mais les personnes un peu frêles, qui doivent se ménager, demanda-t-elle en battant des cils, qu'elle avait très longs, je veux dire, par exemple une *vraie* dame, ou alors une femme qui… enfin, attend…

Elle baissa la tête, feignant la confusion. Il s'agissait là de sujets fort personnels, qu'officiellement une demoiselle de Neudachren ignorait. Elle se devait de ne jamais en toucher mot en présence d'un homme.

— Qui attend quoi? demanda le Shiro, glissant assis en tailleur devant la table.

— Euh… Un… Vous voyez ce que je veux dire, n'est-ce pas, bêla-t-elle, baissant de nouveau les yeux, un héritier, en somme.

Oda s'adressa en gorin à Elide qui, plongée dans une discussion avec le professeur, n'avait pas suivi leur échange.

— Je ne comprends pas de quoi elle parle. Peux-tu m'aider ?

— Qu'est-ce que tu disais ? Il n'a pas compris. Il se peut que je connaisse le mot dans la langue locale.

Arsel regarda nerveusement autour d'elle, comme un animal pris au piège. L'attention de tout le monde était focalisée sur elle maintenant et à aucun prix elle n'allait répéter ces phrases devant son père. Il lui reprocherait âprement, devant tout le monde, son impudeur. Il approuvait de tout cœur les préceptes sur la modestie féminine, bien qu'il ne se soumette pas particulièrement aux autres commandements de la religion. Elle finit par bégayer :

— Je voulais savoir si les dames aussi sont obligées de faire un travail si pénible, dans la chaleur des fourneaux.

Si ce n'était que cela, Oda n'avait aucun besoin de traduction.

— Bien sûr. Parmi les cuisiniers il y avait des femmes, ne les avez-vous pas vues ?

— Mais elles étaient toutes asix. Une dame shiro n'est quand même pas tenue d'accomplir un pareil labeur, n'est-ce pas ? Ce serait désagréable, et trop fatigant pour quelqu'un de frêle et délicat. Il se trouvera certainement un monsieur pour s'offrir à le faire à sa place.

— Haï ! s'exclama avec mépris Rinvar en gorin. Oda-adaï, me vois-tu proposer à une dame shiro de faire un travail à sa place, sous prétexte que les femmes sont trop faibles ?

Oda se mit à rire de bon cœur.

— L'imbécile qui se permettrait pareil manquement passerait la décade suivante à se battre avec *toutes* les dames du clan à tour de rôle. Cela lui permettrait de constater combien elles sont frêles.

Elide n'était pas sûre d'avoir compris. Elle lui adressa un sourire incertain.

— Se battre ? Le fait de proposer à quelqu'un de le remplacer au travail serait-il une insulte ?

— Les Asix le font, quand il s'agit d'une activité qui exige une très grande force physique, ou parfois juste par amitié, pour essayer de nouer un rapport personnel avec l'un d'entre nous. Nous refusons, bien entendu, mais sans colère : nous savons parfaitement que c'est juste un geste gentil. De la part d'un Shiro toutefois ce serait une inadmissible incorrection.

— Mais pourquoi donc ?

— Eh bien, chercha à expliquer Oda, cela équivaudrait à déclarer à la personne en question qu'elle est incapable de mener à bien la tâche qu'on lui a confiée. Celui qui n'est plus capable de se rendre utile, que peut-il faire d'autre que se suicider ?

Horrifiée, Elide commença à demander des explications, mais Arsel l'interrompit avec agacement :

— Ne vois-tu pas que c'est avec moi qu'il était en train de parler ? Est-ce que tu as vraiment besoin de te mettre en avant tout le temps, avec ta façon de parler leur dialecte ? Tu sais parfaitement bien que je ne le comprends pas. Il me semble que tu devrais avoir la courtoisie élémentaire de ne pas m'exclure de la sorte de la conversation. Explique-moi ce qu'ils disent.

— Je ne voudrais pas me mettre en avant, répliqua Elide. Elle baissa le nez sur son bol et commença à manger.

Avant qu'Arsel ait eu le temps de rétorquer en entamant une dispute, Li Hao s'exclama :

— Ces plats sont délicieux, bien que végétariens. J'aimerais vraiment enlever un des cuisiniers.

Complètement imperméable à toute tentative d'humour, Oda s'insurgea :

— On ne peut pas enlever des Asix ! Déjà le simple fait d'imaginer que nous pourrions permettre une chose pareille porte atteinte à l'honneur de tout le clan.

Et le professeur fut obligé de lui expliquer qu'il ne voulait pas dire véritablement que… Non, non, ce n'était pas non plus un mensonge. Il savait tout aussi bien que M. Huang qu'il n'était pas question de kidnapper un Asix.

— Si vous le savez, pourquoi prétendez-vous le faire ?

— Ce n'était qu'une façon de parler, se justifia Li Hao. Je ne voulais en aucune façon offenser votre clan.

Après la scène à laquelle il avait assisté dans les bains, il avait tendance à parler à ce Shiro avec les plus grandes précautions et il était disposé à lui présenter toutes les excuses que l'autre avait l'air de réclamer. Pourquoi, d'ailleurs, celui-ci s'indignait-il seulement à l'idée qu'on puisse enlever les Asix ? Lui, il avait parlé de *cuisiniers*, et parmi les cuisiniers il y avait aussi des Shiro.

Quand ceux qu'Oda avait appelés les anciens eurent terminé leur repas et sortirent, emportant chacun sa vaisselle sale, le niveau sonore dans la grande salle augmenta de quelques décibels. Tout le monde semblait soudain plus à l'aise et des Asix vinrent occuper toutes les places libres à leur table tandis que d'autres se regroupaient debout tout autour, les examinant avec curiosité. Des questions en tous genres sur les étrangers se mirent à pleuvoir, auxquelles les Shiro répondaient gentiment et avec une patience peu conforme au caractère coléreux qu'on leur attribuait, et dont ils faisaient d'ailleurs preuve dans leurs contacts avec leurs congénères.

Le professeur se dépêcha de noter cette observation, de crainte de l'oublier. Il n'était pas certain qu'elle soit significative, mais il enregistrait aussi dans son holocaméra les détails qui à première vue pouvaient sembler insignifiants. Il espérait arriver plus tard à élaborer des déductions raisonnables en se fondant sur une série d'indices modestes, assaisonnés d'une bonne dose de conjectures.

— Oda-adaï, qu'est-ce qu'il fait, celui qui a les yeux justes ? demanda une jeune Asix. Il parle tout seul en regardant une boîte.

Li Hao répondit personnellement, bredouillant dans la langue locale :

— Je prends note de ce que je vois. Je suis en train de préparer un cube… enfin, je veux écrire un livre sur Ta-Shima. Pourquoi tu dis que j'ai les yeux justes ? Ils sont obliques, comme ceux des Shiro. Cela veut-il dire que les vôtres, qui sont ronds, ne sont pas justes ?

Tous les Asix éclatèrent de rire. L'un d'entre eux se retourna en s'exclamant :

— Yeux Justes parle comme un être humain !

Et immédiatement tous ceux qui l'avaient entendu se pressèrent autour d'eux. Tous les Asix, bien sûr, parce que les Shiro, eux, persistaient à les ignorer superbement. Ce fut à lui qu'ils adressèrent désormais leurs questions.

— Comment ça, tu prends note ? Tu n'as ni ardoise ni feuilles de papier.

— Pourquoi veux-tu écrire un livre ? Nous ne faisons rien de particulier. Qui pourrait s'intéresser à ce qu'on mange le soir dans notre clan ?

— C'est quoi la boîte que tu tiens en main ? Un communicateur ?

— Il y a quelqu'un de l'autre côté qui écrit à ta place ? Pourquoi tu n'écris pas toi-même ? Tu n'en es pas capable ?

— C'est vrai que dans ton monde certains adultes ne savent pas écrire ?

Il s'embrouillait dans ses explications. Il ne connaissait pas l'équivalent en gorin des termes scientifiques ou techniques, pis encore, il ne savait même pas si de tels mots existaient. Il n'avait pas la moindre idée de comment on aurait pu traduire « holocaméra », ni de comment il pourrait expliquer pour quelles raisons quelqu'un pourrait s'intéresser à leur façon de vivre, et surtout il n'arrivait pas à comprendre ce que pouvaient être des yeux justes du point de vue d'un Asix.

Ce fut la jeune dame Rasser qui vola à son secours, une intervention bien inattendue : tout le monde était habitué à ses silences et à ses réponses monosyllabiques, qu'elle murmurait les yeux baissés. Mais maintenant Elide se sentait sûre d'elle. Personne ne soulignerait ses erreurs ou ne se moquerait d'elle : sa redoutable coépouse, au regard inquisiteur et à la langue acérée, était restée à la maison et ni Arsel ni Aziz ne comprenaient un mot de la langue locale. De plus, ses bavardages avec les serviteurs lui avaient fait comprendre quelles pouvaient être les curiosités des Ta-Shimoda.

— Sur nos mondes, les gens n'ont pas tous les cheveux et les yeux noirs, il y en a de toutes sortes de couleurs différentes. La couleur bleue n'est pas le signe d'une maladie des yeux, nous sommes nés comme ça et notre vue est normale.

» Ce qu'il a en main, c'est un appareil. Chez nous il existe des machines en tous genres, qui font certains travaux à notre place, spécialement les travaux lourds, qui demandent beaucoup de force…

— Comment ça, les travaux lourds ?

— Par exemple porter des choses pesantes ou bien… (elle repensa aux jeunes près des cuisines qui fendaient des bûches à la hache) préparer le bois pour le feu.

Non pas qu'il y ait sur Neudachren des gens qui allument des feux de bois, bien sûr, mais l'exemple lui paraissait compréhensible pour ses interlocuteurs.

— Ça ne servirait à rien chez nous ! s'écria une jeune femme, faisant fièrement rouler sous sa veste des muscles de colporteur. Nous, les Asix, nous sommes parfaitement capables de le faire, sans aucun besoin d'une machine. De plus, couper le bois, c'est amusant : on fait des compétitions par équipes, ceux qui débitent un tronc le plus rapidement ont gagné. Si chez vous les travaux pénibles n'existent pas, qu'est-ce qu'ils font, ceux de vos Asix qui ne réussissent pas bien à l'école ?

— Sur nos planètes il n'y a pas d'Asix, et pas de Shiro non plus du reste.

— Haï ! Passer sa vie sans jamais avoir la possibilité qu'une dame shiro vous invite sur sa natte ! Je n'aimerais pas ça, mais alors pas du tout, grogna avec dégoût un jeune homme.

Gênée, Elide se hâta de poursuivre :

— Cette boîte est une holocaméra, c'est-à-dire un appareil dans lequel on peut stocker des heures entières d'émission, aussi bien parlées qu'en vidéo.

— Comme une petite intelligence artificielle ?

Elide hésita : elle ne connaissait pas ce mot en gorin, mais l'alto d'une dame shiro donna la réponse à sa place.

— C'est exact.

La doctoresse Huang s'était approchée d'eux et tous les Ta-Shimoda, non seulement les Asix mais aussi les Shiro, se levèrent d'un bond pour la saluer avec des marques de grand respect. Rasser les imita.

Elle avait une nouvelle cicatrice sur le visage, qui lui arrivait jusqu'à la lèvre, et semblait avoir perdu toute cordialité et toute envie de sourire.

— Ah ! doctoresse, lança Li Hao, je suis fasciné par les rapports entre les deux races de la planète. Absolument. J'aimerais énormément que vous m'expliquiez une ou deux choses.

Elle lui répondit d'un air distrait :

— Ah oui, vraiment ? (Puis elle s'adressa à son frère :) Tout va bien ?

La question était posée avec une voix si impérieuse qu'elle sonnait plutôt comme un ordre.

— Ay, ay ma dame. Tout va bien, répondit-il avec déférence, et son collègue lui fit écho.

— J'espère que vous êtes satisfaits de la visite, ajouta-t-elle d'un ton monocorde, puis elle leur tourna le dos et s'en alla. Quand elle se fut éloignée de quelques pas, Oda relâcha la respiration qu'il avait retenue jusque-là.

— Pourquoi avez-vous posé cette question ? demanda l'ambassadeur.

Ils retournaient aux chambres qu'on leur avait attribuées, suivant le plus jeune des deux Shiro. Il semblait s'orienter sans problème dans le dédale de couloirs chichement éclairés, bien que, à ce qu'il avait dit, il n'habite pas la maison.

— Laquelle au juste ? Je n'ai fait que poser des questions toute la journée.

— Celle sur les deux races. Le terme ne vous semble-t-il pas insultant ?

À la faible lumière d'une torche fumeuse, Li Hao étudia l'expression du Neudachrenien. Certes, le terme pouvait paraître incorrect à quiconque était convaincu, sans se l'avouer, que de par leur nature et leur naissance, les habitants d'un monde étaient supérieurs à ceux de tous les autres.

—Ils l'emploient continuellement eux-mêmes. N'est-il pas surprenant que les différences physiques restent tellement marquées dans deux groupes ethniques qui, à ce qu'il paraît, se croisent entre eux avec une certaine fréquence ?

—Ce que je trouve surprenant, moi, c'est qu'ils effectuent tous les mêmes travaux. Ceux qui ont vécu longtemps sur la planète, depuis Soener jusqu'à Osmad Tani, ne font que me répéter que les Shiro sont les seigneurs de Ta-Shima, mais quelle sorte de seigneurs sont-ils ? Nous les avons vus en train de tisser, de laquer du bois dans cet atelier malodorant, et même de travailler dans les cuisines. Ils mangent les mêmes aliments que les gens du peuple, s'habillent de la même façon, utilisent avec eux les bains en commun et tout le monde dort par terre.

—Votre remarque est très pertinente, répondit poliment le professeur, qui avait déjà consacré au moins dix minutes de son cube holo à ces incohérences.

Certaines des chambres devant lesquelles ils passaient étaient ouvertes, et il essayait de lorgner à l'intérieur sans se faire remarquer par l'éventuel occupant, mais il n'y avait rien d'intéressant. Elles étaient identiques aux leurs.

Après une nuit désagréable sur la natte trop mince, Rasser se leva courbatu et mal reposé pour reprendre la visite de la ville avec ses compagnons. Seule note positive : la pluie fastidieuse qui, le jour précédent, était tombée sans discontinuer avait enfin cessé. Arsel voulut les accompagner, mais au bout d'une demi-heure à peine elle était déjà à la traîne et commençait à boiter.

—N'avez-vous pas de chaussures plus pratiques ? lui demanda le professeur, pris de pitié.

—Je n'ai que des séran, naturellement. Que pourrais-je porter d'autre ?

—Les dames de la haute société de Neudachren, intervint fièrement Rasser, sont célèbres pour la grâce de leur allure. Depuis l'enfance les filles apprennent à marcher en glissant avec élégance, sans soulever leurs pieds. Évidemment, elles doivent toujours porter leurs séran, pour ne pas perdre cette habitude.

— Cela ne doit pas être confortable pour de longues distances ou pour travailler.

Arsel leva un sourcil, passant la main sur ses cheveux très blonds, coiffés avec le maximum d'élégance consenti par ce climat humide.

— Oh ! les femmes *du peuple*, bien sûr, portent des chaussures, comme celles des hommes (si le regard pouvait tuer, Elide, qui marchait sans effort entre son mari et l'aîné des deux Shiro, serait morte sur le coup), mais les *femmes de classe* n'ont évidemment pas besoin de travailler et peuvent prendre soin de leur apparence dans les moindres détails, comme il se doit.

— Professeur, chuchota Rasser, ne trouvez-vous pas que nous avons visité plus qu'assez d'ateliers d'artisanat et d'habitations ? Ils se ressemblent tellement que j'ai l'impression de tourner en rond, à toujours marcher dans les mêmes rues en voyant exactement les mêmes choses. Pourquoi tenez-vous tellement à enregistrer tous ces détails ?

— Mais pour le futur ! Mon cube sera un document de la plus haute importance quand cette culture aura disparu.

— Vous vous donnez beaucoup de mal pour quelque chose qui adviendra dans des siècles.

— Des siècles ? Je ne crois pas. Selon toute vraisemblance, cette culture n'est pas viable. Une société rigide au point d'être sclérosée, peut subsister longtemps, la preuve en a été faite, mais seulement si elle reste isolée. Elle s'effondre immanquablement d'elle-même quand elle entre en contact avec une civilisation plus avancée. C'est pour cela que j'essaie de documenter tout ce que je peux.

— Mais nous n'avons jamais fait preuve de la moindre agressivité vis-à-vis de ces gens.

— Cela n'a rien à voir : que nous le souhaitions ou pas, notre présence va nécessairement hâter l'effondrement. C'est une loi de l'anthropologie et je suis extrêmement étonné que la chose ne se soit pas encore produite.

Puis il leva la voix pour s'adresser à Rinvar :

— Nous ne sommes entrés que dans des maisons d'habitation. J'aimerais beaucoup visiter les édifices publics : écoles, centres sportifs, clubs, enfin les endroits où vous passez votre temps libre.

Un peu déconcerté, Rinvar s'enquit :

— Temps libre ? Oda-adaï, qu'est-ce que ça veut dire ?

Oda lui expliqua et il hocha la tête, pas complètement convaincu, avant de répondre à l'étranger.

—Quand je ne suis pas à mon travail et que j'ai terminé ma corvée de ménage, je m'entraîne à l'Académie ou alors je vais rendre visite à quelques Asix, dans les cabanes provisoires.

—Une petite copine asix ? demanda Li Hao d'une voix de conspirateur, après s'être assuré que les deux femmes ne pouvaient pas l'entendre.

—Je fréquente plutôt les mâles asix.

—Je comprends, à votre âge on aime autant passer le temps avec des amis que courtiser des dames.

Rinvar se souvint que les barbares punissaient un homme qui partageait sa natte avec certaines personnes plutôt qu'avec d'autres, comme si c'était un délit. Il n'avait aucune intention d'écouter des superstitions absurdes sur ce qu'on pouvait, ou ne pouvait pas, faire derrière la porte close de sa chambre. Il préféra donc changer de sujet.

—Aimeriez-vous visiter une ferme ?

—Avec plaisir, cela sera sans doute intéressant.

—Je vais en parler au Shiro-adaï.

En deux enjambées il rejoignit Oda, qui marchait devant tout le monde, se tenant le plus possible éloigné d'Arsel, qui était toujours à la traîne. Il lui suggéra que ce serait une bonne idée de faire visiter une ferme aux barbares, étant donné que Yeux Justes commençait à poser des questions sur les Académies d'escrime, dans lesquelles les maîtres ne leur permettraient pas d'entrer, et sur les histoires de natte, sur lesquelles Suvaïdar-adaï lui avait conseillé de ne pas s'appesantir s'il ne voulait pas s'embourber dans des discussions à n'en plus finir.

—Je vais en référer à o-hedaï. Il faudra prendre un autobus : je ne crois pas que ces gens soient capables de marcher une vingtaine de kilomètres, surtout la grosse femelle avec ces machins aux pieds.

—À propos, de quoi souffre-t-elle ? Une maladie extramondine ? Une fois un enfant qui était en nourrice avec moi est tombé d'un arbre et s'est cassé la cheville ; en attendant les Jestak, le vétérinaire de l'élevage lui avait placé des éclisses. Ce sont des sortes de lamelles de bois, mais elles étaient à côté du pied. En dessous je n'en vois pas l'utilité.

—Leurs femelles ont l'habitude de mettre sur elles un tas d'objets bizarres, comme des morceaux de métal ou des peaux de bêtes mortes. Aux pieds, elles portent ces choses ridicules, avec lesquelles elles ont de la peine à marcher et ne seraient même pas capables de courir pour sauver leur vie. J'ai toujours estimé que limiter, sans raison aucune, ses capacités physiques était un acte barbare.

» Un jour, o-hedaï m'a raconté que dans les tribus d'Acinq, dans la jungle, les mâles coupaient le tendon de la cheville des femelles pour les empêcher de s'enfuir. Les deux systèmes me semblent avoir des points communs.

Il se tut un instant, puis son visage s'éclaira de l'un de ses rares sourires.

— Quand je l'ai rencontrée en Extramonde, o-hedaï portait elle aussi ce genre d'affaires. Tu arrives à te l'imaginer ? Elle chancelait comme un mox qui a mangé des champignons hallucinogènes.

— Haï! Ils ne sont ni civilisés ni bien élevés, c'est certain, toutefois ils ne me semblent pas être de vrais sauvages. Crois-tu que ce sont leurs mâles qui les obligent à s'attacher les pieds de la sorte pour éviter qu'elles s'échappent ?

— Selon o-hedaï, les femelles de l'Extramonde sont convaincues que cela les rend plus attrayantes. C'est pour la même raison qu'elles se peignent le visage avec des couleurs grotesques et accrochent des morceaux de métal à leurs bras ou à leur cou.

— Je ne vois pas comment ces flobels ridicules peuvent rendre une femelle attrayante. Je comprends toutefois qu'elles essaient n'importe quoi pour attirer un mâle. Elles sont tellement laides, avec leur tête de paille, et leur peau… ça non plus, ce n'est pas une maladie, Oda-adaï ? Une peau aussi fine, à travers laquelle on voit les veines, doit être très fragile. Crois-tu qu'ils se blessent plus facilement que nous dans les duels ?

Oda haussa les épaules avec une grimace. Il savait qu'il ne s'agissait pas d'une maladie, mais malgré tout, le terme d'« erreur génétique » lui paraissait définir assez bien les étrangers.

— Ils ne se battent pas en duel, lui rappela-t-il, mais à propos d'escrime, j'ai beaucoup apprécié l'entraînement avec toi. Nous devrions remettre cela, ce soir par exemple.

— Tu me fais trop d'honneur, Shiro-adaï, répondit formellement Rinvar en haute langue. Je me tiens à ta disposition, naturellement.

Il ralentit pour rester en arrière et se placer de nouveau aux côtés du professeur, qui semblait avoir en réserve un arsenal inépuisable de questions sur tous les sujets les plus évidents. De fait, Li Hao embraya avec un :

— Je voulais juste vous demander…

Pendant qu'il écoutait et répondait machinalement, il se demandait pour quelle raison Oda l'avait défié inopinément. Il n'avait pas eu l'impression d'avoir fait ou dit quoi que ce soit qui puisse être interprété comme une offense. *Pourvu que la saz-adaï ne l'apprenne pas*, pria-t-il avec ferveur.

Après deux autres jours monotones de bâtiments gris dépouillés, de lits durs et de repas pris assis inconfortablement par terre, Rinvar leur proposa de partir le lendemain pour une ferme qui se trouvait à quelques kilomètres de la ville.

—Vous pouvez prendre l'autobus, proposa-t-il. On expliquera au conducteur où il doit vous faire descendre.

—Pourquoi, vous ne voyagerez pas avec nous ?

—Les clans n'approuveraient pas la dépense du ticket pour un parcours si court.

—Même une dépense si minime doit être approuvée ? N'avez-vous pas le droit d'utiliser votre propre argent comme bon vous semble ? s'étonna Rasser.

—Si, bien sûr, mais pour des frais pareils c'est le clan qui intervient. Si je devais le payer de ma poche, le ticket engloutirait presque tout ce que je possède.

Miséricorde divine, mais comment vivent ces malheureux ? se demanda l'ambassadeur, et il offrit de payer pour tout le monde, puis il lui vint à l'esprit qu'il était peut-être en train de commettre un impair et ajouta précipitamment :

—Vous nous rendriez service en nous accompagnant.

—Vous êtes seul ce soir ? Où est M. Huang ? demanda Arsel.

—À la Maison de la Vie, en train de se faire recoudre sa nouvelle blessure dans l'espoir d'arriver à la cacher à sa sœur, marmonna Rinvar pour lui-même. (Mais à voix haute il prononça ce qui, pris littéralement, n'était pas un mensonge :) Il a dû se rendre à la maison d'un autre clan.

L'absence d'Oda l'arrangeait bien : qui sait ? il aurait probablement trouvé qu'aller à pied était davantage conforme à la tradition. Mais le seul véhicule sur lequel Rinvar était jamais monté était une charrette tirée par un cheval et il était ravi à l'idée de découvrir ce qu'on éprouvait en voyageant à des vitesses pareilles, soixante kilomètres à l'heure au bas mot ! Ils arriveraient en quelques minutes à peine à la ferme la plus proche.

Mais, bizarrement, Oda fut d'accord ; il fit même preuve d'une cordialité et d'une loquacité tout simplement stupéfiantes.

— Shiro-adaï, étant donné qu'on se rend dans une ferme, j'aimerais arriver à l'élevage Lune Grande, qui appartient aux Van Voss et se trouve un peu plus loin. Sauf objection de ta part, bien entendu.

Rinvar présumait qu'une objection conduirait immédiatement à un nouveau défi. Si la saz-adaï faisait la connaissance d'Oda Huang, plus jamais elle ne reprocherait à Rinvar son penchant à saisir la moindre occasion de croiser le sabre. Bien au contraire, elle serait obligée de l'admirer comme un modèle d'autocontrôle et de modération.

Pour qu'Oda l'invite courtoisement à un entraînement amical, il suffisait d'un regard de travers, et parfois même moins que ça. Dire qu'il était renommé pour son caractère calme et pondéré ! Du reste, avec sa sœur il s'était montré incroyablement accommodant.

— Comme tu voudras, seigneur, lui répondit-il avec la plus grande amabilité.

L'idée de lui en demander la raison ne l'effleura même pas, mais Oda qui devait s'être réveillé d'une humeur proprement céleste, continua :

— Dans cette ferme, qui se trouve à une trentaine de kilomètres d'ici, vivent mes halb avec leurs mères. J'en ai trois, bien qu'à l'origine on n'en ait prévu que deux. L'une des filles a conçu des jumeaux et les Jestak l'ont autorisée à conduire la grossesse à terme.

Surpris d'une telle cordialité, très inattendue, Rinvar répondit :

— Moi, j'en ai deux, mais je ne les ai jamais vus. Je n'aime pas les petits enfants.

— Comment pourrait-on aimer des êtres au regard vide, qui ne savent que pleurnicher et se souiller ? Je suis allé faire la connaissance des miens après leur sixième saison sèche, quand ils avaient reçu un minimum d'éducation.

Au grand soulagement de Rinvar, il n'y eut pas ce soir-là d'invitations à des entraînements amicaux. Lorsqu'elle les avait croisés aux bains, Suvaïdar Huang avait invité son frère à passer la nuit avec elle et il s'était empressé d'accepter. Il avait une blessure encore ouverte, bien que superficielle ; il s'était donc borné à prendre une douche. Dès qu'il avait vu sa sœur, il avait commencé de se sécher, prenant bien soin de garder toujours, comme par hasard, une main ou la serviette de bain devant son thorax.

Rinvar pensait que la dame shiro ne s'était aperçue de rien. Il se demanda avec un rien de malignité comment ferait Oda pour cacher la blessure la nuit venue, quand il serait avec elle sur la natte. Il lui proposa :

— Si toi et la dame, vous voulez dîner dans la chambre, je crois que je pourrai garder les barbares tout seul pendant quelques heures. En cas de problème j'enverrai un Asix te prévenir.

Oda hésita un instant, mais il finit par céder à la tentation, tout en lui recommandant :

— Ne crains surtout pas de me déranger, Shiro-adaï. Appelle-moi si tu penses que ma présence peut être opportune. Il ne sera pas nécessaire que tu envoies un Asix. Ta venue ne sera pas considérée comme une intrusion.

— Où est M. Huang ? demanda Arsel dès qu'elle l'aperçut seul.
— Il a été convoqué par la conseillère du clan.
— Pourquoi ?
— Je ne me suis pas permis de lui poser la question.

Il voulait lui faire comprendre qu'elle était indiscrète, mais la Tête-de-Paille répondit :

— Que vous êtes formels entre vous ! N'est-il pas ennuyeux de passer son temps à échanger des courbettes, à remercier et à présenter des excuses ?

— Personne ne présente ses excuses.

Il n'avait pas l'impression d'être particulièrement protocolaire. Avec Oda il faisait attention, c'est certain, pour éviter de se retrouver en salle d'armes tous les soirs, mais avec les autres Shiro, il était simplement poli. D'ailleurs les Huang ne lui avaient pas semblé très rigides en matière d'étiquette. Suvaïdar-adaï ne lui avait-elle pas communiqué son prénom dès leur deuxième rencontre ? Il ne se permettait pas de l'employer, bien sûr ! Elle était conseillère, et chercheuse auprès de la Maison de la Vie, avec un rang identique à celui d'une Jestak.

La fille continuait son bavardage et Rinvar chassa sa voix de son champ de conscience. De toute façon elle ne posait jamais de questions qui exigeaient une réponse complexe, comme le faisait Yeux Justes. Elle n'émettait que des remarques superficielles, entrecoupées de gloussements. Comprendre le fonctionnement de la société de Ta-Shima ne l'intéressait pas : elle était de toute façon convaincue qu'absolument tout était mieux dans son monde. Le premier soir, après qu'ils eurent piloté les Sitabeh dans leurs chambres respectives, Rinvar avait demandé :

— Oda-adaï, si tu n'es pas fatigué de répondre aux étrangers, permets-tu qu'un Shiro te pose une question ?

Oda hocha silencieusement la tête.

— Est-ce que Neudachren est aussi fabuleuse que l'affirme la Tête-de-Paille ?

— Haï ! avait-il répondu avec mépris. C'est confortable, ça oui, parce que les Sitabeh sont incroyablement paresseux : ils ont des machines pour faire tous les travaux à leur place. C'est pour cela qu'ils sont de telles chiffes molles et qu'ils sont trop gros. Pour la même raison ils ont beaucoup de temps à gaspiller en stupidités : bavardages oisifs, fabrications d'objets absolument inutiles, par exemple des cubes holo qui ne contiennent que des bruits fastidieux – c'est une chose qu'ils appellent « musique » et dont ils font grand cas. Il y a aussi leurs sculptures lumineuses qui ne servent absolument à rien : ils les fabriquent avec des lasers, des *lasers*, tu te rends compte ? Comme ceux qu'on emploie en chirurgie ou en ingénierie de précision.

» Pour de pareils flobels imbéciles, comme ces sculptures qui ne durent que quelques heures, ils gaspillent une énergie précieuse... C'est vrai que sur leurs mondes il y en a autant qu'on veut, au point qu'ils emploient des modules, terrestres ou aériens, pour parcourir des distances minimes d'une dizaine de kilomètres, ou même moins.

— Incroyable ! s'était exclamé Rinvar, pour se corriger immédiatement : Non pas que je doute de tes affirmations, bien entendu, il n'y a pas d'offense, Shiro-adaï, je te prie de le croire. C'est juste que je ne comprends pas comment des êtres humains peuvent être si paresseux et irrationnels.

— Je ne me permettrais pas de contredire o-hedaï, pour laquelle j'ai le plus grand respect, or elle affirme qu'ils sont vraiment humains. Ce n'est pourtant pas facile à accepter. Une fois, pendant que je me trouvais là-bas, j'ai voulu partager la natte d'une de leurs femelles, par curiosité. Par la Galaxie, quelle expérience désagréable ! L'odeur de bête morte qui se dégage de leur haleine et de leur transpiration est si déplaisante. Impossible d'oublier qu'ils se nourrissent de morceaux de cadavres. C'est de la nourriture pour chiens, ou pour animaux sauvages, pas pour des êtres humains.

Oda a raison, leur odeur est vraiment nauséabonde, se dit Rinvar, reculant d'un demi-pas pour s'éloigner de la fille, qui avait l'habitude de s'approcher de trop près quand elle lui parlait.

— Demain matin, vous ne pourrez pas vous lever aussi tard que les autres jours. L'autobus part de bonne heure.

— Je n'ai pas l'impression que nous nous levions tellement tard, objecta Rasser. À quelle heure part donc cet autobus ?

— Une heure avant l'aube, du croisement de la route nord. Ce n'est pas très loin, mais elle, là, elle marche très lentement.

— Par les sept dieux! rouspéta Rasser dès qu'il fut dans sa chambre avec sa femme, se lever à 4 heures du matin, ils sont tombés sur la tête! Pourquoi diantre fixer des horaires si absurdes?

— J'ai posé la question. À ce qu'il paraît, c'est pour permettre aux voyageurs d'arriver avant le début de l'horaire normal de travail, qui est de douze heures par jour. Pauvres gens, ne crois-tu pas que la Fédération devrait les aider? Ce n'est pas juste qu'ils soient obligés de travailler si dur.

— Tu es une bonne fille, généreuse, mais malheureusement je ne pense pas que ce soit possible. Je ne vais pas me lancer dans des explications, c'est une question trop compliquée pour que tu fatigues là-dessus ta jolie petite tête.

» Allons, viens au lit maintenant, demain on se lève tôt, ajouta-t-il avec le sourire engageant dont sa femme connaissait la signification.

Pas de nouveau ce soir, pour l'amour des sept dieux! pensa Elide, qui détestait le devoir conjugal. Mais elle lui sourit doucement, ravalant son dépit.

Je ne suis pas trop bête pour comprendre, pensait-elle en se déshabillant et en rejoignant docilement son mari. *Demain je demanderai à Johnson, qui parle volontiers avec moi, parce qu'il peut mélanger les deux langues. Non, tiens, je demanderai à Huang, en gorin, et tant pis pour Arsel qui ne comprendra rien et s'imaginera que j'essaie d'attirer sur moi l'attention de ce type qui lui plaît tellement. Pourquoi n'apprend-elle pas la langue d'ici, puisqu'elle est si intelligente?*

Chapitre 6

Bien qu'il fasse encore noir, les couloirs étaient déjà très animés, et les cuisines en pleine activité. Un parfum délicieux montait des miches dorées qu'un homme retirait d'un énorme four au moyen d'une longue palette de bois.

— Ils font le pain pour la journée, répondit Oda, tout souriant et de bonne humeur, et même l'éternel « fascinant ! » du professeur ne réussit pas à lui gâcher la journée. Il avait passé la nuit avec Suvaïdar et il allait rendre visite à ses trois halb, qu'il n'avait pas vus depuis presque six mois. Qu'aurait-il pu demander de plus à la vie ? Il fut plein d'indulgence pour Li Hao qui reniflait les miches alignées sur la table comme s'il n'avait jamais senti auparavant l'odeur du pain frais. Il éclata même de rire quand Rasser mit les mains devant les yeux de sa femme, pour soustraire à son regard les deux boulangers asix qui travaillaient torse nu devant le feu, la toison du thorax inondée de sueur.

Ils longèrent un canal plus large, dans une obscurité interrompue seulement par la lueur de rares fenêtres, derrière lesquelles s'habillaient, sans se soucier des regards, les personnes qui faisaient équipe tôt le matin. Les silhouettes minces des Shiro alternaient avec celles, plus compactes, des Asix.

Très gêné, Rasser s'adressa à Li Hao :

— Mais comment peuvent-ils s'exhiber de la sorte ? La pudeur devrait être un sentiment inné chez l'être humain. Parmi eux il y a des femmes !

— Chaque monde possède ses tabous et ses usages. Il n'existe rien de vraiment universel.

— C'est vous l'expert, pourtant il me semble qu'un minimum de modestie… Les voyant toujours complètement habillés, j'avais cru qu'au moins cet aspect-là de la civilisation avait été préservé, mais des bains en commun ! Et cet exhibitionnisme outrageant !

— Je pense qu'il s'agit tout simplement d'indifférence.

— Impossible, professeur. Avec tout le respect que je vous dois, personne ne peut arriver à un tel point de je-m'en-foutisme !

L'arrêt de l'autobus était un simple auvent de branches tressées, sous lequel attendaient déjà des Asix qui saluèrent en s'inclinant :

— Shiro-adaï.

Les guides répondirent d'un fléchissement de tête, avec un salut à mi-voix. L'autobus arriva peu après. C'était un véhicule électrique à coussin d'air, avec une vingtaine de sièges en bois, dépourvus de tout rembourrage. Ils étaient du moins à une hauteur normale, mais c'était aussi inconfortable que de s'asseoir sur des pierres.

— Mon pauvre dos, gémit l'ambassadeur, qui estimait avoir déjà suffisamment souffert la nuit précédente sur la natte.

— Fascinant ! déclara Li Hao. Oh ! pardon, je suis un peu répétitif, je le crains. Mais avez-vous remarqué que la carrosserie est en bois ? Il doit s'agir d'une essence extrêmement dure et résistante. La couleur, à ce qu'il paraît, est naturelle. Un matériau très décoratif, n'est-ce pas ?

» Cela vaudrait très cher dans nos mondes. Pourquoi n'en exportez-vous pas ?

— L'essentiel du bois vient de la jungle. Il est difficile de s'en procurer, et c'est dangereux. La faune sauvage est redoutable.

— Il serait intéressant d'organiser une expédition dans la jungle, lança le professeur, plein d'espoir.

Arsel s'exclama :

— Oh ! j'aime tellement les animaux, ils sont si mignons, ne trouvez-vous pas ? À la maison j'avais une perruche cybernétique qui était un vrai amour. Pourrions-nous aller dans la jungle pour voir des bêtes ?

Les deux Shiro secouèrent la tête.

— Je ne crois pas que vous apprécieriez une rencontre avec la faune d'ici, mais si vraiment vous tenez à en voir un spécimen…

Ils se tournèrent tous les deux pour scruter attentivement les bords de la route. Quelques minutes passèrent.

— Là !

Rinvar désignait un affaissement du terrain en forme d'entonnoir. Tout autour, sur un périmètre de quelques centimètres, rien ne poussait.

— Arrête un instant l'autobus. Les étrangers veulent voir un scorophon de près.

— Jette l'un d'entre eux dans la tanière, seigneur, suggéra un vieil homme, comme ça ils pourront vraiment le regarder dans les yeux.

Tout le monde s'esclaffa et Arsel demanda avec agacement :

— Se permettraient-ils de se moquer de nous ?

— Les Asix plaisantent volontiers, biaisa Oda qui, pour une fois, souriait.

Pour finir, tous les étrangers descendirent, poussés par la curiosité. Rinvar dégaina son couteau et posa avec circonspection un pied sur le bord de l'affaissement.

Elide, qui le suivait de près, bondit en arrière avec un cri. Un animal verdâtre avait semblé jaillir de la boue. Il était aussi long qu'un des homards qu'on avait servis à son banquet de noces – une coûteuse extravagance, que sa coépouse avait réprouvée. Il planta sa pince dans la botte du jeune Shiro, qu'il entreprit d'escalader à toute vitesse en direction de la cuisse. Rapide, le jeune homme se baissa pour décapiter d'un seul geste la bête, après quoi il glissa la lame du couteau entre la botte et la pince, qu'il détacha.

— Nous n'arrivons pas à les maintenir éloignés du Haut Plateau, déclara Oda. Ils creusent des tanières de plusieurs kilomètres de long, dont ils émergent à l'improviste.

» N'y touchez pas : la pince et les plaques osseuses de la mâchoire contiennent un poison qui provoque des brûlures très douloureuses sur la peau non protégée. Voilà pourquoi nous portons des bottes à l'extérieur. Vous, ajouta-t-il en s'adressant à Arsel, avec ces machins aux pieds, vous ne feriez pas cinq cents mètres.

La désapprobation sous-jacente à la remarque déconcerta la jeune fille : dans les séries holovid, quand l'héroïne se montrait délicieusement frêle ou incapable, le héros se faisait un plaisir de lui porter secours. Jamais de la vie il ne lui aurait adressé des observations critiques.

— Fascinant !

Li Hao examinait l'animal couvert d'une carapace et doté d'un nombre extravagant de minuscules pattes filiformes.

— La pince est venimeuse, dites-vous ? Les animaux qui ont développé pareille arme sont-ils nombreux ?

— Six, parmi ceux que nous avons identifiés et classés. Il s'agit de prédateurs de petite taille ; les plus grands n'en ont pas besoin.

— C'est vraiment un monde hostile ! Un des commerçants qui

vivent ici m'a affirmé que la flore indigène est souvent toxique, voire carrément vénéneuse.

— En partie oui, en effet. Sont comestibles certaines plantes terrestres, une grande quantité d'algues et beaucoup de poissons et mollusques ; vous en avez mangé à Gaia, d'ailleurs. Ne cueillez jamais rien : il peut arriver, bien que ce soit rare, que des plantes dangereuses poussent sur le Haut Plateau. Nous les arrachons quand nous en découvrons, bien sûr : à l'école, botanique et zoologie sont des matières obligatoires pour tout le monde et même les enfants sont capables de les reconnaître. C'est absolument nécessaire, parce que certaines variétés vénéneuses sécrètent une espèce d'acide. Seuls des détails les différencient d'autres qui sont inoffensives. Les toucher suffit à provoquer une plaie douloureuse.

Ils remontèrent à bord de l'autobus et Elide s'assit à côté de la conductrice. La veille au soir, Aziz l'avait réprimandée âprement parce qu'il trouvait qu'elle bavardait trop avec Johnson, mais elle n'avait aucune envie de s'asseoir à côté de son mari, en face d'Arsel.

Comme c'était une femme asix qui conduisait, personne ne devrait trouver à y redire si elle lui adressait la parole.

Dès qu'elle découvrit que l'étrangère parlait comme un être humain, l'Asix se mit à bavarder avec animation, posant des questions sur les mondes barbares, donnant des renseignements sur la flore, mais surtout essayant de découvrir si les deux seigneurs shiro allaient poursuivre le voyage jusqu'à Gorival, où elle avait deux heures de liberté avant de reprendre la conduite du véhicule, ou s'ils s'arrêtaient en route. Elle se retournait sans arrêt pour les examiner avec le plus grand intérêt ; quand Elide lui dit qu'ils s'arrêteraient tous dans une ferme, elle soupira :

— Ils passeront donc tous les deux la nuit là ? Elles en ont de la chance, les Asix de là-bas !

Rinvar était assis entre les deux mâles étrangers, en face de la femelle qui parlait tout le temps pour ne rien dire et qui gloussait sans arrêt. Il aurait aimé examiner à son aise par la fenêtre ce paysage qu'il avait traversé à pied quelques jours plus tôt, dans des conditions nettement moins confortables. Gêné par le bavardage des barbares, il se trémoussait sur son siège. Il ne connaissait pas suffisamment leur langue ; sans Elide, ou Oda, pour venir à son secours, il était contraint de se faire répéter une phrase sur deux et de se faire expliquer la signification de nombreux mots. Au prix d'un effort considérable, il finissait par comprendre ;

souvent pourtant, les différents termes, pris un à un, avaient beau être clairs, le sens de l'ensemble restait obscur. Certaines questions lui paraissaient tellement simples qu'il lui semblait impossible qu'un adulte puisse être si ignorant, tandis que d'autres étaient si étrangères à son expérience qu'il ne savait pas par où commencer sa réponse.

— Votre collègue nous a expliqué qu'il est impossible de terraformer toute la planète, à cause de la pénurie d'énergie dont vous souffrez. Pour la Fédération ce ne serait pas un problème insurmontable : les frais pourraient être pris en charge par les différents mondes, au prorata du nombre des immigrants. Cela vous permettrait d'éliminer complètement la faune indigène. Ça doit être terrible de se trouver constamment confronté à des animaux féroces.

Ravalant le dégoût qu'avait fait naître en lui l'idée de troupeaux de Sitabeh puants qui envahissaient Ta-Shima, Rinvar répondit poliment :

— Les scorophons ne sont pas vraiment redoutables. Il faut juste avoir un couteau sous la main quand on est à la campagne, ou dans la jungle où ils pullulent. Dans les villes, les rues sont pavées ; il est rarissime qu'il en apparaisse un dans un potager.

» De plus, l'énergie ne représente pas la seule difficulté. Mon collègue, en bon ingénieur, a tenu compte uniquement de ce problème, mais moi, j'ai étudié l'agronomie. Je sais pertinemment que si nous... Comment avez-vous dit ? Terraformions ? Je suppose que cela signifie standardiser à des conditions confortables pour les êtres humains, c'est bien cela ? Enfin, si nous détruisions la jungle, toute la planète se transformerait en désert en deux ou trois saisons sèches.

» Nous avons adapté le Haut Plateau à l'agriculture, mais pour ce faire nous avons été contraints de dévier des cours d'eau, de creuser des canaux d'irrigation et des bassins d'orage. Tout cela exige un entretien constant, alors que la jungle garantit une sorte d'équilibre naturel. Même à la fin de la saison sèche, elle maintient une humidité suffisante pour garantir la vie.

» Encore une chose : la seule surface cultivable se trouve sur le Haut Plateau, parce que c'est le seul endroit au monde où la saison sèche ne dure que quatre mois, grâce aux montagnes qui retiennent les nuages.

Le discours avait été long et compliqué, et il avait peiné pour se faire comprendre. Il soupira, essayant de trouver une position confortable : ces sièges, sur lesquels il ne pouvait ni s'agenouiller ni s'asseoir en tailleur, étaient une vraie torture. Pourquoi donc avait-on construit quelque chose de si peu rationnel ? Il n'y posait que les cuisses, laissant les jambes pendantes, et au bout d'un moment il avait commencé à avoir des fourmis dans les mollets. Les étrangers semblaient à leur aise ; il essaya donc de les imiter, croisant et décroisant les jambes, mais c'était encore pis.

Il était en train de changer de position pour la énième fois, quand Oda se récria :

— Tu me parais nerveux, seigneur. Serait-ce dû au manque d'exercice ? C'est une difficulté à laquelle on peut remédier. Je me suis souvent demandé à quoi ressemblait la salle d'armes d'une ferme.

— Adamé... Je suis honoré, Shiro-adaï.

Rinvar leva une main, la paume tournée vers le haut.

Elide connaissait ce geste, qu'elle avait souvent vu faire aux Asix. C'était une manière de dire « oui » en langage non verbal.

— Après que les étrangers se seront retirés dans leurs chambres ?

— Sont-ils en train d'organiser une compétition sportive ? chuchota-t-elle, s'adressant à la conductrice de l'autobus.

La femme grommela une phrase indistincte. Elle semblait avoir perdu d'un coup toute envie de bavarder et Elide n'insista pas. Elle resta en silence, suivant distraitement des yeux la main du plus grand des deux Shiro qui passait et repassait, en un geste automatique, sur la ceinture de corde tressée à laquelle était accroché son couteau.

L'autobus électrique s'arrêta en pleine rue, à la hauteur d'un sentier boueux qui conduisait à une ferme, à peine visible dans la brume qui s'élevait des champs détrempés.

— Comment arrive-t-on jusque-là ? demanda Arsel.

— Par ce sentier, évidemment, répondit Oda.

— À pied, donc, je suppose.

Découragée, la jeune fille examinait le chemin de terre transformé en marécage par la pluie nocturne.

Précédant les autres, les deux Shiro partirent à grandes enjambées ; leurs bottes plongeaient dans la boue et en ressortaient avec un bruit de succion, tandis que les séran d'Arsel s'enfonçaient jusqu'à la semelle et que les délicats lacets en fototex s'abîmaient irrémédiablement.

À gauche du sentier s'étendaient des champs labourés, tandis qu'à droite on ne voyait que des pâturages bordés d'une barrière de bois, où paissaient paisiblement de grandes vaches aux cornes en forme de lyre et au pelage blanc tacheté de rouge foncé.

L'air était si humide, que des gouttes de condensation se formaient sur la peau et descendaient mouiller désagréablement le col des vêtements. Les cheveux longs des deux femmes pendaient mollement, se collant à leurs joues. Arsel, qui essayait inutilement de mettre de l'ordre dans sa coiffure avec ses doigts, grogna :

— Quel endroit sinistre ! De plus, quelque chose sent affreusement mauvais.

— C'est l'odeur des bovins, lui expliqua avec satisfaction Elide. Tu sais, ces bêtes dont on tire les steaks que tu aimes tellement.

Le dégoût qui se peignit sur les traits aristocratiques de sa belle-fille à l'idée d'avoir mangé des morceaux de bêtes si malodorantes la dédommagea de quelques-unes des remarques au vitriol qu'elle avait essuyées au cours des dernières années.

Ils avaient à peine parcouru quelques mètres, que la pluie se mit à tomber ; bientôt ce fut une averse. Avant d'avoir pu allumer leurs minichamps déflecteurs, ils étaient tous trempés jusqu'aux os.

La ferme était une des habituelles bâtisses en pierre grise, à un seul étage, avec un toit d'ardoise. Dans l'aire, sous un auvent, un groupe de tout petits enfants, dont cinq Asix et deux Shiro, jouaient à grand renfort de cris et de rires, sous la surveillance d'un gamin un peu plus grand.

Le jeu consistait à escalader un tas de couvertures à rayures jaunes et noires, pour se laisser ensuite rouler en bas avec des hurlements de joie.

Ce fut un des petits Asix qui les aperçut le premier. Il dit quelque chose et le jeu s'interrompit aussitôt tandis que les enfants considéraient gravement les nouveaux arrivants. Les Shiro marchaient devant, suivis des étrangers qui essayaient d'éviter les flaques d'eau.

Quand ils arrivèrent à l'aire pavée de larges pierres plates, le tas de couvertures se mit soudain à bouger et se dressa. C'était un grand animal qui grognait d'un air inquiétant en montrant des canines aussi longues que l'avant-bras d'Arsel.

— Shiro-adaï ! cria l'un des Asix.

Indifférent au déluge qui se déversait du ciel, il quitta la protection de l'auvent pour se précipiter à la rencontre d'Oda et de Rinvar. Les autres lui emboîtèrent le pas ; les deux petits Shiro venaient en dernier, sans montrer le moindre enthousiasme.

L'animal jaune et noir se ramassa sur lui-même et d'un seul bond devança les enfants, se plaçant en travers juste devant leurs pieds. Il gronda avec un feulement menaçant.

—Ne fais pas la sotte, Itin ! Tu ne dois pas grogner contre les seigneurs shiro !

Un enfant se pendit à la queue de l'énorme bête, essayant de la tirer en arrière, sans beaucoup de succès.

—Que diantre est cette chose ? s'exclama Li Hao, abasourdi.

Il était le seul à n'avoir pas eu le souffle coupé devant ce monstre qui ne les quittait pas du regard et semblait prendre son élan pour un nouveau bond.

—C'est un chien ! lui répondit Rinvar. N'y en a-t-il pas dans vos mondes ?

—Certes oui, mais ils n'ont pas du tout cet aspect ! Celui-ci ressemble plutôt à un chat, agrandi une centaine de fois, lança Rasser. Ne vous approchez pas comme ça professeur, il a l'air agressif !

Pensif, Li Hao avait fait un pas en avant, en observant :

—Cet animal me rappelle quelque chose que j'ai vu dans un documentaire sur les espèces disparues de la Planète Originelle. Mais il ne doit y avoir aucun rapport : il s'agissait d'un fauve, si j'ai bon souvenir, du temps où il existait encore des prédateurs vivant en liberté. Nous parlons donc d'une époque lointaine, précédant l'ère spatiale.

—Nos chiens sont comme ça. Tous les élevages en ont : ils sont indispensables pour protéger les troupeaux. Ils arrivent à avoir le dessus contre certains spécimens de la faune indigène qui mettraient à mal deux ou trois personnes en un rien de temps. Toutefois, ils sont inoffensifs pour les humains. Vous l'avez bien vu : il permet aux enfants de lui grimper dessus et de lui tirer la queue.

—Itin, tu veux bien arrêter de grogner ?

Une toute petite fille avait attrapé la moustache de la bête, qui se borna à l'envoyer bouler d'un brusque mouvement de tête. Au lieu de se mettre à pleurer, la fillette éclata de rire.

Elle se leva, puis s'inclina en déclarant d'un air contrit :

—Cette chienne doit être complètement stupide, Shiro-adaï. Je vous présente nos excuses en son nom. Elle devrait avoir appris à se conduire poliment avec les gens, même quand elle ne les connaît pas. Elle déshonore notre maison.

—Ceux qui nous accompagnent ne sont pas de vrais êtres humains, la consola Oda avec un de ses rares sourires. Ce sont des étrangers qui viennent d'un autre monde, loin dans le ciel. Ton chien a raison : il veut vous défendre contre quelque chose qu'il ne connaît pas. Regarde, il ne se méfie pas de moi.

Il tendit la main vers la gueule de la bête, qui la renifla soigneusement avant de se décider à la lécher.

Les enfants dévisagèrent les étrangers avec curiosité, sans se permettre toutefois de poser des questions, puis, se rappelant les bonnes manières, ils s'inclinèrent respectueusement devant les deux Shiro.

— Bonjour, seigneurs.

— Rinvar Johnson, Oda Huang.

Ils s'étaient présentés tous les deux sans formalisme, nom et prénom : aucun Shiro adulte n'était présent.

— Oda-adaï! cria avec enthousiasme l'aîné des enfants, un gamin de sept ou huit saisons sèches. Bienvenue, sazdo-Shiro-adaï, honoré père shiro.

— Quel est ton nom et de qui es-tu le fils ? demanda Oda, étonné.

Le garçon ne ressemblait en rien à un halb, c'était un Asix typique, trapu et de petite taille, avec le duvet de l'enfance qui commençait à se transformer en une toison bouclée d'adulte.

— Je suis Ares Van Voss, seigneur. Je te prie de m'excuser, je n'aurais pas dû te donner ce titre, mais c'est comme ça que t'appelle mon frère aîné-même-mère chaque fois qu'il parle de toi…

— Ça veut dire au moins cinq fois par jour, dit un des petits, à voix basse mais encore parfaitement audible.

Il s'attira des « chut ! » gênés et une taloche.

— Tu permets que j'aille l'appeler, seigneur ? ajouta très vite Ares.

Dès que la permission lui fut accordée, il partit comme une flèche, en criant :

— Ancienne, mères, frère aîné, tout le monde, venez tout de suite. Oda-adaï est là.

L'averse s'arrêta au grand soulagement des étrangers qui trouvaient que rester plantés sous la pluie à échanger des politesses au lieu de se mettre immédiatement à l'abri était une idée particulièrement stupide.

Elide Rasser avait compris la phrase insultante du Shiro. *Donc, selon eux, nous ne sommes pas tout à fait humains, c'est cela ?* Elle se mordit les lèvres, puis avança résolument. Grand ou petit, c'était quand même un animal domestique et dans la ferme de son père elle s'était toujours occupée du bétail. De sa vie, elle n'avait jamais eu peur d'une vache, ni même du taureau, bien qu'il ait eu un fichu caractère. Les animaux, il suffisait de savoir comment les prendre.

— Non Elide, prends garde !

La frayeur fit oublier à son mari les règles de bienséance de Neudachren qui défendaient d'utiliser en public le prénom des femmes mariées. Elide fit la sourde oreille. Elle fit un pas de plus, se rappelant ce que son père lui avait appris, tant d'années auparavant. Les animaux ne doivent pas se rendre compte que la personne qui les approche les craint. Cependant il ne sert à rien de faire semblant ou d'essayer de les tromper, car ils sentent l'odeur de la peur. Il faut donc arriver à ne pas avoir peur, justement.

C'est un chien, se répéta-t-elle. *Il a beau être différent des nôtres, ça reste un chien. Ils le laissent seul avec des enfants si petits qu'il pourrait n'en faire qu'une bouchée, et il leur permet de lui tirer la moustache ou la queue et de l'utiliser comme matelas.* Elle tendit la main, comme l'avait fait Oda. Quand la bête montra les dents, dardant sur elle le regard de ses yeux jaunes au fond desquels brûlait menaçante une flamme verte, elle la gronda en gorin, se servant des mêmes mots qu'elle avait entendu prononcer par l'un des enfants :

— Ne fais pas la sotte, Itin !

Le chien l'examina sous toutes les coutures, avança le museau et prit dans sa gueule la main tendue. Elide sentit les dents pointues qui se refermaient sur son poignet, mais sans serrer. Elle n'essaya pas de retirer sa main, au contraire, elle avança l'autre pour gratter l'énorme bête derrière les oreilles. Le feulement mourut lentement dans la gorge de l'animal tandis que la lueur verte s'éteignait dans ses yeux. Il ne la lécha pas ; il se contenta de la renifler longuement, puis s'assit, enroulant la queue autour de ses pattes.

— C'est vrai qu'il ressemble à un énorme chat. Je connais bien les chats : quand j'étais petite, j'en ai eu un, remarqua-t-elle en s'adressant à son mari, qui était resté immobile derrière elle, osant à peine respirer.

Des Asix arrivaient en courant depuis les bâtiments de la ferme. Trois jeunes, deux filles et un garçon, devançant tout le monde, se précipitèrent à la rencontre d'Oda en bondissant. D'un dernier saut, ils atterrirent à genoux devant lui et ils le saluèrent d'un « sazdo-Shiro-adaï » déférent, leurs yeux foncés brillants de joie. L'un d'eux tendit une main, comme s'il avait voulu le toucher, mais il l'arrêta à une bonne distance du Shiro.

— Les connaissez-vous personnellement ? Ont-ils été à votre service ? demanda Arsel qui pointait le nez derrière le dos de son père, sans oser trop s'approcher des dents de cet étrange chien.

— Ce sont mes enfants, lui répondit-il distraitement.

L'odeur de la peau des Asix était particulièrement pénétrante, au point de faire presque tourner la tête. Du reste, Rinvar, qui avait du mal à se contrôler, reniflait comme s'il sentait le fumet d'un plat particulièrement alléchant. Les étrangers ne semblaient rien remarquer : l'odorat déficient devait être une autre de leurs nombreuses tares.

— Mais ce sont des *Asix* ! se récria Arsel.

— Bien sûr. Dans toutes les familles il y a des Asix.

En réalité les enfants étaient évidemment halb, c'est-à-dire à moitié shiro, mais les halb étaient considérés à tous points de vue comme des Asix. Ils en avaient du reste l'aspect général, à peine tempéré par les caractéristiques du parent shiro : les membres un peu plus fins, la toison moins fournie.

— Sont-ils effectivement les enfants de M. Huang ? demanda le professeur à Rinvar. J'avais cru comprendre qu'ils l'appelaient « shiro-adaï ». Cela signifie « honoré seigneur », n'est-ce pas ?

— *Sazdo*-Shiro-adaï, honoré père shiro. C'est le titre que donnent les enfants asix à leur père.

— Pas les enfants shiro ?

Les relations entre les deux races de la planète ne cessaient d'intriguer le professeur. Il avait cru comprendre que les Shiro exigeaient des Asix l'usage d'un titre honorifique, même quand ils en étaient les parents.

— Non, ils ne le font presque jamais. Nous ne nous permettons pas de telles familiarités. Quand je m'adressais à ma mère, je ne l'appelais que « dame honorée ». Je ne l'ai pas vue souvent, d'ailleurs.

— Et votre père ?

— Je ne l'ai jamais rencontré. Il est mort avant ma naissance.

— Oh, comme c'est triste ! lança Arsel avec compassion.

Triste ? se demanda Rinvar. Pourquoi donc cela devrait-il l'affecter, elle ? Son père biologique était mort une vingtaine d'années avant que sa semence, qui avait été congelée dans les laboratoires des Jestak, soit unie à un ovule de sa mère biologique dans une éprouvette. Quand la fécondation avait eu lieu, l'embryon avait été implanté à sa nourrice asix.

Il soupçonna que les fécondations artificielles entraient dans la liste, ô combien longue, des préjugés bizarres des étrangers ; il se borna donc à un signe de tête poli.

Les Asix adultes les avaient rejoints et s'inclinaient en souriant jusqu'aux oreilles. Oda les présenta.

— Voici l'Ancienne qui dirige la maison. Elle est vétérinaire diplômée et c'est un vrai génie en ce qui concerne l'élevage du bétail.

La satisfaction jaillissait par tous les pores de l'aînée des Asix pendant que Rinvar lui traduisait la phrase à mi-voix.

— Et voici les mères de mes enfants.

Horrifiée, Arsel regarda les deux femmes qui s'étaient approchées jusqu'à presque toucher le Shiro. Laides et lourdaudes, elles semblaient nettement plus âgées que lui.

— Tous les autres appartiennent au clan Van Voss, ou à d'autres clans qui ont fait de l'élevage du bétail leur spécialité. Leurs maisons principales sont sur les flancs des montagnes.

Oda ne jouissait pas seulement du respect général accordé de façon indiscriminée à tout Shiro. Trois fois déjà, il était venu à la ferme sans autre raison que pour rendre visite à ses halb. Il avait donc fini par nouer un rapport personnel avec les Asix, qui l'entouraient maintenant avec familiarité, parlant tous ensemble et retenant les plus petits des enfants qui essayaient de s'agripper à son pantalon.

Coupant court aux expressions de bienvenue, aux offres de nourriture et de thé qui pleuvaient de tous côtés, il déclara :

— Nous sommes ici parce que ces étrangers ont exprimé le souhait de visiter une ferme. Vu que j'allais devoir y passer la nuit, je me suis dit que c'était une bonne idée de choisir la vôtre.

Les deux Asix qu'il avait présentées comme les mères de ses enfants semblèrent trouver la dernière phrase très à leur goût et Elide comprit que l'une des deux l'invitait, devant tout le monde, à passer la nuit avec elles.

— Qu'a-t-elle dit ? lui demanda le professeur. Elle a parlé de nattes, n'est-ce pas ? Ont-ils un atelier de production ici, loin de tout ? Vous avez eu une excellente idée, madame : visiter une ferme sera très intéressant.

Arsel ne prit pas la peine de dissimuler son écœurement. À qui, sinon à cette sotte d'Elide, pouvait venir à l'esprit de proposer pareille idiotie ? C'était sa faute s'ils avaient été obligés de patauger dans la boue et si ses nouveaux séran s'étaient abîmés. Qui donc pouvait se passionner pour une ferme ? De la fange, des bêtes puantes, et rien que des Asix, comme ces deux femmes du peuple, déjà âgées – elles avaient certainement au moins une trentaine d'années. Et dire que M. Huang, qui appartenait à une famille noble, avait eu des enfants d'elles ! C'était sordide, comment avait-il pu seulement les approcher ?

Pendant quelques heures ils se baladèrent dans les champs détrempés de pluie et dans les pâturages, conduits par une femme enceinte jusqu'aux yeux qui ne faisait rien pour cacher son état. Au contraire, elle semblait même se pavaner. Arsel la trouvait indécente et avait honte pour elle. Elle était furieuse, mais uniquement à cause de ses séran, qui étaient bons à jeter, se dit-elle fermement. Elle refusait d'admettre le dégoût qu'elle avait éprouvé en voyant les enfants de M. Huang, et surtout leurs mères. Les hommes avaient certaines exigences, lui avait expliqué sa maman. Une vraie dame n'en parlait pas, mieux encore, elle évitait même d'y penser.

Rasser, pour sa part, s'ennuyait comme un rat mort. Il ne comprenait pas grand-chose à l'agriculture, qui lui semblait surtout une grande perte de temps. On semait, après quoi il fallait attendre des mois entiers avant d'obtenir un résultat, alors que les levures aromatisées fournissaient en quelques jours la même quantité de nourriture, qui plus est parfaitement hygiénique et standardisée quant à la teneur en vitamines, protéines et oligoéléments.

Il pouvait à la rigueur comprendre l'élevage du bétail. Quand ils invitaient à dîner des personnes importantes, sa première femme servait de la vraie viande. C'était très tendance dans la bonne société, mais sur Ta-Shima ils n'élevaient les bêtes que pour leur lait. Il avait des nausées à la seule idée de boire un liquide qui sortait directement des entrailles d'un animal ; c'était une nourriture bonne pour des sauvages ! Il n'avait jamais pu s'y habituer. Pour l'ambassade, il préférait acheter l'ersatz importé, bien que le transport coûte une fortune.

Il faisait semblant d'écouter les explications, se disant qu'il endurerait tout ça au nom de la science. Le professeur continuait à filmer fébrilement, tout en se lançant dans des considérations que lui, à titre personnel, trouvait oiseuses.

Elide suivait le groupe, hasardant de temps en temps une question sur les méthodes de culture et sur les bêtes. Elle aurait aimé entrer dans un pâturage pour caresser un petit veau d'à peine quelques jours, mais son mari le lui avait défendu, bien sûr. Il avait soutenu que le veau pouvait bien être inoffensif, comme elle le prétendait, mais que toutes les vaches autour avaient des cornes longues comme son bras et ne paraissaient pas particulièrement pacifiques. De plus, elles n'étaient pas propres : elles étaient couvertes de boue et d'on ne savait quoi d'autre, et puaient à faire peur.

La pluie s'était remise à tomber et les champs se transformaient en bourbiers. Quand l'Asix qui les accompagnait proposa de rentrer, ils se hâtèrent donc tous d'accepter. À ce qu'ils avaient compris, à midi personne ne prenait de vrai repas : tous continuaient à travailler à l'extérieur, ne s'arrêtant que pour consommer sur le pouce le casse-croûte qu'ils avaient emporté avec eux, ou alors ils ne rentraient que pour prendre un fruit ou une tranche de pain et retourner immédiatement aux champs.

— Pendant les premiers mois de la saison des pluies il y a beaucoup à faire. Quand le temps est beau, l'Ancienne estime qu'il faut en profiter pour avancer avec la préparation des terres pour les semailles, et elle nous fait travailler jusqu'à la nuit tombée. Quand il pleut des cordes, comme aujourd'hui, elle nous fait travailler encore davantage, pour mettre à l'abri tout ce qui ne doit pas trop se mouiller et pour déblayer les canaux de drainage, raconta l'Asix en riant. Mais si vous voulez manger quelque chose, allez-y, on a de tout : lait, pain, fromage, fruits. Notre ferme est prospère, nous ne manquons de rien.

Elle ouvrit une porte de la salle commune et, d'un geste empli de fierté, elle leur montra la réserve. De grandes meules de fromage vieillissaient sur des claies en bois ; sur une étagère s'alignaient des pots en tous genres et divers végétaux. L'odeur pénétrante des fromages se mélangeait à celle, plus délicate, des pommes, des poires et d'un énorme séol, le fruit dont le professeur Li avait acheté une tranche qu'il avait jetée, scandalisant les Asix par son gaspillage. Un entêtant parfum poivré montait d'un panier rempli d'autres fruits que les étrangers ne purent identifier – à moins qu'il s'agisse de légumes ou de nourriture pour le bétail.

Arsel fit la moue à l'idée d'un repas si primitif, mais sur un ordre sec de son père, elle se força à arborer un sourire de politesse.

La femme coupa une tranche de fromage, puisa dans un réservoir sous terre une boisson rose qu'elle appela « bière », prit sur l'étagère une miche de pain déjà entamée, puis répéta :

— Vous pouvez manger tout ce que vous voulez : nous avons déjà les légumes de la nouvelle récolte, nous ne manquons de rien.

— Nous pouvons payer pour l'hospitalité, proposa Son Excellence qui avait plutôt l'impression qu'ils ne disposaient que du strict nécessaire.

L'Asix hésita : Oda-adaï avait prévenu que les dépenses causées par la présence des étrangers seraient remboursées par la Sadaï, mais si elle pouvait faire épargner de l'argent à la Dame, pourquoi pas, au fond ? Elle accepta donc et reçut, avec des yeux à peine plus écarquillés que la normale, la poignée de pièces que l'ambassadeur lui tendait.

— Est-ce suffisant ? demanda Rasser, et elle se hâta de lui garantir que c'était plus qu'assez : elle n'avait jamais vu autant d'argent en une fois. Quand elle comprit qu'avec cette somme folle le Sitabeh avait l'intention de payer juste ce repas, et pas l'hébergement pour plusieurs jours, elle en fut toute gênée.

— Dis-lui que c'est trop, demanda-t-elle à Elide. Il n'a qu'à se mettre d'accord avec l'Ancienne quand elle sera de retour.

— Ce n'est pas beaucoup d'argent dans notre monde. Ne t'en fais pas, prends-le. La ferme saura certainement en faire bon usage.

— Ah ! ça oui, il serait utile d'avoir quelque chose de côté, pour ne pas se couvrir de dettes au cas où il faudrait remplacer notre communicateur. Ça fait deux saisons sèches que nous épargnons pour pouvoir faire face à pareille éventualité.

Elide n'estima pas nécessaire de traduire ce bref échange. Elle était bien décidée à laisser la totalité de la somme aux habitants de la ferme. Épargner pendant deux ans pour pouvoir payer un communicateur ? Elle avait toujours considéré que sa famille était pauvre, mais, chez elle, tout le monde avait son propre communicateur au poignet. Dans la chambre de ses parents il y en avait même un avec l'image holo grandeur nature.

Quand ils eurent terminé leur repas, leur guide proposa, plein de bonne volonté :

— Souhaitez-vous voir les rizières ? Elles sont un peu boueuses, mais il n'y aura qu'à rester sur les sentiers.

Rasser et sa fille refusèrent net, et même le professeur Li déclara qu'au fond il se sentait un peu fatigué. Finalement ils passèrent l'après-midi à bavarder dans la salle commune de la ferme, tandis que la pluie martelait les fenêtres de son rythme monotone.

Oda s'était esquivé et Rinvar s'efforçait d'entretenir la conversation, décrivant aux étrangers les caractéristiques des divers fruits et légumes ou écoutant avec un étonnement sans bornes leurs explications sur les silos à levure, des cuves énormes dans lesquelles Neudachren produisait la nourriture pour son milliard d'habitants.

Au bout d'un moment, il finit par se taire, bercé par le bruit familier des gouttes d'eau contre les vitres. L'excitante odeur des Asix imprégnait toute la maison et il attendait avec impatience la nuit, désormais proche. Encore quelques heures perdues à écouter le bavardage des étrangers, puis le dîner, le combat avec Oda, dont il se serait bien volontiers passé, et enfin quelques heures de repos, de préférence avec un mâle asix. Ou bien, si vraiment aucun d'entre eux n'était intéressé à partager la natte avec un homme, alors avec une femme.

— Ne voulez-vous pas utiliser les bains? demanda-t-il avec espoir.

Selon Oda, se déshabiller en public allait à l'encontre du code d'honneur des étrangers. Rinvar, tout en accueillant l'explication avec un murmure poli, avait peine à le croire. À son avis, sentir la transpiration allait nettement plus à l'encontre de l'honneur que se déshabiller pour prendre un bain, mais l'idée de contredire Oda ne l'avait même pas effleuré : cela aurait signifié être invité à un nouvel entraînement amical. Toute sa retenue et sa circonspection ne lui avaient d'ailleurs servi à rien : son collègue l'avait quand même défié.

Il finit par se rendre aux douches avec le professeur, non sans recommander aux autres étrangers de ne pas sortir seuls.

— Aucun danger, lui répondit aigrement Arsel. Où voulez-vous qu'on aille? Patauger dans un marécage?

À la nuit tombée tout le monde rentra des champs et en quelques minutes la salle commune fut bondée. Il était impossible qu'une vingtaine d'adultes et le même nombre d'adolescents et d'enfants trouvent place pour manger tous ensemble. En effet, obéissant à un ordre donné à mi-voix, les enfants se dépêchèrent de s'agenouiller devant la table, avec des regards en coin pour les étrangers. Les adultes, debout, se pressaient autour des deux Shiro, tandis que deux adolescents, une fille et un garçon, remplissaient les assiettes des enfants, leur enjoignant de manger en vitesse pour libérer les places et aller dormir.

Tous obéirent en silence, les petits Shiro avalant leur nourriture aussi vite qu'ils le pouvaient, tandis que les petits Asix essayaient de faire durer le repas quelques minutes de plus, s'arrêtant parfois de mâcher pour lancer des regards ébahis aux Shiro adultes.

Le professeur Li était passablement étonné : aucun des petits ne faisait de caprices, ne refusait de manger ce qu'il avait dans son bol, ne pleurnichait pour obtenir la permission de rester debout encore un peu ni n'embêtait son voisin. Il n'avait jamais vu des enfants pareils. Cela faisait un moment qu'il était désespérément à la recherche d'une phrase gentille à dire aux parents. Pour lancer l'habituel « quels beaux enfants ! » il lui aurait en effet fallu plus d'hypocrisie que celle dont l'avait doté la nature. Content d'avoir trouvé un compliment, il déclara donc d'un ton d'approbation :

— Ils ont obéi immédiatement.

— Évidemment, lui rétorqua un homme, lui lançant un regard d'incompréhension. Aucun d'entre eux n'est sourd.

— Non, non, ce n'est pas du tout ça. Je voulais dire que j'admire les bonnes manières de vos enfants, tant des petits que des aînés.

Rapides et silencieux, les adolescents emportaient les assiettes sales et dressaient de nouveau la table.

— J'espère bien qu'ils se conduisent comme il faut, quand deux Shiro-adaï nous honorent de leur présence ! Ils ont eu la permission de dîner tard parce que nous avons de la visite. Quand nous sommes seuls, ils sont déjà au lit à cette heure-ci. L'école est à deux heures de marche et les adolescents, qui sont chargés du petit déjeuner et de la surveillance des enfants, se lèvent tôt le matin.

Les petits s'inclinèrent en silence, puis sortirent de la salle. Les adultes s'agenouillèrent à leur tour devant la table, tandis que les adolescents se plaçaient devant une étagère adossée à la paroi, dont la planche la plus basse faisait office de table. Les trois enfants d'Oda lui demandèrent respectueusement l'autorisation de dîner avec lui, et quand il répondit « oui » d'un ton brusque, ils glissèrent à genoux de chaque côté de lui. Pendant toute la soirée ils n'ouvrirent la bouche que pour manger, suivant les discours des adultes quand ils étaient conduits en gorin, et regardant leur père avec un air d'admiration béate quand celui-ci parlait en universel avec les étrangers.

Une femme posa au milieu de la table une casserole de ragoût de légumes, un homme arriva de la cuisine portant une poêle qui contenait une omelette géante, et sur un signe de l'Ancienne un jeune alla chercher une meule de fromage dans la réserve, tandis qu'un deuxième coupait en tranches une miche de pain.

La nourriture était simple, mais abondante, et tous les Ta-Shimoda mangeaient de bon appétit. Rinvar demanda qui était chargé de la production du fromage, qui était excellent.

— C'est Eda qui a la haute main sur ce qui concerne, directement ou indirectement, le bétail, répondit quelqu'un, indiquant l'Ancienne, assise à côté d'Elide.

Celle-ci se tourna vers la femme :

— Si j'ai bien compris, tu n'es pas seulement vétérinaire, tu es aussi responsable de l'élevage. Dis-moi, les vaches de ce monde sont-elles toutes aussi grandes, ou bien cette race-ci est-elle spéciale ?

— Celles qui passent la saison des pluies dans la plaine et partent chaque année pour la transhumance sont grandes et ont de longues cornes. Il arrive qu'elles aient à se défendre contre les prédateurs, qui se faufilent de temps en temps sur le Haut Plateau.

— Comme vous ne mangez pas de viande, vous ne les gardez que pour le lait, n'est-ce pas ? Combien en produisent-elles par jour ?

— Tu t'y connais en bétail ?

Elide vérifia prudemment que le professeur, le seul qui comprenait la langue, était occupé ailleurs, avant de murmurer d'un filet de voix :

— Mon père avait une petite ferme et je m'occupais des vaches, de la traite et du reste.

— Combien en aviez-vous ?

— À peu près cinquante.

— Tu étais chargée toute seule de cinquante bêtes, y compris le nettoyage du purin et les soins vétérinaires ?

— Pour les soins on faisait appel à un spécialiste, et le reste n'était pas trop fatigant, sauf la fois où la trayeuse mécanique était tombée en panne et qu'on a été obligés de tout faire à la main pendant plus d'un mois, jusqu'à ce que papa puisse réunir assez d'argent pour en acheter une neuve.

— Comment ça se fait que tu ne travailles plus là-bas ?

— Ce qui s'est passé, c'est qu'une année les prix de l'engrais ont grimpé en flèche ; c'était à cause d'une… d'une (comment pouvait-on dire spéculation ?) une espèce de combine, je regrette, je ne connais pas le mot juste. Le fait est que mon père ne pouvait plus en acheter. Il aurait dû vendre la ferme, s'il n'avait pas reçu l'aide de… (mari, comment disait-on mari ? Elle croyait savoir que sur Ta-Shima n'existait rien qui ressemble à l'institution du mariage). Lui, en fait, conclut-elle en désignant Rasser. Il l'a aidé, mais en échange j'ai dû aller vivre dans sa maison.

La discussion s'embourba, entre les Asix qui ne comprenaient pas ce que c'était qu'une trayeuse mécanique, ni pourquoi Rasser la payait si cher pour faire un travail pas clairement défini dans la maison de son clan, et Elide qui ne s'expliquait pas pourquoi sur Ta-Shima l'engrais ne coûtait pratiquement rien. Pour cette dernière question, du moins, la solution était à portée de main

— Viens donc voir, proposa un des hommes en se levant, imité par Elide.

— Où vas-tu avec cet homme ? demanda sèchement son mari.

— Il veut me montrer quelque chose : il y a un mot que je ne connais pas, et je ne saisis pas leurs explications. Ils veulent me montrer ce que c'est.

— Reste ici, ordonna-t-il, de mauvaise humeur, et la jeune femme se rassit immédiatement, avec un sourire contraint pour l'Asix.

—Tu ne viens pas ?

En réponse elle désigna du menton son mari, avec un coup d'œil éloquent.

—Qu'est-ce qu'il a à voir avec l'engrais, lui ? Si tu veux venir voir, c'est toi que ça concerne.

Elle se sentit tellement humiliée qu'elle interpréta l'expression interrogative de l'homme comme de la pitié. Elle était habituée au mépris depuis le jour où elle avait passé le seuil du luxueux appartement des Rasser, mais susciter la pitié de gens plus pauvres que ne l'avaient jamais été ses parents (ou du reste toute autre personne qu'elle ait jamais connue) lui faisait l'effet d'un camouflet.

—C'est l'ancien de notre maison, dit-elle alors, et l'Asix opina : c'était un argument qu'il comprenait bien.

Cette nuit-là, pour la première fois de sa vie, Elide eut de la peine à s'endormir. Elle avait formulé avec des mots ce qu'était en réalité son mariage : son père l'avait vendue en échange de douze quintaux d'engrais. Sur la natte, à ses côtés, Aziz ronflait déjà depuis un bout de temps, mais elle restait éveillée, les yeux grands ouverts dans l'obscurité, tendant l'oreille pour capter les légers bruits de la ferme : le sabot d'une bête qui heurtait une pierre, le crépitement monotone de la pluie sur les feuilles du verger, un son lointain qui ressemblait à un chœur de voix.

Aziz marmonna quelque chose dans son sommeil, puis il se retourna, ôtant le bras qui l'emprisonnait. Elle eut l'impression d'entendre un cri étouffé, se souvint de la compétition que les deux Shiro organisaient dans le bus et, sans réfléchir, se leva, s'habilla rapidement dans l'obscurité puis se glissa hors de la chambre.

Les fenêtres ouvertes n'étaient que des carrés d'obscurité à peine moins sombres que les parois, mais elle parvint à trouver la porte arrière et sortit dans la nuit. L'herbe était mouillée sous ses pas silencieux, l'air était chaud, mais sans la touffeur de la journée, et il ne tombait qu'un fin crachin. Elle se dirigea vers l'enclos où se trouvait l'auvent pour les vaches ; sous un pareil climat une étable n'était pas nécessaire. Il faisait nuit noire : les nuages ne laissaient filtrer qu'un reflet de la lumière des lunes. Elide fit trois ou quatre pas incertains, en sondant le terrain avec son pied. L'obscurité était si dense qu'elle ne savait même plus où était la porte par laquelle elle était sortie. Quand elle perçut un mouvement tout près d'elle, elle se figea, paralysée de terreur, se souvenant de l'horrible bête qui avait bondi de sa tanière pour s'agripper à la botte du plus jeune des Shiro. Elle recula avec un frisson, pour retrouver sous sa main une grosse tête poilue qui avait quelque chose de familier.

—Itin ? demanda-t-elle en claquant des dents.

Un drôle de bruit de gorge lui répondit ; cela ressemblait, en plus profond, au ronronnement du chaton que ses frères avaient rapporté à la maison quand elle était petite. Elle voulut gratter la tête du chien, mais celui-ci s'esquiva et disparut en silence, ombre parmi les ombres.

Je suis folle, se dit-elle. Et si pendant la nuit il y avait des bêtes dangereuses qui rôdent ? Mais si c'était le cas, Itin aurait grogné, ou prévenu d'une façon ou d'une autre : n'était-ce pas un chien de garde ? Au lieu de revenir sur ses pas, elle continua à avancer. Elle se sentait terriblement aventureuse et en même temps elle éprouvait une sensation de paix et une impression de retour à son enfance. Elle respirait une odeur d'herbe coupée et d'étable, à laquelle se mélangeaient des bouffées d'une senteur étrangère, indéchiffrable, qui lui rappelait qu'elle ne se trouvait sur aucun des mondes colonisés de longue date et… comment disait-on ? Terformés ? Tenrioformés ? Aucune importance : il n'y avait là personne qui connaissait la prononciation exacte des mots difficiles et qui se gausserait d'elle si elle faisait une faute.

Elle perçut la réverbération ténue d'une lumière. À sa gauche l'obscurité possédait une densité presque solide : c'était le mur de la ferme, comme elle s'en rendit compte en sentant sous sa main les moellons de pierre, mouillés par la pluie et frais au toucher. Mais de derrière un coin du bâtiment montait une faible lueur. Elle suivit le mur avec la main, arriva au coin et le dépassa. À quelques mètres de là on avait enfoncé dans le sol quatre flambeaux rudimentaires, les branches d'une quelconque plante oléagineuse qui brûlaient en faisant beaucoup de fumée et bien peu de lumière. Elles délimitaient un carré de terrain au centre duquel deux hommes très minces, torse nu, exécutaient une sorte de danse. C'étaient les deux Shiro : aucun Asix ne pouvait avoir une silhouette si élégante.

Se faufilant parmi de grandes gerbes éparpillées pêle-mêle, elle s'approcha un peu pour mieux voir. Elle était partagée entre la curiosité et l'admiration pour l'agilité des mouvements des deux hommes. Leurs torses minces et musclés avaient une beauté sculpturale qui la fascina. Le seul homme qu'elle ait jamais vu nu était Aziz. On ne pouvait pas dire qu'il soit laid, loin de là, mais le temps et la force de gravité étaient à l'œuvre sur son corps depuis cinquante-cinq ans ; ses muscles commençaient à se relâcher et à laisser paraître l'ébauche d'une petite bedaine.

Pendant un instant elle se reprocha son manque de pudeur, mais il faisait nuit noire et l'endroit était désert, à part les deux Shiro qui se tenaient dans la lumière et ne pouvaient pas la voir. Personne ne saurait donc qu'elle était restée plantée là, à contempler des hommes très sommairement habillés, en se demandant quel effet pourraient faire ces faisceaux de muscles sous ses mains.

Mais pourquoi donc dansaient-ils tout seuls, en pleine nuit, à la lumière des torches ?

Tout à coup, l'un d'entre eux bondit en avant et l'autre s'esquiva d'un pas de côté incroyablement rapide – ou du moins c'est ainsi qu'il apparut à Elide, mais en réalité il ne l'avait pas été suffisamment. Sur son thorax nu se dessina un petit serpent rouge qui oscillait suivant les mouvements des pectoraux et qui changea vite de forme, se transformant en une tache aux contours irréguliers. Du sang, comprit-elle avec horreur. Ce n'était pas une quelconque danse rituelle, ils étaient en train de se battre en un de ces duels pour lesquels le professeur nourrissait une si grande curiosité.

Le blessé chancela légèrement et son adversaire le harcela de tout près, lui portant un coup que l'autre n'esquiva que de justesse. Elide ferma les yeux et laissa échapper une exclamation, mais une grande main se plaqua sur sa bouche. Terrorisée, elle tenta de la repousser mais elle se retrouva prise dans un étau. Elle s'aperçut alors que les ombres tout autour n'étaient pas des gerbes ou des sacs, comme elle l'avait cru, mais des Asix assis par terre. Elle se débattit, avec pour tout résultat de faire se resserrer encore un peu l'étreinte des bras qui l'immobilisaient.

— Je ne veux pas te faire de mal, murmura une voix à son oreille. Je te libérerai dès que tu te calmeras, mais tu ne dois pas bouger et, surtout, tu dois garder le silence. As-tu compris ?

Il lui fallut quelques secondes avant que son cerveau, paralysé par la terreur, capte le message. Quand elle cessa de se débattre, la main qui lui fermait la bouche s'écarta. Elide respira à fond mais n'émit pas le moindre son et l'Asix la libéra, gardant juste une main posée sur son épaule, comme pour lui rappeler qu'il était prêt à l'empoigner de nouveau si nécessaire.

La sensation de paix qu'elle avait éprouvée s'était évanouie ; maintenant elle regardait fixement les deux hommes, comme hypnotisée, sans pouvoir distinguer qui était Johnson et qui était Huang, à cause d'une espèce d'écharpe qu'ils s'étaient enroulée autour de la tête de façon à cacher presque complètement le visage, ne laissant à découvert que les yeux.

La voix rauque d'un Asix prononça d'un ton interrogateur une phrase dont elle ne comprit pas un mot. La réponse, en revanche, proférée avec un timbre de ténor, lui arriva parfaitement claire :

— Je ne me considère pas comme satisfait.

Les deux combattants s'avancèrent de nouveau prudemment l'un vers l'autre. Ils se battaient au couteau, et les lames jetaient des éclairs quand elles captaient le reflet d'une torche. Leurs corps agiles ne paraissaient plus du tout attirants à Elide : elle ne les considérait plus comme des objets de désir, mais plutôt comme des machines de mort parfaitement efficaces. Elle n'avait plus aucune envie de poser la main sur les pectoraux barbouillés de sang ou sur le ventre plat du blessé, et moins encore de toucher le thorax de l'autre homme, marqué sur toute sa largeur par des cicatrices.

Il y eut un nouveau mouvement rapide, et elle sentit l'Asix à ses côtés inspirer brusquement et retenir son souffle. Une rose rouge fleurit sur l'épaule de l'homme qui avait déjà été blessé, puis la voix asix dit quelque chose d'un ton interrogateur, presque suppliant. Après un instant de silence, le combattant qui était indemne recula d'un pas, puis s'inclina légèrement.

— Un entraînement extrêmement instructif. Je te remercie.

Son adversaire s'inclina à son tour.

— C'est moi qui te remercie. J'espère m'entraîner bientôt de nouveau avec toi.

Les Asix tout autour se levaient. La plupart s'esquivèrent sans mot dire, mais l'un d'eux s'approcha des deux Shiro pour proposer ses services au dispensaire.

— Merci, mais nous allons tout d'abord nous laver, répondit poliment le blessé, enlevant le tissu qui cachait son visage.

C'était celui auquel les Asix donnaient le nom d'Oda-adaï.

Il ne restait plus personne sur place, sauf Elide et l'homme qui lui avait couvert la bouche de sa main. Comment avaient-ils fait pour partir tous si vite ? Et comment avaient-ils pu l'apercevoir, et surtout la reconnaître ? Quand elle comprit qu'ils devaient posséder une excellente vision nocturne, elle se sentit trahie : elle avait cru que les serviteurs asix éprouvaient une certaine sympathie pour elle, mais dans ce cas, pourquoi lui avaient-ils caché cette capacité ? Mais c'est ce qu'Olov essayait de me dire, comprit-elle en un éclair. C'est moi qui n'ai pas saisi le sens de ses questions sur mes yeux. Il croit probablement que c'est normal de voir dans l'obscurité, comme eux le font, et que la couleur claire de nos iris est le signe d'une maladie qui affaiblit la vue.

Les deux Shiro s'étaient éloignés, marchant l'un à côté de l'autre comme si de rien n'était, et l'Asix enleva la main de son épaule.

—Ils ont parlé d'entraînement, mais c'était un duel, n'est-ce pas ?
—Oui.
—C'est fini maintenant ?
—Pour cette nuit seulement, répondit-il d'un ton amer. N'as-tu pas entendu ? Oda-adaï a dit qu'il espérait s'entraîner de nouveau avec Rinvar-adaï.
—Mais pourquoi font-ils cela ?
—Ce sont des Shiro, se borna à expliquer l'homme, en prenant le chemin de la maison. Ils font ça tout le temps.

Elle voulut le suivre, mais trébucha dans l'obscurité. L'Asix l'attrapa par la manche et se remit en marche, la tirant derrière lui.

Quelqu'un avait attisé le feu dans les cuisines en plein air et il en montait le parfum piquant de ce que les Ta-Shimoda appelaient « thé ». Son accompagnateur se dirigea de ce côté. La lumière des flammes dansait sur les visages maussades d'un groupe d'Asix silencieux, assis en tailleur. En plus de l'Ancienne il y avait les enfants d'Oda, qu'Elide avait entendu appeler Odaï, Odauan et Auan, sans arriver à comprendre qui était qui, et cinq autres personnes. En les présentant, Oda s'était borné aux noms des clans ; toutes les femmes étaient des Van Voss, tandis que parmi les hommes il y avait aussi un Cutatis et un Valdez. En parlant entre eux ils se servaient évidemment des prénoms, et Elide avait déjà découvert que celui qui lui avait mis une main sur la bouche s'appelait Evan, tandis que celui qui était en train de verser le thé était Faio. Ce dernier lui tendit une tasse sans mot dire.

—Pourquoi personne n'essaie de les en empêcher ? demanda Elide. Et pour quelle raison se sont-ils battus ? Depuis qu'ils sont avec nous, ils ont toujours fait preuve d'une grande courtoisie l'un envers l'autre : ils s'inclinent avant de s'adresser la parole, et ils ne s'appellent que « Shiro-adaï ».

—Mauvais signe quand ils sont trop polis, fit remarquer Evan. Et personne ne peut empêcher un Shiro de faire ce qu'il veut, sauf un autre Shiro avec une lame à la main.

—D'habitude, lui confia Eda, nous n'assistons pas aux combats, mais il fallait un arbitre, et quelqu'un devait être prêt à aider l'éventuel blessé à gagner le dispensaire ; or, ici, il n'y a aucun autre Shiro adulte.

» Allez vous coucher maintenant, ordonna-t-elle aux autres Asix. Il ne reste que cinq heures jusqu'à l'aube, et les vaches n'aiment pas que la première traite soit en retard.

Sur le seuil de la maison ils tombèrent sur Rinvar qui revenait des bains, une branche de barse allumée à la main.

— Oda-adaï est au dispensaire, avec les mères de ses enfants, déclara-t-il immédiatement, devant les mines soucieuses des Asix. La blessure n'est pas grave, je vais l'attendre.

Il planta sa branche dans un vase plein de sable et croisa les bras.

— Nous l'attendons aussi, avec ta permission, seigneur, répondit Odauan – à moins que ce soit Auan – avec déférence, mais d'un air décidé.

Arsel aussi semblait avoir eu des problèmes à s'endormir : elle parut dans le couloir, tenant précautionneusement une lampe à huile.

— Qu'est-ce qui se passe ? demanda-t-elle.

— Ce n'est rien, lui répondit Elide, tu peux retourner à ta chambre.

La jeune fille lança un regard soupçonneux à la jeune épouse de son père.

— Ah, toi aussi, tu es là ? Et où est M. Huang ? J'avais cru entendre sa voix.

— C'était la mienne, fit Rinvar, se souvenant avec un peu de retard de lui sourire poliment : la saz-adaï lui avait recommandé d'être courtois en toutes circonstances avec les étrangers et de ne pas les mécontenter.

Arsel lui rendit son sourire. Qui sait si de la voir en bons termes avec son collègue ne susciterait pas la jalousie de M. Huang ? Dans le dernier épisode de *Cœur brisé* c'était justement de cette façon que Mélusine poussait le noble Cornelis à s'apercevoir qu'en réalité c'était d'elle qu'il était amoureux.

Elle s'approcha de l'homme, tendant familièrement la main jusqu'à lui effleurer le bras.

— Je n'arrive pas à dormir. Ne pourrions-nous pas faire un petit tour à l'extérieur, vu que la pluie a cessé ?

Inquiète, Elide se récria :

— Arsel, laisse ce monsieur en paix et rentre dans ta chambre !

— Mêle-toi de tes affaires, siffla furieusement la jeune fille. Et puis-je savoir ce que fait une femme mariée hors de son lit en pleine nuit, et en compagnie d'hommes ? C'est à toi de rentrer dans ta chambre, et en vitesse, si tu ne veux pas que demain matin je raconte tout à mon père.

Elle agrippa avec décision le bras de Rinvar qui se raidit au contact. Personne ne touche un Shiro, si ce n'est dans un combat à mains nues ou bien sur la natte. Or, on lui avait garanti que les Extramondins ne se battaient pas, bien qu'il ne puisse pas comprendre de quelle façon ils arrivaient à résoudre leurs différends. Il était extrêmement perplexe. Cette femelle trop grasse, avec des yeux pâles comme ceux des prédateurs nocturnes, voulait-elle un compagnon de jeux pour la nuit ? Et dans l'affirmative, un refus de sa part serait-il perçu comme une insulte ?

— Que veux-tu ? T'entraîner à l'escrime ?

— Certes non, gazouilla Arsel. Cela ne me semble pas être une chose appropriée pour une femme, ou du moins pour une qui soit vraiment féminine.

Et elle dédia une moue significative aux Asix présentes.

Qu'est-ce que c'était que ce charabia ? se demanda Rinvar. Comment une femme pouvait-elle être plus ou moins féminine ? C'était comme de dire qu'un sabre pouvait être plus ou moins sabre, ou un Shiro plus ou moins shiro. Mais si elle n'avait pas l'intention de se battre… Espérant se tromper, il posa la question directement :

— Tu voulais peut-être me demander de partager la natte avec toi ?

Arsel écarquilla les yeux et laissa pendre la mâchoire, prête à lui balancer une réponse outrée, mais juste à ce moment-là elle aperçut M. Huang.

Il avançait lentement entre les deux horribles Asix qu'il avait présentées comme les mères de ses enfants. Il chancela et le jeune Johnson tendit la main, comme pour le soutenir, mais il la retira brusquement.

— Ah ! monsieur Huang, je suis ravie de vous rencontrer ! minauda Arsel toute contente.

Le Shiro passa devant elle sans sembler la voir. Il s'adressa à l'autre Shiro, avec lequel il échangea quelques phrases en haute langue, incompréhensibles pour Elide.

— Je crains que pour le prochain entraînement tu sois obligé de patienter deux ou trois jours, seigneur.

— Adamé…, marmonna de mauvais gré Rinvar, qui trouvait Oda très attrayant et ne nourrissait aucun ressentiment vis-à-vis de lui.

» Je suis honoré que tu veuilles croiser de nouveau la lame avec moi, seigneur. Ces rencontres sont un plaisir, bien qu'à vrai dire j'aimerais mieux qu'elles aient lieu sur la natte qu'en salle d'armes. Cela a été le quatrième duel, et en toute objectivité – il n'y a pas d'offense, je te prie de le croire – je suis meilleur que toi. J'essaie de retenir mes coups, mais tu n'agis pas de même. Si tu mets ma vie en danger, je serai obligé de te tuer, alors que je n'y tiens pas du tout : moi, je serai dans un beau pétrin avec ma saz-adaï, et un frère mort ne sera pas d'une grande utilité pour la dame shiro.

— Cela pourrait pourtant lui être utile de se trouver face à un adversaire blessé plutôt qu'au mieux de sa forme.

— Shiro-adaï, tu sais bien que même si je le voulais, il me serait impossible de me soustraire au duel avec ta sœur, mais c'est toi le responsable de cette mission. Une fois que les barbares auront fini de visiter cette ferme, qui est située sur la route de Gorival, si tu m'ordonnais de rentrer chez moi, parce que de toute façon les étrangers vont retourner à Niasau et que tu n'auras plus besoin de moi… Eh bien, plusieurs saisons sèches pourraient s'écouler avant que je passe de nouveau par Gaia et que la dame shiro puisse exiger que je lui donne satisfaction.

Oda lui décocha un grand sourire et déclara solennellement :

— J'aurais une dette envers toi si tu faisais cela.

Après quoi il se retourna et sans un regard pour les autres il se dirigea vers sa chambre, la première du couloir. Une des femmes ouvrit la porte, puis ils entrèrent tous les trois ; la deuxième Asix ferma derrière elle. Sans réfléchir Arsel fit un pas dans cette direction.

Rinvar lui déclara fermement :

— Le seigneur shiro passe la nuit avec les mères de ses enfants, par devoir de courtoisie. Tu ne peux plus entrer dans sa chambre maintenant. Si tu voulais passer la nuit avec eux, tu aurais dû le demander avant.

Sans comprendre tout à fait, la jeune fille faisait aller son regard de Rinvar à la porte derrière laquelle Oda avait disparu. Se méprenant sur sa mimique, il soupira :

— Tu peux le faire avec moi, si c'est ça que tu veux.

Arsel sourit, avec un coup d'œil aguichant, comme le faisait Mélusine quand elle voulait entamer un flirt sans conséquences.

— Arrête cela tout de suite ! Tu n'es pas sur Neudachren ! s'exclama Elide, alarmée, mais sa belle-fille leva le menton (parfois elle était le portrait craché de sa mère) en déclarant :

— Je fais ce que je veux, et je n'ai pas d'ordres à recevoir de toi.

Elide courut à la chambre qu'elle partageait avec son mari, chercha à tâtons la lampe et les allumettes, et au bout de trois tentatives qui lui firent perdre un temps précieux, elle parvint à allumer cette chose préhistorique.

Elle secoua frénétiquement l'épaule d'Aziz.

— Réveille-toi, s'il te plaît, réveille-toi tout de suite !

— Qu'est-ce qui se passe ?

— Arsel n'est pas dans sa chambre, elle est dans le couloir, en train de se conduire comme une idiote avec un des Shiro. C'est dangereux, va lui dire d'arrêter cela.

— Qui ? Quoi ? demanda-t-il tout ensommeillé. (Puis, d'un coup, parfaitement éveillé :) Pourquoi es-tu habillée en pleine nuit ? Où étais-tu ?

— Je n'arrivais pas à dormir et je suis sortie dans la cour arrière… Écoute, nous n'avons pas le temps de discuter, ta fille est en train de se fourrer dans un beau pétrin.

— C'est ridicule, ce n'est qu'une enfant, et de plus c'est une fille comme il faut, pas quelqu'un qui profite du sommeil de son mari pour aller faire on ne sait trop quoi.

Il avait élevé la voix et Elide n'essaya pas de répliquer. Quand il piquait une de ses crises de colère, Aziz devenait une personne complètement différente : irrationnelle et imperméable à toute argumentation. Il n'écoutait pas un mot de ce qu'elle disait et continuait à crier tout seul. Il n'y avait rien d'autre à faire qu'attendre que cela lui passe.

— Alors, avec lequel des deux étais-tu ? poursuivit-il. Crois-tu que je ne me sois pas aperçu que tu parles sans arrêt cette fichue langue, de manière que je ne puisse pas comprendre ? Tu avais donné rendez-vous à quelqu'un, n'est-ce pas, et Arsel t'a prise sur le fait ? Maintenant tu espères t'en tirer à bon compte en l'accusant, elle, mais je ne suis pas dupe !

Il lui avait agrippé un bras, qu'il tordait rageusement.

— Lâche-moi, tu me fais mal. Et ne crie pas comme ça, les parois sont minces, tout le monde va t'entendre.

Il la lâcha, mais seulement pour la gifler violemment.

— Sale petite garce, tu ne te plais donc pas chez moi ? Ne t'en fais pas, je trouverai à te caser ailleurs à notre retour.

Elide porta la main à son visage. Sa tête retentissait encore de la gifle et la menace lui fit venir les larmes aux yeux. Quand son mari leva de nouveau la main pour la frapper, elle recula brusquement, renversant la lampe qui s'éteignit. Aziz continuait à l'invectiver, s'agitant dans le noir pour essayer de l'empoigner. Elle ouvrit la porte et parcourut rapidement le même chemin que précédemment. Quelques instants plus tard, elle était dans le pâturage, et avait même trouvé l'auvent sous lequel les vaches dormaient serrées les unes contre les autres.

La nuit était chaude et l'auvent la protégeait de la pluie. Elle se fraya doucement un chemin parmi les croupes puissantes des bêtes jusqu'au tas de paille qu'elle avait observé le matin, puis se coucha dessus.

Elle n'avait pas peur : l'odeur des vaches lui était si familière qu'elle avait l'impression de se retrouver chez elle. Quand des naseaux humides vinrent la renifler, elle tendit la main vers la grosse tête surmontée de cornes en forme de lyre et la caressa gentiment. La vache émit un « umf umf » et lui souffla dans le cou une bouffée d'air chaud qui sentait l'herbe. L'odeur était la même que dans l'étable de son père, mais moins forte, parce que ici les bêtes vivaient au grand air. Elide chassa de son esprit tout souci pour son avenir, se disposant à jouir d'un luxe dont elle était privée depuis des mois : dormir seule, sans personne qui ronfle, se retourne dans le lit ou tousse à ses côtés.

Aziz avait menacé explicitement de divorcer d'elle, n'est-ce pas ? Elle ne voyait donc absolument pas pourquoi elle devrait passer une seule heure de plus dans la même chambre que lui. Autant profiter des petits avantages de la situation, les désagréments allaient lui tomber sur la tête bien assez tôt.

Quant à Arsel, qu'elle aille au diable ! En prévenant Aziz, elle avait fait son devoir. C'était à lui maintenant de s'occuper de cette enfant gâtée.

Chapitre 7

Tous les Asix étaient partis, laissant Arsel avec le jeune Johnson. Il n'était pas convenable qu'une demoiselle reste seule avec un homme, de nuit qui plus est. Elle lui adressa donc un beau sourire et lui dit aimablement :
— Eh bien, je crois vraiment que c'est l'heure d'aller se coucher.
Pour toute réponse, le Shiro, qui semblait maintenant de très mauvaise humeur, lui adressa un geste de la main. Quand elle s'éloigna toutefois, il lui emboîta le pas, et lorsqu'elle entra dans la chambre qu'on lui avait attribuée, il l'y suivit.
Qu'est-ce qu'il s'imagine, maintenant ? s'indigna Arsel.
Mais elle pensa à M. Huang, qui était allé dormir avec deux, *deux* de ces horribles femmes trapues, velues (mais pourquoi ne faisaient-elles pas au moins l'effort de s'épiler ? Elles auraient été moins repoussantes) et presque décrépites. Eh bien, peut-être qu'elle pourrait permettre au jeune homme de l'embrasser, pourquoi pas, au fond ? se dit-elle, décidée à leur montrer. Ce qu'elle voulait montrer, et à qui, n'était pas vraiment clair dans son esprit, toutefois elle s'approcha de Rinvar, lui tendant son visage.
Il sembla ne pas s'en apercevoir. Il quitta sa veste, la laissant tomber par terre, se débarrassa de ses bottes d'un coup de pied rageur, puis commença de délacer son pantalon.
— Eh bien ? lui lança-t-il. Qu'est-ce que tu attends ?
Arsel avait la nette impression que les choses ne se déroulaient pas tout à fait comme prévu. Il aurait dû y avoir sinon des fleurs (elle ne pouvait pas exiger qu'il s'en procure comme ça, d'emblée), du moins des discours romantiques, des compliments et des phrases poétiques,

dignes qu'on s'en souvienne – et qu'on les répète aux copines du collège la prochaine fois qu'on les voyait.

Elle regarda fixement l'abdomen de l'homme, marqué par de hideuses cicatrices, et une peur insidieuse l'envahit, tandis qu'elle prenait pleinement conscience de ce qu'elle se trouvait sur un monde différent, où les règles de conduite auxquelles elle était habituée n'avaient pas cours.

Quand le Shiro, complètement nu, se dirigea vers elle, la gaine de son couteau à la main, elle frissonna et ferma les yeux, se demandant ce qu'il avait l'intention de lui faire. Il ne la toucha même pas, se bornant à l'effleurer de l'épaule au passage. Il se coucha sur la natte, puis déposa son couteau à portée de main.

— Enlève donc ce machin, lui assena-t-il brusquement. (Comme elle ne réagissait pas, il ajouta, se levant sur un coude :) Si tu as changé d'avis, fais-le-moi savoir.

Il avait dit ça comme si la chose lui était complètement indifférente. Sans même savoir si c'était parce qu'elle avait trop peur pour lui désobéir, ou si elle était poussée par un sursaut d'orgueil blessé, Arsel quitta sa robe de chambre, ne gardant que son vêtement de nuit, d'un tissu nettement plus léger et diaphane que les règles de son collège l'auraient permis.

Elle s'attendait à être cajolée et dorlotée : dans son monde natal, sa beauté sculpturale, sa peau nacrée et ses cheveux d'un blond argenté suscitaient l'admiration. Depuis sa prime enfance elle n'avait entendu que compliments et louanges.

À vrai dire, elle n'était pas tout à fait sûre de ce qui devait se produire maintenant : elle avait passé toute sa vie dans un collège religieux très rigide et puritain. Pour tout ce qui concernait le sexe, elle était d'une ignorance abyssale, inconcevable sur un monde autre que Neudachren. Son unique source de renseignements avait été les histoires holo en version expurgée pour jeunes filles de bonne famille. Là, quand un couple se trouvait tout seul, il y avait des baisers ardents et beaucoup de mots doux, suivis de l'inévitable fondu enchaîné.

Le Shiro était couché, les mains derrière la tête et le regard vide. Il semblait totalement indifférent à sa nudité : il n'avait même pas eu le geste de pudeur instinctif de se couvrir le bas-ventre. La curiosité gagnant sur la peur, Arsel l'examina à la dérobée. Il portait les cicatrices de blessures qui avaient dû être vraiment terribles. Elles partaient de la clavicule gauche et arrivaient jusqu'à l'aine, s'arrêtant tout juste au-dessus du sexe, qui l'hypnotisa : ses seules connaissances en la matière venaient des sculptures classiques et de quelques images qu'une compagne moins timorée avait introduites en cachette dans le dortoir du collège.

— As-tu regardé suffisamment ? lui demanda l'homme. Et qu'est-ce que tu as donc encore sur le dos ? Vous habillez-vous des pieds à la tête même pour aller dormir ? Enlève-moi ça et couche-toi !

La voir plantée là, avec son expression obtuse, faisait monter en lui une colère désormais proche de l'explosion, et il ne voyait pas de raison de s'en cacher. Il avait accepté par courtoisie, bien que contre son gré, de passer la nuit avec l'étrangère, alors que dans la ferme il y avait une dizaine d'Asix attrayants, femmes et surtout hommes, aux jambes courtes et arquées, aux épaules puissantes et à la poitrine velue. L'odeur de cannelle et de noix muscade de leur peau semblait nettement plus pénétrante et plus excitante que d'habitude. N'importe laquelle des femmes, et peut-être bien aussi un ou deux des hommes, auraient accepté avec enthousiasme de l'accueillir sur leur natte pour l'aider à se détendre. Or, il en avait bien besoin, de se détendre, après ces longues heures passées à écouter les idioties des étrangers et à dominer l'envie de dégainer son couteau pour couper la gorge de l'un d'eux, en réponse à une question particulièrement discourtoise ou indiscrète.

Arsel sursauta et se hâta de détourner le regard, tandis qu'une goutte de sueur glacée lui descendait le long du thorax. Maintenant elle était carrément terrorisée. Toutes les histoires de Soener à propos du caractère coléreux et sanguinaire des Shiro, qu'il lui semblait n'avoir écouté que d'une oreille, se présentaient à son esprit avec un luxe de détails dont elle se serait bien volontiers passée.

Ses yeux allaient du couteau, posé par terre mais à portée de main de Johnson, aux cicatrices qui balafraient son thorax. Étaient-elles la trace de l'un de ces duels sanglants que, aux dires de Soener, les indigènes se livraient pour un oui pour un non ? L'homme paraissait vraiment en colère. Si elle lui demandait de partir, pourrait-il devenir dangereux ? Elle était maintenant tout à fait sûre d'avoir eu une très mauvaise idée, mais elle était trop effrayée pour faire fonctionner son cerveau et trouver une échappatoire. Elle s'approcha donc avec circonspection, posa sa lampe par terre et s'assit sur la natte.

— Je n'ai jamais…, murmura-t-elle. Je veux dire que c'est la première fois que je…

Sa mère lui avait souvent répété que le don de la virginité était hautement apprécié par les hommes. Maintenant Johnson – elle en était sûre – allait changer d'attitude. Il serait ému de son innocence et se montrerait charmé.

Mais l'homme ne fit que grogner d'un air excédé. D'un seul geste il lui fit passer son vêtement de nuit par-dessus la tête et l'envoya valser de l'autre côté de la pièce, puis il la culbuta sur la natte.

Rinvar savait que la fille avait dix-neuf ans, ce qui correspondait à plus de quinze années ta-shimoda. À cet âge, une Shiro avait survécu aux Épreuves de la Majorité, avait une bonne dizaine de duels à son actif et avait participé pendant trois saisons sèches aux Fêtes des Trois Lunes. Pendant chacune de ces saisons elle avait eu plus de compagnons de jeux qu'elle pouvait en compter sur ses doigts, même en y ajoutant les orteils. Si elle invitait un homme pour la nuit, elle savait ce qu'elle voulait et ce qu'elle faisait.

Quant aux Asix, elles étaient beaucoup plus précoces. Une Asix de douze saisons sèches avait commencé depuis belle lurette à donner la chasse à tout Shiro qui passait à sa portée, et peut-être avait-elle même déjà eu un enfant. Quand elle avait accouché, la mère de l'un de ses halb était nettement plus jeune que cette étrangère trop grasse.

Il n'arrivait même pas à imaginer qu'à son âge elle ne sache pas quoi faire en se trouvant sur la natte avec un homme. Les maladresses et l'ingénuité d'Arsel auraient ému et charmé un homme de Neudachren, mais les Ta-Shimoda, dans ce domaine, appréciaient plutôt l'expérience.

— Ne veux-tu pas m'embrasser ? demanda-t-elle en levant le visage.

Mais sur Ta-Shima on ne connaissait pas l'usage du baiser sur la bouche. Quand lui arriva l'odeur légère de son haleine, dans laquelle il crut reconnaître un relent de putréfaction dû aux cadavres d'animaux dont se nourrissaient les étrangers, Rinvar détourna la tête avec répulsion.

De plus en plus effrayée, Arsel essaya de se donner du courage en parlant.

— Quand es-tu tombé amoureux de moi ? Quand nous nous sommes rencontrés à l'ambassade, ou plus tard ? Moi, je t'ai toujours trouvé très intéressant, tu sais ? Il se peut que je ne l'aie pas montré tout de suite, je veux dire que M. Huang était là...

La main du jeune homme descendit avec impatience le long de son ventre et Arsel serra fermement les genoux, continuant à parler de façon incohérente, tandis qu'elle avait l'impression que quelque chose de glacé rampait à l'intérieur de son crâne.

— Mais tu ne dois pas croire que je... C'est-à-dire que maintenant je me rends compte qu'il ne me plaisait pas vraiment, je veux dire que moi...

— Écoute, s'emporta-t-il, si pour changer un peu tu gardais la bouche fermée et les jambes ouvertes, peut-être qu'on arriverait à quelque chose.

Les douces rondeurs qu'il trouvait sous sa main ne l'excitaient pas. Bien qu'il préfère, et de loin, les hommes, il lui était arrivé d'accepter l'invitation de quelques filles à partager la natte : Shiro minces, aux hanches inexistantes et aux seins menus, ou Asix robustes aux larges épaules, au bassin ample pour porter des enfants et aux seins plantureux pour les nourrir. Mais elles possédaient toutes les mêmes muscles durs, comme ceux d'un homme, un ventre plat et des fesses petites et fermes.

La femelle étrangère était molle comme une miche de pain mal cuite, avec de déplaisants coussinets dans lesquels sa main s'enfonçait. Rinvar craignait de ne pas réussir à honorer son invitation. Même avec la meilleure volonté, il n'avait obtenu qu'une érection pitoyable et le bavardage inepte de la fille l'irritait et le déconcentrait.

Il s'aperçut qu'il mollissait. D'une tape il éteignit la lampe, pour ne pas la voir, puis il pensa à Oda bougeant agilement devant lui, le couteau à la main, avec les pectoraux qui accompagnaient le mouvement du bras quand il lançait une attaque, il se rappela la lumière des torches qui jouait sur la peau nue de son torse et de ses bras, il pensa à un jeune Asix de Gorival avec lequel il avait parfois partagé la natte, à ses jambes courtes et arquées typiques de sa race, à son dos aussi velu que sa poitrine. De cette façon il parvint à conduire à terme l'opération, bien que laborieusement et sans grand plaisir.

Aziz Rasser moulinait des bras dans l'obscurité, essayant d'attraper sa femme. Ce n'est que lorsqu'il se cogna douloureusement un poignet contre le montant de la porte qu'il se calma et reprit ses esprits.

Voilà qu'il était retombé dans le même travers, se réprimanda-t-il. Pourtant il s'était juré de se contrôler et de ne plus se laisser aller à de pareilles explosions de colère. Jamais il ne s'était permis de se conduire de la sorte avec sa première épouse, mais il fallait avouer qu'Almira avait un de ces caractères ! Dans la soumission et les frayeurs d'Elide, en revanche, il y avait quelque chose qui lui donnait envie de l'attraper par les épaules et de la secouer. Mais il se repentait déjà.

— Ma chérie, appela-t-il doucement, j'ai eu un mouvement de colère. Pardonne-moi. N'aie pas peur, Elide, viens donc te coucher. Ce que j'ai dit, je ne le pensais pas pour de bon. Je t'aime, tu le sais, n'est-ce pas ?

Il n'y eut pas de réponse ; le seul bruit de respiration qu'il entendait dans la chambre était le sien. À tâtons, il réussit à mettre la main sur une boîte de ces bâtonnets qu'on frottait pour avoir un peu de lumière. Il les mania maladroitement, se rappelant qu'Elide, elle, parvenait à les allumer presque toujours du premier coup. C'était une brave fille, capable de se rendre utile de mille façons ; il avait eu tort de l'accuser comme il l'avait fait.

Il parvint enfin à en faire fonctionner un, et à la lumière tremblotante de la petite flamme il trouva la lampe qui s'était renversée. Une bonne partie de l'huile avait coulé et formait une tache sombre par terre. Pourvu qu'il en reste encore assez ! Avec tout cela, le bâtonnet s'était consumé et lui brûlait les doigts. Il le laissa tomber avec une exclamation exaspérée, puis il dut en allumer un autre, qu'il approcha de cette drôle de cordelette et enfin – grâces soient rendues aux sept dieux ! – ce machin malcommode se décida à prendre feu.

Il y voyait maintenant assez pour ne pas se cogner contre les parois. Pourquoi diantre n'avait-il pas pensé à emporter une torche à plasma ? C'était la faute des femmes, se justifia-t-il. Elles l'avaient complètement abruti avec leur bavardage et leurs récriminations. Le souvenir de ses discussions avec Almira lui rappela ce qu'Elide avait dit tout à l'heure, mais ce n'étaient évidemment que des absurdités. Arsel était encore une enfant et cet indigène le savait parfaitement. Du reste, il ne lui accordait pas plus d'attention qu'aux autres, et n'essayait jamais de se trouver seul avec elle.

Il s'aperçut que la porte était grande ouverte et qu'il se trouvait là, habillé très sommairement, une lampe à la main, en pleine vue pour quiconque passerait par là. Il se hâta d'enfiler le premier vêtement qui lui tomba sous la main, puis sortit dans le couloir désert.

— Elide, appela-t-il à mi-voix, où es-tu ?

Il arriva à la pièce où ils avaient dîné, mais là non plus il n'y avait personne, et aucune lampe n'était allumée. Toutes les portes qui donnaient dans le couloir étaient fermées et ne laissaient passer aucun bruit, comme si la maison était inhabitée. Avec une grimace de douleur,

Rasser porta la main à sa tempe. Ses crises de colère déclenchaient toujours une migraine effroyable. Elide avait mis son médicament dans les bagages, mais où donc ?

Il arriva devant la chambre d'Arsel et tendit l'oreille. Il entendit un léger bruit, comme un grognement. Inquiet, il appela le nom de sa fille, mais il n'eut d'autre réponse que le même son animal. Dans son esprit surgit l'image d'un monstrueux spécimen de la faune indigène qui entrait par la fenêtre et s'apprêtait à attaquer son enfant. Sans hésiter, il ouvrit tout grand la porte et s'avança.

Pour la deuxième fois cette nuit-là, la lampe à huile tomba par terre et s'éteignit, tandis que sur les rétines de Rasser s'imprimait ce qui, pour un père traditionaliste de Neudachren, était une vision de cauchemar. Sa fille était avec un homme, et il n'y avait aucun doute possible quant à ce que l'homme était en train de lui faire.

Quand la porte s'était ouverte et que la chambre s'était trouvée soudainement inondée de lumière, Rinvar s'était levé d'un bond avec un cri inarticulé. Qui donc osait entrer de cette façon, sans demander la permission ? À la dernière lueur que donna la lampe avant de s'éteindre il reconnut le chef des étrangers, qui tombait par terre comme s'il avait reçu un coup de massue sur la tête.

La fille se leva, elle aussi, et se mit à piailler en s'agrippant à ses épaules. Il s'en libéra avec un juron à mi-voix et chercha les allumettes. Un halo jaune envahit la pièce. L'étranger était prostré sur le sol et paraissait souffrant. Rinvar le secoua, lui demandant ce qu'il avait, mais l'homme ne répondit que d'un geignement. Il interrogea alors la femelle.

— Qu'a-t-il ? S'agit-il d'une maladie dont vous souffrez, vous les gens des autres mondes ? Que faut-il faire ?

Mais cette créature inepte ne savait que pleurnicher et se lamenter. Il sortit en courant de la chambre pour se rendre dans celle du vieux Sitabeh qui avait partagé sa natte toutes les nuits avec l'autre femme, celle qui était plus intelligente et un peu moins laide. Il espérait qu'elle saurait de quels soins l'homme avait besoin, mais il ne l'y trouva pas. Entre-temps le couloir se remplissait d'Asix. Tant que les étrangers avaient crié entre eux – avec un manque d'éducation et de décence inadmissible – ils n'avaient pas estimé nécessaire d'intervenir, mais dès qu'ils entendirent la voix de Rinvar, ils se précipitèrent aux nouvelles, pour vérifier s'il n'avait pas par hasard besoin de leur aide.

Le vieil homme semblait incapable de se relever. Eda s'agenouilla près de lui pour prendre son pouls à la carotide. Ribia, une de ses filles, et Faio s'accroupirent à ses côtés, la regardant d'un air interrogateur, tandis que les autres s'arrêtaient sur le seuil, les yeux écarquillés.

Avec un gémissement d'horreur, Arsel, qui s'était levée, retourna à toute vitesse sur la natte, puis elle tira désespérément sur le drap pour s'en couvrir jusqu'au menton. Sa robe de chambre et son vêtement de nuit étaient près de la porte, donc impossibles à atteindre, et la pièce grouillait d'Asix, hommes et femmes, tous pareillement horribles et velus, qui restaient plantés là, tout nus, comme si c'était la chose la plus normale du monde.

Ils l'avaient vue déshabillée, elle aussi, et tous avaient compris qu'elle avait dormi avec cet homme, et papa était couché sur le sol, où il respirait en faisant un drôle de bruit.

— Allez-vous-en, commanda-t-elle. Je dois m'habiller.

Mais Johnson avait quitté la pièce sans un mot pour elle, et personne ne lui prêtait attention.

Atterrée, la jeune fille fondit en larmes.

— Shiro-adaï, appelait Rinvar en tambourinant désespérément contre la porte d'Oda, autorise-moi à entrer, je t'en prie. Nous avons une urgence : le Sitabeh est malade, on dirait que c'est vraiment grave.

Il attendit avec impatience, dansant d'un pied sur l'autre. C'était évidemment le comble de l'impolitesse que d'insister de la sorte devant la chambre de quelqu'un qui venait de recevoir une blessure, et qui plus est était probablement en train de satisfaire à ses devoirs de courtoisie vis-à-vis des mères de trois de ses enfants. Mais il craignait fort que l'autre Extramondin, celui avec les yeux en amande, ne sache rien faire d'autre que se perdre en bavardages. Il reprit donc :

— Shiro-adaï, si tu t'estimes offensé, tu pourras exiger réparation, quand et de la manière que tu voudras, mais autorise-moi à entrer, je t'en prie. Si l'étranger meurt, je crois qu'on va passer un mauvais moment avec la Sadaï, aussi bien toi que moi.

Il entendit enfin dire « entre », et obtempéra avec un soupir de soulagement.

Oda était sur la natte, entre les deux femmes, une image réconfortante dans sa banalité. Rinvar perçut une bouffée de l'odeur épicée de la peau asix, tellement plus agréable que la senteur aigrelette de l'étrangère. Malgré ses blessures, son adversaire avait indubitablement passé une soirée plus agréable que la sienne.

— Qu'y a-t-il ?
— Le Sitabeh est arrivé à l'improviste ; il a ouvert la porte sans même frapper, puis il s'est écroulé, comme s'il avait reçu un coup.
— Les Sitabeh souffrent d'un tas de maladies bizarres, observa avec mépris Oda. Il saigne ?
— Je n'ai rien remarqué. Pourquoi me poses-tu cette question ?
— Tu as des traces de sang là, lui répondit-il en se levant.

Suivant son regard, Rinvar baissa les yeux et fit une grimace : il avait effectivement des traces de sang sur la verge. D'où cela pouvait-il bien venir ?

Oda se dirigeait vers la chambre de son collègue.
— Pas par ici, seigneur : il est dans la chambre de la femelle.
— Qu'est-ce que tu y faisais ?
— Elle m'avait invité à partager la natte avec elle, soupira Rinvar.
— J'ai une dette envers toi : j'étais certain qu'elle avait l'intention de me le demander à moi, et j'ai toujours fait de mon mieux pour l'éviter.
— Tu as eu raison : elle ne sent pas bon. De plus, ajouta-t-il, l'air écœuré, elle ne savait même pas comment faire. Je ne comprends vraiment pas pourquoi elle m'a invité. Elle aurait dû avoir au moins la politesse élémentaire de se faire éduquer par quelqu'un de son peuple auparavant.

Ils étaient arrivés ; Arsel fut consternée quand Huang aussi se présenta nu, à part un bandage ensanglanté autour de la poitrine. Loin de paraître en proie à la jalousie, il ne lui prêta aucune attention. Il s'adressa à l'Asix, la femme âgée qui, si elle avait bien compris, était vétérinaire et qui était encore agenouillée à côté de son père.

— De quoi souffre-t-il selon toi ?
— Je ne le sais pas, seigneur. On dirait qu'il n'arrive pas à bouger le côté droit de son corps, comme s'il avait été paralysé par la morsure d'un néko. Mais je n'ai jamais vu un néko frapper à différents endroits, bras, jambe et même visage, toujours du même côté. D'ailleurs je ne vois pas les traces des dents.
— Y a-t-il un communicateur ? Nous devons appeler une Jestak.
— Je le crois aussi. Espérons qu'elle sera en mesure de diagnostiquer la maladie. On m'avait dit que les étrangers étaient faibles et chétifs. Ils succombent, à ce qu'il paraît, à toutes sortes d'étranges désordres de leurs organismes, manifestement défectueux.

Elle se leva et sortit de la pièce.

—Attends-moi, je viens avec toi. Je connais quelqu'un à la Maison de la Vie qui a travaillé en Extramonde. Elle m'a donné le numéro de son communicateur personnel.

Suvaïdar dormait profondément quand le bourdonnement du communicateur se fit entendre. Elle fut tout de suite parfaitement éveillée : seule une urgence pouvait motiver un appel au beau milieu de la nuit.

Elle demanda à Eda de lui rapporter de façon détaillée ses observations et l'Asix le fit de façon claire et concise. Comme tous les vétérinaires travaillant dans des fermes isolées, elle avait une formation de base en médecine humaine. C'est-à-dire qu'elle était capable de soigner une indigestion, de réduire une fracture, de panser coupures et brûlures, mais surtout de se rendre compte s'il était nécessaire de demander l'aide de quelqu'un de plus compétent qu'elle. Et dans ce cas, elle savait exactement de quels renseignements avait besoin la doctoresse avec laquelle elle était en communication.

—Je n'étais pas présente quand c'est arrivé, mais à ce qu'il paraît, il s'est effondré subitement. Il reste couché sur le sol et il a des difficultés à bouger la partie droite du corps, et aussi du visage. Quand il essaie de parler, la moitié de la bouche reste fixe ; les Shiro-adaï n'arrivent pas à comprendre ses paroles.

Ictus cérébral, diagnostiqua immédiatement Suvaïdar. Quand elle travaillait à l'hôpital de Wahie elle en avait observé plusieurs cas et elle croyait savoir qu'une dizaine d'années auparavant, cela était arrivé à un Asix. Il en était mort, parce que personne à la Maison de la Vie ne connaissait ce phénomène.

—Laisse-le allongé, ordonna-t-elle, et essaie de le calmer. J'arrive au plus vite ; entre-temps administre-lui un antihypertenseur. Tu n'en as pas au dispensaire ? Qu'est-ce que tu donnes aux vaches qui souffrent d'hypertension pendant la gestation ? Des feuilles d'olivier et des cosses de haricots mélangées au fourrage, n'est-ce pas ? Fais-en une infusion et essaie de la lui faire avaler, mais s'il n'arrive pas à déglutir, ne le force pas.

Elle coupa la communication, puis activa l'appel pour les urgences. L'Asix de garde n'eut même pas le temps de dire « oui ? » qu'elle demandait un module volant, puis débitait en rafale la liste des produits et des instruments qu'elle voulait trouver à bord. Tout en parlant, elle avait enfilé son pantalon. Elle finit de s'habiller avec l'empressement d'une assistante affectée au service des urgences. Quand le module arriva, elle était devant la porte et piaffait d'impatience.

— J'ai fait aussi vite que possible, doctoresse, dit humblement l'auxiliaire asix.

Immédiatement, Suvaïdar recouvra le contrôle d'elle-même ; en montant à bord, elle le tranquillisa d'un sourire.

— Naturellement. As-tu tout pris ? Très bien, bon travail, comme toujours.

Rassuré, l'Asix lui lança un regard d'adoration avant de faire démarrer le module.

Quelques minutes plus tard, il la déposait à la ferme, où elle mit immédiatement au travail tous ceux qui passaient à sa portée. Deux Asix furent chargés de transporter le malade dans sa chambre, deux autres d'aider l'auxiliaire à décharger du module les médicaments et les appareils, dont un endoscope holo, qu'Eda inspecta avec déférence.

L'examen confirma le diagnostic et Suvaïdar mit en place une thérapie de reconstitution neurale induite, qui aurait fait baver d'envie les meilleurs hôpitaux de Neudachren ou de Wahie. Elle travaillait avec une rapidité et une précision dont Oda ne l'aurait jamais crue capable, lui qui la connaissait si empotée en salle d'armes. Avec des gestes sûrs, elle installa un petit moniteur holo de contrôle et une pompe endo qui, pendant les vingt-quatre heures à venir, allait injecter au patient un cocktail composé de tranquillisants, d'un antihypertenseur et d'enzymes destinées à stimuler l'autorégénération induite du système nerveux.

C'était l'une des méthodes thérapeutiques que les Jestak avaient préservées et développées. Pour la connaître, les autres mondes auraient vraisemblablement payé une somme supérieure au revenu annuel de tous les habitants de Ta-Shima mis ensemble – quitte à leur déclarer une guerre totale si jamais ils se rendaient compte qu'il s'agissait d'une thérapeutique découverte par hasard au cours des recherches sur la recombinaison de l'ADN. C'est la raison pour laquelle, des siècles auparavant, le clergé de Landsend l'avait condamnée avec véhémence ; entre-temps, en Extramonde, elle était tombée dans l'oubli.

Quand elle eut fini, elle se leva avec un soupir de satisfaction. En se retournant, elle faillit heurter son frère, qui était resté debout derrière elle, avec Eda.

— Tu aurais pu aller te coucher, je n'ai pas besoin de toi. Eda peut prendre la relève. Si elle est la vétérinaire responsable de toutes les fermes Van Voss du secteur, elle est forcément très compétente.

L'Asix se rengorgea et, devant la mine interrogative d'Oda, elle confirma :

—Ne te fais aucun souci, seigneur. Pendant les premières heures, je resterai ici moi-même, après quoi je le confierai à l'une de mes filles, comme nous le faisons d'habitude quand nous soignons une tête de bétail. Si c'était un être humain, ça ne serait pas nécessaire : à son réveil, il comprendrait immédiatement que ce sont des appareils médicaux qu'il voit autour de lui. Mais je ne sais pas si ces Sitabeh sont suffisamment intelligents. Je me demande si le fait de se nourrir de morceaux de cadavres n'exerce pas une mauvaise influence sur leurs fonctions cérébrales.

—On en reparlera une autre fois. (Déjà dans le couloir Suvaïdar bâillait à s'en décrocher la mâchoire.) Je vais me coucher pendant une heure ou deux, si quelqu'un veut bien m'indiquer une natte libre.

—Tu peux prendre ma chambre, proposa immédiatement un mâle asix. C'est la porte à côté, comme ça tu ne seras pas loin de ton patient. Je change les draps et je vais dormir ailleurs.

—Ce ne sera pas nécessaire, marmonna-t-elle.

Dans une ferme isolée, dans laquelle ne vivait aucun Shiro adulte, l'odeur de la peau asix était toujours particulièrement excitante et elle n'avait rien à objecter au fait de passer en compagnie de son hôte les quelques heures de repos qui lui restaient.

—Va te coucher toi aussi, cohey-adaï. D'ailleurs, pourquoi es-tu le seul à être levé ? Où est ton collègue ?

—Je l'ai renvoyé à Gorival.

—Comment cela se fait-il ? Qu'avait-il fait de mal ?

—Rien, mais c'est évident que le voyage des Sitabeh est terminé, n'est-ce pas ? Comme sa présence n'était plus nécessaire, je lui ai dit qu'il pouvait rentrer chez lui.

Elle s'arrêta, la main déjà sur la poignée de la porte, puis se retourna pour dévisager son frère.

—Oda-adaï, que la visite touristique des étrangers est terminée, tu ne le sais que depuis une heure. Peux-tu alors m'expliquer pour quelle raison tu as renvoyé Rinvar hier ? S'il a commis un délit contre le code shiro, j'aimerais en être informée.

—Ce n'est pas hier que je l'ai renvoyé, c'est juste avant que tu arrives.

—Au beau milieu de la nuit ?

—Nuit ou jour, quelle différence ?

—N'essaie pas de me raconter des histoires, tu n'y arriveras pas. De nous deux, c'est moi la fine mouche. Oh, ne fais pas cette tête ! Il n'y a pas d'offense, je te prie de le croire.

Elle avait eu recours à la formule traditionnelle en haute langue, à laquelle Oda ne pouvait manquer de réagir.

— Je sais bien que le Sh'ro-enlei défend de mentir. J'en déduis que ce que tu me dis est sans aucun doute l'exacte vérité. J'aimerais juste que tu me racontes aussi le reste.

— Bon, d'accord. C'est lui qui me l'a proposé : s'il ne te rencontre pas, votre défi reste en suspens. Es-tu satisfaite ?

Elle le dévisagea en silence, tiraillée entre la colère et un sentiment qui ressemblait à de l'émotion. Colère parce que quelqu'un prenait les décisions à sa place et tentait de se conduire vis-à-vis d'elle comme une nourrice asix, qui fait de son mieux pour empêcher les petits Shiro qu'on lui a confiés de se fourrer dans le pétrin. Émotion parce que de toute sa vie, personne ne s'était jamais soucié d'elle de la sorte. Oda, après tout, n'était qu'un frère et un compagnon de natte, pas l'un de ses sei-hey.

— Entre un instant, l'invita-t-elle, puis elle ajouta avec ironie : Qu'y a-t-il ? Tu préfères sans doute que je ne voie pas ce qu'il y a sous ces bandages.

— Qui donc t'a dit que j'étais blessé ? De plus, ta question n'est pas correcte : après tout il pourrait s'agir de blessures reçues au combat, se rebiffa-t-il.

Le code shiro était très tatillon en la matière. Déjà le fait de demander « comment ça va ? » à une personne qui souffrait des conséquences d'un duel ne pouvait que conduire à un nouveau duel, dès que le blessé était de nouveau capable de tenir sur ses pieds.

— Premier point : je ne serais qu'un piètre médecin s'il ne me suffisait pas d'un regard pour constater que la personne que je connais le mieux au monde ne bouge pas normalement. Deuxième point : qu'il s'agisse de blessures reçues au combat, ça tombe sous le sens. Je ne m'attends à rien d'autre quand deux Shiro pareillement arrogants et susceptibles tels que toi et Rinvar voyagent ensemble. En outre, si tu t'étais blessé d'une autre façon, tu m'en aurais parlé. Troisième point : je t'interroge en ma qualité de conseillère du clan et je te somme de répondre.

— Tu n'es conseillère que pour ce qui concerne les Extramondins ! Ici il s'agit de questions relatives au code shiro.

— T'estimes-tu offensé ? Souhaites-tu que je t'en rende compte ? se renseigna Suvaïdar d'un ton suave dont elle n'était pas coutumière.

— Non, non, ce n'est pas du tout ce que je voulais dire, se récria précipitamment Oda.

— Tout ce qui arrive pendant que tu voyages avec les étrangers relève de ma compétence. Qu'est-ce qui t'a pris de te battre ? Êtes-vous deux adolescents qui souffrent d'un excès de testostérone ? Devrais-je proposer un traitement radical, si tu vois ce que je veux dire ?

» Je savais que Rinvar n'était qu'un jeune crétin, mais j'attendais mieux de ta part. N'aurais-tu pu te contrôler pendant une décade, et repousser le défi ? En ce qui me concerne, vous auriez pu vous battre au dernier sang dès votre retour à Gaia. Ôte-moi cette veste, que je t'examine.

Elle semblait en colère et Oda ne se sentait pas du tout à son aise. Jamais elle ne l'avait agressé de la sorte, et la menace, pas précisément voilée, qu'elle avait laissé planer lui fit courir un frisson le long de la colonne vertébrale.

— Je l'ai défié au cours du voyage parce que…, laissa-t-il échapper avec résignation pendant qu'il délaçait sa veste et la faisait glisser de ses épaules.

— C'est toi qui l'as défié ? Ma parole, mais tu as perdu l'esprit ! Pourquoi as-tu fait cela ?

Son étonnement fut tel qu'elle en tomba assise sur la natte.

— À son retour il allait honorer ton défi. Je comptais l'affaiblir, pour qu'il soit moins prompt et moins agile, mais je ne suis pas parvenu à le toucher une seule fois. Il est plus rapide que l'éclair.

Il s'assit à côté de sa sœur, dont les doigts experts entreprirent d'enlever les bandes et de les enrouler. Quand elle eut terminé, elle examina les deux blessures récentes, qui saignaient encore légèrement, puis les trois autres, qui commençaient à cicatriser. Elle leva sur son frère un regard incrédule.

— Combien de duels ?

— Quatre, répondit-il avec réticence. Et je dois avouer, o-hedaï, que Rinvar a retenu ses coups. Au moins dans un cas, il aurait pu me tuer sans problème.

— C'était bien le minimum qu'il pouvait faire, n'est-ce pas ? Toi aussi tu as retenu tes coups, si tu ne l'as jamais touché, rétorqua-t-elle avec impatience.

Elle ne savait que trop bien combien Oda était rapide et efficace avec une lame à la main.

— Non, moi j'ai essayé de le tuer, mais il est bien meilleur que moi. Lui, en revanche, a fait de son mieux pour ne m'infliger que des blessures sans gravité. Je l'avais peut-être jugé trop hâtivement.

— Comment se fait-il donc qu'il ait à son actif tellement de duels à l'issue mortelle ?

— Il arrive que les meilleurs combattants soient défiés souvent, par bravade, par des jeunes qui essaient de se faire valoir. Cela m'arrivait à moi aussi à l'Académie du clan. C'est une des raisons pour lesquelles Doran Huang m'a envoyé à la Paix Intérieure, où tous les élèves étaient des bretteurs de haut niveau et n'avaient donc rien à prouver. Je me demande s'il ne lui est pas arrivé la même chose.

— Ce que je crois, moi, c'est qu'il a retenu ses coups parce que tu lui plais, répondit-elle avec perspicacité.

Pendant qu'elle pansait ses plaies elle lui sourit. Oda en fut soulagé : jusqu'alors il avait toujours évité de se disputer avec elle, pour ne pas la retrouver face à lui en salle d'armes. Il aurait eu quelques difficultés pour parvenir à ne la frapper que très légèrement, de manière à ne pas lui faire trop mal, tout en faisant cependant couler assez de sang pour satisfaire son orgueil de Shiro.

Maintenant que Tore l'avait appelée à assumer cette charge prestigieuse, c'était bien pis. Si elle voulait obtenir satisfaction, c'est par le conseil du clan qu'elle y parviendrait. Cela signifiait le fouet – du moins si le conseil était d'une humeur particulièrement clémente ce jour-là. Oda ne pourrait plus jamais se sentir parfaitement à son aise avec elle.

— Avant tous ces événements, je passais la nuit avec les mères de mes halb. Permets-moi de me retirer.

— Permission accordée. Tu peux faire ton devoir avec les Asix, mais prends garde que la blessure transversale ne se rouvre pas, ou bien demain matin je devrai la suturer.

Il lui répondit d'un « ay » obéissant, et en sortant il se souvint de lui demander :

— Demain matin, pourras-tu jeter un coup d'œil à la fille ? Elle dort comme une souche maintenant. Elle était hystérique et Eda lui a administré une dose du calmant qu'elle donne aux vaches, mais elle avait sur ses cuisses assez de sang pour tacher Rinvar.

— Qu'est-ce que Rinvar a à voir avec elle ?

— Elle l'avait invité à partager la natte. Il a accepté par politesse.

Après qu'Oda l'eut quittée, elle resta pensive. Elle savait bien qu'en Extramonde les gens nourrissaient de nombreux préjugés pour tout ce qui concernait les questions de natte. Elle était pratiquement certaine que sur Neudachren on était encore plus strict en la matière que sur Wahie, qui était un monde touristique, un de ces paradis tropicaux où les plus riches allaient passer les vacances. Dans la logique extramondine – qui en fait n'était pas logique du tout – certaines choses, défendues sur les planètes d'origine, semblaient permises en vacances.

Un discret toussotement en provenance de la porte lui fit renvoyer au lendemain ses élucubrations sur les bizarreries des Sitabeh.

— Entre, j'ai terminé, dit-elle gentiment à l'Asix.

Puis, tout en quittant sa veste, elle lui demanda :

— Comment as-tu dit que tu t'appelais ?

Elide fut réveillée par un museau humide et froid qui inspectait son cou. La première chose qu'elle aperçut fut l'œil sombre d'une vache, à cinq centimètres du sien. Elle leva machinalement la main pour une caresse. L'aube teintait déjà de gris le ciel ; la bête avait probablement les mamelles gonflées et réclamait la première traite du matin. Tandis qu'elle se levait et secouait les brindilles de paille accrochées à ses cheveux et à ses vêtements, elle entendit des voix humaines, accompagnées d'un claquement rythmé. On aurait dit du bois contre du bois.

Deux Asix entrèrent dans le pâturage, portant des seaux et des escabeaux. En trottinant, les vaches partirent à leur rencontre, dans un chœur de beuglements joyeux. Dès qu'elles l'aperçurent, les deux femmes lui firent un signe cordial.

— T'as été dormir avec les bêtes ? On t'a entendue, mais on n'a rien dit : l'ancien de ta maison semblait avoir une crise d'amok.

Elle se promit de demander ce que c'était que l'amok, mais pour le moment elle avait d'autres priorités. Tout d'abord elle devait se rendre d'urgence aux toilettes, et en deuxième lieu aux cuisines, d'où lui parvenait une sympathique odeur de thé et de pain chaud.

Avec la lumière du jour, pour autant qu'on puisse appeler lumière le halo laiteux qui filtrait à travers les nuages, les choses reprenaient des proportions normales. Elle était sûre que Aziz se repentait déjà de ce qu'il avait dit et qu'il allait s'excuser, une fois de plus, pour la gifle, jurant ses grands dieux que cela n'arriverait plus. C'était toujours ce qu'il faisait, même s'il recommençait à la plus petite contrariété.

La première personne qu'elle rencontra dans le couloir fut Arsel, qui ce matin ne semblait pas particulièrement fascinante avec ses yeux gonflés et rouges.

— Ce n'est pas ma faute, lui déclara d'emblée sa belle-fille.

Bien sûr. Arsel admettant qu'elle avait fait quelque chose de mal ? Cela aurait été du jamais vu.

— Qu'est-il arrivé ? Pourquoi pleures-tu ?

— Cet homme m'a séduite ! fut la réponse, énoncée d'un ton dramatique.

Elle devait avoir cueilli l'expression dans une des séries holovid qu'elle regardait sans arrêt.

— Maintenant, par sa faute, papa est malade. Et ce matin, il n'est même pas venu me saluer !

— Ton père n'est pas venu te saluer ? Pourquoi aurait-il dû le faire ? Mais tu as dit qu'il était malade. De quoi souffre-t-il ?

— Ce n'est pas de papa que je parlais, mais de Johnson. J'ignore où il est et aucun de ces singes n'est capable de parler une langue compréhensible et de me répondre.

— Qu'est-il arrivé à ton père ? s'impatienta Elide. Que veux-tu que ça me fasse que ce Shiro te salue ou ne te salue pas ? Et ne viens pas me raconter des histoires de séduction ou d'autres niaiseries. Hier soir j'étais dans le couloir, je t'ai vue et entendue.

— Justement, j'aimerais savoir pourquoi tu étais là, et où tu as passé la nuit. Quand on a eu besoin de toi, tu n'étais pas dans ta chambre. Je vais le raconter à papa dès qu'il se réveillera, et à maman aussi quand on sera rentrés. Elle se fera un plaisir de veiller à ce que tu quittes notre maison en quatrième vitesse.

Elide la planta là pour partir à la recherche de son petit déjeuner. Elle n'avait aucune intention de traduire les questions de sa belle-fille sur l'endroit où pouvait se trouver le jeune homme avec lequel elle flirtait la veille au soir. Et elle n'était pas disposée à prêter une oreille compatissante à ses jérémiades et à ses accusations.

Elle était dans de beaux draps, elle le savait très bien. Une phrase telle que « la deuxième épouse de papa n'a pas passé la nuit dans sa chambre », prononcée par Arsel d'un ton vénéneux, suffirait pour que sa coépouse fasse des pieds et des mains pour la faire chasser de la maison des Rasser. Sa belle-fille était parfaitement consciente de s'être mal conduite ; s'en tirer en accusant quelqu'un d'autre était une bonne tactique. Elle se demanda jusqu'où Arsel avait poussé sa sotte tentative de flirt, mais elle éloigna cette préoccupation de son esprit. Ce n'étaient pas ses affaires. Ce dont elle devait se soucier, c'était de prendre un solide petit déjeuner pour récupérer ses forces et être en mesure d'affronter Aziz et sa fille. Tout son avenir dépendait de cette rencontre.

Dans les cuisines il n'y avait personne, mais sur la table trônait une grande miche de pain encore chaud. Sur une étagère elle trouva un pot ouvert, contenant une espèce de gelée jaune. Elle y goûta avec prudence. L'apparence était bizarre, mais la saveur était délicieuse. Elle en tartina une fine couche sur une tranche de pain, s'assit en tailleur et se disposa à jouir de son repas. Elle trouvait l'endroit très confortable et ne ressentait nullement le besoin de se rendre dans la salle commune pour y retrouver tous les autres.

Elle avala de travers et se mit à tousser quand lui apparut le visage balafré de la doctoresse Huang.

— Que faites-vous ici ? commença-t-elle, mais elle se reprit et continua en gorin : Bonne journée, Shiro-adaï ; puis-je t'être utile en quelque chose ?

— Oui. Ton mari (la Shiro se servit du terme en universel : ce mot n'existait dans aucune des deux langues de Ta-Shima) a eu un malaise la nuit passée. On m'a appelée pour le soigner ; maintenant il va mieux et il se repose. J'ai besoin de savoir si, dans le passé, il a déjà présenté certains symptômes.

Elide avait écarquillé des yeux aussi ronds que ceux d'un Asix et la doctoresse répéta sa question en universel. Pendant plusieurs minutes elle continua à l'interroger minutieusement, mais les réponses incertaines de la jeune femme ne la satisfaisaient pas. Elle finit par couper court et conclut :

— Il n'est plus en danger, mais pour le moment il vaut mieux ne pas le déplacer. Vous pouvez tous rentrer à Niasau, je veux dire à Schreiberstadt, mais lui, il doit rester ici une quinzaine de jours.

» Ah ! j'oubliais. La jeune femel… la jeune fille était complètement hystérique hier soir, à tel point que la vétérinaire a été obligée de lui administrer un puissant calmant. Je l'ai examinée pendant qu'elle était inconsciente, parce qu'un homme qui avait passé la nuit avec elle a raconté qu'elle avait saigné, mais je n'ai pas trouvé trace d'une blessure. Je ne me suis jamais occupée de gynécologie, ni ici ni sur Wahie, mais cela n'avait pas l'air de sang menstruel non plus.

Elide porta la main à sa bouche et répéta bêtement :

— Un homme a passé la nuit avec elle…

— Oui, répondit sèchement Suvaïdar, qui arrivait au bout de ses réserves de patience, très réduites au demeurant.

» Je sais que chez vous on a l'habitude de faire une cérémonie auparavant, ou je ne sais quoi de ce genre, mais il se peut qu'elle l'ait faite pendant que tu dormais, non ? Tu ne peux pas le savoir.

— Mais Arsel n'aurait pas dû, sous aucun prétexte… Je veux dire, ma dame, qu'à Dachrenstadt c'est considéré comme très grave. À la campagne cela arrive souvent qu'une jeune fille ait un ami, enfin qu'elle partage sa natte, c'est comme ça que vous dites, n'est-ce pas ? Mais les familles aristocratiques de la capitale sont beaucoup plus strictes ; elles n'admettent pas de telles libertés. Si son père l'apprenait, ce serait une catastrophe.

— Il est au courant. À ce qu'on m'a dit, il est entré dans sa chambre à l'improviste. C'est justement là qu'il a eu son malaise.

Voilà donc pourquoi Arsel avait besoin d'un bouc émissaire. Elle expliqua à une Suvaïdar stupéfaite que les jeunes filles de la bonne société de Neudachren se mariaient vierges. Si par hasard elles ne l'étaient plus, elles payaient cher un chirurgien pour qu'il reconstitue ce précieux morceau de peau que les Jestak, elles, enlevaient à la naissance aux rares bébés de sexe féminin présentant ce trait archaïque.

Tout en parlant, Elide essayait de réfléchir à sa situation. Avant que la Shiro lui donne l'ordre formel de rentrer avec Li Hao et Arsel à Schreiberstadt, où elle aurait à affronter sa coépouse et les accusations de sa belle-fille sans la protection d'Aziz, elle se servit de l'une des phrases apprises par cœur le soir précédant leur départ.

— Est-ce qu'il est permis de faire une requête ?

Les Asix lui avaient garanti qu'un Shiro répondrait presque automatiquement « oui », et c'est ce qui fit en effet la dame. Elide lui demanda alors l'autorisation de rester à la ferme aussi longtemps que son mari.

— Je pourrai traduire pour lui s'il a besoin de quelque chose, argumenta-t-elle. De cette façon les Shiro-adaï ne seront pas contraints de passer quinze jours ici.

Excellente idée, se dit Suvaïdar. *Je ne peux effectivement pas laisser ici tout seul cet idiot qui en deux ans n'a même pas appris à demander un verre d'eau en gorin. Par ailleurs, si je demande qu'Oda reste, quelqu'un voudra savoir pourquoi. La Sadaï a menacé de prendre des mesures sévères si un incident quelconque devait se produire. Je ne veux pas qu'Oda soit condamné au fouet : pour un adulte, c'est humiliant. Bien évidemment, je soutiendrai mordicus que l'étranger souffre d'une maladie extramondine typique. À proprement parler, on ne peut pas dire que ce soit un mensonge, n'est-ce pas ? Mais si quelqu'un décidait d'aller au fond de la question, si la Sadaï, ou pis encore Sergi, son conseiller, décidait d'envoyer ici une Jestak… Il pourrait très bien s'agir de Kilara, qui est un excellent médecin, mais qui* me déteste. À ce que raconte cette femme, le fait d'avoir trouvé sa fille sur la natte avec Rinvar peut avoir provoqué un choc à un Neudachrenien au pedigree impeccable comme Rasser. Cela pourrait bien être la cause de l'ictus, si je me souviens de la littérature médicale que j'ai consultée sur Wahie.

Ses pensées étaient en train de prendre une tournure de plus en plus déplaisante. S'il s'avérait que, de près ou de loin, la maladie de l'étranger pouvait être attribuée aux agissements de cette erreur génétique de Rinvar, alors Oda, en tant que responsable de l'expédition, risquait de se retrouver à Nova Estia. Et cela la porta à envisager une éventualité encore plus déplaisante. Elle venait d'être nommée conseillère responsable de *tout* ce qui concernait les Extramondins. Elle partagerait donc la responsabilité des récents événements, quels qu'ils soient.

Oda n'aurait pas à descendre tout seul dans les mines ; il aurait le plaisir de la compagnie de sa sœur préférée. En l'absence de tout Shiro, elle n'avait pas contrôlé l'expression de son visage. Effrayée, l'étrangère demanda :

—Ai-je dit quelque chose de mal, Shiro-adaï ? Si c'est le cas, je ne l'ai pas fait intentionnellement. Je te présente mes excuses.

Elle reporta son attention sur la femme, dont elle avait complètement oublié l'existence, et lui répondit distraitement :

—Non, tout va bien. Tu peux rester, mais les autres doivent s'en aller. La ferme ne peut pas prendre à sa charge l'entretien de cinq personnes pendant quinze jours.

—Je peux payer pour moi et pour Aziz, offrit Elide. Nous avons changé de l'argent avant de partir et nous n'avons presque rien dépensé. À cet égard, si tu veux avoir l'amabilité de m'indiquer tes... tes *honoraires*...

—Mes quoi ? Ah, je vois. Non, pour tout ce qui concerne les interventions médicales, c'est la Maison de la Vie, notre hôpital, qui est compétente. Ils vont envoyer la note à l'ambassade, tu n'as pas à t'en faire.

» Pour ton séjour ici, mets-toi d'accord avec l'Ancienne des Asix.

Elle bâilla et se frotta les yeux. Elide se dit qu'elle ne devait pas avoir suffisamment dormi la nuit passée ; elle l'avait sans doute passée éveillée, pour soigner Aziz.

—Si tu souhaites prendre du repos, Shiro-adaï, proposa-t-elle, je peux rester avec mon *mari*.

—Il est inutile que quelqu'un reste auprès de lui. Je l'ai relié à un moniteur avec signal d'alarme ; s'il devait arriver un imprévu, l'alarme sonnerait dans la poche d'Eda. Elle sait ce qu'il faut faire.

Elle bâilla de nouveau, se versa une tasse de thé et la porta à ses lèvres.

—Je te prépare quelque chose à manger pour la route ? proposa un Asix.

Il arrivait tout droit des douches : son torse nu et velu était encore couvert de gouttelettes d'eau. Elide détourna son regard, mais ni l'homme ni la doctoresse ne montraient la moindre gêne. Elle risqua un coup d'œil vers l'Asix, fascinée par cette impressionnante montagne de muscles, et le reconnut. C'était celui qui s'appelait Faio, et qui, la veille au soir, était resté presque tout le temps silencieux.

—Ce n'est pas nécessaire, merci. Je peux le faire.

—Tu n'as pratiquement pas fermé l'œil la nuit passée, tu dois être fatiguée, objecta l'Asix, d'un ton de gentil reproche.

—Tu n'as pas beaucoup dormi non plus, si j'ai bonne mémoire, rétorqua la doctoresse d'un ton acide.

L'Asix, qui était en train d'attacher les lacets de sa veste, éclata d'un rire bruyant.

—J'ai eu cette chance, en effet, Shiro-adaï.

Elide était perplexe. L'homme avait-il aidé à soigner Aziz ? Mais pourquoi parlait-il d'une chance, et pourquoi s'amusait-il autant ?

—Si tu persistes à ne pas attendre l'après-midi pour pouvoir prendre l'autobus, tu as devant toi au moins quatre heures de marche. Je sais bien que ce n'est pas nécessaire, mais avec ta permission, je vais quand même te préparer un petit casse-croûte à emporter.

Il dégaina son couteau, coupa une large tranche de pain et demanda :

—Miel, fromage ou confiture ?

—Miel, je te remercie.

Faio entreprit de tartiner sur le pain la même gelée jaune qu'Elide était en train de manger.

Les autres arrivaient par petits groupes. Bien que la table des cuisines soit toute petite, nettement moins pratique que celle de la salle commune, il leur suffit d'un coup d'œil à la doctoresse pour décider de prendre leur petit déjeuner sur place, qui assis, qui debout, une tasse de thé dans une main, une tranche de pain dans l'autre.

Tout d'abord ils restèrent silencieux, mais, dès que la doctoresse eut échangé quelques mots avec ses voisins, la conversation devint générale. Ils parlaient du travail à faire ce jour-là, des événements de la veille, de personnes et de circonstances dont Elide ignorait tout. Elle resta paisiblement à sa place, devant la tasse de thé qu'une main velue avait posée devant elle. Depuis son mariage, elle était habituée à s'asseoir à table avec des gens qui parlaient de sujets dont elle ignorait le premier mot.

Heureusement, Arsel ne se manifesta pas ; le professeur apparut, en revanche, et on le mit rapidement au courant.

—Cela met fin à votre visite touristique, déclara la doctoresse d'un ton qui n'admettait pas de réplique. Mon frère vous reconduira à Schreiberstadt, vous et la jeune fille. L'autobus électrique passe cet après-midi. Moi, je m'en vais immédiatement. Je vais déjà être très en retard au travail.

—Êtes-vous arrivée par module volant ? Dans ce cas, ne pouvons-nous pas nous joindre à vous pour le retour ?

—Non. Le module est reparti tout de suite. Je vais à pied.

—Mais cela doit être un trajet de vingt kilomètres !

—Je dirais plutôt trente, bien que je puisse certainement en parcourir une bonne partie à bord d'une charrette qui va au marché. De toute façon, je ferais mieux de me dépêcher.

Avec un dernier bâillement, elle se leva, puis tendit la main vers sa tasse.

—Je vais le faire, déclara un Asix d'un ton péremptoire, et il alla ajouter la tasse au reste de la vaisselle sale.

Faio lui tendit un paquet, enveloppé d'une grande feuille.

—Pour le cas où tu aurais un petit creux en route.

—Me prends-tu pour une Asix adolescente ? La moitié serait plus qu'assez.

Mais elle glissa le paquet dans la besace en toile qu'elle portait à l'épaule, puis sortit d'un pas rapide. Tous les Asix bondirent sur leurs pieds pour la reconduire à la porte.

Elide entendait leurs voix rauques qui saluaient, avec grand respect, mais sans un zeste de servilité, l'invitant à revenir bientôt, aussitôt que possible. Dans la ferme, après tout, il y avait quatre mâles asix adultes, et ils étaient tous à sa disposition, quand et de la manière qu'elle voudrait. Il s'ensuivit un gros rire, puis la voix d'alto de la doctoresse fit contrepoint aux voix gutturales.

Elide eut un soupçon. Étaient-ils en train de sous-entendre que la doctoresse avait… avec cet Asix qui ressemblait à une armoire à glace ? Mais non, c'était tout simplement impossible.

Ils rentrèrent tous ensemble, riant encore et bavardant à bâtons rompus.

— Au travail maintenant, avertit Eda. Les hommes, du moins. Si les femmes veulent passer auprès du Shiro-adaï le temps qui reste jusqu'au départ de l'autobus, elles le peuvent, mais il est entendu que le temps perdu devra être récupéré aujourd'hui même. On ne va pas dormir avant que soient terminés les travaux prévus pour la journée, même si cela signifie veiller jusqu'au milieu de la nuit.

Les hommes sortirent dans l'hilarité générale, se lançant à voix haute des commentaires qui auraient fait mourir de honte Elide, si elle les avait compris. Les femmes restèrent attablées, y compris l'Ancienne, qui interrogea immédiatement les mères des halb sur la nuit précédente. Les deux femmes se mirent à raconter, s'interrompant l'une l'autre. Intéressé, Li Hao demanda à Elide :

— De quoi parlent-elles exactement ? Vous connaissez mieux que moi la langue, arrivez-vous à suivre leur conversation ?

— J'étais perdue dans mes pensées, mentit-elle. Je me fais trop de souci pour Aziz.

La voix de sa belle-fille lui parvint. Elide se leva aussitôt :

— Je vais voir comment il va.

Ce fut un vrai soulagement quand Arsel s'en alla enfin avec Li Hao, après avoir passé la matinée à geindre et à lui demander de traduire des questions auxquelles les Asix ne savaient pas – ou ne voulaient pas – répondre. Le Shiro que les Asix appelaient Oda-adaï les accompagnait. Il marchait bien droit, à grandes foulées, et personne n'aurait pu imaginer que sa veste cachait deux vilaines blessures, qui avaient saigné copieusement quelques heures auparavant.

Elide passa deux jours à se promener dans la ferme où elle put regarder à son aise le potager et caresser tous les petits veaux qui se trouvaient dans le pâturage le plus proche. Elle n'osait pas s'éloigner davantage des bâtiments, de crainte de tomber sur un animal sauvage. De temps à autre elle se rendait au chevet d'Aziz, pour contrôler qu'il n'avait besoin de rien, mais il reposait paisiblement, les yeux fermés, relié à deux mystérieux appareils.

Depuis qu'il était tombé malade, on avait attribué une autre chambre à la jeune femme. Ce n'était que l'habituelle petite pièce dépouillée, avec juste une natte dure et une lampe, mais elle appréciait beaucoup le fait d'avoir un endroit qui lui était réservé, dans lequel personne n'entrait sans avoir auparavant demandé sa permission.

Le troisième jour elle fut réveillée à l'aube par ceux qui allaient traire les vaches. Depuis qu'il n'y avait plus de Shiro dans la maison, à part deux petits enfants confiés à une nourrice – comme ils disaient, bien qu'il s'agisse en fait d'un grand malabar – chaque Asix faisait du bruit pour trois. Quand ils partaient au travail, ou quand ils en revenaient, elle les entendait de loin : ils plaisantaient, faisaient du tapage, se lançaient dans des bagarres pour rire.

Elle se leva et les rejoignit dans la salle commune.

—Est-ce que je peux aider à la traite ? demanda-t-elle.

—Ce n'est pas nécessaire : tu as payé pour toi et pour l'ancien. Tu n'es pas tenue de travailler pour le gîte et le couvert.

—Cela me ferait plaisir de donner un coup de main. Je m'ennuie toute seule, sans rien à faire. Avec les médicaments qu'il reçoit, mon… l'ancien, je veux dire, dort toute la journée.

» Je sais comment on fait : dans mon monde, j'ai habité dans une ferme.

En ces quelques jours, elle avait parlé de ses origines plus souvent que pendant ses cinq années de mariage. Pour les Ta-Shimoda, les travaux des champs n'étaient pas une chose dont il fallait avoir honte, bien au contraire.

—Nous le savons, Eda nous l'a raconté.

—Bien sûr, lança-t-elle en souriant, vous, les Asix, vous savez toujours tout sur tout le monde.

Elle ne croyait pas avoir été particulièrement spirituelle, mais ils s'esclaffèrent tous ensemble et l'une des femmes lui assena une tape sur l'épaule. Le coup était à vrai dire bien plus fort que les gifles qu'elle avait reçues de son mari, mais il s'agissait d'un geste amical, dépourvu de la moindre agressivité. Elle ne ressentit aucune douleur.

Quand les autres se mirent en route vers les pâturages, elle prit elle aussi un seau de bois laqué et un escabeau, puis leur emboîta le pas.

Chapitre 8

Rasser se sentait flotter dans une espèce d'océan visqueux d'où il émergeait de temps en temps quand on lui faisait avaler un liquide chaud, ou qu'on le frottait avec une serviette, ou encore qu'on lui appliquait sur les tempes de mystérieux appareils dont l'utilité lui échappait complètement.

Il avait l'impression très floue qu'il lui faudrait s'inquiéter plutôt que de planer dans ces limbes de stupide béatitude, mais il ne parvenait pas à se concentrer suffisamment pour se faire vraiment du souci. Dans un éclair de lucidité, il comprit qu'on lui avait fait absorber un quelconque psychotrope. Au fond, la chose ne lui parut pas si grave et il se rendormit. Il s'éveilla de nouveau et eut l'idée de demander ce qui avait bien pu lui arriver. Quand il essaya d'appeler, la voix qui sortit de sa bouche ressemblait au croassement d'une corneille. Quelqu'un l'entendit cependant : sur le seuil apparut un Asix, qui ne comprit pas un mot de ce qu'il lui bredouillait.

Avec un énervement croissant, il essaya de s'expliquer, puis s'aperçut qu'il ne se rappelait même plus pourquoi il voulait parler à cette espèce d'idiot. Perplexe, il voulut lever la main pour se gratter le nez, mais son bras refusa de lui obéir.

Étrange, très étrange, se dit-il distraitement. Il se rendait très vaguement compte qu'une telle indifférence n'était pas normale, mais ses paupières étaient lourdes ; autant faire un petit somme, il creuserait la question demain, ou après-demain...

Il s'éveilla une nouvelle fois, les idées un peu plus claires ; en regardant autour de lui, il ne découvrit aucun des étranges appareils qu'il avait aperçus la veille... ou bien était-ce l'avant-veille ? Il les avait peut-être seulement vus en rêve ? Il n'était plus sûr de rien. Il tenta de reconstituer ce qui s'était passé : il avait crié après Elide, il ne savait plus pourquoi, puis il avait erré à sa recherche dans cette maison obscure… Mais où était donc Elide en ce moment ? Pourquoi n'y avait-il qu'une vieille Asix à côté de son lit ? Et où était sa fille ? Il se souvint subitement de la dernière chose qu'il avait vue avant de perdre conscience : Arsel, toute blanche et blonde, nue avec cet horrible individu, et il se mit à gémir en murmurant le nom de sa fille, puis celui de sa femme.

L'Asix sembla comprendre, car elle passa la tête dans l'embrasure de la porte et appela :

—Elide !

Ici aussi ils l'appellent par son prénom, se dit-il avec agacement ; elle n'arrivait donc pas à se mettre dans la tête qu'il lui fallait se comporter comme une dame ! Quand sa femme arriva, il commença par lui dire qu'elle devait cesser d'être si familière avec les domestiques. Puis il se souvint qu'il y avait quelque chose de plus important concernant sa fille dont il devait absolument parler, mais qu'était-ce donc ? Il ne parvenait pas à articuler correctement et se mit à s'agiter.

—Calme-toi, s'il te plaît ! La doctoresse a dit que tu devais essayer de rester tranquille. Tu vas mieux, elle nous l'a confirmé hier quand Eda lui a parlé par le communicateur. Mais si, bien sûr, nous en avons un, comment veux-tu qu'on fasse autrement dans une ferme isolée ?

Nous avons un communicateur ? se demanda-t-il, incertain. *Évidemment que nous en avons un, j'en porte un au poignet depuis l'âge de huit ans. La doctoresse ? Quelle doctoresse ?* Il lui revint vaguement en mémoire le souvenir de deux yeux froids et d'une joue balafrée. Il n'avait donc pas rêvé ?

—Ah, j'ai été malade !

Il était très content de lui d'être arrivé tout seul à une conclusion si brillante et se laissa retomber sur l'oreiller.

—Oui, mais maintenant tu vas mieux ; repose-toi encore un peu.

—Mon bras… je ne peux pas… je suis paralysé ?

—Tout va bien, répondit Elide avec une fermeté toute nouvelle chez elle. Ton bras était bloqué par une sangle parce que tu étais connecté à un appareil qui ne devait pas bouger. On te l'a enlevée, maintenant. Dors.

Il leva la main, qui remua effectivement, bien que plus lentement que d'ordinaire, puis il se souvint qu'on venait de lui donner un ordre. Quoi donc, déjà ? Ah oui, dormir. Et en bon militaire de carrière, il obtempéra. Quand il s'éveilla, il se sentait tout à fait lucide. Il leva la main pour se frotter les yeux, mais avec peine, car son bras était lourd, et sentit sous ses doigts une barbe hirsute.

Combien de temps suis-je resté inconscient ? se demanda-t-il avec inquiétude. Il s'assit sur cet affreux matelas incroyablement dur, non, c'était une natte, en fait, posée à même le sol, et ses idées commencèrent à se mettre en ordre.

— Elide ! beugla-t-il, puis il se corrigea, embarrassé. Euh… non, je voulais dire : madame Rasser !

Un Asix entra, qui lui fit comprendre par gestes d'attendre un instant, puis il sortit dans le couloir en criant à son tour, avec l'épouvantable prononciation locale :

— Elide !

Il fallut plusieurs minutes pour qu'elle arrive enfin, habillée de cette grotesque tenue indigène, les cheveux attachés n'importe comment.

— Où étais-tu donc ? demanda-t-il avec énervement. Pourquoi m'as-tu laissé tout seul ? Qu'est-ce que j'avais ? Depuis quand suis-je ici ? Où est Arsel ? Et où est cet individu indécent, ce Huang qui…

— Du calme, lui dit-elle en souriant, une chose à la fois. Tu es alité depuis quinze jours et tu as dormi presque tout le temps, parce qu'on t'a donné des calmants. Tu ne peux tout de même pas exiger que je reste pendant deux semaines, nuit et jour, à ton chevet. Tu as eu une espèce d'attaque, ça avait l'air grave et on a appelé une doctoresse qui t'a soigné. Maintenant tu vas mieux, tu peux même commencer à te lever. Arsel est retournée à Schreiberstadt avec le professeur, et il a fallu faire des pieds et des mains pour la convaincre de partir, parce qu'elle racontait à qui voulait l'entendre qu'elle s'était fiancée avec ce Shiro, qui entre parenthèses s'appelle Johnson et pas Huang. Tu veux que je t'aide à te lever ?

— Fiancée avec un indigène ? (Rasser s'agita de nouveau.) Elle a perdu la raison ? Ce n'est pas parce que cet individu a réussi à profiter d'elle qu'il peut s'imaginer avoir des droits ! Je veux savoir exactement ce qui s'est passé ; il l'a violée ? Il l'avait droguée ?

— Ne crains rien, il ne prétend nullement avoir des droits : quand je me suis levée le lendemain matin, il était déjà parti. Ta fille a fait un tas d'histoires pour qu'on lui dise où il était, en vain du reste. Et elle n'a été ni violée ni droguée. Tu ne te souviens pas que j'étais justement venue te chercher pour que tu lui fasses regagner sa chambre ? Elle se comportait comme une sotte avec ce Johnson.

— Ça ne tient pas debout ! C'est une fille sage, et elle est trop intelligente pour faire une chose pareille, mais elle est un peu naïve, la pauvre petite, et une personne peu scrupuleuse pourrait en profiter.

Elide pencha la tête de côté en le regardant :

— Si tu veux que je te dise ce que je pense vraiment, lui déclara-t-elle avec une intense satisfaction, ta fille est complètement idiote, en plus d'être gâtée et prétentieuse.

— Elide, qu'est-ce qui te prend ? Comment peux-tu parler ainsi ? Ce sont les soucis que tu t'es faits pour ma santé qui t'ont tourné la tête ? demanda-t-il tout interdit.

Puis il se souvint d'une des premières choses qu'elle lui avait dites.

— Je peux me lever ? Alors maintenant on peut rentrer à la maison, n'est-ce pas ?

— Tu peux te lever, et d'ici à quelques jours tu seras en mesure de repartir.

— Bien, je pourrai au moins consulter un vrai docteur. Je n'ai pas grande confiance en ces Jestak ; la médecine n'est pas un métier de femme.

— Tu n'es pas très reconnaissant ; elles t'ont bien soigné, à ce qu'il semble.

— Quinze jours sans que je me souvienne de rien ! Enfin, ce n'est pas grave, dès que nous serons à l'ambassade j'appellerai le docteur Singh. Je lui demanderai aussi une consultation pour toi, d'ailleurs, tu n'as pas l'air d'être dans ton état normal ; vous les femmes, vous avez les nerfs fragiles.

À dire vrai, elle avait eu l'intention d'attendre quelques jours avant de l'informer, mais le ton condescendant sur lequel son mari parlait de ses nerfs l'irrita à tel point qu'elle ne le ménagea pas.

— Je ne repars pas avec toi pour Schreiberstadt. Je reste ici.

Ce n'était pas un coup de tête. La décision n'avait pas été facile : Elide l'avait mûrie jour après jour, au prix de nombreux doutes et changements d'avis. L'idée avait germé dans sa tête la troisième fois qu'elle était allée aider à soigner les vaches...

Tout en bâillant dans la brume du petit matin, Ribia ouvrit le portail du pâturage et y entra avec Elide. Les bêtes arrivèrent au petit trot, comme d'habitude, pour la traite, mais l'une d'entre elles, plus nerveuse, se mit soudain à ruer et à baisser la tête de façon menaçante, comme si elle voulait donner des coups de cornes aux deux femmes. Elide ne fit aucun mouvement ; elle lui parla d'un ton apaisant jusqu'à ce que la vache se soit calmée et se laisse traire. Le soir à table, Ribia raconta l'épisode et Eda commenta :

— Bravo, on voit que tu sais t'y prendre avec les animaux ; ce n'est pas donné à tout le monde.

Les convives partirent tous à rire, et Elide les regarda à la dérobée, pensant qu'on se payait sa tête, mais personne ne se moquait : c'était simplement l'exubérance que les Asix avaient coutume de manifester quand aucun Shiro n'était présent. La ferme était isolée et la moindre nouveauté était commentée à n'en plus finir, racontée de nouveau à chaque repas en commun et disséquée dans ses moindres détails. Elle qui était toujours si réservée chez les Rasser, qui essayait de se rendre invisible pour échapper aux critiques, se retrouva le centre d'une attention bruyante et chaleureuse durant de longues minutes.

— Quand ils sont arrivés, racontait pour la dixième fois Ares à la table des adolescents, la seule parmi les étrangers qui n'ait pas eu peur d'Itin, c'était elle.

— Il faut être idiot pour avoir peur d'un chien : il ne ferait jamais de mal à une personne ou au bétail, répliqua une des halb.

— Mais Oda-adaï a dit que les étrangers n'étaient pas de vraies personnes.

Eda pencha la tête avec embarras. Elle ne pouvait évidemment pas donner tort à un Shiro, mais, depuis qu'elle avait fait la connaissance d'Elide, celle-ci lui paraissait tout à fait humaine. D'accord, elle n'était pas exactement comme eux, mais il y avait aussi des différences physiques entre eux et les Shiro. Le nom d'Oda relança la conversation et tous se mirent à discuter de son duel avec Rinvar, et de la nuit qu'Oda avait passée avec Iura et Nico, les mères de ses halb.

Elide avait cru mourir de honte la première fois qu'elle avait entendu les deux femmes s'extasier – devant leurs enfants, en plus ! – sur l'odeur excitante du Shiro, et raconter de façon très explicite des épisodes de la nuit où il avait aimablement consenti à partager la natte avec elles malgré ses blessures. Entre-temps elle avait entendu répéter tous les détails tant de fois qu'elle les connaissait par cœur. Maintenant ces récits ne l'embarrassaient plus, d'autant moins que les autres semblaient parler avec grand naturel de choses que sur Neudachren on chuchotait en tenant pudiquement la main devant sa bouche, ou bien qui faisaient l'objet de blagues salaces suivies de gros rires grivois de la part des hommes présents.

Faio répéta une fois de plus quelle chance c'était pour lui d'avoir occupé la chambre voisine de celle où se trouvait le Sit… l'étranger que la doctoresse devait soigner, car ainsi la dame lui avait fait l'honneur d'utiliser sa natte.

— Elle était très fatiguée, pourtant, lui dit Eda d'un ton de reproche, et tu aurais dû la laisser dormir au moins un peu.

— Si elle m'avait ordonné de la laisser dormir, je l'aurais fait, évidemment, se justifia l'homme, mais elle avait envie de jouer et je l'ai satisfaite : qu'est-ce que vous auriez fait, vous à ma place ? Sûrement que vous auriez dit à la dame : « Oh, désolé, mais maintenant ça suffit, hein ? Il faut se reposer, demain je me lève tôt. »

Cette sortie fut accueillie par de grands rires auxquels Elide se joignit, tout en pensant combien le professeur serait heureux d'apprendre tous ces détails, lui qui se démenait tellement pour essayer de comprendre comment les choses se passaient exactement entre Shiro et Asix.

Elle n'oserait jamais lui en parler, bien sûr. Si Aziz venait à apprendre qu'elle avait permis à des hommes qu'elle connaissait à peine de discuter en sa présence de sujets si intimes, il se mettrait dans une rage folle et lui en ferait voir de toutes les couleurs.

Elle poussa un soupir en pensant au retour : la ferme était primitive au possible, il n'y avait aucun doute là-dessus, et le travail, pénible ; tout se faisait à la main, sans machines. Mais elle se sentait bien avec les Asix, et c'était une sensation qu'elle n'avait pas souvent connue au cours de ces dernières années. C'était surtout pendant les repas qu'elle voyait la différence : jour après jour elle avait été obligée de s'asseoir à table avec sa prétentieuse coépouse, toujours si critique à son égard, avec sa belle-fille qui la détestait, et avec Aziz qui au fond avait honte d'elle et qui, si elle n'avait pas d'enfants, finirait par la répudier un jour ou l'autre. La plupart du temps elle restait silencieuse, par peur de faire une gaffe qui déclencherait les sarcasmes d'Arsel et lui vaudrait ensuite les reproches de son mari.

À présent elle dînait avec Eda, Ribia, Faio et les trois jeunes enfants du Shiro, Odaï, Odauan et Auan, que tous les habitants de la maison semblaient considérer avec une satisfaction particulière. Il y avait aussi Evan qui riait tout le temps, Nico qui s'était apparemment prise d'affection pour elle, Issi qui était enceinte jusqu'aux yeux et attendait l'accouchement d'un jour à l'autre, sans pour autant cesser de travailler. Elle n'avait pas besoin d'avoir peur de se tromper en utilisant les couverts, car il n'y en avait qu'une sorte, une cuiller en bois. Elle participait sans crainte à la conversation, qui portait sur le temps, sur les poules ou la traite, sur les enfants, sur les symptômes d'Issi dont tous, hommes et femmes, discutaient à voix haute sans gêne aucune. Parfois ils lui posaient des questions sur l'Extramonde, et écoutaient ses réponses en silence, avec une attention flatteuse, pour les commenter ensuite à n'en plus finir. Son expérience des bêtes n'était pas une chose honteuse dont il valait mieux ne pas parler, comme dans les salons chic de Neudachren. Au contraire, c'était une qualité très appréciée dans cette ferme d'un monde primitif où n'existaient ni trayeuse automatique ni machines pour nettoyer les enclos à bétail. Les repas en commun et les soirées étaient donc d'agréables moments, et non plus des sources de stress.

Au fond, je m'amuse, même si je n'ai jamais autant travaillé de ma vie, se disait-elle. *C'est parce que je ne suis pas constamment sur la défensive, je n'ai pas peur que tout le monde se moque de mon ignorance si je dis ce qui me passe par la tête, ni qu'on me regarde de haut à la moindre faute de grammaire. Pas besoin de faire semblant de m'intéresser à leurs symphonies ou à leurs sculptures auxquelles je ne comprends rien. Je vais presque regretter de devoir m'en aller.*

Cette nuit-là elle se tourna et se retourna sur sa natte, cherchant en vain le sommeil : une idée folle avait germé dans son cerveau :

Et si je restais, après tout ?

C'était absurde, évidemment : comment renoncer à toutes ces choses si évidentes sur Neudachren qu'on n'y faisait même plus attention, les transports rapides, l'eau chaude disponible jour et nuit, l'holovid, les instituts de beauté, les magasins somptueux, les défilés de mode et tout le luxe dont se parait la capitale, pour en échange travailler dur pendant de longues journées sous un climat épouvantable ?

Un soir, cependant, alors qu'elle répondait aux questions des Asix sur son monde, Ribia fit remarquer :

—Alors, chez vous, il n'y a pas de clans ? Ça doit être terrible de vivre dans la solitude.

—Nous ne sommes pas seuls, pas plus que n'importe qui d'autre, moi j'avais des frères, et puis mes parents…

—Mais tu n'avais pas dit qu'ils t'avaient obligée à aller partager la natte de l'Ancien pour obtenir quelque chose dont ils avaient besoin pour pouvoir garder la ferme ? Chez nous ça n'arriverait pas, le clan est responsable de nous tous. Il nous aide et nous protège, pour autant, bien sûr, que nous ne manquions pas à nos devoirs.

— Il y a deux ans, intervint Faio, notre maison a été frappée par un cyclone. Il ne restait plus que trois murs extérieurs, le toit était éparpillé en morceaux dans les deux pâturages à l'est, et tous les murs intérieurs et les fenêtres étaient pulvérisés. Le conseiller du clan est venu inspecter les dommages, et le lendemain il y avait devant la porte six Shiro et quatorze Asix, tous venus de la maison principale, avec un chariot rempli de tuiles, de poutres prédécoupées, de carreaux…

— Et du miel de Gorival, intervint Auan (ou Odauan ? Elle n'arrivait pas à les distinguer), en se pourléchant les lèvres, depuis la table des adolescents.

— Comment avez-vous fait pour payer tout ça ? s'enquit Elide.

— Payer ? Il n'y avait rien à payer, c'étaient tous des gens de notre propre clan. Tout a été réparé en deux jours, et le troisième matin on défrichait déjà le potager et on préparait le champ de maïs pour les semailles. Nous versons au clan les trois quarts de la production de lait et de fromage, et c'est bien ainsi. Nous devons fournir la nourriture pour les enseignants de nos enfants, pour nos Shiro qui font des travaux difficiles, qui étudient l'ingénierie et l'agronomie, qui savent dévier les cours d'eau quand c'est nécessaire et planifier les bassins d'orage pour que nous puissions irriguer les terres même pendant la saison sèche…

» En échange, le clan s'occupe de nous, toujours : il paie les Jestak si jamais l'un de nous tombe malade ou se blesse grièvement, il nous procure les semences quand il le faut, il envoie le taureau une fois par an pour la saillie. Nous ne devons nous occuper de rien. Même les vieux ou les invalides savent qu'ils peuvent compter sur le clan en toutes circonstances.

Il ne précisa pas de quelle manière, et elle ne songea pas à le lui demander. Elle observait d'un air pensif les femmes de la ferme, ces créatures disgracieuses au corps musculeux qui n'auraient suscité que dédain et moqueries dans la bonne société de Neudachren. Elles étaient mal fagotées et ne possédaient pas le moindre bijou ni le moindre parfum, mais personne ne pouvait les répudier ni les obliger à aller vivre dans la maison d'un homme et dormir avec lui si elles n'en avaient pas envie. Et au fond, à quoi servaient tous ces beaux habits qu'elle avait tant enviés avant de devenir la seconde épouse Rasser, sinon à la rendre plus séduisante pour son mari à qui cela donnait encore plus souvent l'idée d'exiger le devoir conjugal ? C'étaient là des idées nouvelles pour elle, difficiles à assimiler. Elle les rumina quelque temps, puis, la première fois qu'elle se retrouva seule avec deux autres femmes pour la traite, elle demanda à voix basse, lorgnant les hommes qui défrichaient un champ à quelques mètres de là, trop loin pour entendre, du moins pour une ouïe comme la sienne :

— À supposer que je vive ici, par exemple – je le dis juste comme ça –, est-ce que je serais obligée de partager la natte avec un homme ?

— Mais non ! C'est à toi d'inviter quelqu'un pour la nuit, et si tu ne le fais pas, personne ne serait assez mal élevé pour te le proposer : le fait de vivre isolés au milieu du Haut Plateau n'empêche pas les hommes d'avoir un minimum de décence !

— Je ne voulais pas vous offenser, excuse-moi, mais je ne connais pas vos coutumes : chez nous ce sont toujours les hommes qui demandent, et même la plupart du temps ils exigent, un point c'est tout. Je voulais juste savoir une chose : si l'une de vous préfère toujours dormir seule, est-ce qu'elle peut le faire ?

— Haï ! s'écria Iura d'un air dégoûté. Qui pourrait avoir une idée si absurde ? Mais si vraiment elle le voulait, personne n'essaierait de l'en empêcher, au contraire ; tu vois bien qu'il y a seulement quatre hommes dans cette maison, et que nous devons nous les partager. Si une des autres voulait me céder son tour, je serais toute prête à faire une corvée supplémentaire aux champs en échange.

— Mais si un homme veut dormir avec une certaine femme ?

— Pourquoi donc ? Quelle différence cela peut-il faire, que ce soit l'une ou l'autre ? Et quand bien même, la femme n'aurait qu'à dire non.

Elle ne demanda plus rien et demeura silencieuse toute la journée. Ce soir-là, Eda lui proposa :

— Tu veux voir comment on fait le fromage ?

Elle accepta avec gratitude ; dès qu'elle avait appris que sur Ta-Shima on faisait le fromage avec le lait, et non avec des levures aromatisées, elle avait demandé à voir comment on procédait, tout en pensant avec malice à ce que diraient Aziz et sa coépouse, eux qui refusaient avec dégoût de boire du lait parce qu'il sortait directement d'un animal, mais qui envoyaient acheter le fromage au petit marché asix.

Tandis qu'elles descendaient vers la laiterie au sous-sol, l'Ancienne lui demanda de but en blanc :

— Tu envisages de rester avec nous, on dirait.

Elle se sentit trahie, ils avaient dû parler d'elle derrière son dos ; mais la femme poursuivit d'un ton affable :

— Je t'en parle juste parce que, si tu veux vraiment le faire, il va falloir que tu ailles à Gorival, à la maison du clan, pour demander l'autorisation de la saz-adaï : une telle décision sort de la routine de la ferme, et n'est pas de ma compétence. Ça prendra quelques jours pour que la mère honorée reçoive l'avis des Jestak et puisse te donner une réponse, alors il ne te reste plus tellement de temps pour réfléchir.

» Si ton ancien continue à aller mieux, d'ici à une décade j'arrêterai les calmants, après quoi il pourra commencer à se lever. Ensuite, il ne lui faudra pas plus de deux jours pour être en état de prendre l'autobus pour Gaia, à moins que les Jestak envoient un module pour lui.

Elle était contente d'apprendre des choses nouvelles, et aussi de savoir qu'elle pouvait se prendre d'affection pour les vaches des Van Voss, qui n'étaient pas destinées à la boucherie, comme les bovins qu'élevait son père. On ne les gardait que pour leur lait, avec lequel les Asix étaient capables de produire une grande variété de fromages. Cependant elle assista à la leçon d'Eda dans un état proche du somnambulisme. Au lieu de concentrer son attention sur les doses de présure, sur le pressage, sur les fromages qu'il fallait tourner un par un à intervalles de quelques jours, sur ceux dans la pâte desquels on ajoutait des herbes aromatiques, elle essayait désespérément de savoir si elle était prête à renoncer à tout ce dont elle disposait sur Neudachren en échange d'une compagnie agréable et d'un seul avantage objectif : la sécurité pour son avenir, qui ne dépendrait plus de la fraîcheur de sa peau ni de sa disposition à accepter tout ce qu'Aziz voulait d'elle.

Il lui fallut plusieurs jours de réflexion fébrile pour se décider, car elle changeait d'avis à tout moment et essayait d'envisager tous les aspects de la situation. Elle passait des heures assise dans la salle commune, à regarder sans les voir les murs nus, tout en se rongeant l'ongle de l'index jusqu'à la pulpe et en essayant d'imaginer à quoi pouvait bien ressembler la vie sur cette planète pauvre, au climat trop chaud.

Passer des années dans une ferme isolée, sans autre occupation que les travaux des champs, et avec une dizaine d'Asix pour toute compagnie aurait semblé à Arsel ou à sa coépouse une punition pire que les enfers décrits dans les quatre livres saints. Mais, pour Elide, l'argument principal était qu'elle pouvait continuer à vivre dans cette maison en toute tranquillité sans que personne n'ait le droit de la chasser. C'est ainsi que, finalement, sa décision était venue toute seule. À présent, debout à côté de la natte d'Aziz, elle regardait son mari qui était resté bouche bée quand elle lui avait déclaré :

— Je reste ici.

— Qu'est-ce que c'est que cette bêtise ? finit-il par s'écrier, un rien trop fort.

— J'ai demandé si je pouvais travailler ici ; je pourrais par exemple m'occuper du bétail, comme je le faisais à la maison, enfin, je veux dire à la ferme de papa. C'est quelque chose que je sais faire.

— Tu divagues, constata-t-il, sérieusement inquiet. C'est à cause du stress, je suppose. Pauvre petite, il t'a fallu faire face toute seule à cette situation difficile, sans le soutien d'un homme pour t'aider. Pas étonnant que tu sois perturbée. Ne crains rien, dès que nous serons rentrés chez nous, le docteur Singh s'occupera de toi. Ce qu'il te faut, c'est un bon traitement reconstituant. Tu verras qu'après tu te sentiras mieux. Je suppose que quelqu'un a essayé de mettre toutes sortes d'idées dans ta jolie petite tête.

— Personne ne m'a influencée, c'est moi qui ai décidé de rester ici, et tu ne peux pas m'obliger à m'en aller.

— Mais bien sûr que je peux : tu es ma femme et tu dois m'obéir.

— Pas ici, répondit-elle avec un air de triomphe, ici le mariage n'existe pas et tu ne peux pas me donner d'ordres comme sur Neudachren.

— Mais, mon trésor (il fallait qu'il ait vraiment peur pour l'appeler ainsi, se dit-elle), c'est ridicule ! Si c'est parce que j'ai été désagréable avec toi, je t'assure que ta réaction est exagérée ; j'ai eu tort, c'est vrai, et je te demande pardon, mais ça n'arrivera plus, je te le promets.

— Combien de fois me l'as-tu déjà promis ?

— Mais enfin, même si je n'ai pas toujours été le meilleur des maris, tu ne peux tout de même pas vouloir vivre comme une indigène dans cet horrible endroit, loin de tout ce qui rend l'existence agréable, dans des baraques misérables, sans lumière, sans holovid, sans même une douche correcte, à dormir par terre, à manger par terre comme les animaux, habillée comme une mendiante et te nourrissant de légumes pleins de boue.

» Tu veux jouer les paysannes et te tuer au travail quatre ou peut-être même six heures par jour sous un climat épouvantable qui rend déjà pénible le seul fait de marcher ?

— Douze, le coupa-t-elle.

Rasser, interrompu au beau milieu de sa tirade, la regarda sans comprendre.

— Comment ?

— On travaille douze heures par jour. Je le sais très bien, que c'est dur, mais on s'habitue au climat au bout d'un moment, enfin je l'espère. La décision n'a pas été facile à prendre, mais maintenant je ne peux plus changer d'avis.

— Tu ne parles pas sérieusement… Renoncer à tout ce que je t'ai donné, et en échange de quoi ? Je te donne au maximum un mois : tu vas revenir à Schreiberstadt la queue entre les jambes, et me supplier de te reprendre. Ne te laisse pas monter la tête avec ces idées farfelues de vie proche de la nature, comme celles que proclament certaines sectes proches des renonciateurs. Ça ne marche jamais, ces histoires-là, ils reviennent tous à la civilisation au bout de quelques mois passés dans ces communautés de prière, ou de travail, ou de je ne sais quoi ; d'ailleurs, selon moi, il faudrait poursuivre ces misérables qui les recrutent, je l'ai toujours dit.

Il avait élevé la voix et un Asix pointa son nez pour voir ce qui se passait.

Elide lança à son mari un regard étrange, puis elle dénoua lentement sa ceinture et entreprit de délacer sa veste.

— Mais qu'est-ce que tu fabriques ? Tu ne vois pas qu'il y a un homme qui te regarde ? Tu as complètement perdu la tête ? Tu veux que je te répudie pour comportement immoral ? Tu sais très bien que si je le fais, tu ne retrouveras jamais d'autre mari.

Il s'était levé et avait voulu faire un pas vers elle pour l'empêcher de s'exhiber ainsi, mais après quinze jours passés au lit ses jambes ne le portaient plus et il retomba en arrière, tandis que sa femme, qui avait fini par maîtriser les lacets intérieurs de la veste, était en train de la laisser tomber de ses épaules. Elle ne portait rien en dessous et Rasser se sentit rentrer sous terre. Il incendia l'Asix du regard, lui intimant par gestes de s'en aller, puis ses yeux retombèrent sur Elide, qui lui tournait maintenant le dos. Ses cheveux n'étaient pas attachés, comme il l'avait d'abord pensé, mais ils avaient été coupés à la diable, très court comme ceux des Asix. Sur son omoplate gauche elle portait un tatouage grand comme la paume de la main, qui représentait une sorte d'animal imaginaire.

— Qu'est-ce que c'est que cette saleté, madame Rasser ? se mit-il à hurler, évitant automatiquement d'employer le prénom de sa femme en présence d'un inconnu, bien que tous ces sauvages, eux, l'appellent Elide, au mépris de tout respect.

— C'est un reyo, un animal de la jungle, et l'emblème du clan Van Voss auquel j'appartiens désormais, lui répondit-elle en hurlant à son tour. Et je m'appelle Elide ! Elide ! Elide ! C'est mon nom à moi, je ne suis pas seulement la femme de quelqu'un, ou la fille de quelqu'un d'autre, je suis je…, c'est-à-dire, je suis moi, à la fin, voilà !

— Calme-toi, ma chérie, bien sûr que tu es toi, ce n'est pas la peine de t'énerver de la sorte. Ce sont tes jours de… enfin tu sais bien ce que je veux dire, vous, les femmes, vous perdez toujours un peu la tête dans ces moments-là.

Elide prit une profonde inspiration, puis elle déclara en scandant lentement :

— J'ai demandé et obtenu la citoyenneté ta-shimoda. Je ne vais nulle part avec toi, je ne retourne pas à Schreiberstadt, et encore moins sur Neudachren.

— Ah ! j'ai compris, tu as une aventure avec un de ces deux Shiro, mais je te jure que ça ne va pas se passer comme ça…

— Tu dis des bêtises, les Shiro sont partis depuis quinze jours ; Huang-adaï a raccompagné Li Hao et Arsel à Schreiberstadt et Johnson-adaï est rentré chez lui.

— Tu ne vas tout de même pas me dire que tu veux te mettre avec un de ces singes ?

— Aziz, tu ne penses donc vraiment qu'à ça. Tu crois sincèrement que j'irais au lit avec un homme, n'importe quel homme, sans y être obligée ? Ici je peux travailler et subvenir seule à mes besoins, je ne suis pas obligée d'avoir un mari.

Eda entra d'un air décidé.

— Il ne faut pas le faire s'agiter comme ça, gronda-t-elle, sinon je vais devoir lui donner un calmant. Dis-lui qu'il faut qu'il commence à se lever ; les premiers pas vont être difficiles, je vais l'aider. Va faire ton travail maintenant, tu pourras revenir lui parler ce soir.

— Oui, Ancienne, répondit Elide qui traduisit en vitesse pour Aziz et sortit sans se retourner malgré ses appels.

Rasser essaya de faire quelques pas en s'appuyant sur l'Asix, qui, malgré son âge, semblait solide comme un roc. Il avait du mal à bouger les jambes, surtout la droite, et au bout de quelques mètres il fit signe qu'il voulait s'allonger de nouveau. La femme l'aida à se coucher et le laissa se reposer un peu, puis elle revint à la charge. Cette fois il parvint à marcher jusqu'à la porte sans que ses jambes se mettent à trembler et refusent de le porter. À sa plus grande humiliation, la vieille femme le prit dans ses bras comme un bébé et le rapporta jusqu'à son lit.

Il faisait déjà nuit quand Elide revint.

— Il faut que tu me promettes de rester calme, sinon je m'en vais. L'Ancienne a dit de…

— Tu n'as pas besoin d'obéir à cette vieille indigène, pour l'amour des sept dieux ! Tu as oublié qui tu es ?

— Et qui suis-je, selon toi ? La fille d'un éleveur de bestiaux sans le sou et criblé de dettes, ou la deuxième épouse sans enfant d'un homme de la haute société, qui peut être contrainte au divorce parce que quelqu'un l'a calomniée, ou bien parce qu'une nuit où elle n'arrivait pas à dormir elle s'était levée pour faire quelques pas ?

— Tu sais très bien que je ne divorcerai jamais sans une bonne raison, ma chérie.

— Tu as menacé de le faire l'autre soir.

— Quand je suis en colère, je suis capable de dire n'importe quoi, tu devrais le savoir depuis le temps.

— Tu ne m'aurais peut-être pas renvoyée, mais je n'aurais plus eu aucune sécurité avec cette menace au-dessus de ma tête pour le restant de mes jours. Et si tu mourais ? Tu crois vraiment que ma coépouse me garderait ? Ici je travaille plus que je l'ai jamais fait de ma vie, mais au moins c'est ma maison, et personne ne peut m'en chasser.

— Quelle maison ? Un taudis à peine digne d'un être humain.

— J'y ai une chambre rien que pour moi, Aziz.

— Ah oui, vraiment ? Et qu'est-ce qu'il y a dedans ? Une natte et une lampe ?

Il s'aperçut qu'il recommençait à brailler et fit un effort pour se dominer.

— Ma chère, très chère femme, aucune personne civilisée ne peut s'habituer à un mode de vie si primitif, sans distractions ni divertissements ; c'est une vraie folie dont tu te repentiras amèrement. J'espère juste qu'il ne sera pas trop tard.

— Tu as peut-être raison, et je sais que cela ne va pas être simple, mais venir habiter chez toi n'a pas été facile non plus.

— Comment peux-tu mettre les deux choses sur le même plan ? Chez nous tu as trouvé tout le luxe dont peut rêver une jeune femme.

— Sauf que, jusqu'au dernier bibelot, tout avait été choisi par ma coépouse et que je n'avais même pas le droit de déplacer un tableau. Ce que je veux dire, c'est que pour vivre avec vous, j'ai dû aussi m'adapter à une mentalité qui n'était pas la mienne.

» De toute manière, ce n'est pas la peine de discuter ; même si je devais m'en repentir, il est trop tard pour changer d'avis. Maintenant que j'ai pris la citoyenneté ta-shimoda, de mon plein gré et en toute connaissance de cause, je dois me soumettre aux lois de ce monde qui est devenu le mien. Je ne vais donc nulle part sans l'autorisation de l'Ancienne de la ferme ou de la saz-adaï du clan.

— Tu as pensé au danger du virus de Gaia ? Il faudra te faire vacciner, et faire des contrôles régulièrement.

— À l'hôpital, où on m'a fait un examen complet avant d'accepter ma demande, on m'a dit que j'avais une sorte d'immunité naturelle, bien qu'incomplète, et que je ne courais pas de risque si je ne fréquentais pas d'étrangers. D'ailleurs, il est tout à fait inutile de continuer à discuter : la saz-adaï, c'est-à-dire la personne qui dirige le clan Van Voss, m'a acceptée, et m'a intégrée à cette ferme. Quand un Shiro donne un ordre, on obéit, un point c'est tout.

— Je vais faire intervenir le ministère, je vais susciter un incident diplomatique si nécessaire, mais je ne permettrai pas que tu gâches ta vie. Ils t'ont forcée d'une manière ou d'une autre, n'est-ce pas ?

— Tu dis des bêtises, lui répondit-elle avec impatience. Tu causerais un incident diplomatique pour rien. Je fais partie du clan et j'ai droit à sa protection. Les Shiro n'accepteront jamais de confier un membre du clan à un étranger, ce serait une infraction à leur code. Je peux t'assurer que lorsqu'ils disent qu'ils préfèrent se faire tuer plutôt que de perdre leur honneur, ce n'est pas qu'une façon de parler.

— Je n'arrive pas à croire que notre mariage ne compte plus pour toi. Tu ne m'aimes pas ? Même pas un tout petit peu ?

— L'amour ? Qu'est-ce que ça a à voir avec nous ? Si c'était de l'amour que tu voulais, il ne fallait pas t'adresser à mon père, c'est une marchandise qu'il n'a jamais eue en magasin. Il vendait de la viande bovine, donc je suppose qu'il a trouvé normal de vendre aussi la mienne, de viande.

» Et maintenant, pour une fois dans ta vie, écoute-moi quand je te parle, j'en ai assez de te le répéter. J'ai choisi de rester ici, personne n'a essayé de me convaincre et encore moins de me forcer. Tu n'imagines même pas à quel point j'ai dû insister ! Ils m'ont conseillé de bien réfléchir, parce que c'était une décision irrévocable et que je n'aurais jamais plus le droit de retourner en arrière. J'ai bien réfléchi en effet, comme ils me l'avaient recommandé, je n'ai même pratiquement rien fait d'autre pendant dix jours et dix nuits, que peser le pour et le contre. Peut-être que je me suis trompée, parce que je ne suis pas très intelligente, n'est-ce pas ? En tout cas c'est ce que disait toujours ma coépouse. Mais maintenant c'est fait.

— Par les sept dieux ! gémit Aziz, vaincu. Mais que vont dire les gens ? Je vais devenir la risée du service diplomatique quand on va savoir que tu m'as quitté pour aller t'installer dans un élevage de bétail avec une dizaine d'indigènes aussi velus que leurs maudites vaches.

— Tu n'as qu'à raconter que je suis morte, ça vaudra mieux pour tout le monde.

— Tu n'y penses pas ! Comment veux-tu que je dise un mensonge si affreux à tes pauvres parents ?

— Tu parles ! répondit Elide avec cette fermeté nouvelle chez elle. Ma famille se fichait bien de moi. Mon père ne voulait que des garçons parce qu'il pensait qu'ils l'aideraient au travail, alors moi, j'ai plutôt été une mauvaise surprise, c'est tout. Il a tout de même fini par tirer profit de moi : il m'a vendue pour douze quintaux d'engrais. De l'engrais ! Tu sais ce qu'on emploie chez nous, comme engrais ? Non, j'imagine que tu préfères ne pas le savoir, ajouta-t-elle à part soi.

Rasser ferma les yeux. Il était encore faible et la discussion l'avait fatigué. Comme elle avait changé, la petite Elide, si douce, qui ne disait jamais non !

Il décida qu'il allait se reposer, et qu'il reprendrait assidûment ses exercices de marche dès le lendemain. Pourquoi cela lui semblait-il si difficile ? Il lui était déjà arrivé de devoir rester plusieurs jours au lit, mais il n'avait jamais eu autant de mal à récupérer. C'est l'âge, sans doute, se dit-il tristement, ou bien cet horrible climat où la simple idée d'un mouvement vous fatigue déjà. Et cette petite sotte qui par un entêtement ridicule veut rester ici à travailler douze heures par jour dans cette fournaise, c'est de la barbarie pure et simple. Quand elle eut quitté la pièce, il trouva tout d'un coup bien ordonnés dans sa tête tous les arguments qu'il aurait dû développer et les mots qu'il lui aurait fallu dire. Demain, sans faute.

Mais, le lendemain, Elide ne se montra pas et, parmi ces espèces de grosses brutes, personne ne parlait un seul mot d'une langue civilisée. Il s'exerça à marcher (maintenant il n'avait plus besoin du soutien de l'Asix) et s'en alla faire un tour dans la maison, passant la tête par toutes les portes et appelant sa femme, jusqu'à ce qu'il tombe sur un couple en train de copuler allègrement. Il fit un bond en arrière, plus embarrassé qu'il l'avait jamais été de sa vie. Comment se faisait-il qu'ils ne pensent même pas à fermer la porte ? Ah ! mais c'était vrai, il n'y avait même pas de serrures.

Quand Elide vint le saluer, tard le soir, il essaya de lui dire que les habitants de la ferme étaient des êtres primitifs et lubriques, et certainement pas une fréquentation adéquate pour une dame de Neudachren, même seulement pour quelques jours. Elle ne répondit rien et se contenta de lui sourire avec amitié.

— À ta manière, tu as fait ce que tu as pu pour être un bon mari, et je t'en remercie. Quelqu'un va te reconduire à Gaia demain, puis à Schreiberstadt. Ne garde pas un trop mauvais souvenir de moi ; nous ne nous reverrons plus, demain à l'aube je pars pour Gorival. Adieu.

Et elle disparut.

Il n'avait sans doute pas encore métabolisé tous les calmants dont on l'avait bourré, car il finit malgré tout par s'endormir. Le lendemain, il demanda à la vieille femme qui l'avait soigné :

— Elide ?

La femme fit un vague signe de la main et s'en alla – il n'avait pas caressé trop d'espoir, de toute façon. Il passa la matinée à tourner en rond dans cette misérable ferme aux murs patinés par le temps, essayant de la voir avec les yeux de sa femme et se demandant ce qu'elle pouvait bien y trouver. Même avec la meilleure volonté du monde, il ne parvint pas à y découvrir quoi que ce soit d'intéressant. C'était encore bien pis que leur Gaia, qui selon lui aurait plutôt dû s'appeler Funèbre, et Gaia était encore pis que Schreiberstadt, et Schreiberstadt était le poste le plus désolé et le plus déprimant que, pour son malheur, on lui ait jamais attribué.

Comme dans un cauchemar, il pataugea dans la boue jusqu'à l'arrêt de l'autobus. Le paysage était sinistre : des champs gorgés d'eau qui s'étendaient à perte de vue, jusqu'à l'horizon bas sous les nuages. L'indigène qui l'accompagnait ne connaissait manifestement pas un mot d'universel ni de galactique, et il attendit en silence avec lui sous la pluie. Au bout d'une bonne demi-heure, le véhicule lent et inconfortable finit par arriver et ils montèrent à bord, toujours en silence. Quand l'autobus démarra, Rasser jeta un dernier regard de haine à ce paysage humide et gluant et aux prés boueux cernés de murets de pierres mal assemblées où paissaient des dizaines de ces vaches puantes dont sa femme semblait tellement apprécier la compagnie.

Dans ce qui était une rizière, à ce qu'on lui avait dit, quelques indigènes étaient au travail, sans se soucier de la pluie. Son cœur se serra à l'idée que l'une de ces silhouettes enfoncées dans la boue jusqu'aux mollets pouvait être celle d'Elide.

Il n'avait pas cru un seul instant qu'elle devait partir ce matin-là. Elle avait juste voulu éviter son vieux mari ennuyeux, se dit-il en un élan de pitié pour lui-même, puis il soupira. Il lui fallait tourner la page et ne plus y penser. Maintenant il devait réfléchir à la meilleure façon d'affronter Almira, et à ce qu'il allait lui raconter de ce qui était arrivé à Arsel. *J'espère qu'elle ne va pas me faire une scène, je ne crois pas que je le supporterai*, pensa-t-il. Mais finalement ce souci-là au moins s'avéra superflu.

Soener, extrêmement embarrassé, lui dit que la dame Rasser était retournée sur Neudachren avec Ida Soener, le jour même où il avait entrepris la funeste visite du Haut Plateau. Ida n'avait même pas pris la peine de prévenir son mari qu'elle partait, alors qu'Almira lui avait au moins laissé un petit mot laconique par lequel elle l'informait qu'elle ne pouvait pas supporter un jour de plus sur cette affreuse planète et qu'elle rentrait chez elle.

Rasser raconta que sa deuxième femme était morte, tuée par un animal indigène, et reçut sans mot dire les condoléances du professeur et des deux secrétaires, avec l'impression d'être un monstre d'hypocrisie. Il ne demanda même pas où était Arsel, qui ne s'était pas montrée pour l'accueillir, et il fila dans sa chambre, demandant à Omiari Kader d'envoyer chercher le docteur Singh.

Il était en deuil, qui plus est encore convalescent, et le voyage l'avait épuisé. Les deux secrétaires n'avaient qu'à s'occuper de faire tourner l'ambassade, et d'ailleurs, pour ce qu'il y avait à faire, personne ne s'en apercevrait si on la fermait.

Il venait de s'installer sur son lit, bien décidé à y passer le reste de la journée à s'apitoyer sur lui-même, quand la porte de sa chambre s'ouvrit toute grande sous une poussée rageuse. Aber, qui ne s'était même pas donné la peine de frapper, l'apostropha :

— Vous pensiez m'échapper, hein ? Non content d'avoir fait quitter la planète à votre première femme, à présent vous avez caché la deuxième ! Mais je vais la retrouver, vous ne perdez rien pour attendre !

— Avez-vous oublié tout sens des convenances ? protesta Rasser.

Aber avait toujours eu soin de sauvegarder les formes. Ses menaces de s'en prendre à Elide s'il n'obtenait pas ce qu'il voulait, il les avait exprimées sous forme de sous-entendus, toujours avec la plus grande courtoisie apparente.

L'ambassadeur n'en avait pas été moins terrorisé. S'il osait à présent se rebeller, c'était seulement parce que Elide était désormais hors d'atteinte. À quelque chose malheur était bon, après tout. Il ne craignait rien pour Arsel : Aber voulait obtenir par son chantage le droit de l'épouser. Il n'allait certainement pas lui faire de mal, du moins tant qu'il avait l'espoir d'arriver à ses fins.

— Vous êtes en train d'organiser la désertion, à ce que je vois. C'est un cas évident de collusion avec l'ennemi, mais cela ne se passera pas comme ça, je veille, moi, je… Avouez tout, je vous l'ordonne ! hurla encore le capitaine, le gratifiant d'un regard noir.

Après quoi, il fit un demi-tour parfait, qui fut pourtant gâché par le fait qu'au lieu de sortir par la porte il prit d'un air très décidé la direction d'une paroi dépourvue d'ouvertures. Là il effectua un deuxième demi-tour, aussi impeccable que le précédent, salua dans les règles, puis resta là, clignant des yeux, l'air de ne pas savoir où il était.

— Je suis venu… (Il hésita, toussota, puis acheva sa phrase d'un ton incertain :) Je suis venu vous présenter mes condoléances, Excellence. Oui, c'est ça. Mes condoléances.

Ébahi, Rasser le dévisagea sans savoir quoi dire. Disparu le fringant capitaine, arrogant et sûr de lui, toujours tiré à quatre épingles. Celui qui lui faisait face était un homme hanté, au regard fuyant et aux joues creuses. Ces drogues locales, dont le docteur Singh leur avait touché un mot, devaient être bien différentes de la dizaine de psychotropes inoffensifs autorisés par la législation fédérale.

Il remercia du bout des lèvres et comme l'autre ne faisait pas mine de partir, il finit par lui déclarer qu'il souhaitait rester seul.

Avec un salut correct, Aber, de nouveau maître de lui, sortit de la pièce, sans aucune allusion — les sept dieux en soient remerciés ! — à Arsel ou à un éventuel mariage.

Chapitre 9

Neudachren

— Puis-je entrer, Vénérable ?
Le diacre reconnut son visiteur à sa façon de frapper, ou mieux de gratter à la porte comme un rat. C'était normal, après tout : c'est ce qu'il était. Un rat d'égout – animal répugnant mais utile.

—Entre. Je t'attendais la semaine passée.
—La tâche que vous m'aviez confiée n'était pas facile, Vénérable.
Le Rat s'approcha pour pouvoir chuchoter son message plutôt que de le prononcer à haute voix. Le diacre réprima un mouvement de recul, qui ne devait rien à l'odeur de vêtements mal lavés de l'homme. Il haïssait l'idée d'être contraint de faire appel à des gens de ce milieu. Si, pour conduire à bien l'œuvre des dieux, il était parfois amené à avoir recours à des instruments aussi ignobles que cet individu, il ne le faisait jamais de gaieté de cœur.

—Je n'ai pas droit à ce titre, tu le sais très bien, lança-t-il avec impatience. Ne t'imagine pas pouvoir m'extorquer encore plus d'argent par la flatterie ! As-tu réussi ? Es-tu parvenu à infiltrer les services spéciaux ?

—Oui monsieur, mais ça n'a pas été facile. J'ai dû graisser pas mal de pattes. Ce dont on était convenu ne sera pas suffisant. J'ai payé aussi…

Il extirpa de sa poche un bout de papier tout chiffonné, puis il le tendit au diacre, qui repoussa sa main d'un geste agacé, se bornant à demander :

— Combien ?

Son ton sec trahissait le mépris de l'aristocrate pour le plébéien, du membre du clergé pour le pécheur. Le Rat n'osa pas montrer qu'il se sentait offensé ; il se borna à doubler le montant qu'il avait eu l'intention d'exiger.

Le dignitaire ne marchanda même pas : c'était le temple qui déboursait et le temple était immensément riche.

Comprenant qu'il aurait pu réclamer une somme encore plus importante, le Rat grinça des dents, mais il reprit, d'un ton onctueux :

— À cette somme, monsieur, il faut ajouter ce que j'ai bien été obligé de donner à deux petites frappes, que j'ai engagées pour qu'elles éliminent...

— Je ne veux pas le savoir, s'insurgea le diacre. Ce ne sont pas des sujets dont on parle en ces lieux ! Cet édifice est consacré.

— Je n'en parlerai donc pas, monsieur, pourtant c'est bien vous qui m'avez ordonné...

— Silence ! tonna l'ecclésiastique.

Il sortit d'un tiroir une puce qu'il approcha de son communicateur de poignet avant de la tendre à son interlocuteur.

— Voici, c'est pour toi. Arrange-toi pour payer les autres ordures de ton acabit avec ce qu'il y a là-dessus. Tu n'auras pas une seule unité en plus. Dégage !

Les deux hommes se séparèrent, chacun convaincu d'avoir fait une bonne affaire. Le Rat prit le chemin d'un tripot du quartier chaud, où il avait donné rendez-vous à un sous-fifre des services spéciaux. Il escomptait lui soutirer une somme rondelette, en lui racontant qu'on l'avait engagé pour introduire une taupe dans son administration, puis en faisant monter les enchères (juste un tout petit peu : il était un homme prudent) avant de lui confier le nom de la personne qui l'avait engagé. Il n'aurait même pas besoin de mentir quand il garantirait qu'il n'y avait pas la moindre taupe. Pour risquer de se mettre à dos le puissant chef des services spéciaux, il aurait fallu être fou !

Ce qu'il allait recevoir de son prochain rencard, ajouté à ce que lui avait donné le diacre (quel crétin cet aristo prétentieux : il avait accepté sa parole sans aucune preuve !) constituerait un beau petit magot, qu'il n'aurait à partager avec personne. Ses listes de complices et de pots-de-vin ne servaient qu'à faire monter la note auprès de ses commanditaires. En réalité, il travaillait toujours seul ; c'était un excellent système pour rester en vie.

De son côté, le diacre demanda une entrevue à son supérieur, l'Archidiacre du temple principal de la capitale, qui était son cadet d'une bonne dizaine d'années. Cela lui restait encore en travers de la gorge qu'à la mort du précédent Archidiacre on ait choisi frère Fidel, qui n'appartenait même pas à l'aristocratie : il n'était que le rejeton d'une famille de la bourgeoisie marchande.

Chaque fois qu'il était obligé de lui donner le titre de Vénérable, ce titre qui aurait dû en toute logique lui revenir, il avait l'impression que le mot l'étouffait.

— Tout a été fait selon vos souhaits, pour la plus grande gloire des dieux, murmura-t-il, la tête basse.

— C'est bien, frère. Tu recevras personnellement les rapports de l'agent infiltré, et tu ne m'en parleras que quand tu l'estimeras nécessaire. Tu peux disposer.

— Vénérable, je voudrais vous entretenir du problème des missionnaires à envoyer sur Ta-Shima.

— J'ai reçu tes trois mémorandums, et aussi tes deux notes. Ton point de vue y était exposé très clairement. Je ne peux que te répéter de vive voix la réponse que je t'ai transmise : ce n'est pas le bon moment.

— Pourquoi atermoyer? demanda le diacre, levant sur son supérieur ses yeux de braise. L'œuvre missionnaire est le premier devoir d'un croyant. Cela fait déjà vingt-neuf ans que cette planète a été redécouverte, et ses habitants se vautrent toujours dans le plus abject paganisme.

— Sur ton insistance, frère, mon prédécesseur a envoyé trois missionnaires ; le premier est rentré cinq mois plus tard sans avoir réussi à convertir un seul indigène, tandis que les deux autres ont disparu sans laisser de traces. Je crains fort qu'ils aient perdu la vie.

— Je me porte volontaire : je ne redoute pas le martyre !

L'Archidiacre soupira. Pour une tâche aussi délicate, il aurait fallu un homme capable de finesse et de diplomatie. Or, celui qui lui faisait face était tout sauf un diplomate. Il était d'une foi à toute épreuve, ça oui, mais aussi un fanatique, incapable de prendre en considération un point de vue différent du sien.

— Dans l'un de tes propres mémorandums, tu as écrit que ta nièce, dont le mari a été nommé ambassadeur sur cette planète, a essayé d'instruire ses serviteurs dans la religion, sans aucun résultat.

— Une femme, Vénérable! s'insurgea le diacre. « Que dans le temple la femme se taise. » C'est le texte du cent soixantième verset du douzième canon. Si j'ai cité cette tentative malencontreuse, c'était pour une seule raison : vous démontrer qu'en l'absence d'une mission officielle on court au désastre. À cause de sa nature même, la femelle est incapable d'analyser les finesses théologiques ; son esprit volage ne lui permet pas de se concentrer suffisamment ; sa fatuité la conduit par la force des choses sur des chemins détournés.

— Cher frère, si j'ai bonne mémoire, ta nièce est une dame extrêmement respectable et pieuse. Ce qui l'a empêchée de mener à bien son œuvre de conversion, ce n'était pas sa nature volage, mais le simple fait que, sur cette planète, personne ne comprend l'universel.

— Notre devoir est clair : ouvrir des écoles, puis obliger ces sauvages à les fréquenter.

Pendant un très court instant, l'Archidiacre fut ébranlé par la tentation. Comme sa vie serait simple s'il répondait au souhait de son subordonné, et s'il l'expédiait sur Ta-Shima ! Les tentatives de ses deux prédécesseurs – autrement plus compétents et, disons-le, plus intelligents que lui – avaient fait long feu. Combien de mois, non, combien de semaines, allait tenir le coup cet esprit borné qui, le jour de son ordination, avait choisi le nom de Sévérité ?

Allait-il rentrer au bercail, comme frère Pitié, rendu plus humble par l'insuccès de sa mission ? Ou bien finirait-il par disparaître dans les jungles de ce monde sauvage, comme frère Juste ? Un aristocrate, celui-là, convaincu – à tort, comme les événements l'avaient démontré – que sur toute planète son nom seul suffirait à le protéger. Et les dieux seuls savaient où était passé Vertu, qui n'avait plus donné de ses nouvelles depuis cinq mois.

Que l'insuccès de sa mission parvienne à rabattre le caquet du diacre ou que cette planète de malheur l'engloutisse à tout jamais, le résultat serait avantageux non seulement pour le temple, où ce zélote faisait plus de tort que de bien, mais aussi pour lui-même, le père Fidel, qui serait libéré de ses éternels recours, mémorandums et autres protestations.

Toutefois, l'Archidiacre avait la malchance d'être un homme bon. Il fut immédiatement submergé par le remords : il avait failli souhaiter la mort d'un membre du clergé ! Il se reprocha vertement ses mauvaises pensées, se promettant d'accomplir la pénitence adéquate, puis il réussit à afficher un sourire paternel et à répondre d'une voix douce :

— La décision relève de ma compétence, frère.
— Vénérable ! Nous manquons à nos devoirs les plus basiques.

— Ne m'as-tu pas entendu ? Parmi les devoirs que nous impose notre condition, il y a celui de l'obéissance. Par pénitence, tu t'abstiendras du commerce charnel avec tes épouses, et cela jusqu'à la fête de l'Indulgence. Je t'invite chaudement à méditer sur la signification profonde de cette célébration.

De mauvaise grâce, le diacre s'abîma dans la demi-génuflexion réglementaire avant de prendre le chemin de son bureau.

Père Fidel avait tort, pis, il était en train de commettre un péché. Convertir les païens avait été une mission prise extrêmement au sérieux à l'époque de la fondation de l'Église unitariste. En général, une douce persuasion avait suffi, mais à l'encontre des récalcitrants le clergé avait su se servir du bras séculier ; avec une sévérité toute paternelle il avait imposé aux brebis égarées de reprendre le droit chemin.

Certes, depuis cinq siècles, on n'avait plus connu de glorieuses batailles menées au nom des dieux miséricordieux. Il était parfois arrivé à frère Sévérité de regretter que la religion unitariste règne désormais de façon incontestée sur les cent vingt-sept planètes : il avait vieilli sans avoir eu la possibilité de défendre sa foi les armes à la main.

Et maintenant qu'un nouveau champ de bataille s'était ouvert, que tout un peuple se vautrait dans la fange du paganisme, un supérieur sourd et aveugle à la vérité se refusait à intervenir avec l'énergie nécessaire !

Navré, il secoua la tête. Il n'y avait rien à faire : les actions d'apostolat à grande échelle incombaient traditionnellement à l'Archidiacre du temple majeur. Or, on avait nommé à cette charge un incompétent tel que Fidel ! Un velléitaire, incapable de prendre la seule décision possible.

Ah ! si j'étais à sa place, se dit-il une fois de plus, animé d'une colère toute neuve. L'Archidiacre lui confiait les basses besognes, les contacts avec des gens comme le Rat. Quant à lui, il gardait les mains bien propres, quitte à regarder de haut son subordonné lorsque ses ordres avaient été exécutés.

Les contacts avec des gens comme le Rat... Cet ignoble individu ne lui avait-il pas parlé de deux petites frappes, qu'il avait engagées pour éliminer quelqu'un ? Qui, Sévérité n'avait pas voulu le savoir, mais de toute évidence le Rat connaissait des tueurs à gages. Combien demanderaient-ils pour s'occuper de l'Archidiacre ?

Sévérité s'arrêta comme foudroyé, puis il changea de direction. Plutôt que d'aller à son bureau il se rendit à la chapelle privée de sa famille, déserte à cette heure. Il dénuda son torse et, armé d'une badine qui avait déjà beaucoup servi, il fouetta jusqu'au sang ses maigres épaules, afin de se punir d'avoir hébergé une pensée si indigne.

Il passa la nuit dans la sacristie, sur un lit de fortune : l'Archidiacre lui avait imposé la pénitence de s'abstenir du commerce charnel avec ses épouses. À la maison, la tentation serait trop forte : la plus jeune de ses femmes, un tendron de quinze ans, n'était entrée que tout récemment dans sa famille. Depuis le jour des noces il avait honoré son lit aussi fréquemment que le lui permettait son âge avancé.

Tout en se retournant sur sa couche, à la recherche d'une position plus commode, son cerveau jouait paresseusement avec la question de savoir si, vraiment, le Rat connaissait des gens disposés à éliminer son supérieur contre de l'argent.

Ce n'était qu'une réflexion parfaitement théorique, bien entendu. Il n'avait aucune intention de passer à l'acte ; vraiment aucune.

D'un autre côté, si c'était pour la plus grande gloire des dieux… Après tout, la fin justifie les moyens, n'est-ce pas ? Qui donc avait édicté cette maxime ? Figurait-elle dans un canon ou bien dans la correspondance de l'un des saints hommes ?

Quand… Non, *si* il devenait Archidiacre, Sévérité enverrait sur Ta-Shima une mission composée d'une bonne dizaine de frères. Il réclamerait au gouvernement une escorte armée, chargée de les protéger. Certes, la coalition au pouvoir risquait de se faire tirer un peu l'oreille, mais elle finirait par obtempérer : contrarier le temple n'était jamais une bonne idée.

Évidemment, pour accomplir tout cela, il lui faudrait assumer la fonction d'Archidiacre ; or il y avait peu de chances que Fidel, de dix ans son cadet, lui rende le service de mourir de mort naturelle dans les mois à venir.

Il allait convoquer le Rat dès le lendemain. Comme ça, juste pour se renseigner.

Par pure et simple curiosité.

Chapitre 10

Suvaïdar lisait avec perplexité la lettre de l'ambassadeur. Quand elle parvint enfin à en dégager le sens au milieu des formules de politesse alambiquées, elle en conclut qu'en premier lieu Rasser lui demandait des nouvelles de sa santé, et souhaitait courtoisement que celle-ci soit bonne. Si une telle expression avait été employée par un Shiro, cela l'aurait poussée à lui proposer avec tout autant de courtoisie un entraînement amical au sabre, pour lui démontrer que sa condition physique était en effet bonne. Mais les étrangers posaient souvent de telles questions ; elles n'étaient que de pure forme et ne cachaient aucune allusion perfide.

En deuxième lieu, Son Excellence sollicitait une entrevue, se disant prêt à venir personnellement à Gaia. Il ne fallait même pas y penser ! Suvaïdar n'avait aucune intention de demander une nouvelle autorisation pour un étranger, pas après toutes les complications que les barbares avaient causées la fois précédente.

Elle serait, en revanche, ravie d'avoir un entretien avec lui, qui plus est dans une situation où c'était l'ambassadeur qui l'avait sollicitée et non l'inverse. Deux jours auparavant, l'Asix ancienne qui travaillait à Niasau était venue lui parler d'un message que les étrangers avaient reçu. On interrogeait les services de l'ambassade sur les modalités d'installation d'un nouveau groupe sur Ta-Shima… L'Asix n'avait pas compris qui composerait ce groupe, ni ce que ces gens étaient censés faire, mais deux points l'avaient préoccupée au point de l'inciter à venir en personne au lieu d'envoyer l'un des jeunes.

Les Sitabeh ne voulaient pas s'installer dans leur enclave, mais à Gaia. Pis encore, ils avaient l'intention de se faire accompagner par des gens armés, des gardes du corps comme ils disaient, dont ils estimaient avoir besoin pour se protéger des « indigènes hostiles ».

Pressée de questions, l'Asix s'était dite certaine d'une seule chose : il ne s'agissait pas de comptoirs commerciaux, mais d'une activité très compliquée, pour laquelle il fallait bâtir exprès un édifice spécial.

Suvaïdar avait eu une illumination.

—Ont-ils employé le mot « temple », ou alors « religion » ?

—Religion, oui, je crois que c'est ça. Je n'étais pas assez proche et j'entendais mal. C'est quoi, Shiro-adaï ?

—Une idée des étrangers. Tu te souviens que la plus vieille des femelles extramondines vous avait réunis pour vous raconter des histoires à propos de gens doués de pouvoir extrasensoriels ?

—Je me souviens très bien. Il était question de personnes invisibles et de tout un tas d'autres insanités. Elle devait être timbrée.

—Eh bien, c'est un genre de folie fort répandue en Extramonde. Ils appellent ça « religion ». C'est une idée qui pourrait avoir des conséquences désagréables. Tu as bien fait de venir me prévenir.

Après le départ de l'Asix, elle s'était demandé comment mettre le sujet sur le tapis avec Rasser : depuis leur malencontreuse balade touristique, elle ne l'avait vu que deux fois, à plusieurs décades de distance. Elle ne pouvait pas débarquer chez lui de but en blanc pour lui parler d'un message qu'il avait reçu et dont elle n'était pas censée être au courant. Et voilà qu'elle recevait de sa part une lettre qui lui donnait une raison plus que valable de se rendre à Niasau.

Immédiatement après le travail, sans même passer à la maison pour prendre son bain, elle prit le chemin qui conduisait au pont.

Sur le seuil de l'ambassade elle rencontra le docteur Singh.

—Bonjour, estimée consœur. Êtes-vous venue examiner notre patient commun ? À ce qu'il me semble avoir compris, il a souffert d'une petite attaque d'ischémie transitoire, mais bien sûr, je n'étais pas présent quand les faits se sont produits. C'est vous qui l'avez soigné, n'est-ce pas ? Pourriez-vous me communiquer vos notes, pour mes dossiers ?

—Ce n'était pas moi, mais une collègue. Je vais voir ce que je peux faire, mais je ne pense pas qu'elle ait gardé les notes du cas. Il s'agissait d'un malade de passage, déclara-t-elle avec aplomb.

Elle ne se sentait nullement coupable : le Sh'ro-enlei défend de mentir, certes, mais les étrangers ne comptent évidemment pas.

Petite attaque d'ischémie transitoire, se dit-elle avec satisfaction. Parfait. Si Singh avait soupçonné l'étendue des dommages cérébraux, et donc de l'amélioration obtenue, il n'aurait eu de cesse de découvrir quels soins avait reçus Rasser. Or, c'étaient là des renseignements qu'on ne pouvait communiquer à un médecin de la Fédération.

L'ingénierie génétique était toujours considérée comme un crime en Extramonde, et tout ce qui était lié, même de loin, à cette branche du savoir était regardé avec suspicion. Quand elle l'avait appris, elle avait estimé, en accord avec tous ses compatriotes, qu'il s'agissait de superstitions ridicules. Même en admettant que les manipulations génétiques pratiquées dans les laboratoires d'Estia aient été à l'origine des guerres galactiques (qui avaient provoqué des milliards de morts, la disparition de planètes entières et la perte de connaissances scientifiques inestimables), c'était de l'histoire ancienne pour tout le monde. Six siècles s'étaient écoulés depuis lors selon le calendrier de Ta-Shima, qui correspondaient à presque huit cents années de Neudachren. Maintenir, pour des raisons de principe, une interdiction qui entravait les travaux des scientifiques et des médecins, était considéré par tous les Ta-Shimoda comme une idée digne de peuples barbares.

Entre-temps, toutefois, Suvaïdar avait étudié les travaux de la femme fondatrice du clan Jestak. Maria Jestak avait été un génie, tel qu'il en naît un toutes les cent générations, mais aussi une psychopathe. Les découvertes de son esprit brillant avaient parfois été employées à satisfaire les pulsions schizophréniques d'une autre facette de sa personnalité.

Les Shiro étaient un des résultats de ses recherches, et, depuis qu'elle avait appris certains détails des interventions pratiquées par la fameuse Maria sur le génome shiro, Suvaïdar avait développé une désagréable tendance à l'autoobservation compulsive : ce comportement, ou ce penchant, était-il inné, ou bien résultait-il de quelques milliers de paires de bases azotées que Maria avait assemblées, ou peut-être prélevées on ne savait où ?

Il y avait encore des moments où il lui arrivait de penser (bien entendu, sans jamais l'exprimer à haute voix) qu'il se pourrait bien que les Shiro dans leur ensemble présentent une forme d'aliénation mentale. Heureusement que celle-ci ne leur permettait de porter préjudice qu'à leurs congénères. En effet, ils étaient de par leur nature incapables de faire du mal à un Asix. Le simple fait d'imaginer ce qu'un Shiro dépourvu de cette inhibition catégorique aurait pu faire à un Asix plein de confiance et instinctivement porté à obéir aux membres de l'autre race lui causa une régurgitation acide qui lui brûla la gorge.

Singh recula précipitamment de deux pas, puis prit congé d'elle avec une hâte qui frisait l'impolitesse. Elle se rendit compte qu'elle avait relâché le contrôle rigoureux de ses émotions – cela lui arrivait parfois quand elle n'était pas avec ses semblables – et que ce que l'étranger avait lu sur son visage lui avait fait peur. Elle se recomposa une contenance avant d'entrer.

Après un bref échange de politesses, Rasser lui dit avec une certaine retenue :

— Il s'agit de ma fille. Pendant notre séjour à Gaia, cet individu a profité de son ingénuité.

— Que voulez-vous dire exactement ? demanda-t-elle, haussant un sourcil.

— Il l'a… en fait, il l'a convaincue de faire… c'est-à-dire…

— Elle s'est accouplée avec lui, c'est cela ?

Agacée par sa façon de tourner autour du pot, elle avait choisi exprès un terme considéré comme brutal en universel.

— Si mes renseignements sont exacts, il ne semble pas qu'on ait profité de qui que ce soit. On m'a rapporté que c'est elle qui l'avait invité.

— Cet individu ment pour se disculper, cela me paraît évident. C'est une absurdité, et une femme de votre intelligence ne peut manquer de s'en rendre compte.

— Je ne crois vraiment pas que… Mais laissons cela. De toute façon c'est du passé : trois mois et demi se sont écoulés depuis lors. Comment se fait-il que vous vous en souciiez seulement maintenant ?

— À cause des conséquences.

Pourquoi donc les Neudachreniens se sentent-ils tenus de se cacher derrière des euphémismes chaque fois que le sujet concerne, de près ou de loin, ce qui a pu se produire sur une natte ? Que diable veut-il dire ? Oh, par la Galaxie ! Ces imbéciles sont opposés aux implants anticonceptionnels, pour des raisons incompréhensibles qui ont quelque chose à voir avec leurs dieux, à moins qu'il s'agisse d'une sorte de tradition. Il n'y a vraiment qu'un Neudachrenien de bonne souche pour trouver tous les moyens de se compliquer ainsi inutilement la vie.

— Elle est enceinte ?

Elle avait posé la question d'un ton brusque, sans arriver à retenir une grimace de dégoût. Son autocontrôle flanchait face à l'idée d'un petit monstre, semblable à Middael, en train de pousser comme une tumeur dans l'utérus de cette stupide fille barbare. Interprétant la réaction de son interlocutrice d'après la morale de Neudachren,

Rasser, qui mourait de honte, ne put que baisser la tête, rougissant violemment.

— Ce n'est que maintenant qu'elle s'en aperçoit ? demanda Suvaïdar, recouvrant avec peine la maîtrise de ses émotions.

— Elle a trouvé le courage de me l'avouer il y a quelques jours. J'ai immédiatement demandé au professeur d'écrire une lettre au chef de la famille de ce Johnson, mais je n'ai pas reçu de réponse. Désormais le temps presse.

— La saz-adaï Johnson n'est pas médecin. Pourquoi ne vous êtes-vous pas adressé au docteur Singh ?

— Qu'a-t-il à voir avec mon problème ?

— Je ne vous comprends pas. Vous m'avez affirmé à juste titre que le temps pressait. Pourquoi donc en perdre encore un peu plus à écrire à l'Ancienne Johnson ? Quand on veut interrompre une grossesse il vaut mieux le faire le plus précocement possible.

— Mais c'est inconcevable ! s'exclama Rasser en bondissant sur ses pieds. Comment pourrais-je demander au docteur de pratiquer une intervention illégale ?

— L'avortement est devenu illégal chez vous, maintenant ? Eh bien, il n'y a aucun souci à se faire : chez nous il ne l'est pas. Je peux m'en occuper aujourd'hui même. Il suffira que j'aille chercher le nécessaire à l'hôpital ; je ne suis pas sûre qu'ils aient ce qu'il me faut au centre médical de l'astroport.

— C'est hors de question ! Ma fille ne s'y soumettra sous aucun prétexte.

Suvaïdar haussa les épaules. Que la mangeuse de cadavres mette au monde un croisement contre nature était révoltant, mais, après tout, dans quelques mois, ou au plus tard dans quelques années, elle rentrerait dans son monde, en emmenant son ignoble rejeton ; personne sur Ta-Shima n'avait besoin d'en entendre parler.

— Qu'elle garde donc son enfant, rétorqua-t-elle avec indifférence. Mais alors, pourquoi avez-vous demandé à me parler ?

— Elle ne peut pas avoir un enfant sans être mariée.

— Pourquoi donc ? Sur Wahie, si j'ai bon souvenir, ce n'était pas rare. Personne n'en faisait un drame.

— Wahie est un monde aux coutumes, comment dirais-je, très libres. (Il baissa la voix, gêné.) On y vit dans une certaine promiscuité – si vous me permettez d'employer un terme un peu osé – au point que ma première épouse a toujours refusé d'y passer les vacances. Sur

Neudachren, par contre, un acte immoral est considéré comme un manquement grave ; dans les familles aristocratiques, c'est un vrai scandale. Ma femme, la mère d'Arsel, je veux dire, appartient à une lignée qui se targue d'avoir donné de nombreux dignitaires au clergé unitariste, et cela depuis des siècles. Sa famille est particulièrement stricte… enfin, sévère, pour tout ce qui concerne… Vous comprenez, n'est-ce pas ?

» Voilà pourquoi j'ai écrit à la famille de ce Johnson. Le jeune homme doit assumer ses responsabilités et épouser ma fille. Je suis d'ailleurs étonné de ne pas avoir reçu de réponse. J'en suis à me demander si la traduction que le professeur a faite de mon message était correcte.

Un mariage. Il voulait qu'un Shiro, un *Shiro* contracte une de ces ridicules alliances reproductives permanentes avec une Sitabeh. Quelques semaines auparavant, Suvaïdar se serait insurgée à l'idée d'une pareille mésalliance, mais la conseillère Huang garda le silence, pesant les différentes possibilités. S'il obtenait ce qu'il voulait, Rasser aurait une dette vis-à-vis d'elle. Mais non, une dette d'honneur ne signifiait rien pour les étrangers. Si elle voulait quelque chose en échange, il fallait qu'elle l'obtienne auparavant.

Si, dans son message, cet imbécile avait exposé la situation telle quelle, le jeune du clan Johnson avait toutes les chances d'être déjà mort. Elle croyait toutefois pouvoir compter sur les périphrases diplomatiques de Rasser, tout autant que sur les maigres connaissances linguistiques du professeur.

Elle demanda à Rasser s'il avait gardé une copie du message qu'il avait envoyé. Manifestement, il l'avait préparée : il la lui tendit tout de suite. Elle la parcourut rapidement, puis leva les yeux sur l'homme, respirant à fond pour contenir sa colère. Elle ne pouvait certes pas défier ni insulter le représentant d'une grande puissance comme la Fédération.

— Votre lettre, lança-t-elle brusquement, demande réparation d'un tort subi.

— C'est cela même.

— Eh bien, après l'avoir lue, l'Ancienne Johnson avait le choix entre deux possibilités : elle pouvait n'en tenir aucun compte – c'est ce que ferait la majorité de ses collègues. (Rasser s'agita sur sa chaise et Suvaïdar leva la main pour l'empêcher de l'interrompre.) Ou alors, elle pouvait décider de vous donner satisfaction. Si elle a choisi cette solution, à l'heure qu'il est le jeune homme est mort, ou bien il a été envoyé aux mines. C'est du pareil au même, bien qu'à plus long terme. C'est le sens qu'on donne chez nous à la demande de réparation d'un tort subi.

— Mais c'est monstrueux ! La peine de mort a été abolie sur tous les mondes civilisés.

— Vraiment ? Il y avait un dicton sur Wahie : « Autre planète, autres coutumes. » Nos traditions ne me semblent pas pires que certaines choses que j'ai eu le loisir d'observer là-bas.

» Mais pour en revenir à ce qui nous préoccupe, si vous avez absolument besoin d'un mari pour votre fille, je peux donner ordre à un Asix de faire le nécessaire, si cela vous convient.

— Mais non, pas du tout ! Je ne peux pas organiser une cérémonie de mariage avec un Asix devant tout Schreiberstadt.

— Doit-il donc s'agir d'une cérémonie publique ?

— Évidemment. Dans le cas contraire, comment saurait-on qu'elle a eu lieu ?

— Sur Ta-Shima ma parole serait suffisante, lui répondit-elle avec un visage de pierre, sur lequel seul un de ses congénères aurait été en mesure de lire le mépris qu'elle ressentait.

» Donc vous voulez impérativement un Shiro. C'est plus difficile, toutefois je pourrais ordonner à quelqu'un de mon clan de le faire. À mon frère par exemple. Vous comprenez, n'est-ce pas, que votre cérémonie n'aura aucune signification pour un Ta-Shimoda ? La personne qui s'y soumettra, quelle qu'elle soit, ne se sentira liée par aucune obligation, d'aucune sorte.

— Même si le mariage devait être blanc, il doit s'agir du père de l'enfant. Pour nous, c'est une question d'honneur, et je suis sûr que vous pouvez le comprendre. Vous faites grand cas de votre honneur, pour autant que je sache.

Il essaya de mettre dans ses paroles plus de conviction qu'il en éprouvait. Il se demandait aussi comment la femme pouvait ordonner – et s'attendre de toute évidence à être obéie – à quelqu'un de se marier, comme ça, de but en blanc, avec une inconnue, qui plus est enceinte d'un autre homme.

— « Honneur » est un mot qu'on connaît bien sur Ta-Shima. C'est en effet déshonorant que Johnson-adaï ait un enfant d'une... je voulais dire un enfant non autorisé. Toutefois je ne vois pas comment une cérémonie, blanche comme vous le dites, ou de toute autre couleur, pourrait changer ces déplorables circonstances.

» Je pourrais essayer de récupérer le jeune homme, ajouta-t-elle lentement, mais la chose ne sera pas facile. De plus, je serais obligée d'endosser une dette au nom de mon clan.

Par la force des choses, réfléchissait-elle, la lettre n'avait pu être confiée qu'à un Asix. Celui-ci n'avait probablement même pas attendu d'avoir passé le pont pour l'ouvrir et la lire. Après quoi, se rendant parfaitement compte des conséquences possibles, il avait certainement perdu autant de temps qu'il le pouvait avant de la remettre, tout en n'osant pas la détruire.

Il se pouvait que le garçon soit encore en vie, et qu'il ne se trouve pas non plus dans un puits de mine, mais rien n'était moins sûr. Selon Oda, la saz-adaï Johnson avait promis les pires châtiments à Rinvar si jamais il lui parvenait une seule plainte sur son comportement. Il ne restait qu'à espérer que la vieille dame – plus connue pour son irascibilité que pour sa pondération – ne s'abandonne pas à l'un de ses légendaires accès de colère et ne s'occupe pas *illico* du coupable.

Toutefois, le jour où elle apprendrait que cet imbécile avait osé avoir un enfant non autorisé par le centre d'eugénisme, et qui plus est, avoir un enfant d'une Sitabeh, elle veillerait personnellement à l'honneur du clan, c'était sûr et certain.

— Je suis disposé à payer le nécessaire, déclara Rasser, d'un ton qui lui parut hautain.

Quand elle avait parlé de dette, s'était-il par hasard imaginé qu'elle avait l'intention de lui vendre le jeune homme ? Elle se hâta de dissiper le malentendu.

— Il ne s'agit pas d'argent.

— De quoi alors ?

— De votre rapport, celui que vous êtes censé rédiger sur notre monde.

— Qui vous en a parlé ? demanda-t-il abasourdi.

Je suis au courant d'un tas de choses qui t'étonneraient beaucoup, pensa-t-elle, évitant de regarder l'homme à tout faire qui s'escrimait à réparer un volet, une image tellement banale qu'il en devenait invisible. Mais à haute voix elle déclara :

— Je n'ai pas besoin de l'apprendre de quelqu'un, c'est une déduction qui tombe sous le sens. N'est-ce pas la raison même pour laquelle vous vous trouvez ici ? Mais cela est secondaire. Si vous voulez pour votre fille un mari encore vivant, le temps presse vraiment.

» Votre rapport devrait déclarer que Ta-Shima n'est pas prête à adhérer à la Fédération, et conseiller que, durant le siècle à venir, elle reste isolée, en quarantaine. De plus, il serait opportun que vous le rédigiez de façon à décourager *tous* ceux à qui il pourrait prendre fantaisie de s'établir ici, y compris ces gens qui s'occupent de votre religion et qui veulent persuader tout le monde d'en faire autant.

Rasser tiqua : comment pouvait-elle être au courant de la demande d'une étude de faisabilité quant à l'envoi d'une dizaine de frères missionnaires accompagnés d'une escorte militaire ? Il fut tenté de l'interrompre pour le lui demander, mais décida de laisser tomber, du moins provisoirement. Les sept dieux savaient qu'il avait d'autres soucis en tête pour le moment !

La doctoresse, qui ne s'était apparemment pas aperçue de son mouvement de surprise, continuait déjà sur sa lancée :

— Insistez sur la fièvre de Gaia et sur les animaux dangereux qu'on retrouve parfois au beau milieu du Haut Plateau. Soulignez la carence de matières premières et de sources d'énergie, insistez sur le climat et les ouragans.

— Êtes-vous en train de me suggérer de fausser mes conclusions ?

— Jamais de la vie. Je vous propose tout simplement de dire la vérité, mais en insistant sur les côtés négatifs.

— Je regrette, mais c'est impossible : cela serait contraire à mes principes et à mon éducation, aussi bien qu'à mes conceptions personnelles.

— Dommage.

Elle se leva d'un mouvement fluide et se dirigea vers la porte.

— Attendez, vous me disiez que vous alliez amener ici ce Johnson…

— J'avais juste dit que je pourrais le faire, mais, après mûre réflexion, j'ai conclu que cela serait contraire à *mes* principes. Il n'y a aucune raison pour que je sois la seule qui agisse à l'encontre de son éducation et de ses opinions personnelles, ne croyez-vous pas ?

Rasser luttait contre lui-même : d'un côté il y avait toute sa carrière d'officier et de diplomate intègre, mais de l'autre il y avait sa fille et, pis encore, sa femme. Almira l'écorcherait vif si Arsel arrivait à Dachrenstadt avec un enfant illégitime, qui pour comble de malheur avait été conçu pendant ce voyage auquel elle s'était si énergiquement opposée. De plus, on ne lui demandait pas de mentir, mais juste de souligner certains aspects, qui étaient des vérités incontestables. Avant de rendre les armes, il tenta une dernière objection :

— Mais pourquoi donc me demandez-vous cela ? Pour quelle raison voulez-vous maintenir Ta-Shima isolée du reste de l'humanité ? C'est absurde.

— Pour vous, pas pour moi. Ce qui est absurde pour moi, c'est que votre fille ne se fasse pas avorter sur-le-champ. Et ce qui l'est encore plus, c'est que vous vouliez à tout prix lui trouver un mari. Quant aux raisons pour lesquelles ce mari doit forcément être Johnson to Yamamoto Shiro-adaï, eh bien elles me sont absolument, totalement, incompréhensibles. Toutefois, vous me demandez de vous aider à satisfaire ce souhait, et j'y suis disposée, sans remettre en cause vos motivations. Je vous invite tout simplement à en faire autant avec moi.

» Et, à propos de motivations, je vous avoue qu'il y a un autre point qui m'échappe. Pourquoi certaines personnes de votre monde tiennent-elles tellement à envahir une planète pauvre, qui n'offre aucune possibilité de spéculations, de quelque genre que ce soit ? Qu'espérez-vous y gagner ? Nous ne possédons rien.

— Ce n'est pas l'appât du gain, bien sûr que non. Les mondes humains sont unifiés depuis des siècles. Pendant tout ce temps, grâce aux dieux, il n'y a plus eu de guerres interstellaires, destructrices et néfastes pour tous, et pas uniquement pour ceux qui sont directement impliqués dans le conflit. Le parti conservateur et le clergé unitariste – qui est très influent – souhaiteraient que cette ultime planète encore isolée adhère, elle aussi, à la Fédération. Ce n'est que cela : une simple question de principe, qui ne cache pas d'autres buts.

— C'est bien possible. Toutefois, vous qui avez beaucoup voyagé, vous devez vous rendre compte que notre monde deviendrait dépendant de la technologie et des sources d'énergie – donc des importations – comme d'une drogue. Il finirait par perdre complètement son identité propre, et à plus long terme son indépendance. Il se peut qu'à la longue nous ne puissions pas rester complètement isolés, mais nous aurons du moins quelques dizaines d'années pour nous préparer.

» Sur un plan humain, ne croyez-vous pas que nos sociétés sont incompatibles ? Regardez ce qui est arrivé à votre fille, et aussi à votre épouse, celle qui est morte pendant votre voyage sur le Haut Plateau.

Gêné, Rasser avala sa salive. Il lui avait semblé percevoir une légère emphase dans le mot « morte ». Connaissait-elle la vérité ? Combien de Ta-Shimoda la connaissaient ? Et surtout, voulait-elle laisser planer une menace ? Dans son bref rapport semestriel au ministère, il avait annoncé officiellement le décès de sa deuxième épouse. Il avait déjà reçu des lettres de condoléances, dont un message personnel du sous-secrétaire. Si maintenant les Ta-Shimoda faisaient soudainement sortir du chapeau une femme bien vivante, habillée comme une indigène et qui se proclamait Elide Van Voss, ex-Rasser... Il en avait des sueurs froides. Il ne parvint qu'à objecter faiblement :

— Toutefois, si vous entreteniez des rapports plus étroits avec les autres peuples de la galaxie, certains malentendus ne se produiraient pas, vous comprendriez mieux...

Suvaïdar l'interrompit, parlant d'un ton glacial qui aurait fait battre en retraite tout Shiro adolescent – et aussi un ou deux adultes.

— *Nous* comprendrions mieux ? C'est votre façon de vivre et de voir les choses qui est juste, et c'est à nous de changer ? Vous m'insultez, et avec moi vous insultez tout un monde. Si vous n'étiez pas un étranger, je vous en demanderais réparation. Êtes-vous du reste tellement convaincu de l'excellence de vos coutumes ? Vous vous indignez de l'éventuelle condamnation à mort d'un unique individu, mais depuis que vous êtes sur Ta-Shima, vos soldats ont assassiné plus de cent personnes. Ne me répétez pas encore une fois que vous n'en êtes pas directement responsable. Si, en désobéissant impudemment à mes ordres, l'un de mes subordonnés avait provoqué la mort de tant d'Asix, je vous garantis que je me serais occupée de lui personnellement.

Elle respira à fond pour recouvrer son calme. Elle n'avait plus l'habitude de traiter avec des étrangers en tenant compte de leur manque d'éducation. Ce dont elle aurait eu envie pour le moment, c'était d'accompagner Rasser en salle d'armes pour un entraînement, de préférence avec les lames-de-sang.

— Nous perdons notre temps, reprit-elle d'une voix sans inflexions. Si pour ce mariage auquel vous semblez tenir tellement, vous souhaitez disposer d'un Shiro vivant, nous ferions mieux de nous dépêcher.

— Laissez-moi un délai de réflexion.

— Réfléchissez autant qu'il vous plaît, mais n'oubliez pas que tout Schreiberstadt est au courant. Au fait, j'aurais dû le savoir moi aussi, ajouta-t-elle d'un ton qui fit courir un frisson entre les omoplates de l'homme à tout faire et des deux Asix qui écoutaient derrière la porte fermée, sans perdre une miette de la conversation.

— Comment est-ce possible ? Ma fille n'en a parlé qu'à moi.

— Asix ! appela Suvaïdar.

L'homme à tout faire se leva et s'inclina, les yeux baissés ; deux femmes ouvrirent la porte sans frapper et entrèrent. Elles aussi évitaient de regarder Suvaïdar dans les yeux.

Parlant lentement en galactique, étant donné qu'elle estimait décidément superflu de faire savoir à Rasser que tout son personnel comprenait plus ou moins l'universel, elle demanda :

— Qu'a-t-elle, la jeune fille aux cheveux jaunes ? Elle est malade ?

— Elle attend un enfant, ma dame. Le père est le seigneur shiro qu'eux, ils appellent Johnson.

— Quand je vais sortir, ordonna-t-elle sèchement en gorin, j'entends que vous m'attendiez à la porte et que vous me donniez les raisons pour lesquelles je n'ai pas été informée. Tâchez que ce soient des raisons valables.

Bien sûr, elle savait pourquoi ils avaient omis de lui faire leur rapport immédiatement. Après tout, elle travaillait à la Maison de la Vie. Ils avaient craint qu'elle dénonce Rinvar pour son crime contre les lois du centre d'eugénisme. Ils avaient voulu éviter à tout prix de mettre un Shiro en danger de mort, mais ils avaient reçu des ordres bien précis et elle ne comptait pas leur permettre de s'en tirer comme si de rien n'était. Elle allait leur passer un savon, d'autant plus qu'à leur habitude ils avaient certainement débattu la question entre eux, et que donc tôt ou tard, des renseignements incomplets, voire déformés, arriveraient à Gaia.

— Ay, ay, ma dame, murmuraient les Asix, très préoccupés.

— Vous avez entendu, monsieur l'ambassadeur ? Si un Asix est au courant de quelque chose, le lendemain tous les Asix de Schreiberstadt le sont. On ne peut pas non plus exclure que l'une des concubines des commerçants laisse échapper quelque confidence en présence du père de ses enfants. S'il en est ainsi, d'ici à une décade tous les commerçants seront au courant, et peut-être aussi l'un ou l'autre membre d'équipage d'un astronef.

— D'accord, soupira-t-il, vaincu. Je rédigerai mon rapport selon vos suggestions, bien que je reste convaincu que pour Ta-Shima ce soit une très mauvaise idée de rester isolée.

— Et moi, je vais essayer de récupérer le jeune Johnson, tout en étant convaincue que c'est une très mauvaise idée.

Elle lui tourna brusquement le dos et s'en alla, le laissant encore plus malheureux qu'il l'avait été quand Arsel en pleurs était venue lui annoncer la mauvaise nouvelle.

Avait-il eu raison ? L'opinion de la doctoresse coïncidait désagréablement avec celle qu'avait exprimée Li Hao, à qui il avait bien été obligé de se confier puisqu'il était le seul à pouvoir traduire sa lettre. Le professeur avait fait de son mieux pour le faire changer d'avis. La discussion avait été pénible, et de plus humiliante. Il se la rappelait mot pour mot…

* * *

— Vous permettez ? avait-il demandé en frappant à la porte de la chambre de Li Hao.

— Entrez, je vous en prie. Je crains qu'il y ait un peu de désordre.

C'était un euphémisme : des bandes, des cubes holo et des objets fabriqués par les indigènes s'amoncelaient sur chaque centimètre carré de la table et des étagères. Même la chaise et le fauteuil disparaissaient sous des bouts de papier couverts de notes. Le professeur débarrassa la chaise, déposant tout simplement par terre tout le fatras qui la couvrait, et s'assit pour sa part sur le lit, essayant de maîtriser sa curiosité : à vivre sous le même toit, lui et l'ambassadeur se rencontraient une demi-douzaine de fois par jour. Les occasions d'échanger quelques mots ne manquaient pas. Si Son Excellence venait dans sa chambre, il devait s'agir d'une question particulièrement urgente – ou tout spécialement sensible.

— J'ai un problème, commença maladroitement Rasser, ou pour mieux dire c'est ma fille qui en a un…

Il soupira et s'abîma dans l'examen de ses chaussures.

— Mademoiselle est souffrante ?

— D'une certaine façon, oui, on pourrait dire qu'elle l'est, enfin pas encore, mais elle va l'être.

Le professeur écarquillait des yeux aussi ronds que ceux des Asix, s'efforçant inutilement de comprendre, et Rasser, plutôt que d'exprimer à voix haute ce qui pour un aristocrate de Neudachren était une source de honte, lui tendit un mnémobloc électronique.

— Pouvez-vous me traduire cela, s'il vous plaît ?

Li Hao entreprit de chercher le fil conducteur au milieu des périphrases obscures de Son Excellence. Quand il crut comprendre que cette petite sotte d'Arsel avait réussi l'exploit de se faire mettre enceinte par un indigène, il se sentit gêné à son tour. Sur Tsien Mai, le monde d'où il venait, un enfant illégitime n'était certes pas une affaire d'État, mais il en allait tout autrement sur les planètes centrales, et tout spécialement sur Neudachren, où régnait une morale sévère.

— Vous présumez trop de mes connaissances. Je suis capable de rédiger un texte simple, mais je crains que toutes vos allusions se perdent complètement à la traduction, d'autant plus que moi-même je ne comprends pas exactement ce que vous demandez.

— Cela me semble pourtant évident : j'exige que l'homme qui a profité de l'ingénuité de mon enfant assume ses responsabilités.

— C'est ce que vous avez écrit ; mais de quelle façon voudriez-vous qu'il le fasse ?

— Quelle question ! Il doit l'épouser, naturellement.

Li Hao se passa une main dans les cheveux.

— Excellence, je sais que j'ai le défaut d'être un peu ennuyeux. Je suppose donc que quand je vous ai exposé mes conclusions sur la société ta-shimoda j'ai été prolixe et trop technique. Mais croyez-moi : pour votre fille, un mariage avec un Shiro serait bien pire qu'un enfant illégitime. Un tel événement est sans doute très désagréable, mais somme toute c'est une chose assez banale.

— Dans votre monde, peut-être, mais le clergé unitariste est très puissant chez nous. De plus, ma première épouse, la mère d'Arsel, appartient à l'une des cinq cents familles qui ont fondé la colonie. C'est cette aristocratie qui donne à l'Église ses plus hauts dignitaires. L'oncle de ma femme a été promu tout récemment Archidiacre et il s'agit de quelqu'un qui s'est toujours montré, comment dirais-je, particulièrement fidèle à son devoir, et sévère.

Un bigot fanatique, donc, se dit avec irrévérence Li Hao. Il était toutefois évident que même un Archidiacre qui n'aurait pas été un bigot (en admettant qu'un tel spécimen existe) n'aurait pas toléré qu'une femme de sa propre famille soit souillée par ce même péché de luxure contre lequel il tonnait en chaire.

— Pourrait-il lui faire du mal… ? Je vous prie de me pardonner, je voulais bien sûr vous demander s'il aurait le droit de prescrire une punition, même contre l'avis du père de la coupable.

— Il serait bien capable d'ordonner la réclusion de ma petite dans un couvent disciplinaire. Mais, même s'il ne le faisait pas, Arsel subirait une exclusion sociale. Par la miséricorde des dieux, elle deviendrait un paria. Jamais un homme de bien ne consentirait à l'épouser, et jamais une femme comme il faut n'accepterait d'être vue avec elle en public.

— Je comprends. Toutefois je vous prie de réfléchir à ce que serait pour votre fille un mariage avec quelqu'un que vous-même ne considérez pas comme civilisé. Ce serait à plus forte raison l'opinion d'un membre du clergé : les indigènes sont des païens. En outre, ils suivent une morale différente de la nôtre, vivent dans des conditions lamentables auxquelles mademoiselle ne pourrait s'adapter, ils manquent du plus élémentaire sens esthétique…

Ses remarques ne semblaient pas impressionner outre mesure l'ambassadeur, et après un instant de silence Li Hao ajouta :

— Je n'avais pas estimé opportun d'en parler devant les dames, mais quand j'ai accompagné les indigènes aux bains, j'ai été témoin d'une scène révoltante. Ce Huang Shiro-adaï, ou je ne sais comment il s'appelle, a frappé sauvagement une gamine qui n'avait rien fait de plus que l'effleurer. Croyez-moi, Soener a bien raison de définir les Shiro comme des assassins policés. Huang est un homme brutal, vous ne pouvez pas lui confier votre fille.

— Le père de l'enfant est Johnson. Il est plus jeune ; peut-être sera-t-il plus malléable.

— Vraiment ? Je croyais que mademoiselle… Mais cela n'a pas d'importance ; je suis convaincu que dans tous les cas la vie en commun ne serait qu'une suite de malentendus culturels. À ce que j'ai cru comprendre, ils ne se marient pas et, qui plus est, ils n'élèvent pas personnellement leurs enfants.

— C'est absurde. Quelles que soient les différences entre les sociétés, il y aura toujours des constantes, comme l'amour entre deux personnes et l'amour pour ses enfants.

— L'expert en la matière, c'est moi ; je peux vous garantir qu'en anthropologie on rencontre toutes les attitudes possibles. Mon dernier cours monographique, par exemple, concernait Orivaï, un des deux mondes qui ont virtuellement disparu pendant la grande guerre. Certains comportements des habitants de cette planète…

Rasser l'interrompit.

— Vous m'en voyez navré, mais pour le moment je ne me sens pas en mesure de m'intéresser à une société qui a disparu il y a sept cents ans. Voulez-vous m'aider ou non ?

Li Hao prit le mnémobloc et promit de faire de son mieux, mais il lui conseilla de réfléchir mûrement. N'importe quelle autre solution serait préférable au mariage avec un Shiro. Après une légère hésitation, il arriva même à lui offrir de prendre lui-même Arsel comme deuxième épouse. Bien que la proposition du professeur ne le satisfasse pas complètement, Rasser la transmit à sa fille, avec le seul résultat de la voir fondre en larmes à l'idée d'avoir le rang de deuxième épouse, comme n'importe quelle femme du peuple. Lui-même d'ailleurs trouvait la chose en dessous de sa dignité, à part le fait qu'il ne s'agissait même pas du père de l'enfant à naître.

Il préféra ne pas lui parler de l'espèce de rixe brutale à laquelle avait assisté le professeur : après tout, cela concernait Huang et non Johnson, et Rasser n'était pas à cent pour cent certain qu'il faille en tenir compte.

* * *

À présent, après sa discussion avec cette doctoresse hargneuse, il se demandait de nouveau s'il n'avait pas eu tort de se braquer sur son idée pour des raisons d'honneur familial qui ne lui semblaient plus si impérieuses. Si seulement il avait pu demander conseil à quelqu'un, à Almira de préférence, mais, faute de mieux, aussi juste à Elide... Il soupira en pensant à sa jeune femme qui devait être en train de regretter amèrement son absurde coup de folie. *Quand cette histoire sera résolue, se promit-il, je demanderai à la doctoresse de m'accompagner à cette fichue ferme ; je convaincrai Elide de revenir dans le monde civilisé. Bien sûr, je ne pourrai plus la garder en tant qu'épouse, étant donné qu'officiellement elle est morte. Je pourrais peut-être l'installer comme troisième ou quatrième épouse d'un collègue à la retraite, sur une planète éloignée, où il n'y ait pas de danger qu'elle rencontre quelqu'un qui la connaît.* Mais, un souci à la fois, pour l'amour des sept dieux : il fallait maintenant penser à résoudre le problème d'Arsel.

Chapitre 11

—J'ai besoin d'un module volant, déclara Suvaïdar dès qu'elle arriva à la Maison de la Vie.
—Une urgence, doctoresse ? Je n'ai reçu aucun appel.
—C'est une urgence non médicale.
—Je dois demander l'autorisation de la doctoresse ancienne.
—Il s'agit d'un problème qui concerne tout Ta-Shima ; pour le moment je n'ai pas le temps de discuter avec Maria-adaï. Je m'expliquerai avec elle à mon retour et si elle me demande satisfaction, je la lui donnerai.

L'Asix baissa la tête. Il ne dirait rien, bien sûr : il n'avait aucune envie de voir deux des doctoresses qu'il connaissait impliquées dans un duel à cause de ses paroles.

Grâce au module, elle ne mit que deux heures pour arriver à Gorival ; dès qu'elle débarqua, elle se hâta en direction de la maison Johnson, sans même un regard pour les montagnes qui l'avaient tellement impressionnée la première fois qu'elle était venue dans cette ville.

L'entrée était déserte, ainsi que les couloirs. Suvaïdar plissa le front : ce n'était absolument pas normal. Elle appela :
—Asix ?

N'ayant reçu aucune réponse, elle répéta à voix plus haute, avec impatience :
—Asix ! Ici, vite !

L'homme qui répondit à l'appel la salua avec respect, mais sans l'ombre d'un sourire.

—Que se passe-t-il ? Une condamnation ? demanda-t-elle. (À son signe d'assentiment elle poursuivit :) Rinvar-adaï ?

—Oui.

—Déjà mort ?

—Pas encore, ma dame.

—Dans sa chambre ?

—Dans la salle d'armes, ma dame.

—Accompagne-moi. Immédiatement : je n'ai pas l'intention de perdre de précieuses minutes à faire des salamalecs devant toutes les portes pour demander la permission d'entrer. Il doit y avoir un passage par les cours et les cabanes asix provisoires.

L'Asix hésitait et Suvaïdar tapa dans ses mains avec impatience :

—Dépêche-toi ! Il y a peut-être encore moyen de lui sauver la vie. Il a reçu l'ordre de se prévaloir du privilège shiro, n'est-ce pas ? Mais pourquoi doit-il le faire en public ?

—Fouet, répondit laconiquement l'homme en démarrant presque au pas de course. Elle lui emboîta le pas plus lentement à travers un dédale de couloirs et de cours.

—Dans ce cas, ce n'est pas si grave. Une bonne dose de coups de fouet n'a jamais tué personne.

—Cent, a décrété la saz-adaï.

Suvaïdar hâta le pas, rejoignant en quelques foulées de ses longues jambes shiro l'Asix qui trottait devant elle.

Personne ne survivait à cent coups de fouet ; pourquoi alors ne pas lui ordonner de se prévaloir du privilège ? C'était une solution plus élégante et plus rapide et le résultat obtenu était le même. Comme n'importe quel Shiro, Suvaïdar n'aurait eu aucun problème à tuer avec assez d'indifférence quelqu'un qui l'avait défiée ou qui représentait un danger pour le clan, ou pis encore pour Ta-Shima. Elle l'avait d'ailleurs prouvé. Mais elle estimait que la cruauté gratuite n'était qu'un flobel, une chose superflue, inutile et méprisable, exactement comme l'art inepte dont étaient si fiers les Extramondins. La flagellation d'un adulte était un acte dégradant, qui ne se justifiait que s'il était destiné à faire entrer une idée dans un cerveau récalcitrant. Mais, comme le garçon allait mourir de toute façon, cela ne représenterait qu'une grande perte de temps. Qui plus est, la chose allait susciter dans le clan Johnson une nervosité et un mécontentement qui ne manqueraient pas de se traduire par une série de duels.

Les portes de la salle d'armes étaient grandes ouvertes ; une rangée de dos l'empêchait de voir où se trouvait la saz-adaï. Elle se faufila entre deux femmes et découvrit devant elle toute la scène.

Arania Johnson, l'Ancienne, était assise en tailleur, si près du condamné qu'une giclée de sang avait taché sa veste. Rinvar était à genoux, dans la position protocolaire : assis sur les talons, le dos droit et les mains appuyées sur les cuisses ; il essayait de rester immobile sous les coups de fouet qu'étaient en train de lui infliger deux Shiro, un homme et une femme, qui comptaient à haute voix :

— Douze... treize...

— Suvaïdar Huang to Narufeni, de la maison principale de Gaia. Je demande la permission d'entrer, déclara-t-elle en s'inclinant.

La saz-adaï tourna simplement la tête dans sa direction, puis reporta son regard sur le condamné.

— *Conseillère* Suvaïdar Huang to Narufeni, de la maison principale de Gaia. Je demande la permission d'entrer, martela Suvaïdar, mettant l'accent sur le mot « conseillère ».

Cette fois elle s'abstint de s'incliner : ne pas lui répondre avait été une impolitesse. Maintenant la saz-adaï ne pouvait continuer à l'ignorer, mais elle ne proféra qu'un bref :

— Permission accordée. (Puis, s'adressant d'une voix coléreuse aux deux exécuteurs, elle ajouta :) J'ai dit des coups de fouet, pas des caresses. Dois-je ordonner qu'on recommence à compter ?

Tandis qu'elle avançait à pas mesurés, évitant de montrer son impatience, Suvaïdar se disait qu'avec cette seule phrase l'Ancienne s'était déconsidérée, et de plusieurs façons. Tout d'abord, cent coups de fouet administrés par un Shiro étaient déjà amplement suffisants pour tuer un homme, même robuste. La menace de recommencer le comptage était donc ridicule. En outre, en sous-entendant qu'au moins un des exécuteurs essayait de frapper moins fort qu'il l'aurait dû, la saz-adaï laissait penser qu'elle envisageait l'inimaginable : que quelqu'un puisse essayer de se soustraire à son autorité. De plus, le reproche n'était même pas justifié : sur le dos de Rinvar se dessinaient déjà des sillons sanglants. Pour s'empêcher de crier, le jeune homme enfonçait les dents dans sa lèvre inférieure, avec une telle force qu'une rigole de sang lui coulait sur le menton et le thorax.

Se frayant un chemin parmi une foule composée exclusivement de Shiro qui assistaient à la scène en silence, le visage impassible, Suvaïdar s'approcha de l'Ancienne et s'inclina, lui manifestant un respect qu'elle ne ressentait pas.

— Je dois présenter une requête urgente : peux-tu suspendre l'exécution de la sentence jusqu'à ce que j'aie terminé ?

— Est-ce si important que tu ne puisses pas attendre une demi-heure ?

— C'est urgent et grave.

— Parle donc, lui dit-elle de mauvaise grâce, sans détacher son regard de Rinvar.

— Seize… dix-sept…, comptaient les deux Shiro.

L'air charriait des remugles déplaisants. À l'odeur musquée de la transpiration se mêlait celle, douceâtre, du sang. Le fouet ne trouvait plus de peau intacte où frapper ; il s'abattait maintenant sur les plaies, mais les exécuteurs, d'un commun accord, avaient laissé intacte l'omoplate gauche qui arborait le tatouage clanique des Johnson, une spirale blanche sur fond rouge. Donc, malgré tout, Rinvar n'avait pas été expulsé du clan.

Se trompait-elle, ou bien avaient-ils ralenti imperceptiblement ? Voulaient-ils peut-être lui donner quelques instants de plus pour exposer sa requête ? Ils devaient supposer qu'il s'agissait du jeune homme, sinon elle ne se serait pas permis d'interrompre la punition. Rinvar émit un son rauque en s'écroulant par terre ; il était tombé sur le côté et ses yeux, à demi ouverts, ne laissaient voir que le blanc. Un filet de bave mêlée à du sang coulait de sa bouche ; il semblait avoir perdu connaissance.

— Continuez, ordonna l'Ancienne.

La femme shiro laissa tomber le fouet pour retourner le condamné sur le ventre.

— Je me permets d'insister pour que tu suspendes l'exécution jusqu'à ce que tu aies écouté ma requête. J'ai été nommée conseillère pour tout ce qui concerne les Extramondins.

Elle avait parlé d'une voix un peu plus haute que nécessaire, en s'abstenant toutefois de préciser qu'il s'agissait d'une fonction dans le clan, et qu'elle n'était pas admise à faire partie du Conseil de la Sadaï. L'équivoque pourrait se révéler utile. Il était peu probable que la sazadaï Johnson soit déjà informée de sa nomination : il ne s'agissait que d'un événement mineur, et, qui plus est, récent. Même en admettant que, par le plus grand des hasards, un Asix de Gorival l'ait appris, il n'avait certainement pas estimé opportun de déranger l'Ancienne juste pour lui rapporter une nouvelle si anodine.

Les Shiro les plus proches se retournèrent pour la dévisager.

— C'est en tant que conseillère que je réitère ma demande de suspendre l'exécution. J'ai besoin de Rinvar Johnson to Yamamoto, pour une question concernant les Extramondins.

— Eh bien, dans ce cas, dès que j'en aurai terminé avec lui, je donnerai l'ordre qu'on le transporte à l'entrepôt des Bur qui fournit les morceaux de cadavres aux étrangers. Continuez, vous deux.

Les fouets s'abattaient maintenant sur ce qui n'était plus qu'une masse sanguinolente.

— Ma dame, je te rappelle que tu as une dette vis-à-vis du clan Huang. Si tu ne veux pas accueillir ma demande au nom de l'intérêt commun, je te somme d'honorer ta dette.

— Sera-t-elle acquittée si je t'autorise à emporter le garçon ?

Suvaïdar hésita avant d'engager la parole de Tore sans le consulter : l'odeur douceâtre du sang lui rappelait que si le sazdo-adaï devait la désapprouver, elle encourrait la même peine que Rinvar.

— Elle sera acquittée, mais uniquement s'il est en vie, et en mesure d'exécuter la tâche que j'ai l'intention de lui confier.

La saz-adaï se taisait ; on n'entendait que le sifflement des fouets et les voix qui comptaient :

— Vingt-sept, vingt-huit…

— Dois-je rapporter à Tore-adaï que tu as refusé ?

Tout comme Suvaïdar, les Johnson savaient très bien qu'un refus entraînerait une vendetta entre clans, qui serait longue, sanglante et parfaitement inutile.

— Si tu attends encore quelques minutes, il ne sera plus nécessaire de prendre une décision, ma dame. Je ne crois pas que le jeune de ton clan va survivre encore longtemps.

Ce n'était pas une impression : les deux exécuteurs avaient ralenti leur rythme et maintenant que l'attention de l'Ancienne était tournée vers son interlocutrice, l'homme en avait profité pour réduire la violence des coups.

— Arrêtez-vous, ordonna une voix glaciale, qui n'appartenait pas à la saz-adaï.

Celle-ci sursauta, cherchant des yeux la personne qui avait parlé.

— Qui donc ose…, commença-t-elle, d'un ton combatif.

— Moi.

La femme sûre d'elle qui l'affrontait était Iruddian Johnson. Elle avait été la conseillère de la saz-adaï précédente et avait été proposée pour lui succéder à sa mort, mais elle avait refusé de présenter sa candidature, en déclarant avec arrogance qu'elle préférait rester conseillère. Après son élection, Arania avait eu la faiblesse de lui offrir en effet cette fonction, au lieu de lui faire payer immédiatement – et chèrement – son insolence. Depuis le jour de son accession au pouvoir, elle n'avait cessé de se repentir de cette erreur, parce que en cédant à la volonté d'Iruddian elle avait dès le premier jour commencé à miner sa propre autorité.

Suvaïdar en eut la preuve : sur l'ordre d'Iruddian les deux Shiro laissèrent tomber le fouet et croisèrent les bras.

La saz-adaï se trouvait confrontée à un difficile dilemme. Si elle ne disait rien, cela signifiait qu'elle se soumettait à l'ordre de la conseillère ; elle n'était donc plus qualifiée pour occuper son poste. Or, sur Ta-Shima les détenteurs du pouvoir ne démissionnaient pas pour redevenir des citoyens. Quand elles commettaient une faute, Sadaï et saz-adaï se prévalaient du privilège shiro, qu'elles l'aient choisi ou non. Si elles manquaient du discernement nécessaire pour s'en rendre compte par elles-mêmes, c'était la tâche du conseiller de s'en occuper. Et Iruddian ne serait certes pas chagrinée si elle devait trancher la gorge d'Arania : son attitude hautaine, la main fermement appuyée sur le manche du couteau, était suffisamment éloquente.

Transiger, de quelque façon que ce soit, signifiait pour la saz-adaï s'avouer vaincue, ou pis, admettre que dès le début elle avait commis une erreur. Pour sauver la face (et accessoirement sa vie) elle était contrainte d'exiger que le condamné soit exécuté immédiatement, mais elle devait aussi être sûre qu'on lui obéirait.

Elle se mordit la lèvre et chercha du regard un certain visage dans la foule. Ses yeux s'arrêtèrent, interrogateurs, sur un homme de grande taille, à peine plus jeune qu'elle. Mais il regardait dans le vide, le visage parfaitement immobile. Iruddian déclara :

— Nous allons au moins écouter le message de la conseillère Huang. On aura tout le loisir de reprendre l'exécution ensuite. Si c'est nécessaire.

Avant que Suvaïdar ait pu parler, une voix se leva pour exiger :
— Conseil du clan.

Et beaucoup d'autres lui firent écho.

Les Shiro adultes, qui représentaient la plus grande partie de l'assistance, se pressèrent aux portes de la salle d'armes, sans un regard pour la saz-adaï – ou bien fallait-il déjà dire l'ex-saz-adaï ?

Le fait de convoquer le conseil à sa place était un nouvel affront inadmissible.

La tête haute, l'Ancienne se dirigea vers la sortie. Sur le seuil, elle poussa la conseillère d'un geste brusque pour la forcer à lui céder le pas. Il était plus que probable que ce serait là son dernier acte en tant que saz-adaï, et sans doute aussi un des derniers gestes de sa vie.

S'adressant à Iruddian, Suvaïdar demanda avec respect :

— Je suis médecin. M'autorises-tu à donner quelques soins au blessé ? Si le conseil devait se prolonger, il risque d'être en trop mauvaise condition pour m'être utile.

— Permission accordée, lança Iruddian avant de quitter les lieux, suivie par tous les Shiro adultes.

— Allez ouste ! ordonna sèchement Suvaïdar aux adolescents qui semblaient vouloir s'attarder.

Dès que la salle fut vide, elle appela à voix basse, trop basse pour les oreilles d'un Shiro qui se serait attardé dans le couloir :

— Asix !

Réticents, ils passèrent la tête dans l'embrasure de la porte, évitant de regarder le corps inerte de Rinvar.

— Il n'est pas mort, s'impatienta-t-elle. Dépêchez-vous, j'ai besoin d'aide. Portez-le dans sa chambre. L'un de vous a-t-il une formation d'infirmier ?

Un jeune d'une dizaine de saisons sèches fit un signe affirmatif.

— Va me chercher des serviettes de bain, de l'eau propre, un bol, toute la gélatine organique sur laquelle tu peux mettre la main, un flacon de désinfectant, une décoction de pavot de Sovesta, une tige de jonc turquoise avec au moins deux feuilles…

— Tu veux l'aider à mourir rapidement, ma dame ?

— Ne sois pas ridicule. Pourquoi gaspillerais-je de la gélatine organique et du désinfectant, dans ce cas ? En toutes petites doses, le jonc turquoise n'est pas vénéneux, il soutient le cœur.

La nouvelle que le jeune Shiro n'allait pas mourir donna des ailes aux Asix. Deux femmes robustes le soulevèrent doucement et prirent le chemin le plus court pour l'aile dortoir, en passant par la cour des bains, presque déserte. Suvaïdar leur emboîta le pas, laissant de côté les formalités. Le conseil étant en réunion, elle avait espéré ne rencontrer que des Asix, quand un adolescent shiro aux cheveux encore longs surgit devant elle, l'interpellant poliment, mais avec décision :

— Tu n'appartiens pas au clan, ma dame. Cherches-tu l'aile dortoir ? Ce couloir-ci mène aux bains.

Elle ne perdit pas de temps à lui répondre. Elle se borna à l'écarter de son chemin en lui assenant distraitement une gifle avant de se remettre en route.

Aidée par les Asix, elle nettoya le dos de Rinvar. Elle appliqua parcimonieusement quelques gouttes de gélatine organique sur les pires blessures, là où le fouet avait mordu si profond que sous le sang on voyait paraître le blanc d'une côte. Même en se limitant au strict minimum, elle eut besoin de presque un quart de la provision du dispensaire.

Le jeune homme gémit. Constatant qu'il reprenait connaissance, un jeune Asix qui avait suivi Suvaïdar puis était resté immobile dans un coin de la chambre à regarder les deux Shiro sans mot dire, vint s'agenouiller à ses côtés et lui effleura le dos de la main en l'appelant doucement :

— Shiro-adaï.

Rinvar, qui était couché à plat ventre, tourna légèrement la tête et ouvrit un œil.

— Je ne suis pas mort, marmonna-t-il d'une voix pâteuse.

— Bien observé, Shiro-adaï, fut la réponse ironique lancée par la voix d'alto d'une dame shiro. Et maintenant, tâche de ne pas remuer, de façon que je puisse finir de te panser. De la sorte, peut-être que nous pourrons maintenir cet heureux état de choses – que tu sois encore vivant, je veux dire.

— Qui es-tu ?

Pour la regarder, il se souleva sur un coude, laissant échapper un grognement de douleur. Sur une des blessures, la gélatine organique lâcha et les lèvres de la plaie s'ouvrirent.

— Ne bouge pas, ou bien je serai obligée de demander aux Asix de te tenir immobile de force. Il faut que les blessures soient parfaitement fermées d'ici à demain matin. Tu dois m'accompagner à Gaia.

Le jeune Asix osa protester timidement :

— Ma dame, s'il parcourt un si long chemin dans ces conditions, il va mourir.

— C'est possible, mais ce n'est pas sûr. En revanche, il mourra certainement s'il reste ici, et cela dès que la saz-adaï aura connaissance de… Enfin, cela ne devrait pas être de sitôt. J'espère avoir réussi à mettre un peu de jugeote dans les caboches de vos collègues de Niasau, de sorte que pour une fois ils gardent leur bouche cousue…

Elle lut la plus grande confusion sur les visages des cinq Asix.

— Vous le savez déjà, n'est-ce pas ? Et je suppose que l'un de vous a eu la brillante idée de tout moucharder auprès de la saz-adaï. Voilà pourquoi la punition a été si sévère.

— Nous ne lui avons rien dit, ma dame. L'Ancienne honorée a considéré qu'elle était très indulgente dans le choix de la sanction. Au départ, elle avait déclaré qu'elle condamnerait Rinvar-adaï à être châtré et expulsé du clan. Elle a décidé d'assouplir la peine uniquement parce que l'Asix qui a apporté la lettre du barbare avait aussi avec lui le message d'un Shiro Huang, qui remerciait pour l'excellent travail exécuté par notre jeune seigneur. Pour nous, les Asix, l'expulsion du clan ou la mort, ce serait du pareil au même, mais Rinvar-adaï aurait préféré n'importe quoi plutôt que l'effacement du tatouage. Il a remercié la dame pour sa clémence. Or, si elle avait eu connaissance de toute l'histoire, sa colère aurait été terrible, donc personne ne lui en a parlé.

— Mais vous avez tout raconté à certains Shiro, n'est-ce pas ?

— C'était une chose grave, murmura avec gêne l'un des hommes.

En effet, ils devaient se rendre parfaitement compte que la grossesse de la fille barbare allait s'avérer très grave pour Rinvar : même devant elle, qui était au courant, ils n'osaient pas en parler ouvertement. Ils s'y référaient comme à une « chose », ou à une « histoire ». La gêne de l'Asix était toutefois éloquente : ils en avaient parlé à un Shiro, probablement pour lui demander conseil.

Ce qui était intéressant, c'est que la saz-adaï n'avait pas été mise au courant par ce Shiro, auquel le sort de Rinvar devait pourtant être indifférent. Elle n'avait pas joui d'un grand prestige, c'était évident. Bah ! pas la peine de s'en préoccuper. À l'heure qu'il était, l'élection de celle qui allait lui succéder devait déjà être en cours. Il était heureux qu'Arania Johnson jouisse du privilège shiro. Les clans ne pouvaient se permettre d'avoir à leur tête une personne qui n'était pas qualifiée pour occuper son poste. C'était une question de vie ou de mort, et pas uniquement pour le clan intéressé, mais pour tout Ta-Shima.

Rinvar bougea de nouveau, laissant échapper un gémissement qu'il étouffa tout de suite, et Suvaïdar ordonna avec impatience :

— Toi, assieds-toi sur ses jambes, et toi, immobilise-lui les épaules, de force s'il le faut, jusqu'à ce que je lui fasse avaler ça. Tournez-lui la tête.

Dans le bol à moitié rempli d'eau, elle avait fait tomber quarante gouttes de l'infusion de pavot. Elle y plongea la paille, que l'aide-infirmier, prévoyant, avait apportée sans qu'elle la lui demande, et elle l'approcha des lèvres de son patient, lui ordonnant de boire. De nouveau à moitié inconscient, celui-ci eut un mouvement de recul quand le liquide, extrêmement amer, toucha sa langue.

— Dépêche-toi d'avaler ça, martela-t-elle avec agacement.

Obéissant, le jeune homme but jusqu'à la dernière goutte.

— Apportez-moi une natte ; je vais devoir rester éveillée toute la nuit pour le surveiller, mais je veux au moins pouvoir me coucher.

— Avec ta permission, ma dame, je pourrais le surveiller, moi, proposa l'Asix qui avait touché la main du jeune Shiro.

— Es-tu sûr de ne pas t'endormir ? lui demanda-t-elle sévèrement. (Il paraissait un peu jeune pour qu'on lui confie une pareille tâche.) Et comment sauras-tu à quoi tu dois faire attention ?

— Ne crains rien, je ne m'endormirai pas. Si j'ai l'impression que quelque chose ne va pas, je te réveillerai immédiatement. Il se peut que je te dérange une fois de trop, mais certainement pas une fois trop peu.

Il semblait plein de zèle et Suvaïdar lui sourit :

— Quel est ton nom ?

— Doni Johnson, ma dame. Ma mère était sa nourrice et depuis notre enfance nous avons l'habitude de partager la natte de temps en temps.

— Très bien, Doni. Tu vas contrôler son pouls et sa température toutes les demi-heures ; quant au rythme de la respiration, il faut le tenir à l'œil en permanence. Réveille-moi sans faute si la température monte ou descend de plus de un degré, si le pouls arrive à quatre-vingt-dix ou descend en dessous de quarante, et si la respiration s'accélère, comme après une longue course, mais aussi si elle ralentit, en s'interrompant par instants.

» En revanche, s'il gémit dans son sommeil, ne te fais pas de souci ; parle-lui d'un ton rassurant. Je ne crois pas qu'il comprendra tes paroles, mais il se peut qu'il reconnaisse le son d'une voix asix.

» S'il demande à boire, donne-lui tout de suite de l'eau… non, attends, envoie plutôt chercher un thermobox de thé, dans lequel tu feras fondre une grande cuillerée de miel. Tu lui en administreras un petit peu à la fois. Mais ne lui donne pas de vin, même s'il devait en demander. Tu ne devras du reste obéir à aucun ordre que pourrait te donner le seigneur sans prendre mon avis. Je dis bien à aucun, même si cela te semble inoffensif.

L'Asix en fut tout perturbé. Pendant qu'elle lui montrait de quelle façon appliquer la bande thermosensible qui contrôlait la température, et où il devait prendre le pouls, elle lui expliqua donc pour quelles raisons il devait faire quelque chose qui était pour lui contre nature : désobéir aux ordres d'un Shiro, qu'il respectait, comme il respectait tout Shiro, et avec lequel il avait de plus un lien personnel.

— Pour qu'il ne ressente pas la douleur, je lui ai administré une drogue puissante, et donc son cerveau ne fonctionne pas normalement. Il pourrait exiger de toi quelque chose de préjudiciable pour lui. En lui obéissant, tu pourrais lui faire du mal, tout autant que si tu lui enfonçais ton couteau dans le ventre.

C'est exprès qu'elle avait choisi une comparaison brutale, bouleversante pour un Asix. Il fallait bien lui enfoncer dans la tête une telle idée, qui allait à l'encontre de son conditionnement. Elle lui laissa un peu de temps pour l'assimiler, puis poursuivit :

— De toute façon, je ne bouge pas d'ici, je serai donc disponible si tu as le moindre doute sur ce qu'il faut faire.

Les autres Asix disparurent sans un mot, pour réapparaître quelques minutes plus tard. Ils apportaient une natte, des draps, un dîner complet pour elle et pour Doni, une brassée de serviettes de bain et une bassine d'eau propre. D'un seul mouvement du poignet une femme déroula la natte, la disposant contre une paroi. Elle était sur le point de la recouvrir avec les draps, mais Suvaïdar les lui prit des mains :

— Merci, je vais le faire. Partez maintenant. Demain matin, vous pourrez venir voir comment il se porte, mais je ne veux pas d'allers et retours pendant toute la nuit.

Ils sortirent lentement, à contrecœur, regardant en arrière.

— Veux-tu que je dorme dans le couloir devant la porte ? demanda l'un d'eux.

— Ce n'est pas nécessaire, Doni est là et si j'ai besoin d'aide, je suppose qu'il me suffirait d'ouvrir la fenêtre et d'appeler « Asix ! » pour avoir ici une dizaine de garçons pleins de bonne volonté. Mais soyez rassurés. Le seigneur shiro n'est pas en danger de mort et il ne souffre pas trop : je lui ai fait avaler une quantité de calmant suffisante pour endormir un taureau.

Elle ne s'était pas aperçue qu'elle avait faim, mais quand la nourriture fut devant elle, elle en eut l'eau à la bouche, se rappelant qu'elle n'avait pas encore dîné. Avec l'aide de Doni, elle dévora tout ce qu'on leur avait apporté.

L'Asix partageait son attention entre elle et Rinvar ; il lui répondait presque mécaniquement, la tête constamment tournée vers le jeune Shiro. Pour finir, il s'assit de côté, en louchant pour essayer de ne pas perdre l'un de vue sans pour autant manquer de respect à l'autre.

— Va donc auprès de lui.

Reconnaissant, il lui obéit tout de suite. Il s'assit en tailleur près de la natte, de façon à effleurer du genou, comme par inadvertance, la main du blessé, abandonnée par terre.

— Tu peux le toucher, si tu veux. On peut dire que c'est un acte thérapeutique.

D'un geste furtif, l'Asix posa sa grosse main aux ongles carrés sur les doigts fuselés du Shiro. Suvaïdar l'observait en secouant la tête, mais son amusement face à une telle exubérance était teinté d'une pointe d'envie. En tant qu'Asix il avait le droit d'exprimer librement ses émotions, et même de s'abandonner à de pareils débordements émotifs.

Elle dormit tranquillement, ne se réveillant qu'à l'aube quand quelqu'un frappa.

En réponse à son « entre » la porte s'ouvrit sur Iruddian Johnson.

— Dame honorée.

L'Asix avait bondi sur ses pieds. Personne n'aurait pu deviner qu'une de ses mains, tendues maintenant le long de ses cuisses tandis qu'il s'inclinait en un salut formel, avait été un instant plus tôt posée sur le jeune Shiro.

— Conseillère Johnson.

Suvaïdar se leva elle aussi, pour adresser un salut poli, mais moins déférent puisqu'il s'agissait de quelqu'un de son grade. Tout en s'habillant, elle s'enquit prudemment :

— À moins que ton titre ait changé ?

— Saz-adaï.

Doni écarquilla les yeux sans oser poser de question, et Suvaïdar s'inclina profondément.

— Félicitations pour ta nouvelle charge. Il est superflu que je te souhaite de diriger ton clan avec sagesse. Je suis convaincue que c'est ce que tu vas faire.

— Je suppose que pour prouver ma sagesse, tu souhaites que je t'accorde un entretien ?

— Je sollicite cet honneur, en effet. Je crois que ce que j'ai à te dire va t'intéresser.

— Sors, Asix, ordonna la nouvelle saz-adaï, et Doni s'inclina de nouveau avant d'obéir en silence, tout en couvant Rinvar d'un regard angoissé. Dérangé peut-être par le bruit, celui-ci s'agitait sur sa natte.

— Est-il inconscient ?

— Pas tout à fait, dame honorée. Il a certainement perçu le bruit de nos voix ; je ne peux exclure qu'il soit en mesure de suivre la conversation.

— Dans mon bureau, alors.

Suvaïdar lui emboîta le pas. À quelques mètres de là, Doni dansait d'un pied sur l'autre, et un peu plus loin deux autres Asix essayaient de se donner une contenance. Leur air faussement indifférent n'aurait trompé personne. Nul doute qu'ils venaient de s'éloigner à toute vitesse : quelques instants auparavant ils étaient certainement beaucoup plus près de la porte, en train de tendre anxieusement l'oreille pour découvrir quel allait être le destin du jeune Shiro.

Du menton elle fit un geste presque imperceptible vers la chambre qu'elle venait de quitter. Doni resta immobile sous le regard de sa saz-adaï, mais Suvaïdar savait bien que dès qu'elles auraient tourné les talons, il allait reprendre sa surveillance, attentif à tout changement dans l'état du blessé. Personne ne le lui avait défendu expressément, et, pour lui permettre de veiller Rinvar, les autres Asix de la maison allaient se partager ses tâches de la journée.

Mais Iruddian étonna Suvaïdar en ordonnant, sans même tourner la tête :

— Doni, tu es dispensé de travail aujourd'hui. Reste à la disposition de la doctoresse. Tu peux l'attendre dans la chambre de Rinvar-adaï.

Elles se rendirent en silence dans les appartements de la saz-adaï. Le corps d'Arania n'était plus là, mais dans le bureau, la deuxième des trois chambres en enfilade auxquelles avait droit la dirigeante d'un clan, une trace de sang était encore visible sur le sol humide, qu'on devait avoir lavé à la hâte.

— Explique-toi, ordonna l'Ancienne.

Si Arania avait accepté de réduire la peine, c'est qu'elle n'était pas au courant de la grossesse de la femelle sitabeh. À elle, Suvaïdar n'en aurait pas touché mot. Elle se serait bornée à lui expliquer que c'était la coutume, chez les barbares, d'effectuer une espèce de cérémonie quand deux personnes partageaient la natte.

Mais elle craignait que les Asix aient renseigné Iruddian : impérieuse et autoritaire comme elle l'était, elle devait être le type même de Shiro en qui ils avaient particulièrement confiance. Pour éviter de s'en faire d'emblée une ennemie, elle préféra donc lui dire toute la vérité. Enfin, presque toute, mais les omissions qu'elle s'autorisa étaient minimes.

— La dame honorée qui m'a précédée dans ce bureau était impétueuse et coléreuse, dit Iruddian. Elle était prête à prononcer une condamnation à mort avant d'avoir examiné à fond si c'était chose utile. Pour ma part, j'avais désapprouvé une punition aussi excessive que déshonorante, motivée de plus uniquement par la lettre d'un Sitabeh. Toutefois, si, comme tu le dis, ce jeune homme de mon clan a commis un crime contre nature, que les Jestak aussi puniraient avec la plus grande sévérité, pour quelle raison devrais-je m'abstenir de demander à la Maison de la Vie l'autorisation de l'envoyer aux mines avec le premier convoi pour Nova Estia?

En quelques mots, Suvaïdar lui expliqua ce qu'elle avait obtenu de Rasser, lui suggérant qu'il valait mieux exploiter la situation plutôt que de prendre des sanctions exemplaires, certes conformes au Sh'ro-enlei, mais qui rendraient le jeune homme utilisable uniquement comme mineur, ou comme nourriture pour chiens.

— Je crois en effet que tu as eu une bonne idée. La Sadaï a-t-elle été satisfaite?

— J'espère qu'elle le sera. Je n'ai pas encore eu la possibilité de la consulter, car le temps pressait. Bien évidemment, avant d'engager la parole de Ta-Shima, je lui soumettrai l'accord que je voudrais conclure.

— Tu n'as pas eu *la possibilité de la consulter*? Ton devoir est d'obéir aux ordres, et non de prendre des décisions de ton propre chef, en ne daignant consulter la Sadaï que si et quand tu en as le temps.

Elle se levait déjà pour mettre un terme à l'entretien et Suvaïdar se hâta d'objecter:

— Ancienne honorée, je n'ai pas pris d'engagements, d'aucune espèce. Tout ce que je te demande, c'est de suspendre une condamnation, pas de l'abroger. Rien ne t'empêchera de l'exécuter si la Sadaï n'approuve pas la proposition.

— Tu voudrais que je cache à la Maison de la Vie les renseignements importants dont je dispose? C'est un crime, et si la vérité se fait jour, le déshonneur en retombera sur mon clan. Je n'ai aucune raison de le faire.

— Sauf le fait, bluffa Suvaïdar, que tu avais déjà été informée par les Asix, du moins en partie, et que tu n'as rien dit à celle qui était à l'époque ta saz-adaï. Si déshonneur il y avait, tu en aurais déjà entaché ton clan.

Iruddian portait déjà la main à son couteau pour lancer un défi en bonne et due forme, mais la façon dont la phrase était tournée retint son attention.

— Pourquoi « s'il y avait » ? Tu appartiens à la Maison de la Vie, donc tu sais mieux que moi qu'une grossesse non autorisée est un crime qui entraîne une sanction immédiate. Mélanger son sang à celui des barbares est une abomination.

— Tu as parfaitement raison, dame honorée, du moins en ce qui concerne la grossesse d'une Ta-Shimoda, mais que nous importent les barbares ? Dans une ou deux saisons sèches, la fille partira pour son monde. Entre-temps elle va vivre à Niasau et jamais plus elle n'aura la permission de passer le pont. Si, au moment de son départ, elle emmène avec elle quelqu'un qui a la moitié du patrimoine génétique d'un Shiro, quelle différence cela peut-il faire pour nous, ou pour les étrangers ? Ils sont aussi nombreux que les vagues de la mer ; en deux générations cet apport va se diluer dans leur immense pool génétique, sans laisser aucune trace.

» C'est une naissance contre nature, bien évidemment, et ma première réaction a été un dégoût profond, mais si Ta-Shima peut en retirer un bénéfice, le devoir nous commande de nous efforcer de surmonter ce qui, somme toute, n'est qu'un préjugé. Les Asix ont parfois des enfants des Extramondins, et personne n'y trouve à redire.

L'argumentation sembla porter et Iruddian resta quelques instants silencieuse, puis elle déclara :

— Tout membre de mon clan qui se rend coupable d'une infraction aux règles de la Maison de la Vie sera dénoncé sans délai. Ce qui peut se produire dans d'autres clans, toutefois, ne me concerne nullement. Ce n'est pas à moi d'interférer en dénonçant le coupable.

— Veux-tu dire que tu serais disposée à nous donner en adoption Rinvar-adaï ?

— Uniquement si tu admets que cela acquitte la dette que celle qui m'a précédée a contractée avec le sazdo-adaï Huang.

— Me permets-tu de le consulter avant d'engager sa parole ?

— Haï ! s'exclama avec mépris Iruddian. Tu engages sans sourciller la parole de la Sadaï, mais tu as peur de Tore-adaï ?

Suvaïdar se leva.

— Je suis shiro, et le mot peur ne me plaît pas. Je rapporterai au sazdo-adaï que tu as refusé d'honorer ta dette. Et je relaterai à Fior

Sadaï que tu n'as pas voulu accomplir un geste qui pourrait signifier beaucoup pour Ta-Shima.

 » Je te félicite encore une fois pour ta charge, ma dame. Essaie de bien en user pendant les quatre ou cinq jours que Fior Sadaï te laissera vivre. Entre-temps j'apprécierais de voir ta salle d'armes employée pour son véritable usage. Personnellement, je trouve que faire flageller quelqu'un à mort est un acte digne des barbares, qui ne déshonore pas uniquement celle qui l'a ordonné, mais aussi quiconque, tout en désapprouvant, y assiste en silence.

L'insulte était très grave, mais d'une façon inattendue Iruddian éclata de rire.

— Je savais que tu avais vécu longtemps dans les mondes des mangeurs de cadavres, et je pensais que tu avais changé au contact des étrangers. Mais je constate avec plaisir que tu es restée une authentique Ta-Shimoda. Ce soir, deux heures après l'allumage des lampes ? Quel est ton grade ?

— Troisième, répondit brièvement Suvaïdar.

Elle avait en effet raté – pour la sixième fois – l'examen du troisième grade, mais Doran Huang avait décidé de le lui octroyer quand même, déclarant publiquement que quelqu'un qui se battait aussi souvent, atterrissant régulièrement au dispensaire, méritait un grade supplémentaire pour le courage dont il faisait preuve.

En privé, elle lui avait dit sèchement que dans son cas, c'était plutôt d'un mélange d'entêtement et d'inconscience qu'il fallait parler, ce qui par ailleurs faisait d'elle un brillant exemple des vertus dont les Shiro étaient si fiers.

Iruddian la dévisagea :

— Il y a quelques mois, j'ai réussi les examens du huitième grade.

— Eh bien, dans ce cas il serait opportun de procéder à la cérémonie de l'adoption avant le combat. Je ne peux pas m'engager au nom de mon clan si je suis morte.

— Tu me plais, conseillère Huang. Ce sera sans aucun doute un entraînement intéressant.

La cérémonie fut très expéditive : un nom effacé dans un registre et l'indication « entré par adoption dans le clan Huang » inscrite dans un fichier de l'intelligence artificielle. Iruddian avait en effet reconnu qu'il était impossible de tatouer un nouvel emblème clanique sur le dos de Rinvar : il ne restait plus suffisamment de peau intacte. Elle s'était donc contentée de la promesse qu'on y procéderait dès que possible.

Elle permit aussi à Suvaïdar de se servir du communicateur pour notifier l'adoption à son clan, mais, au lieu de la laisser seule, elle resta dans la pièce, hors-champ. C'était son droit, bien entendu, cependant Suvaïdar aurait préféré parler avec le sazdo-adaï sans témoin.

Elle lui déclara d'emblée, sans autre forme de salut qu'une inclinaison de la tête :

— J'ai obtenu que notre clan puisse adopter le jeune homme qui a coopéré avec Oda-adaï au cours du voyage des étrangers.

Tore plissa le front, mais avant qu'il puisse émettre une objection, elle ajouta :

— Je te rappelle ce qui était convenu, honoré seigneur : il s'agit d'une question qui se rapporte aux Extramondins. Avec ta permission, je te rendrai compte de tous les détails à mon retour – si toutefois je reviens. Maintenant je ne voudrais pas abuser de la patience de la nouvelle saz-adaï Johnson, qui a déjà la courtoisie de m'honorer ce soir avec un entraînement d'escrime à l'amiable.

Tout en retournant s'occuper de son patient, elle se sentait assez satisfaite d'elle-même. Elle avait été obligée d'être si elliptique que Tore allait avoir besoin d'un délai de réflexion pour démêler l'écheveau. Toutefois, en dépit de la présence d'Iruddian, elle était arrivée à lui communiquer tout ce qu'elle voulait : que le clan Johnson avait une nouvelle saz-adaï, qui était présente même si elle n'apparaissait pas sur l'image holo, que le soir elle allait se battre en un duel auquel elle n'était pas sûre de survivre, et enfin que l'adoption de Rinvar constituait un avantage pour le clan.

Le jeune homme se portait mieux. À côté de sa natte il y avait deux théières, un thermobox, une cruche d'eau, deux différents pots de miel, une assiette avec des biscuits et une deuxième avec des fruits, en plus de quatre Asix silencieux, manifestement prêts à bondir pour aller chercher toute autre chose qui à leur avis pourrait contribuer à soulager les souffrances du seigneur shiro. Elle ordonna sèchement :

— Doni, va te reposer maintenant. Qu'il ne te prenne pas fantaisie de désobéir, c'est un ordre. La nuit prochaine j'aurai besoin que tu veilles le seigneur shiro, et je veux que tu sois bien réveillé. Maintenant va prendre ton bain, mange, dors et ne montre pas ton nez ici avant qu'il fasse noir.

» Et vous autres, dehors, mais que l'un de vous reste à portée d'oreille.

Rinvar était conscient. Il gisait à plat ventre, la tête tournée à moitié vers elle et la dévisageait d'un seul œil.

— Pourquoi as-tu fait cela ? Si je survis, je serai obligé d'honorer ton défi.

— Tu n'as pas le droit de te battre contre une conseillère de ton clan, garçon impertinent !

— Es-tu devenue conseillère du clan Johnson ? Comment est-ce possible ?

— Ce n'est en effet pas possible, jeune Johnson to Yamamoto na Huang. Tu viens d'être adopté.

— Pour quelle raison ? Et la saz-adaï était d'accord ?

— Le pourquoi ne te regarde pas, il te suffit de savoir que cela a eu lieu. La saz-adaï a donné bien évidemment son accord, ne pose pas de questions si stupides.

Elle ôta un pansement complètement trempé de sang, puis aspergea généreusement la blessure d'analgésique local. Elle était satisfaite : maintenant qu'Arania n'était plus l'Ancienne, il ne serait pas nécessaire de partir immédiatement pour Gaia et le dos de Rinvar aurait le temps de cicatriser.

Elle n'avait pas grand-chose d'autre à faire et prit donc tout son temps pour rédiger avec le plus grand soin un message pour Tore, cherchant les formulations qui lui permettraient de lire entre les lignes ce qu'elle voulait lui communiquer, sans être suffisamment claires pour les Asix dans les mains desquels sa lettre risquait de se trouver à un moment ou à un autre.

Quand elle eut terminé, elle confia la feuille à son patient, lui donnant l'ordre de se rendre dès que possible à Gaia et de la remettre au sazdo-adaï Huang.

— Tu ne viendras donc pas avec moi ?

— Cela dépend de ce soir.

— Est-il permis de demander ce qui va se passer ce soir ? s'enquit prudemment Rinvar.

Il se sentait mieux, et commençait à se souvenir des règles de politesse et du rang de la personne à laquelle il s'adressait.

— Je me bats avec la saz-adaï Johnson.

— Par la Galaxie, comment cela se fait-il ? Depuis au moins trois ans Arania-adaï ne croise plus sa lame avec qui que ce soit.

— Iruddian-adaï : il s'est produit un changement. Et maintenant tais-toi et dépêche-toi de guérir. Il faut que tu ailles à Niasau, chez les Extramondins.

— Non, pas moi, ma dame, envoie quelqu'un d'autre, je t'en prie : j'espère ne plus jamais voir un Extramondin de toute ma vie.

— Tu vas obéir aux ordres, seigneur shiro, tu n'as pas à les discuter. Dors maintenant, et si tu n'arrives pas à dormir, garde au moins le silence : j'ai besoin de réfléchir.

Chapitre 12

Le jour où son mari était parti, Elide ne travaillait pas dans la rizière, comme il l'avait pensé, mais dans le poulailler, un grand enclos qui englobait pratiquement tout le verger.

À Gorival, quand elle était allée demander l'autorisation de s'installer sur Ta-Shima, elle avait été examinée par une Jestak, glaciale et laconique au point de faire paraître la doctoresse Huang comme un modèle de cordialité. Elle ne parlait pas un mot d'universel et Elide avait dû se débrouiller en gorin, malgré le regard méprisant de son interlocutrice qui l'avait presque paralysée de peur. La Jestak lui avait demandé de quelle manière elle comptait se rendre utile, vu que sa peau ne supporterait pas le soleil de Ta-Shima, même à travers les nuages, plus de quelques heures par jour.

— Je mets une crème protectrice, Shiro-adaï, avait-elle répondu respectueusement, mais la dame lui avait rétorqué avec impatience :

— Nous n'en produisons pas, et l'acheter aux Sitabeh reviendrait trop cher.

Eda, qui l'avait accompagnée et avait gardé un silence déférent jusque-là, avait suggéré que l'étrangère pourrait garder sa crème pour les cas d'impérieuse nécessité. Elle pouvait se rendre utile pour l'espèce, et pour le reste, exécuter essentiellement des travaux d'intérieur.

Donc, chaque matin, après avoir préparé le petit déjeuner pour tout le monde, Elide descendait dans la cave sombre et humide et tournait une par une quatre-vingts faisselles de fromage de chèvre. La cave était juste chaude au lieu d'être étouffante, bien que les Asix la trouvent délicieusement fraîche et soient convaincus de lui avoir confié le travail le plus agréable et le plus facile qui soit. Mais la lampe à huile ne faisait que repousser l'épaisse obscurité dans les coins, sans la chasser tout à fait. L'endroit lui faisait peur.

Personne à la ferme ne comprenait pourquoi, vu que les seuls vrais dangers se trouvaient à l'extérieur : les animaux sauvages, les bourrasques de vent du changement de saison, et les scorophons, qui étaient plus une nuisance qu'un véritable danger. Les sous-sols étaient au contraire l'endroit le plus sûr qui puisse exister. L'absence totale d'imagination des Ta-Shimoda ne leur permettait pas de comprendre ce qu'étaient des peurs vagues et des états d'âme mélancoliques. Elide, qui avait la tête remplie d'histoires de dieux, de démons et de fantômes, glanées en dix-neuf ans de spectacles holovid, se dépêchait de terminer le plus vite possible pour pouvoir remonter à la lumière. Elle restait dans la maison où elle lavait, nettoyait, époussetait, et finalement accomplissait un tas de choses qui sur Neudachren auraient été confiées à un robot domestique non seulement dans la maison Rasser qui possédait toujours le fin du fin en matière d'équipement, mais même dans la ferme de ses parents.

Ce n'est qu'en fin d'après-midi, quand derrière les nuages le soleil commençait à baisser et qu'il faisait déjà assez sombre, qu'elle restait un peu à l'extérieur, où s'occuper des animaux était sa tâche préférée. Elle n'avait jamais vu de poules vivantes auparavant ; dans une série holo sur une lointaine Planète Originelle (une histoire inventée, sans aucun doute, puisque c'était tout de même bien Neudachren la Planète Originelle de l'humanité ?), on voyait certes des animaux d'un aspect similaire, mais beaucoup plus petits et avec un bec de quelques centimètres seulement, qui n'aurait jamais pu transpercer d'un seul coup la carapace d'un scorophon, comme le faisait le coq. Bien qu'elles soient presque aussi grandes qu'elle et qu'elles aient un long bec et des griffes pointues, les poules étaient très dociles et la laissaient ramasser les œufs, qui avaient quasiment la taille de sa propre tête.

À genoux par terre, sur le sol retourné par les puissantes griffes des habitants du poulailler, elle arrachait soigneusement certaines plantes dont Auda, l'adolescent chargé de l'instruire, lui avait dit qu'on ne pouvait même pas les mettre au compost, mais qu'il fallait les détruire. On les laissait sécher à l'abri et on s'en servait pour allumer le feu.

Du coin de l'œil elle vit Aziz sortir de la ferme en compagnie d'Evan qui portait sa valise. Ils parcoururent le chemin qui conduisait à la grand-route, puis montèrent à bord de l'autobus. Elide poussa un soupir de soulagement, teinté d'un peu d'inquiétude, ou peut-être de regret, puis elle se dit : *maintenant je suis vraiment libre.*

À dire vrai, la vie avec Aziz n'aurait pas été si terrible, et elle aurait pu continuer à accomplir son devoir conjugal – en regardant le plafond et en attendant que ça passe – si sa coépouse n'avait pas été une femme si outrageusement maniérée et critique à l'excès. Sans compter ses enfants déjà adultes qui regardaient Elide avec mépris et échangeaient, même en sa présence, des allusions assez lourdes sur les caprices des vieux, dont ils disaient qu'heureusement cela ne durait jamais longtemps.

Ses pensées l'avaient distraite mais elle fut immédiatement rappelée à l'ordre par la voix indignée d'un enfant :

— Tu as oublié un mutable vert là, et encore un autre là-bas. On ne t'a pas appris à l'école que, quand les poules les mangent, elles deviennent méchantes ? Elles donnent des coups de bec à tout ce qui s'approche ; quelquefois même elles se battent entre elles.

— Je suis désolée, je les arrache tout de suite, répondit-elle docilement.

Quoi qu'elle ait appris à l'école, et ce n'était pas grand-chose, cela n'avait rien à voir avec les problèmes agricoles de Ta-Shima ; à la ferme, tous, y compris les petits enfants, semblaient savoir mieux qu'elle ce qu'il fallait faire.

— Tu as de nouveau un coup de soleil sur le nez, lui fit remarquer Nico ce soir-là au dîner. Quand tu vas dehors, tu pourrais mettre le chapeau que porte Faio quand il s'occupe des abeilles, n'est-ce pas, Eda ?

— Quel chapeau ? Et qu'est-ce que c'est qu'une zabeille ?

— Abeille, la corrigea un enfant si petit qu'il lui arrivait à peine au genou. Pourquoi Elide ne sait pas parler comme il faut ? Elle est grande, pourtant. Et elle ne sait pas non plus faire la cuisine, ni planter le riz, ni…

— Là où elle habitait avant, les gens parlaient autrement, ils ne plantaient pas de riz… Oh ! et puis arrête de poser des questions stupides, coupa Issi. Les abeilles sont les bêtes qui fabriquent le miel. Il n'y en avait pas dans ton monde ?

— Je n'en ai jamais entendu parler, et je n'avais d'ailleurs jamais vu de miel ; nous utilisions du sucre.

— De canne ou de betterave ?

Elide répondit qu'elle n'en avait pas la moindre idée, et qu'à part quelques délicatesses destinées aux grandes familles de la capitale, comme ce que produisait la ferme de son père, pratiquement toute la nourriture provenait de l'usine alimentaire où les levures se multipliaient à grande vitesse dans d'énormes silos d'acier, pour être ensuite aromatisées en fonction des besoins.

Les questions pleuvaient de tous les côtés.

— En acier ? Tu es sûre ? Ce n'était pas plutôt une sorte de pierre ?
— Grands comment ?
— Et comment on les sème, ces levures ? Pourquoi elles ne poussent pas en plein air ?

C'étaient là des notions bien difficiles à expliquer à des gens pour qui le métal était si précieux, et qui n'avaient pratiquement jamais vu d'appareils électriques. Pendant toute la soirée les Asix continuèrent à l'assaillir de questions auxquelles elle ne savait répondre qu'approximativement, et sa traduction en gorin rendait nébuleuses même les quelques notions qui étaient à peu près claires dans sa tête.

Le lendemain matin ils lui montrèrent la tenue que portait Faio quand il devait s'occuper des ruches et qui était composée d'un chapeau à large bord en paille tressée, auquel était fixé un voile de coton très fin, et de gants très souples.

— Il ne faut pas t'en servir pour les gros travaux, la prévint Nico, ils sont fragiles.

— Comme ils sont doux et plaisants au toucher ! En quoi sont-ils ?

— Ils sont en peau humaine. N'est-ce pas qu'ils sont confortables ? C'est moi qui les ai faits, répondit fièrement la jeune femme.

Elide poussa un cri et quitta précipitamment les gants, sans parvenir à retenir ses larmes.

— Il n'y a pas de raison de pleurer, la personne de qui provient la peau est morte depuis de nombreuses saisons sèches. Tu ne la connaissais même pas !

— Mais on doit respecter les morts, on ne peut pas s'en servir pour fabriquer des objets !

— Respecter comment ?

— Dans certains mondes, on les brûle, au cours d'une grande cérémonie très émouvante, dans d'autres on les enterre, mais sur Neudachren nous les envoyons… euh… je veux dire, ils les envoient tourner autour du soleil. Ça s'appelle une orbite instable, je crois, ça veut dire qu'au bout d'un moment ils tombent dans le soleil.

— C'est dégoûtant, s'écria sévèrement Nico, et Elide en fut tellement stupéfaite qu'elle en oublia de pleurer. Nico était d'ordinaire particulièrement compréhensive avec elle et écoutait avec plus de curiosité que les autres ses histoires de la vie sur Neudachren.

— Pourquoi dis-tu ça ?

— Détruire de cette manière ceux qui ont été nos proches parents, nos amis, nos compagnons de natte, les jeter comme s'il s'agissait de plantes nocives, sans leur permettre de se rendre utiles pour l'espèce après leur mort ? C'est une honte, digne seulement de peuples barbares.

— Vous, ça ne vous ennuie pas d'enfiler ces gants ? Mais si vous aviez connu la personne de qui venait cette peau…

— C'était ma deuxième fille, l'interrompit Faio, laconique comme à son habitude, tandis qu'il lui arrangeait le voile de façon qu'il pende librement, sans toucher la peau du visage. Elle a été tuée par un reyo alors qu'elle travaillait dans les champs. Pourquoi est-ce que ça devrait m'ennuyer ?

Elide n'était pas persuadée de la pertinence de ce discours, mais elle ne trouvait pas d'objection rationnelle. Les Asix, comme d'ailleurs sans doute tous les Ta-Shimoda, semblaient imperméables à toute considération qui ne soit pas purement logique. Depuis qu'elle avait habité à Niasau, elle avait découvert qu'exprimer des impressions sans les justifier par un raisonnement ne faisait qu'enliser la conversation dans une série de « pourquoi » et de « comment ». Elle se résigna à enfiler les gants, qui lui permettraient de rester plus longtemps dehors.

Il lui fallut aussi s'habituer aux bains en commun. Tant qu'elle n'était qu'une visiteuse étrangère, les Asix avaient accepté qu'elle se lave à la va-vite avec une serviette mouillée ; mais ils n'allaient pas tolérer que quelqu'un qui arborait le tatouage du clan Van Voss pue la transpiration.

— Je n'ai pas envie, je t'assure, chez nous c'est immoral, répondit-elle obstinément à Issi qui insistait pour qu'elle les accompagne à la douche après quelques heures passées à ramasser le fumier dans les pâturages et à le transporter sur le tas de compost.

— Où ça, « chez nous » ? demanda Evan.

Il fit signe à Issi et ils l'empoignèrent tous les deux, l'un par les bras, l'autre par les pieds, puis ils l'emportèrent au fond du potager où ils la jetèrent face contre terre sur le tas de compost qui était recouvert d'une couche de fumier frais et malodorant. Elle en ressortit si sale qu'elle se précipita vers les douches en criant de dégoût, puis arracha ses vêtements souillés sans même penser à ceux qui la regardaient. Ce fut d'ailleurs seulement cette première fois qu'ils la dévisagèrent avec curiosité et firent des commentaires à voix haute sur sa peau glabre comme celle des seigneurs shiro, mais plus claire. Par la suite ils ne firent pas plus attention à elle qu'à n'importe quel autre habitant de la ferme.

Certes, comme l'avait dit Aziz, le travail était pénible, surtout avec ce climat catastrophique, mais la principale difficulté de sa nouvelle vie, c'était la mentalité des Asix. Elle avait eu moins de problèmes avec les domestiques de l'ambassade : depuis des années ils avaient affaire aux étrangers. En parlant avec elle, ils avaient sans doute évité les sujets qui, selon leur expérience, auraient risqué de la heurter. Mais les habitants de la ferme faisaient parfois des déclarations si étranges qu'elle devait se les faire répéter pour être sûre d'avoir bien compris. Un soir, pendant le dîner, qui était toujours une occasion de bavardages et de divertissement, elle se tourna vers Nico pour lui demander :

—Ces trois-là sont les enfants d'Oda-adaï, n'est-ce pas, mais pas les plus petits ?

—Non, nous avions obtenu l'autorisation pour deux halb, et c'est seulement le hasard qui a fait que Iura a eu des jumeaux.

—Mais Oda-adaï ne s'est pas fâché ?

—Comment ça ?

—Eh bien, ça veut dire que… enfin, vous avez forcément partagé la natte avec un autre homme.

—Haï, avec un seul ? Mais ce ne serait pas très amusant !

—Deux… non, trois sont de moi, quatre de Faio, un de Joss…, commença Evan avant de s'interrompre, perplexe. Mais pourquoi le seigneur shiro devrait-il être fâché contre elles ? Toutes les conceptions ont été autorisées par la Maison de la Vie, comme il se doit.

—Vous devez demander l'autorisation avant d'avoir un enfant ? s'étonna Elide. Mais pourquoi ?

—C'est normal. On ne fait pas comme ça dans les autres mondes ?

Et quand elle dit que non, ce fut le tour des Asix d'en rester bouche bée.

—Nous, nous contrôlons même la descendance des vaches et des poules.

—Chez nous aussi, euh… je veux dire sur ma planète de naissance, la reproduction des animaux de ferme est contrôlée, mais pour ce qui est des êtres humains, ce serait contraire aux droits…, c'est-à-dire à la liberté de chacun, enfin c'est défendu par la loi.

Eda balaya l'argumentation d'un geste distrait.

—C'est ridicule : faire le nécessaire pour les animaux et pas pour les humains.

Puis revenant à un problème qui selon elle était beaucoup plus important :

— Pourquoi crois-tu que nous ayons pu offenser le seigneur ?

— S'il a pris Iura et Nico comme compagnes, comment peut-il leur permettre de dormir avec d'autres hommes ? Il n'est pas jaloux ?

— Qu'est-ce que tu vas imaginer ? s'écria Issi, et elle avait vraiment l'air d'être en colère. Tu ne peux pas offenser de la sorte le seigneur honoré ! Jaloux ? Tu le prends pour une chienne avec ses chiots ?

— Excuse-moi, ce n'est peut-être pas le mot juste, mais chez nous, un homme qui a une femme… une compagne fixe ne tolère pas qu'elle partage la natte avec quelqu'un d'autre.

— Aucun Shiro n'a de compagne fixe, et s'il devait lui venir l'idée étrange d'en avoir une, il ne pourrait s'agir que d'une sei-hey ou d'une dame shiro de son clan. Oda-adaï a fait son devoir avec mes filles, comme on le lui avait ordonné, et quand il vient à la ferme, il passe la nuit avec elles, parce qu'il est toujours très poli et correct. Que peuvent bien lui faire les autres hommes avec qui elles partagent la natte ? Quand il est là, c'est toujours lui qu'elles invitent, évidemment, qu'est-ce qu'elles feraient d'autre ?

— Hé ! s'exclama Evan en ricanant, à la prochaine visite du seigneur, dis-lui que tu ne peux pas partager la natte avec lui parce que tu as déjà rendez-vous avec moi. Comme tu as trois enfants de moi, c'est moi qui ai la priorité.

La conversation se perdit dans un concert de rires rauques, tandis qu'Elide se demandait comment les femmes asix pouvaient dormir indifféremment avec n'importe quel homme sans que personne n'y trouve rien à redire ; personne parmi les hommes, en tout cas, car de temps en temps les plus jeunes des filles se disputaient le droit de partager la natte avec Faio.

Elle n'avait d'ailleurs jamais compris ce qu'elles pouvaient trouver d'agréable à la chose. Quand elle vivait avec Aziz, elle aurait donné cher pour qu'il aille de temps en temps dormir ailleurs ! Elle essaya de leur expliquer le précepte de l'Église unitariste qui condamnait sévèrement quiconque forniquait en dehors des liens sacrés du mariage, mais sa laborieuse traduction des « liens sacrés » et les longs développements nécessaires pour leur faire comprendre le concept de mariage ne servirent que de prétexte à s'amuser.

À partir de ce jour-là elle entendit presque tous les soirs une des femmes demander à haute voix un homme *en mariage* pour la nuit.

Ils employaient le mot en universel, bien sûr, et ils continuèrent à s'en divertir soir après soir, même après que la plaisanterie avait été répétée tant de fois qu'elle en était éculée.

Il y eut les semailles de la seconde récolte de céréales, puis ce fut l'époque où les génisses mettaient bas, toutes en même temps, de manière qu'au moment de la transhumance les veaux soient assez grands pour parcourir une trentaine de kilomètres par jour. Pendant quelques décades, ils dormirent tous très peu, et mangèrent le bol à la main, dans l'étable couverte où Eda, Joss et Ribia supervisaient les naissances. Puis quand le dernier veau fut sur ses pattes, pendu aux pis de sa mère, ce fut le moment de récolter les fruits, de troquer une décade de travail de deux Asix contre le droit d'utiliser pendant trois jours la charrette et le cheval de la ferme voisine qui appartenait à un autre clan, de charger fruits et fromages sur la charrette et d'emporter le tout à Gaia, à la maison secondaire du clan Van Voss et au marché.

Les mois de la saison des pluies s'écoulaient tranquillement, au rythme des travaux agricoles. Elide parlait couramment le gorin, mais le résultat était pervers : maintenant qu'elle ne devait plus demander que de temps en temps le sens d'un mot et qu'elle était en mesure de suivre sans problème les conversations, les discours des Asix lui semblaient de plus en plus souvent incompréhensibles.

Pour ce qui était de la vie de tous les jours, en revanche, elle commençait à s'habituer, même si elle devait bien admettre que ce n'était pas facile : tout, jusqu'aux choses les plus simples, semblait requérir des heures de travail manuel pénible, et quand elle était de cuisine, à transpirer devant le fourneau allumé, elle regrettait amèrement l'autochef relié à la centrale de la tour résidentielle, qu'il suffisait de programmer pour avoir sur la table un repas complet en quelques minutes.

C'était le prix à payer pour être libre et dans la vie tout se payait, n'est-ce pas ? Enfin, cela valait pour toutes les Elide de n'importe quelle planète : les filles comme Arsel trouvaient à leur disposition ce qu'elles pouvaient désirer, depuis le berceau.

Eh bien, son cher *M. Huang*, sa belle-fille ne l'avait pourtant pas eu, se dit-elle avec un brin de satisfaction.

La nuit qu'Arsel avait passée avec le jeune Shiro Johnson avait-elle été une expérience aussi pénible que le devoir conjugal qu'exigeait Aziz ?

Chapitre 13

La doctoresse Huang dosait soigneusement une poudre brune et la mélangeait à un liquide blanchâtre à l'odeur pénétrante, tandis que Rinvar l'observait à la dérobée, se demandant avec inquiétude ce qui avait bien pu se passer pour qu'elle soit d'une humeur aussi massacrante.

Pendant la dernière décade qu'il avait passée à Gorival, les Asix, qui le connaissaient depuis sa naissance, l'avaient tenu au courant des événements jour après jour, voire heure après heure. Ils lui avaient raconté par le menu le combat entre Iruddian – enfin, maintenant il fallait dire la saz-adaï Johnson – et la dame Huang. Celle-ci était une vraie catastrophe au sabre, ce qui ne l'avait pourtant pas empêchée de monter constamment à l'attaque avec pour tout résultat d'encaisser un coup douloureux après l'autre, sans avoir l'air de s'en soucier aucunement.

Iruddian, qui avait exigé les armes d'entraînement à cause de la différence de niveau excessive entre les deux adversaires, s'était délibérément limitée à ne lui infliger que quelques bleus aux bras et à l'abdomen. Puis elle s'était déclarée satisfaite, bien qu'elle n'ait même pas fait couler une seule goutte de sang.

Tout le restant du séjour à Gorival, elle l'avait régulièrement invitée à se joindre à elle pour les repas, la traitant avec ce qui, pour Iruddian-adaï, était une cordialité tout à fait hors du commun. Suvaïdar-adaï avait donc été de bonne humeur pendant tout le voyage en autobus jusqu'à Gaia. Elle avait parlé à Rinvar avec une amabilité inattendue, et avait même daigné répondre à ses prudents « pourquoi » et « comment ».

En lui apprenant que la femelle sitabeh allait avoir un enfant de lui, elle s'était exprimée avec modération et sans sévérité. Elle lui avait affirmé qu'à son avis la faute n'était pas uniquement de son côté, mais qu'elle devait être partagée par la personne qui lui avait confié une mission sans lui fournir toutes les instructions nécessaires. Il était resté sur une impression positive, sans comprendre que tant d'amabilité ne provenait pas d'un caractère exceptionnellement généreux, mais des connaissances médicales de Suvaïdar qui avait préféré éviter de lui causer un choc alors qu'il était affaibli par la perte de sang et sans doute fragilisé par une condamnation dégradante.

Mais, dès leur arrivée à Gaia, Suvaïdar-adaï avait été convoquée par la Sadaï, et le lendemain par l'Ancien du clan, et depuis, même si personne ne pouvait discerner sur son visage d'autre expression que celle d'une courtoise indifférence, elle devait être furibarde : les Asix se tenaient à distance respectueuse d'elle, et c'était un signe qui ne trompait pas.

Quand elle l'avait fait venir à l'infirmerie pour le soigner, elle avait fait de son mieux pour avoir l'air impassible, comme l'exigeait l'étiquette, mais elle s'était trahie par la brusquerie de ses gestes.

—Arrête de te tordre le cou pour me regarder, mon garçon ! Comment veux-tu que je t'examine si tu remues sans arrêt ?

—Ma dame, pourquoi continues-tu de m'appeler « garçon » ? Tu estimes que le fait d'avoir été condamné au fouet devant tout le clan m'a définitivement déshonoré ? Auquel cas je devrais peut-être prendre les mesures qui s'imposent, murmura Rinvar, avec toute la dignité que peut avoir un homme couché à plat ventre, le pantalon aux genoux, devant la femme qui lui badigeonne le dos et les fesses d'un liquide à l'odeur pénétrante et très désagréable.

Suvaïdar se mordit les lèvres : humilier subtilement son patient pour qu'il soit moins arrogant, et donc plus docile, pouvait être une bonne idée, mais il lui fallait veiller à ne pas exagérer. Ce serait une belle catastrophe s'il décidait de choisir le privilège shiro avant la cérémonie d'alliance reproductive qu'exigeaient les étrangers.

—À ce qu'il paraît, tu es devenu mon fils, lui répondit-elle d'un ton ironique, tout en revissant le couvercle du flacon dans lequel elle avait mélangé à l'antiseptique une petite dose d'anesthésiant topique.

» Reste tranquille quelques minutes jusqu'à ce que ton dos soit sec : pas besoin de faire un bandage complet, il suffira de couvrir les deux plaies qui refusent de cicatriser.

—Tu pourrais m'expliquer ?

— C'est une longue histoire, biaisa-t-elle avec un regard en coin vers l'Asix préposé à l'infirmerie du clan. Celui-ci semblait extrêmement absorbé par la préparation d'une décoction, mais on avait l'impression que ses oreilles s'orientaient d'elles-mêmes en direction des deux Shiro.

— J'ai tout mon temps, tu m'as exempté de travail et d'études pour toute la décade.

— Oui, mais c'est moi qui n'ai pas le temps. Il faut que j'aille à l'hôpital sans tarder.

Rinvar ne cilla pas et se contenta de répondre « ay » d'un ton soumis. Après une brève hésitation, ce fut elle qui lui proposa, en lui jetant un coup d'œil significatif :

— Tu viens dans ma chambre ce soir ?

Le jeune homme opina : faire semblant de partager la natte était un excellent moyen pour parler en privé sans attirer l'attention.

Après le dîner, il lui emboîta le pas et après être passés en cuisine prendre une petite outre de vin et deux bols, ils se dirigèrent ensemble vers l'aile dortoir, sans provoquer aucun regard de curiosité. Les compagnons de natte d'une nuit ne suscitaient pas le moindre intérêt.

Dès qu'ils se retrouvèrent seuls, elle lui expliqua qu'elle avait été obligée de l'adopter personnellement, car Tore-adaï entendait garder le secret absolu vis-à-vis de tous, sauf des responsables du clan. Qu'une personne procède de manière individuelle à une adoption était parfaitement contraire à la tradition, et même, à y bien regarder, c'était une absurdité pure et simple. Cependant, ni Luria, la première conseillère, ni Gerom, l'administratrice, n'avaient élevé la voix pour en demander la raison. Manifestement ils en avaient discuté tous les trois ensemble auparavant.

— La Sadaï a approuvé cette histoire de secret ?

— Elle n'est pas au courant : je l'ai vue avant d'être convoquée par Tore. Quant au reste de mon rapport, notre mère honorée à tous s'est contentée d'écouter, et ne m'a pas condamnée pour avoir pris une initiative importante sans la consulter ; on peut dire que l'entretien n'a pas été négatif. À un certain moment, pendant que je lui parlais, j'ai craint que nous finissions à Nova Estia tous les deux, toi et moi.

— C'est à cause de Tore-adaï que tu es tellement en colère ?

— Ça se voit tant que ça ? Je pensais avoir une meilleure maîtrise de moi.

— Ça ne se remarque pas du tout, ma dame, si on se contente de te regarder, mais tu m'as soigné à Gorival, et là tes mains étaient légères comme celles d'une nourrice asix…

Quand il se rendit compte de la comparaison qui lui avait échappé il se reprit précipitamment :

— Il n'y a pas d'offense, je te prie de le croire, mon intention n'était pas de te mettre sur le même plan que quelqu'un qui n'est pas shiro, c'était juste une façon de…

— Il n'y a pas d'offense, confirma-t-elle sèchement, j'aime les Asix, et pas seulement comme compagnons de natte. Ils sont loyaux et corrects, toujours, et on peut leur faire confiance. Je voudrais seulement pouvoir en dire autant de certains Shiro qui occupent des postes importants.

— Tu penses à quelqu'un de particulier ?

— Au sazdo-adaï. Je le connaissais déjà avant, mais je ne m'étais jamais aperçue qu'il était rusé et… oui, fourbe : il a approuvé ma conduite, mais seulement en privé, et il refuse absolument de donner son aval officiel.

— Il t'a dit pourquoi ?

— Il n'a pas daigné le faire. Mais, en fait, il n'y a pas besoin d'explication : il va de soi qu'il compte récolter les lauriers si tout se passe bien, tandis qu'en cas de problème il aura un bouc émissaire sous la main et pourra me condamner pour sauver sa peau et son poste. Et il est tout aussi évident que les autres dirigeants du clan sont d'accord, tous sauf Doran Huang, qui m'a dit elle-même qu'elle avait protesté, mais en vain.

» Au lieu d'exiger immédiatement un rapport circonstancié, comme il aurait été logique de le faire, Tore a attendu que mon entretien avec la Sadaï soit terminé. Il voulait voir d'où venait le vent, mais il voulait surtout m'empêcher de lui raconter qu'il m'avait imposé le secret. J'aurais eu la possibilité de le faire pendant que je lui rapportais ce qui était arrivé, alors que maintenant il me faudrait solliciter un nouvel entretien, et on ne court pas chez la Sadaï pour se plaindre des responsables de son propre clan comme un gamin qui va pleurer dans les bras de sa nourrice quand il s'est fait mal.

— Je ne comprends pas : quelle importance peut avoir mon adoption, et pourquoi garder secrète une chose si banale, qui concerne exclusivement les clans Johnson et Huang ?

— Il ne s'agit pas uniquement de l'adoption : les Sitabeh demandent que tu te soumettes à une espèce de cérémonie qu'ils ont coutume de célébrer quand deux personnes partagent la natte.

— Chaque fois ?

— Non, seulement la première fois, et ce n'est qu'une formalité creuse : tu vas devoir promettre de continuer à jouer avec la Tête-de-Paille, et d'autres stupidités du même genre.

— Ma dame ! C'était déjà suffisamment déplaisant la première fois, alors maintenant que, pour ma honte, elle a le ventre plein d'un être contre nature, je ne crois pas que j'en serai capable.

— Personne n'exige que tu le fasses, tu devras juste promettre.

— Mais c'est un déshonneur de manquer à sa parole.

— Pas vis-à-vis des barbares. Chez eux la parole d'un homme ou d'une femme ne compte pour rien, ils ne la tiennent pas s'ils ne s'y sont pas engagés par des papiers signés. Si tu es obligé de passer la nuit avec cette fille, par devoir de courtoisie, tu pourras te borner à dormir. Leurs femelles ne parlent jamais des jeux sur l'oreiller, encore une de leurs traditions incompréhensibles. La Tête-de-Paille ne dira rien à personne.

— Ay, répondit-il avec la tête d'un condamné, et Suvaïdar hésita un instant, se mordant les lèvres.

— C'est un geste très honorable, Shiro-adaï, reprit-elle à voix très basse, lui donnant délibérément le titre de politesse, approuvé personnellement par la Sadaï, même si la dame honorée ne l'a pas déclaré publiquement. Bien que Tore-adaï m'ait interdit d'en parler à qui que ce soit, je vais faire une exception pour toi.

— Ma dame ! Tu ne peux pas te soustraire à un ordre exprès de l'Ancien.

— Il m'a nommée conseillère pour tout ce qui concerne les Extramondins, n'est-ce pas ? Et il m'a autorisée à prendre des initiatives limitées à ce domaine ; eh bien, je considère que pour pouvoir exécuter correctement les ordres qui vont t'être donnés, tu dois être informé, au moins partiellement.

Rinvar n'était pas franchement convaincu, mais durant la demi-décade qu'il avait passée dans son nouveau clan, il avait déjà entendu murmurer que son interlocutrice n'était pas à proprement parler un modèle de discipline. De plus, il mourait de curiosité.

— Je ne vais pas entrer dans les détails, mais je voudrais que tu saches que j'ai négocié avec l'ambassadeur, et qu'en échange de la cérémonie j'ai obtenu un avantage pour Ta-Shima. Attention, pas pour le clan, mais pour toute notre planète.

— Dommage que l'honoré Ancien ne veuille pas déclarer que j'agis sur ses ordres. Il sauverait mon honneur.

— C'est vrai : quand cette stupide cérémonie des Sitabeh arrivera aux oreilles des Shiro de Gaïa, les sarcasmes et les remarques désagréables vont pleuvoir. Tu vas te retrouver tous les jours en salle d'armes à te battre contre tous tes nouveaux parents Huang capables de tenir un sabre en main, et moi je serai sans doute défiée par les Shiro des autres clans de Gaïa. C'est pour ça que je suis en colère : Tore (l'« adaï » lui restait au fond de la gorge quand elle pensait à lui) a été élu pour défendre les intérêts du clan, et accessoirement ceux de chacun de ses membres, et non pour veiller à sa propre peau. De plus, je te mets dans une situation désagréable ; je te suis débitrice, Rinvar-adaï.

Rinvar garda le silence pendant un moment, puis il s'inclina :

— Au contraire. Peu m'importe de perdre la vie avec honneur, sur le sol de la salle d'armes et le sabre à la main ; mais je me considère comme ton débiteur, car tu m'as soustrait à une mort déshonorante. Je ferai mon possible pour que les conséquences de mon adoption ne soient pas désastreuses pour toi, déclara-t-il avec solennité.

Suvaïdar garda pour elle la remarque sarcastique qu'elle avait sur le bout de la langue. Le jeune homme était particulièrement cordial, presque comme s'il souhaitait établir avec elle une relation personnelle.

Les relations personnelles n'étaient pas fréquentes entre Shiro ; elles n'étaient pas expressément interdites, mais la tradition les voyait d'un mauvais œil. Or, Rinvar ne connaissait encore personne à Gaïa, et les marques de la flagellation sur son dos suffiraient déjà à lui rendre difficile l'intégration dans le clan. Tôt ou tard, en outre, il serait de notoriété publique qu'il s'était abaissé à contracter une alliance reproductive et à mêler son sang avec celui d'un être que la majeure partie des Ta-Shimoda ne considérait même pas comme véritablement humain. Les journées n'auraient alors pas assez d'heures pour lui permettre de donner satisfaction à tous ceux qui allaient le provoquer en duel.

Suvaïdar se contenta de marmonner ce qui, moyennant un peu de bonne volonté, pouvait à la rigueur passer pour un assentiment, et le jeune Shiro lui demanda :

— Quand dois-je aller à Niasau ?

— Dès que possible : j'ai déjà annoncé ton arrivée et ils t'attendent. Tes blessures sont suffisamment cicatrisées pour te permettre de marcher jusque là-bas et de rester debout pendant la cérémonie. Demain, donc, à l'heure du repas de midi.

— Entendu. Puisque cela doit se faire, autant que ce soit tout de suite, conseillère honorée.

—Je vais aller avec toi.

—Ma dame... Me permettrais-tu de formuler une objection, sans faillir au respect qui t'est dû, bien sûr?

—Tu n'as pas besoin d'être si formel, je t'autorise même à m'appeler par mon prénom : personne ne le fait plus depuis que ce titre de conseillère m'est tombé dessus, et ça ne me déplairait pas qu'au moins une personne se souvienne que je suis un être humain, en plus d'être une des responsables du clan.

—Adamé, Suvaïdar-adaï! C'est un grand honneur, et puisque nous sommes devenus si intimes, je me permets de te contredire. Je ne crois pas que ce soit une bonne idée que tu m'accompagnes demain à Niasau. Moi, je vais de toute façon être considéré comme un paria, et ma vie ne sera pas longue : même si je ne trouve pas d'adversaire meilleur que moi qui me tuerait avec honneur, je serai obligé de choisir le privilège shiro dès que me sera né ce fils à demi humain. Il est inutile que tu te condamnes toi aussi.

—L'idée est de moi; *mon* Sh'ro-enlei m'impose d'être présente. J'ai découvert que le sens de l'honneur a tendance à augmenter à mesure que diminue le plaisir de vivre! ajouta-t-elle aigrement. Et la vie des responsables du clan n'a rien d'amusant, en tout cas quand on n'aspire pas au pouvoir. Même mon frère-même-mère-même-père ne me parle plus qu'après s'être profondément incliné et me débite plus de formules de politesse que de réelles paroles.

—Et tes sei-hey, qu'en pensent-ils?

—Il y en a deux qui habitent à Gorival et ça fait des années que je ne les ai plus vus; les deux autres sont morts.

—C'est dur de perdre un sei-hey; les miens sont tous morts.

Dans l'intimité de la chambre, derrière une porte close, Rinvar se laissa aller brièvement à une expression de souffrance, avant de reprendre le masque impassible qu'imposait l'étiquette. Une des sei-hey de Suvaïdar était morte pendant les Épreuves, ou plus exactement, les Jestak l'avaient aidée à jouir du privilège shiro immédiatement après. Elle était arrivée vivante au pavillon où se déroulait la cérémonie de la Majorité, mais avec une lésion à la jambe qui s'était avérée inguérissable. Elle avait perdu à tout jamais les capacités physiques dont elle était si fière, et ses compagnons n'avaient jamais su si elle avait demandé elle-même cette fin honorable, ou si c'était la saz-adaï Jestak qui la lui avait suggérée. Ils en avaient souffert, mais on savait bien que tout le monde ne réussissait pas les Épreuves. C'était un événement normal de la vie, même s'il était triste.

Mais son sei-hey préféré, Saïda, était mort quelques mois plus tôt seulement et Suvaïdar s'en sentait partiellement responsable. Son absence se faisait sentir, comme une douleur sourde. Elle eut un élan de sympathie, bien peu en accord avec le caractère shiro, pour Rinvar, et lui adressa un sourire amical et spontané, pas juste la brève grimace formelle qu'imposait la politesse, mais un vrai sourire chaleureux que le jeune homme, étonné et confus, se surprit à lui retourner sans réfléchir. Il prit congé de la conseillère, l'appelant par son titre, puis se corrigeant immédiatement et utilisant son prénom, et alla se coucher.

Ses blessures l'avaient jusqu'ici empêché de prendre part aux leçons d'escrime et d'aller aux bains. Il s'était lavé dans sa chambre avec une serviette, toutefois il n'était pas difficile d'imaginer les commentaires que déclencheraient les marques d'une flagellation récente.

Mais bon, tant pis pour ceux qui le défieraient : il était un des meilleurs combattants de Ta-Shima, après tout. Seulement il n'arriverait jamais à s'intégrer dans son nouveau clan.

Il ferma la porte de sa chambre, dans laquelle sans doute aucun jeune Shiro n'accepterait jamais d'être invité, et, pour la première fois de sa vie, il comprit ce que cela pouvait signifier de se sentir seul. Comment Suvaïdar s'en était-elle sortie, quand elle était revenue dans ce clan si traditionaliste, après des années passées dans les mondes des mangeurs de cadavres ?

Ceux qui le lendemain matin passèrent le pont de Niasau étaient deux Shiro encore plus taciturnes qu'à l'ordinaire. Ils étaient attendus, car la veille au soir Suvaïdar avait fait porter par un Asix un message laconique qui disait simplement : « Demain matin je tiendrai ma promesse. »

—Attends, on va tout d'abord aller ici, marmonna-t-elle en retenant Rinvar et en prenant la direction de l'auvent des cuisines où un petit groupe d'Asix s'affairait à préparer le repas spécial commandé par Rasser.

—Shiro-adaï ! s'exclamèrent-ils joyeusement presque en chœur.

Ils interrompirent leur travail et les entourèrent, leur proposant du thé, des biscuits, des fruits, tapotant un coussin avec empressement et s'excusant tous à la fois de n'en avoir qu'un seul. S'ils avaient su que deux Shiro au lieu d'un allaient venir à Niasau, ils auraient pris des dispositions. Fallait-il qu'ils aillent en chercher un autre ?

Réconforté, comme toujours, par la présence de représentants de l'autre race, Rinvar recouvra son sourire, mais il fut stupéfait d'entendre sur quel ton sec la conseillère leur ordonnait de s'asseoir tous immédiatement et de rester tranquilles. Dès qu'ils eurent obéi, elle lui demanda à lui de quitter sa veste et de montrer son dos aux Asix. À la vue de ses cicatrices récentes, encore enflammées et violettes, et des deux blessures mal cicatrisées, les Asix écarquillèrent les yeux et se détournèrent avec horreur.

— Regardez! ordonna Suvaïdar d'un ton brusque. Regardez bien. Voici le résultat de vos stupides bavardages. C'est exactement comme si vous lui aviez infligé personnellement les coups de fouet.

Un des hommes poussa un cri, immédiatement étouffé, et elle continua sèchement:

— Il avait été condamné à cent coups de fouet, et il serait mort avant le compte si je n'étais pas arrivée à temps; c'est entièrement votre faute, à cause de vos potins stupides.

Une des femmes fut secouée de haut-le-cœur, et tous les autres avaient l'air désolés au point qu'il n'aurait pas été étonné si, malgré la présence des deux Shiro, ils avaient fondu en larmes.

— Rinvar-adaï, seigneur (l'Asix ancienne gémissait plus qu'elle parlait) nous n'avons pas d'excuses. Si tu voulais bien nous punir, je crois que nous nous sentirions tous mieux; avec ta permission, je vais m'occuper personnellement de fouetter tous les Asix qui travaillent ici.

— Non, non, l'interrompit-il avec horreur, je ne permets rien de ce genre, et d'ailleurs il n'est même pas exact que ce soit votre faute, c'était...

— Est-ce qu'on t'a demandé ton avis?

La conseillère avait l'air exaspérée et Rinvar se tut aussitôt. C'est un fait qu'elle l'avait autorisé à l'appeler par son prénom, mais elle restait tout de même une des responsables du clan. Même les Asix, dont certains gémissaient à mi-voix en se balançant d'avant en arrière, s'interrompirent et la considérèrent en silence.

— Écoutez-moi bien maintenant, tous autant que vous êtes. Vous savez pourquoi les Sitabeh font la fête aujourd'hui?

— Ils ont dit que Rinvar-adaï va habiter ici maintenant et qu'il va partager la natte avec la grosse Tête-de-Paille, mais ce n'est pas possible, évidemment.

— Il est exclu qu'il s'installe à Niasau, mais il est possible qu'il soit obligé de passer la nuit ici de temps en temps. Seulement je ne veux pas que de stupides racontars à ce sujet sortent de cette maison et finissent par arriver aux oreilles des Shiro de Gaia. Si à cause de vous

Rinvar-adaï devait être obligé de choisir le privilège shiro, il se pourrait qu'un jour vous retrouviez les morceaux de son corps dans la réserve et que vous deviez les préparer pour le repas des Sitabeh. Et si j'étais vraiment très en colère, je pourrais même venir ici pour vous obliger à partager leur repas.

Les visages camus des Asix se contorsionnèrent en grimaces de désespoir qui auraient pu sembler comiques à tout autre qu'à un Shiro : Rinvar eut l'impression que son estomac faisait des nœuds dans son effort pour réprimer la nausée. Il se tourna vers la conseillère, scandalisé : comment pouvait-elle seulement imaginer faire du mal à un Asix ? Mais elle était en proie à une émotion égale à la sienne, voire plus violente. Elle ne parvenait même pas à garder une apparence impassible, c'était une véritable angoisse qui se lisait sur son visage. Rinvar ne savait rien du conditionnement génétique shiro qui l'aurait empêchée de mettre sa menace à exécution, mais il comprenait que quelque chose n'allait pas dans cette scène. Se pouvait-il qu'elle mente ? Il était inacceptable qu'une conseillère du clan se déshonore par un mensonge, mais qu'elle menace sérieusement les Asix était proprement monstrueux. La première hypothèse devait être juste.

Ses déductions lui procurèrent un immense soulagement, mais les Asix avaient pris la menace à la lettre et tremblaient de peur, bien que depuis des générations et des générations jamais un Shiro adulte n'ait levé la main sur l'un d'eux. Il s'apprêtait à leur promettre solennellement que si c'était le seul moyen de leur épargner une telle punition, il était même prêt à renoncer au privilège shiro, mais Suvaïdar lui fit signe de se taire et se détourna pour partir, lui intimant impérieusement de la suivre.

— J'essaie juste d'augmenter légèrement nos chances de rester en vie quelques mois, lui murmura-t-elle entre les dents dès qu'ils eurent contourné le coin. Je ne ferais jamais de mal à un Asix, et dès qu'ils y réfléchiront une seconde, ils s'en rendront compte eux aussi. Toutefois, j'espère leur avoir flanqué une belle frousse.

— Tu crois que le secret sera préservé à jamais ?

— Pas plus de quelques semaines, mais si dans un premier temps n'arrivent à Gaia que des nouvelles imprécises et fragmentaires, les Shiro n'en tiendront peut-être pas compte. Ils se diront que les Asix ont mal compris. Je pourrai peut-être obtenir que la Sadaï annonce au Conseil qu'elle avait donné son accord pour cette farce ridicule. Alors personne ne se sentira en devoir de défier la conseillère Huang, au risque de déclencher une vendetta entre clans, ni d'entamer une série de duels en cascade avec toi jusqu'à ce que, si bon que tu sois, tu finisses par y succomber.

Rinvar ne répondit rien, et Suvaïdar reprit :

— Il y a trop de « peut-être » dans mes élucubrations, n'est-ce pas ? Mais une mince chance de survie vaut toujours mieux que pas de chances du tout.

Chapitre 14

— Non, répondit fermement Rinvar, déplorant que Suvaïdar-adaï se soit éclipsée immédiatement avec le vieux Sitabeh et l'ait laissé seul avec la femelle.

Depuis qu'il était arrivé, il n'avait pratiquement rien fait d'autre que de répondre « non ». Non à la proposition de se soumettre à une deuxième cérémonie, qui aurait impliqué son adhésion à la religion unitariste, non à l'offre de résider à l'ambassade, dans une chambre où selon l'usage indécent des étrangers il craignait d'être obligé de dormir avec la Tête-de-Paille. Et maintenant, non à la demande d'enfiler un vêtement de cérémonie de Neudachren, une tunique longue qui devait être affreusement malcommode pour courir ou se battre en duel, d'un tissu brillant et si coloré qu'il en faisait mal aux yeux, et accompagnée d'objets de métal jaune qu'il tâta d'un doigt suspicieux.

— C'est un anneau et un collier en or, lui murmura Arsel, s'efforçant de lui sourire. Dans mon monde les époux échangent un cadeau le jour des noces.

— À quoi ça sert?

— L'anneau se porte au doigt et le collier autour du cou. Ça ne te plaît pas?

Il garda un silence prudent, et ses yeux noirs dont l'iris avait presque la même couleur que la pupille ne trahirent même pas l'ombre du désarroi qu'il éprouvait. Les métaux étaient rares sur Ta-Shima, et donc précieux, bien qu'évidemment l'or soit moins utile que l'acier. Il ne comprenait pas pourquoi on le lui donnait sous cette forme élaborée qui avait dû coûter des heures de travail, au lieu d'un petit lingot, comme le fer qui arrivait une fois par an de Nova Estia. Et pour quelle raison transportaient-ils ces choses autour du cou ou au doigt ? Cela n'avait aucun sens.

Quand Suvaïdar revint, avec l'air satisfait d'un reyo qui a réussi à s'introduire dans un pâturage pour enlever un veau, il leva le regard vers elle.

— Conseillère honorée, demanda-t-il d'une voix blanche, n'osant pas l'appeler par son prénom en public, même en sachant qu'aucune des personnes présentes n'aurait compris, est-ce que je suis obligé de porter ces flobels pour la fête des Sitabeh ?

— Non, lui répondit-elle sèchement. S'ils veulent une cérémonie, ils l'auront, mais un Shiro n'a pas à se ridiculiser avec des vêtements étrangers sur sa propre planète. Sur Ta-Shima, nous vivons, mangeons et nous habillons selon nos traditions et nos usages. S'ils ne sont pas contents, nous pouvons aussi retourner à Gaia : j'ai déjà obtenu ce que je voulais.

Voilà qui serait bien, mais Rinvar n'y croyait pas trop, et de fait les Sitabeh ne parlèrent plus de vêtements ou de morceaux de métal à mettre sur soi.

— Et vais-je être obligé de venir habiter ici ? demanda-t-il encore. Ils veulent m'attribuer une chambre dans la maison de leur clan.

— Non, seigneur shiro : la maison de ton clan est à Gaia, et personne n'a le droit de t'obliger à vivre ailleurs, sauf bien sûr l'Ancien, ou la première conseillère. S'ils insistent vraiment, il suffira que tu viennes de temps en temps passer la nuit ici, par devoir de courtoisie.

Rasser, à qui Suvaïdar avait fermement déclaré qu'il était exclu de procéder à la cérémonie dans le temple unitariste, avait décidé de célébrer lui-même le mariage, en sa qualité de représentant de la Fédération.

Les deux secrétaires avaient décoré la salle de réception de l'ambassade avec ce qu'ils avaient pu trouver de mieux, en un si court laps de temps, dans ce monde loin de toute civilisation : des rameaux fleuris d'arbres fruitiers, achetés à grands frais à des Asix, pour qui cela signifiait la perte d'une partie de la récolte, et des sarments de végétaux indigènes, qu'avec un peu de bonne volonté on pouvait trouver décoratifs.

Les invités commençaient à arriver : les officiers d'un astronef immobilisé depuis une semaine pour une réparation qui aurait été exécutée en deux heures sur une autre planète et une délégation des commerçants, présidée bien évidemment par Osmad Tani, qui avançait la tête haute, une concubine asix à chaque bras. Elles n'avaient jamais été admises à l'ambassade à l'époque où c'était la première dame Rasser qui décidait, mais Tani jeta en entrant un regard de défi au second secrétaire Kader. Il voulait voir qui oserait lui dire quelque chose : après tout, malgré les grands airs des Neudachreniens, la fille épousait un indigène. Selon Rasser, le fait qu'il soit shiro, et donc d'une certaine façon aristocrate, faisait toute la différence, et pour ce qui était de la différence, Osmad Tani était bien d'accord : si belles que soient les dames shiro, plutôt petites mais sveltes et élégantes, avec une ossature fine et un aspect faussement fragile et délicat, il n'en aurait jamais touché une, même avec des pincettes.

En le voyant avec ses deux compagnes, Suvaïdar se mordit les lèvres. Quand elle avait entrepris d'inspirer une saine terreur aux Asix qui travaillaient à l'ambassade, elle n'avait pas imaginé que les commerçants, dont Rasser souhaitait la présence pour rendre plus solennelle cette idiotie de cérémonie, en profiteraient pour imposer la présence de leurs concubines.

Debout dans la salle de réception, elle examinait d'un air inexpressif les vases pleins de branches d'arbres fruitiers en fleur et de mauvaises herbes, des plantes non comestibles que le simple bon sens exigeait qu'on s'empresse d'arracher des potagers, alors que les étrangers, eux, les cultivaient tout exprès. Sur Wahie, les gens avaient même l'habitude d'offrir des bouquets de mauvaises herbes en fleur dans certaines circonstances ; la première fois qu'elle avait reçu un tel cadeau, pour fêter son engagement à l'hôpital, elle avait provoqué l'hilarité générale en portant à sa bouche une des fleurs, qu'elle croyait bien évidemment comestible. Qui pouvait bien avoir l'idée d'offrir quelque chose dont l'unique destination était le tas de compost au fond du potager le plus éloigné des habitations ?

Le long d'un mur tapissé de sarments se tenaient six membres du clergé unitariste, arrivés avec le dernier astronef. Le nouvel Archidiacre était pressé d'entamer son œuvre de conversion. Selon Rasser, ils allaient présenter une demande officielle afin de pratiquer leur religion à Gaia. De nouveaux ennuis en perspective !

La cérémonie commença... Sans sourciller, Rinvar promit d'être fidèle à la Tête-de-Paille, tout en se demandant ce que pareille formule pouvait bien vouloir dire. Mais quand Rasser lui demanda de jurer qu'il s'occuperait de ses enfants, il se tourna vers Suvaïdar avec un air interrogateur.

—Il veut dire que je dois aller rendre visite à mes halb ? Mais qu'est-ce que cela peut bien lui faire ?

Elle grommela quelque chose d'absurde, comme quoi les étrangers avaient la repoussante habitude de garder leurs petits près d'eux et de perdre leur temps à les élever eux-mêmes pendant des années.

— Qu'est-ce que tu as dit ? demanda-t-il, persuadé d'avoir mal compris.

— Je t'expliquerai une autre fois, attends qu'ils aient fini leur cérémonie.

Quand le vieux Sitabeh eut terminé de parler pour ne rien dire, quelques Asix inquiets et, pour une fois, silencieux servirent mets et boissons à tous. Ensuite, les étrangers levèrent leurs verres en formulant des vœux de bonne chance à quelqu'un qu'ils appelaient « la mariée ». Rinvar crut comprendre qu'il s'agissait de la Tête-de-Paille, cause de tous ses malheurs.

Elle aurait vraiment besoin de chance s'il lui venait jamais à l'idée de franchir de nouveau le pont de Niasau ! Il s'arracha à sa rêverie dans laquelle il tranchait la gorge de cette stupide femelle pour l'expédier ensuite dans la gamelle des chiens de berger de Gorival, avec la monstruosité qu'elle portait dans son ventre. Il regarda autour de lui, observant l'une après l'autre chacune des personnes présentes, ce qui contribua notablement à rendre encore plus glaciale une atmosphère qui n'avait déjà rien de très joyeux malgré les efforts de Soener, Kader et Rasser pour faire contre mauvaise fortune bon cœur.

Le seul qui soutint son regard fut Li Hao qui, après avoir en vain essayé de persuader Son Excellence que n'importe quelle solution était préférable à un mariage avec un Shiro, observait maintenant la scène avec un intérêt scientifique, en essayant d'imprimer tous les détails dans sa mémoire. Il avait jugé peu courtois de se servir de sa caméra holo.

Les commerçants, quant à eux, n'osaient pas regarder directement les Shiro, que certains voyaient pour la première fois à visage découvert. Sans doute instruits par leurs concubines, ils veillaient à parler à voix basse et discrète, et surtout à ne rien dire qui puisse être interprété comme une offense, ce qui faisait qu'ils restaient pratiquement silencieux. Rinvar remarqua avec amusement que de nombreux regards en biais s'appesantissaient sur les cicatrices de Suvaïdar, dont l'une lui tordait légèrement la bouche en une sorte de grimace sardonique. *Heureusement que les miennes sont cachées par ma veste*, se dit-il, pensant à la tête qu'auraient faite les étrangers, lâches et habitués à une vie confortable, s'ils avaient vu les marques des crocs et des griffes du grand reyo qui avait attaqué son groupe pendant les Épreuves, le blessant lui et tuant ses compagnons. Sans oublier les traces du châtiment enduré à Gorival.

Le froid sourire qui lui releva à peine les coins des lèvres incita la plupart des commerçants à prendre congé en bredouillant des félicitations polies, sans qu'on sache vraiment à qui elles s'adressaient.

— C'est fini ? demanda-t-il quand le dernier eut passé la porte.

— La cérémonie est terminée, lui répondit Rasser. Désormais, vous êtes mari et femme.

— Et maintenant, qu'est-ce que je dois faire ? On a encore besoin de moi, ou bien est-ce que je peux rentrer chez moi ?

— Il me semble que vous ne devriez pas laisser votre femme seule pour la nuit de noces, répondit Rasser, très embarrassé.

Arsel baissa les yeux, mal à l'aise. Personnellement, cela ne l'aurait pas dérangée de rester seule, mais s'il s'en allait tout de suite, comment essayer de faire croire à qui que ce soit que l'enfant n'avait pas été conçu dans l'illégitimité ?

Elle avait été fière à l'idée d'épouser un des seigneurs de Ta-Shima, un membre de l'aristocratie devant lequel, comme elle l'avait observé pendant leur voyage, les Asix s'inclinaient profondément, prêts à obéir au moindre de ses ordres. Le professeur, pédant comme à son habitude, avait essayé de lui expliquer que son attirance pour les Shiro était conditionnée par les circonstances et par le prestige dont ils semblaient jouir sur Ta-Shima, mais elle savait bien que ce n'était pas exact : déjà, à bord de l'astronef, elle avait été fascinée par M. Huang.

Il lui arrivait encore de penser à lui, mais quand il lui revenait à l'esprit qu'il avait eu des enfants avec deux servantes affreuses et vulgaires, elle se disait qu'il devait avoir des instincts bien vils. Johnson, au moins, était plus jeune, et n'avait certainement jamais rien fait de pareil.

Quand elle l'avait vu arriver, le visage fermé et austère, sans l'ombre d'un sourire, elle s'était tout de même rappelé à quel point son expérience avait été désagréable, la première, l'unique fois qu'elle avait… enfin, qu'elle s'était retrouvée seule avec lui.

Elle avait essayé de lui parler affectueusement, comme il convient à une fiancée, mais n'avait obtenu que des réponses laconiques ; la cérémonie aussi avait été terriblement décevante.

Maintenant il lui fallait une bonne dose de courage pour arriver à sourire à ce mari vêtu comme un paysan dans une série holovid de quatrième catégorie, alors qu'elle lui avait préparé une belle tunique et des bijoux.

De plus, il n'avait même pas répondu aux vœux et aux félicitations, il avait examiné la nourriture d'un air soupçonneux et n'avait voulu manger que du pain et des fruits. Il n'avait pratiquement adressé la parole qu'à la doctoresse shiro qui l'avait accompagné, et qui était repartie sur une dernière phrase impérieuse, marchant à grands pas comme un homme. Quand un des missionnaires avait essayé de l'intercepter, elle l'avait repoussé d'un geste impatient, sans daigner tourner la tête dans sa direction.

Arsel aurait fait n'importe quoi pour revenir quelques mois en arrière : elle n'aurait certainement pas demandé à son père de l'accompagner dans son voyage, ou alors elle serait prudemment restée dans sa chambre, même sans réussir à dormir, au lieu d'errer dans les couloirs de la ferme et de chercher les ennuis. Mais elle faisait partie de l'aristocratie militaire de Neudachren et elle connaissait son devoir ; cependant, quand le moment fut venu de se retirer dans sa chambre en compagnie de cet inconnu qui était son mari, le seul sentiment qu'elle éprouvait était de la peur. Allait-il vouloir refaire ces choses avec elle ? Au fond, maintenant elle attendait déjà un enfant, et c'était bien ça le but du mariage, non ? En tout cas, c'est ce qu'avait toujours dit le professeur de religion du collège, une nonne qui arborait fièrement le crâne rasé caractéristique de son ordre.

Elle n'était pas la seule à être dans un tel état d'esprit, mais Rinvar, resté seul avec les étrangers, dans cette salle encombrée d'objets dont il ne connaissait pas l'usage, dissimulait son sentiment d'insécurité et son désarroi derrière l'arrogance de son expression.

Quand ils se retirèrent pour la nuit, Rasser les suivit d'un regard découragé. Bien que le jeune homme fasse désormais partie de la famille, il ne parvenait pas à le tutoyer ni à l'appeler son fils, comme il l'aurait fait si Arsel avait épousé un garçon de Neudachren. Il soupira tristement à l'idée de ce qu'aurait dû être le mariage solennel de son unique fille : une cérémonie au temple, une fête grandiose, avec un ou deux orchestres virtuels, des dames de l'aristocratie qui auraient rivalisé d'élégance dans des robes splendides, des invités venant des grandes familles de la capitale, des mets somptueux, des cadeaux fabuleux. Au contraire, ce n'avait été qu'une brève formalité, en présence uniquement de commerçants de bas étage, une engeance que, dans son monde, il n'aurait même pas admise dans son antichambre, et qui avaient osé se présenter en compagnie de femmes indigènes qui étaient notoirement leurs concubines.

Soener était parti, comme chaque soir, sans plus faire mystère de sa deuxième famille asix, et Kader avait suivi. Les serviteurs avaient remis de l'ordre et s'étaient ensuite dispersés dans un silence inaccoutumé ; même Li Hao s'était retiré dans sa chambre, abandonnant à ses pensées solitaires l'ambassadeur qui se demandait avec angoisse s'il n'aurait pas mieux fait, finalement, d'écouter le professeur. La pensée de sa chère petite fille seule avec ce primitif le mettait mal à l'aise. Tant la religion que la loi de la Fédération proscrivaient d'employer des termes comme « être inférieur », et celui qui les prononçait à voix haute encourait des peines sévères. De plus Rasser avait toujours été sincèrement convaincu de ne pas être raciste. Il avait été affecté aux astroports de huit planètes, toutes très différentes quant à la population et aux coutumes, il s'était toujours entendu correctement avec les habitants et les avait toujours respectés, même s'il n'avait bien sûr pas lié avec eux de rapports personnels.

Mais les Ta-Shimoda, c'était une autre histoire. À présent cet homme au visage figé comme un masque était avec Arsel, et avait sur elle tous les droits que la loi conférait à un mari. Saurait-il seulement être correct, comme lui-même l'avait toujours été avec ses femmes ? Il chassa vivement de son esprit l'image d'Elide en pleurs, portant la main à son visage où, sur la peau claire, se dessinait en rouge l'empreinte de cinq doigts. Avec un soupir, il se décida à faire une chose qu'il avait remise jusqu'à maintenant.

Almira ne lui avait fait parvenir aucun message, et il avait trouvé en dessous de sa dignité de lui en envoyer un, après qu'elle l'eut littéralement abandonné. Il se rendit dans le bureau de Soener où trônait le communicateur high-tech de l'ambassade. Il hésita encore un instant, puis se décida : il n'allait pas demander une conversation, ce qui, même en subéthérique, prenait du temps, plusieurs minutes entre question et réponse. Il se contenta d'un zip laconique à son fils aîné.

— Arsel s'est mariée. Ma seconde épouse est décédée. Occupe-toi s'il te plaît des formalités du divorce entre ta mère et moi. Elle est partie sans ma permission, il ne devrait pas y avoir de problèmes pour engager une procédure express.

Il mit fin à la communication sans même un mot de salutation à sa famille.

Sa tête l'élançait, il se sentait profondément malheureux et il n'avait qu'une envie : refermer derrière lui la porte de sa chambre pour ne plus voir personne.

Mais c'était sans compter avec l'opiniâtreté du diacre qui était à la tête de la mission. Frère Foi devait lui présenter ses doléances : d'après lui, une cérémonie uniquement civile, ce n'était pas un exemple à donner à ses nouvelles ouailles.

— Quelles ouailles ? siffla l'ambassadeur. Vous n'avez converti personne, que je sache.

— Cela ne tardera pas. Dès que nous quitterons cette absurde enclave, nous pourrons commencer notre œuvre d'apostolat. J'espère que vous avez bien réfléchi à votre devoir et que vous cesserez enfin de nous mettre des bâtons dans les roues !

— Je vous l'ai dit, il est exclu que l'escouade de gardes vous accompagne.

» J'ai reçu des instructions très fermes de Neudachren : vous n'avez pas la permission d'importer des armes modernes dans la zone de la planète habitée par les indigènes. Ce serait dangereux de mettre ces gens en contact avec une technologie militaire récente.

L'autre fit mine d'objecter, mais Rasser ne lui en donna pas le temps.

— Les protestations du Vénérable me sont parvenues, mais ce n'est pas à moi qu'il faut les envoyer. Je ne fais qu'appliquer les ordres. Qu'il s'adresse au ministère compétent.

— Tant pis. Nous partirons demain, avec ou sans votre coopération.

— Je n'essaie pas de vous décourager ; les renseignements que mes secrétaires vous ont communiqués sont exacts. Passé le pont, vous deviendrez assujettis à la législation ta-shimoda et l'ambassade ne pourra plus rien pour vous.

Devant l'expression fermée de son interlocuteur il se tut, en secouant la tête. À quoi bon ? Franchement, il en avait déjà par-dessus la tête de ses problèmes personnels. Il n'avait tout simplement pas l'énergie de reprendre le même discours qu'il tenait depuis trois jours à cet homme borné. Excédé, il lui lança :

— Allez où bon vous semble, personne n'essaiera de vous retenir !

Puis il alla se coucher, sans savoir s'il arriverait à dormir.

Chapitre 15

Rinvar suivit la femelle sans mot dire. Il faisait sombre dans l'escalier, mais elle agita la main devant une plaque encastrée dans le mur, et immédiatement, sans qu'on ait besoin d'une allumette, jaillit une lumière très vive. Il réussit bravement à ne pas sursauter et à cacher sa surprise. Il y avait une plaque semblable dans la chambre à coucher, laquelle était encombrée d'une quantité incroyable de meubles, à tel point que bien que la pièce soit au moins cinq fois plus grande que sa chambre de la maison du clan, l'espace semblait manquer.

— Où sont les sanitaires ? demanda-t-il.

La femelle ouvrit une deuxième porte, derrière laquelle se trouvaient non seulement les sanitaires, mais aussi une baignoire, si petite cependant qu'elle pouvait contenir au maximum deux personnes.

— C'est notre salle de bains.

— Et tout le monde passe par votre chambre pour aller au bain ?

Arsel eut un de ces petits rires qui l'agaçaient tellement.

— Non, c'est la nôtre, c'est-à-dire que c'est la mienne, et donc maintenant aussi la vôtre, enfin, la tienne : chaque chambre a sa propre salle de bains.

Elle lui montra comment fonctionnaient les jets d'eau ainsi que ceux d'air chaud, puis elle le laissa seul. Après s'être assuré que la porte était bien fermée, Rinvar passa plusieurs fois la main devant la plaque murale, allumant et éteignant cette lumière si crue que ses yeux ta-shimoda, aux larges pupilles adaptées au constant crépuscule de son monde, se mirent à pleurer, tandis que l'image de tous les flobels dont la pièce était remplie lui restait imprimée sur la rétine, même une fois la lumière éteinte. L'eau chaude aussi fut pour lui une découverte, pas très agréable dans un premier temps, car avant de comprendre comment régler la température il se brûla ; mais quand il parvint à obtenir un jet chaud qui ne soit pas bouillant, il resta dessous pendant au moins dix minutes, ravi. Les étrangers étaient certes grossiers et ignorants, mais tout ne devait pas être mauvais dans leur monde. Cela ne lui déplairait peut-être pas d'aller y jeter un coup d'œil.

Oda s'était exprimé avec une grande sévérité à leur égard, mais sa nouvelle mère avait habité chez les barbares pendant six saisons sèches, et à ce qu'il avait cru comprendre, elle y serait même restée pour toujours si elle n'avait pas été impliquée dans une histoire très compliquée – dont l'Asix qui la lui avait racontée n'avait pas compris tous les détails – et n'avait dû fuir en toute hâte. Et si Oda était bien un des hommes les plus séduisants qu'il connaisse, pour ce qui était de l'intelligence il faisait plutôt confiance à Suvaïdar-adaï.

Il sortit de la douche et se rhabilla, déterminé à repousser poliment mais avec décision une éventuelle invitation de l'étrangère. Mais ce ne fut pas nécessaire, car lorsqu'il lui demanda d'un air méfiant où était sa chambre, elle lui adressa un radieux sourire de soulagement et s'empressa de le conduire à une grande pièce, deux portes plus loin.

— C'était celle de ma belle-mère, tu peux l'utiliser, mais s'il te plaît ne dis à personne que tu n'as pas dormi avec moi.

— Les Asix vont s'en apercevoir.

— Je ne parlais pas des serviteurs, ils ne comptent pas.

Il préféra ne pas répondre à une pareille bêtise, et prit congé d'un geste sec, refermant la porte derrière lui. Dès qu'il fut seul, il donna libre cours à la curiosité qu'il avait essayé de contenir jusqu'ici. À la place d'une natte il y avait une espèce de catafalque, semblable aux lits de l'hôpital, sauf qu'il n'était pas dur. Quand il s'assit dessus pour l'essayer, il s'enfonça dans une surface molle et ondulante. Impossible de dormir là-dessus. Après une brève hésitation, il arracha du catafalque l'étoffe colorée qui le recouvrait et qui, bien qu'un peu trop mince, pouvait servir de natte, attrapa les draps et se prépara une couche sur le sol.

La pièce possédait plusieurs portes. L'une ouvrait sur les sanitaires et cela l'amusait beaucoup d'en avoir rien que pour lui ; deux autres, qui se touchaient, communiquaient toutes les deux avec une toute petite réserve à vêtements où les ridicules habits extramondins, au lieu d'être bien pliés, étaient suspendus, ce qui gaspillait beaucoup d'espace. Il les examina de près, cherchant à comprendre comment on les enfilait. À présent qu'il était seul, la curiosité le poussa à essayer d'en mettre un, mais il était ou trop serré ou trop large selon les endroits, et jamais où il fallait. Tandis qu'il se tortillait pour s'en extirper, il entendit un bruit de déchirure et s'aperçut que le tissu avait craqué sur une longueur de quelques centimètres.

Il fallait qu'il le répare, et il chercha en vain du fil et des aiguilles dans la réserve à vêtements, où logiquement ils auraient dû se trouver. Où donc les étrangers pouvaient-ils bien ranger le matériel de couture ? Il raccrocha le vêtement, avec l'intention de demander plus tard l'aide des Asix qui travaillaient là.

Cette chambre aussi était très spacieuse, mais encore plus remplie de meubles et d'objets que l'autre. Il y avait des coffres volumineux, sans couvercle, mais avec d'étranges parties en saillie. Quand il effleura une minuscule demi-sphère lumineuse, un petit caisson s'avança, et Rinvar, qui n'avait jamais vu de tiroir ni de mécanisme à interruption de faisceau de photons, admira l'ingéniosité de la chose, même s'il lui semblait qu'une étagère aurait été tout aussi pratique et beaucoup moins compliquée. Les caissons étaient pleins de flacons, de petites boîtes et d'instruments dont il ne comprenait pas l'usage, faits de précieux métal et d'un matériau coloré qu'il ne connaissait pas. Il examina avec méfiance ces objets mystérieux, sans oser y toucher de peur de casser quelque chose.

Il y avait aussi quelques sièges contre le mur, qui ressemblaient à ceux des autobus, mais en moins confortable parce qu'ils étaient rembourrés avec quelque chose de mou dans quoi on s'enfonçait, et un grand cube semblable à un comp-system, mais sans commandes apparentes. Il s'en approcha pour mieux le voir, et tout à coup apparut à hauteur d'yeux l'image holo d'un couple de Sitabeh, un mâle et une femelle qui parlaient entre eux et qui ne semblaient pas s'être aperçus de sa présence.

— Je me suis immiscé par inadvertance dans une conversation privée, déclara-t-il tout embarrassé. Pourriez-vous s'il vous plaît m'expliquer comment éteindre cet appareil ?

Ils ne firent pas mine de l'entendre et continuèrent à discuter. Il essaya en vain de comprendre le sens de leurs paroles, mais ils s'exprimaient d'une manière étrange, en déclamant d'un ton peu naturel, comme s'ils avaient consommé une dose de pavot de Sovesta.

— Je vous signale de nouveau que votre conversation n'est plus privée : j'entends tout, malgré moi, répéta-t-il à voix plus haute, mais encore une fois sans aucun résultat.

Tout d'un coup, le mâle empoigna la femelle, ouvrit la bouche et se mit à lui mordre le visage. Rinvar écarquilla les yeux, horrifié. Il était déjà assez répugnant qu'ils mangent des cadavres, mais qu'ils dévorent des personnes vivantes, ça c'était le comble ! Cependant, la femelle semblait n'avoir rien contre : au lieu de se défendre, elle enlaça le mâle, et quand elle se détacha de lui Rinvar constata qu'elle n'avait pas de blessures.

Ça devait être un combat rituel, comme ceux auxquels se livraient les vaches pour désigner l'animal dominant dans un troupeau : elles mugissaient puissamment et agitaient leurs cornes d'un demi-mètre de long, qui auraient facilement pu causer des blessures mortelles, mais à la fin, les combattantes n'avait même pas une égratignure. Les combats rituels, il l'avait appris à l'école, avaient lieu chez les animaux les plus évolués de pratiquement tous les mondes.

Il s'éloigna de l'appareil, et l'image disparut. Il fit de nouveau un pas en avant, et elle réapparut. *Demain,* se dit-il, *je demanderai au premier Asix qui passera de m'expliquer comment fonctionne ce communicateur ; ce serait bien pratique de pouvoir parler avec Suvaïdar-adaï et lui demander conseil si jamais quelque chose d'inattendu se produisait.* Comment avait-elle bien pu réussir à vivre si longtemps dans les mondes étrangers sans faire de grosses bêtises et être condamnée aux mines ?

Il ne dormit pas trop mal et s'éveilla le lendemain à son heure habituelle ; il s'offrit le luxe d'une très longue douche, chaude comme le thé tout juste infusé, s'habilla en vitesse puis sortit dans le couloir désert. Il savait que les étrangers avaient l'habitude de se lever très tard ; il descendit l'escalier, silencieux comme une ombre, et se dirigea vers les cuisines. Il prit son petit déjeuner avec un petit groupe d'Asix qui semblaient vouloir l'entourer d'attentions comme s'ils étaient tous ses nourrices. Il leur confia qu'il n'avait pas été invité à partager la natte de la Tête-de-Paille, mais qu'il avait dormi dans une grande chambre, celle qui donnait sur une réserve à vêtements.

— Chaque chambre a une de ces réserves, seigneur : elles contiennent les vêtements de la personne qui l'occupe.

— Non, ce n'est pas possible, ce que vous dites : il y avait là de quoi habiller tous les occupants d'une ferme.

— Les barbares ont chacun plus de vêtements qu'une personne pourrait en consommer en trois vies, Shiro-adaï, bien qu'ils soient tous peu confortables et ridicules. Ils en changent même quand ils ne sont pas sales, et souvent plusieurs fois par jour.

— Pourquoi quitter un vêtement encore propre pour en mettre un autre ?

Les Asix secouèrent la tête : ils n'en avaient pas la moindre idée. Une jeune fille croyait connaître l'explication :

— Ils pensent que certains vêtements ne peuvent être portés qu'à des heures déterminées.

Elle fut interrompue par un chœur de protestations. D'accord, les étrangers aimaient s'entourer de flobels et se compliquer inutilement la vie, mais une idiotie pareille, c'était trop, même pour eux.

— J'ai déchiré un vêtement. Où est-ce que je peux trouver du fil et une aiguille pour le réparer ?

— Si la chambre était libre, ça veut dire que c'était celle d'Elide, et ces affaires-là ne servent plus. Ils n'utilisent pas les vêtements qui viennent de quelqu'un d'autre. Et, du reste, ils ne réparent jamais les habits ; quand ils sont abîmés, ils les jettent.

Rinvar secoua la tête à l'idée de cette nouvelle extravagance, puis il se souvint de demander :

— Il y avait aussi un communicateur, ou un comp-system, qui s'allumait tout seul ; est-ce qu'il y a un code pour se connecter aux communicateurs personnels des Jestak ?

— Ce n'est pas un communicateur, mais une boîte-qui-montre-des-histoires-qui-ne-sont-jamais-arrivées. Les barbares passent des heures à les regarder, et ils pleurent si les histoires sont tristes, ou bien ils rient si elles sont drôles.

— Mais si les histoires ne sont jamais arrivées, comment fait la boîte pour les montrer ?

— Ils paient des gens pour faire semblant que ce sont des histoires vraies, intervint la même fille. Ils sont vraiment complètement fous.

— N'exagère pas, corrigea la plus ancienne des femmes présentes. Ce n'est pas leur faute s'ils sont nés sur des planètes non civilisées. Ceux qui ont la chance de pouvoir passer le pont de Niasau se rendent bien évidemment compte à quel point notre monde est supérieur, comme l'a fait Elide. Elle a demandé à y rester, n'est-ce pas ? Ici ils racontent qu'elle est morte, mais un Asix Cutatis qui est passé il y a quelques jours nous a raconté qu'un de ses frères-même-mère avait entendu dire que...

— Elle est restée dans une ferme, oui. Pourquoi est-ce que ça vous intéresse ?

— Elle a toujours été aimable avec nous, les Asix. On devait la surveiller parce qu'on avait peur que l'homme aux yeux blancs lui fasse mal, alors c'est mieux qu'elle reste là-bas : si elle vit dans une ferme avec des Asix, elle est en sécurité.

— Quel homme aux yeux blancs ?

Alors ils se mirent à parler tous ensemble, s'interrompant les uns les autres, et lui parlèrent du capitaine Aber, un membre de quelque chose qui s'appelait les « services spéciaux » (quoi que cela signifie). C'était l'homme responsable de la mort de dix-neuf seigneurs shiro et d'un bon nombre d'Asix, et il avait un jour menacé de jeter Elide du haut de la falaise. Rinvar ne comprit pas bien cette partie de l'histoire, d'autant qu'aucun des Asix ne savait exactement pourquoi Yeux Blancs voulait jeter la femme à la mer. Mais à Gorival il avait bien évidemment entendu parler des incidents, et la pensée des Asix tués lui fit venir un haut-le-cœur.

— Comment se fait-il qu'aucun des Shiro de Gaia ne l'ait tué ?

— La dame (l'Asix baissa la voix en regardant autour de lui d'un air nerveux, car pour le moment Suvaïdar lui faisait aussi peur qu'Aber) a dit que dans leur monde il y a beaucoup de gens comme lui et que si celui-là mourait, ils en enverraient un autre tout pareil. Tu crois qu'ils les clonent, Rinvar-adaï ? Et s'ils font ça, pourquoi ont-ils choisi justement un exemplaire aux yeux blancs ?

— Je ne crois pas que la conseillère ait voulu dire « pareil » au sens propre, elle entendait sans doute par là un autre membre de leurs services spéciaux. J'en ai entendu parler par une Shiro qui a étudié en Extramonde. Elle disait qu'ils devaient être assez dangereux, car les Extramondins ont très peur d'eux.

— Enfin, cet exemplaire-ci n'est plus dangereux : il a reçu un flacon d'infusion de pavot de Sovesta et d'autres herbes, préparée par une Jestak…

— Non, tu te trompes, c'était *un* Jestak, c'est le docteur-homme qui nous l'avait donné.

— Ah oui, c'est vrai. Il a commencé à en prendre une cuillerée par jour, puis deux, puis trois, et maintenant il ne pense plus à rien d'autre qu'à s'en procurer encore, toujours plus. Il est sourd et aveugle à tout le reste.

— Il est complètement idiot ? Il ne s'est pas rendu compte que le pavot de Sovesta ralentit les réflexes ? S'il devait réagir rapidement pour sauver sa vie, il n'en serait même plus capable.

— Il n'y a pas que du pavot dans son infusion, seigneur. À voir comment il se comporte quand il en a bu, je pense qu'elle contient aussi des spores du champignon.

Le champignon ? Le terrible hallucinogène qui poussait dans la jungle ? Cela voulait dire que l'esprit de l'étranger était en train de mourir à l'intérieur d'un corps qui restait vivant, du moins provisoirement. Car sous l'influence des spores maléfiques, on pouvait faire n'importe quoi, par exemple dépasser le bord de la falaise sans s'en rendre compte, tout en croyant marcher dans un champ, et ainsi se précipiter dans la mer. C'était là une façon peu traditionnelle de venger l'honneur shiro, mais au fond c'était assez ingénieux. Personnellement il aurait préféré une honnête blessure au combat. Toutefois, quelqu'un qui, pour une raison compréhensible uniquement des barbares semi-humains, avait pu manigancer la mort de tant d'Asix ne méritait pas un tel honneur.

— Le docteur-homme est mort, ajouta une des femmes et nous aurons bientôt épuisé la provision d'infusion ; qu'est-ce qu'on va faire ?

— Je vais demander à la conseillère du clan, peut-être qu'elle saura comment la préparer, elle est aussi docteur.

Sans prêter attention à l'air soudain tendu des Asix, il prit congé d'eux et retourna à l'ambassade. Rasser était levé, et à voir ses cernes on aurait pu croire qu'il n'avait pas fermé l'œil.

— Vous êtes levé bien tôt pour un jeune époux, lui dit-il d'un air las.

— Les époux se lèvent plus tard, chez vous ?

L'ambassadeur marmonna une réponse incompréhensible, et avant que Rinvar puisse lui demander de répéter, il reprit :

— Vous voulez prendre votre petit déjeuner ?

— C'est déjà fait, je suis allé manger dans les cuisines. Est-ce que je peux rentrer chez moi maintenant, ou bien est-ce que je dois encore rester dormir ici ?

C'était vraiment là le mari le plus étrange qu'on puisse s'imaginer : n'importe quel homme normal aurait été ravi de pouvoir passer la nuit avec une jeune fille aussi délicieuse qu'Arsel, et lui, il demandait s'il était obligé de rester un jour de plus !

— Faites comme bon vous semble. Qu'en pense Arsel ? Il s'interrompit, très embarrassé. Excusez-moi, je voulais dire Mme Yamamoto, bien sûr.

Mme Yamamoto ? Il ne lui semblait pas qu'il y ait jamais eu personne de ce nom dans toute l'histoire de Ta-Shima : Yamamoto était son patronyme, c'est-à-dire le nom de famille du commandant de la *Sagesse* qui avait été la souche mâle de son clan. Il s'agissait peut-être d'une autre femelle sitabeh qu'il ne connaissait pas encore, ou qu'il avait oubliée ? Les étrangers se ressemblaient tous plus ou moins, trop grands et trop gros, avec leurs ridicules vêtements polychromes et leurs visages barbouillés de couleurs impossibles, mais il aurait juré que tous ceux qu'il avait vus, à part la Tête-de-Paille, étaient des hommes.

— De quelle dame s'agit-il ? Je ne crois pas la connaître... Pourquoi son avis est-il important ?

— C'est de votre femme que je parle, naturellement ! s'exclama Rasser en se demandant si le garçon n'avait pas perdu la tête.

— Ah ! je comprends. Mais je croyais qu'elle s'appelait Rasser.

— Sur Neudachren, les femmes prennent le nom de leur mari.

Le patronyme ? aurait-il voulu demander, stupéfait. Mais comment cela pouvait-il bien se traduire dans la langue barbare, et puis quelle importance, après tout ? Si cela lui faisait plaisir, la femelle pouvait tout aussi bien décider de s'appeler reyo à dater d'aujourd'hui. Quelle stupide habitude que de changer son nom ! À quoi servait-il, sinon à identifier une personne ? Comment savoir à quel clan appartenait quelqu'un si tout le monde pouvait se choisir un nouveau nom suite à une cérémonie inepte qui ne comportait que du bavardage, sans même un nouveau tatouage clanique ?

— Qu'elle prenne le nom qui lui plaît, répondit-il en essayant d'être aimable. Cela ne me regarde en rien. Mais maintenant il faut que je m'en aille, je suis déjà en retard pour le travail. D'après vos traditions, il est prévu que je dorme ici combien de fois ?

Il avait parlé comme si le fait de dormir à l'ambassade n'était qu'un devoir, pas particulièrement agréable, et Rasser, énervé par sa nuit d'insomnie, et sans avoir Elide sous la main pour se défouler, éclata :

— Mais si ma fille ne vous plaît même pas, pourquoi diable l'avez-vous séduite quand nous étions dans cette ferme ? Vous ne vous rendez pas compte que vous avez gâché sa vie ? Elle aurait pu faire un très beau mariage sur Neudachren : les plus grands noms de l'aristocratie auraient été heureux de s'unir à notre famille !

— Séduite ? Que voulez-vous dire ?

— Mais enfin, vous l'avez persuadée de faire... C'est-à-dire, de se comporter...

Rasser était sur des charbons ardents, et son gendre – par les sept dieux ! cet individu ignorant et à demi civilisé était son gendre ! – était manifestement incapable de comprendre ses allusions et le regardait d'un air qui lui semblait parfaitement stupide.

— Vous l'avez persuadée, je me demande comment, d'ailleurs, d'aller au lit avec vous ! explosa-t-il.

Il avait utilisé une expression considérée comme un peu crue sur Neudachren et ayant cours plutôt dans les garnisons que dans les salons. S'il n'avait pas été en colère, il ne l'aurait jamais employée en parlant de sa fille.

— Persuadée ? demanda Rinvar, profondément vexé. Je n'avais aucune envie de passer la nuit avec elle ; il y avait une dizaine d'Asix dans cette ferme, qui auraient été ravis de partager la natte avec moi. Je l'ai fait uniquement parce que je ne voulais pas être impoli en refusant l'invitation.

Rasser en resta bouche bée ; cet imbécile aurait préféré une Asix trapue et hirsute à cette superbe fleur qu'était Arsel ? Et il sous-entendait que c'était elle qui avait pris l'initiative, comme une vulgaire fille des rues ?

— N'insultez pas, je vous prie, celle qui malheureusement est désormais votre femme ! s'exclama-t-il, oubliant la prudence dont il faisait généralement preuve vis-à-vis des Shiro.

— Je ne l'ai pas insultée, ce n'est pas sa faute si elle n'est pas aussi séduisante que les femmes Asix. Et vous, vous considérez que la vie de votre fille est gâchée ? Pourquoi alors avez-vous tant insisté pour accomplir cette absurde cérémonie, ce qui a ruiné la mienne ?

— Je ne comprends pas ce que vous voulez dire, vous avez fait un magnifique mariage !

— Je suis shiro.

— Je sais, et alors ?

— Une alliance avec des étrangers, de quelque genre que ce soit, me déshonore.

Il eut un geste de mépris, comme si le fait de venir d'un monde moins sordide et barbare que le sien était une honte.

— C'est absurde, vous ne me ferez pas croire une chose pareille.

— Que voulez-vous dire ? Vous m'accusez de mentir, peut-être ? demanda Rinvar d'une voix basse et d'un ton très courtois, qui aurait inspiré la plus extrême prudence à n'importe lequel de ses congénères qui n'aurait pas été disposé à le suivre immédiatement en salle d'armes. Il mit automatiquement la main au manche du couteau qu'il portait à la ceinture, mais la retira aussitôt, réprimant un geste instinctif de colère : Suvaïdar-adaï lui avait confisqué son arme, lui promettant de la lui rendre dès son retour, et ne lui avait laissé que la gaine vide, une humiliation supplémentaire qu'il devait aux étrangers.

— Je ne voulais pas vous offenser, excusez-moi, nous nous sommes tous les deux laissé emporter par nos paroles. J'ai perdu patience quand vous avez sous-entendu que le mariage avec ma fille pouvait vous être préjudiciable.

Exaspéré par ces excuses, bel exemple de bassesse repoussante venant de quelqu'un qui se prétendait son égal, ainsi que par la suffisance qui se dégageait des paroles de l'ambassadeur, le jeune homme avait du mal à contenir un accès de rage glacée. Il fut un moment tenté de quitter sa veste et de montrer son dos à son interlocuteur. Comment celui-ci s'imaginait-il que la saz-adaï avait réagi à sa lettre qui demandait réparation pour le tort subi ? Si sa saz adoptive n'était pas arrivée à temps, il serait mort sous le fouet.

Mais les affaires internes d'un clan ne regardaient en rien un étranger à demi humain. Il prit une profonde inspiration, se remémorant ce que lui avait dit Arania, la précédente saz-adaï du clan Johnson, des mois plus tôt : *« Les étrangers ne sont même pas vraiment humains. Si une vache te marche sur le pied, est-ce que tu vas aller l'affronter en salle d'armes ? »* Mais voilà, il avait désormais conclu une alliance reproductive avec une de ces vaches...

Se contenant à grand-peine, il lâcha sèchement :

— De notre point de vue, je me suis déshonoré.

— En quel sens ? Parce que vous avez épousé une femme qui n'était plus vierge ?

— Vierge ? Qu'est-ce que cela veut dire ?

Rasser était à bout et sentait monter les premiers signes d'une crise de colère, que le médecin lui avait chaudement recommandé de réprimer pour éviter une autre attaque ischémique. Il inspira à fond et expliqua le sens du mot.

— Qu'est-ce que c'est que ces idioties ? explosa Rinvar, sortant de ses gonds. Quelle importance qu'elle ait été, comment déjà ?... vierge, quand elle m'a invité ? Ce n'était pas très poli de sa part, c'est vrai, elle aurait au moins pu se faire initier par quelqu'un de son peuple, mais bon, on ne peut pas s'attendre que vous connaissiez les règles d'un comportement civilisé, ce n'est pas là la question.

» Tu ne comprends pas, barbare, que je suis shiro, *shiro*, et qu'une alliance reproductive avec une Sitabeh est une honte pour moi, pour mon clan et pour ma race ?

Il lui tourna le dos et s'en alla, laissant Son Excellence plutôt secouée : de toute évidence, la politesse et la bonne éducation n'étaient qu'un vernis superficiel chez ces gens.

Il ne se rendit pas compte qu'il venait d'assister à ce qu'aucun étranger n'avait jamais vu sur Ta-Shima tout en restant en vie assez longtemps pour pouvoir le raconter : une explosion de colère shiro. Ses pensées allèrent, comme toujours, vers sa fille, unie pour la vie à cet homme. Dans un moment d'honnêteté il fut bien obligé d'admettre que sa décision de refuser l'offre du professeur d'épouser Arsel n'avait pas été motivée que par le désir de lui épargner le rang de seconde épouse, réservé en général aux femmes du peuple. Il avait aussi tenu compte de l'idée que sa petite fille serait allée vivre sur Tsien Mai, un monde provincial si éloigné qu'il ne l'aurait plus revue que quelques fois par an.

Et maintenant, voilà le résultat de ses belles idées.

Ne serait-ce que par amour pour sa fille et son petit-fils, il devrait en outre essayer de s'entendre avec cette espèce de sauvage qui explosait en injures sans aucune raison. Il empoigna le seul objet assez petit pour pouvoir le soulever, une chaise, et la jeta violemment contre le mur, mais elle était en bois massif et il n'eut même pas la satisfaction de la briser. Le soldat de garde arriva en toute hâte, s'affairant sur l'étui de son pistolet à plasma.

— Ce n'est rien, grommela Rasser. J'ai trébuché, retournez à votre poste. Foutez-moi le camp, qu'est-ce que vous avez à me regarder comme ça la bouche ouverte ?

Chapitre 16

Un genou au sol, l'adversaire de Rinvar s'appuyait sur un bras, essayant de se tenir droite, et serrait les lèvres avec force pour contenir un gémissement. Doran Huang déclara :

— Le combat est terminé. Il n'est pas nécessaire de l'emmener à la Maison de la Vie ; dès qu'elle pourra marcher, accompagnez-la à l'infirmerie. Excellent duel, félicitations au vainqueur.

Personne ne lui fit écho et tous s'éloignèrent en silence, sauf deux jeunes gens. Ils attendaient que Giaia Huang soit en état de se lever toute seule pour laver le sol sur lequel les armes d'entraînement n'avaient fait couler que quelques gouttes de sang.

La maîtresse reprit à voix très basse :

— Tu as eu plusieurs fois l'occasion de lui décocher un coup mortel et tu n'en as pas profité, pourquoi ?

— Trop facile. Elle ne vaut pas grand-chose comme combattante.

Il leva la main, ajoutant la formule traditionnelle :

— Il n'y a pas d'offense, je te prie de le croire. Je sais que tu es sa maîtresse, je voulais simplement dire qu'elle n'a pas mis à profit ton enseignement comme elle l'aurait dû.

— Elle t'avait insulté gravement, à ce qu'on m'a dit. Tu n'étais pas en colère ?

— À ce compte-là, je devrais être en colère contre tout le clan : personne ne m'adresse la parole, si ce n'est pour me faire des remarques sur les raisons qui m'ont valu la flagellation, et sur cette stupide alliance reproductive qu'ont exigée les barbares.

Doran Huang hocha la tête. Elle faisait partie des responsables du clan et n'avait pas approuvé le secret imposé par Tore-adaï. Entre-temps, des bruits étaient parvenus sur ce qui s'était passé à Niasau, bien que contre leur habitude les Asix aient semblé assez réticents à tout raconter dans les moindres détails. Comme il était prévisible, Rinvar était devenu le paria du clan, tout comme Suvaïdar, du reste.

Personne n'avait le droit de défier la conseillère, mais tous se rattrapaient avec Rinvar. Depuis son adoption, il en était à son quarante-cinquième duel en quatre mois ; après avoir tué sans effort ses deux premiers adversaires, il avait fait preuve d'une grande capacité d'autocontrôle et évitait dans la mesure du possible d'infliger de graves blessures à ceux qui lui étaient trop inférieurs. Tout ce que Doran Huang avait pu faire avait été d'imposer les armes d'entraînement, car, comme elle l'avait affirmé face aux autres élèves venus assister au quatrième combat, le nouveau jeune Huang méritait amplement le grade que lui avait attribué le maître Rob Johnson. La différence de niveau avec les autres élèves de l'Académie du clan était trop grande ; l'emploi des lames-de-sang aurait été contraire à l'esprit du Sh'ro-enlei.

Les attaques de Rinvar étaient rapides et ses parades efficaces, mais si agile et meurtrier qu'il soit, son torse mince s'était aussi enrichi de quelques cicatrices au cours des derniers mois, parce que personne, même le meilleur, ne gagne à tous les coups.

— J'ai demandé à Tarr Huang de t'accueillir à la Paix Intérieure.

L'espace d'un instant, une expression angoissée transparut sous le masque vide et courtois habituel aux Shiro, et la maîtresse ajouta :

— Comme simple élève, bien sûr, pas comme résident à l'Académie : il n'y a pas de raison de t'y envoyer, et de toute manière ce genre de décision incombe au sazdo-adaï. Cela signifie simplement que tu ne participeras plus aux entraînements dans la maison du clan, et que s'il y a d'autres défis, j'ordonnerai qu'ils aient lieu en présence du maître.

— Adamé, répondit mécaniquement Rinvar. Je suis honoré.

— Ta réponse est purement formelle, mais tu as toutes les raisons de te sentir honoré : Tarr, je veux dire le maître, n'accepte pas le premier venu comme élève fixe, et l'escrimeur trop content de lui que tu étais il y a quelques mois ne serait pas resté longtemps à la Paix Intérieure. Le fait qu'un maître asix dirige l'Académie la plus prestigieuse de Gaia est quelque chose d'exceptionnel dans notre histoire. Certains estiment que tout ce qui est contraire à la tradition est forcément mauvais, mais je ne suis pas de cet avis. Le maître Huang est sans aucun doute le meilleur escrimeur de Ta-Shima.

» En outre, je pense que c'est vraiment la seule solution pour toi en ce moment. En tant qu'Asix, il n'aime pas voir couler le sang, et ses élèves savent que celui qui se montre insolent et trop prompt à provoquer en duel sans raison valable est chassé de la Paix Intérieure sans autre forme de procès. Là-bas tu pourras t'entraîner sans entendre de commentaires sur le châtiment dégradant que tu as subi et sur ce qui s'est passé à Niasau.

— Adamé. Je te remercie de te soucier de moi de la sorte, ou bien est-ce parce que mon sabre envoie un peu trop régulièrement à l'infirmerie les jeunes de ton clan ?

— Toi aussi, tu es un jeune de mon clan, au cas où tu l'aurais oublié (la voix de Doran se fit mordante) et je me soucie de tous mes élèves, sans exception. J'ai toujours considéré que cela faisait partie des devoirs d'un vrai maître. Rob Johnson ne pensait pas comme moi, peut-être ?

Pour ne pas la contredire ouvertement, Rinvar préféra ne pas répondre. Il ne lui semblait pas, toutefois, que son maître précédent ait été si attentif au bien-être personnel de ses élèves. Ce qui comptait pour lui, c'était de former de futurs champions qui lui feraient honneur dans les tournois interclans. Il commençait à comprendre pourquoi Doran Huang jouissait du respect inconditionnel des escrimeurs du clan, et d'ailleurs lui-même, bien qu'il soit sans aucun doute en mesure de battre la maîtresse, déjà âgée, n'avait jamais voulu la défier pour conquérir sa charge en la tuant en duel.

Quelques jours plus tard, alors qu'il se dirigeait vers la Paix Intérieure, il croisa à l'entrée de la maison du clan un petit groupe de néoadultes, dont l'un se permit de lui poser une question d'un ton excessivement respectueux, ce qui en soi était déjà une insolence :

— Tu vas à la maison des Sitabeh pour copuler avec leur femelle, honoré seigneur ?

— Je vais à l'Académie de la Paix Intérieure, où je suis désormais inscrit comme élève. Suis-moi, tu pourras t'entraîner avec moi. Comment t'appelles-tu ?

— Arla Huang, marmonna son interlocuteur qui le suivit de mauvaise grâce.

Pas encore capable de garder parfaitement l'autocontrôle shiro, il avait fait une grimace en entendant mentionner la Paix Intérieure : les opinions excentriques de maître Huang sur les duels étaient bien connues. Arla ne portait que depuis la fin de la dernière saison sèche la coupe de cheveux des adultes, et Rinvar le vainquit d'un seul mouvement, une attaque semi-circulaire de bas en haut qui lui fit sauter l'arme de la main, ne lui causant qu'une blessure superficielle au poignet.

Après chaque duel, Tarr Huang avait coutume de demander quelles avaient été les raisons du défi, et s'il estimait qu'elles étaient stupides, ce qui était le plus souvent le cas, il invitait le provocateur à participer au prochain entraînement et le confiait aux tendres soins d'un de ses deux meilleurs élèves shiro, tous deux résidents permanents de l'Académie.

L'un était un homme plus tout jeune, surnommé le Balafré depuis qu'un coup de sabre lui avait fendu la lèvre supérieure. On ne la lui avait pas recousue, même pas sommairement, et elle avait mal cicatrisé, l'empêchant d'articuler correctement. L'autre était une toute jeune fille, mince et fine, surnommée Néko, car malgré sa petite taille, elle était si précise et rapide qu'elle était aussi dangereuse que ce redoutable prédateur. Quiconque avait enduré un entraînement long et humiliant avec l'un de ces deux-là n'avait généralement pas très envie de provoquer de nouveau en duel un des élèves de la Paix Intérieure. Car, en plus d'être d'excellents escrimeurs, ils étaient aussi des combattants vicieux qui contrôlaient juste assez leurs coups pour éviter de provoquer des mutilations permanentes.

— Qui a lancé le défi ? demanda-t-il aux deux duellistes avant de commencer la leçon.

— Moi, maître, soupira Rinvar, et Tarr le gratifia d'un regard noir.

Il n'aimait pas beaucoup les querelleurs, et ne tenait pas à en avoir parmi ses élèves.

Cependant, quand on lui rapporta les paroles méprisantes prononcées par le jeune garçon, il secoua la tête et rugit :

— Néko !

Petite et faussement fragile, la jeune fille se fraya un chemin parmi ses compagnons qui s'écartèrent avec empressement.

— Je te le confie ; fais-en ce que tu veux, mais laisse-le en vie, ordonna-t-il en désignant l'adolescent, et les yeux de Néko scintillèrent au-dessus du masque.

Bien que théoriquement il s'agisse d'une leçon ordinaire, pratiquement tous les couples de combattants bougeaient au ralenti, s'intéressant plus aux mouvements de Néko et du jeune Huang qu'à leur propre partenaire. À l'encontre de la tradition, Tarr grommela :

— Les autres peuvent s'asseoir.

Ce ne fut pas un entraînement, ce fut un massacre. Les armes de bois, bien que rarement létales, peuvent infliger des coups très douloureux ; Néko s'amusait à effectuer sa danse mortelle autour d'Arla, le touchant où et quand elle le voulait, au visage et au corps, au poignet déjà blessé, aux genoux et aux coudes. Tarr attendit pour déclarer l'entraînement terminé que le jeune homme en soit réduit à boiter ostensiblement, au point de ne plus être capable de pivoter assez rapidement pour faire face à son adversaire. Quand le sabre de bois dessina sur son dos la deuxième marque profonde de ce qui s'appelait le « coup de la honte », il émit un grognement satisfait puis déclara :

—C'est suffisant maintenant.

La jeune Shiro ne se le donna pas pour dit et continua à harceler son adversaire, jusqu'à ce qu'un violent coup de fouet asséné par le maître la fasse tourner sur elle-même avec un grondement qui n'avait rien d'humain. Tarr lui fit face en silence, ses bras puissants pendant le long du corps, le visage et le torse à découvert. Néko sembla se faire encore plus petite puis s'inclina profondément, avec un humble « ay » d'excuse.

Même si Rinvar se retrouvait plus souvent qu'il l'aurait souhaité en salle d'armes pour ce genre d'entraînements amicaux qui laissaient leurs marques, le nombre des personnes désireuses de croiser la lame avec lui se mit à diminuer quand le bruit courut qu'il était désormais l'élève de Tarr. Il était soulagé, et quand il y réfléchissait, il avait du mal à imaginer que quelques mois plus tôt seulement c'était lui qui ne ratait jamais une occasion de prouver sa supériorité sabre en main.

Le maître le surveilla attentivement pendant les premiers entraînements, et tout particulièrement pendant les duels, qu'il arbitrait toujours personnellement malgré l'aversion proverbiale des Asix pour le sang versé, surtout quand il s'agissait de sang shiro. À deux ou trois occasions il alla même jusqu'à émettre un grognement d'approbation, que ce soit pour son excellente technique, ou bien pour le fait qu'il veillait soigneusement à n'infliger à ses adversaires que des blessures superficielles.

Quant aux véritables entraînements, tous les élèves de la Paix Intérieure avaient un niveau bien supérieur à celui des adversaires qu'il avait affrontés dans la salle d'armes du clan ; de plus, aucun d'entre eux ne se permettait de remarques désobligeantes. Il était donc plutôt content du changement, bien qu'on ne puisse pas franchement dire que la cordialité et la bonne humeur aient cours à l'Académie. Bien sûr, personne n'aurait jamais osé parler pendant les leçons, mais même aux vestiaires les élèves de Tarr Huang étaient particulièrement taciturnes. Il avait à plusieurs reprises essayé d'engager la conversation avec l'un d'entre eux, mais n'avait obtenu que des réponses monosyllabiques, quand ce n'était pas qu'un simple grognement à l'instar du maître. Un jour dans les douches, alors qu'une de ses tentatives avait reçu une réponse si laconique qu'elle en était à la limite de l'impolitesse, un jeune garçon qui était en train de s'essuyer à ses côtés lui chuchota :

— Pas la peine de perdre ton temps avec ceux qui ont été confiés à l'Académie, il leur est interdit d'ouvrir la bouche, sauf si le maître est présent.

— Et à quoi est-ce que je peux les reconnaître ?

— Regarde les dos : presque tous ceux qui ont des marques récentes de coups de fouet sont les élèves fixes de notre maître honoré.

Rinvar le dévisagea froidement. Il n'appréciait pas les allusions au châtiment dégradant qu'il avait subi, mais son collègue s'empressa de lui expliquer :

— Les jeunes qui sont confiés à la Paix Intérieure sont beaucoup plus nombreux que dans les autres Académies, et il les soumet à une discipline de fer.

— Comment se fait-il qu'il y en ait autant ?

— Ils ne meurent pas aussi vite qu'avec les autres maîtres.

— Pourquoi leur tatouage clanique n'a-t-il pas été barré ? C'est impossible de les distinguer des autres.

— C'est *lui* qui ne veut pas, pour éviter qu'on les traite différemment, et puis il est convaincu qu'au moins dans certains cas les clans pourront les reprendre au bout de quelques années. Je ne sais pas si cela s'est jamais produit, parce qu'il ne permet pas qu'on en parle, il punit même quand on demande si l'un ou l'autre des élèves appartient encore à un clan. Mais naturellement, nous, nous le savons quand même. Il suffit de rester un peu plus tard le soir pour voir qui rentre chez soi et qui installe sa natte dans la salle d'armes.

Ce soir-là Rinvar s'attarda dans les douches un peu plus longtemps que nécessaire et put se rendre compte que plusieurs de ses condisciples déroulaient leur natte dans la salle d'armes ou dans les vestiaires, dans le silence le plus absolu à part quelques invitations laconiques à passer la nuit ensemble. Ils étaient vraiment nombreux, à vue d'œil à peu près une quarantaine. Il ne s'étonna dès lors plus de l'atmosphère ambiante particulièrement tendue : ceux qui, après les Épreuves de la Majorité, étaient confiés aux Académies étaient les jeunes trop inadaptés pour s'intégrer à un clan. Certains étaient perpétuellement maussades et regardaient de travers quiconque leur adressait la parole ; d'autres, à l'inverse, semblaient trop cordiaux, éclataient d'un gros rire sans raison et se montraient excessivement loquaces. Toutefois, ils piquaient aussi des colères sans motif, insultant ou essayant même de frapper ceux qui se trouvaient près d'eux. Il les avait toujours trouvés déplaisants et quand il parlait d'eux, il disait à voix haute qu'ils étaient bizarres, tout en pensant en lui-même que certains étaient des erreurs génétiques. S'il avait eu le courage d'interroger une Jestak, celle-ci aurait pu lui dire que le terme exact était « psychopathe ».

Il savait que dans la seule Académie interclans de Gorival, l'Harmonie, ils se livraient continuellement entre eux à des duels au dernier sang, à tel point que dans les différents clans de la ville spécialisés dans l'élevage du bétail, on avait coutume de dire que sans l'Harmonie qui fournissait régulièrement sa ration de cadavres, les chiens de berger devraient se mettre à la diète. Mais à la Paix Intérieure, les duels entre résidents permanents étaient très rares, et il comptait demander un jour si cela avait été aussi le cas avant que le maître soit un Asix.

Il ne savait cependant pas bien à qui s'adresser. Doran Huang ne lui semblait pas être la personne la plus appropriée, car elle aussi avait choisi la voie du sabre et elle n'aurait pas apprécié des questions semblant impliquer une critique vis-à-vis de l'un des grands maîtres. *J'en parlerai à Suvaïdar*, se dit-il, et il était encore suffisamment jeune pour ressentir un frisson de fierté à l'idée qu'il avait été autorisé à appeler une conseillère par son prénom. D'ailleurs, avec qui d'autre aurait-il pu parler ? Suvaïdar était la seule Shiro du clan à lui adresser normalement la parole de temps en temps. Les autres ne le faisaient que quand c'était absolument nécessaire pour le travail, ou alors pour le provoquer en duel.

Il rentra chez lui tout absorbé dans ses pensées et décida de ne pas aller aux bains puisqu'il avait pris sa douche à l'Académie après l'entraînement. Plonger avec les autres dans le bassin d'eau tiède n'était pas pour lui un moment de détente en fin de journée, mais une source d'irritation : les Shiro se taisaient à son arrivée et lui lançaient un regard glacial, ou bien ils faisaient des remarques qui n'étaient courtoises que dans la forme. Auparavant, il aurait réagi en les défiant, mais à quoi bon se battre tous les jours, contre tout le clan ? Il passa donc directement aux cuisines chercher son dîner.

Dans la salle commune, il y avait plusieurs places libres à la table centrale, mais aucun des jeunes de son âge ne lui fit de signe amical pour l'inviter à les rejoindre. Il alla s'asseoir à bonne distance des autres, pour s'épargner l'humiliation de voir ses voisins shiro se lever et aller s'installer un peu plus loin. Au bout de quelques minutes, les places de chaque côté de lui furent occupées par deux Asix, tandis qu'un peu plus loin s'assirent quelques néoadultes shiro qui, après l'avoir regardé comme s'il était transparent, se mirent à parler entre eux, à voix trop basse pour qu'il puisse entendre.

Évidemment, il aimait bien les Asix, comme toute personne normale les aimait, mais si les Jestak avaient établi que les êtres humains devaient se partager en deux races, elles avaient certainement eu leurs raisons, et la conversation de ses congénères lui manquait. De plus, les Asix qui savaient que tous les autres Shiro du clan le détestaient, étaient pris dans un conflit de loyauté et ne savaient pas bien comment se comporter avec lui. Ils ne l'évitaient pas, mais ils s'adressaient à lui avec moins de spontanéité et se contentaient souvent de simplement rester près de lui en silence, tout en surveillant du coin de l'œil les réactions des autres Shiro. Il avait donc tout loisir de regarder autour de lui.

À la table des anciens, Suvaïdar était assise à côté de Gerom, l'administratrice ; elle ne dit pas un mot et ne leva pas le nez de son bol durant tout le repas. Tore-adaï arriva en compagnie de la première conseillère, salua poliment Gerom, fit à peine un signe vers sa voisine et alla s'asseoir un peu plus loin. L'administratrice se leva aussitôt, son bol et son verre à la main, et le rejoignit en engageant immédiatement une discussion animée. Les places près de Suvaïdar restèrent vides.

Elle se sent certainement aussi seule que moi, se dit Rinvar, et il s'étonna lui-même de la manière dont il avait formulé sa pensée. Il ne lui était jamais arrivé de se sentir seul dans la maison de son clan à Gorival, il s'était d'ailleurs même souvent réfugié dans sa chambre pour fuir l'excès de compagnie dont on est forcément gratifié dans une maison habitée par quelques milliers de membres de sa famille.

Comme tout Shiro, il ne détestait pas passer de temps en temps la soirée dans la société de la personne la plus intéressante qu'il connaisse, c'est-à-dire lui-même. Mais l'ostracisme dont il était l'objet jour après jour, soir après soir, était excessif même pour lui. Son regard effleura Loren Huang, un jeune homme de son âge, très séduisant, qui, comme lui, préférait les hommes comme compagnons de natte, mais Loren détourna le regard et murmura quelque chose à son voisin qui éclata de rire en se retournant vers Rinvar d'un air moqueur.

Il l'ignora et sortit de la salle commune. Il n'avait pas envie de passer encore une soirée solitaire dans sa chambre et décida de rendre visite à un Asix. Il connaissait trois ou quatre mâles disposés à passer la nuit avec un homme, pourvu que ce soit un Shiro, et se dirigea vers l'habitation de l'un d'eux. Dans le dédale de ruelles entre les cabanes provisoires marchaient deux jeunes femmes shiro qui travaillaient avec lui au centre d'expérimentation agraire et qui firent mine de ne pas le voir.

— Tu es là, Redo ? demanda-t-il à la porte.

— Ah ! entre, seigneur, sois le bienvenu, murmura l'Asix en passant la tête dans l'entrebâillement.

Mais il n'échappa pas à Rinvar qu'il lançait un coup d'œil embarrassé aux deux jeunes filles avant de se retirer précipitamment à l'intérieur de la cabane.

— Tu attends une dame shiro ?

— Non, seigneur, je n'attends personne, entre, je t'en prie.

— Tu as peur que quelqu'un me voie sur le seuil de ta cabane, n'est-ce pas ?

Dans l'obscurité Rinvar ne pouvait distinguer l'expression de Redo, mais le simple fait qu'il ne proteste pas énergiquement était suffisamment éloquent.

— J'ai changé d'avis, bonne nuit, Asix.

Il lui tourna le dos et retourna vers le corps de bâtiment principal, longeant les portes ouvertes des cabanes, silencieuses et obscures. Aucune voix ne se levait pour le saluer joyeusement, bien que l'odorat lui confirme que la plupart des habitations provisoires n'étaient pas vides.

Arrivé sur le seuil de l'aile dortoir, il eut un geste de dépit, et sans même passer dans sa chambre pour prendre le manteau, il sortit de la maison en passant par les potagers. Il sauta à pieds joints par-dessus le canal d'irrigation qui contournait en demi-cercle la propriété Huang et se dirigea vers Niasau.

Il allait passer quelques heures avec les étrangers. C'étaient des barbares, mais au moins, les deux fois où il leur avait rendu visite – uniquement parce que Suvaïdar lui en avait donné l'ordre impératif – ils l'avaient reçu avec toute la courtoisie dont ils étaient capables. Ce n'était pas beaucoup, certes, mais on ne pouvait tout de même pas s'attendre qu'ils apprennent de but en blanc à se comporter comme des personnes civilisées. Il pourrait même y dormir, par devoir de courtoisie pour la mère de son fils, se dit-il avec une ironie amère, tout en pensant avec dégoût au petit monstre semi-humain qui gonflait le ventre de l'étrangère.

Chapitre 17

Rinvar se rendait à la chambre de Suvaïdar-adaï. Il était bien décidé à partager ce qu'il tenait en main avec la seule personne du clan qui serait peut-être disposée à l'accueillir.

Tout au début, il avait trouvé la conseillère plutôt déconcertante : elle parlait avec une grande liberté et il lui arrivait de plaisanter, et même de rire, comme à une Asix ! Qu'elle se conduise de la sorte l'avait quelquefois mis mal à l'aise. Après tout, bien qu'elle n'ait pas directement droit de vie et de mort sur lui, elle était quand même une des responsables du clan. Entre-temps toutefois il s'était habitué à ses manières, au point qu'il s'était surpris en différentes occasions à lui répondre avec la même spontanéité.

Que risquait-il, après tout ? L'honneur, il l'avait déjà perdu, et sans honneur la vie d'un Shiro ne vaut pas grand-chose : s'il ne prend pas de lui-même les mesures qui s'imposent pour y mettre fin, le reste du clan s'empresse de l'aider à se décider.

Il n'était qu'à quelques pas de la porte quand celle-ci s'ouvrit. Il s'arrêta, se coulant contre la paroi. Il était inutile de faire savoir autour de lui où il se rendait ou ce qu'il faisait. Tout renseignement pourrait être employé contre lui, d'une façon ou d'une autre.

Oda sortit de la pièce. Il était toujours aussi beau, bien qu'il soit décidément inaccessible pour un paria comme lui. Il arborait un visage de pierre, encore plus figé que d'habitude. Il se retourna vers l'intérieur de la chambre avec un salut formel et s'en alla. En passant tout près de Rinvar, il l'ignora purement et simplement. Oda pourtant était parfaitement au courant de ce qui s'était passé ; il avait même déclaré avoir une dette envers lui. Il estimait évidemment avoir honoré suffisamment sa dette par la lettre dans laquelle il remerciait Arania-adaï pour l'excellent travail du « jeune Johnson », comme il s'était exprimé avec condescendance.

Avant de frapper, il attendit qu'Oda soit hors vue. Dès qu'il entendit le « entre » de la conseillère il se faufila à toute vitesse dans sa chambre.

— Eh bien, il doit s'agir d'une circonstance spéciale : deux visites le même soir ! D'habitude, des décennies entières passent sans que personne ne vienne me voir. Tu peux t'asseoir. Qu'y a-t-il ?

Indifférent à son ton acide, Rinvar s'avança, agitant allégrement la bouteille qu'il tenait dans une main tandis qu'il portait deux bols dans l'autre.

— Ton honoré frère avait une expression si solennelle qu'à côté de lui Tore-adaï aurait l'air d'une nourrice asix, lança-t-il avec impudence.

Après tout, la dame devait avoir son content de correction formelle après son entretien avec Oda.

— Je l'avais invité à passer la nuit ici. Il est venu, « parce que c'était son devoir » ; mais quand il a compris qu'il s'agissait d'une invitation, qui pouvait être refusée, et non d'un ordre, il a demandé la permission de se retirer.

— Voilà un discours qui me semble tiré par les cheveux, même de la part de l'honoré seigneur. Qu'est-ce qui lui a pris ?

— « Ce n'est pas à moi de discuter tes agissements, ma dame », répondit Suvaïdar, singeant l'air solennel de son frère. « J'ai toutefois remarqué que même les Asix semblent t'éviter. Jamais je n'aurais cru qu'une chose pareille puisse arriver à un Shiro. »

» Je lui ai répondu que s'il estimait que Tore-adaï avait nommé conseillère une personne indigne même d'être shiro, il était de son devoir d'aller protester auprès de lui.

— Tu aurais pu lui expliquer tes raisons, en lui recommandant de garder le secret. N'as-tu pas confiance en lui ?

— Une Shiro ne rend de comptes qu'en salle d'armes. Et une conseillère n'a pas à se justifier vis-à-vis d'un inférieur, même quand cet inférieur est un frère-même-mère-même-père et un ami ! répondit Suvaïdar avec hauteur.

Mais tout à coup elle éclata de rire.

— Oda doit être contagieux : me voilà en train de discourir comme un extrait du code shiro. Je lui aurais probablement expliqué s'il me l'avait demandé il y a quelques mois, comme cela aurait été naturel étant donné que nous sommes… que nous étions intimes. Mais j'ai la nette impression que ce qui pousse mon frère-double à m'éviter n'est pas l'exigence – légitime – de protéger les Asix en toutes circonstances. Ou du moins ce n'est pas uniquement ça. Je crois qu'il se laisse influencer par la pression sociale. C'est une force puissante, presque autant que les lois, et même que les sacro-saintes traditions.

— Qu'est-ce que cela veut dire « pression sociale » ?

— Cela fonctionne comme la loi du troupeau parmi les nékos : si l'un d'eux ne se conduit pas comme les autres, ils le mordent et le chassent, quand ils ne le tuent pas.

— Je ne vois pas ce que nous pouvons avoir en commun avec les nékos !

— Vraiment ? Et pourtant, la loi du troupeau fonctionne admirablement pour assujettir les Ta-Shimoda, et notamment les Shiro. Nous deux, nous avons pratiquement été mis au ban du clan. Même Tore, la première conseillère et l'administratrice, qui sont au courant de la situation, affectent de m'éviter en public.

» Dans le passé, Oda m'a toujours soutenue. Il estime sans doute que prendre encore une fois le parti d'une sœur excessivement scandaleuse lui aliénerait trop de sympathies.

— J'en suis navré. J'avais depuis toujours l'impression que tu le considérais comme un sei-hey.

— Je suis déçue, je l'avoue. J'ai toujours compté sur sa présence et sur son appui. Toutefois, le pire, c'est que ce qu'il a dit est vrai. Les Asix m'évitent, et c'est contre nature qu'ils puissent vraiment avoir peur de moi.

Rinvar approuva distraitement : l'existence des Asix était une constante dans la vie de tout le monde, si banale qu'on les en oubliait presque. Et pourtant, le fait de savoir qu'ils étaient là, comme dans la coulisse mais toujours disponibles, était indispensable aux Shiro pour garder leur équilibre. Cela leur épargnait des crises de fureur homicide qui, dans le meilleur des cas, auraient conduit à un duel et, dans le pire des cas, à un crime expédiant séance tenante le responsable dans les mines de Nova Estia.

— Et de plus, ajouta Suvaïdar d'un ton où perçait le regret, ces fichus cancaniers, avec leur ouïe fine et leur vision crépusculaire, représentent une source de renseignements dont je me suis servie toute ma vie. C'est seulement maintenant que je l'ai perdue que je me rends compte à quel point elle m'était précieuse.

» La moitié d'une saison des pluies est passée depuis que j'ai eu la lumineuse idée d'essayer de les intimider. Je voulais juste éviter qu'ils s'empressent de raconter à tout Gaïa l'histoire d'une alliance reproductive entre un Shiro et un être inférieur. Toutes mes précautions n'ont servi qu'à retarder l'inévitable de trois ou quatre décades, mais la confiance des Asix vis-à-vis de moi en a pris un sérieux coup.

» Mais tu n'es pas venu pour discuter d'Oda, ni des Asix. Qu'as-tu en main ?

— Il s'agit d'un vin spécial. Veux-tu me faire l'honneur de le partager avec moi ?

— Cela vient de Niasau, remarqua-t-elle. Comment se fait-il qu'ils te l'aient offert ?

Les boissons produites sur Ta-Shima étaient contenues dans des flacons de bois de soria, ou dans des outres. Le verre légèrement luminescent de la bouteille de Rinvar en trahissait l'origine extramondine.

— Ils ne me l'ont pas offert. La bouteille était posée sur un de ces meubles qui ressemblent un peu à des charrettes couvertes, mais sans les roues. Je l'ai prise en partant.

— Qu'est-ce qui t'est passé par la tête ?

— Ces derniers mois, je suis allé quatre fois passer la soirée et la nuit là-bas, et personne n'a proposé de rémunérer le clan pour le temps que je perdais. J'ai été obligé de récupérer les heures de travail ; j'ai fait la vaisselle ou j'ai bêché le potager en pleine nuit. Et avant-hier ils m'ont demandé d'y passer toute la journée ! Il me semblait juste de recevoir un dédommagement. Or, un Shiro ne peut pas s'abaisser à demander à des étrangers ce à quoi il a droit. Je me suis donc servi tout seul.

» J'ai aussi pensé à emporter le métal que la Tête-de-Paille m'avait offert pour leur cérémonie. Je l'avais oublié là-bas ; demain matin j'irai le remettre à l'administratrice.

Il tira de sa poche le collier en or massif et le laissa tomber par terre avec indifférence, puis il poursuivit :

— Le vin, toutefois, je vais le garder. Personne ne peut me reprocher de soustraire une chose de valeur au clan : pour pouvoir en déterminer la valeur, il faut le goûter, et je ne l'ai pas encore fait.

— Pourquoi as-tu dû rester si longtemps à Niasau ?

— La Tête-de-Paille est aussi grosse qu'une vache avant la transhumance et se conduit comme si aucun autre animal n'avait jamais mis bas auparavant. Elle raconte ses souffrances à tout le monde et se plaint à haute voix, comme les enfants de deux ou trois saisons sèches. À ce qu'il paraît, dans de telles circonstances leurs traditions exigent la présence du père biologique de l'enfant à naître. Je me demande comment ils font quand il y a eu insémination artificielle avec le sperme d'un donneur mort depuis vingt saisons sèches.

— Ils n'autorisent pas les inséminations artificielles. Et ne me demande pas pourquoi : je ne l'ai jamais compris.

Il haussa les épaules avec indifférence :

— Mœurs barbares, dépourvues du moindre intérêt. Bon, le fait est que je suis resté, comme ils me l'avaient demandé. On peut dire que le spectacle en valait la peine. Imagine-toi qu'ils ont fait appel à un docteur-homme (je suppose qu'ils n'ont rien de mieux à Niasau), lequel les a assurés que tout était pour le mieux. La femelle toutefois n'arrêtait pas de s'agiter et le vieux Sitabeh a suggéré que ce serait « gentil » de ma part de lui tenir compagnie.

» J'ai décidé que je pouvais tout aussi bien être gentil : ce sont, après tout, les seules personnes au monde qui semblent souhaiter ma présence. Mais pour ce faire, j'ai perdu toute une journée de travail. Je suppose que maintenant je vais avoir droit pendant une décade à des commentaires stupides à propos d'un Shiro qui s'accouple avec des animaux extramondins, et que j'aurai de nouveau à subir des entraînements amicaux avec la moitié du clan.

— Plus que probable, en effet.

— Mais pourquoi Tore-adaï ne se décide-t-il pas à annoncer qu'il a approuvé cette absurdité ? S'il le faisait, les jeunes qui n'ont la coupe de cheveux des adultes que depuis huit mois cesseraient de faire la queue pour avoir le droit de me tuer. Je n'ai jamais rien eu à objecter contre un bon duel, mais sans maître Huang, qui à chaque combat avec les lames-de-sang souffle et grogne pis qu'un chien de berger qui voit arriver un néko dans le pâturage, je passerais toutes mes soirées à essayer d'éviter qu'un troupeau de néoadultes stupides atterrisse sur la charrette des Bur. Ce n'est pas ça l'idée que je me fais de l'honneur shiro.

— Tore pense à sa charge, et à sa vie, plutôt qu'au bien du clan. La destinée des individus qui le composent lui importe peu. Il peut désormais être assuré qu'il n'y aura pas de problème majeur. Il n'a donc plus besoin d'un bouc émissaire en réserve, mais si ce que j'ai obtenu de Rasser se révélait utile, il essaierait de faire croire au Conseil et à la Sadaï que c'était son idée. Tant mieux pour lui si les deux personnes qui pourraient le démentir sont mortes.

— Mais c'est inadmissible ! C'est toi qui as négocié avec les étrangers, qui as obtenu un résultat positif de ce qui, si j'ai bien compris tes explications, avait été une mauvaise évaluation de la situation de ma part. Un Ancien honoré ne peut pas agir à l'encontre de l'honneur shiro, lui encore moins que n'importe qui d'autre.

—Tu es jeune et tu as encore beaucoup d'illusions. Il n'est peut-être pas juste de te les faire perdre, toutefois…

Elle ne termina pas sa phrase. Rinvar avait très peu de chances de devenir beaucoup plus vieux qu'il l'était.

—Ne crois pas qu'il soit le seul à se conduire ainsi, reprit-elle. Tu as déjà participé en qualité de membre du conseil du clan à l'élection d'une saz-adaï, n'est-ce pas?

—Bien sûr. J'étais présent à l'élection d'Arania-adaï.

—Selon toi, les dames qui ont présenté leur candidature étaient-elles les plus honorées du clan, celles que tout le monde regardait comme un exemple des vertus shiro?

Rinvar ouvrit la bouche pour répondre, mais il la referma avec une grimace, comme s'il avait mordu dans un citron.

—Toutes les saz-adaï, donc…?

—Absolument pas! Dans la plupart des cas, c'est le conseil qui propose les personnes jouissant du plus grand respect. Pourtant, il peut y avoir des circonstances particulières qui font que les dames les plus réfléchies, les plus imprégnées par le code shiro hésitent à assumer la charge. Il peut s'agir d'un scandale, comme celui qui a couvert de honte les Huang, ou bien de succéder à une saz-adaï comme Doran Johnson, qui avait joui d'une grande considération sur tout Ta-Shima. De plus, Tore est un homme; tout le monde à Gaia le regarde d'un œil critique, attendant qu'il commette un faux pas. Cela permettrait aux plus traditionalistes d'y voir une nouvelle démonstration de ce que les hommes ne sont pas en mesure de diriger un clan.

» Tant qu'il ne sera pas plus assuré de sa position, il va saisir chaque occasion de se faire valoir. Quelle valeur peut avoir à ses yeux la vie d'un jeune homme qui porte sur son dos les marques d'une condamnation infamante, et qui de plus a commis un crime contre les règles de la Maison de la Vie? ou bien celle d'une femme que depuis toujours on regarde avec suspicion parce qu'elle a passé plusieurs années sur les mondes barbares, sans y avoir été envoyée par sa saz-adaï?

—Tu crois que c'est parce qu'il est un homme qu'il n'est pas capable de diriger un clan?

—Ce ne sont que des préjugés: le sazdo-adaï Sobieski honore son clan et sa charge. Il est très respecté.

Pensif, Rinvar hochait la tête en se mordillant les lèvres, puis un sourire insolent éclaira son visage.

— Étant donné que dans la salle commune personne ne nous adresse la parole, je me suis permis d'apporter ce vin ici, bien que tu ne m'aies jamais invité dans ta chambre. Si j'en juge par la révérence avec laquelle le vieux Sitabeh le manie, ce doit être la huitième merveille du monde. Buvons-le ensemble, à la santé de notre admirable sazdo-adaï.

— Quelle est tout à coup cette affection profonde pour l'Ancien vénéré ?

— J'ai dit « à la santé », pas « à la bonne santé ». En fait, je la lui souhaite très mauvaise, de façon qu'il puisse se prévaloir très bientôt du privilège shiro. Le tout d'une manière très honorable, bien entendu.

— Je ne peux pas boire d'alcool : demain matin j'opère.

— Un seul bol, ne refuse pas, je t'en prie ! Même les Asix semblent gênés par ma présence, quant aux Shiro, ils ne me parlent que de façon insultante. J'ai le choix entre ne pas répondre, ce qui me disqualifierait définitivement, ou me battre tous les jours. J'aimerais bien échanger quelques mots avec quelqu'un que je n'ai pas le droit de défier, si tu es d'accord.

— Dis-toi bien que tu as encore de la chance : moi, personne ne m'adresse la parole, ni Shiro ni Asix.

Suvaïdar tendit la main pour prendre un des bols, laissant Rinvar s'escrimer sur la bizarre fermeture de la bouteille étrangère. Il réussit enfin à en ôter le bouchon sans renverser trop de vin.

— C'est infect, reconnut-il après l'avoir goûté. Il est très léger, presque de l'eau, et de plus il est acide : regarde, il y a des petites bulles. Ce serait de la dégradation bactérienne ?

— Non, ce n'est pas dangereux, c'est pétillant exprès. C'est un vin très apprécié en Extramonde. La première fois que j'en ai bu, je ne l'ai pas aimé du tout, mais je m'y suis habituée. Il n'est pas si mauvais que ça, au fond. Et il est moins léger qu'il le paraît.

Sceptique, Rinvar vida le bol d'une seule gorgée, puis se mit à éternuer, avec l'impression d'avoir le nez plein de bulles microscopiques qui le chatouillaient.

Suvaïdar éclata de rire, et après un instant, il l'imita. Un Shiro qui rit, ce n'est pas un spectacle habituel, et en général, ce qui déclenche son hilarité représente pour son interlocuteur une excellente raison de lancer un défi. Mais désormais Rinvar connaissait les manières peu conventionnelles de la conseillère. Cette fois-ci par exemple, bien qu'elle ne l'ait plus jamais invité après cette première fois, quand elle avait voulu avoir un entretien avec lui sans se faire trop remarquer, elle ne s'était pas montrée offensée par sa visite. Il remplit les deux bols, se sentant très à son aise.

— Tu as changé, remarqua-t-elle. La première fois que je t'ai vu, tu étais nettement plus formel et plus respectueux de l'étiquette.

— Il y a des situations qui peuvent rendre critique vis-à-vis du code shiro et des règles auxquelles on s'est conformé toute sa vie. Cela arrive par exemple alors qu'on est à genoux devant la personne qui dirige le clan, et qu'on attend de mourir sous le fouet, simplement parce qu'un stupide barbare a demandé réparation. Et réparation de quoi ? Tout ce que j'avais fait, c'était accepter de partager ma natte avec une mangeuse de cadavres, juste pour ne pas être impoli. J'avais d'autres projets pour la nuit, je peux te le garantir !

Distraitement, il vida le bol d'un trait, puis le remplit de nouveau.

Le lendemain matin au réveil, la première chose dont il se rendit compte fut qu'il avait une migraine carabinée. Il ouvrit un œil et trouva devant son nez la bouteille étrangère vide, couchée sur le côté. Avec un gémissement il se retourna sur le dos, puis, alarmé, ouvrit tout grand les deux yeux.

Sur la natte, à côté de lui, gisait un Shiro. Il essaya désespérément de se rappeler les événements de la veille au soir.

Il avait partagé avec Suvaïdar-adaï cet étrange vin, qui en effet devait être nettement moins léger qu'il l'avait cru. En fait, il avait pratiquement bu toute la bouteille à lui tout seul, mais après ? Il n'avait aucun souvenir d'avoir entamé une conversation avec quelqu'un, et encore moins de s'être mis d'accord pour passer la nuit ensemble. Et surtout, qui était l'homme couché près de lui ? Il n'en distinguait que le sommet du crâne, parce qu'il s'était tiré le drap sur la tête.

Il se mit précautionneusement sur son séant, mais le mouvement suffit à réveiller son compagnon, qui émergea à son tour des draps.

Ébahi, Rinvar laissa tomber sa mâchoire, fixant la cicatrice qui relevait légèrement un coin de la bouche de la conseillère Huang.

— Comment se fait-il que tu sois sur ma natte, ma dame ? demanda-t-il prudemment. Je ne me souviens pas que tu m'aies invité.

— Je ne l'ai pas fait, maugréa-t-elle. Et pour être exact, il s'agit de ma natte.

— Je suis confus, ma dame. Mes souvenirs ne vont pas au-delà du troisième – ou était-ce peut-être le quatrième ? – bol de ce vin qui chatouillait le nez. Qu'est-il arrivé ? Ai-je fait quelque chose d'inconvenant ?

— Arrête immédiatement de me donner du « ma dame » à tour de bras, et aussi de tourner autour du pot comme un chien autour de sa proie. Il n'y a rien eu du tout. Après le quatrième bol tu es tombé par terre comme une masse. J'ai ôté tes bottes et ta veste, puis je t'ai laissé dormir. Ne te fais aucun souci : la bouteille que tu as rapportée de Niasau est la seule chose que nous ayons partagée.

— Je n'aurai pas le front de te dire que je regrette que tu ne m'invites pas à partager autre chose que du vin.

— Quoi ?

Suvaïdar essayait de dissiper le brouillard qui envahissait encore son esprit pour arriver à démêler le sens de cette phrase obscure. Quand elle eut l'impression d'avoir compris, elle répondit, d'une voix incertaine :

— Je n'ai même pas envisagé l'idée de t'inviter à partager ma natte. J'étais convaincue que tu préférais les hommes pour les jeux sur l'oreiller.

— Je préfère quelqu'un qui m'adresse la parole et qui ne me regarde pas comme si j'étais un poisson pêché la décade passée.

— Il te reste au moins les Asix. Depuis que j'ai eu l'idée de leur faire peur pour qu'ils se taisent, tous les Asix de Ta-Shima me craignent et m'évitent, pis que si j'étais une étrangère.

— Ce qui m'arrive à moi est déjà désagréable, qu'ils soient gênés parce qu'ils me voient en butte à l'ostracisme des autres Shiro, mais qu'ils te craignent... qu'ils craignent l'un de nous, ce n'est pas naturel. Tiens, j'y suis tellement habitué que je n'ai jamais vraiment réfléchi à la question. Comment se fait-il qu'ils soient toujours si à l'aise avec nous ?

— Je t'expliquerai un jour. Maintenant c'est l'heure de se lever, il est déjà tard.

Ils se hâtèrent vers les douches, presque vides à cette heure. Un coup d'œil au cadran solaire suffit à Rinvar pour décider qu'il valait mieux se passer de petit déjeuner. Il partit au pas de course, pour tenter d'arriver à l'heure au centre d'expérimentation agraire.

Est-ce que la conseillère l'inviterait à partager sa natte ? De toute façon, cela avait été un vrai soulagement de passer quelques heures en compagnie de quelqu'un, sans être constamment sur le qui-vive dans l'attente d'une insulte ou d'un défi.

Ce ne fut que le soir, à son retour, que Suvaïdar se souvint du collier en or que Rinvar avait laissé tomber par terre. Elle le ramassa pour le porter à l'administratrice, en le soupesant machinalement. Dans les mondes étrangers il devait valoir beaucoup d'argent ; le clan saurait en faire bon usage. Sur le pas de la porte pourtant elle hésita, puis s'arrêta. Comme elle connaissait Tore et Gerom, ils allaient le vendre, se gardant bien de faire savoir que c'était Rinvar qui l'avait gagné. Gerom allait plutôt attribuer à son habileté en tant qu'administratrice les achats que le produit de la vente permettrait de faire. De la sorte, elle augmenterait son prestige.

Suvaïdar avait-elle vraiment l'intention de contribuer à consolider la position de deux personnes qui avaient une attitude si incorrecte vis-à-vis d'elle, et de Rinvar aussi d'ailleurs ? Elle restait debout, la main sur la poignée de la porte, pesant le pour et le contre. Garder par-devers soi un objet de valeur, qui pouvait être utile à tout le clan, c'était impensable, mais d'un autre côté... Elle n'était pas obligée de le remettre sur-le-champ, n'est-ce pas ? Elle pouvait le laisser dans sa malle pendant une ou deux décades, après quoi elle aviserait.

Elle était tenue de le donner à l'administratrice, bien sûr : c'était un devoir, mais y avait-il une règle qui spécifiait à quel moment elle devait le remettre ?

Chapitre 18

— Ça y est, elle a mis bas, raconta Rinvar en entrant dans la chambre de Suvaïdar. Tu aurais dû voir les simagrées ! Le médecin était de nouveau là ; il lui a fait une anesthésie, comme pour une opération, et heureusement, car comme ça cette stupide femelle a fini par se taire. Quand elle s'est endormie, j'ai voulu partir, mais le vieux m'a déclaré, avec le plus grand sérieux, que dans leurs mondes le père biologique est tenu d'être présent à la naissance. Je n'ai pas encore décidé si c'est ridicule et dégoûtant, ou bien dégoûtant et ridicule.

— Est-ce que, à ton avis, l'enfant ressemble à un Shiro ?

— Je l'ignore, je ne l'ai pas regardé. Quelle importance, de toute façon ? Pour moi, ça ne signifie qu'une chose : le moment approche où je vais faire valoir le privilège shiro. Comme ce sont les derniers jours de ma vie, je vais me permettre de manquer aux plus élémentaires règles de la bienséance et faire fi de toute politesse. Je viens te rappeler que tu avais promis de m'inviter à partager avec toi autre chose qu'une bouteille de vin qui chatouille le nez.

» Le pire qui puisse m'arriver, c'est que tu m'ordonnes de profiter immédiatement du privilège, auquel cas je ne perdrai que deux ou trois décades de vie. Il me semble que cela vaut la peine d'essayer.

Au lieu d'entrer dans une colère noire face à une telle impudence, Suvaïdar éclata de rire.

— Je t'avais promis quelque chose de ce genre ? Je n'en ai pas le moindre souvenir, mais si tu l'affirmes, seigneur shiro, je ne me permettrai pas de douter de ta parole. Ce serait une offense, n'est-ce pas ?

— Sans aucun doute. Cela m'obligerait à en appeler au sazdo-adaï qui, comme nous le savons tous les deux, est juste et généreux. Puis-je rester ? Après avoir contemplé pendant des heures la femelle sitabeh qui criait comme un mox avec une indigestion de plantes hallucinogènes, et avoir même été obligé de lui tenir la main, tu ne peux pas t'imaginer combien j'apprécierais de toucher une femme complètement humaine.

Rinvar dormait du sommeil profond de la jeunesse et Suvaïdar, plongée dans ses pensées, le regardait à la lumière incertaine de l'aube qui entrait par la fenêtre grande ouverte. Qu'il doive perdre la vie uniquement parce que Tore voulait exploiter la situation pour renforcer sa position, c'était profondément contraire à l'esprit, sinon à la lettre du code shiro. D'un autre côté, il était impossible de se soustraire à la pression sociale du clan. Elle l'avait appris à ses dépens longtemps auparavant, quand elle avait été obligée de partir pour l'Extramonde.

Elle se mit sur son séant d'un mouvement si brusque que Rinvar fut immédiatement réveillé et en alerte, la main déjà tendue vers le couteau qu'il avait laissé à côté de la natte.

— Qu'est-ce qui se passe ?
— Tais-toi, je réfléchis !
— Es-tu en train de concocter une nouvelle idée de génie ? J'espère qu'il n'en ressortira pas que je doive conclure une alliance reproductive avec un mox, déclara-t-il avec le plus grand sérieux.

Suvaïdar lui tira les cheveux. L'impertinence de Rinvar était très reposante après tout le sérieux et l'étiquette dans lesquels elle était plongée depuis qu'elle était conseillère. Quand il choisirait le privilège, il allait lui manquer.

— Je ne veux pas, déclara-t-elle fermement.
— Que je partage la natte avec un mox femelle ? Je l'espère bien !
— Mais non, naturellement. Je ne veux pas que tu fasses valoir le privilège.
— Conseillère honorée, ce sont là mes affaires. Aucun Shiro ne permet à quelqu'un d'autre de lui dicter la conduite à tenir quand il estime que son honneur est en jeu. Même pas un paria comme moi.
— Si nous avions une nouvelle saz-adaï, tout pourrait s'arranger très simplement : si le clan apprenait qu'en réalité tu t'es sacrifié pour le bien de Ta-Shima, on pourrait…

— Si le Mont Corosaï avait quatre pattes et deux cornes, alors ce serait une très, très grande vache. Tore est le sazdo-adaï, et comment savoir combien d'années il le restera ? Je ne me sens pas capable de continuer à vivre dans le clan, saison sèche après saison sèche, traité comme si je n'étais qu'à moitié humain, moi aussi.

— Ai-je dit, par hasard, que tu devais rester dans la maison Huang ?

— Tu comptes m'envoyer dans les mines, Suvaïdar-adaï ? Je ne savais pas que j'étais un tel désastre sur la natte, au point de mériter une punition si sévère.

— Cesse tout de suite de faire l'effronté ! Ce n'est pas à Nova Estia que je veux t'envoyer. J'avais à l'esprit un endroit beaucoup plus lointain.

— Oh ? L'Archipel de la Main peut-être ? Je ne gagnerais que le temps d'une saison de pêche. Pendant l'été, leurs Asix se promènent dans tout le Haut Plateau, faisant provision de commérages en vue des soirées à bord.

— Neudachren. Tu pourrais t'inscrire à l'université là-bas.

— Mais c'est impossible !

— Et pourquoi ? s'enquit-elle d'un ton combatif.

— La seule idée d'être entouré de Sitabeh du matin au soir suffit à me rendre malade ! J'ai déjà du mal à les supporter quelques heures de suite.

— Ce n'est pas facile, je te l'accorde, mais j'en ai bien été capable, moi. Au fond, c'était assez intéressant, sur le plan professionnel. Ils réagissent autrement à certains agents pathogènes, et puis j'ai eu l'occasion d'étudier des maladies héréditaires que nos Jestak ont éliminées depuis des siècles.

— Je te fais remarquer que moi, j'ai étudié l'agronomie. Que pourrais-je apprendre d'utile dans un monde au climat complètement différent du nôtre, et qui produit la plupart de ses denrées alimentaires dans des silos à levure en acier, hauts d'un kilomètre ?

— Ce que tu vas étudier ne m'intéresse pas. Débrouille-toi pour trouver quelque chose. Tout ce que je veux, c'est te garder loin de Ta-Shima les six ou sept prochaines années. Tore ne va pas se maintenir plus longtemps. Il se croit très malin avec ses intrigues, mais, tôt ou tard, il va commettre une faute irréparable. Je dirais même plus : à mon avis, en essayant de s'approprier les mérites d'autrui, il a déjà tracé sa voie vers l'entrepôt des Bur. La Sadaï ne peut pas approuver de pareilles actions.

— Et qui va lui en parler ? Les affaires intérieures sont débattues par le conseil du clan, sauf si un crime grave a été commis. Et même dans ce cas-là, il est bien rare que le clan ne fasse pas lui-même le nécessaire, sans en référer à qui que ce soit. N'as-tu pas aidé personnellement la précédente saz-adaï à faire valoir le privilège shiro, au lieu de la dénoncer à la Sadaï ?

— Je ne peux certes pas demander un entretien à la Dame pour me plaindre de Tore, mais si elle devait me convoquer, ou si je parvenais à glisser une allusion dans l'oreille de Sergi-adaï… je te garantis qu'on aurait une nouvelle saz-adaï, et très rapidement.

— Te revoilà avec tes « si ». De toute façon, ce ne sont que des paroles en l'air. Comment voudrais-tu convaincre la très honorée Gerom de débourser l'argent pour mon voyage en astronef et pour ma subsistance là-bas ?

Suvaïdar se leva pour aller fouiller dans sa malle, et en exhuma d'un air triomphant le collier en or que quelques décades auparavant Rinvar avait oublié dans sa chambre.

— Ceci vaut assez pour payer le voyage. En ce qui concerne ta subsistance, ces Rasser sont un clan riche ; ils pourront se charger sans problème de t'héberger et de te nourrir. Je suppose que cela ne leur déplairait pas de prouver que leur stupide alliance reproductive a effectivement eu lieu, en exhibant un « mari » en chair et en os.

— Il est inutile de continuer cette discussion. Je n'ai pas la moindre intention d'aller en exil : s'enfuir est contraire à l'honneur.

— Sottises. Ne commence pas toi aussi, comme Oda, à mettre l'honneur sur le tapis chaque fois qu'il ne te vient pas à l'esprit une objection intelligente. Choisir le privilège revient à admettre qu'Arania avait raison et que la condamnation à mourir sous le fouet était justifiée.

— Je ne vois pas ce qu'une punition dégradante a en commun avec mon droit à mourir comme un Shiro.

— Va sur Neudachren, continua Suvaïdar comme s'il n'avait rien dit. Je resterai en contact avec toi ; quand la situation aura changé, je te préviendrai.

— Et de quelle façon ? Tu ne peux pas te servir du communicateur du clan pour un appel en Extramonde. On s'en apercevrait tout de suite.

S'il se soucie des détails pratiques, se dit Suvaïdar, c'est qu'après tout l'idée ne doit plus lui sembler tout à fait inacceptable.

— Entre Ta-Shima et Neudachren il y a des vols deux ou trois fois par an et les équipages sont composés en grande partie d'Asix. À ton arrivée, tu n'as qu'à leur donner les coordonnées de la maison Rasser et leur recommander de t'appeler quand ils atterrissent à Dachrenstadt. Jamais un Asix ne raterait l'occasion de se faire mousser en racontant plein de nouveautés à un Shiro anxieux de les écouter !

» Ils seront ravis de te tenir au courant. Quand je serai sûre que tu peux rentrer sans danger, je leur donnerai aussi un message précis pour toi, s'enthousiasma-t-elle, de plus en plus convaincue de l'excellence de son idée.

— Vivre avec des barbares pendant des années et des années, supporter leur odeur et leurs coutumes dégoûtantes… Je te remercie de te soucier de mon sort, mais je préfère décidément le privilège shiro.

— Sottises, répéta-t-elle d'un ton coléreux. Que vaut-il mieux ? Passer quelques années à visiter un monde qui, après tout, ne manque pas d'intérêt, puis rentrer à la maison une fois que tu auras été totalement réhabilité, ou bien mourir d'une façon stupide ? Et si tu crois que tu sauverais ton honneur de cette façon, tu peux tout aussi bien t'enlever cette idée de la tête. Le clan ne se souviendra de toi que comme du jeune imbécile qui a eu un enfant sans l'accord des Jestak.

— Pourquoi te préoccupes-tu de me sauver la vie ? Qu'est-ce que cela peut bien te faire ?

Interrompue au beau milieu de son étalage d'éloquence, Suvaïdar resta un moment interloquée. En réalité, elle ne savait que répondre, mais ne voulant pas l'admettre, elle essaya de trouver une explication :

— Si jamais j'arrive à faire connaître la vérité, ton témoignage pourra se révéler utile.

L'argumentation était si boiteuse que Rinvar ne jugea même pas utile de lui faire remarquer que si la vérité se faisait jour, son témoignage deviendrait superflu. Ce fut elle-même qui ajouta, pensivement :

— Il se peut que je réagisse de la sorte parce que, au lieu d'avoir un tuteur, je suis restée presque jusqu'à la Majorité avec une nourrice asix, qui considérait comme sacrée et inviolable la vie de tout Shiro. Je n'apprécie pas les morts inutiles, surtout quand il s'agit de personnes valables, qui peuvent encore se révéler utiles pour le clan et pour l'espèce.

— Ay, je suis ton débiteur. Toutefois, je n'ai pas l'intention d'accepter ta proposition. Vivre pendant des années parmi des créatures non civilisées, sans jamais voir un seul être humain, c'est inacceptable.

— Tiens, je me demande si Rasser ne finirait pas par payer lui-même ton ticket, pourvu que tu accompagnes cette femelle débile dans son monde.

— Mais enfin, tu n'écoutes pas ? Je n'ai pas l'intention de...

— N'es-tu pas en retard pour le centre d'expérimentation agraire ? Dépêche-toi.

— Non, aujourd'hui je travaille au champ comparatif de l'université. C'est à moins de dix minutes d'ici, j'ai tout mon temps.

— Eh bien, moi pas. Au revoir.

Elle bondit sur ses pieds, et lui lança :

— Et ne *pense* même pas au privilège sans m'en parler avant. C'est un ordre !

Elle attrapa une serviette puis sortit au pas de course, ses vêtements sur l'épaule.

Il ne restait rien d'autre à faire à Rinvar que s'en aller. Il passa la journée à se demander ce que pouvait bien être en train de manigancer cette conseillère si peu conventionnelle. Il espérait juste qu'elle ait assez de travail à l'hôpital pour ne pas trouver le temps de concrétiser son idée, mais évidemment il se trompait. À l'heure où les membres de sa famille prenaient place à table pour le repas du soir, Suvaïdar était à Niasau, perchée sur une inconfortable chaise de l'ambassade.

Aziz Rasser n'avait pas de raisons d'être fier de son gendre, et il n'avait aucune envie de l'exhiber devant la bonne société de Neudachren.

Mais...

Mais il se rendait compte qu'une Arsel débarquant avec un bébé et sans mari, ce serait pain bénit pour les émissions holovid sur la vie de l'aristocratie.

Sa fille était impatiente de rentrer à la maison. Elle en était arrivée à haïr Ta-Shima, les Asix, le climat et l'ennui absolu de la vie à Schreiberstadt. Elle n'avait accepté de rester que par crainte des commérages et des insinuations : un mariage célébré par son père, pratiquement sans témoins, vu que les commerçants et les spatiaux ne risquaient sûrement pas d'être reçus par les meilleures familles de la capitale. Quant aux missionnaires, on n'en avait plus entendu parler depuis qu'ils avaient abandonné Schreiberstadt en une procession solennelle, au son d'un hymne ancien chanté par le chœur du temple majeur d'Oderissan. Un enregistrement superbe qui n'avait toutefois pas impressionné les indigènes, bien au contraire : les Asix présents s'étaient bouché les oreilles avec des grimaces de martyrs.

Personne n'oserait mettre ouvertement en doute la parole d'un ambassadeur fédéral, mais les commentateurs des programmes à scandales savaient manier les sous-entendus avec une habileté consommée.

La proposition de la doctoresse lui apparut donc comme un cadeau des sept dieux. Arsel arriverait sur Neudachren accompagnée d'un mari, même s'il ne s'agissait pas exactement du genre de mari qu'on aurait aimé présenter à ses relations. Toutefois, quelques informations qu'on laisserait filtrer discrètement, comme quoi il s'agissait d'un représentant de l'aristocratie de sa planète... Derrière son front en apparence serein, Son Excellence réfléchissait fébrilement.

Le cube holo qui avait coûté tant de travail à Li Hao avait eu un destin que le pauvre professeur déplorait amèrement, mais qui pourrait se révéler précieux pour Arsel. Refusé par les éditeurs de programmes scientifiques, il avait été en revanche acheté par les producteurs de séries holo, des navets de plusieurs centaines d'épisodes, rédigés par des intelligences artificielles. Bien que toutes les histoires aient été bâties sur deux ou trois modèles de base, elles étaient extrêmement populaires, et pas seulement parmi les couches sociales les plus incultes.

La série avait eu un succès inouï ; Ta-Shima était à la mode sur Neudachren. Pendant combien de temps elle le resterait, personne ne pouvait le prévoir. Du jour au lendemain, une nouvelle série à succès pouvait naître et attirer l'attention du public sur tout autre chose. Pour le moment, toutefois, les singularités et la mauvaise éducation de ce gendre que les dieux lui avaient envoyé (sans doute pour le punir) pouvaient peut-être passer pour des traits de caractère intéressants et originaux.

Il fallait préparer le terrain, bien sûr, mais un zip par subéthérique arrive en quelques jours, alors que même le plus moderne et le plus puissant des astronefs militaires aurait besoin d'une semaine pour le voyage jusqu'à la capitale. Quant aux carrioles qui reliaient Ta-Shima au reste de l'Univers, il leur fallait un mois, ou plus. En outre, la saison sèche étant imminente, l'astroport allait rester fermé pendant quatre mois. Il avait tout le temps de réfléchir à fond, pour préparer une série de communiqués suffisamment subtils.

— Cela me semble une excellente idée, répondit-il donc avec une grande amabilité. L'astronef de ligne arrive toujours peu après le début de la saison des pluies, n'est-ce pas ? Cette date conviendrait-elle à M. Yamamoto ?

Tout en se demandant pourquoi il donnait ce nom à Rinvar, Suvaïdar répondit :

— Que cela lui convienne ou pas, il n'a qu'à faire ce que je dis.

Elle était plus hargneuse qu'à son habitude, parce qu'elle allait maintenant être obligée de s'abaisser à demander à l'ambassadeur de loger et de nourrir une personne de son clan, mais avant qu'elle ait eu le temps d'ouvrir la bouche, Rasser qui, au cours de sa courte visite du Haut Plateau, avait été frappé par la pauvreté de ce monde, la surprit en déclarant :

— Il va de soi que je prendrai à ma charge tous les frais de voyage et de séjour : le mari d'Arsel fait partie de ma famille et ce serait pour moi un déshonneur de ne pas le faire.

Suvaïdar soupçonnait le contraire, mais elle lui sut gré de lui permettre de sauver la face.

— Voulez-vous voir le bébé ? proposa l'ambassadeur avec un sourire : le petit était la seule raison de se réjouir qu'il ait eue depuis des mois.

— Il est malade ?

— Non, les sept dieux en soient remerciés. Il est en parfaite santé, beau et robuste.

Interloquée, elle demanda :

— Pourquoi voudriez-vous me le montrer ? Les nouveau-nés sont tous pareils.

Rasser en resta tout ébahi : pourquoi se montrait-elle à ce point désagréable ? Était-ce un parti pris, ou bien ne faisait-elle qu'exprimer sa pensée ?

Après le départ de la dame, il resta plongé dans ses réflexions, qui n'étaient pas particulièrement agréables. Jamais il ne comprendrait ces gens. Au cours des sept visites de son gendre – sept en six mois ! – il avait fait de son mieux pour se montrer gentil. Il ne lui avait jamais reproché de négliger honteusement sa jeune épouse enceinte, et pourtant ce type impossible apparaissait quand bon lui semblait, sans prendre la peine de prévenir ni d'ailleurs de dire combien de temps durerait sa prochaine absence. La doctoresse lui avait bien affirmé à l'époque que sur Ta-Shima le mariage ne signifiait pas grand-chose, toutefois il lui semblait impossible qu'un homme puisse manifester une telle indifférence vis-à-vis de son enfant. C'était un garçon, un premier-né destiné à perpétuer son nom ! Il avait fini par faire sienne l'opinion de Soener : constatant son énervement après une visite de son gendre, le premier secrétaire lui avait conseillé :

— N'essayez pas d'interpréter ses paroles et ses actions selon notre logique. C'est un Shiro et il ne rendra de comptes qu'à un supérieur direct. Toute tentative de l'amener à se conduire autrement ne peut qu'avoir de fâcheuses conséquences. Pensez à votre fille, qui a déjà suffisamment d'ennuis comme ça.

—Vous aussi, vous pensez que ce mariage n'était pas une bonne idée ? Pourquoi ne pas me l'avoir déconseillé, dans ce cas ?

—Vous ne m'avez pas fait l'honneur de me demander mon opinion. De plus, les Shiro paraissaient être d'accord et jamais, je dis bien jamais, je ne les critique à voix haute. Même les murs ont des oreilles. Je n'ai aucune envie d'arriver chez ma concubine pour découvrir qu'elle est rentrée à Gaia avec les enfants et que personne ne connaît sa nouvelle adresse.

À présent, Rasser était presque content que sa petite Arsel s'en aille sur Neudachren en emmenant cette espèce de mari. Au moins, il ne serait plus contraint d'avoir sous les yeux le visage inexpressif du jeune homme ni d'écouter les insanités qu'il proférait d'une voix dépourvue d'inflexions.

Penser au mariage d'Arsel lui donnait chaque fois des migraines. Il soupira une énième fois et essaya de se consoler en imaginant la tête que ferait Almira en voyant le couple. Il n'avait jamais répondu à ses messages qui demandaient fiévreusement avec qui Arsel s'était mariée et pourquoi le mariage avait été célébré à la hâte sur Ta-Shima. Quand sa femme, ou pour être exact celle qui entre-temps était devenue son ex-femme, l'avait appelé en direct pour un entretien en subéthérique, au lieu d'accepter l'appel il avait placé un Asix devant l'holocaméra du communicateur, en lui ordonnant de ne répondre que :

—Il n'y a personne.

Il se rendait compte que c'était là une attitude puérile, mais il savait déjà qu'à son retour il aurait à affronter commérages et insinuations. Il avait été reconfirmé comme ambassadeur ; or, malgré les inconvénients que présentait la vie sur Ta-Shima (et les sept dieux savaient à quel point ils étaient nombreux !), il y avait tout de même un unique avantage, dont il avait l'intention de profiter à fond : quatre années standards de tranquillité, sans avoir les oreilles rebattues par les jérémiades de ses proches, et – ce qui était bien pis – de la famille d'Almira. Ils crieraient tous comme des putois en apprenant qu'Arsel avait épousé un individu originaire du monde le plus arriéré de la galaxie, qui – à leurs yeux il n'y avait rien de pire – était un païen.

Après avoir quitté Rasser, Suvaïdar prit le chemin du pont, mais elle ne le franchit pas. Parmi les cabanes asix provisoires de ce quartier se dressait une seule habitation appartenant à un étranger, la maison d'Osmad Tani, construite à la ta-shimoda : dépourvue de la moindre décoration, elle avait des murs de pierre grise non peinte et un toit plat en ardoises.

Elle frappa, puis, regardant sans la voir la jeune Asix qui avait ouvert, elle demanda froidement Tani. La jeune fille s'inclina très bas et la fit entrer. Elle la conduisit à travers une salle de séjour pleine de meubles extramondins malcommodes, puis le long d'un couloir étroit et obscur. Elles descendirent cinq marches qui menaient à une grande pièce un peu semblable aux salles communes des maisons des clans. À moitié en sous-sol, elle était meublée de façon rationnelle, c'est-à-dire qu'elle était vide, à part une natte et une table basse.

L'Asix la laissa seule, sans même lui proposer une tasse de thé, et on entendit sa voix anxieuse qui ordonnait à un certain Osma de courir vite chercher le père-étranger, parce qu'une dame shiro l'attendait.

Quand le marchand arriva, Suvaïdar jeta négligemment le collier sur la table.

— Je veux le vendre. Contre des devises de la Fédération.

— Le code du compte, Shiro-adaï ? demanda Tani, tout en examinant attentivement le bijou.

— J'aimerais mieux des espèces.

— Je regrette, mais je ne dispose pas de liquidités suffisantes. À vrai dire, je ne crois pas qu'on puisse en trouver autant sur toute la planète. Il n'y circule que de la menue monnaie, étant donné que tous les échanges avec les autres mondes se font par le biais de paiements virtuels. Cela signifie…

— Je sais ce que c'est : j'ai vécu sur une des Planètes Fédérées. Combien es-tu disposé à payer ?

— Permets-moi d'examiner plus à fond l'objet, et aussi de réfléchir à qui je pourrais le vendre. Pour Son Excellence c'est peut-être un peu trop juvénile, mais avec quelques modifications il pourrait convenir pour Mlle Rasser, pardon, Mme Yamamoto.

— Il ne faut pas qu'il soit présenté à une personne résidant sur Ta-Shima.

— Dans ce cas-là je ne peux offrir qu'un prix nettement inférieur : je devrai le confier à un agent sur Oderissan, ou sur Wahie, et lui verser une commission.

—Combien ? répéta-t-elle avec impatience.

—Je dirais deux cents unités fédérales.

Suvaïdar ne répondit pas.

—Deux cent vingt, c'est le maximum que je peux débourser. Sans aucun doute ce collier a coûté au moins le double, mais, si tu as vécu dans un autre monde, tu dois savoir que la valeur d'un objet change selon qu'on veut l'acheter ou le vendre. Elle change aussi selon l'endroit où la transaction a lieu. Tu peux essayer auprès d'un des autres commerçants, mais je suis certain que tu ne vas pas recevoir de meilleure offre sur Ta-Shima. Tu pourrais en obtenir un prix nettement plus élevé sur l'une des Planètes Fédérées, par exemple en le confiant à l'un des jeunes qui vont étudier là-bas.

Suvaïdar secoua la tête : c'était hors de question. Elle ne pouvait pas remettre le bijou à Rinvar, qui n'avait pas la moindre idée de la valeur des choses en Extramonde. De plus, la femelle sitabeh risquait d'apprendre qu'il l'avait vendu ; or, les étrangers trouvaient très impoli d'utiliser rationnellement un cadeau en l'échangeant contre quelque chose dont on avait davantage besoin.

Il était aussi exclu de demander à l'un des autres étudiants de le vendre. Si on découvrait qu'elle avait gardé par-devers elle un objet de valeur au lieu de le remettre à l'administratrice, elle risquait d'entamer une brillante carrière dans les mines.

Se méprenant sur son silence, Tani murmura :

—J'ai déjà vu arriver maintes fois la saison sèche dans ton monde, j'ai dix-sept enfants de mes Asix et je n'envisage absolument pas d'aller vivre ailleurs. Tu peux en être assurée, ma dame, jamais je ne tromperais un Shiro. Je n'ignore pas que si je perdais votre faveur, je découvrirais le jour même que personne n'accepte plus de me vendre un seul gramme d'épices. Je ne parle même pas du fait que mes concubines passeraient le pont avec les enfants et que je ne les reverrais jamais. Ton manque de confiance me désole.

—Tu fais erreur, marchand. Je suis en train de te témoigner la plus grande confiance possible. Si tu parlais à quelqu'un, étranger ou Ta-Shimoda, de notre transaction, je mourrais très vite. Et, quand je dis vite, je veux dire dans très peu de jours : je ne crois pas que le procédé serait rapide et indolore.

—J'en suis honoré. Je te promets de ne pas en toucher mot à mes femmes. Je sais depuis belle lurette que quand un Asix apprend quelque chose, le lendemain tout Schreiberstadt est au courant. Quant à notre affaire, eh bien, je peux arriver à deux cent cinquante unités fédérales. Un virement sur un compte sur Wahie te conviendrait-il ?

— Neudachren.

— Très bien. Peux-tu me dire ton nom ? J'en ai besoin pour les formalités bancaires, et il me faudra aussi tes empreintes : digitales, rétiniennes et vocale.

— Il ne sera pas à mon nom ; dans quelque temps, j'enverrai chez toi le titulaire du compte.

— À tes ordres. Dès aujourd'hui, si tu le souhaites.

Suvaïdar lui adressa un sourire qui donna des frissons à Tani. Il n'avait vu qu'une fois un de ces monstres que les Ta-Shimoda nommaient « alligators ». C'était un tout petit spécimen, du moins selon l'Asix qui l'avait apporté dans le magasin qui vendait la viande pour les étrangers. L'expression de la Shiro en face de lui lui rappelait le rictus du cadavre de la bête.

— Aujourd'hui, ce n'est pas possible : la personne dont il s'agit n'a aucune intention de partir.

— Notre accord reste donc en suspens ? Dois-je attendre la décision du Shiro-adaï ? demanda Tani.

Il avait parlé en gorin, langue qui ignore les genres. La dame en effet n'avait pas spécifié si elle entendait envoyer sur Neudachren un seigneur ou une autre dame.

— Inutile, tu peux procéder. Bien qu'il l'ignore pour l'instant, il partira au début de la saison des pluies, avec le premier astronef qui quittera la planète.

— Très bien, ma dame. Indique-moi la ville et le nom de la personne, je vais faire le nécessaire.

— Johnson to Yamamoto na Huang. Dachrenstadt.

Tani sursauta, reconnaissant le nom de l'indigène qui avait épousé la fille de Rasser. Bien entendu, il ne pipa mot : comme il l'avait déclaré un instant plus tôt, il vivait sur Ta-Shima depuis des années. Il savait donc parfaitement qu'on ne faisait pas de remarques à un Shiro, et surtout qu'on ne lui donnait pas de conseils sans qu'il en ait demandé. Il comptait bien passer le restant de son existence sur ce monde, où il était quelqu'un de connu et de respecté dans la société restreinte de Schreiberstadt, de sorte qu'il était invité régulièrement chez les autres commerçants et même occasionnellement par l'ambassadeur. Sur sa planète d'origine en revanche, les seuls qui tenaient à l'inviter très cordialement, c'étaient les fonctionnaires de la prison, à cause de deux ou trois bagatelles, des péchés de jeunesse que lui, en tout cas, avait pratiquement oubliés.

La dame shiro se leva et prit congé d'un bref signe de tête ; Tani bondit sur ses pieds en s'inclinant profondément.

— Qu'est-ce qu'elle voulait ? lui demanda Ida, ou peut-être était-ce Ilda : elles étaient sœurs et se ressemblaient au point qu'après des années de vie commune il lui arrivait encore de les confondre.

— Des renseignements sur le marché des épices, répondit-il.

C'était un sujet qui ennuyait profondément les Asix, et normalement le discours en serait resté là, mais Ilda – oui, il était presque sûr que c'était elle – insista :

— Tu es sûr qu'elle ne voulait rien d'autre ? Elle n'a pas parlé de nous, les Asix ?

— Mais non, pourquoi serait-elle venue en discuter avec moi ?

— Cette dame me fait peur.

— C'est la première fois que j'entends l'une d'entre vous parler de la sorte d'un Shiro. Qu'est-il arrivé ?

Mais la femme secoua la tête et s'éloigna. Un instant plus tard lui parvint le babillage excité des Asix. Que diantre pouvait avoir commis la dame shiro ? Personnellement, cette race de froids assassins lui avait toujours donné des frissons, mais il savait que les Asix leur vouaient un respect et une admiration sans bornes.

Il passa la tête par la porte, pour suivre du regard la mince silhouette qui arpentait la rue sans regarder à droite ni à gauche et sans céder le pas à personne. Tant les gens originaires des autres mondes que les Asix s'écartaient sur son passage, les uns avec une mauvaise volonté manifeste, les autres en s'inclinant respectueusement, mais sans un sourire ni une parole.

Chapitre 19

Neudachren

Mo Hannai travaillait à son dossier depuis cinq mois, ajoutant patiemment de minuscules pierres à son édifice, quand il eut enfin un coup de chance. L'IA lui fournit une documentation récente, le cube d'un anthropologue qui travaillait comme attaché culturel à l'ambassade fédérale sur Ta-Shima.

Il s'y plongea avec détermination, bien qu'à peine un quart d'heure d'écoute plus tard il ait déjà envie de jeter le cube contre une paroi, puis de le piétiner. Pédant et prolixe, l'auteur, un certain Li Hao, s'égarait dans un tas de considérations oiseuses, perdant le fil dans des digressions qui n'en finissaient plus. Tout autre que Mo aurait abandonné, mais il s'entêta, ne sautant pas un mot, ne perdant pas une image.

L'anthropologue avait accompagné l'ambassadeur fédéral dans un court périple à travers la région habitée de la planète et Mo eut tout le loisir d'en examiner les habitants. Deux races, en effet. D'abord des gens du même type ethnique que les étudiants qui venaient se perfectionner dans les universités de la Fédération, dont il avait examiné les portraits jusqu'à en avoir la nausée. Puis des êtres d'aspect bestial. L'auteur du cube prétendait qu'ils se mélangeaient souvent entre eux, ce qui était manifestement impossible : les deux races ne seraient pas restées si bien différenciées. Peut-être qu'il y avait des accouplements, bien qu'il ne voie pas qui pourrait avoir le cœur assez bien accroché pour toucher ces femmes velues et grossières, mais on devait utiliser un moyen de contrôle des naissances.

Il ne voyait pourtant pas comment monter cette hypothèse en épingle. Les anticonceptionnels étaient défendus par la religion, bien sûr, mais leur emploi était courant partout, même sur Neudachren. Ce qui était exploitable, en revanche, c'était l'absence de gens vraiment âgés. Il y avait bien de temps en temps quelqu'un qui arborait une tignasse grise, mais personne n'avait besoin d'un fauteuil roulant, voire tout simplement d'une canne pour s'appuyer. Pas de têtes chenues, pas de dos courbés ni d'articulations tordues. Sur une centaine d'heures d'enregistrements ineptes, que Mo se farcit en grinçant des dents, n'apparaissait d'ailleurs pas un seul handicapé ni une personne affligée d'une difformité congénitale.

L'explication la plus probable était que dans un monde sous-développé les gens n'arrivaient pas à un âge avancé, et que toute personne souffrant d'un handicap avait une espérance de vie encore plus réduite.

Il suffirait toutefois de présenter les choses sous le bon angle pour induire chez un membre du clergé le soupçon qu'on était en présence de manipulations du génome humain. Il n'aurait qu'à laisser tomber une ou deux allusions, et l'autre finirait par se convaincre d'avoir découvert le pot aux roses tout seul.

Il tenait enfin son dossier.

Il rédigea le message adressé au temple avec un soin extrême. Au début, il plaça l'enregistrement de trois des derniers rapports d'Aber, choisis parmi les plus délirants. Il les fit suivre du dernier entretien avec le commandant, qui lui défendait de creuser le sujet. Puis il joua sa carte maîtresse : il souligna que son supérieur voulait l'empêcher d'enquêter sur ce qui se passait sur cette planète lointaine, alors que lui, Mo Hannai, soupçonnait qu'on y occultait des crimes gravissimes. Quant à la nature de ces crimes, il n'en parlerait qu'avec un membre du haut clergé, en tête à tête. Il se garda de déclarer que son commandant était complice : il préférait que cette conclusion vienne d'elle-même à l'esprit de la personne qui écouterait sa dénonciation.

Il était assez satisfait de sa formulation : s'il n'affirmait rien de précis, il laissait planer de sombres soupçons qui mettraient l'eau à la bouche des inquisiteurs.

Au lieu d'envoyer le message par son communicateur, il se rendit au centre de tri automatique de l'astroport, où il le fit glisser dans un zippeur payant. Il serait aussi difficile de l'identifier que de repérer un brin d'herbe déterminé dans une pelouse.

Il soupira d'aise en s'éloignant. Maintenant il allait enfin pouvoir oublier pendant quelques heures cette planète de malheur, dont le seul nom suffisait déjà à lui donner des envies de meurtre.

La pensée du commandant aussi bien que de ce fichu Aber, quel que soit son vrai nom, en train de se tordre de douleur entre les mains des experts en confessions du général B'chir était très réconfortante. Son bonheur devenait presque parfait quand il évoquait l'armée fédérale atterrissant dans ce trou perdu, bien décidée à découvrir tout ce qu'il y avait à découvrir sur les manipulations génétiques. C'est-à-dire rien, selon toute vraisemblance, mais avant de s'en convaincre, les soldats fouilleraient chaque recoin, et tant pis pour les habitants s'ils n'étaient pas d'accord pour les laisser démolir leurs cahutes.

Il sortit du bureau plus tôt que d'habitude, avec l'idée de s'octroyer une virée dans le quartier chaud. Cela faisait trop longtemps qu'il n'y avait pas mis les pieds, et c'était mauvais pour la santé. Comme tous ses collègues, il avait été contraint de renoncer à toute vie personnelle pour ne se vouer qu'au service : femme, enfants, ou petite amie régulière auraient pu être pris en otage ou menacés pour les faire chanter. Pour les membres des services spéciaux, il ne pouvait y avoir que des prostituées. Mo avait ses entrées dans un bordel qui n'était certes pas select, mais où les filles étaient propres, et les prix pas trop élevés.

À peine arrivé sur le pas de la porte il commença déjà à se sentir à l'aise, retrouvant les sensations familières qu'il associait à cet ersatz de famille dont les gens de son espèce devaient se satisfaire. L'odeur de cosmétiques bon marché et de parfums qui se mélangeait à la senteur des alcools et des stupéfiants légaux, les haut-parleurs qui diffusaient une chanson à la guimauve… La tension qui lui raidissait les épaules se relâcha. La tenancière, une vieille peau habillée d'une robe qui devait lui aller à merveille dix ans et vingt kilos plus tôt, l'accueillit avec l'habituel mélange de déférence et de familiarité.

— Un petit verre, monsieur ? Ou bien vous préférez monter tout de suite ?

— Une bouteille de vin blanc de Wahie, bien frappé, mais faites-la apporter dans la chambre.

En connaisseur des lieux, il se dirigea vers le petit salon où une dizaine de filles en petite tenue attendaient les clients, pour faire son choix. Cependant, à peine la porte ouverte, il se figea sur place. Depuis toujours, les filles de la maison étaient des blondes, naturelles ou non, pour singer les dames de l'aristocratie planétaire.

Mais voilà qu'aujourd'hui elles arboraient toutes dans leur chevelure platinée deux mèches d'un noir d'encre qui descendaient le long des joues, ou bien qu'elles avaient ramenées en une masse de bouclettes au sommet de la tête.

— Qu'est-ce que c'est que ça ? demanda-t-il à la tenancière en levant un sourcil.

— C'est la nouvelle mode : toutes les dames chic portent les mèches. Ça s'appelle des ta-shimmines, c'est à cause de cette formidable série holo, vous connaissez, n'est-ce pas ? L'histoire se passe sur Ta-Shima, on dit même que cette planète existe vraiment, mais ce sont des bobards, bien sûr...

Une des filles qui s'était approchée de lui avec un déhanchement suggestif l'interrompit, indignée :

— Bien sûr qu'elle existe !

Puis, s'adressant à lui avec un sourire de commande, elle continua sur le sujet, qui semblait la passionner :

— C'est vrai de vrai ! As-tu vu le dernier épisode, chéri ? Il y a cette princesse asix qui est faite prisonnière par un méchant seigneur shiro et...

La gifle de Mo fit valser la femme contre une paroi et le silence tomba dans le petit salon.

— Tu files sans faire d'histoires, mon pote, ou bien est-ce que je dois te casser un bras ?

Un malabar surgi de nulle part se tenait derrière lui.

Mo avait sur lui un arsenal d'armes mortelles miniaturisées et cachées dans des objets en apparence anodins. Il n'aurait eu aucune difficulté à transformer le sourire suffisant du videur en une grimace d'agonie, mais il ne faudrait pas plus de un jour ou deux pour que son écart arrive aux oreilles du commandant. Il ne craignait pas une punition : une prostituée et un maquereau n'étaient que de la racaille, on n'allait pas ennuyer un homme dans sa position pour si peu. Toutefois, cela pouvait être considéré comme une preuve d'instabilité nerveuse et se révéler préjudiciable. Ce n'était pas le moment de se faire remarquer, maintenant qu'il était si près du but ; il fallait jouer sur le velours. Il tourna le regard vers la fille, qui saignait du nez, puis il s'adressa à la tenancière, sortant en même temps son communicateur.

— J'ai abîmé la marchandise. Ça fait combien ?

La femme ne protesta même pas pour la forme, cracha une somme extravagante que Mo transféra sur le créditeur du bordel sans montrer sa rage, puis lui fit du menton un signe en direction de la porte.

Le videur l'accompagna à la sortie, lui serrant l'épaule dans un étau.

— Tu reviens pas, vu ? lui lança-t-il d'un ton rogue en le poussant à l'extérieur.

Encore un compte qu'il allait pouvoir régler quand il se serait défait du commandant et aurait recouvré le rang auquel il avait droit. Qui sait ? peut-être qu'on allait même le promouvoir et qu'il finirait par diriger le service, à la place de cet incompétent.

Il n'avait pas envie de se rendre à un autre bordel ; il rentra donc dans son appartement, fronça le nez à l'odeur de renfermé qui l'imprégnait et se promit d'acheter un nouveau robot de ménage dès qu'il en aurait le temps. Puis il haussa les épaules. À quoi bon ? Son logement avait beau être luxueux et vaste, il n'avait le droit de le partager avec personne ; même le fait d'y inviter une connaissance à boire un verre pouvait donner lieu à une enquête. Depuis le temps, il aurait dû être accoutumé à sa solitude, mais c'était de la résignation, pas la conséquence d'un choix conscient… du moins le croyait-il.

Les souvenirs des membres des services spéciaux étaient oblitérés, par mesure de précaution. C'était ça qui était le plus dur : ne pas savoir si dans son passé il avait partagé sa vie avec quelqu'un, une femme peut-être ? Ou alors s'il avait eu des parents qui l'avaient aimé, et dont la mémoire était perdue à jamais. Il ignorait s'il avait demandé à faire partie du service par patriotisme, abandonnant volontairement tout son passé, ou s'il y avait été contraint, par chantage ou comme punition pour un crime commis.

Une semaine durant, il attendit sur des charbons ardents les résultats de sa démarche. Comment allait réagir B'chir ? Allait-il les convoquer tous les deux, lui et le commandant, pour qu'ils s'expliquent face à face ? Il était sûr qu'il s'en sortirait au mieux : il avait eu des mois pour peaufiner son histoire, alors que l'autre serait pris au dépourvu.

Mais il avait sous-estimé le niveau d'aliénation mentale du général, qui flairait des trahisons et des combines dans tout mot ou geste qui ne lui plaisait pas. Entendant des cris, il actionna la minicaméra qu'il avait installée dans le couloir pour vérifier que personne ne s'approchait de son bureau. Sortis de son cauchemar, les deux miliciens vêtus d'un uniforme gris étaient là, mais ce n'était pas lui qu'ils étaient venus chercher. La personne qu'ils entraînaient vers le sous-sol était son commandant, qui protestait à haute voix de sa fidélité au général Wolf B'chir sans que ses deux geôliers s'en émeuvent pour un sou.

Six jours après arriva sa convocation au temple. Le diacre Hellhörig allait lui accorder un entretien à 16 heures.

À la porte il fut reçu par un servant laïc qui le fit passer par un dédale de couloirs si embrouillé qu'il aurait de la peine à retrouver tout seul la sortie. Ils traversèrent une partie du bâtiment qui semblait à l'abandon – mesure de précaution, lui souffla son guide – pour arriver enfin à une toute petite cellule.

Le diacre l'y attendait. C'était un homme encore jeune, au visage buriné et aux yeux clairs. Mo le salua avec la déférence due à un membre du clergé et reçut en réponse un froid signe de tête accompagné d'un : « Eh bien ? »

Il tendit son dossier, que l'homme inséra dans un lecteur holo et qu'il examina sans mot dire.

Il attendait les inévitables questions, pour sortir son discours soigneusement préparé, mais Hellhörig lui coupa l'herbe sous le pied.

— Êtes-vous Enver Vig ou Mo Hannai ?

— Comment pouvez-vous… ? demanda-t-il, abasourdi.

— De votre message on pouvait déduire aisément que l'expéditeur faisait partie des services spéciaux. Cela a été très facile de découvrir qui, parmi les membres du personnel, avait une dent contre le commandant. Le clergé a des taupes dans vos bureaux, bien entendu.

Le diacre le soupçonnait d'avoir construit son dossier de toutes pièces pour mettre son supérieur en mauvaise posture ? Cela signifiait de sérieux ennuis en perspective ! Mais si c'était le cas, les hommes en gris auraient-ils enlevé le commandant ?

Il protesta en bredouillant, clamant sa fidélité à la Fédération, à l'unitarisme, au temple, au service, à tout ce qui lui venait à l'esprit, mais le diacre l'interrompit.

— Il y a une toute petite chance, en effet, pour que votre message contienne une partie de vérité. L'interrogatoire du commandant va fournir aux services spéciaux tout renseignement utile en la matière. Quant à vous, espèce de traître, vous ne servez plus à rien.

Le servant laïc, qui était resté sur le pas de la porte, lui enserra les deux bras d'une étreinte digne d'un ours.

Tandis que le diacre sortait de sa poche un petit pistolet laser, Mo parvint encore à balbutier :

— Mais enfin ! Vous faites partie du clergé ! Pourquoi me traitez-vous de traître ? C'est justement au temple que je me suis adressé.

— Moi, un membre du clergé ? Ce n'est qu'une couverture, pauvre imbécile ! Crois-tu vraiment que les services spéciaux n'aient pas leurs taupes au temple ?

Une douleur fulgurante lacéra la poitrine de Mo Hannai qui, en s'écroulant, parvint encore à murmurer :

— Des criminels... l'ingénierie génétique... Ta-...

— Qu'a-t-il dit ? s'informa Hellhörig, sans s'inquiéter outre mesure.

Son acolyte haussa les épaules.

— Génétique, ou une autre cochonnerie comme ça.

— Crever avec un mot grossier sur les lèvres, voilà qui lui ressemble, à ce minable. Occupe-toi de faire le ménage.

Pourtant, se dit l'acolyte, tout en chargeant les restes de l'agent dans le coffre à bagages d'un module volant, *je n'ai pas eu l'impression qu'il s'agissait seulement d'une grossièreté.*

Était-ce une bonne idée d'en référer à la hiérarchie du temple ? S'il avait vu juste, le nouvel Archidiacre lui en saurait gré, mais si par contre il se fourrait le doigt dans l'œil... Père Sévérité n'avait pas choisi son nom pour rien. De plus, il faudrait qu'il explique de quelle façon il avait eu vent de la chose : il ne pouvait quand même pas raconter qu'il frayait avec un membre du clergé qui espionnait pour le compte des services secrets !

Il devait examiner le problème sous toutes les coutures. Peser le pour et le contre, préparer une réponse à toute question qu'on pourrait lui poser. Rien ne pressait : il pourrait toujours prétendre n'être lui-même au courant que depuis peu. Toutefois, si l'Archidiacre avait appris par une autre source que Hellhörig...

Il se passa la main sur le visage, puis jura : il avait laissé une traînée de sang sur sa joue. Il fallait qu'il apprenne à être plus attentif ! Pareils détails pouvaient le perdre.

Oh oui ! se répéta-t-il. Il devait réfléchir *très* sérieusement. S'il jouait bien ses cartes, cette histoire pourrait lui assurer un avenir brillant.

Chapitre 20

Elide était en train de travailler dans le poulailler, comme en ce jour lointain où elle avait vu son mari pour la dernière fois. Les bêtes semblaient sentir que la saison des pluies tirait à sa fin : les vaches bougeaient nerveusement dans les pâturages et les poules battaient des ailes et se querellaient entre elles, à tel point qu'il avait fallu mettre le coq dans un enclos à part, et que la poule rouge, la plus paisible, celle qui se laissait toujours caresser, avait essayé de la piquer du bec quand elle lui avait glissé une main sous le ventre pour voir si elle cachait un œuf.

Avec un soupir, Elide quitta les gants pour se rafraîchir un peu les mains puis s'assit par terre : elle était au huitième mois de grossesse, et elle n'avait pas la résistance des femmes asix qui continuaient à bêcher et à porter des charges lourdes jusqu'à quelques jours de l'accouchement. Depuis une demi-heure elle traînait derrière elle le panier à œufs, se baissant et se relevant sans arrêt. Pendant la journée, les poules vivaient en semi-liberté dans le verger où elles grattaient le sol et mangeaient les fruits tombés des arbres. Elles y déposaient leurs œufs un peu n'importe où, mais de préférence en des endroits où il fallait se contorsionner comme une anguille pour aller les récupérer. Elle en avait ramassé une vingtaine et elle était épuisée. En fait, Eda lui avait dit que pendant les dernières semaines de grossesse elle pouvait s'arrêter de temps en temps pour se reposer, mais aucune des autres femmes ne le faisait. Malgré les crampes qui la prenaient de temps à autre, elle avait mauvaise conscience quand elle s'asseyait. Elle se releva, s'étira et reprit le panier qui était maintenant très lourd. Elle devait le porter à la cuisine, puis descendre à la cave pour s'occuper des fromages. Elle commençait à en détester l'odeur et évitait d'en manger, surtout le fromage de chèvre qui sentait si fort.

Que de choses étranges elle avait apprises en quelques mois ! Coudre avec une aiguille en os et un fil, travail long et compliqué quand il était si simple de fixer ensemble les pièces de tissu avec une goutte de flax, ou mieux encore, de jeter ce qui était abîmé pour acheter quelque chose de neuf !

Et aussi tisser, une autre activité qui lui semblait parfaitement inutile ; mais quand elle avait demandé pourquoi ils n'achetaient pas les vêtements tout faits, ils n'avaient même pas compris ce qu'elle voulait dire, et l'avaient regardée avec de grands yeux comme si elle avait dit une absurdité. Alors quelqu'un, Joss, ou peut-être Evan, avait demandé :

— Acheter au marché ? Mais quelqu'un doit bien fabriquer les choses qu'on achète.

Elide s'était empêtrée dans des explications à n'en plus finir pour leur faire comprendre ce qu'était un grand magasin, approvisionné par des usines qui produisaient en quelques heures des centaines et des centaines d'objets identiques.

Même les sandales d'intérieur devaient être faites à la main, par un procédé incroyablement long et ennuyeux. Pour la première paire, qui lui était destinée, elle avait travaillé tous les soirs pendant plus d'une semaine, non, pendant toute une décade.

— Elle pourrait en prendre dans la réserve, il y en a encore quatre paires, avait proposé un des adolescents.

Mais Eda avait répondu sévèrement qu'Elide était devenue ta-shimoda et qu'elle devait donc être autonome, comme tous les êtres humains. Elle n'avait pas appris dès son plus jeune âge à récolter délicatement les fibres extérieures de l'écorce de daïban sans en abîmer les fibres intérieures, à les imprégner de résine, à les couper et à les tresser ; elle allait devoir le faire maintenant.

Arrivée à la porte de la maison, Elide quitta son manteau mouillé et le suspendit à sécher. Elle enleva ses bottes et les secoua avant de les déposer dans l'entrée, puis elle prit en main ses sandales, parfaitement reconnaissables sur le râtelier : la droite était trop grande et un peu de travers. Elle les tournait entre ses mains et les regardait comme en transe. Depuis qu'elle était enceinte, il lui arrivait souvent de rester les yeux perdus dans le vague à revivre un quelconque épisode des mois passés. En général il s'agissait d'événements arrivés à la ferme : sa vie à

Schreiberstadt et sur Neudachren lui semblait enveloppée d'une sorte de brouillard, irréelle comme un rêve.

Existait-il vraiment un endroit où, quand on voulait prendre une douche chaude, il suffisait d'effleurer un mécanisme à interruption de faisceau de photons ? Un endroit où quand on voulait de nouveaux séran, il suffisait d'aller dans un magasin et de dire « je choisis ceux-ci » ? Elle revécut la fabrication de ces sandales en apparence si banales, que dans sa vie en tant que dame Rasser elle aurait achetées sans y réfléchir, et peut-être même jetées quelques jours plus tard parce qu'elles n'auraient pas plu à Aziz ou parce que sa coépouse aurait déclaré qu'elles ne convenaient pas à une vraie dame. Alors que maintenant elle avait pour elles le plus grand respect, après avoir tant travaillé pour les fabriquer.

— Aujourd'hui nous allons récolter les fibres de daïban avec les enfants de cinq et six saisons sèches qui doivent apprendre comment on fait, lui annonça un des halb. Eda dit que tu dois venir avec nous et que nous devons te montrer à toi aussi.

Les arbres de daïban, quatre en tout, ne poussaient pas à la ferme. Ils se trouvaient à quelques kilomètres de distance, dans un petit bois qu'un des jeunes gens appela la réserve de Selena Jestak, et où elle pourrait voir beaucoup de plantes qu'elle ne connaissait pas, toutes indigènes.

— À l'origine, lui expliqua d'un air docte une petite fille qui lui arrivait à peine à la taille, il y avait des plantes importées et des plantes indigènes, mais si on n'intervient pas, les indigènes finissent toujours par gagner : nous, les Ta-Shimoda, nous nous battons mieux que les étrangers.

— Ne dis pas de bêtises, Iril, et fais plutôt attention à ce qui peut être caché derrière les buissons du sous-bois, s'impatienta Odaï – à moins que ce soit Odauan : les deux halb se ressemblaient tant qu'il lui arrivait souvent de les confondre.

» Tu sais que dans les réserves il y a parfois des animaux indigènes, et eux aussi sont d'excellents combattants. Tu as peut-être oublié comme tu as été sotte la dernière fois ? Ce scorophon allait te planter sa pince dans la cuisse et toi, au lieu de lui couper la tête, tu restais là à brailler comme une vache qui a perdu son veau.

Iril dégaina un couteau plus petit que ceux attribués aux adultes, mais tout de même d'une taille respectable, et se mit à l'agiter rapidement devant elle, comme si elle s'attaquait à un adversaire invisible.

— Je me suis entraînée tous les jours, comme tu me l'as ordonné, et je serai capable de me défendre : je ne suis plus une petite fille.

Cette affirmation, proférée par une gamine haute comme trois pommes, fit sourire Elide, mais tandis qu'ils s'éloignaient, Polia, la quatrième des adolescents qui accompagnaient le groupe, ajouta d'un ton sévère :

— Eh bien, on verra : maintenant que vous avez vécu cinq saisons sèches, vous êtes assez grands pour vous expliquer avec les scorophons. Nous ne vous les retirerons pas avant qu'ils vous aient infligé la première morsure. Bien sûr, si vous deviez rencontrer un animal plus grand, nous viendrions à votre secours.

— Ay, répondirent en chœur les sept bambins, et le groupe s'ébranla.

— Vous laisseriez vraiment les petits aux prises avec une de ces horribles bêtes ? demanda Elide. Comment est-ce qu'ils s'en sortiraient ?

— Comme tout le monde : s'ils ne sont pas capables de tuer un scorophon, ils ne pourront jamais aller seuls dans les champs. Évidemment, à l'école on leur apprend ce qu'ils doivent faire quand ils rencontrent un animal indigène, mais rien ne vaut l'expérience. Le venin d'un scorophon brûle tellement qu'une seule morsure vaut tous les discours. Et puis, s'ils doivent se faire mordre, il vaut mieux que ce soit maintenant, tant qu'ils sont en compagnie et qu'il y a quelqu'un prêt à intervenir.

— Ce n'est pas un peu cruel ?

— Pheu ! lui répondit Auan, c'est comme ça qu'on apprend. Comme disent toujours mes mères, il vaut mieux passer la nuit à plat ventre à cause des brûlures des coups de fouet plutôt que d'être dévoré vif par une horde de nékos ou se faire sucer tout le sang par un tica qui se plante entre tes omoplates. L'éducation des enfants est une chose importante.

Elide avala sa salive. S'il existait effectivement des animaux dangereux en liberté, cela justifiait une certaine sévérité, mais laisser mordre les enfants par une de ces horribles bêtes, ou bien les frapper, cela lui semblait vraiment trop cruel.

— Des coups de fouet ? demanda-t-elle, espérant avoir mal compris.

— Il est très rare que cela soit nécessaire, la rassura une des halb.

— Rare pour nous, la corrigea Polia en soupirant, mais les jeunes Shiro y passent souvent. Et maintenant, les enfants, faites tous bien attention : quels sont les animaux qui s'aventurent parfois sur le Haut Plateau ?

— Les scorophons, déclara Iril.

— Facile. Et encore ?

— Les reyos, ils essaient d'entrer dans les pâturages pendant la nuit et mangent les veaux, répondit un des fils de Iura. Et puis aussi les ticas, mais on ne les voit pratiquement que dans les réserves proches de Sovesta.

— Comment faut-il réagir quand on se trouve face à un reyo ou à un tica ?

Elide écoutait religieusement les réponses. Quand cette espèce de leçon itinérante prit fin, elle remarqua :

— Je suis la seule à ne pas avoir de couteau, comment vais-je faire pour me défendre ?

— C'est parce que tu ne sais pas encore comment t'en servir, lui répondit Auan. Si tu veux, je t'apprendrai le soir après le travail.

— C'est moi qui vais lui apprendre, déclara une des sœurs. Je suis la meilleure escrimeuse de tout le groupe de la ferme, tu le sais très bien. Et pas la peine d'essayer de faire l'intéressant avec elle, il y a quatre hommes adultes à la ferme, pourquoi voudrais-tu qu'elle invite un adolescent sans expérience ?

— Vous deux, vous avez toujours eu l'air de trouver mon expérience suffisante, ou bien est-ce que c'est parce qu'aucun adulte n'accepte vos invitations ?

La discussion se termina en une de ces luttes pour rire que les Asix, surtout les plus jeunes, engageaient souvent : les deux halb lâchèrent leur panier et s'affrontèrent en un combat qui semblait féroce, à coups de poing, de pied et de croche-pieds, sans qu'aucun des autres n'y fasse attention : ils continuaient leur chemin d'un bon pas, en bavardant, tandis qu'Elide remerciait les sept dieux pour son chapeau et le voile qu'elle avait devant les yeux et qui empêchait les jeunes gens de voir qu'elle rougissait. Cette façon de parler sans aucune gêne de sexe et de nattes à partager était une des choses qu'elle ne parvenait pas du tout à accepter dans sa nouvelle vie.

De plus, ces deux-là étaient frère et sœur, et on lui avait appris que c'était un péché extrêmement grave qui vous envoyait directement au deuxième enfer. Ses nouveaux compatriotes, se dit-elle avec un brin de dégoût, étaient vraiment impudiques et immoraux. Mais le souvenir d'Aziz qui s'agitait sur elle en suant et en grognant lui revint brusquement à l'esprit.

Qu'est-ce que je préfère en fait, se reprit-elle, le respect de la pudeur qu'on m'a inculqué quand j'étais petite, et toute une vie de devoir conjugal auquel une femme comme il faut ne peut se soustraire, ou bien la liberté des Asix ? Liberté est synonyme de licence, tonnait le prédicateur pendant les offices au temple ; mais il semblait que sur Ta-Shima, être libre signifiait aussi avoir le droit de dire « non ». Ces gens qu'Aziz avait définis d'un mot difficile… (qu'est-ce qu'il avait dit déjà ? *Lombrics* ? Non, *lubriques* ») ne l'obligeaient pas à partager la natte avec quiconque.

Pour arriver à la réserve, il fallait compter presque deux heures de marche, pendant lesquelles aucun des enfants ne pleurnicha qu'il était fatigué, alors que les adolescents ne faisaient pas mine de ralentir pour attendre les plus petits qui s'essoufflaient à suivre les autres en trottant sur leurs jambes courtes et arquées. Enfin, la tache bleu sombre qu'ils avaient vue à l'horizon en débouchant sur la route de Gorival révéla de plus près une série de plantes de haute futaie et un sous-bois touffu, avec des lianes tentaculaires et des buissons. Certains étaient plus hauts qu'Elide, qui faisait déjà une tête de plus que les Asix adultes.

— Comme c'est beau ! s'exclama-t-elle, ravie, admirant les tons de vert, de bleu et de turquoise qui se mêlaient dans un enchevêtrement végétal.

— Beau ? Qu'est-ce que tu veux dire ? lui demanda Polia d'un air étonné. C'est utile, parce que les zones sans végétation sont complètement délavées par les ouragans. C'est pour ça que Selena Jestak a créé les réserves où nous laissons pousser les plantes indigènes qui peuvent servir à quelque chose. Elles demandent très peu d'entretien ; toutes les fermes dans un rayon de cinquante kilomètres sont tenues de participer aux travaux. Quand la population augmentera, il y aura une ferme là aussi, évidemment.

À l'intérieur du bois il n'y avait pas un souffle d'air ; la chaleur était épouvantable et le silence total.

— Mettez-vous par deux, ordonna l'une des halb.

Elle partagea le groupe en mettant chaque fois ensemble un adolescent et un des enfants plus petits.

— Toi, viens avec moi, Elide. Regarde comment je m'y prends.

Elle s'approcha d'un arbre élancé au tronc couvert d'une écorce gris argent qui se clivait, en saisit un morceau et commença à l'arracher avec précaution.

— Tu peux enlever l'écorce jusqu'à l'endroit où elle se détache sans forcer. À condition qu'elle reste souple – comme ça, tu vois. Quand elle devient plus épaisse ou quand tu sens une résistance, dis-le-moi, j'essaierai d'y remédier ou je la couperai.

Cela semblait facile, mais ça ne l'était pas du tout. La halb détachait sans difficulté de longues lanières bien droites, qu'elle enroulait habilement et déposait dans le panier, mais celles d'Elide devenaient tout de suite épaisses, se déchiraient ou bien semblaient fermement décidées à partir en zigzag. Elle s'aperçut vite que l'exercice était aussi beaucoup plus pénible qu'il en avait l'air : on commençait accroupi puis, en tirant millimètre par millimètre, on se levait lentement, si lentement qu'il fallait tenir chaque position pendant quelques minutes, même les plus inconfortables.

Ce travail monotone se poursuivit pendant des heures, avec en bruit de fond le babillage incessant des enfants, qui plaisantaient et s'envoyaient des insultes, mais sans jamais cesser de détacher délicatement l'écorce à la base des troncs. Elide se mouvait comme en transe ; la sueur trempait déjà ses vêtements et continuait à l'inonder, ses doigts avaient même cessé de lui faire mal pour devenir complètement insensibles. Soudain on entendit un cri étouffé :

— Reyo !

À quelques pas de là était apparue une horrible bête, aussi grande qu'elle, avec six pattes et un corps allongé couvert d'écailles bleu foncé, presque violettes. Elle se déplaçait d'une curieuse façon, en oblique. Les mâchoires grandes ouvertes, munies d'une unique paire de grandes dents grises, étaient dangereusement proches de Gioao et Nera, les deux enfants de Ribia, qui s'étaient immobilisés et observaient le plus grand silence. Elide fit automatiquement un pas en direction des enfants, mais un des adolescents l'arrêta.

— Reste en arrière.

Tous les autres avaient déjà dégainé leur couteau, même les petits, et s'approchaient lentement du monstre en l'encerclant.

— Gioao et Nera, mettez-vous dos à dos, mais sans mouvements brusques, ordonna quelqu'un à mi-voix, et les deux enfants obéirent tout en sortant leurs couteaux avec une lenteur hypnotique. Mais le reyo perçut tout de même le mouvement et fit volte-face en avançant dans leur direction. Polia se baissa rapidement, ramassa une branche brisée et la lui jeta dessus. Elle le toucha au flanc sans le blesser, mais cela le détourna de son objectif. Le reyo, se désintéressant des deux enfants, se déplaça vers elle, pour se trouver face à une lame longue comme le bras. Il hésita un instant ; la lame lui égratigna la peau grise du museau. Il siffla furieusement et allongea une patte munie de longues griffes en direction de Polia qui l'évita de justesse : les griffes lui passèrent à quelques centimètres du visage.

Une des halb lança une grosse pierre sur l'animal, qui en oublia son ennemi le plus proche pour se précipiter sur un autre, tandis qu'imperceptiblement le cercle se resserrait autour de lui et se décentrait en même temps : ceux qui étaient près de Gioao et Nera avancèrent d'un pas plus décidé tandis que ceux qui étaient en face restaient sans bouger ou même reculaient légèrement, jusqu'à ce que les deux enfants soient englobés dans le cercle qui se rétrécissait autour du reyo.

Celui-ci, désormais entouré d'adversaires trop proches, ne savait plus à qui s'attaquer en premier : il tournait sur lui-même sur ses quatre pattes arrière et fouaillait l'air des griffes menaçantes de ses membres antérieurs, essayant de frapper ceux qui étaient à sa portée. Les adolescents le harcelaient de près ; l'un d'entre eux avait réussi à lui infliger une blessure profonde au museau qui, à part la plante des pattes, était la seule partie du corps non pourvue d'écailles. Un liquide doré s'écoulait de la coupure. Elide regardait la scène à distance respectueuse, tremblant de peur pour les plus petits des enfants qui affrontaient ce monstre tellement plus grand qu'eux.

Acculé, le reyo se dressait maintenant sur sa dernière paire de pattes arrière et décochait des coups furieux avec les quatre autres membres.

Il y eut un mouvement brusque, un cri de rage, et l'animal s'enfuit au galop sur cinq pattes. La sixième pendait inutilement et laissait une traînée de sang doré sur le sol.

— Tu as rompu le cercle, Iril, constata Polia d'une voix calme.

Elle s'approcha de la fillette et lui appliqua deux violentes gifles qui l'envoyèrent rouler à terre. Elide porta les mains à sa bouche.

— Mais pourquoi, murmura-t-elle d'un air égaré. Elle est si petite, ce n'est pas juste de la punir parce qu'elle a eu peur.

Iril, qui avait encaissé les gifles sans frémir, se leva indignée et lui fit front :

— Ce n'est pas vrai, je n'ai pas eu peur, c'est juste parce qu'il m'a prise par surprise.

Polia la frappa du revers de la main.

— Prise par surprise ? Tu veux dire que tu ne t'y attendais pas ? Comment se comporte un reyo encerclé ? Réponds !

En s'essuyant de la manche le sang qui lui coulait du nez, Iril récita :

— Le reyo a une forme d'intelligence très élémentaire, comme la plupart des animaux chez qui l'hémoglobine fixe l'oxygène grâce au cuivre au lieu du fer : il ne peut se concentrer que sur une seule chose à la fois et, si on le distrait, il oublie ce qu'il était en train de faire pour se tourner vers le nouveau danger qui le menace. Quand il est encerclé, il perd complètement la tête, parce que avant que le cerveau réussisse à donner l'ordre d'attaquer, il identifie un nouvel ennemi. Mais quand il est acculé, il arrive qu'il s'élance soudain et parvienne à rompre le cercle.

— Et que va-t-il faire maintenant ?

— Quand il est blessé, il s'enterre : il sait creuser très rapidement une tanière en se servant de ses longues griffes, et il se tient là jusqu'à ce qu'il guérisse. Il risque de rester longtemps caché dans la réserve, Polia, et sera un danger pour quiconque s'y aventurera, parce qu'il est blessé et furieux. Et comme il a rompu un encerclement, maintenant il aura probablement moins peur des êtres humains et sera encore plus dangereux, et tout ça c'est ma faute. Je mérite une punition.

— Tu l'auras, lui garantit une des halb. Et maintenant tous les enfants, vous filez à la maison ; toi aussi, Elide. Dites aux adultes de venir, nous devons le dénicher et le tuer. Itin va certainement découvrir la tanière, elle a un formidable odorat.

Ils ramassèrent en vitesse les paniers à moitié pleins puis se mirent en route pour la ferme. Les quatre adolescents commencèrent deux par deux leur battue dans la réserve.

Les Asix rentrèrent à la nuit tombée, fatigués et affamés, avec Issi dont la manche droite était déchirée et trempée de sang. Ils étaient tous de très mauvaise humeur, car ils n'avaient réussi qu'à blesser de nouveau le reyo et à le mettre en fuite au lieu de le tuer. Elide préférait ne pas repenser à la punition qu'avait subie Iril ce soir-là. Il lui était intolérable de se représenter Evan, l'Asix le plus joyeux et le plus sympathique de la ferme, fouettant le dos maigre de la petite fille avec sa ceinture, dans l'indifférence générale.

Elle préférait se rappeler comment elle était allée chaque jour après le travail jeter un coup d'œil au bassin de pierre où les fibres qu'ils avaient récoltées trempaient dans un mélange odorant de résine de pin et d'un liquide huileux. On le recueillait en incisant le tronc – si on pouvait appeler tronc cette espèce de gros bulbe – d'une plante qui poussait aux confins de la réserve. Quand les fibres de daïban furent imprégnées de façon satisfaisante, c'est-à-dire à la satisfaction de Iura, qui supervisait l'opération, ils les mirent à sécher sous l'auvent de la cuisine, et ce n'est que quelques jours plus tard qu'on put commencer le travail proprement dit : séparer les fibres les plus résistantes, qui serviraient pour les semelles, des plus fines et plus douces pour les lanières, et ensuite les tresser.

Tandis qu'elle s'escrimait sur une tresse qui allait tout de travers, lui vint le souvenir fugitif du vieil Asix qu'elle avait vu au marché de Gaia, dans son autre vie, et qui confectionnait une paire de sandales en quelques minutes. Les sandales furent enfin terminées, et bien que les siennes ne soient pas aussi régulières que celles des autres, elle n'avait aucune envie de recommencer. Elle les garda donc comme elles étaient.

— Maintenant que tu as tant de temps libre, lui dit une des filles d'Oda, tu peux commencer l'entraînement à l'escrime avec nous ; tu as vu toi-même combien il est utile de savoir manier un couteau.

— Mais je vais devoir me battre en duel, alors ? Je ne veux pas !

— Nous, les Asix, quand nous nous battons, nous ne le faisons qu'avec les armes de bois : elles font de beaux bleus, mais il est rare qu'elles causent des dégâts définitifs. Et nous ne sommes pas tenus de nous battre en duel, ce n'est pas comme les Shiro, ajouta-t-elle en soupirant.

Elide se secoua, se reprochant d'être restée si longtemps à rêvasser alors qu'il y avait tant de travail. Heureusement, personne n'était passé par là et nul ne l'avait vue les yeux dans le vague et la bouche ouverte. Elle rapporta le panier d'œufs à la maison pour le remettre à Iura qui était de cuisine ce jour-là, ce qui voulait dire qu'on aurait de l'omelette tant au déjeuner qu'au dîner, car Iura était une piètre cuisinière et ne se risquait pas à préparer des plats compliqués. Elle déposa son fardeau sur la table et s'étira.

— Comment ça va ? demanda joyeusement l'Asix. La petite dame shiro que tu as dans le ventre continue sa gymnastique ?

— Ah, répondit-elle avec un air de fausse indifférence, elle donne des coups de pied comme un veau qui aurait mangé cette herbe bleu et vert qu'il faut arracher des pâturages... Je ne me rappelle plus le nom.

— Mutable.

— Mutable, oui, c'est ça. Mais pourquoi est-ce que tu l'appelles dame shiro ? Les enfants des gens des autres mondes sont shiro, alors ?

Iura la regarda fixement :

— Comment cela serait-il possible ? Les seigneurs shiro n'ont rien à voir avec les Sitabeh, euh... je voulais dire les Extramondins, c'est exclu. La Jestak ne t'a pas expliqué ?

— Qu'est-ce qu'elle aurait dû m'expliquer ? Elle m'a demandé si j'avais déjà eu des enfants, et je lui ai répondu que malheureusement j'étais stérile et que j'étais très triste de ne pas pouvoir en avoir. Elle a marmonné que ce n'était pas un problème, m'a examinée à fond, puis elle a appelé une autre doctoresse, elles ont regardé ensemble et ont discuté, mais quand les Shiro parlent entre eux je ne comprends pas un mot.

» Ensuite elle m'a introduit un tube en verre raccordé à un drôle de truc, et à la fin elle a juste dit : « C'est parfait. Chez vous aussi la grossesse est de neuf mois, n'est-ce pas ? L'enfant naîtra à la fin de la saison des pluies. » J'aurais bien aimé qu'Aziz sache que j'attends un enfant. Lui ainsi que sa première... enfin, l'autre femme qui partageait la natte avec lui, ils me lançaient souvent des reproches parce que je ne lui donnais pas d'enfant, et maintenant qu'il va en avoir un, il ne pourra même pas le voir !

— Mais ce n'est pas son enfant, bien sûr ! Que veux-tu que nous fassions d'un autre Extramondin ? C'est un petit Shiro, et la dame Jestak a dit à Eda que ce sera une fille.

— Je ne comprends pas, répondit humblement Elide. Pourtant je croyais maintenant avoir appris suffisamment de gorin. Je n'ai jamais fait ces choses avec un Shiro, comment pourrais-je avoir un enfant de lui ?

— C'est l'enfant de deux Shiro, évidemment, s'impatienta la femme. Tu es la nourrice, comme l'était Issi pour Gil et Triki.

Elide en resta bouche bée.

— Mais comment...

— Le dîner va être prêt : dépêche-toi d'aller prendre ton bain, nous aurons tout le temps d'en parler à table. Eda t'expliquera mieux que moi.

Elle obéit et se dirigea vers les bains, se déshabilla, passa en frissonnant sous la douche et entra pesamment dans le bassin. Elle perdit l'équilibre et s'en alla heurter une des halb, qui lui mit une main sur la tête et la maintint sous l'eau.

Elle émergea en crachant et s'écarta en vitesse des trois adolescents qui avaient entamé une de leurs batailles coutumières. Quand les Asix jouaient entre eux, il était plus prudent de rester à bonne distance : un seul des coups qu'ils échangeaient avec insouciance aurait suffi à la mettre KO.

Je ne comprends pas, se disait-elle. *Je dois vraiment être trop stupide, comme le disait toujours Arsel.* Elle n'avait aucune envie de discuter de grossesse et de conception dans le bassin, devant tous les hommes. C'est vrai que les Asix le faisaient tout le temps, mais cela la mettait mal à l'aise. Avec un effort, elle se tourna vers sa voisine et lui dit, montrant les halb :

— Après tant de mois je n'arrive toujours pas à les distinguer, ces trois-là.

Nico éclata de rire.

— Nous non plus, lui assura-t-elle, et à vrai dire eux-mêmes n'en sont pas trop sûrs non plus.

— Comment ça ?

— Eh bien, ils sont nés à très peu de temps d'écart, d'abord la mienne, puis les jumeaux de Iura. Iura a eu des complications ; Issi, qui l'assistait, a installé les deux petits sur la natte où dormait la mienne pour s'occuper d'elle, et elle ne se souvient plus si elle les a mis à droite ou à gauche. La seule chose dont nous soyons sûrs, c'est qu'Auan est le fils de ma sœur, vu qu'il y avait un seul garçon, mais pour ce qui est des filles, comment veux-tu le savoir ?

— Quand le moment sera venu pour elles de faire leur devoir pour l'espèce, les Jestak pourront vérifier et nous dire si ta fille est Odaï ou Odauan, ajouta Evan.

— Pour le moment, continua Nico, dans le doute elles nous appellent mère, aussi bien ma sœur que moi, et Auan en fait évidemment autant. Alors les autres enfants qui sont venus après les imitent, et le résultat, c'est qu'ils nous appellent tous comme ça. Il m'arrive de devoir réfléchir une seconde pour me rappeler lesquels sont les miens dans toute cette marmaille.

Et ce disant elle jeta un regard satisfait vers la dizaine d'adolescents et d'enfants assez grands pour avoir le droit d'utiliser le bassin des adultes, qui avaient fait silence et écoutaient, flattés d'être le sujet de la conversation.

— On ferait mieux d'aller dîner, déclara Ribia d'un ton acide, pour autant que l'omelette de Iura soit encore mangeable. Heureusement, c'est son dernier jour de cuisine.

Un chœur de rires rauques lui répondit, auquel Elide, tout absorbée par ses propres préoccupations, ne se joignit pas. Pourtant, il lui était souvent arrivé de rire au cours de cette année passée à la ferme : elle se sentait détendue et n'avait plus peur de l'avenir. Sans aucun doute, elle ressentait le manque de beaucoup de choses auxquelles elle était habituée, et il lui arrivait de temps en temps de souffrir de nostalgie, mais, malgré la chaleur qui rendait le travail pénible, elle ne regrettait pas sa décision, surtout depuis qu'elle avait appris qu'elle attendait un enfant. Personne ne pouvait plus la comparer à un arbre qui ne porte pas de fruits et qu'il convient d'arracher. Mais voilà que Iura disait que cet enfant n'était pas le sien.

Comment une chose pareille était-elle possible ? Il était là qui lui tirait le ventre vers le bas et l'obligeait à marcher en canard. En se rhabillant, elle passa la main sur son ventre, et juste à ce moment-là le bébé bougea. Comment pouvait-il ne pas être le sien ?

Ce soir-là elle alla frapper à la porte d'Eda et lui demanda ce qu'il en était. L'Ancienne asix lui expliqua qu'on lui avait implanté un ovule déjà fécondé ; les Jestak le faisaient souvent, car les dames shiro avaient généralement trop à faire pour fabriquer personnellement les enfants qui leur avaient été assignés ; il était normal qu'une nourrice s'en charge à leur place.

Elide ne parvint pas à retenir ses larmes.

—Mais comment est-ce que je peux avoir à l'intérieur de moi un bébé qui n'est pas à moi ?

—Tu n'avais pas compris ce que t'avaient dit les Jestak ? Qu'est-ce que tu pensais que ça voulait dire « faire ton devoir pour l'espèce » ? Mais pourquoi est-ce que tu pleures maintenant ? Bien sûr que la petite est à toi, en tout cas jusqu'à ce que le tuteur vienne la chercher.

—Pourtant, le désir de maternité est une chose... *sacrée*, aurait-elle voulu dire, mais elle avait découvert déjà depuis un moment que ce mot n'existait pas en gorin, aussi elle se rabattit sur *importante*, c'est la chose la plus importante dans la vie d'une femme !

—Sottises ! Les vaches ont deux veaux par an, sans se sentir particulièrement importantes, et sans se soucier de savoir s'ils sont leurs petits biologiques ou si les ovules ont été implantés.

Il devait sûrement y avoir une règle religieuse qui interdisait qu'une femme porte l'enfant d'une autre, et sans doute même une loi qui réprouvait de telles interventions sur les animaux, Elide en était certaine, sinon pourquoi son père ne l'avait-il jamais fait ? Cela aurait coûté beaucoup moins cher que de nourrir le taureau, qui mangeait autant que deux vaches et dont on ne pouvait même pas utiliser la viande pour la boucherie parce qu'elle était trop dure. Un Neudachrenien plus cultivé aurait sans doute su répondre, mais elle ne put que rester silencieuse, confuse de sa propre ignorance. La religion, elle l'avait compris depuis longtemps, n'était pas un argument valide. Les Asix considéraient que c'était une de ses manies amusantes qu'ils voulaient bien tolérer pourvu qu'elle reste inoffensive et qu'elle n'interfère pas avec le travail.

—Ce sera comme si elle était à toi, tu verras. Quand ils sont petits, les Shiro sont des enfants comme les autres, tu ne devras pas la respecter ni l'appeler Shiro-adaï, la consola Eda. (Puis elle ajouta, pleine d'espoir :) Et si nous avons un nouveau petit Shiro à la maison, peut-être qu'un jour ou l'autre un des parents biologiques voudra le voir ; je ne dis pas que c'est probable, mais quelquefois ça arrive.

Tout en réprimant un rire hystérique à l'idée de s'incliner devant un nourrisson avant de lui tendre cérémonieusement le sein, Elide retourna à sa chambre. L'idée qu'un Shiro vienne en visite ne lui semblait pas une perspective tellement agréable. Cela s'était produit à deux reprises depuis qu'elle habitait là. Dans les deux cas, l'ambiance était devenue raide et compassée ; personne ne s'était permis de plaisanter ou de rire à haute voix. Néanmoins, les Asix étaient absurdement enthousiastes à la simple idée de pouvoir s'asseoir à côté d'un des représentants de l'autre race. Quand elle avait demandé pourquoi à Ribia, elle n'avait rencontré que de l'incompréhension : c'était naturel, non ? Il allait de soi que c'était un plaisir, en plus d'être un honneur, de partager la table, et si on avait de la chance aussi la natte, avec un des seigneurs.

Pour les Asix, réfléchit-elle, les Shiro représentaient la même chose que les sept dieux pour sa coépouse : il fallait les honorer et les respecter, et cela ne se discutait pas. Mais, n'en déplaise à tous les habitants de la ferme, elle, elle ne les aimait pas du tout. Déjà, l'arrogance et la froideur dont ils faisaient preuve ne lui avaient jamais plu, mais, depuis qu'elle avait assisté à un duel la première nuit qu'elle avait passée à la ferme, ils lui faisaient franchement horreur. Ce qui l'effrayait plus que tout chez eux, ce n'était pas qu'ils soient si prompts à dégainer leur couteau pour s'entre-tuer à qui mieux mieux, non, c'était qu'ils puissent le faire sans l'excuse de la colère, avec courtoisie et même avec indifférence.

Le mot « indifférence » réveilla l'ombre d'une pensée déplaisante à la limite de sa conscience. Qu'avait donc répondu Iura, un jour qu'elle lui avait demandé ce qui se passait si un homme voulait dormir avec une femme en particulier ? Elle l'entendait encore : « quelle question ! Quelle différence cela peut-il faire que ce soit l'une ou l'autre ? » Sur le moment, cela lui avait semblé une idée rassurante, mais plus elle y pensait, moins cela lui paraissait juste : se pouvait-il que les Ta-Shimoda se fréquentent, aient des enfants, partagent la natte, voire s'éventrent à coups de couteau dans la plus grande indifférence, sans qu'il leur importe vraiment avec qui ? Et ce n'étaient pas seulement les Shiro. Les Asix faisaient exactement la même chose.

Justement, ce jour-là, Eda avait ordonné à Joss d'accompagner les bêtes pour la transhumance, et on aurait dit que cela n'avait pas d'importance particulière, ni pour lui ni pour les femmes dont il avait des enfants, comme si hommes, femmes et enfants étaient tous interchangeables.

Cela ne lui semblait pas normal, ce n'était pas… ce n'était pas humain, voilà. Cependant, se consola-t-elle, les Asix au moins n'étaient pas cruels et ne faisaient de mal à personne, tandis que les Shiro… Son bébé allait-il aussi devenir un assassin poli et glacial ? Elle s'assit sur sa natte, toujours en pleurs, et fut pour la première fois prise d'un doute : avait-elle eu raison de rester sur Ta-Shima ? Avait-elle vraiment compris ce monde dont elle s'était engagée à respecter les lois sans discussion ? Les caprices de son cerveau lui firent défiler devant les yeux toutes les occasions où elle était restée perplexe face aux opinions de ses nouveaux concitoyens, sans que sa culture limitée lui permette de trouver les mots justes pour exprimer ce qui la dérangeait.

Mais c'étaient là des pensées négatives qu'une femme enceinte ferait mieux de bannir pour se concentrer sur les choses agréables. Elle avait une chambre à elle toute seule, où personne ne se serait permis d'entrer sans son autorisation, et c'était la première fois que cela lui arrivait, car quand elle habitait chez ses parents, elle était obligée de partager sa chambre plusieurs mois par an avec les ouvrières saisonnières. Elle avait aussi essayé de la décorer ; les Asix ne comprenaient pas pourquoi elle le faisait, mais Eda avait décrété que si le fait de posséder des cailloux colorés et de teinter les murs avec l'eau de cuisson des artichauts la rendait heureuse, c'était son affaire après tout. Les gens des autres mondes étaient évidemment un peu étranges et il fallait accepter certaines bizarreries. Elle ne faisait rien de mal, et chacun était libre de passer ses loisirs à sa manière. Si Elide trouvait plus de plaisir à badigeonner un mur avec une poignée de paille trempée dans de l'eau colorée plutôt que de s'exercer à l'escrime, de jouer au go ou d'inviter un homme, eh bien, à chacun ses goûts.

Elle quitta ses sandales et s'allongea sur la natte, sans même se déshabiller, tant elle était fatiguée.

C'était plus difficile que je l'avais pensé, avec tant de choses nouvelles à apprendre, mais au moins ceci est ma chambre et cette maison est la mienne. Je ne risque pas d'en être chassée sur un caprice de ma coépouse ou de mon mari.

Je dois obéir aux Jestak, aux Shiro, à Eda et pratiquement à tous les autres, qui savent un tas de choses sur les plantes et les animaux d'ici alors que moi je ne sais rien. Toute la liberté que je m'étais imaginé trouver se réduit de plus en plus. Maintenant elle se ramène plus ou moins à cette chambre, et même à encore moins que cela : ce que j'ai dans mon ventre n'est même pas à moi, ce bébé est un petit Shiro...

Eux, ils trouvent que c'est merveilleux, avec cette admiration qu'ils éprouvent pour tous les Shiro, quoi qu'ils fassent. Mais je ne veux pas que mon bébé devienne arrogant et cruel comme leur Oda-adaï ou comme ce Johnson qui a couché avec Arsel.

Elle posa une main protectrice sur son ventre.

— Je t'élèverai autrement, promit-elle, tu ne seras pas comme eux, je t'apprendrai...

Mais que pourrait-elle lui apprendre ? D'ailleurs, quand elle aurait quatre ou cinq saisons sèches, on la lui enlèverait, si petite encore ! Elle se souvint que quelqu'un, Polia ou peut-être Odauan, lui avait dit que les jeunes Shiro recevaient une éducation très sévère, qu'ils devaient se soumettre à des épreuves dont tous ne revenaient pas vivants, et elle se mit à pleurer doucement, en évitant de sangloter pour qu'on ne l'entende pas. Ce minuscule carré de liberté qu'elle avait conquis semblait devoir lui coûter plus cher que prévu.

Chapitre 21

Rinvar avait eu la chance d'avoir comme partenaire la jeune fille appelée Néko, à laquelle seul le Balafré pouvait disputer le titre de meilleur élève de l'Académie.

À vrai dire, dès les premières minutes d'entraînement il avait cessé de considérer que c'était une chance. Néko semblait en effet fermement décidée à lui laisser sur la peau l'un ou l'autre souvenir permanent – et très douloureux.

Son niveau était suffisamment bon pour lui permettre d'esquiver ou de barrer la plupart des coups vicieux, ceux qui frappaient une articulation en provoquant une douleur fulgurante qui empêchait tout mouvement le temps d'encaisser un nouveau coup tout aussi incorrect.

Il n'avait toutefois jamais réussi à trouver une ouverture pour contre-attaquer, et par moments il avait l'impression d'avoir en face de lui un chien de berger furieux plutôt qu'une escrimeuse. Rapide et mortelle, elle fit un pas de côté, puis se glissa dans sa garde en lui assenant un coup extrêmement précis sur la rotule. Profitant du fait que le genou blessé l'empêchait de pivoter avec la vitesse nécessaire, elle se coula à côté de lui d'un pas chassé, si proche qu'elle l'effleura. L'arme en bois le frappa durement au dos, déjà marqué par les coups de fouet auxquels l'avait condamné la non regrettée feue saz-adaï Johnson.

Le coup aurait été normal au cours d'un duel, mais pendant un entraînement le partenaire doit – du moins en théorie – tenir compte des faiblesses de son compagnon et ne pas les exploiter pour le blesser.

Il se retourna pour lui faire face, mais Néko s'était transformée d'un coup en un modèle de correction : elle dansait autour de lui, ne faisant que l'effleurer du long sabre de bois, attentive à ne jamais frapper plus fort que nécessaire.

Non que son attitude puisse tromper le maître, bien sûr. Avec un grognement exaspéré, celui-ci lui assena un violent coup de fouet aux jambes, ordonnant :

— Changement de partenaire. Néko, pas besoin de prendre un autre compagnon. Va m'attendre dans ma chambre.

La réponse fut un « ay » humble et soumis, comme il se devait, mais dans le ton il y avait comme une nuance de triomphe.

— Qu'est-ce qui lui a pris, à cette fille ? demanda avec exaspération Rinvar dès qu'il fut au vestiaire. Dans un premier temps, elle semblait décidée à me tuer, après quoi, dès que le maître s'est approché, elle est devenue parfaitement correcte, mais il était trop tard. Si elle ne voulait pas être punie, elle aurait dû commencer à bien se conduire avant qu'il soit à ses côtés. Elle a dû quand même se rendre compte qu'il approchait !

— Ah ! mais elle l'avait vu, lui expliqua une jeune Asix. Et elle a obtenu ce qu'elle voulait : être admise dans la chambre du maître, même si ce n'est que pour se faire fouetter. Depuis quelques semaines, Tarr refuse de partager la natte avec elle et Néko est aussi furieuse qu'un néko affamé. Si elle ne peut pas avoir la natte, elle se contente du fouet, pourvu qu'il ne l'ignore pas. Sais-tu que depuis des années elle n'a jamais invité personne d'autre ? Elle est plus jalouse du maître qu'une chienne de ses petits. Elle t'en veut à mort parce qu'une ou deux fois Tarr Huang a grogné avec un air presque aimable quand il a remarqué que tu faisais de ton mieux pour ne pas tuer ton adversaire dans les duels.

— Cette Néko, ils auraient dû l'envoyer mourir dans une mine plutôt que de la confier à une Académie, grommela un Shiro, après avoir vérifié d'un coup d'œil circulaire qu'aucun des résidents de la Paix Intérieure n'était à portée d'oreille. Elle est vraiment étrange, et le pire c'est que, comme c'est une escrimeuse de haut niveau, il y a tout un groupe de têtes brûlées qui l'admirent. Je ne t'envie pas : au cours des prochains entraînements, ils risquent de te mener la vie dure.

Génial, se dit Rinvar. *Déjà que dans la maison du clan je suis obligé de raser les murs pour ne pas me faire trop remarquer. Si maintenant ici aussi on se met à vouloir me défier, ou pis si la moitié des élèves essaient de m'assener un coup bas dès que le maître a le dos tourné, je finirai par demander comme une faveur d'être envoyé dans les mines.*

Le soir même, il sollicita un entretien avec Suvaïdar, qui ne lui répondit que d'un bref signe de tête. Elle semblait vraiment de mauvaise humeur, et Rinvar prit soin de se munir d'une outre de vin rouge de Gorival avant d'aller frapper à sa porte.

Elle l'accueillit sur le seuil de la chambre d'un brusque « que veux-tu ? », mais grommela ensuite :

— Tu peux tout aussi bien t'asseoir.

Il lui obéit avec gratitude, bien que le ton de l'invitation ait été tout sauf amical.

— Je suis en train de me faire des ennemis même à la Paix Intérieure, ma dame. Pourtant je peux te garantir que les élèves confiés à l'Académie de maître Huang sont loin d'être des modèles de correction, ou de brillants exemples du Sh'ro-enlei dignes de venir me faire la leçon.

— Qu'est-ce qu'on te reproche ?

— Exactement le contraire de ce que me reprochait la précédente saz-adaï Johnson : selon elle, je me battais trop souvent, sans veiller à sauvegarder la vie de mes adversaires, alors qu'à l'Académie il y a une espèce de reptile en furie, qu'on surnomme Néko…

— Je la connais.

— Eh bien, moi j'obéis aux ordres de maître Huang, bien évidemment. Comment pourrais-je faire autrement ? En conséquence, j'essaie d'éviter les défis, et quand je suis contraint de me battre en duel, je fais de mon mieux pour que mon adversaire s'en sorte vivant, sans mutilations définitives. Ce n'est pas toujours facile, surtout quand il s'agit de quelqu'un d'un bon niveau, qui me met en danger. Une ou deux fois, Tarr a grogné quelque chose comme « très bien », et depuis lors, tu ne vas pas le croire, mais cette Néko…

Suvaïdar l'interrompit, d'une voix bizarre, un peu pâteuse :

— Oh, mais je te crois. Ne t'ai-je pas dit que je la connaissais ? Elle mérite amplement le surnom qu'elle porte.

— Que dois-je faire ?

— Me verser un bol de vin de l'outre que tu as en main. Ou bien tu ne l'as apportée que pour l'agiter en l'air ?

— Demain tu n'opères pas, donc ?

— Je n'opère plus du tout. On m'a transférée à la recherche, à titre permanent.

— Accepte mes félicitations. C'est un grand honneur.

— Je ne crois pas : je suis une excellente chirurgienne, mais une piètre chercheuse.

— Pourquoi, dans ce cas, te confier une tâche que tu exécutes moins bien ?

— Justement parce je suis moins compétente : l'Ancienne honorée qui dirige la Maison de la Vie ne pouvait rien trouver à redire à mon travail de chirurgienne. Verse-moi un autre bol.

Rinvar obéit en silence, puis hasarda :

— S'agit-il au moins de recherches intéressantes ?

— Haï ! s'exclama avec mépris la conseillère, qui n'essayait même pas de cacher sa colère. Je suis chargée de procéder au séquençage de l'ADN des Extramondins, chose que n'importe quelle Jestak avec une spécialisation en génétique serait capable de faire mieux que moi, même si elle venait tout juste de passer son diplôme.

» Je dois en outre analyser leur sang et étudier leurs cellules, pour découvrir à quelles maladies ils sont particulièrement sensibles. Cela pourrait peut-être s'avérer utile au cas où nous serions amenés à les combattre. Et enfin, je vais devoir – je ne sais d'ailleurs vraiment pas comment – essayer d'élaborer une théorie sur leur comportement dans diverses situations.

» La très honorée Maria Jestak estime qu'il serait aussi opportun que j'en découpe un ou deux en petits morceaux, pour pouvoir déterminer si leurs organes fonctionnent comme les nôtres. Ce sera un travail peu ragoûtant, et à mon avis infructueux. Je n'aime pas la vivisection, je ne l'ai jamais aimée, même pas quand les spécimens qu'on utilisait n'étaient que des bêtes de la jungle.

— Pourquoi dis-tu que ce sera infructueux ?

— Pour obtenir des résultats exploitables, je devrais disposer de centaines d'Extramondins, élevés dans des conditions différentes. En ce qui concerne le comportement c'est une évidence : comment déterminer si une réaction est instinctive, ou bien si elle est conditionnée par l'éducation ? Mais, même pour la pathologie, je ne disposerai que de un ou deux sujets pour chaque expérience. Dans ces conditions, je ne pourrai jamais affirmer avec certitude que la résistance à une souche bactérienne donnée est génétique et non due aux conditions de vie et aux habitudes alimentaires. Il me faudrait aussi des sujets de contrôle, par exemple des enfants d'étrangers élevés à la ta-shimoda, ou alors de petits Shiro confiés à des tuteurs extramondins.

— Beurk !

— Ne t'en fais pas, c'est un discours académique. Par la force des choses, je me contenterai de barbares normaux.

— Comment vas-tu te les procurer ?

—Certains des imbéciles qui ont passé le pont sans permis devraient être encore en vie. Je me les ferai envoyer depuis les mines. Il y a aussi cette femme Rasser, qui a demandé à travailler dans un élevage de bétail. Pour celle-là toutefois, je suppose que je devrai me borner à étudier la résistance aux infections, ou quelque chose de ce genre : si je la découpais en morceaux, cela donnerait des convulsions à ce troupeau d'Asix qui semblent tellement tenir à elle.

—Quand commences-tu ?

—J'ai commencé ce matin. Verse-moi un autre bol de vin.

Rinvar remarqua qu'elle avait les yeux légèrement vitreux et comprit qu'elle avait déjà bu plus que de raison avant qu'il arrive. Il était sur le point d'objecter avec la plus grande politesse qu'il valait peut-être mieux s'en tenir à l'eau, ou que, si elle préférait, il pouvait aller chercher du jus de fruits aux cuisines, mais il se mordit la langue juste à temps. Ce n'était pas le bon moment pour se permettre de contredire la conseillère. Il remplit donc son bol jusqu'au bord.

—Ah, j'oubliais. Tu embarques le premier mois de la saison des pluies. Le vieux Sitabeh a acheté le ticket pour toi et pour la femelle ; moi, j'ai ouvert un compte à ton nom à Dachrenstadt. Un de ces jours, après le travail, va à Niasau, chez Osmad Tani qui t'expliquera comment récupérer cet argent.

—Suvaïdar-adaï, je n'ai jamais accepté de...

—Cesse de parler pour ne rien dire. Qu'y a-t-il à discuter ou à décider ? Dans quelques jours commence la saison sèche et je peux t'assurer que, quand elle sera terminée, tu seras pressé de partir.

—Je ne comprends pas. La saison sèche est la plus agréable période de l'année.

—Vraiment ? Qui viendra t'inviter quand tu seras assis près d'un feu de camp pour la Fête des Trois Lunes ?

» C'est très simple : tu vas rester dans le monde des barbares le temps nécessaire. Tu ne rentreras que quand je t'enverrai un message contenant un ordre explicite. Qu'est-ce que tu voudrais faire d'autre ? Dans quelques mois, ton travail au centre d'expérimentation agraire sera terminé. Quelle autre tâche Tore-adaï va-t-il te confier, à ton avis ? Te rendre dans la jungle pour capturer des animaux pour les expériences des Jestak ? Descendre dans les mines pour soigner les chevaux qui traînent les chariots de minerai ? Quel que soit son choix, tu peux être sûr d'une chose : tu ne survivras pas longtemps.

— Je ne peux pas croire qu'il puisse agir ouvertement à l'encontre du code shiro.

Il n'était pas très convaincu lui-même de ce qu'il venait de dire. Il ne s'attendait pas vraiment à une réponse, et de fait il n'en reçut aucune, hormis un coup d'œil ironique.

— Pourquoi te donnes-tu autant de mal pour moi ? Que t'importe que je sois vivant ou mort ? lui demanda-t-il pour la deuxième fois. Mon témoignage face au clan n'est pas un argument valable : ma parole compte peu si je suis un paria, et elle ne serait plus nécessaire si jamais j'étais réhabilité.

Suvaïdar haussa les épaules. Elle n'avait pas su répondre en étant sobre, on ne pouvait pas s'attendre qu'après cinq… non, sept bols de vin elle soit en mesure de se pencher sur les raisons de sa conduite. Elle s'absorba tout entière dans la laborieuse tâche de mettre ses idées en ordre, puis, avec l'application comique des ivrognes, elle sortit une explication qui lui semblait parfaitement cohérente :

— Tu es la seule personne qui m'adresse la parole, dans toute la maison du clan, non, dans tout Gaia.

— Que je sois mort ou que je vive sur Neudachren, c'est du pareil au même. Ou bien tu espères que le fait de m'être accouplé avec la Tête-de-Paille va me conférer des pouvoirs surnaturels, comme ceux des êtres invisibles à propos desquels les Extramondins aiment radoter ? Je pourrais alors voleter depuis le monde barbare jusqu'à ta chambre le soir tombé, pour partager avec toi une outre de vin.

Elle haussa de nouveau les épaules, avec un manque de courtoisie qu'elle ne se serait jamais autorisé en étant sobre.

— Depuis l'époque où j'avais encore les cheveux longs, je n'ai fait que me créer des ennuis à cause de mes idées. Malheureusement, j'ai causé des ennuis bien pires encore aux personnes que je voulais aider. En ce qui me concerne, tu peux aussi bien décider de rester, mais je crois vraiment que, si désagréable que puisse être la vie dans les mondes barbares, ce serait encore pire ici.

— Il me reste toujours la possibilité de choisir le privilège et de mourir honorablement.

— De belles paroles, jeune seigneur. Pourtant, tu as vu plus d'une fois un escrimeur tomber en salle d'armes pour ne plus se relever, n'est-ce pas ? Sans aucun doute tu as remarqué que les Bur viennent toujours très vite chercher son cadavre, qu'ils enveloppent dans une toile imperméabilisée. T'es-tu jamais demandé pourquoi ils le font ?

Après la mort, vois-tu, les sphincters se relâchent, et le plus fier, le plus arrogant des combattants quitte la vie immergé dans son sang, mais aussi dans une flaque fétide d'urine et de selles. Or, il ne faut pas salir le plancher de la salle d'armes, n'est-ce pas ?

» Il n'en va pas autrement quand on choisit le privilège. L'honoré seigneur est emballé comme un paquet et vite jeté sur la charrette, pour éviter que la puanteur envahisse les couloirs. Dans la cour principale de la maison Bur, il y a un grand bassin où on jette les corps pour éliminer le plus gros des saletés avant de les manipuler.

» Les Sitabeh veulent de plus en plus de viande sur leur table et les quelques vaches qui meurent dans les élevages des alentours ne suffisent pas. Les morceaux de ton cadavre seraient donc mélangés à la viande des cochons transgéniques de la Maison de la Vie, ou éventuellement à celle d'une bête sauvage qui se serait risquée sur le Haut Plateau, après quoi ils atterriraient dans l'assiette d'un commerçant étranger, ou, qui sait ? dans celle de cette stupide Tête-de-Paille. Est-ce que cette fin te semble si honorable ? Il y a un temps pour chaque chose, et l'heure du privilège n'est pas encore arrivée pour toi.

—Le choix du moment pour se prévaloir du privilège est personnel. Personne ne peut interférer.

—Haï ! J'ai vu la grimace qui t'a échappé tout à l'heure ! Le jour où il te sera indifférent qu'un Shiro Bur te manipule sans aucun égard pour te nettoyer de ta propre…

Bien qu'ivre, Suvaïdar était encore consciente du fait qu'il y avait des mots qu'on ne prononçait jamais devant un autre Shiro. Elle ravala ce qu'elle avait sur le bout de la langue pour conclure sèchement :

—Va-t'en maintenant, Rinvar-adaï. Je ne crois pas être capable de supporter la compagnie de quelqu'un ce soir, même pas la tienne.

—Ai-je dit quelque chose qui t'ait offensée ?

—Je ne suis pas en colère contre toi, seigneur shiro, mais il vaut mieux que tu partes. Je risque de dire quelque chose dont je me repentirai quand il sera trop tard. Reviens demain soir ; nous reprendrons cette discussion.

—Ne dois-je pas revenir aussi pour une autre raison ? s'enquit Rinvar, imitant comme il le pouvait l'air ingénu d'un Asix.

La mauvaise humeur de Suvaïdar s'évapora et elle éclata de rire malgré elle.

Le lendemain soir, elle avait tout à fait recouvré sa maîtrise de soi ; elle fut courtoise, mais distante. D'emblée, elle lui demanda s'il s'était rendu récemment à Niasau.

— J'y ai passé une nuit la décade passée. Sais-tu que l'homme surnommé Yeux Blancs partira par le même astronef que tu veux me faire prendre ? Ce serait l'occasion rêvée. On a ordre de ne jamais tuer quelqu'un en Extramonde, mais l'astronef n'est pas l'Extramonde à proprement parler, n'est-ce pas ?

— Ils trouveraient le cadavre et l'exécuteur aurait un tas d'ennuis. De plus, cet homme appartient aux services spéciaux ; il porte certainement sur lui un marqueur quelconque qui permet de le localiser, même à l'état de cadavre. Il se pourrait même qu'il s'agisse d'un système d'enregistrement miniaturisé, qui transmet tout ce qu'il voit et entend à un bureau sur son monde. C'est la seule raison pour laquelle nous n'avons pas pu venger les Asix morts par sa faute.

— Ah, voilà ce que voulait dire ce soldat ! Il lui a communiqué qu'il avait reçu l'ordre de désactiver les holomouchards, enfin quelque chose dans ce goût-là. Yeux Blancs a alors piqué une crise de rage : il s'est mis à brailler comme un reyo à l'époque de la reproduction. Il était question d'un « settieu », qui allait punir quiconque oserait porter la main sur lui. Le soldat est resté calme, il lui a juste dit que le ministère allait lancer l'input pour faire exploser un je-ne-sais-pas-quoi et que s'il avait envie d'avoir encore ce je-ne-sais-pas-quoi sur lui au moment où l'input arriverait, eh bien ça le regardait. Tu comprends quelque chose à tout ça ? Et qu'est-ce que c'est un « settieu » ?

— *Sept dieux*. Cela concerne leur religion, c'est dépourvu du moindre intérêt. Je crois que le sens de la chose, c'est qu'il a été mis à la porte par les services spéciaux.

— Parce qu'il a fait assassiner nos Asix ?

— Non, sûrement pas. C'est arrivé il y a longtemps, et personne dans son monde n'en a été particulièrement ému. Je suis convaincue qu'à cette occasion il avait agi sur les ordres de quelqu'un de haut placé ; Rasser partage mon opinion, il me l'a dit à mots couverts.

» Toutefois, depuis que Yeux Blancs a commencé à absorber chaque jour un mélange d'alcaloïdes soigneusement dosé, il n'a pas dû envoyer un seul rapport vraiment sensé à ses maîtres. Quand, du jour au lendemain, il a été privé de sa drogue, il a nécessairement eu une crise de paranoïa.

— Comment peux-tu le savoir ?

— Nous avons capturé les Acinq survivants autour du dispensaire n° 2 et nous sommes en train de les étudier.

Elle fit une grimace féroce : soumettre à des examens longs et douloureux les responsables directs de la mort de Saïda Jestak, qui avait été son sey-hei préféré, c'était la seule chose qu'elle appréciait vraiment dans son travail de recherche. Puis elle reprit :

— J'en ai soumis un à un sevrage brutal. Il est devenu complètement fou, comme un Asix avec une crise d'amok qui serait permanente. Aber doit avoir envoyé à Neudachren quelques messages délirants ; en conséquence ses chefs le rappellent d'urgence à la base. Par mesure de précaution, ils ont désactivé à distance les micro-instruments qu'il utilisait pour faire sa sale besogne.

Étant donné qu'il avait vu à Niasau des lumières qui s'allumaient toutes seules, des douches aussi chaudes que le thé et d'autres flobels bizarres, Rinvar ne s'étonna pas particulièrement de cette nouvelle démonstration des capacités techniques des étrangers. C'était vraiment dommage qu'ils utilisent des connaissances scientifiques remarquables pour poursuivre des buts si futiles.

— Maintenant qu'il s'en va, on ne pourra plus jamais lui fournir son mélange de spores du champignon et d'autres saloperies. Crois-tu que dans son monde ils pourront le guérir ?

— Il se peut qu'ils arrivent à le désintoxiquer. Nous n'y sommes jamais parvenus avec les Acinq, mais eux, ils absorbent déjà du pavot et du sfarix avec le lait de leur mère, alors que l'étranger n'en a pris que pendant une année.

— Je n'aime pas l'idée qu'il s'en sorte sans aucun dommage. S'il n'a plus sur lui les appareils dont tu parlais...

— On va s'occuper de lui, sois-en assuré.

Comme elle le faisait depuis quelque temps déjà, la conseillère détourna la conversation sur les choses étonnantes qu'elle avait observées dans les mondes barbares. Pour autant que sache Rinvar, elle ne s'était jamais confiée à personne d'autre à ce propos. Flatté, il l'écouta avec intérêt, laissant provisoirement de côté Yeux Blancs et ce qu'il aurait aimé lui faire subir.

Les ouragans du changement de saison arrivèrent, puis ce fut la saison sèche.

Rinvar ne se rendit à une Fête des Trois Lunes qu'une seule fois. Il s'éloigna de la maison du clan d'un pas alerte, pour rejoindre un feu de camp suffisamment lointain, là où personne, espérait-il, ne le reconnaîtrait.

Il s'assit derrière le tronc d'un grand arbre de façon que son visage ne soit pas éclairé par la lumière du feu. Tandis qu'il écoutait le bruit familier des voix joyeuses, entrecoupées de rires, il se laissa envahir par le sentiment de bien-être caractéristique des Fêtes. Les autres avaient déjà formé de petits groupes, qui se mélangeaient pour se partager de nouveau ; peu à peu les Shiro s'éloignaient, parfois en couple, mais le plus souvent avec un ou deux Asix.

Comme la conseillère l'avait prévu, personne ne l'approcha. Quand ils le reconnaissaient, les Shiro, hommes ou femmes, détournaient la tête, et dès qu'ils s'en aperçurent, les Asix commencèrent à souffrir le martyre : quoi qu'ils fassent, ils allaient mécontenter un Shiro. Il valait bien évidemment mieux en mécontenter un seul plutôt que cent, donc eux aussi l'évitèrent, mais les voix et les rires baissèrent d'un ton.

Il resta obstinément sur place, bien qu'il soit plus malheureux qu'à aucun autre moment de sa courte existence, plus malheureux encore que quand Arania Johnson l'avait condamné à mourir sous le fouet, parce que à cette occasion-là l'amitié des Asix ne lui avait au moins pas fait défaut.

Une Shiro assise très près du feu en compagnie de quatre Asix se leva brusquement pour se rapprocher de lui. Tout content, Rinvar lui adressa un sourire : il allait recevoir une invitation, après tout, et il lui était quasiment indifférent qu'il s'agisse d'une femme, pour peu que quelqu'un ne le traite pas comme s'il avait été transparent. L'inconnue s'adressa à lui avec une politesse glaciale :

— Shiro-adaï, puis-je te demander de quitter ce feu de camp ? Tu perturbes nos Asix et tu leur gâches la fête. Il n'y a pas d'offense, je te prie de le croire, mais le bien-être des Asix tient au cœur de n'importe quel Shiro. Ou du moins de n'importe quel Shiro normal.

Elle avait beau dire qu'il n'y avait pas d'offense, l'insulte était grave. Rinvar lui rétorqua avec la même courtoisie policée :

— Je suivrai ta suggestion, ma dame. Je te remercie du conseil. Avec ta permission, j'apprécierais de te rencontrer de nouveau. Je t'attends la nuit prochaine, immédiatement après le travail, à la Paix Intérieure. Amuse-toi à ta dernière Fête des Trois Lunes, Shiro-adaï.

La nuit suivante il la tua sans difficultés. Elle ne valait pas grand-chose comme combattante, ou peut-être qu'une Fête ne représentait pas la meilleure forme de préparation pour un duel. Bien sûr, Tarr Huang le lui fit payer et l'entraînement avec Néko fut très long cette nuit-là – et très douloureux. Il préféra rentrer à la maison du clan, pour se faire soigner par Suvaïdar Huang plutôt que par une Jestak inconnue.

— La fête a-t-elle été agréable ? lui demanda la conseillère, versant généreusement sur ses blessures un liquide qui brûlait comme du feu.

Nuit après nuit, l'idée de quitter son monde lui paraissait de moins en moins incongrue. À la fin de la saison sèche la plus décevante de sa vie, quand Suvaïdar-adaï lui donna l'ordre de se rendre chez Osmad Tani pour qu'il lui explique comment accéder à l'argent dont il aurait besoin sur Neudachren, il obéit sans rechigner.

Tout absorbé qu'il était par les soucis qu'il se faisait pour son avenir, il aurait peut-être oublié Aber, s'il ne l'avait rencontré sur son chemin en se rendant chez Tani.

Les yeux hantés, l'Extramondin vagabondait dans les ruelles du quartier asix comme s'il était à la recherche de quelque chose ou de quelqu'un. Avisant Rinvar, il s'arrêta net, puis l'apostropha :

— Ah, mais qui voilà ! C'est le petit malin qui a réussi à se glisser entre les draps de l'une des plus riches héritières de Neudachren ! Ne croyez surtout pas que vous vous en tirerez si facilement quand nous serons parmi des gens civilisés. La fille m'avait été promise, et une promesse devant les sept dieux vaut autant qu'un contrat écrit. Non que je m'imagine qu'un païen puisse comprendre ce que signifient la décence ou le respect des dieux, bien entendu. Vous ne savez même pas ce que veut dire le mot « civilisation » : vous avez régressé jusqu'au stade de la barbarie, au point que vous ignorez même le concept de divinité.

Rinvar se borna à lui adresser un regard inexpressif et l'homme finit par s'éloigner en grommelant.

La veille de son départ, Aber fut réveillé en pleine nuit par un bruit : on aurait dit qu'on essayait d'ouvrir la fenêtre de sa chambre de l'extérieur. Il se leva, empoigna un fusil laser, mais son esprit confus se trouva devant le problème d'ouvrir, sans pour autant lâcher l'arme qu'il tenait en main. Quand il l'eut résolu en fracassant la vitre avec la crosse, il se trouva devant la face terrorisée d'un Asix.

— Qu'est-ce que tu veux, le singe ? demanda-t-il en enfonçant le canon du fusil dans la bouche du malheureux.

L'Asix gargouilla une réponse incompréhensible, puis recula précipitamment, laissant tomber ce qu'il tenait à la main.

L'odeur du pavot de Sovesta frappa Aber comme un coup de massue sur la tête.

L'homme qui l'avait régulièrement approvisionné pendant des mois s'étant évanoui sans crier gare, il était depuis quelques semaines déjà en désintoxication forcée ; de toute sa vie il n'avait jamais été si mal en point. Il était affligé sur tout le corps d'épouvantables démangeaisons qui semblaient localisées en dessous de la peau, au point qu'il s'était gratté les bras et le thorax jusqu'au sang. Son nez et ses yeux coulaient sans arrêt, ses bras et ses jambes étaient agités de spasmes incontrôlables. Mais le pire était le besoin aigu de sentir encore une fois sur la langue ce goût amer qui allait soulager ses tourments, lui donnant un peu de paix pour des moments, hélas, il le savait, toujours plus courts. Il lui avait en effet fallu rapprocher de plus en plus les prises. Il laissa tomber son arme et d'un seul bond il sauta par la fenêtre, atterrissant à quatre pattes dans la rue, où il lécha avidement le précieux liquide avant qu'il disparaisse complètement dans une fente entre les pavés.

Sachant d'expérience qu'il fallait une demi-heure avant que l'effet se fasse sentir, il profita de ce moment de lucidité pour demander fébrilement :

— En as-tu encore ? Où ? Apporte-le-moi, je te paierai bien.

L'indigène bredouilla quelque chose dans son patois. *Malédiction, c'est vrai, ces imbéciles ne comprennent pas l'universel.* Désespéré, Aber essaya de se faire comprendre en galactique, parlant lentement et articulant bien les mots, et le débile qui lui faisait face sembla enfin piger ce qu'il voulait.

— Pont, répondit-il. Trois heures.

— Apporte-le ici, je te donnerai davantage d'argent. Je ne peux quand même pas aller jusqu'au pont en pleine nuit.

— Oui, pont, approuva l'indigène. Nuit. Fric ?

— Tu l'auras quand tu m'auras remis la marchandise, canaille.

— Fric.

L'Asix indiqua la petite outre vide par terre. Il voulait apparemment être payé pour cela aussi. Maugréant entre ses dents, Aber alla chercher une poignée des piécettes qu'on utilisait comme monnaie et les lui remit. *Ah ! si seulement on était sur Neudachren !* Il aurait su comment le traiter, mais dans ce monde barbare, c'étaient les sauvages qui avaient le beau rôle. Pour le moment du moins.

Silencieux comme une ombre, l'Asix se fondit dans la nuit, et Aber se jeta sur son lit. Il savait qu'il n'avait pas absorbé suffisamment du précieux liquide pour provoquer un effet durable, mais quelque temps après il ressentit un fourmillement familier dans les membres. Tous ses muscles se relâchèrent tandis que soucis et problèmes semblaient évacuer son esprit, le laissant dans une paix merveilleuse. Il perdit la notion du temps et des lieux, mais pas complètement, comme cela lui arrivait les premières fois.

Dans un coin de son cerveau, celui qui avait été le capitaine Aber, un officier brillant et un modèle de discipline, s'adressait en vain au pantin qui gisait les jambes écartées sur un drap qui aurait eu grand besoin d'être lavé. Il aurait voulu lui expliquer que ce liquide contenait quelque chose de pervers. Autrefois, quand il absorbait des drogues légales, comme de la poudre de joie, ou même quelque chose de plus fort, l'effet des produits restait toujours le même, sans qu'il soit nécessaire d'augmenter les doses ni de réduire les intervalles entre elles.

Chaque fois qu'il avait été obligé d'arrêter, à cause d'une mission importante ou tout simplement pour des raisons économiques, eh bien, cela n'avait peut-être pas été agréable, mais pas insupportable non plus.

La retombée fut encore pire que d'habitude. Cela commença avec des crampes douloureuses aux jambes, qui lui firent repousser les draps d'un coup de pied et frapper violemment le montant du lit. Sa jambe saignait abondamment, mais il ne s'en aperçut même pas. D'un coup, il avait été submergé par un désespoir si profond qu'il souhaitait mourir. En même temps il était torturé par un besoin impérieux, obsessionnel : se procurer au plus vite encore un peu de bien-être. Il en avait absorbé trop peu, et après une trop longue abstinence.

Dès qu'il fut capable de se tenir debout, il s'habilla et sortit en boitant. Le quartier extramondin était le seul qui disposait d'un éclairage nocturne. Pour arriver au pont il était obligé de traverser dans l'obscurité le dédale des ruelles tortueuses du quartier asix. Au lieu de se munir d'une torche à plasma, comme l'aurait voulu le simple bon sens, il prit dans sa confusion mentale un viseur à infrarouge et un pistolet à aiguilles, petit mais mortel sur une courte distance.

Les rues étaient désertes. La seule source de chaleur que son viseur détectait à l'extérieur était les rares foyers derrière les cabanes, encore tièdes du feu sur lequel on avait préparé le repas du soir. *Allumer un feu pour y cuire dessus de la nourriture, c'est carrément la préhistoire !* se dit avec mépris Aber. Ce vieil imbécile d'ambassadeur pouvait raconter tout ce qu'il voulait, il était évident que les natifs avaient régressé à un point tel qu'on ne pouvait plus les considérer comme des êtres humains à part entière.

Il était sur ses gardes, prêt à contrer une éventuelle attaque, mais rien ne se produisit. Au pont, l'indigène l'attendait. Ce qu'Aber aurait vraiment aimé faire, c'était lui tirer en pleine figure, pour lui apprendre le respect et la bonne éducation. Mais malheureusement il devait le laisser en vie, et même rester en bons termes avec lui s'il voulait le convaincre de lui apporter une provision substantielle avant son départ, le lendemain.

En silence il tendit les pièces de monnaie et en silence l'Asix lui passa un flacon, après quoi il fit mine de s'en aller. Tant de hâte rendit le capitaine soupçonneux. Tout en le menaçant de son pistolet, il lui ordonna :

—Attends !

D'une seule main, il s'escrima à ouvrir le flacon puis le porta à son nez. L'odeur était la bonne, enivrante, séduisante. Il fut incapable d'y résister. Bien qu'il soit conscient qu'il aurait absolument dû le diluer, il but une gorgée de liquide, extrêmement amer, si concentré que pendant un bref instant il lui paralysa la langue.

Quand il baissa les yeux, l'indigène avait disparu. Le viseur à infrarouge lui montra la silhouette en train de s'éloigner rapidement de l'autre côté du pont.

Il était grand temps de rentrer, il ne fallait surtout pas que le truc commence à lui faire effet en chemin. Tout son esprit tendu vers le soulagement qu'il allait éprouver sous peu, il oublia complètement qu'il s'était proposé de convenir avec l'Asix d'une nouvelle livraison. Il se dirigeait d'un pas alerte vers le campement militaire, mais au bout d'une minute à peine, il fut obligé de s'arrêter. *Une autre gorgée, une toute petite*, se dit-il. Chaque cellule de son corps hurlait son besoin de sentir encore ce goût amer qui lui était devenu si nécessaire. Il ne s'aperçut même pas qu'il tombait, ni que des mains brutales lui enlevaient le pistolet avant de le fouiller rapidement.

Il revint à lui dans une chambre sans fenêtres, chichement éclairée par une torche malodorante. Il se sentait abominablement mal ; il eut à peine le temps de se soulever sur un coude – avec les plus grandes difficultés, parce que son corps ne répondait pas – et de se retourner pour ne pas se vomir dessus. L'odeur âcre de la bile mêlée à une autre senteur chimique envahit les lieux, lui donnant un nouvel accès de nausée. Il était complètement nu : ses ravisseurs ne s'étaient pas bornés à lui enlever tous ses vêtements ; son communicateur et ses bijoux avaient aussi disparu.

Levant les yeux, il s'aperçut qu'il n'était pas seul : accroupi dans un coin, l'indigène, pas l'Asix, mais cette canaille qui avait épousé Arsel, le dévisageait. En souriant – c'était la première fois qu'Aber le voyait sourire, et la chose l'inquiéta plus que tout le reste – il lui déclara :

— J'ai une bonne nouvelle pour toi, le barbare qui tient les dieux en si haute considération. Aujourd'hui même tu vas pouvoir rencontrer les divinités de Ta-Shima. J'espère que tu te sens honoré comme il se doit.

D'une violente traction, il l'obligea à se lever, puis le traîna derrière lui dans un couloir obscur.

Avant d'être recruté par le général B'chir, l'homme qui se faisait appeler Aber avait été pendant des années un officier de police très capable. Son corps à moitié paralysé ne lui permettait que de bouger au ralenti, mais son esprit, auquel l'angoisse avait rendu sa lucidité, faisait des déductions et tirait des conclusions.

Les bruits qui lui parvenaient étaient sourds et résonnaient d'une façon inhabituelle ; il se trouvait probablement dans une pièce en sous-sol. On devait avoir mélangé à sa drogue un somnifère fulgurant ou les dieux savaient quoi d'autre : jamais il n'avait perdu connaissance après en avoir absorbé et jamais il n'avait eu de difficultés de locomotion. Son enlèvement avait donc été soigneusement préparé. En plus, le fait que le sauvage soit si sûr de lui n'était pas pour le rassurer.

— Qu'est-ce que vous espérez ? croassa-t-il. On commencera à me chercher au plus tard demain matin.

— Pourquoi te chercherait-on ? Tu es déjà à bord de l'astronef, avec tous tes bagages. Tu es souffrant et tu as l'intention de rester dans ta cabine, où un Asix t'apportera tes repas. Personne ne s'en étonnera, on sait que tu es drogué jusqu'aux yeux. Avant même que tu gagnes le pont, la fenêtre de ta chambre avait été réparée et tes affaires étaient en route pour l'astroport. Excellente idée que celle d'installer les militaires dans un campement de préfabriqués, à bonne distance de l'ambassade. C'est toi qui l'as eue, n'est-ce pas ?

— Comment le savez-vous ? s'étonna Aber.

— Tu serais étonné du nombre de choses que nous savons, répondit Rinvar avec satisfaction.

Sans le savoir, il avait prononcé à haute voix les mêmes mots que, longtemps auparavant, Suvaïdar s'était retenue de dire à Rasser. Il ajouta, sur le ton de la conversation :

— Tout le personnel de l'ambassade comprend votre vilaine langue, tu t'en doutes.

Qu'on le lui avoue était mauvais signe, comprit Aber : ils n'avaient aucune intention de le libérer. Il commençait à avoir vraiment peur. Ses ravisseurs allaient certainement le soumettre à un interrogatoire, et il allait devoir prendre garde à ce qu'il dirait.

Que veulent-ils apprendre de moi ? se demanda-t-il. Sa véritable identité était un secret très bien gardé : ce renseignement avait même été effacé de son esprit, de façon que personne ne puisse le faire chanter en menaçant les membres de sa famille. Quant à l'organisation des services secrets, il n'en connaissait que le minimum indispensable pour lui permettre d'envoyer ses rapports à son contact et lui demander des instructions. La liaison avait d'ailleurs été coupée quelques jours auparavant, quand un quelconque bureaucrate imbécile avait décidé de l'expulser du service, sur la base d'on ne savait quel prétexte. Il lui faudrait inventer quelque chose pour les satisfaire. Ils étaient trop primitifs pour disposer d'appareils pour le sondage psychique ou de désinhibiteurs chimiques, mais s'ils s'imaginaient qu'il leur cachait quelque chose, ils seraient capables de le malmener.

— Je ne peux rien vous dire d'utile ; avec moi, vous perdez votre temps : les souvenirs des membres du service sont soumis à un effacement sélectif.

— Ne t'en fais pas, elles apprendront de toi tout ce qu'elles veulent savoir.

Que voulait-il dire avec son rébus, ce crétin qui le traînait le long d'un couloir sombre et humide ? Entre-temps il commençait à reprendre, au moins partiellement, le contrôle de ses muscles, mais même s'il avait su où il se trouvait, il était encore trop faible pour se débattre et essayer d'échapper à son ravisseur.

Celui-ci l'obligea à entrer dans une pièce où brillait une lumière très vive. Une lampe électrique, comprit Aber à son immense stupéfaction. Il n'avait jamais vu les Ta-Shimoda se servir d'autre chose que de torches fumeuses ou d'autres machins préhistoriques.

Il se trouvait dans un laboratoire, étonnamment moderne et fonctionnel, du moins à ce qu'il pouvait en juger. *Qu'est-ce que cela signifie ?* rumina-t-il. Serait-il possible qu'un groupe de dissidents soit venu se cacher sur cette planète au beau milieu de nulle part, au nez et à la barbe des services spéciaux ?

L'indigène ouvrit une porte, et Aber reçut une bouffée d'une odeur pénétrante et si désagréable que, si on ne l'avait pas empoigné fermement, il aurait sans doute sauté en arrière. Le long des parois du local où on le força à entrer s'alignaient des cages de dimensions diverses, à l'intérieur desquelles se débattaient furieusement des animaux comme il n'en avait jamais vu. Plus de pattes que la normale, des plaques osseuses au lieu de la fourrure et des appendices à l'air menaçant, nantis de pinces, d'aiguillons ou de tentacules.

Dans l'une se tenait l'Asix le plus laid et le plus sale qu'il ait jamais vu. De très petite taille et presque difforme, il avait le corps couvert de plaies qu'il était en train de gratter furieusement, tout en proférant des sons qui n'avaient rien d'humain.

Qu'est-ce que c'était que cette espèce de jardin zoologique souterrain ? S'agissait-il de cobayes destinés aux expériences ? Mais dans le tas il y avait aussi un être humain. Au fur et à mesure que ses idées s'éclaircissaient, il se sentait envahir par une terreur glacée. Qu'est-ce qui allait lui arriver ? Que signifiait cet endroit ? Une bourrade brutale l'envoya heurter la paroi de roche nue qui constituait le fond de la cage voisine de celle de l'Asix. Celui-ci se jeta vers lui et glissa entre les barreaux un bras couvert de croûtes hideuses, essayant de l'attraper. Il ne lui échappa que par miracle.

— Fais attention, lui conseilla Rinvar, c'est un Acinq. Ce sont des charognards, tout comme vous autres, mais celui-ci n'attendra pas de te transformer en cadavre pour te dévorer.

Il verrouilla la porte derrière son prisonnier et la bloqua avant d'ajouter :

— Barbare, tu vas maintenant faire la connaissance des déesses de Ta-Shima. Essaie de te montrer respectueux.

Une porte qu'Aber n'avait pas remarquée s'ouvrit, et les visages durs de deux femmes shiro se tournèrent vers eux, tandis qu'une nouvelle odeur envahissait les narines d'Aber. En frémissant, il la reconnut : c'était le relent typique d'une morgue, un mélange d'agents conservateurs et d'antiseptique, qui ne couvrait pas tout à fait la puanteur douceâtre de la putréfaction.

Dans le temps, en sa qualité d'officier de police, il lui était souvent arrivé d'entrer dans une morgue ; bien que l'effacement sélectif de sa mémoire ne lui ait laissé de cette époque qu'une série d'impressions nébuleuses, ce souvenir précis resurgit à l'improviste, bien clair et précis.

— Voilà ma contribution à tes recherches, Suvaïdar-adaï, murmura Rinvar en s'inclinant profondément.

Incapable de se retenir, Aber hurla de terreur.

Les deux Shiro étaient penchées au-dessus d'une plaque de pierre noire qu'il identifia sans mal comme une table d'autopsie, à cause des rigoles destinées à recueillir les fluides corporels pour les amener jusqu'à un trou dans le sol. Elles étaient en train d'y fixer six grosses courroies, dont un cadavre n'aurait aucun besoin.

Sans un mot, Rinvar referma la porte. Il partait le lendemain, mais à part Suvaïdar personne n'était au courant. Pendant des décades entières, il s'était senti désemparé, animé d'une colère qu'il ne savait pas contre qui diriger. Il avait donc évité de lui adresser la parole, de crainte de laisser échapper un commentaire qu'il aurait payé cher. Toutefois, la veille au soir, il avait murmuré en la croisant dans le couloir qui conduisait aux bains :

— Je ne suis pas heureux de partir, néanmoins chaque jour quelqu'un, que ce soit dans la maison du clan ou à l'Académie, m'aide à me rendre compte que tu avais raison. Je ne peux pas rester ici. C'est la deuxième fois que tu me sauves la vie. Je suis ton débiteur.

— Pour obtenir ce que je voulais, je me suis servie de toi. Je considère en conséquence que c'est moi qui ai une dette vis-à-vis de toi. Fais bon voyage, Rinvar-adaï.

Elle avait fait mine de partir, mais d'une voix à peine audible, parce qu'un groupe d'Asix de retour des bains, la toison recouverte de fines gouttelettes, arrivait à portée d'oreille, Rinvar lui avait murmuré :

— Tig.

— Quoi ?

— Tig. C'était mon nom d'enfant et personne ne l'a plus employé depuis que j'ai réussi les Épreuves. Doni ne m'a jamais appelé autrement que « Shiro-adaï », bien qu'on ait passé notre enfance ensemble.

— Lara, avait-elle lancé avant de s'éloigner rapidement.

Passant de nouveau par l'animalerie, Rinvar s'arrêta pour examiner avec dégoût Yeux Blancs et l'Acinq, accroupis tous les deux au fond de leur cage. Pouvait-on vraiment considérer comme humaines ces créatures qui bavaient de terreur, gémissant sans le moindre autocontrôle ? Il ne restait qu'à espérer qu'ils ne soient pas tous comme ça dans ce monde au nom imprononçable où il allait être obligé de vivre des mois et des mois.

Suvaïdar lui avait recommandé de ne pas emporter d'armes. Il avait donc confié son sabre et son épée à maître Huang, mais il avait décidé de garder son couteau. Depuis qu'il avait reçu le premier, un tout petit canif pour enfant que son tuteur lui avait remis quand il était venu l'enlever à la nourrice asix, il ne s'en était jamais séparé, même pas pour dormir.

La nuit était déjà avancée quand il sortit de la Maison de la Vie. À son épaule était accroché un cabas en toile qui contenait tous ses biens : un vêtement de rechange et une paire de sandales. Il se dirigea vers Niasau à travers des rues presque désertes. Enveloppé dans son manteau, qui ne laissait à découvert que les yeux, il passa le pont sans se retourner. Si, arrivé de l'autre côté, il eut un moment d'hésitation, personne ne s'en aperçut : le quartier asix de Niasau était lui aussi silencieux et vide de toute présence humaine.

L'ambassade était fermée, toutefois depuis des mois déjà aucune sentinelle ne montait plus la garde devant la porte. Entrer ne fut pas difficile : il s'appuya sur un rebord de fenêtre, puis son corps d'athlète parfaitement entraîné se hissa à l'intérieur.

Il monta l'escalier sans allumer et personne ne s'aperçut de sa présence, ou du moins aucun des adultes. Le petit de la Tête-de-Paille devait avoir dans ses veines assez de sang humain pour se réveiller au moindre bruit inhabituel, comme un Ta-Shimoda. En l'entendant pleurnicher, Rinvar entra dans la chambre où il dormait.

—Tais-toi ! siffla-t-il.

Le petit tourna la tête vers lui. Le sang de Rinvar ne fit qu'un tour : dans ce visage rond, à demi humain, s'ouvraient deux yeux en amande, indubitablement shiro. Il s'approcha sur la pointe des pieds, rendant son regard à celui qui après tout était son fils.

D'elle-même, sa main se tendit vers l'enfant, lui effleura la joue, puis couvrit sa bouche et son nez d'une pression ferme. Pendant quelques instants la créature tenta faiblement de se débattre, puis elle devint toute flasque. Combien de temps fallait-il à cette chose pour mourir ? Un bruit dans le couloir lui fit reprendre ses esprits et il retira sa main.

Cet être était son passeport pour Neudachren ; il ne fallait pas le tuer. La porte s'ouvrit et Arsel entra. Elle devait s'être réveillée en entendant son petit pleurer.

—Ah, tu es là ? fit-elle.

Quelle question stupide ! Ne le voyait-elle pas ?

—Tu es venu admirer le bébé ? Mais pourquoi en cachette ? Tu pouvais le regarder autant que tu voulais chaque fois que tu es venu ici : c'est ton fils autant que le mien.

Il se borna à un vague grommellement, mais Arsel n'était pas femme à se laisser aisément décourager.

—Gion zon chéri…?

—Johnson, corrigea-t-il pour la énième fois. JOHNSON. Ou si vraiment tu n'arrives pas à le prononcer, appelle-moi Huang.

—Comment, mais Huang c'était l'autre monsieur, celui qui a voyagé avec nous en astronef. Je ne peux pas t'appeler comme ça. Quel nom emploient tes amis?

Des amis? Après la mort de ses sei-hey il n'en avait jamais eu, sauf peut-être Doni, mais c'était un Asix.

—Shiro-adaï. C'est comme ça que s'adressent à moi les gens de mon clan.

—Mais c'est si formel! Je veux dire, nous deux, nous sommes intimes.

Qu'est-ce que c'étaient que ces sottises? Intimes? Juste parce qu'ils avaient partagé la natte? À ce compte-là, il devait être «intime» avec une centaine d'hommes et six ou sept femmes. Il sortit de la chambre avec un laconique:

—Je vais dormir.

Arsel le suivit du regard. Quel air arrogant il arborait! Eh bien, il changerait de manières quand il verrait les merveilles de Neudachren et se rendrait compte à quel point son monde était arriéré en comparaison.

Chapitre 22

En bon Ta-Shimoda qu'il était, Rinvar ne formula même pas dans sa tête l'idée *je suis libre*. C'était là un mot très peu utilisé dans sa langue, au point qu'il aurait eu du mal à en donner la définition.

Depuis sa petite enfance, il avait appris à obéir aux ordres sans discuter, même quand ils lui paraissaient arbitraires. D'ailleurs, le fait qu'on puisse se conduire autrement n'était pas venu à l'esprit de beaucoup de personnes de son entourage, et celles-ci n'étaient généralement pas restées en vie assez longtemps pour pouvoir s'en vanter.

La conseillère Huang était une des rares exceptions, mais la seule fois qu'elle s'était soustraite à un ordre bien précis, elle avait été obligée de chercher refuge en Extramonde.

Bien que les mots lui manquent pour exprimer sa pensée, il éprouvait toutefois une étrange sensation de légèreté. Était-ce dû au fait qu'il n'y avait dans les alentours aucun Huang pour lui lancer un défi, ou l'insulter, toujours avec la plus grande politesse formelle ? C'était un tel soulagement de sentir se relâcher la tension qui depuis des mois lui raidissait les épaules ! Dire que le matin même, en se réveillant dans la chambre de la maison étrangère bourrée de flobels en tous genres, il avait cru entamer la pire journée de sa vie…

En sortant de l'ambassade, il avait relevé un pan de son manteau pour se cacher le bas du visage, puis, son sac de toile accroché à l'épaule, il avait pris la route de l'astroport, en marchant à côté de la charrette des bagages. La Tête-de-Paille, elle, avait voulu prendre le module volant de l'ambassade, ce qui était parfaitement ridicule pour un parcours n'excédant pas six kilomètres. Avant d'y grimper avec son petit, elle avait ordonné sèchement aux Asix de charger sur la charrette une quantité invraisemblable de grands sacs rigides et bariolés, dans lesquels, à ce qu'il semblait, il n'y avait que des vêtements pour elle-même et pour le petit. Ils auraient suffi à contenir les habits d'une dizaine de personnes, et pourtant Rinvar l'avait entendue affirmer qu'elle n'emportait que le strict nécessaire pour le voyage, vu qu'elle allait renouveler sa garde-robe dès son arrivée sur Neudachren. Quant aux raisons pour lesquelles elle estimait avoir besoin de tellement d'affaires pour un voyage de quelques décades, elle devait être la seule à les connaître.

— Gion zon chéri, pourquoi veux-tu aller à pied ? lui avait-elle demandé de sa voix stridente, si différente de l'agréable ton rauque des femmes asix.

Il n'avait même pas essayé de rectifier la prononciation de son nom, bien qu'il soit exaspéré. Se pouvait-il que cette femelle stupide n'arrive pas à prononcer un mot aussi simple ? Elle n'avait pourtant aucun problème avec les sons bizarres de sa langue barbare.

— Je ne suis pas malade, lui avait-il répondu en faisant preuve de patience.

Il avait entre-temps appris qu'une remarque de ce genre ne contenait pas de sous-entendu ironique sur ses capacités physiques, mais la question lui paraissait parfaitement futile. Quelle importance pouvait avoir la façon dont il se rendait à l'astroport ?

Mais pour Arsel, c'était important.

Elle n'avait pas protesté, parce que au collège on lui avait appris qu'une femme ne conteste *jamais* l'opinion d'un homme exprimée en public. Et si l'homme en question était son mari, il était tout bonnement impensable de le faire. Elle avait donc continué à sourire doucement. Tout compte fait, les obligations d'ordre familial et social imposaient aux femmes de Neudachren un autocontrôle presque aussi rigide que celui d'un Shiro.

Être obligée de monter toute seule dans le module, comme s'ils s'étaient disputés, tandis qu'il marchait à côté de la charrette des bagages, bavardant avec le cocher avec plus d'amabilité qu'il en avait jamais manifesté vis-à-vis d'elle… Ce n'était que la dernière en date d'une longue série d'humiliations.

Son mariage s'était révélé un désastre dès le jour de la cérémonie, et les choses ne s'étaient pas améliorées par la suite. Quant à la vie en commun, elle ne pouvait pas s'en plaindre : elle était inexistante. Le lendemain du mariage, Johnson s'était volatilisé et n'avait pas réapparu de tout le mois suivant. Les dieux savaient quels commentaires avaient pu faire à ce propos les gens de Schreiberstadt, où tout le monde était toujours au courant des affaires de tout le monde ! Heureusement, il ne s'agissait que de commerçants, des personnes vulgaires qui n'auraient jamais l'occasion d'être admises dans la bonne société de Neudachren. Avec un peu de chance, le scandale n'arriverait pas aux oreilles des amies de sa mère ou, pis, à celles de son grand-oncle, celui qui avait fait une brillante carrière dans la hiérarchie ecclésiastique.

Les mois suivants, son mari lui avait rendu quelques rares visites, arrivant toujours à l'improviste. Les serviteurs l'accueillaient avec une déférence grotesque, mais ils n'étaient pas les seuls à le faire : Soener aussi s'inclinait profondément chaque fois qu'il le voyait, oubliant qu'il était un Neudachrenien, et un membre de l'ambassade, non un indigène. Mais enfin, à ce qu'elle avait ouï dire, il avait lui aussi une concubine indigène, comme ce M. Huang qui…

Arsel s'empressa de chasser de son esprit M. Huang, se répétant fermement que Johnson n'était certes pas parfait, mais que lui, au moins, il n'avait jamais eu l'idée de regarder deux fois une de ces horribles femmes velues. Elle s'en souvenait parfaitement : à la ferme il avait adressé la parole presque exclusivement aux hommes, et pourtant les femmes ne faisaient que lui tourner autour. À son actif, on pouvait ajouter que, pendant sa grossesse, il n'avait jamais fait valoir ses droits conjugaux, ce qui était sans conteste une preuve de délicatesse.

En le rencontrant dans un milieu qui lui était familier, Arsel avait fini par oublier la peur qu'elle avait eue dans cette ferme silencieuse et obscure, quand seule la lumière tremblante d'une lampe à huile dansait sur le corps mince, couturé de cicatrices, de cet inquiétant inconnu. Elle avait en revanche commencé à se sentir blessée : bien que leur enfant ait déjà cinq mois, Johnson ne l'approchait pas comme doit le faire un mari, et n'avait jamais un geste affectueux. Il ne lui avait pas offert le cadeau traditionnel à la naissance du bébé, vis-à-vis duquel il faisait en outre preuve d'un manque d'intérêt peu naturel. Il n'avait été le voir qu'une seule fois, en pleine nuit, comme s'il avait eu honte. Elle avait essayé de lui en parler, cachant son reproche sous un ton suave. Le matin suivant, elle lui avait dit de sa voix cristalline, qui était le résultat d'années entières d'exercices de diction au collège :

— Johnson chéri, ne veux-tu pas prendre Bébé dans tes bras ?
— Je suis un Shiro, pas une nourrice asix.

— C'est un très bel enfant, dont tu peux être fier. Cela t'ennuie, peut-être, que je l'aie appelé Aziz ? Si tu avais été présent le jour de la cérémonie de l'acceptation, tu aurais pu lui donner le nom de ton père, selon l'usage, mais comme tu n'es pas venu, j'ai choisi celui de mon papa. Si tu le souhaites, quand nous serons à la maison nous organiserons une cérémonie solennelle au temple et tu pourras le renommer selon ton désir.

Elle trouvait qu'elle avait enrobé très habilement son reproche, sous des dehors toujours aimables et soumis, mais son mari s'était borné à hausser les épaules avec indifférence :

— Tu peux l'appeler comme ça te fait plaisir.

Depuis le module qui volait à quelques mètres seulement du sol, Arsel contemplait sans aucun regret le paysage morne et gris de Ta-Shima. Elle allait enfin rentrer à la maison. Elle espérait bien ne plus remettre les pieds sur cette planète et ne plus jamais rencontrer l'un de ces affreux indigènes à l'aspect bestial.

Elle avait cru qu'après son mariage les Asix lui manifesteraient la même déférence qu'à son mari, mais cela n'avait pas été le cas. Ils l'évitaient autant que possible, et la fois où elle avait demandé à l'une des servantes de changer le bébé, celle-ci avait reculé sans rien dire, avant de lui tourner cavalièrement le dos et de s'en aller.

Stupides sauvages ignorants.

Mais, dans quatre semaines, elle serait de retour à la civilisation : spectacles, musique, une nourriture décente, des transports rapides, des magasins, des gens avec lesquels on pouvait avoir une conversation sensée, un climat agréable. La vie, quoi. Elle était impatiente de se faire coiffer et masser dans le solarium sur la terrasse de la Tour où habitait son frère aîné, une des plus prestigieuses du centre-ville. Les deux étages supérieurs étaient composés de galeries commerciales, n'abritant que magasins de luxe, salles holovid, clubs sportifs, centres culturels, et autres commodités qui lui avaient semblé aller de soi quand elle vivait sur Neudachren, mais qui lui avaient cruellement manqué sur Ta-Shima.

Sa mère lui avait peut-être trouvé un appartement indépendant dans une Tour ? Elle préférait les étages supérieurs, au-delà du centième, là où le bruit de la circulation n'arrivait pas. Par les fenêtres on ne voyait que les modules aériens filant à toute vitesse, en un ballet si bien organisé par les ordinateurs de bord que les accidents étaient presque inexistants. Elle le meublerait avec bon goût et classe. Il allait en faire une tête, Johnson, lui qui ne connaissait que ces cabanons en pierre, dépouillés et sinistres, sans même l'holovid ou un autochef, pour ne pas parler d'un lit convenable.

Rinvar n'avait pas besoin de hâter le pas pour rester à la hauteur du vieux cheval de l'ambassade, qui semblait décidé à se reposer tous les dix pas. L'Asix qui le menait par la bride était un vieux mâle à la toison déjà grise. Il était depuis belle lurette au service des étrangers et avait en réserve toute une série d'anecdotes amusantes à propos de ses employeurs. C'était manifestement un homme intelligent, et Rinvar trouvait dommage qu'il travaille pour des gens incapables de l'apprécier.
— Comment se fait-il qu'on t'ait envoyé ici ? lui demanda-t-il.
— Je suis parvenu à apprendre la langue des barbares en quelques semaines.
— Bravo, ce n'est pas facile. Et dire que ces imbéciles te considèrent comme un serviteur ignorant ! Je les ai entendus parler de toi.
— Ce n'est pas tout à fait leur faute, seigneur. Nous avons l'ordre de nous montrer lents et de faire semblant de ne pas toujours comprendre. Les Shiro-adaï qui ont vécu en Extramonde estiment que c'est plus prudent.
— Pourquoi ?
— Pour que les barbares ne pensent pas que nous puissions leur être utiles. Les seigneurs craignent qu'ils essaient de nous forcer à aller travailler pour eux dans d'autres mondes. C'est déjà assez pénible de les avoir dans nos pattes à Niasau, mais d'ici au moins nous pouvons de temps en temps rentrer pour une nuit dans la maison du clan, à Gaia. Si j'étais obligé de passer ma vie dans un des mondes au-delà du soleil, sans jamais voir une dame shiro, même pas de loin, j'attraperais sans aucun doute une crise d'amok.

Rinvar soupira. Pour autant qu'il sache, les Shiro n'étaient pas sujets à l'amok. C'était la raison pour laquelle, à la différence des Asix, ils pouvaient fréquenter pendant quelque temps les universités en Extramonde. Les étudiants, toutefois, partaient avec la certitude de rentrer à la maison au bout d'un nombre déterminé d'années, alors que lui ignorait s'il pourrait revenir un jour.

Le voyant plongé dans ses pensées, l'Asix se tut, respectant son souhait évident qu'on le laisse tranquille. Ce n'était que de la simple courtoisie, dont tout être humain devrait être capable. Mais les étrangers manquaient des plus élémentaires notions de politesse, celles que les petits Shiro apprennent bien avant d'être confiés à un tuteur. Lequel tuteur dispose d'un excellent fouet pour les leur faire entrer dans le crâne, au cas où ils ne les auraient pas bien comprises.

La Tête-de-Paille, par exemple, dès qu'il restait silencieux, se mettait à bêler ses « Gion zon chéri », ou à sortir des absurdités, comme l'histoire du nom de son petit. C'est à la nourrice de choisir comment appeler les enfants qui lui sont confiés, et pas à un parent biologique qui voit son rejeton au grand maximum une ou deux fois avant qu'il devienne adulte et change de nom ! Mais surtout, qu'était-ce que cette idiotie de vouloir nommer une créature pas complètement humaine comme le parent biologique d'un Shiro ? Du reste, il ne connaissait pas le prénom de son père. Tout ce qu'il savait de lui, c'était qu'il avait appartenu au clan Valdez et qu'il avait été un scientifique de haut niveau, si bien que les Jestak avaient continué à utiliser son sperme pour les conceptions encore vingt ans après sa mort.

Ils marchèrent pendant une dizaine de minutes, ne rencontrant que très peu de Shiro. Quand ils prirent la longue route droite qui menait à l'astroport, Rinvar constata avec plaisir qu'elle était déserte, à part quelques piétons, si lointains qu'il n'aurait même pas pu dire s'il s'agissait de Ta-Shimoda ou d'Extramondins.

Soulagé, il laissa glisser le pan du manteau qui lui cachait le visage. Il l'avait gardé remonté jusqu'alors, mais pas à cause de l'habitude, devenue désormais une tradition, que les Shiro se couvrent le visage dans les rues de Niasau. Une telle précaution n'avait aucun sens pour lui qui avait été obligé de conclure une alliance reproductive avec les Sitabeh et qui se préparait à partir pour une de leurs planètes. Ce qu'il avait voulu éviter, c'était d'être reconnu par ses congénères.

Tout en marchant, il regardait autour de lui, pour imprimer dans son cerveau tous les détails de ce monde qu'il allait quitter, il ne savait pour combien de temps. Dans sa vie, lui semblait-il, il n'avait rien fait d'autre que perdre tout ce à quoi il était attaché. En tout premier lieu ses sei-hey – et le souvenir de leur mort brûlait encore comme le poison qu'injecte la pince d'un scorophon, bien que sept saisons sèches se soient écoulées depuis. Puis il y avait eu Doni et les autres Asix de Gorival, qu'il connaissait depuis l'enfance, avec lesquels il avait fréquenté les écoles et l'Académie, fêté les Trois Lunes et partagé d'innombrables repas et corvées de travail.

Mais la perte qui l'attendait maintenant était la plus douloureuse. Il ne s'agissait pas tant des quelques personnes avec lesquelles il avait noué un semblant de relation humaine, Doran Huang, maître Tarr et la conseillère Suvaïdar, que de tout son monde et de sa manière de vivre.

Il aurait dû bouillonner d'une colère noire, sans autre idée en tête que de trouver quelqu'un qui fasse mine de lui manquer de respect, pour l'inviter à un entraînement amical, avec les lames-de-sang. Mais il n'y avait pas un seul Shiro en vue, et cela suffisait pour qu'il soit détendu, comme après un bon entraînement d'escrime, ou un bain dans le bassin commun de la maison du clan.

S'il n'y en avait pas non plus dans l'astronef, alors les Asix de l'équipage ne seraient pas gênés par sa présence. Ils le traiteraient normalement, comme le faisait le vieux conducteur de la charrette, tout heureux de lui raconter ses histoires sur les barbares, ou même de marcher tout simplement à ses côtés en silence.

N'ayant cure de maintenir une expression impénétrable, il sourit ouvertement à l'Asix, lui demandant des nouvelles de ses descendants biologiques et de son clan. Il écouta d'une oreille distraite la réponse, détaillée et prolixe. Ce n'étaient pas les mots qui étaient importants, c'était le bruit de fond de la voix rauque, qui avait sur lui l'habituel effet apaisant.

L'astroport était presque désert. L'unique astronef au sol avait terminé le chargement des marchandises. Pour satisfaire aux exigences des quatre ou cinq passagers qui embarquaient sur Ta-Shima, la femme asix qui bâillait d'ennui appuyée contre la porte d'accès aux pistes suffisait largement.

—Shiro-adaï! dit-elle en se réveillant dès qu'elle l'aperçut. Puis-je faire quelque chose pour toi?

—Juste me laisser passer : je suis l'un des trois passagers pour lesquels l'ambassade a fait une réservation.

—Ah! dans ce cas-là fais bon voyage, seigneur. Que vas-tu étudier?

— Les plantes des autres mondes qui n'ont pas été acclimatées sur Ta-Shima. Nous pourrons peut-être importer d'autres fruits ou légumes.

—J'espère que tu vas nous rapporter quelque chose de bon. J'ai fait partie d'un équipage pour deux voyages et je ne peux pas dire que ce que les barbares mangent vaille grand-chose. Peut-être que c'est juste parce qu'ils ne savent pas cuisiner.

Elle le laissa passer sans le contrôler, bien sûr : si un seigneur shiro déclarait qu'il avait le droit d'embarquer, cela signifiait qu'il l'avait. Aucun Asix ne se serait permis de l'ennuyer avec des bagatelles sans importance, comme un ticket ou une preuve quelconque qu'il avait effectivement payé le voyage. Mais avisant un Extramondin qui se préparait à emboîter le pas au seigneur, elle le bloqua :

—Arrête-toi, où vas-tu ? Par là il n'y a que l'embarquement du vol de ligne Wahie-Oderissan-Neudachren.

—C'est justement l'astronef que je dois prendre.

—Comment t'appelles-tu ? (Dans les mains de la femme s'était matérialisée une plaque d'ardoise couverte d'indications manuscrites.) À quel nom a été faite la réservation ?

Dès qu'il fut à bord, Rinvar oublia ses regrets, ainsi que ses soucis concernant son avenir. Il y avait trop de choses nouvelles, bien plus étranges que ce qu'il avait vu à l'ambassade. Plein de curiosité, il se promena en long et en large dans l'astronef, veillant toutefois à rester à distance prudente de tout ce qui aurait pu déclencher un mécanisme quelconque.

Le sol et les cloisons, d'un matériau inconnu, luminescent, possédaient une étrange forme concave. Les pieds s'enfonçaient légèrement dans le sol, qui reprenait immédiatement sa forme, comme s'il avait été fait d'herbes coupées ou de mousse.

Il croisa un jeune Asix souriant qui lui montra où se trouvait la cambuse. Après avoir contrôlé la liste qu'il tenait à la main, le jeune homme remarqua :

—Il y a une erreur, seigneur. On t'a mis dans la même cabine que deux mangeurs de cadavres. Avec ta permission, je vais te déplacer dans le dortoir pour êtres humains. C'est beaucoup plus agréable : la température est normale et il n'y a pas de mauvaises odeurs. Pour t'aménager un petit logement, il suffira de déplacer quelques quintaux de boîtes de nourriture ; un travail de une ou deux heures au maximum.

—Crois-tu vraiment nécessaire de m'attribuer une cabine ? N'y aurait-il pas l'un ou l'autre membre de l'équipage disposé à m'inviter pour la nuit ?

—Ah ! elles en ont de la chance, les filles ! Dommage qu'aucune dame shiro ne voyage avec toi.

— Je partagerai la natte avec tous ceux qui voudront bien m'inviter, femmes ou hommes.

Rinvar avait formulé sa demande de manière diplomatique. Les Asix qui partageaient volontiers la natte avec un homme étaient rares, mais s'il les y avait invités ouvertement, nul doute qu'ils auraient tous accepté pour ne pas le décevoir. Or, il voulait absolument éviter qu'ils se sentent obligés.

— N'y a-t-il aucun autre Shiro à bord ? demanda-t-il encore, d'un air de fausse indifférence.

— Non, hélas. Et dire qu'au cours du premier vol de la saison sèche, il arrive souvent qu'il y ait deux, voire trois seigneurs ou dames qui partent étudier dans les universités de l'Extramonde !

Il avait l'air navré, mais Rinvar soupira avec soulagement, se disposant à entamer un voyage qui avait toutes les chances de se révéler agréable.

— Veux-tu me donner ton sac, seigneur ? Je le déposerai au dortoir, comme ça tu seras plus à ton aise pour visiter l'astronef.

Il aurait dû refuser, bien sûr. Son sac ne pesait pas excessivement lourd, il n'y avait aucune raison de confier à l'Asix une tâche qu'il pouvait parfaitement mener à bien tout seul. Mais le jeune homme tendait déjà la main, souriant, et il céda à la tentation, vu qu'il n'y avait personne pour le lui reprocher.

Pendant des heures, il explora les coursives de l'astronef accessibles au public, s'attardant dans la coupole d'observation, qui était en fait plutôt un très grand hublot qu'on ouvrait en orbite, pour permettre de voir l'extérieur au départ et à l'arrivée. Il flâna dans la petite serre où les Asix s'escrimaient à cultiver des légumes pour agrémenter leur ordinaire en vol et s'étonna devant les bassins hydroponiques, dans lesquels se multipliaient à un rythme exponentiel les fades levures dont raffolaient les barbares.

Tout était nouveau et intéressant, comme l'avait prédit Suvaïdar-adaï, au point qu'il en oublia de manger. Alors qu'il sortait d'un local bourré de grands appareils silencieux, dans lequel il n'était pas sûr d'avoir le droit de fourrer son nez, il faillit se cogner contre une Asix qui transportait un tas de grandes boîtes carrées.

— Dans cette partie du vaisseau les passagers ne sont pas admis ! s'écria la femme.

Puis, en lorgnant par-dessus les boîtes elle vit à qui elle avait affaire.

—Seigneur shiro, mes excuses. Je ne savais pas que c'était toi. Tu peux aller où cela te plaît, bien entendu, mais sur ce pont-ci il vaudrait peut-être mieux que l'un de nous t'accompagne. Dans la salle des machines, il suffit d'un petit geste pour endommager un composant, ou, pis, pour mettre en marche quelque chose qui doit absolument rester éteint. Cela pourrait causer de gros ennuis.

—Je voudrais voir le dortoir. Peux-tu me l'indiquer? Je parle de celui pour humains, j'ai déjà découvert où se trouvent les cabines des Sitabeh.

La femme lui adressa un grand sourire ravi, déposa par terre, au beau milieu de la coursive, le plateau chargé de thermobox qu'elle avait sur les bras, puis le pilota jusqu'au pont inférieur.

Dès qu'ils passèrent la porte étanche, Rinvar inspira avec délectation. L'air n'était pas glacial et sec à l'instar du reste de l'astronef, mais tiède et humide, comme un matin de la saison des pluies à Gorival. Dans un espace si restreint l'odeur de cannelle et de noix muscade des Asix était presque palpable et terriblement excitante.

—Nous n'avons pas de nattes, seigneur, mais seulement des hamacs. Voici le mien.

L'Asix ouvrit une espèce de cocon suspendu à un système de joints de cardan, puis elle ajouta, d'un air plein d'espoir:

—Veux-tu t'assurer que c'est confortable, seigneur?

—Je ne sais pas comment on fait pour les fermer de l'intérieur, ne pourrais-tu pas me montrer? répondit-il en riant, tout en faisant déjà tomber sa veste des épaules.

Il ne s'aperçut même pas que l'astronef décollait ni que le soleil de Ta-Shima rapetissait toujours plus, pour se confondre avec les autres étoiles dès le premier saut. Il passa le reste de la journée ainsi que la nuit qui suivit en compagnie de tous les Asix qui avaient quartier libre.

Fière et satisfaite, la femme avec laquelle il avait partagé le hamac alla à la cambuse chercher le repas du soir pour tout le monde, tandis que les autres se pressaient autour de lui, lui offrant du thé et des boissons au goût de fruits, du vin et de la bière, du raisin de Gorival et des petits gâteaux de riz, l'invitant dans leur hamac et lui garantissant qu'ils seraient à sa disposition, nuit et jour, pour tout ce qu'il pourrait désirer.

Le deuxième jour du voyage, quand elle le croisa le matin dans une coursive, Arsel prit son courage à deux mains et s'enquit:

—Où as-tu dormi? Tu n'es jamais venu dans la cabine.

— J'ai été hébergé dans le dortoir de l'équipage.

— Nous avons une belle cabine de catégorie luxe, suffisamment spacieuse pour nous trois, rétorqua-t-elle d'un ton décidé, faisant du menton un signe en direction du bébé dans ses bras.

Elle ne tenait pas particulièrement à la compagnie de son prétendu mari, mais elle avait appris que dans l'astronef, outre les passagers montés sur Wahie qui allaient débarquer sur Oderissan – et dont elle se fichait éperdument – il y avait le capitaine Aber, qui était souffrant et ne voulait pas être dérangé. Un autre passager allait aussi débarquer sur Neudachren : c'était un commerçant originaire de ce monde qui rentrait à la maison à titre définitif. Il ne fallait pas qu'au cours du voyage se répandent des ragots à propos d'un jeune couple qui ne passait jamais la nuit dans le même lit. Bien que sa voix tremble un peu, elle se força à paraître assurée :

— Chez nous, il est d'usage que mari et femme dorment ensemble et prennent leurs repas ensemble. Si tu veux vivre sur Neudachren, tu dois respecter nos traditions. Je suis sûre que les autres passagers jasent déjà derrière notre dos.

Rinvar ne protesta pas.

La femelle s'approcha de lui, lui souriant avec son visage grotesquement peint en rouge et bleu. Il l'examina, la tête inclinée sur le côté. Dans la ferme elle lui était déjà apparue assez laide, mais maintenant elle s'était enduit le visage de couleurs criardes, s'était accroché des morceaux de métal avec du verre de couleur un peu partout et s'était construit sur la tête une architecture compliquée. Elle était affreuse.

Il y avait donc un prix à payer pour s'éloigner de Ta-Shima et des Huang, bien décidés à lui faire expier en salle d'armes ce qu'ils considéraient comme une honte pour tout le clan. Eh bien, il n'y avait là rien de nouveau, tout se paie dans la vie. Il le savait déjà le jour où il avait abandonné le pantalon de sa nourrice pour s'en aller vers l'inconnu, marchant respectueusement derrière son tuteur, tout en s'efforçant désespérément de ne pas montrer à quel point il était malheureux et terrorisé.

Le vieux Sitabeh avait payé son voyage ; si, en échange, le clan Rasser exigeait qu'il mange avec les étrangers dans la cambuse, il allait le faire. Et s'il devait absolument dormir dans la cabine de la femelle, eh bien, il était disposé à y passer une heure ou deux chaque soir, si c'était absolument indispensable, après quoi il irait rejoindre un Asix – ou une

Asix – dans les hamacs de l'équipage. Il y avait après tout quelque chose de vrai dans ce qu'avait dit la fille : il se rendait dans leur monde, c'était à lui de s'adapter – dans certaines limites, évidemment.

Il pourrait même envisager de dormir de temps en temps avec cette femelle stupide, mais une chose était sûre : quoi qu'elle dise ou fasse, il n'allait sous aucun prétexte jouer avec elle comme si elle avait été une vraie femme, et cela bien qu'il ne coure désormais plus aucun risque. Suvaïdar lui avait en effet placé un implant contraceptif qui allait le rendre stérile pour les cinq années à venir.

Il leva de mauvaise grâce la main gauche, puis, se souvenant que les barbares ne comprenaient pas le langage gestuel, il répondit :

—D'accord. Veux-tu manger maintenant ?

—Non, à cette heure-ci il n'y a personne dans la cambuse.

—Quelle importance ?

—Si personne ne nous voit, c'est inutile.

Ce n'était donc pas qu'elle souhaitait manger et dormir avec lui, tout ce qui l'intéressait, c'était que les autres passagers les voient ensemble. Les barbares étaient vraiment ridicules. Il fit taire la petite voix qui chuchotait dans son cerveau qu'il s'agissait là d'une forme d'étiquette, primitive, d'accord, mais au fond pas tellement différente de celle que la tradition imposait dans la maison d'un clan. La différence principale étant qu'ici une infraction ne suscitait que des remontrances, pas un duel.

—D'accord, répéta-t-il. Je viens dîner avec toi à la cambuse, après quoi je viens dans ta cabine. À quelle heure ?

—Au dernier service, avant l'heure de dormir.

Arsel fut profondément blessée quand son mari lui tourna le dos sans un geste d'affection et sans daigner gratifier leur enfant d'un regard.

Rinvar ne s'en rendit pas compte. L'aurait-il compris que cela n'aurait pas eu pour lui la moindre importance. Plusieurs heures le séparaient du repas avec les barbares et il savait très bien comment il allait les occuper.

Son programme prévoyait un entraînement d'escrime dans la salle à gravité réglable. L'équipage était tenu de s'y exercer tous les jours, pour prévenir les dommages à l'appareil locomoteur causés par la gravité réduite. Les passagers avaient le droit de s'y rendre, bien sûr, mais rares étaient ceux qui le faisaient. Ils ne restaient que quelques décades à bord et pour eux ce n'était pas indispensable.

Après l'entraînement il avait l'intention d'aller donner un coup de main aux Asix qui s'occupaient du petit potager, où ils cultivaient des légumes à croissance rapide. Apprenant qu'il était agronome, ils lui avaient demandé de jeter un coup d'œil à certaines plantes qui ne prospéraient pas autant qu'elles l'auraient dû, et il était bien content de pouvoir leur rendre ce service.

Une fois le repas du soir terminé, il allait rester quelque temps dans la cabine de l'étrangère puis, avant de se rendre au dortoir, il ferait un saut au pont des commandes. L'entrée en était interdite aux passagers, mais pendant ce qui par convention de bord était « la nuit », la garde à la passerelle était assurée par un Asix, qui lui avait proposé de lui montrer les enregistrements des vues de Ta-Shima depuis l'orbite.

Pour la première fois depuis qu'il avait quitté la maison de sa nourrice, il n'était ni de service ni de corvée domestique de toute la journée. Il n'avait rien d'autre à faire que se reposer et se promener où bon lui semblait, au gré de ses caprices ; de plus, il jouissait de la compagnie de tout un groupe d'Asix intelligents, qui lui montraient des merveilles de la technique dont il n'aurait jamais soupçonné l'existence.

Aucun risque que l'un des responsables du clan surgisse devant lui à l'improviste, pour demander d'une voix glaciale s'il avait par hasard été exempté des corvées domestiques, et dans ce cas sur l'ordre de qui. Il s'aperçut qu'il souriait tout seul comme un imbécile et se hâta de reprendre l'expression impénétrable imposée par l'étiquette. Mais un nouveau sourire illumina son visage. Les personnes qui auraient pu lui reprocher son infraction au code shiro étaient désormais à une distance astronomique, au sens littéral du terme.

Une idée fascinante ! Cela valait la peine de l'examiner à fond, et il s'arrêta au beau milieu de la coursive qu'il était en train de parcourir pour y réfléchir posément.

Je peux faire tout ce que je veux, maintenant, sans risquer une condamnation : personne dans l'astronef n'a un grade supérieur au mien. Je peux parler aux étrangers si j'en ai envie, ou bien rester dans le dortoir de l'équipage. Je peux rire avec les Asix, même à haute voix. Je pourrais en toucher un en public si l'envie m'en prenait !

Je peux boire un verre de vin en plus, parce que je ne suis pas obligé d'être constamment sur mes gardes, toujours prêt à suivre quelqu'un en salle d'armes pour défendre mon honneur et ma vie.

Personne n'a le droit de me condamner au fouet ou aux mines, personne ne peut ordonner que mon tatouage soit barré d'un X, pour indiquer qu'au clan il est désormais indifférent que je sois mort ou vif. Pourquoi étais-je si opposé à l'idée de partir ? Je me suis laissé influencer par Oda Huang qui trouvait le monde barbare horrible, mais en réalité, bien que j'aie toujours trouvé Oda très attirant (il soupira avec une ombre de regret) *il faut bien reconnaître que ce n'est qu'un querelleur entêté, si fortement imprégné par le Sh'ro-enlei qu'il doit garder le dos raide même quand il dort.*

Le rencontrant debout dans la coursive, les yeux dans le vague, deux Asix de l'équipage s'arrêtèrent, tout étonnées, puis elles lui demandèrent si elles pouvaient faire quelque chose pour lui.

Il tapa joyeusement sur l'épaule de celle qui était la plus proche et la femme sursauta, les yeux écarquillés : l'honoré seigneur allait-il souffrir aussi d'une crise d'amok ?

À voir sa tête, Rinvar éclata d'un rire retentissant :

— Fini l'étiquette et le Sh'ro-enlei ! lui communiqua-t-il. C'est l'aventure qui commence. Je viens de m'apercevoir que l'Univers est un peu plus vaste que la maison d'un clan.

Chapitre 23

Les bras ballants, Li Hao restait assis devant sa table de travail couverte de notes ; le matériel dont il disposait aurait été largement suffisant pour un deuxième cube holo.
Mais il n'avait aucune envie de se mettre au travail.

Il avait été sûr que son premier cube aurait un succès retentissant dans le monde scientifique, et qu'ensuite les éditeurs de textes universitaires allaient se précipiter pour lui proposer des contrats juteux pour sa prochaine publication. Mais il n'avait reçu qu'une série de refus polis, enveloppés de phrases de circonstance : « Une œuvre certes intéressante, qui fait preuve d'une analyse très exhaustive, ce qui ne peut que nous faire regretter l'absence d'une synthèse en guise de conclusion… » etc., etc.

Le professeur n'avait eu aucune peine à traduire cela en langage courant : votre cube est prolixe et ennuyeux.

Bien sûr, le réalisateur de l'abominable série holo *Ta-Shima, terre de héros* lui versait des droits d'auteur d'un montant tout simplement effarant. Cela lui permettrait – s'il en avait envie – d'engager un secrétaire humain au lieu de se contenter de son comp-system, ou, après son retour, de l'intelligence artificielle de l'université. Enfin, quand il arrivait à se faire allouer un créneau de consultation. Mais pourquoi se donner la peine de classer ses notes ? De toute façon, ce qu'il écrivait n'intéressait personne… Enfin, personne de sérieux. La série avait eu en effet un succès foudroyant et il était submergé de messages ineptes émanant d'admirateurs qui se proposaient de l'aider à monter une expédition dans les jungles de Tazzima (Tazzima !) ou de soutenir une révolte visant à libérer la belle princesse asix prisonnière les dieux seuls savaient de qui.

Il était parfois tenté d'accepter, juste pour voir la tête que tireraient ces imbéciles heureux à la vue d'une Asix en chair et en os, avec son museau de guenon !

Sa femme aussi s'était manifestée, avec un zip par subéthérique.

— Tu es content, mon chéri ? Tu es en train de devenir célèbre, et c'est à *moi* que tu le dois, tu sais ? C'est moi qui ai eu l'idée de transmettre une copie de ton cube au centre « Productions œuvres de loisirs » de l'holovid. Sans cela…

Il avait brutalement coupé le zip avec des envies de meurtre, et s'était empressé d'accepter la reconduction de son poste pour quatre années standards. Il aurait fait n'importe quoi pour ne pas rentrer sur sa planète, où, soir après soir, il lui faudrait subir la voix geignarde de son épouse.

Depuis, il avait eu tout le loisir de regretter sa décision : en effet, il s'ennuyait à mourir. Pour la première fois de sa vie il manquait d'entrain et n'avait aucune envie de continuer ses recherches.

Avant l'abominable série holo (qui avait sonné le glas de sa réputation dans toute université digne de ce nom) il était tout heureux chaque fois qu'il avait l'occasion d'interroger les Asix pour enregistrer des expressions particulières, qu'il décortiquait ensuite pour en découvrir l'étymologie. Mais à quoi bon continuer, maintenant ?

Il avait aussi abandonné son projet d'article sur la syntaxe et la grammaire du gorin : si son travail en anthropologie, son domaine spécifique, avait été dédaigné, quel éditeur allait accepter un texte de linguistique, matière qui n'était que son violon d'Ingres ? Toutes ses notes, des heures entières d'enregistrements, fruit d'un labeur patient et passionné, ne serviraient jamais à rien.

Il était sur le point de mettre rageusement à la corbeille l'ensemble de la mémoire de l'holocaméra, mais il changea d'avis. Après tout, il y devait y avoir là-dedans des éléments qu'il allait pouvoir exploiter pour ses cours à l'université. Le problème, c'est qu'il avait tout noté pêle-mêle et qu'il ne s'était jamais donné la peine de mettre de l'ordre dans ce fatras.

Il glissa la puce-mémoire dans son comp-system, lui ordonnant de commencer par éliminer tout ce qu'il avait déjà utilisé dans son cube. Puis, le cœur lourd, il effaça tout ce qui se référait à la linguistique.

Les heures d'enregistrement s'étaient réduites à mille deux cents.

C'était toujours trop.

En soupirant, il commença à tout écouter depuis le début, pour un premier tri.

Il y avait l'introduction historique : « *Un groupe de scientifiques, provenant de la planète Estia...* »

Cela pourrait servir. Ses étudiants ignoreraient tout d'un monde comme Estia, qui avait été détruit des siècles auparavant. Il lui faudrait prendre quelques précautions en enregistrant ses cours, toutefois : les groupes religieux les plus extrémistes n'accueilleraient pas sans protestations les allusions aux recherches peu orthodoxes qui avaient été menées au cours de cette période confuse et si mal documentée de l'histoire.

Les semaines suivantes, il écouta ses notes, les élaguant sans pitié, avec une sorte de plaisir masochiste. Pourquoi avait-il gardé les interviews des commerçants, enregistrées la première année qu'il avait passée sur Ta-Shima ? À présent, il en savait tout autant qu'eux, sinon plus.

La voix de Gun Hartog – le jeune associé de Tani qui n'avait résisté qu'une année sur la planète – clamait :

« *Je m'en vais, je ne supporte plus de voir ces gens ! Avec leurs yeux dont on ne voit pas le blanc, les Asix ressemblent à des animaux, et, pour ce qui est des Shiro, ils n'ont pas le moindre brin d'humanité ! Même Tani en a peur, alors qu'il vit ici depuis je ne sais combien de temps !* »

Le professeur se raidit, tandis qu'une série d'éléments, apparemment sans aucun lien, s'emboîtaient de façon inattendue, lui proposant une image claire. Et inquiétante.

L'université d'Estia, qui avait hébergé les plus grands savants des mondes humains...

Les manipulations génétiques criminelles découvertes sur Orivaï, qui avaient été à l'origine de l'épouvantable hécatombe des grandes guerres...

Mais Orivaï n'avait jamais eu une grande tradition culturelle. Il était difficile de croire que les génies dévoyés qui avaient pratiqué les audacieuses interventions d'ingénierie génétique aient pu sortir des universités de ce monde, davantage préoccupé de la recherche du plaisir que de la recherche scientifique.

Et à côté de cela, Ta-Shima, dont les habitants étaient différents des standards de l'espèce, légèrement, bien sûr, toutefois assez pour qu'à tout le monde (lui-même compris) il arrive de temps en temps de se référer à eux en utilisant le terme « inhumains ».

Le professeur émit un son étranglé, puis il mugit :

— Et ça se prétend anthropologue ! Imbécile ! Débile profond ! Triple buse ! Aïe ! (En se tapant le front de la paume de la main il s'était fait mal.)

— Problème ? grogna une voix asix derrière sa porte. Aide ?
— Non, non, c'est juste que… Oh, laisse tomber !
— Quoi tomber ? Moi viens ramasser ?
— Ce n'est RIEN ! hurla Li Hao. Va-t'en !

Au bout de cinq années de recherches pointilleuses sur un tas de détails, le professeur Li venait tout à coup de voir la forêt que les arbres lui avaient cachée, la vérité qu'il avait eue sous les yeux pendant tout ce temps, si évidente qu'il lui semblait maintenant impossible de ne pas s'en être rendu compte auparavant.

Il commença à dicter fébrilement. Observations, données, déductions s'enchaînaient toutes seules. Les idées se présentaient à son esprit sans qu'il peine à les chercher et ses formulations étaient un chef-d'œuvre de clarté.

Son humeur était remontée au beau fixe et il travaillait avec enthousiasme. Cette fois, il n'allait pas se lancer dans un ouvrage de longue haleine, il allait se borner à un article, une demi-heure d'écoute en tout et pour tout, mais cet article allait exploser comme une bombe dans le monde académique, le rendre célèbre, couronner dignement toute sa carrière.

Un doute vint le troubler un instant.

Si ses conclusions étaient correctes, comment se faisait-il que personne jusque-là n'ait compris ce qu'étaient en réalité les habitants de Ta-Shima ?

Il ne lui fallut que quelques minutes de réflexion pour comprendre.

L'horreur vis-à-vis des mutants était profondément implantée dans la culture des cent vingt-sept Mondes Fédérés. Cependant, si l'histoire des grandes guerres était au programme de toutes les écoles, en réalité aucun texte ne décrivait précisément quelle forme avaient eue les chimères de laboratoire ; on n'y faisait référence que par des allusions aussi pudiques qu'obscures. Le terme même de « génétique » était évité parce que considéré comme vulgaire, voire, sur certaines planètes, blasphématoire.

Sans jamais en avoir formulé l'idée, lui-même – un professeur universitaire d'anthropologie ! – avait vaguement imaginé des êtres monstrueux, tellement *autres* qu'il les aurait immédiatement reconnus pour ce qu'ils étaient. Il ne lui était pas venu à l'esprit que les mutants pouvaient ne pas se différencier des humains, au moins superficiellement.

Il eut un sursaut de dégoût à l'idée des commerçants qui avaient eu des enfants de leurs concubines asix – des enfants d'une femme mutante ! Puis une nouvelle idée désagréable vint interférer avec ses rêves de gloire académique. Son article ne risquait-il pas de devenir le petit caillou qu'on fait tomber de la cime d'une montagne, et qui mille mètres plus bas déclenche une avalanche ? Le retentissement qu'il allait provoquer dans le monde des savants ne serait rien comparé à l'émotion qu'il allait susciter dans les couches des populations planétaires dont les sagas simplistes de l'holovid représentaient la seule source de culture. Et alors... Qui sait si Neudachren ne se sentirait pas tenue d'envoyer une flotte militaire dans les cieux de Ta-Shima ?

Le soir venu, tandis qu'il promenait sans appétit son repas d'un côté à l'autre de l'assiette, il eut l'idée de se lancer – avec la plus grande discrétion – dans un sondage d'opinion.

Au cours de la promenade digestive qu'il avait pris l'habitude de faire le soir en compagnie de Son Excellence, il lui confia :

— Je suis un peu préoccupé. Il semblerait que le dernier cours que j'ai fait à l'université ait suscité la colère de certains représentants du clergé.

— Qu'avez-vous bien pu raconter pour attirer l'attention de l'Église ?

— Le cours avait pour titre *Landsend et Orivaï*, mais en fait avant mon départ je n'ai réussi à terminer que la partie sur Landsend ; celle sur Orivaï a été confiée (toujours sous ma responsabilité, hélas) à un collègue qui se serait un peu trop complu dans la description des manipulations génétiques pratiquées sur cette planète...

— Cela ne m'étonne pas que le clergé soit intervenu. Une université n'est pas l'enceinte la plus appropriée pour raconter des obscénités ! s'indigna l'ambassadeur.

— L'université est un centre de connaissances ; si on devait en exclure tout sujet scabreux, autant revenir aux temps de la censure ecclésiastique. Mon collègue ne voulait que rendre claires pour les étudiants les raisons qui ont conduit à la guerre.

— Eh bien, il n'avait qu'à les exposer avec un minimum de discrétion. Cette époque constitue une tache infamante dans l'histoire de l'humanité. J'ai beau avoir fait carrière dans l'astroflotte militaire, vous savez que je ne suis pas un belliciste, loin de là : la guerre n'est à mes yeux que l'ultime recours, évitable si les diplomates font leur travail comme il faut. Et pourtant, il y a une circonstance où elle est inéluctable : quand l'adversaire incarne le mal absolu et que sa destruction s'avère nécessaire, non pour un quelconque intérêt nationaliste, ou pis, commercial, mais pour le bien de l'humanité tout entière. La croisade de Landsend contre les monstruosités sorties des laboratoires d'Orivaï en est l'exemple parfait. On peut déplorer que la situation ait dégénéré jusqu'à une guerre qui a enflammé toute la galaxie. Toutefois, si Landsend n'était pas intervenue, vous rendez-vous compte qu'aujourd'hui encore nous risquerions de croiser une de ces abominations créées par des irresponsables – juste en nous promenant dans la rue, comme nous le faisons maintenant ?

—Oui, vous avez raison, approuva Li Hao, en suivant des yeux une dizaine d'abominations munies de paniers d'osier : la marée était basse et les Asix descendaient sur l'isthme ramasser des mollusques et des algues.

Si Rasser, homme cultivé qui avait vécu sur des mondes différents, qui avait été en contact avec des civilisations diverses, réagissait d'une façon si viscérale, qu'allait faire la masse inculte qui vivait dans les faubourgs de Dachrenstadt, toujours prête à descendre dans la rue pour des manifestations qui tournaient souvent à l'émeute ?

Déprimé, Li Hao alla tailler une bavette avec celui qu'il considérait comme le grand expert de la mentalité ta-shimoda : Osmad Tani. Devant une carafe de vin rouge de Gorival (nettement meilleur que celui qu'on servait à l'ambassade) il amena la conversation sur la politique.

—Je suis bien content que les modérés soient maintenant au pouvoir sur Neudachren. Leur doctrine consistant à laisser une plus grande autonomie aux planètes périphériques est bien reposante.

—Très juste, approuva le commerçant. Je vous avoue que chaque fois qu'un extrémiste de Dachrenstadt reparle de la nécessité d'unifier tous les mondes humains, j'en ai des sueurs froides.

—Ne croyez-vous pas que vous exagérez un peu ? Après tout, que pourrait-il arriver si l'astroflotte de Neudachren apparaissait dans le ciel pour lancer un ultimatum ? Ta-Shima devrait l'accepter, comme l'ont fait dans le passé d'autres mondes plus ou moins récalcitrants, qui ont fini par adhérer à la Fédération. Un événement sans doute désagréable, mais personne n'en est mort.

— Personne ? demanda Tani en levant un sourcil.

— Enfin, personne à part un millier d'exaltés du Front de libération de Santarrosa.

— Et les rebelles de Nueva Vida, compléta Tani.

» Avez-vous réfléchi à ce qui arriverait si l'armée fédérale décidait de débarquer ? Je vais vous le dire : les Shiro affronteraient les soldats en armure souple avec leurs inutiles armes blanches et se feraient massacrer jusqu'au dernier homme – ou à la dernière femme. Aucun adulte ne resterait en vie.

Il se passa une main sur les yeux, puis s'enquit :

— Pourquoi soulevez-vous cette question ? L'ambassade a reçu des renseignements sur un plan d'annexion forcée de la planète ?

— Non, bien au contraire ; à ce que je sais, l'idée a été abandonnée, du moins provisoirement. Ce n'était qu'un discours théorique.

— Eh bien, choisissez un autre sujet, faites-moi plaisir. Chaque fois que je pense à une pareille éventualité, je me sens mal. N'oubliez pas que j'ai des concubines et des enfants !

— Mais les Asix ne courraient aucun danger, n'est-ce pas ?

Tani leva les yeux vers la fenêtre. Toute une bande de gamins travaillait dans le potager derrière la maison, sans cesser un instant de chahuter et de rire.

— Vous vous trompez. Ils se battraient tous pour défendre leurs sanguinaires seigneurs. Tous, y compris les demi-Asix, comme ces crétins que sont mes enfants, lança rageusement le commerçant, mais sur le dernier mot sa voix trembla. (Il avala sa salive avant de continuer :) Vous souvenez-vous de l'échauffourée meurtrière qui s'est produite quand une patrouille de cet Aber de malheur a tué une vieille Shiro ? Je savais qu'il y avait eu des dizaines de morts, mais personne ne connaissait les noms de toutes les victimes. Cette nuit-là, Tanina, ma deuxième fille, n'est pas rentrée. Je suis resté éveillé jusqu'au matin, en me demandant si elle ne se trouvait pas parmi ces cadavres brûlés au point d'être méconnaissables. Pour finir, on a appris qu'elle avait juste passé la nuit avec un garçon. Je n'avais jamais eu si peur de ma vie !

Li Hao rentra à l'ambassade d'une humeur massacrante, en se disputant furieusement avec lui-même.

Penser en termes abstraits aux victimes des désordres sur Santarrosa, un monde à des dizaines d'années-lumière de distance, était une chose, imaginer les personnes qu'il connaissait impliquées dans les mêmes désordres, c'en était une autre.

Les concubines de Tani, ses enfants – dix-sept, sauf erreur –, de bons gosses, bien que moches comme des singes.

Le personnel de l'ambassade, qu'il côtoyait depuis des années.

Les agriculteurs de la ferme où était morte cette pauvre deuxième Mme Rasser.

Même si les Asix ne se faisaient pas tuer bêtement en s'interposant entre les armes à plasma et les Shiro, la Fédération allait les considérer comme une monstruosité. Et quelle était leur faute ? De descendre de créatures issues des lubies qui avaient germé, des siècles auparavant, dans le cerveau malade de scientifiques incapables de se fixer des limites, voire de respecter celles que l'éthique professionnelle aurait dû leur imposer.

Toutefois, si un crime avait été commis – quant à lui, il en était sûr – les coupables étaient morts depuis des siècles. Neudachren n'allait tout de même pas tenir pour responsables les habitants actuels de la planète, n'est-ce pas ? Punir des innocents serait absurde.

Mais si les conservateurs exigeaient la stérilisation en masse de la population ? Ce serait une mesure sans effusion de sang, contre laquelle les progressistes ne soulèveraient pas d'objection : ce ne serait que justice d'empêcher des gens qui étaient le résultat d'un crime odieux contre l'humanité de se multiplier et de diffuser l'abomination dans tous les mondes humains.

D'un autre côté, il était clair que les Ta-Shimoda ne pensaient nullement à diffuser quoi que ce soit. Ils demandaient juste qu'on les laisse en paix sur leur horrible planète. Aucun d'eux n'avait jamais émigré, même pas ces demi-Ta-Shimoda qu'étaient les enfants de Tani ou des autres commerçants.

Fatigué de se débattre avec ses « toutefois » et ses « d'un autre côté », le professeur secoua la tête. Tout cela ne le regardait pas. Il devait penser à sa carrière.

Je ne suis pas responsable des décisions que pourrait prendre le gouvernement fédéral, se dit-il, *et encore moins des actions de savants criminels morts depuis sept siècles. Je ne vais pas perdre la seule occasion que j'aie jamais eue de me faire un nom dans le monde académique !*

Rentré dans sa chambre il réécouta son article, en admirant le style, l'enchaînement des déductions, la conclusion d'une logique imparable. C'était le meilleur texte qu'il ait rédigé de toute sa vie. Il imagina les informations à l'holovid :

Un anthropologue découvre les traces d'un ancien crime resté impuni...

L'intuition géniale d'un obscur professeur... (Il revint mentalement en arrière, effaçant « obscur » :) *L'intuition géniale d'un professeur d'université...*

Li Hao reçoit le prestigieux prix...

Le professeur Li invité à tenir un cycle de conférences...

Il ôta la puce-mémoire, puis il examina à contre-jour cet objet d'aspect si insignifiant qui représentait tout son avenir : une carrière brillante, les honneurs académiques, le prestige social...

Avec un soupir à fendre l'âme, il déposa la puce sur le sol et l'écrasa sous son talon.

Chapitre 24

— La *Perle de Neudachren* est en phase d'approche, Excellence. Le commandant prévoit de la placer en orbite dans trois jours.

— Merci, Excellence. (Rasser sourit.) Avez-vous oublié ? C'est vous l'ambassadeur maintenant !

— Que voulez-vous, c'est l'habitude. Je vous ai donné ce titre huit années SN durant. En changer d'un jour à l'autre, ce n'est pas évident. Vous allez nous manquer, Exc… euh… monsieur, mais j'imagine que vous êtes heureux de rentrer à Dachrenstadt.

Rasser grommela une réponse incompréhensible.

Deux mois auparavant, il avait présenté sa démission. Il avait atteint la limite d'âge pour son grade. Le ministère aurait pu choisir de le mettre à la retraite ou de le promouvoir. Le hic était qu'une promotion signifiait huit années supplémentaires de service, avec une mutation vers un autre poste, sans doute inconfortable : les bonnes affectations s'arrachaient à force de dessous-de-table et de piston. Cela aurait sans doute été une amélioration par rapport à sa situation actuelle. Parmi les cent vingt-sept Planètes Fédérées, il était difficile de dénicher un endroit aussi infâme que Ta-Shima. Toutefois, étant incapable d'intriguer, il se serait fait nommer sur un monde de la périphérie galactique, à des années-lumière – au propre comme au figuré – de Neudachren, le centre de l'univers humain.

De plus, il se sentait fatigué. La retraite lui apparaissait comme une perspective agréable, bien que pas aussi agréable qu'il l'avait imaginé quelques années auparavant.

Le front appuyé à la fenêtre, il contemplait l'éternelle pluie qui ruisselait sur les vitres, le ciel gris, la rue grise. Mais ce qu'il voyait, c'étaient des cimes enneigées et des glaciers scintillant au soleil comme des diamants. C'était le panorama dont on jouissait depuis la baie vitrée du chalet qu'il s'était fait construire au pied de la chaîne des Pics Perdus, une des plus belles régions touristiques de son monde. Il avait rêvé d'y passer ses vieux jours dans une douce oisiveté, à regarder tous les cubes holo qu'il n'avait jamais eu le temps d'examiner à son aise, à écouter de la musique, à classer sa collection de cristaux…

Il avait toutefois supposé qu'il y serait en compagnie de ses deux épouses, de sa fille adorée et de un ou deux petits-enfants. Le futur beau-fils de ses rêves se devrait en effet de partager ses goûts, trop heureux de passer tous ses congés dans un endroit paradisiaque tel que le chalet, à discuter politique avec son beau-père et à écouter Arsel qui jouait du shamisen.

Les choses avaient malheureusement évolué tout autrement. Tout d'abord le mariage désastreux de sa fille – qui avait d'ailleurs entre-temps capoté, à ce que son fils aîné lui avait communiqué par zip subéthérique. Quant à ses femmes… *Je dois être le seul homme de la galaxie, qui ait réussi l'exploit de se faire plaquer par* deux *épouses dans la même semaine*, se dit-il, de mauvaise humeur.

Miséricorde des dieux, comment Almira avait-elle pu s'en aller de but en blanc après trente-cinq années de mariage et huit enfants ? Et Elide qui avait décidé de passer le reste de sa vie dans cette ferme misérable ! Ah, Elide ! Il l'avait vue pour la dernière fois cinq années SN auparavant, mais pas un seul jour ne s'était écoulé sans qu'il pense à cette petite sotte chérie. Elle ne lui avait jamais envoyé de ses nouvelles ; il s'était renseigné à son propos auprès de la doctoresse Huang chaque fois que celle-ci passait à l'ambassade – de moins en moins souvent, du reste – mais tout ce qu'il en avait tiré, c'était qu'Elide était vivante et que *probablement* elle allait bien.

Il ne pouvait pas quitter définitivement Ta-Shima sans la revoir, ne fût-ce qu'une petite minute.

— Ah ! Soener, pardon, je voulais dire Votre Excellence, vous serait-il possible de faire parvenir un message à la doctoresse Huang ? J'aimerais prendre congé d'elle avant mon départ.

— Laissez tomber l'« Excellence » et appelez-moi par mon nom, comme vous l'avez toujours fait. Je ne commencerai à me sentir un vrai ambassadeur qu'après le décollage de la *Perle de Neudachren*, s'exclama l'homme.

Puis, tournant la tête, il lança un appel d'une voix très basse ; quand une petite fille pointa son nez par la porte, il enchaîna avec une rafale de mots dans le dialecte local.

Rasser avait la nette impression que depuis quelque temps les serviteurs asix avaient été remplacés en douce. Il n'en était pas sûr à cent pour cent, vu que ces braves gens se ressemblaient tellement qu'il n'était pas aisé de les distinguer. Il soupçonnait toutefois que Soener, profitant de sa nouvelle charge, avait installé sa concubine indigène à l'ambassade – avec la moitié de sa smala en prime.

La petite fille, par exemple, était plus mince qu'une Asix et sa peau était un rien plus foncée, en fait à peine plus claire que celle de Soener. Sa fille, il l'aurait parié. Il trouvait parfaitement indécent de caser ses bâtards dans une administration fédérale, cependant il n'avait plus voix au chapitre. Sa démission était entérinée ; le personnel avait beau continuer à lui donner de l'« Excellence », il n'était plus que le citoyen Rasser, retraité et dépourvu de toute autorité. Ce n'était pas à lui de formuler des critiques sur le fonctionnement de l'ambassade.

Il attendit la doctoresse Huang toute la journée, ainsi que le matin suivant. Fatigué de regarder alternativement la rue par la fenêtre, puis sa montre, il alla frapper à la porte de ce qui avait été son bureau jusqu'à deux mois auparavant.

—Êtes-vous certain que mon message a été transmis ? s'enquit-il. La fillette n'est qu'une enfant. Il se peut qu'elle n'ait pas compris. Les Asix ne sont pas toujours très malins.

—Feya a six années de Ta-Shima, c'est-à-dire huit années SN. Je peux vous garantir qu'elle est nettement plus intelligente que la moyenne des gosses de son âge sur mon monde natal. Elle a parfaitement compris.

Rasser s'abstint de répliquer, mais il n'en pensait pas moins. Des sornettes, tout ça. Comment ce naïf pouvait-il prétendre qu'une petite sauvage, qui vivait sur une planète périphérique et arriérée, soit supérieure en quoi que ce soit à un enfant jouissant de tous les avantages qu'offrait la civilisation de la Fédération : écoles, accès aux médias, appareils high-tech… ?

Enfin, les parents se font souvent des illusions sur leurs enfants. Il n'avait qu'à se rappeler comme lui-même avait été sourd et aveugle pour tout ce qui concernait Arsel.

Ce fut le frère de la doctoresse Huang qui se présenta, visage fermé et sans l'ombre d'un sourire, bien évidemment.

—Je quitte définitivement la planète, lui annonça Rasser. Je souhaitais auparavant prendre congé de votre sœur, ainsi que de vous-même, bien entendu.

—Ma sœur a joui du privilège shiro.

—Ah, félicitations. Elle l'avait sans doute mérité. En quoi cela consiste-t-il exactement ?

Rasser sentit son bras serré dans un étau et jeta un regard indigné sur l'homme qui quelques semaines auparavant était encore un très respectueux premier secrétaire d'ambassade.

—Mais qu'est-ce qui vous prend ? demanda-t-il en essayant de se dégager.

—Laissez-moi seul avec ce monsieur.

—Vous n'y pensez pas ! C'est une discussion privée, ayez vous-même la courtoisie de vous retirer.

—Laissez-nous, *monsieur* Rasser. C'est un ordre !

Sur le point d'exploser, Rasser réussit à se rappeler qu'il avait devant lui l'ambassadeur de la Fédération et non un subordonné. En acquiesçant sèchement d'un signe, il sortit de la pièce, se drapant dans ce qui lui restait de dignité.

Il s'attarda dans le hall d'entrée, afin d'intercepter le Shiro dès qu'il aurait terminé de s'entretenir avec cet âne bâté, auquel sa nouvelle charge devait être montée à la tête. Mais les deux hommes sortirent ensemble, tout en devisant entre eux dans la langue indigène, tous deux inexpressifs et raides comme des piquets.

Ce ne fut que lorsque le Shiro fut hors de vue que Soener se tourna vers lui :

—Eh bien, cela a été de justesse ! Heureusement que mon Asix m'avait expliqué l'affaire à temps pour vous éviter une gaffe désastreuse.

—De quoi parlez-vous au juste ?

—Ce que, pour je ne sais quelle raison biscornue, compréhensible exclusivement pour un Shiro, ils appellent « privilège », est en fait un suicide assisté. Chez eux ce n'est pas du tout un crime. La doctoresse Huang y a eu recours la nuit passée, en demandant l'assistance de son frère. Selon ces fous furieux, elle lui a fait un grand honneur en le choisissant, donc je l'en ai félicité. D'après mon Asix pourtant, dans ce cas particulier le seigneur shiro, loin d'être flatté, est très en colère. Ce matin, avant de venir ici, il a combattu dans deux duels, tous les deux au dernier sang. Un mot de plus de votre part et il allait exploser.

— Que les dieux m'assistent, mais c'est horrible ! Se tuer, une femme encore jeune et brillante ! Pourquoi l'a-t-elle fait ?

— Affaires des Shiro, répondit Soener en haussant les épaules. Vous avez passé ici huit années standards, et bien que vous ne vous soyez pas donné la peine d'apprendre la langue locale, vous devez savoir que les Asix refusent d'expliquer le comportement des membres de l'autre race. Selon eux, quoi qu'ils fassent ou disent, ils ont toujours raison.

» Quant à votre message, ne vous inquiétez pas, je le lui ai transmis.

— Merci, c'est très aimable à vous… Mon message ? J'avais demandé à saluer la doctoresse avant mon départ, c'est tout.

— Je pensais que vous vouliez plutôt rencontrer une certaine jeune femme qui travaille dans une ferme.

Rasser ouvrit la bouche et oublia de la refermer. Son secret n'en était donc plus un ? Si Soener savait qu'Elide était en vie, les commerçants qui vivaient avec une indigène devaient être eux aussi au courant. Il fut tenté de monter sur ses grands chevaux pour protester contre pareille ingérence dans sa vie privée, mais il préféra faire fi de son orgueil.

Il *fallait* qu'il revoie Elide. Il *fallait* qu'il sache si elle s'était repentie de son idée saugrenue, auquel cas il l'aiderait à retourner à la vie civilisée. Théoriquement, elle n'en avait probablement pas le droit, puisqu'elle s'était engagée à obéir aux lois de Ta-Shima, mais dans un monde où il n'y avait ni armée ni police, il demandait à voir qu'on l'empêche de faire monter sa femme dans un astronef !

Il n'allait malheureusement pas pouvoir la reprendre avec lui, ou du moins pas tout de suite, après avoir déclaré qu'elle était morte. Il faudrait qu'il demande à l'un de ses anciens collègues, qui avait pris sa retraite sur une planète autre que Neudachren, de l'héberger. Les gens ont la mémoire courte et au bout de quelques années, qui à Dachrenstadt se souviendrait avec certitude des traits du visage d'Elide, si timide qu'elle ouvrait à peine la bouche en public ? Un jour, il rentrerait d'un voyage avec une épouse, qu'il déclarerait avoir rencontrée à l'étranger. Ils mèneraient une vie très retirée et personne ne soupçonnerait que sa troisième femme était en réalité la deuxième.

— Je vais vous quitter, dit avec tact Soener, le voyant plongé dans ses pensées.

—Excusez-moi. J'étais à des kilomètres d'ici.

—Je dois y aller de toute façon : mes nouveaux devoirs m'appellent. J'ai rendez-vous avec douze citoyens de la Fédération, tous de très mauvais poil.

—Voilà une tâche que je ne vous envie pas ! s'exclama Rasser, en se forçant à adopter un ton réjoui.

La série holo tirée du cube du professeur Li continuait à faire fureur sur les cent vingt-sept planètes – avec un effet collatéral ennuyeux : des groupes d'allumés débarquaient sur Ta-Shima avec une affligeante régularité. La plupart d'entre eux déchantaient assez vite : la zone de quarantaine, où ils avaient tout loisir de voir en chair et en os les Asix, objets de leurs fantasmes, suffisait à les décourager. Sans oublier la Jestak qui s'occupait d'eux avec un manque total d'empathie et une mauvaise humeur permanente. De temps en temps, toutefois, quelques opiniâtres arrivaient jusqu'en ville et se présentaient à l'ambassade. Ils arboraient les costumes fantaisistes dont les metteurs en scène de la série holovid avaient affublé les Shiro, trimballaient de ridicules épées en plastique mou et voulaient absolument s'inscrire à un cours d'escrime.

Chaque fois Rasser avait dû s'évertuer à leur expliquer que ce n'était pas du tout une bonne idée. S'étaient ensuivis des protestations, des cris, voire des menaces d'envoyer une réclamation à l'un ou à l'autre personnage influent de leurs mondes d'origine.

Une aide – complètement inattendue – était venue des Shiro.

Une femme toute menue, très jeune, s'était présentée à l'ambassade sans se faire annoncer. Elle avait proposé de montrer aux étrangers un entraînement amical au sabre. La maison de Schreiberstadt qui avait appartenu au clan Bur disposait justement d'une petite salle d'armes.

Les touristes s'y étaient rendus avec enthousiasme ; plusieurs d'entre eux s'étaient acquittés du montant réclamé pour s'inscrire aux cours d'escrime. Tous s'étaient massés le long des parois, parlant à haute voix et échangeant des commentaires qui étaient devenus égrillards quand deux femmes s'étaient avancées, le visage masqué mais le sein nu.

—Vous avez de la chance, avait déclaré la jeune Shiro en se léchant les lèvres. Vous pourrez assister à un duel.

Quand le premier sang avait coulé le silence s'était fait parmi les spectateurs. Après que la combattante qui avait déjà été blessée se fut affaissée, une plaie béante au ventre, il n'avait plus été question de participer aux entraînements.

— Ils ont imaginé un bon système pour décourager les visiteurs, avait dit Soener en souriant. C'est dommage que nous n'ayons rien trouvé d'équivalent pour démoraliser l'Archidiacre de Neudachren. Avez-vous eu de ses nouvelles, récemment ?

— Oh que oui ! avait soupiré Rasser.

Une année durant, le Vénérable l'avait inondé de requêtes de plus en plus péremptoires pour savoir ce que devenaient ses six missionnaires qui n'avaient plus donné de leurs nouvelles après avoir passé le pont. Rasser n'avait rien pu faire d'autre que lui répercuter la seule déclaration qu'il avait pu obtenir de la doctoresse Huang :

— Il n'y a aucun étranger en dehors de Schreiberstadt. C'est défendu par notre loi.

Les six frères étaient donc morts. Ou alors ils avaient été obligés de prendre la nationalité ta-shimoda, et, franchement, l'ambassadeur ne savait pas quelle branche de l'alternative était la pire.

Un deuxième groupe avait débarqué. Les grâces en soient rendues aux sept dieux, leur responsable s'était montré mieux disposé à écouter les conseils de ceux qui résidaient depuis des années sur la planète. Il avait remis en fonction le petit temple de Schreiberstadt et il s'y cantonnait, sourd aux protestations de plus en plus énergiques que l'Archidiacre lui envoyait par le biais de l'ambassade. Le succès des nouveaux missionnaires auprès des commerçants demeurait très mitigé. Quant aux Ta-Shimoda, de temps en temps un Asix avait pointé son nez pendant un service ; ne comprenant manifestement rien à ce qui se passait, il finissait par s'éloigner en haussant les épaules.

Les Shiro, comme de bien entendu, n'avaient pas daigné prendre acte des activités bizarres de ces nouveaux étrangers.

Les bras croisés sur la poitrine, Eda, la vieille Asix qui dirigeait la ferme, observait Elide qui aidait une vache à vêler. Elle n'était pas la seule spectatrice : depuis une demi-heure déjà, cinq ou six Asix restaient plantés là, à commenter à voix haute chacun de ses gestes, à l'encourager et à l'abreuver de conseils.

Couchée par terre, le visage contre le postérieur de la bête, Elide avait le bras droit enfoncé jusqu'à l'épaule dans la vulve de la vache. Elle tâtonnait à la recherche de la tête du veau – qui était presque certainement une génisse : depuis qu'elle était là il n'était né qu'un seul mâle.

— Cette fois-ci, tu essaies toute seule, lui avait dit Eda. Ce n'est pas une torsion de l'utérus, c'est simplement le fœtus qui ne se présente pas dans la bonne position. Il faut le retourner.

Enfin, Elide ne trouvait pas que le mot « simplement » convienne à la situation. Sa main se frayait un chemin dans une masse de tissus gluants, qu'elle n'arrivait pas à identifier au toucher. Elle finit par aller buter contre des petits sabots ; la vache choisit ce moment pour lever la queue, expulsant une masse de bouses.

Elide eut à peine le temps de fermer les yeux et de tourner la tête, pour ne pas recevoir le tout en pleine figure, mais elle en eut plein les cheveux.

Nico ramassa la paille souillée, la remplaça par de la litière propre, et Elide, sans savoir elle-même comment, parvint à retourner le petit dans la bonne position. Elle lui passa une corde autour des pattes antérieures, puis se leva et confia la corde à deux Asix, qui, avec leurs muscles hypertrophiés, allaient tirer bien plus efficacement qu'elle pourrait le faire.

On lui versa un seau d'eau sur la tête et la saleté coula de ses cheveux, allant souiller encore un peu plus son pantalon.

À chaque contraction les Asix tiraient la corde ; la tête du veau apparaissait déjà. Tout allait donc pour le mieux.

— Qu'est-ce que j'aimerais passer sous la douche ! Je pue comme une brouette de purin, s'exclama-t-elle.

— Vas-y, le plus gros est fait, sourit Eda. Auan est parfaitement capable de le bouchonner avec de la paille et de lui nettoyer la bouche. N'oublie pas de laver immédiatement ton pantalon, qu'il ne s'abîme pas trop, puis viens dans ma chambre, j'ai à te parler.

Les autres Asix eurent l'air très déçus : un entretien privé ? Ça voulait dire qu'il y avait de la nouveauté dans l'air, mais qu'ils devraient attendre l'heure du repas pour savoir quoi. D'ici là, ils en étaient quittes pour la curiosité.

Des regards de désapprobation se portèrent sur les taches de sang et de purin qui décoraient le pantalon d'Elide, mais pour une fois on ne lui fit aucune remarque. Elle avait fini par s'habituer aux bains en commun : comment faire autrement ? Mais aider au vêlage avec juste un morceau de tissu entre les jambes, comme le faisait Eda, c'était trop pour elle. Elle aimait mieux passer la soirée à frotter son pantalon pour le nettoyer que de gigoter par terre, les fesses à l'air, devant tout le monde.

L'idée qu'on puisse se sentir gêné de sa nudité était toutefois trop incompréhensible pour les Ta-Shimoda. Ce qu'*eux* considéraient comme indécent, c'était de porter ses vêtements pour faire des travaux salissants, parce que à force de les laver on finissait par en user le tissu. Pour tout ce qui était gaspillage, ils étaient intransigeants et tout aussi maniaques que sa coépouse l'avait été en matière d'étiquette. Inutile d'essayer de discuter, sous prétexte que ces fichus pantalons étaient d'une solidité à toute épreuve, qu'elle n'en possédait que deux, en parfait état bien qu'elle les porte alternativement, jour après jour, depuis plus de trois saisons sèches, ce qui faisait… Elle s'abîma dans ses calculs, pour décider que ce devaient être cinq années SN. Une éternité! Mais selon les Asix, ses vêtements étaient presque neufs. La preuve? Ils n'étaient même pas rapiécés! Il fallait donc en prendre le plus grand soin.

À la ferme, tout trouvait une utilisation, jusqu'au dernier gramme de légumes et à la dernière fibre de tissu. Ce qui était immangeable pour les humains, on le donnait aux vaches, et ce que celles-ci refusaient finissait dans la pâtée des poules. Quand c'était carrément pourri, c'était encore bon pour le compost.

Quant aux vêtements, on les reprisait autant que faire se pouvait, après quoi on discutait pour décider si cela valait la peine de récupérer les morceaux encore en bon état pour en habiller les enfants, ou si on allait les transformer en serviettes de bain et ensuite en torchons. Depuis qu'elle vivait là, elle n'avait jamais eu en main une serviette qui ne soit usée jusqu'à la trame ou reprisée. On ne jetait rien, parce que tout pouvait trouver une utilisation un jour ou l'autre – même si l'on ne savait pas encore laquelle.

Je crois que si j'entends une fois de plus des mots tels que « gaspiller » ou bien « cela peut encore servir », je vais me mettre à hurler, méditait Elide en frappant à la porte de l'Ancienne.

Celle-ci l'attendait avec une théière et deux tasses, signe que l'entretien risquait de se prolonger. Sans attendre d'y être invitée, Elide s'assit et se servit, en soupirant:

—J'en avais besoin. J'avais une telle peur de commettre une bourde!

—Tu t'en es très bien tirée, au contraire.

—Pourquoi m'as-tu convoquée? Y a-t-il des nouvelles?

—Et comment! Ce matin est arrivé un message de la maison principale. On a nommé le tuteur d'Ala.

Elle se tut, examinant la jeune femme à la dérobée, et nota avec soulagement que celle-ci n'avait pas l'intention de se mettre à pleurer.

Ala était la petite Shiro qu'Elide avait mise au monde. Quand elle avait appris qu'elle n'en était pas la mère biologique, et qu'on la lui retirerait à l'âge de trois ou quatre ans, le désespoir l'avait submergée. Cependant, depuis lors le soleil de la saison sèche avait incendié trois fois le ciel. Elle avait eu le temps de s'habituer à l'idée, d'autant plus que l'enfant – encouragée par les Asix – avait commencé à se conduire comme une vraie petite dame, refusant les câlins et lui assenant des « une Shiro ne fait pas cela » et des « une Shiro doit se conduire comme ça ».

Il n'y avait pas plus de quelques mois, Ala avait exigé de ne plus dormir avec sa tata, et cela d'un air impérieux qui avait fasciné la vieille Eda. Au lieu de lui assener une taloche, comme elle l'aurait fait avec tout petit Asix se permettant de demander quelque chose sur ce ton, elle s'était empressée de transférer la natte de la gamine dans la grande chambre qui servait de dortoir aux enfants.

Tout ça pour le plus grand ravissement des Asix qui se racontaient l'un l'autre comment la future dame, si jeune encore, avait parfaitement compris les explications d'Eda et entreprenait de les mettre en pratique, s'exerçant à l'usage de l'autorité qui serait la sienne. Mais Elide, qui vis-à-vis des Shiro nourrissait un mélange d'antipathie et de peur, avec une nette dominante de peur, était moins enthousiaste. Elle comprenait que la transformation de la petite fille était nécessaire pour lui épargner trop de punitions quand elle serait confiée à son tuteur. Toutefois, cela avait relâché le lien affectif né pendant sa grossesse et qui avait été renforcé quand elle avait donné le sein à ce bébé beau comme l'image de la déesse, et dont le souffle léger lui tenait compagnie pendant la nuit.

Depuis, trois mois plus tôt étaient nées les jumelles, ses filles biologiques, cette fois. Certes, elles n'étaient pas aussi belles qu'Ala, mais quand pour la première fois une de ces petites bouilles rondes lui avait adressé un sourire édenté, Elide avait fondu. Celles-là étaient à elle, personne n'irait les lui enlever pour les confier à un Shiro brutal, qui estimait que la meilleure façon d'éduquer un tout-petit était un fouet en joncs.

Eda se versa une deuxième tasse de thé et aborda un sujet qui lui tenait particulièrement à cœur.

—Je me fais vieille et bientôt je ne serai plus à même d'aller soigner les bêtes dans toutes les fermes dont j'ai à m'occuper. J'ai demandé qu'on m'attribue une assistante, capable de me remplacer, et j'ai proposé ton nom. Le clan a accepté ; en conséquence tu vas fréquenter l'université pendant deux ans. Heureusement que, depuis que tu m'aides, je t'ai fait étudier le programme de biologie de l'école. Tu ne seras pas désavantagée par rapport aux autres élèves.

— L'université ? demanda Elide, flattée, mais sans y croire vraiment. Je suis ignorante, on me l'a répété à souhait dans la famille… dans mon clan d'avant.

— Évidemment que tu l'es. Si tu savais déjà tout, ce ne serait pas la peine de t'envoyer étudier. Mais tu es intelligente, et surtout tu sais t'y prendre avec les bêtes.

Intelligente, moi ? s'étonna Elide. C'est bien la première fois que quelqu'un a l'idée de me définir comme ça. Mes parents se fichaient éperdument que je le sois ou non ; quant aux membres de la famille d'Aziz, même s'ils ne me traitaient pas ouvertement d'idiote, ils ne se gênaient pas pour faire des allusions.

Eda lui sourit, tout en lui donnant une tape amicale sur le genou.

— Ne te fais pas de souci inutile. Si le clan estime opportun de t'envoyer à l'université, c'est que tu es à la hauteur. Après tout, ce sont des Shiro qui ont pris la décision !

Ce qui, bien sûr, mettait un terme à toute incertitude.

— Si je dois aller en classe, comment est-ce que je vais faire avec les petites ? Elles tètent encore. On ne va pas me les retirer elles aussi, n'est-ce pas ?

— Pourquoi ? Tu ne seras pas la seule à aller aux cours avec un bébé attaché sur le dos ou au sein.

Heureusement que les jumelles étaient vraiment faciles, comme l'avait été Ala aussi d'ailleurs. Au début, Elide s'en était étonnée, mais quand elle s'en était ouverte à Nico, sa meilleure copine, elle n'avait rencontré qu'incompréhension.

— Pourquoi un bébé devrait chialer, s'il n'est pas malade ? avait demandé l'Asix. Les chiots et les veaux nouveau-nés ne pleurent pas sans raison.

— Chez nous, enfin, là où je vivais avant, les petits enfants le font souvent.

— C'est que vos nourrices ne doivent pas valoir tripette, avait décrété Nico. Moins qu'une vache.

Elide avait beaucoup réfléchi à la question, sans trouver de solution. Pourquoi les petits des animaux semblaient-ils toujours satisfaits, alors que les bébés humains ne faisaient que pleurnicher ? Enfin, ceux de Neudachren. Sur Ta-Shima il en allait manifestement autrement.

— Une dernière chose, annonça Eda. L'ancien de ton clan précédent a demandé à te voir. Les Shiro ont donné la permission.

Elide ne perdit pas son temps à essayer de découvrir pour quelle raison les Shiro l'autorisaient à rencontrer son mari. L'Asix ne ferait que hausser les épaules : les seigneurs l'avaient dit. C'était comme ça.

— Quand ?

— À Gaia, dans trois jours. Tu y emmèneras Ala ; son tuteur, qui appartient au clan Gantois, viendra la chercher. Tu les rencontreras tous les deux au milieu du pont de Niasau, le seigneur aussi bien que l'ancien de ton clan. De là, tu n'auras qu'à te rendre à la maison du clan de Gaia, où on t'attribuera une chambre pour la durée de tes études.

Les jours suivants, Elide fut nerveuse. Les sujets d'inquiétude ne lui manquaient pas. Elle craignait de ne pas se montrer à la hauteur pour les études universitaires et était angoissée à l'idée de se trouver dans une grande maison, en présence d'une foule d'inconnus, dont de nombreux Shiro. Elle était aussi triste à l'idée de se séparer d'Ala, pour toujours selon toute vraisemblance.

Cependant, c'était surtout à sa prochaine rencontre avec Aziz qu'elle devait ses nuits de mauvais sommeil. Une porte, qu'elle croyait avoir définitivement fermée derrière elle, s'entrouvrait de nouveau. Les souvenirs de Neudachren lui revenaient en foule : le climat agréablement frais, les vêtements doux à la peau, les parfums d'ambiance qui embaumaient l'air de sa chambre, les heures d'oisiveté, quand elle n'avait rien d'autre à faire que se brosser les cheveux, essayer le dernier fond de teint à la mode ou tenter de soigner ses ongles – une entreprise désespérée étant donné sa déplorable habitude de les ronger quand elle était soucieuse.

Depuis qu'elle vivait sur Ta-Shima, elle avait cessé de le faire, mais ses ongles ne s'étaient pas améliorés pour autant : ils portaient les traces des travaux agricoles, tout comme ses mains, qui n'étaient plus douces et blanches, mais fortes, calleuses et brunes. Son visage aussi avait pris une couleur foncée depuis qu'une Jestak lui avait administré un médicament au goût infect, grâce auquel sa peau ne brûlait plus quand elle restait à l'extérieur. Qu'allait en dire Aziz, lui qui exigeait d'elle qu'elle soit toujours impeccable ?

Quand le jour du départ arriva, Nico l'aida à s'accrocher les jumelles derrière le dos avec un carré de tissu qu'on nouait autour de la taille et des épaules. Puis Elide partit à pied, suivie d'Ala qui avait refusé avec indignation de se laisser tenir par la main : « Non, tata. Les Shiro ne permettent pas qu'on les touche en public. »

Les petites jambes de la fillette devaient faire deux pas pour un d'Elide qui marchait donc lentement, s'arrêtant de temps en temps pour donner le sein aux jumelles ou pour les changer, voire pour se faire aider par Ala à mieux arranger le carré de tissu qui lui sciait l'épaule. Ce n'étaient que des prétextes pour la plupart, mais cela permettait à la petite Shiro de se reposer sans être obligée d'avouer qu'elle était fatiguée.

Ala ne pipait mot. Elle n'avait pas manifesté la moindre tristesse à l'idée d'abandonner pour toujours ses petits copains, la ferme, le chien, sa maman... non, sa tata, pour suivre un tuteur inconnu, dont elle ne savait qu'une chose : qu'il serait sévère et ne manquerait pas de la punir au moindre écart. Elide aurait aimé la prendre dans ses bras pour la rassurer, mais elle savait bien que si elle lui disait : « N'aie pas peur, ma petite fille » elle n'obtiendrait pour toute réponse qu'un regard hautain et se verrait assener une sentence du genre : « Une Shiro n'a pas peur, tata étrangère. »

Elle gardait donc le silence elle aussi, sauf pour prévenir Ala quand il y avait sur le bord de la route la tanière d'un scorophon. Cela lui laissait tout le loisir de réfléchir à la façon dont sa vie avait évolué. Des années durant, elle avait évité de se poser ces questions inutiles qui commencent par « Et si », comme : « Et si j'avais suivi Aziz à Schreiberstadt plutôt que de rester à la ferme ? » Cela ne servait à rien d'autre qu'à lui donner envie de se ronger les ongles.

Mais à présent qu'elle allait revoir son mari, elle passait mentalement en revue tous les raisonnements qu'elle avait faits à l'époque, sauf qu'avec le recul elle voyait les choses sous un jour différent.

Elle avait voulu trouver un refuge sûr, d'où personne n'aurait le droit de la chasser, comme Aziz l'en avait menacée. Mais elle se disait maintenant qu'il n'aurait pas donné suite à ses imprécations. Il piquait d'épouvantables crises de colère, ça oui, mais au fond, c'était un homme bon, il ne lui aurait pas fait de mal. Elle avait eu peur de son ombre, comme d'habitude, ce qui l'avait conduite à troquer une vie confortable et luxueuse contre une existence primitive et un travail fatigant, tout aussi monotone que le ciel perpétuellement gris de Ta-Shima.

Oubliant son fastidieux devoir conjugal ainsi que les coups reçus, elle se rappelait maintenant les attentions que son mari avait eues pour elle, les cadeaux qu'il lui apportait chaque fois qu'il était obligé de s'éloigner pour deux ou trois jours.

Si seulement il avait continué à se conduire comme durant les premiers mois de leur mariage! Gentil, affectueux, lui parlant d'une voix tendre au lieu de lui hurler après et de la critiquer à tout bout de champ... Elle n'aurait alors jamais eu l'idée de le quitter.

Bon, ce n'était vraiment pas la peine de se gâcher la journée avec des «si» et des «peut-être». C'était comme ça, un point c'est tout. Elle était ta-shimoda à présent et il n'y avait pas de retour en arrière possible. On ne l'avait même pas autorisée à entrer dans Schreiberstadt. Elle allait rencontrer Aziz au milieu du pont.

Les jours passaient rapidement; plus que deux avant le départ. Rasser avait bouclé ses bagages. Cela avait été vite expédié: maintenant qu'il était à la retraite, il n'avait plus besoin d'uniformes. Quant aux vêtements civils – des affaires qui avaient été à la mode sur Neudachren des années auparavant! – ils étaient bons pour la poubelle. Il n'emmenait que le strict nécessaire pour le voyage: deux valises et une petite malle.

Il n'avait plus rien d'autre à faire que regarder par la fenêtre, espérant reconnaître parmi les passants la silhouette d'Elide. Mais ce fut la petite Asix qui se présenta, avec un message oral qu'elle débita dans un galactique plus qu'acceptable.

La femme qu'il voulait rencontrer, lui dit-elle, l'attendrait sur le pont.

—Quand? demanda-t-il anxieusement.
—Maintenant.

Sur le point de se précipiter dehors, il s'arrêta net. Ce serait gentil de lui apporter un cadeau, mais quoi? Il se maudit de ne pas avoir eu l'idée avant, bien que de toute façon à Schreiberstadt on ne puisse acheter que de la nourriture, et ça du moins elle ne devait pas en manquer. Il courut dans la chambre de sa femme, restée telle quelle depuis son départ, et ouvrit fiévreusement un tiroir après l'autre.

Qu'est-ce qui pouvait manquer tout spécialement à Elide? Qu'est-ce qui rappellerait Neudachren, et lui donnerait peut-être envie de revenir en arrière ? Il s'empara d'un bracelet, puis le redéposa, hésitant, et choisit à la place un flacon de parfum. Il changea d'avis de nouveau et finit par jeter son dévolu sur une jolie trousse en plastibois, marquetée d'or et d'argent. C'était le premier cadeau qu'il lui avait offert après leur mariage.

Tout cela lui avait fait perdre pas mal de temps ; craignant d'être en retard il marcha plus rapidement que ce qui était raisonnable dans cette touffeur. Quand il arriva, en nage et le souffle court, la déception le submergea : pas d'Elide en vue. Puis il se rappela que la fillette avait dit « sur le pont ». Mais oui, ils avaient cette loi ridicule, selon laquelle ceux qui avaient obtenu la nationalité ta-shimoda ne pouvaient pas réintégrer l'enclave. Comme lui n'avait pas le droit de passer de l'autre côté, sa petite femme devait l'attendre au beau milieu de ce pont de malheur.

Il monta les marches en toute hâte, mais ce ne fut que pour une nouvelle déception. Il n'y avait qu'une demi-douzaine d'Asix, un Shiro campé là, les bras croisés sur la poitrine, et une femme assise par terre, un enfant agenouillé à ses côtés. Horriblement gêné, il tourna la tête : la femme était en train d'ouvrir sa veste, en dessous de laquelle elle ne portait rien. Du coin de l'œil il la vit exposer, avec la plus grande indifférence, deux seins ronds et pleins. Agacé parce qu'il n'arrivait pas à réprimer son excitation, il détourna résolument le regard. Depuis que ses épouses l'avaient quitté, c'était la première fois qu'il voyait une femme qui ne soit pas habillée des pieds à la tête. Et ces seins ! Une merveille. De plus, il avait eu l'impression qu'elle lui avait souri. Aurait-elle l'intention de l'aguicher ?

Il se mit à examiner les flots gris à ses pieds, leur accordant le plus grand intérêt, puis il sursauta comme si une guêpe l'avait piqué avant de se retourner d'un bond.

La femme n'était pas shiro, et encore moins asix !

Pour l'amour des dieux, cette sauvage à moitié nue, assise par terre comme une mendiante, c'était Elide, qui souriait en demandant :

—Ai-je changé au point que tu ne me reconnaisses pas ?

Comment avait-il pu ne pas la repérer tout de suite ? Certes, elle était très bronzée, et ses cheveux semblaient coupés à l'aide d'un bol qu'on lui aurait appuyé sur le crâne pour éliminer tout ce qui en dépassait, mais enfin, elle avait été sa femme pendant plus de quatre années standards ! Et lui qui reluquait en catimini la poitrine de son épouse légitime, comme un imbécile !

— Madame Rasser, balbutia-t-il au comble de l'embarras, sans toutefois oublier les règles de l'étiquette de Neudachren, que fais-tu ? Ferme immédiatement ta veste, tout le monde peut te voir !

Elide ne fit pas un geste pour se recouvrir.

— Mais non, personne ne me regarde ; une femme qui allaite c'est un spectacle banal.

Qui allaite ? Mais oui, ce qu'Elide tenait dans son giron, ce n'était pas un paquet, mais un tissu enveloppant les plus moches bébés qu'il lui eût jamais été donné de voir. Elle en souleva un et lui glissa un mamelon dans la bouche.

Rasser lança un regard soupçonneux tout autour. En effet, personne parmi les indigènes ne portait le moindre intérêt au spectacle. Ces gens n'étaient tout simplement pas normaux !

— De toute façon, madame Rasser, je trouve déplacé de s'exhiber en public de la sorte.

Elide haussa les épaules, essuyant d'un doigt la goutte de lait qui perlait à l'autre mamelon.

— « Autres planètes, autres usages. » C'est toi qui m'as appris ce dicton. À présent, je suis Elide du clan Van Voss, et pas l'épouse d'un haut fonctionnaire. Je ne suis plus tenue de respecter les convenances.

Pour ne pas être contraint de parler à voix haute, il s'assit par terre à côté d'elle, non sans que ses genoux protestent, lui rappelant qu'il n'était plus un jeune homme.

— J'ai demandé à te rencontrer pour vérifier que tu te portais bien, et aussi pour m'assurer que tu ne t'es pas repentie. Si tu as changé d'avis, je suis prêt à secouer tout le ministère pour te tirer d'ici.

— Partir ? Mais ce n'est pas permis !

— Il ne te manque rien de ta vie précédente ? Vraiment rien ? demanda-t-il d'un ton plein de sous-entendus.

Le regard de la jeune femme se fit langoureux et Rasser en fut tout ragaillardi. Voilà, elle allait maintenant avouer qu'elle avait commis une grave erreur, lui dire qu'elle l'aimait, que tout ça n'avait été qu'un énorme malentendu.

Elide soupira à fendre le cœur, puis murmura, rêveuse :

— Chocolat. Je donnerais n'importe quoi pour une tablette de chocolat fondant !

— Rien d'autre ? demanda-t-il, vexé.

— Un tas de choses : l'holovid, les parfums, les crèmes glacées, le panorama qu'on voyait depuis le toit de la tour où était notre appartement, les hivers de Neudachren, quand de la fenêtre on voit tomber les flocons de neige et que l'air est froid et pétillant, pas oppressant comme cette éternelle touffeur…

L'enfant agenouillé à côté d'Elide remua et Rasser lui accorda pour la première fois son attention. C'était un petit Shiro, minuscule copie conforme des adultes, sauf pour les cheveux, qui lui descendaient jusqu'à la moitié du dos. Il était d'une beauté saisissante, surtout par contraste avec les deux petits monstres qu'Elide berçait. Bien qu'il ait les cheveux noirs et lisses et la peau couleur biscuit, il lui rappela Arsel quand elle était petite : une miniature de porcelaine avec de grands yeux saphir et ce parfum de bébé, si attendrissant…

— Quel joli enfant, s'exclama-t-il en tendant la main pour une caresse. Le gamin eut un geste de recul et lui lança, dans un universel impeccable :

— Barbare, personne ne touche une Shiro. C'est une offense, et quand celui qui la commet n'est qu'un étranger, c'est deux fois plus grave.

— Ah, tu es une petite demoiselle, donc, dit-il en souriant, amusé, et il tendit de nouveau sa main, pour se retrouver face à la lame d'un canif, que la gamine tenait dans sa menotte, l'air très décidé.

La voix du Shiro adulte résonna en une phrase sèche comme un coup de fouet. Elide tout comme le petit bout de chou au sale caractère s'inclinèrent en silence et Rasser en fut heurté.

Une dame de Neudachren, qui de plus était son épouse, *son épouse* par tous les dieux ! n'avait pas à s'humilier devant un de ces sauvages.

— C'est qui, celui-là ? s'enquit-il.

— Le tuteur d'Ala. Il est venu la prendre en charge. Mais il appartient au clan Gantois, donc il va l'emmener dans l'archipel.

— Et alors ?

— C'est ma fille… ma filleule, je voulais dire. C'est moi qui l'ai élevée, depuis sa naissance. Elle est si intelligente ! As-tu entendu comme elle parle bien l'universel ?

Il fit à peine attention à ses paroles : il était venu pour parler d'un sujet bien plus important. Il reprit le fil de son discours :

— Comme je te disais, si tu as changé d'avis je suis prêt à te faire quitter Ta-Shima.

— Ce n'est pas possible, affirma Elide d'une voix inutilement haute. Les Shiro ne m'autorisent pas à passer le pont.

— Au diable les Shiro ! maugréa Rasser, exaspéré. J'en ai jusque-là de ces va-nu-pieds pétris d'arrogance, qui s'arrogent le droit de faire la pluie et le beau temps.

— Aziz !

Elide semblait proprement terrorisée, mais son mari continua :

— Tu n'as qu'à te rendre à l'ambassade. Tu seras sous la protection de la Fédération à partir du moment où tu en franchiras la porte. On nous transportera à l'astroport avec un module volant, pour que personne ne puisse te reconnaître dans la rue. Dans trois semaines tu pourrais être dans un monde civilisé.

Elide fut submergée par une vague de nostalgie pour tout ce qu'elle avait perdu. Elle se revit dans leur luxueux appartement au cent vingtième étage d'une tour résidentielle parmi les plus prestigieuses. Les repas arrivaient à table sans qu'elle soit obligée de s'escrimer une demi-heure durant avec un feu qui refusait obstinément de prendre, puis de nettoyer des légumes, de battre des œufs...

La voyant pensive, son mari voulut pousser son avantage.

— Pourquoi ne pas venir avec moi maintenant, sur-le-champ ? Confie à quelqu'un ces deux bébés hideux et partons ! Où as-tu déniché ces deux mochetés d'ailleurs ? On dirait des macaques.

— Ce sont mes filles, mes petites à moi ! s'indigna Elide. Elles ne sont pas laides ! Pas du tout !

— Les tiennes ? Mais ce sont de petites Asix !

— Elles ressemblent aux... au père.

Elle avait failli dire *aux deux pères*, ce qui aurait donné lieu à des discussions à n'en plus finir : il y avait sans doute une loi contre la fécondation artificielle sur Neudachren. Sinon, pourquoi personne n'y avait recours ? C'était nettement moins désagréable que le système qu'elle avait pratiqué avec Aziz – en pure perte, d'ailleurs.

Mais Rasser se sentit mourir. Il n'avait jamais divorcé d'Elide. Il avait toujours considéré comme acquis que sa femme lui était restée fidèle durant toutes ces années. C'est vrai qu'elle avait eu l'idée stupide de l'abandonner pour aller jouer à la paysanne dans cette vieille ferme, mais ce n'était somme toute qu'une lubie, comme en ont les jeunes. Rompre les vœux solennels du mariage, prononcés devant le Saint Homme du temple, c'était bien différent !

De plus, si elle devait céder aux flatteries d'un séducteur (en toute honnêteté, il ne pouvait pas lui jeter la pierre : la même chose était arrivée à Arsel, qui était de bonne famille et avait reçu la meilleure éducation possible – il ne fallait pas oublier qu'Elide s'était trouvée là-bas toute seule, sans un homme pour la conseiller et la guider), si donc elle devait commettre un adultère, elle aurait pu au moins choisir un Shiro. Pour odieux qu'ils soient, ils avaient au moins un vernis superficiel de civilisation. Mais un Asix! Ils ressemblaient davantage à des animaux qu'à des êtres humains.

Il examina plus attentivement les deux nouveau-nés, à la recherche d'une ressemblance, fût-elle minime, avec Elide, sans en déceler aucune. Ils avaient les yeux petits et ronds, des visages tout aussi ronds, des membres trapus et sans grâce. De purs Asix.

Il se souvint alors qu'Almira lui avait affirmé que sa coépouse devait être stérile, si en quatre années de mariage elle n'était jamais tombée enceinte. Il en fut soulagé : Elide ne l'avait pas trompé, après tout. C'était le stress qui lui avait porté sur le cerveau, au point qu'elle s'inventait une maternité inexistante. Il y avait un nom pour ce trouble mental, c'était une maladie qui frappait les femmes nerveuses – enfin *plus* nerveuses que les autres, car les dieux savaient combien elles étaient toutes névrotiques. Ah, oui : grossesse hystérique. Une lointaine cousine de son père en avait souffert. Pendant onze mois, elle s'était obstinément prétendue enceinte. Quand, malgré tous ses efforts, elle n'avait pas réussi à accoucher de quoi que ce soit, elle s'était échappée de la clinique où son mari avait été contraint de l'enfermer. La police l'avait rattrapée dans un centre commercial, où elle tentait d'arracher un bébé des bras d'une femme inconnue, laquelle poussait des cris d'orfraie. Un scandale horrible ; il n'était pas près de l'oublier.

C'était sans doute ça l'explication : la fragilité nerveuse féminine n'avait pas résisté aux tensions d'une vie si peu conforme aux exigences d'une dame.

—Elles ne peuvent pas être de toi, lui déclara-t-il sévèrement. Ne les aurais-tu pas plutôt *empruntées* quelque part? Il faut les rendre, tout de suite.

—Ne sois pas absurde, Aziz. Bien sûr qu'elles sont de moi. On n'a pas de montée de lait si on n'accouche pas.

—Elles sont donc illégitimes? Comment as-tu pu faire ça? Avoir des enfants hors des liens sacrés du mariage est une faute impardonnable.

—Mariage et divorce n'existent pas sur Ta-Shima! Même toi, tu devrais le savoir depuis le temps. Pour les lois de ce monde, mes petites sont légitimes, alors que l'enfant de ta précieuse Arsel ne l'est pas, bien qu'elle se soit mariée quatre ou cinq mois avant l'accouchement.

Rasser était plein d'amertume. Enterrée, son illusion de retrouver sa petite Elide, obéissante et soumise. Cependant, il se sentait tout de même le devoir d'aider la jeune femme à sortir du guêpier où elle s'était fourrée.

Pour finir il ne marmonna que :

— Je rentre chez nous, sur Neudachren. Si tu veux m'accompagner, il te faudra être à l'ambassade après-demain au plus tard.

Elide évita soigneusement de regarder en direction du seigneur shiro, toujours campé en silence à quelques pas de là. En effet, il ne serait pas absolument impossible de se faufiler de l'autre côté du pont, enveloppée dans un manteau, le visage caché. Toutefois, quelle vie auraient les jumelles sur une autre planète ? On ne verrait en elles que des laiderons, dans un univers où, pour une femme, il était indispensable d'être belle pour se faire accepter. Quant à partir sans elles, c'était absolument exclu. C'était probablement stupide de sa part : les habitants de la ferme les élèveraient avec amour, et les petites ne manqueraient de rien. Mais ces fillettes étaient à elle. Elles étaient les seules personnes, dans toutes les cent vingt-huit planètes, pour lesquelles la femme appelée Elide serait quelqu'un d'important. Or, pour tout le reste de Ta-Shima, elle n'était qu'une créature insignifiante, capable d'accomplir à grand-peine la moitié des tâches que n'importe quel Asix aurait effectuées sans effort. Sur Neudachren c'était encore pis : elle avait été un objet de mépris et la cible de piques cruelles de la part des gens de la bonne société parmi lesquels la volonté des dieux l'avait obligée à vivre.

Se souvenant des allusions constantes à ses lacunes culturelles et aux insuffisances de son intelligence, elle décida qu'Aziz n'emporterait pas le souvenir d'une pauvre idiote, qui avait fait un choix absurde et allait passer le restant de sa vie à travailler dans les champs.

— Je n'habiterai plus à la ferme, lui raconta-t-elle. Je déménage ici, parce que le clan a décidé de me faire étudier.

— Ah oui ? (Le manque d'intérêt de son mari était évident.) Étudier quoi exactement ? Activités ménagères, ou… ?

— C'est à l'université qu'on m'envoie, pour deux ans. À la faculté de médecine vétérinaire, répondit-elle fièrement.

— Deux ans pour ça ? Allons donc, ce sont des études beaucoup plus longues.

—Pour devenir vétérinaire principal, cela dure beaucoup plus longtemps, en effet. Moi, je serai aide-vétérinaire.

—Ah! voilà. Tu auras à rincer des éprouvettes et à nettoyer des cages. C'est une espèce d'école professionnelle, n'est-ce pas?

—Non, pas du tout. Il y a un aide-vétérinaire pour cinq ou six fermes, et c'est une personne très importante. Il soigne les bêtes blessées, assiste les vaches qui vêlent, et si l'une d'entre elles a mangé une plante toxique, il doit être capable de poser un premier diagnostic et de prescrire un traitement. S'il y a un problème qui dépasse ses compétences, alors on fait appel au vétérinaire principal, ou même à une Jestak. Ce n'est pas une école professionnelle que je vais fréquenter, c'est l'université.

—Si tu le dis... Enfin, je suppose qu'étant donné le niveau culturel de ce monde, leurs universités doivent équivaloir aux écoles rurales chez nous.

—Elles valent toujours mieux que les écoles pour filles de Neudachren, où on ne leur apprend qu'un peu de littérature et de musique! Regarde un peu le collège si renommé d'Arsel. Peux-tu me dire ce qu'elle y a appris d'utile? Elle peut jouer du shamisen et sait parfaitement avec quel couvert il faut manger quel mets. Très intéressant! Si au lieu de ça, on lui avait expliqué ce que c'est qu'un anticonceptionnel et comment on l'utilise, elle ne se serait pas fourrée dans les ennuis comme elle l'a fait.

Aziz devint tout rouge, tandis que les veines de ses tempes gonflaient. *Tiens,* se dit Elide, *il a résisté plus de dix minutes avant de piquer une colère. C'est un record.* Mais l'explosion qu'elle attendait ne vint pas. Il se borna à siffler hargneusement:

—Si dans ce monde minable le niveau d'instruction est si élevé, comment se fait-il qu'on t'envoie justement toi faire des études?

—Et pourquoi pas? Je ne suis pas une idiote, comme le disait ta première épouse. Je sais bien que tu étais d'accord avec elle, même si tu ne me l'as jamais affirmé ouvertement.

—Je ne voulais pas dire que tu es stupide; cependant, les études supérieures ne sont pas à la portée de tout le monde. Ne nous disputons pas, je t'en prie: pour toi, c'est la dernière occasion de quitter cet horrible endroit. Mais tu dois te décider immédiatement. Une fois que je ne serai plus sur cette planète, tu n'auras plus personne à qui t'adresser.

—Aziz, je ne comprends même pas ce que tu me proposes. Tu nous ramènerais sur Neudachren, moi et les petites?

—Cela ne serait malheureusement pas possible : suivant ton conseil, j'ai déclaré que tu étais morte. Je pensais plutôt à te faire entrer comme troisième épouse chez un collègue qui vit à Oderissan. Ce serait un faux mariage, bien entendu, et je viendrais te rendre visite de temps en temps. Mais je ne peux évidemment pas exiger qu'il prenne en charge tes bâtardes.

—Même si les Shiro m'autorisaient à partir, ce qui n'est pas le cas, je te le rappelle, jamais je ne quitterais mes filles. Pour aller où, d'ailleurs ? Sur une planète dont je ne sais rien, dans une famille inconnue, qui m'accueillerait de mauvaise grâce, uniquement pour te rendre service. Il y aurait une première et une seconde épouse casse-pieds, et pis encore il y aurait un inconnu qui pourrait décider de faire valoir des droits conjugaux, sans que je puisse refuser.

—Il s'agirait au moins d'une personne civilisée et pas de l'un de ces… (il avala le terme « subhumain », qui lui venait aux lèvres quand il pensait aux Asix, et acheva sa phrase) sauvages ignorants comme celui par lequel tu t'es laissé souiller !

Ah, c'était là que le bât blessait ! *Est-ce que je lui dis qu'une Jestak m'a réimplanté mes ovules, après qu'on les a fécondés dans une éprouvette ?* hésita Elide. Aziz serait tout heureux d'apprendre qu'elle ne couchait avec personne. Il allait se bercer de l'illusion que c'était à cause de l'amour qu'elle continuait à lui porter. En réalité, les années de rapports sexuels avec lui, subis sans le moindre plaisir, lui avaient inspiré un dégoût profond de toute intimité.

Avant qu'elle se décide, son mari continua sa péroraison :

—Tu pourras vivre une vie normale, comme il sied à une dame de la bonne société, sans ces stupidités de travaux agricoles ou d'études. Des études scientifiques, mais c'est vraiment n'importe quoi, pour l'amour des dieux ! Les femmes n'ont pas un cerveau fait pour cela, elles manquent de logique, elles sont par trop superficielles et velléitaires, elles…

D'un mouvement, Elide fut debout. Elle s'adressa à un Asix, qui s'approcha avec un large sourire. Il ne gratifia pas d'un regard les seins nus qui ballottaient devant son nez – il était d'une tête plus petit que la jeune femme – mais il sourit aux jumelles, touchant doucement du doigt le nez de celle qui avait les yeux ouverts. Il aida à accrocher les petites sur le dos d'Elide, puis reprit son chemin vers Gaia et la jeune femme lui emboîta le pas.

—Où vas-tu ?

— Je rentre chez moi. Après quoi j'assisterai à une leçon de botanique à l'université. À l'université, tu m'entends ? répondit-elle, sans se donner la peine de tourner la tête.

Au fur et à mesure qu'elle s'éloignait, elle levait la voix, si bien qu'elle hurla les derniers mots sous les regards curieux des passants.

— Madame Rasser ! Attends !

Elle pivota, l'air furieux

— Je suis Elide, du clan Van Voss, et je vais devenir *vétérinaire*. C'est-à-dire une personne qu'on respecte, parce qu'elle accomplit un travail utile.

» Par rapport à ça, ton bel appartement, ton holovid à images grandeur nature et ton argent ne font pas le poids.

— Ma chérie, ne pars pas comme ça !

Aziz s'élança pour la suivre, mais le Shiro, qui était jusqu'alors resté immobile, lui barra la route, lançant, en universel :

— Non, barbare. Tu n'as pas le droit de franchir le pont. Tu devrais le savoir !

Ensuite il partit lui aussi, à grandes enjambées, et la fillette shiro lui emboîta le pas, courant pour ne pas se laisser distancer.

Rasser appela encore une fois le nom de sa femme, sans résultat.

Mais qu'est-ce qui lui a pris, comme ça, tout d'un coup ? se demanda-t-il. Il la suivit des yeux jusqu'à ce qu'elle disparaisse derrière le piton rocheux qui s'élevait juste après le pont. Il resta là à attendre, dans l'espoir qu'elle revienne pour s'excuser et accepter sa proposition, maintenant que ce malotru qui écoutait leur conversation était parti. Mais les minutes s'égrenaient lentement et les seuls passants étaient des Asix.

Il finit par perdre espoir et reprit le chemin de l'ambassade, se sentant un peu plus vieux qu'il l'était au matin.

Glissant la main dans sa poche, il tomba sur la trousse précieuse qu'il avait voulu offrir à sa femme. D'un geste de dépit, il la lança dans la mer.

Ah ! les femmes, se dit-il. *Elles ne savent jamais ce qui est bon pour elles.*

Le surlendemain, il prit congé sans regrets des deux secrétaires et des quelques marchands qui étaient venus lui souhaiter bon voyage, puis il se rendit à l'astroport sous une pluie torrentielle.

Au sec, dans le module volant de l'ambassade, il regardait avec haine l'eau qui se déversait d'un ciel bas à en pleurer.

Il n'était pas superstitieux, enfin il ne l'était pas vraiment, mais il commençait à croire que cette maudite planète portait la poisse. En huit années standards, toute sa vie avait volé en éclats. Si seulement il n'avait pas accepté ce poste d'ambassadeur! Cela avait tourné au désastre, pour lui, pour ses deux épouses et pour sa fille. Un vent de folie avait soufflé sur les trois femmes, les poussant à se conduire d'une façon qui n'était pas dans leur nature. Arsel s'était laissé séduire par un homme grossier et inculte, Almira s'était conduite comme une irresponsable. Quant à Elide, il valait mieux ne pas y penser. Ne s'était-elle pas mise à forniquer avec des demi-singes et à se vanter d'aider les vaches à mettre bas ? Une jeune femme bien élevée ne faisait rien de la sorte. Elle ne connaissait même pas les termes qui désignent un acte si vulgaire.

Devant l'astroport, il tomba sur une vingtaine de touristes, tout excités.

—Où se trouve l'arrêt des voitures publiques? lui demanda une jeune fille qui transpirait copieusement dans ce qu'elle croyait sans doute être la tenue d'une dame de la bonne société locale.

—Il n'y en a pas, lui répondit-il avec un malin plaisir. Pour rejoindre la ville? À pied, bien sûr. Il ne s'agit que de six ou sept kilomètres.

Et devant sa mine déconfite, il ajouta :

—Considérez que c'est le premier plaisir que vous offre cette merveilleuse planète. Il y en aura bien d'autres, soyez-en assurée.

Chapitre 25

Vers l'orient une pâle lumière verdâtre commençait à éclaircir le ciel. Les retardataires se pressaient sous l'auvent des cuisines en plein air pour remplir leur bol et se mettre ensuite à l'abri.

À part quelques adolescents, il n'y avait là que des Asix qui se servaient une deuxième fois. Pendant toute la journée d'été, les grands foyers resteraient éteints et personne ne commettrait la folie de traverser la cour juste pour se procurer un petit en-cas froid, s'exposant ainsi aux rayonnements mortels qu'un soleil implacable assenait depuis un ciel qui ressemblait à une plaque de métal incandescent. Il valait mieux prendre avec soi dans sa chambre quelques restes du dîner, ou éventuellement une assiette de biscuits ou un peu de pain et de fromage.

L'idée de ne pas avoir de nourriture à portée de la main rendait les Asix un peu nerveux. Pourtant, en cas de disette, ils étaient capables de survivre pendant des décades entières avec des rations journalières qui ne se composaient que d'une poignée de noix transgéniques et de quelques algues – sans pour autant se plaindre ni cesser de bavarder et de rire.

Tous firent place à un Shiro adulte, s'inclinant et murmurant respectueusement :

— Bonne journée, maître.

L'homme répondait d'un signe de tête, courtois mais distant. Il salua pourtant le premier un Asix plus tout jeune. Il s'inclina même devant lui comme devant un supérieur.

— Je ne suis plus ton maître, alors que toi, tu en es un, maintenant. L'as-tu oublié ? grommela Tarr Huang.

Le ton presque brusque qu'il se permettait d'employer vis-à-vis de l'un des seigneurs de son clan était toutefois le même avec lequel pendant des longues années il avait tempêté pour corriger ses élèves dans la plus fameuse Académie de la planète.

— Je ne l'ai pas oublié, bien qu'il m'arrive de souhaiter le faire. Le tatouage de maître a beau être minuscule, il peut peser très lourd.

Tarr se borna à marmonner quelque chose d'inintelligible, avec un coup d'œil significatif aux jeunes du clan qui les entouraient dans un silence inhabituel, par respect peut-être, mais plus probablement pour ne pas perdre un mot de la conversation entre deux escrimeurs aussi connus l'un que l'autre, bien que pour des raisons différentes.

— Accepterais-tu de prendre ton repas avec moi, en particulier, Rinvar-adaï ? Il y a quelque chose dont j'aimerais discuter avec toi.

— Comme du temps où tu donnais les cours à la Paix Intérieure ? À vrai dire à l'époque je n'étais jamais très à l'aise quand tu me convoquais. Pour un Asix, tu maniais le fouet avec une grande efficacité.

Tarr ne releva pas l'allusion. Il se borna à remarquer très dignement :

— La situation a changé depuis lors. Allons manger dans ma chambre, tu veux bien ?

Tout en parlant, il continuait à examiner attentivement les grandes marmites désormais plus qu'à moitié vides. Il se composa un repas appétissant et abondant, alors que Rinvar se servait distraitement une part d'omelette et une louche des tomates de la dernière récolte, qui n'étaient plus comestibles que cuites. Depuis une décade le responsable des cuisines en présentait à tous les repas, pour ne pas gaspiller de la nourriture précieuse alors qu'on n'était qu'au début de la saison sèche.

Tarr remplit une carafe avec du vin rouge de Gorival, puis les deux hommes enfilèrent un couloir chichement éclairé, mais au lieu d'entrer dans la salle commune, bondée et bruyante, ils tournèrent en direction de l'aile dortoir.

Quelques regards suivirent l'improbable couple avec un vague étonnement : Tarr était dans sa quarante-quatrième saison sèche, et il n'était jamais arrivé aux oreilles de personne qu'il partage la natte aussi avec des hommes. Mais les curieux perdirent vite tout intérêt pour ce qui semblait une banale histoire de jeux sur l'oreiller. On était en train de constituer les équipes pour le tournoi interclans de lutte à mains nues, et c'était là un sujet bien plus intéressant pour tous les participants, enfants et adolescents, mais aussi pour les adultes : le prestige du clan était en jeu.

Tarr et Rinvar traversèrent la cour des ruches, protégée par de fines toiles de coton, où bientôt les ouvrières commenceraient leur journée. Les grands buissons de noix transgéniques étaient en fleur ; dans quelques décades, leurs conteneurs seraient remplacés par des pots de plantes de séol, qui ne donnaient pas de fruits dans la plaine, mais restaient en fleur pendant des mois, fournissant aux abeilles de quoi butiner. Au début de la saison des pluies, les séols seraient transportés en montagne où, deux ou trois années plus tard, ils commenceraient à fructifier.

Si on y réfléchissait, c'était une énorme quantité de travail pour quelques rayons de miel et un ou deux quintaux de fruits, mais justement, personne ne perdait son temps à y réfléchir, parce que ce n'était là qu'une des nombreuses stratégies de survie développées dans un monde inhospitalier. On faisait comme ça parce qu'on avait toujours fait comme ça, de mémoire du plus âgé des Shiro du clan. Tout le monde travaillait donc sans se poser de questions. Ou du moins tout le monde sauf Rinvar, qui sur Neudachren avait obtenu un repas complet en programmant l'autochef des Rasser, une opération qui ne prenait que cinq secondes.

De cette cour ils passèrent dans un couloir qui n'avait qu'une fenêtre, déjà fermée, et où la seule lumière était celle d'une torche, puis ils furent dans la chambre de Tarr. Celui-ci se hâta de blinder sa fenêtre avec un volet en bois massif. Même un Asix nyctalope ne peut y voir dans l'obscurité la plus totale, mais il disposait de sa lampe version asix : une branche de barse qu'il alluma à la torche du couloir avant de la planter dans un pot plein de sable.

Il se laissa tomber sur sa natte, faisant signe à Rinvar de l'imiter, mais celui-ci préféra s'asseoir en face, sur le sol en pierre.

Continuant le discours comme s'ils ne s'étaient pas interrompus, l'Asix déclara d'un ton rogue, que normalement ses semblables ne se permettent pas d'employer quand ils s'adressent à un représentant de l'autre race :

—J'aurais pu te prévenir que la charge de maître n'est pas de tout repos, si seulement tu m'avais demandé mon avis avant de défier Doran-adaï.

—Je ne l'ai pas défiée, c'est elle qui m'a donné l'ordre de me battre contre elle, et avec les lames-de-sang. Cela lui paraissait plus honorable que de choisir le privilège shiro.

—Que veux-tu dire ?

— Elle a affirmé qu'en tant que maîtresse elle avait toujours eu l'intention de mourir en salle d'armes, le sabre à la main. Bien qu'il soit temps pour elle de céder sa place à quelqu'un de plus apte du point de vue physique, personne ne se décidait à la défier pour conquérir son titre. Elle a donc choisi elle-même son successeur. De cette manière, elle était sûre que son dernier combat serait remarquable.

» Malgré ce qu'elle avait dit, j'ai essayé de ne lui infliger qu'une blessure juste assez grave pour satisfaire son orgueil, sans qu'elle soit pour autant mortelle, mais je n'ai pas réussi.

— Ah ! maintenant je comprends. J'assistais au combat et je m'étais demandé pourquoi donc tu gambadais ainsi tout autour d'elle comme un chien de berger qui essaie de faire rentrer une vache dans son enclos. Je ne crois pas que quelqu'un d'autre s'en soit aperçu : c'était une combattante redoutable, bien que l'âge l'ait rendue plus lente. Tes propres attaques pouvaient sembler être des coups d'essai.

Rinvar fut un instant déconcerté : à moins d'y être obligés, les Asix n'assistaient pas aux combats avec les lames-de-sang. Mais, de toute évidence, celui-ci était un Asix un peu particulier. Durant quinze saisons sèches, il avait dirigé l'Académie de la Paix Intérieure d'une main de fer ; des duels, il en avait vu plus que son content. Il devait être aguerri.

— Te souviens-tu de comment elle a feinté avec sa main vide, reprit Rinvar avec un large geste circulaire pour illustrer le coup fouetté de Doran, en se lançant en même temps dans une fente qui visait le cœur ? Elle avait fait un pas très long, presque un grand écart, sans se soucier de maintenir sa garde fermée. Elle ne m'a laissé le choix que de profiter de cette ouverture pour l'arrêter ou bien de me retrouver avec sa lame qui me sortait du dos, long comme la main. Je ne crois pas que j'aurais pu faire autre chose même si j'avais eu tout le temps de réfléchir : comment se borner à blesser quelqu'un qui attaque sans se défendre, avec une impétuosité suicidaire ?

Tarr grogna quelque chose qui pouvait passer pour un assentiment, et Rinvar continua :

— J'aurais préféré éviter cela, même si je l'ai fait pour respecter sa volonté. J'avais pour elle un profond respect, et bien que je lui sois supérieur en force et en agilité, je ne crois pas que ces qualités suffisent pour faire un bon maître.

— Voilà des paroles d'une grande sagesse, seigneur. (Tarr omit de préciser qu'une telle modestie de la part d'un Shiro encore assez jeune l'étonnait beaucoup.) Elles prouvent qu'en effet tu *es* un bon maître. Jamais Doran-adaï n'a agi de façon inconséquente. Si elle t'a choisi, elle devait avoir de bonnes raisons de le faire. Ne t'es-tu pas senti honoré ?

Rinvar haussa les épaules. Évidemment qu'il s'était senti honoré. Qui ne l'aurait été ? Mais cette charge faisait de lui l'un des anciens du clan, l'isolant de tous les autres, ou du moins de tous les autres Shiro.

— Si du moins ils ne m'avaient pas affublé de ce stupide sobriquet ! maugréa-t-il.

Tarr éclata de rire. En un jeu de mots pas très subtil, les élèves avaient surnommé Rinvar « Dassoi-te », ce qui signifiait « de l'autre côté du fouet ».

On pouvait l'entendre comme une allusion à la sévérité du nouveau maître, qui était très prompt à se servir de son faisceau de joncs ; c'est ce que prétendaient ses élèves. Mais comme par définition un fouet a deux côtés, on pouvait aussi le comprendre comme « celui qui a été fustigé ». Ce sobriquet de malheur ne permettait pas à Rinvar d'oublier, même un seul jour, la peine infamante à laquelle il avait été soumis, de nombreuses saisons sèches auparavant.

— Donner un surnom aux maîtres et aux meilleurs élèves, c'est une habitude courante des salles d'armes.

— Toi, tu n'en avais pas.

— Mon nom – un nom asix – était amplement suffisant.

De mauvaise humeur, Rinvar reprit :

— Depuis que je dirige la salle d'armes du clan Huang, je ne peux plus avoir de conversation normale avec qui que ce soit. Chacune de mes paroles est écoutée avec la plus grande déférence et personne ne se permet de me contredire.

— C'est ainsi que cela doit être. Le maître est honoré et obéi, mais il ne peut pas être un ami. Dans ton cas, en outre, personne n'oublie que tu as à ton actif une centaine de duels, et que tu n'en as perdu qu'un seul.

— Je n'ai pas lancé beaucoup de défis depuis que je suis rentré de l'Extramonde. D'ailleurs, avant que je parte, celui que je continue à considérer comme mon véritable maître – et bien qu'il soit assis en tailleur, il parvint à s'incliner profondément – m'avait fait comprendre que les duels à mort ne sont pas une chose dont on puisse se vanter. Son explication avait été particulièrement claire et circonstanciée : j'en ai gardé une cicatrice au menton...

—J'ai donc été utile à quelque chose.

—Cela n'a pas été ton unique titre de gloire. Tu as été l'un des maîtres les plus respectés de Ta-Shima.

—Pas suffisamment respecté, seigneur. En refusant de m'aider à faire valoir le privilège, celui qui m'a vaincu a manqué à son devoir vis-à-vis de moi.

L'allusion au privilège appliquée à un Asix donna la nausée à Rinvar qui, après avoir déposé son bol par terre, se hâta de changer de sujet.

—Pourquoi m'as-tu demandé un entretien ?

—Je voulais avoir un conseil, bien évidemment. Ce n'est pas pour cela que les membres du clan s'adressent au maître ?

Du temps où Tarr dirigeait la Paix Intérieure, il arrivait assez souvent qu'un élève reste à la fin des cours, pour lui demander un avis, et cela bien qu'il connaisse presque toujours déjà la réponse à ses questions : la vie sur Ta-Shima n'offrait pas beaucoup de possibilités de choix. Mais les jeunes aimaient discuter avec lui de ce qui leur paraissait problématique. À la fin de l'entretien, ils étaient convaincus d'avoir recueilli l'avis éclairé d'un sage, alors qu'en réalité Tarr s'était borné à un de ses grognements ou même juste à un signe de tête.

—Tu es resté longtemps en Extramonde, où tu as même vécu dans la maison d'un clan barbare.

» Dis-moi, sont-ils tout à fait humains ?

—Ils nous dépassent dans beaucoup de branches de la science et de la technique. Tu sais bien que certains de nos jeunes sont envoyés dans leurs universités pour y étudier, biaisa Rinvar.

Indépendamment de sa propre opinion, dont il ne s'était du reste ouvert à personne, il aurait préféré que ses compatriotes considèrent les étrangers comme des humains. Cela ne l'acquitterait certes pas du crime d'avoir contribué à une conception non autorisée par la Maison de la Vie, mais du moins on ne le considérerait pas comme l'auteur d'une abomination. Tarr se contenta d'un haussement d'épaules.

—Ce n'est pas une preuve suffisante. On peut apprendre quelque chose de tout le monde, même des animaux, qui connaissent parfois des techniques de survie bien utiles. N'y a-t-il pas des mouvements d'escrime qui s'appellent la « glissade du reyo », ou le « bond du chien » ?

—Si nous pouvons avoir des enfants d'eux, cela signifie que nous appartenons à la même espèce. Quand bien même tu arriverais à convaincre un chien et une vache de s'accoupler, la fécondation n'aurait pas lieu.

— Il est évident qu'ils étaient humains à l'origine, vu que nous descendons d'une souche commune et que les filles asix peuvent concevoir des enfants avec eux. Mais cela vaut aussi pour les sauvages vivant de l'autre côté du Corosaï, qui se liment les dents et dévorent leurs femelles quand elles ne sont plus fécondes.

» Ce que je voudrais savoir, c'est s'ils sont restés suffisamment humains, à tous les points de vue. Parle-moi des mondes de l'autre côté du soleil.

Rinvar commença à raconter, mais Tarr l'interrompit :

— Tout le monde sait cela. Les étudiants qui reviennent des universités de ces planètes débitent tout un tas d'histoires à propos de maisons aussi hautes que des montagnes, dans lesquelles les barbares habitent amoncelés les uns sur les autres… enfin je veux dire en couches, pas vraiment posés l'un sur l'autre. Marcher dans leurs rues, affirment-ils, c'est comme se trouver dans une vallée encaissée entre deux montagnes. On a beau lever les yeux, on ne voit que des murs. Tous sont d'accord pour dire que Neudachren est une planète bruyante, très froide et malodorante et que les Extramondins sont frustes et impolis. Ce n'est pas cela que je veux savoir.

— As-tu aussi entendu parler de leurs appareils ? Les transports, par exemple, sont très rapides : on se déplace d'une ville à l'autre en quelques minutes. Ou alors…

Il souleva la carafe, sachant que, contrairement à lui, l'Asix la distinguait parfaitement bien dans la pénombre.

— Regarde ce vin par exemple. Combien de temps et de travail a-t-il coûté ? Les pieds de vigne ont été plantés dans les vallées de Gorival il y a quatre ou cinq ans. Pendant les saisons sèches, ils ont été irrigués et protégés du soleil. Pendant les saisons des pluies ils ont été taillés et le terrain autour a été sarclé et drainé, pour que l'eau en excès s'écoule. Puis il y a eu les vendanges et le moût a été mis en cuve pour qu'il fermente… combien d'heures de labeur juste pour remplir cette carafe ? Sur Neudachren il suffisait de pousser un bouton.

» C'était pareil pour avoir de la lumière, de l'eau chaude ou de la nourriture ; juste pousser un bouton. Te rends-tu compte du temps qu'ils gagnent ?

— Ah. Et que font-ils de tout ce temps qu'ils gagnent ?

— Eh bien, rien. Ou, pour mieux dire, seulement des choses

absurdes. Ils s'occupent avec un grand zèle à fabriquer et à se procurer toutes sortes de flobels, des objets inutiles qui ne servent ni de nourriture ni d'instrument de travail. Leurs maisons en sont pleines.

— Barbares stupides. J'ai ouï dire que les Acinq aussi se démènent pour trouver des ossements et des cailloux colorés à se mettre sur la tête ou autour du cou. Cela doit être un trait commun chez les peuplades primitives.

» Quant à leurs appareils et machines, bon, ils peuvent sans doute accomplir des choses fantastiques, mais pour nous tout ça ne présente pas le moindre intérêt. Depuis plus de six cents saisons sèches, Ta-Shima fonctionne parfaitement bien, sans besoin de boutons qui font le travail de dix Asix. Quand je bois un bol de vin, je ne pense pas à la somme de travail qui a été nécessaire pour le produire, et si jamais je le faisais, ce serait avec gratitude pour tous ceux qui ont mis la main à la pâte afin qu'un vieil Asix puisse passer une agréable soirée.

» Mais ce n'est pas cela qui m'intéresse. Dis-moi, comment vivent-ils ?

Péniblement Rinvar essaya d'expliquer le fonctionnement de la société des étrangers, tellement différente de la leur. Il s'interrompait au milieu d'une phrase pour reprendre un sujet à propos duquel il avait l'impression de ne pas avoir été clair, il passait du coq à l'âne, puis retrouvait à grand-peine le fil de son discours.

De temps en temps, Tarr l'interrompait avec une question :

— Qu'y a-t-il d'étrange dans l'idée de parenté ? De nombreuses personnes apprécient la compagnie des frères et des sœurs-même-mère.

— Mais pour les Extramondins il ne s'agit pas des membres de leur clan. Par exemple, un homme qui partage la natte avec la sœur de la mère d'un Extramondin entre dans la famille de cet Extramondin.

Tarr secoua la tête sans rien dire, mais il n'en pensait pas moins. Si tous les types qui avaient partagé à l'une ou l'autre occasion la natte de l'une des dix…, non, onze sœurs de sa mère, étaient entrés dans son clan, il se demandait combien d'Asix de Gaïa il aurait encore pu considérer comme ne faisant pas partie de la famille.

— Je ne comprends pas d'où leur vient l'idée que les jeux sur la natte créent un lien de parenté.

— Selon eux c'est très important : ils appellent cela de l'« amour ».

— Sottises. L'amour est ce que les Asix éprouvent pour les Shiro, les nourrices pour les enfants qui leur sont confiés, les vaches et les chiennes pour leurs petits. Qu'est-ce que cela a à voir avec l'accouplement ? C'est un acte banal, comme manger ou boire. C'est dépourvu de signification particulière.

— Ils y attribuent une grande importance : ils concluent des alliances reproductives, dans lesquelles les partenaires promettent de ne pas prendre d'autres compagnons de jeux.

— Ça, je peux le comprendre : c'est logique que la femme ne joue pas avec un autre homme jusqu'à ce que la conception prévue ait eu lieu.

— Non, je veux dire jamais plus : aucun des deux ne doit plus partager la natte avec quelqu'un d'autre, pendant le restant de leur vie.

L'Asix resta bouche bée.

— Ils le font vraiment ?

— Je l'ignore, fut obligé d'admettre Rinvar. Ils le promettent, seulement chez eux la parole d'un homme, ou d'une femme, ne signifie rien. Mais tu ne sais pas encore le plus bizarre : les deux parents biologiques élèvent personnellement leurs petits, et ils les gardent avec eux jusqu'à l'âge de quinze saisons sèches et plus.

— C'est contre nature, déclara Tarr avec dégoût.

— C'est ce qu'eux disaient de nous.

— Comment cela ?

— Il arrivait qu'on me pose des questions sur les écoles ou l'éducation des enfants sur Ta-Shima. J'ai vite appris à ne pas répondre : tout le monde se récriait : « Vous êtes inhumains ! »

— Qui, nous ? Ce seraient plutôt eux qui le sont. Je crois que ce que tu m'expliques répond à ma question : ce ne sont pas de vraies personnes.

— Je me souviens qu'il y a longtemps, j'avais parlé de ça avec Suvaïdar-adaï. Elle m'avait répondu que les étrangers sont tellement différents de nous que si nous sommes humains, il faudrait peut-être en conclure qu'eux ne le sont pas. Sur le moment, je n'avais pas trop prêté attention à cette formulation bizarre, mais quelque chose dans son ton doit m'avoir frappé, sinon je ne m'en souviendrais pas avec une telle exactitude.

— Le Sh'ro-enlei vous défend de mentir, mais je me souviens que déjà quand la dame était adolescente, on avait intérêt à bien faire attention aux termes exacts qu'elle employait. Elle avait fait de la rétention d'informations un véritable art.

— Je me suis un jour demandé comment étaient les habitants des autres mondes : ressemblaient-ils plutôt aux Neudachreniens ou à nous ? Quand j'ai visionné des cubes holo qui parlaient des autres planètes, j'ai constaté que tous élèvent personnellement leurs petits, fabriquent des flobels incroyables, comme des cubes pleins de bruits fastidieux produits exprès par des instruments, tous accrochent sur eux des morceaux de métal et dépensent leur argent pour s'acheter plus de vêtements qu'une personne pourrait en user en dix vies.

» Mais il y a plus : aussi en ce qui concerne le physique… Il y avait un documentaire sur Estia, un texte très ancien, précédant la destruction de l'université. Eh bien, nos ancêtres ressemblaient aux Extramondins, pas aux Shiro, et encore moins aux Asix.

— Et alors ?

— Tu ne comprends pas ? Si nous, nous avons changé, les vrais êtres humains ce sont eux !

Bien qu'ils aient été seuls, il avait chuchoté cette dernière affirmation, tellement ses déductions lui paraissaient scandaleuses. Mais la chose ne sembla pas frapper Tarr outre mesure.

— Eh bien quoi ? Pas besoin d'aller mettre son nez dans des cubes vieux de centaines d'années pour le découvrir. Nos Jestak ont eu six cents saisons sèches pour améliorer les deux races de Ta-Shima. Nous, elles nous ont donné des sens plus aigus et pour cela elles ont dû utiliser des petits morceaux – enfin, ce n'est pas le mot correct, mais tu comprends, n'est-ce pas ? – du génome d'un animal. Qu'y a-t-il d'étonnant ?

Rinvar en resta tout abasourdi. Il avait abordé la question avec prudence, craignant que l'idée d'avoir un patrimoine génétique partiellement animal puisse bouleverser un Asix, et voilà que Tarr en discourait sans états d'âme, comme d'une banale évidence.

— Cette idée ne te trouble pas ?

— Et pourquoi donc ? S'il y a des siècles le fait de posséder l'ouïe, ou l'odorat d'un chien a permis aux Asix de l'époque de détecter en temps utile un danger et de sauver la vie d'un seigneur shiro, eh bien je suis bien content qu'on nous les ait donnés. Que m'importe de savoir d'où ils viennent ?

» Et si les Jestak nous ont améliorés, nous, c'est clair qu'elles doivent avoir travaillé aussi sur vous. Comment, je l'ignore, mais ce n'est pas mon affaire. Quand bien même elles auraient conformé le caractère shiro en se servant de quelques caractéristiques d'un reptile de la jungle (c'est juste une façon de s'exprimer, seigneur. Il n'y a pas d'offense, je te prie de le croire), devrions-nous peut-être nous en formaliser ? Cela a permis à notre espèce de survivre dans ce monde qui est le nôtre avant qu'on rende habitable le Haut Plateau. La sazadaï Jestak en personne pourrait venir m'expliquer que les Shiro sont le résultat de je ne sais pas quel croisement, que cela n'entamerait en rien le respect que je vous dois. (Il médita un instant en silence, puis il reprit :) Shiro et Asix : les deux composantes d'une société parfaite, qui vit depuis des siècles dans un équilibre admirable. Chaque race possède des caractéristiques bien définies, transmises grâce à une reproduction contrôlée avec soin et consolidées par une éducation attentive et sévère. Les Shiro ordonnent et les Asix obéissent, respectueusement mais sans crainte, parce que, depuis leur petite enfance, ils savent qu'ils peuvent avoir confiance dans l'autre race.

— Dans ce cas, comment se fait-il que vous ayez tous eu une peur ridicule de Suvaïdar-adaï ?

— Elle avait menacé les Asix de Niasau.

— Mais comment peux-tu croire qu'elle les aurait obligés à manger mon cadavre ? Je t'ai toujours considéré comme un homme intelligent.

— Haï ! s'écria Tarr, presque avec mépris. Personne n'a jamais cru cela, même pas le plus stupide des Asix, qui travaille dans les champs parce qu'il n'a pas été capable de terminer sa deuxième année d'école. Qu'elle puisse les menacer a suffi à terroriser tout le monde. Un Shiro dépourvu de l'inhibition à faire souffrir un Asix, physiquement ou moralement, qu'est-il sinon une imprévisible machine de mort ? Son comportement n'était pas normal, donc ils en ont eu peur. C'est logique.

— *Ils* ont ? Toi pas ?

— Avant d'être Suvaïdar-adaï, chercheuse honorée auprès de la Maison de la Vie, elle avait été Lara, ma petite sœur de lait. Et, avec ta permission, maître Dassoi-te…

Le geste d'exaspération auquel Rinvar, se croyant à tort invisible dans l'obscurité, s'était laissé aller en entendant le surnom, n'échappa pas aux yeux nyctalopes de l'Asix, qui fit comme si de rien n'était et continua :

— … Elle était aussi une casse-pieds de première. Je lui ai donné son bain et je l'ai habillée je ne sais combien de fois. Avant même d'avoir appris à parler correctement, elle savait me donner des ordres, du genre : « Prendre sur épaules ! » ou bien : « Veux aller voir les poules ». Quand elle a été adolescente, j'ai partagé avec elle les repas et la natte. Moi, peur d'elle ? Absurde. Je savais parfaitement que si elle avait commis un tel impair, elle devait avoir eu une quelconque raison tordue, qu'elle était sans doute la seule à comprendre. Depuis toute petite, Lara fonçait tête baissée droit dans les ennuis sans réfléchir une seule seconde aux conséquences. Je me suis parfois étonné qu'elle ait réussi à survivre si longtemps.

— Elle n'était pas exactement une Shiro modèle, n'est-ce pas ?

— C'est ce qu'on disait. Ils lui reprochaient son manque de discipline et sa tendance à examiner sous toutes les coutures les ordres qu'elle recevait au lieu de les exécuter sans délai. Et pourtant, crois-moi, seigneur, elle était la seule vraie Shiro qu'il m'ait été donné de connaître. Si nos ancêtres avaient été disciplinés et obéissants, ils seraient restés à l'université d'Estia à s'y faire massacrer par les missiles de Landsend, au lieu d'embarquer et de venir fonder Ta-Shima.

La voix de Tarr tremblait légèrement. La mort d'un Shiro, et spécialement d'un Shiro de son clan, bouleversait toujours un Asix. Perdre celle qui avait été une sœur de lait avait dû être tout particulièrement éprouvant pour l'ancien maître, bien pire que ce que représente la mort d'un sei-hey pour un Shiro. La conseillère avait choisi le privilège quelques jours seulement avant l'atterrissage de l'astronef qui avait ramené Rinvar sur Ta-Shima et Tarr occupait son ancienne chambre.

L'Asix se tut un long moment. Quand il reprit la parole, sa voix était redevenue ferme.

— Bon! les barbares ressemblent davantage aux gens d'il y a cent et cent saisons sèches. Mais quelle importance? Qu'ils soient humains pour ce qui est de l'aspect extérieur, ce n'est pas significatif à mon avis. Ce ne sont pas uniquement les caractéristiques physiques qui déterminent si on est une vraie personne, comme un Ta-Shimoda, ou bien un demi-humain. L'éducation et un comportement civilisé rentrent aussi en ligne de compte.

— Un comportement civilisé? Ils ne savent même pas ce que ça signifie. Après les premiers mois passés là-bas, où je me suis plutôt amusé à observer toutes les nouveautés de ce monde, je n'ai fait qu'attendre avec impatience le message de Suvaïdar-adaï m'autorisant à rentrer à la maison. Les astronefs avec équipage asix m'en apportaient toujours, mais chaque fois ce n'était que la même phrase, très courte : « Notre sazdo-adaï honoré jouit d'une santé excellente », ce qui en clair signifiait : « Reste où tu es, si tu veux toi aussi continuer de bien te porter. » Les Asix m'appelaient depuis l'astronef le matin tôt, à l'heure où les étrangers dorment encore, donc c'était toujours moi qui répondais. Mais un jour l'appel est arrivé pendant que je prenais ma douche et c'est la mère biologique de la Tête-de-Paille qui l'a pris.

— Qui ça, la folle qui avait une peur panique des Asix et qui radotait tout le temps à propos d'êtres invisibles, doués de pouvoirs paranormaux ?

— Exactement. Bon, qu'elle avait intercepté l'appel sans rien me dire, je ne l'ai compris que plus tard, quand j'ai entendu la voix d'un Asix à la porte. J'ai cru un instant que je rêvais, mais il y en avait effectivement deux qui avaient réussi à arriver jusque-là, je n'ai d'ailleurs jamais compris comment. Ils demandaient après moi, et cette horrible femelle ne voulait pas les laisser entrer. Quelle bassesse, n'est-ce pas ? Deux Asix terrorisés qui avaient été obligés de traverser à pied une ville énorme juste pour m'apporter personnellement le message qu'elle avait refusé d'écouter.

— C'était si loin que ça ?

— Une trentaine de kilomètres, mais pas sur des routes paisibles comme chez nous : ils ont été contraints de marcher parmi les gratte-ciel et les modules volants, dans des rues bondées de gens bruyants, où des images holo éclatent devant toi presque à chaque pas... L'un d'entre eux était de Gorival et je le connaissais depuis l'enfance. La circulation et la foule l'avaient tellement épouvanté qu'en me voyant il m'a appelé de mon nom d'enfant, qu'il n'avait plus employé depuis que j'ai passé les Épreuves, et il m'a agrippé par la manche !

» Le message était que je pouvais rentrer sans danger vu que Tore avait été envoyé se rendre utile dans une mine. Je les ai reconduits à l'astroport, bien sûr. Je ne pouvais pas permettre qu'ils traversent une nouvelle fois la ville tout seuls. Marcher à côté d'eux, en les écoutant bavarder et poser des questions a suffi pour que je me sente vraiment mal.

— Comment la présence de deux Asix pouvait-elle te faire un effet pareil ?

La voix de Tarr trahissait sa stupeur et Rinvar se hâta de dissiper l'équivoque.

— Ce que je veux dire, c'est qu'au cours de toutes ces années je n'avais jamais cessé de regretter Ta-Shima : la courtoisie des gens, la nourriture, le climat agréable, mais ce qui m'avait surtout manqué c'était, bien entendu, les Asix. En avoir deux à mes côtés réveillait en moi un désir presque douloureux d'être avec eux sur une natte plutôt que dans la rue. À travers leurs vêtements, j'avais l'impression de pouvoir voir leurs corps compacts et velus, tellement plus attirants que ceux des Extramondins.

« Si seulement j'avais sur moi de quoi payer le ticket, je partirais avec vous aujourd'hui même ! », me suis-je écrié. Ils ont trouvé la solution immédiatement : l'équipage était en sous-effectif, ils pouvaient me faire engager. Je pouvais m'occuper des serres, ou du nettoyage. Mais si je le préférais, je pouvais aussi passer tout le voyage dans le dortoir de l'équipage à ne rien faire ; ils auraient tous été heureux d'exécuter les travaux à ma place pour jouir du privilège de manger à mes côtés et peut-être, si je voulais bien, de partager le hamac avec moi.

» Je n'ai pas eu besoin d'un délai de réflexion pour accepter, tu peux me croire ! Si j'avais été obligé de prendre congé d'eux, de les regarder partir et de reprendre ensuite le chemin de la maison de la Tête-de-Paille, je crois que j'aurais désobéi aux ordres et tué quelques barbares.

Compréhensif, Tarr hocha la tête.

— Combien de fois cela t'était-il déjà arrivé ?

— Comment as-tu deviné ?

— Sans d'autres Shiro, pour t'imposer le respect du Sh'ro-enlei, sans la présence apaisante des Asix, sans la possibilité de te battre en duel, sans savoir jusqu'à quand tout cela allait continuer... Tu ne pouvais pas résister sans éclater.

— Je n'ai tué qu'une fois, mais ils m'avaient insulté, et...

— On t'avait pourtant défendu formellement de tuer des étrangers.

Rinvar préféra ne pas s'appesantir là-dessus. Il n'avait aucune raison valable qui puisse expliquer pourquoi, dans une explosion de colère, il avait massacré deux malheureux petits voyous qui n'avaient rien fait de pire que se moquer de sa tenue vestimentaire – ce qui lui arrivait une fois sur trois quand il mettait le nez dehors. Et un Shiro ne cherche pas des justifications et n'invoque pas de prétextes.

— L'as-tu rapporté à la saz-adaï ?

— Elle ne m'a rien demandé. Sur Neudachren personne ne m'a soupçonné. Les habitants de la ville sont si nombreux que la présence sur les lieux de quelqu'un qui me connaisse aurait été une coïncidence improbable. Je ne suis sorti de mes gonds qu'une seule autre fois. C'était le dernier jour, quand j'ai entendu la vieille femelle déclarer aux Asix qu'ils devaient quitter les lieux sur-le-champ, parce qu'elle ne permettrait à aucun sale sauvage d'entrer chez elle. Je lui ai donné un coup de poing, pas très fort, mais les Extramondins ont des abdominaux aussi mous que ceux d'une femme qui vient d'accoucher. Elle est tombée comme un sac.

Il sourit au souvenir, puis il ajouta pensivement :

— Je crois que cela a été un des moments les plus satisfaisants de mon séjour là-bas.

— À part éliminer de la vermine extramondine et t'exercer au combat à mains nues contre de vieilles femelles, à quoi t'occupais-tu dans ce monde au nom imprononçable ?

— J'ai travaillé dans un…

Il chercha comment traduire « le musée du Vivant », une institution dont Neudachren était très fière.

— Une sorte de bibliothèque, sauf qu'au lieu des livres il y a toutes sortes de végétaux.

— C'est un terrain d'expérimentation agricole alors ? demanda Tarr.

— Si on veut, mais il est aussi grand que Gaia. Pour chaque planète de la Fédération il existe un énorme bâtiment, et chacun contient des serres pour les différents écosystèmes qu'on y trouve. Toutes les plantes de tous les mondes y sont représentées. Pour la plupart, elles sont sans grand intérêt : elles ne produisent pas de fruits, ou alors, quand elles en ont, ils sont immangeables ou même toxiques.

— Pourquoi garder des mauvaises herbes dans des serres ?

— Flobels, de nouveau. Ils apprécient les fleurs ; ils les coupent et les gardent dans de l'eau.

Tarr secoua la tête en silence et Rinvar acheva sa phrase.

— Par-ci par-là, il y a une plante comestible que nous ne connaissons pas. Je les ai soumises à un premier examen et j'ai rédigé un rapport sur leurs exigences quant au type de terrain et aux soins. Après quoi, j'en ai récolté les graines, que j'ai fait parvenir aux Jestak. Je sais qu'elles ont pu en adapter quelques-unes à notre climat. On est en train de les mettre en culture, ce qui fait que bientôt on verra apparaître sur nos tables quatre nouveaux légumes, et plus tard aussi un fruit.

— Tu as eu une excellente idée.

— Tu n'imagines même pas à combien de points de vue elle s'est révélée excellente ! Tout d'abord cela me permettait de passer mes journées sans grelotter. Quand on m'avait affirmé que Neudachren était froide, cela ne m'avait pas frappé outre mesure. Je viens de Gorival, je me disais, je suis habitué au frais. Mais ce monde-là n'est pas frais, il est glacial. Ce doit être pareil sur les glaciers des Monts Corosaï chez nous. Je n'en sais rien, à vrai dire : personne n'y va.

— Évidemment. Qu'est-ce qu'on irait y faire ? Il n'y a là ni pâturages ni champs.

— En effet. Donc, les serres qui hébergeaient la flore tropicale étaient les seuls endroits où je ne claquais pas des dents en permanence. Les autres, eux, y transpiraient à grosses gouttes, et ils n'étaient que trop contents de me laisser m'occuper tout seul des plantes qui poussent sous les climats chauds et humides. J'étais tout disposé à exécuter quelques travaux en plus pour ne pas être entouré par une bande d'Extramondins jacassants.

» Il y avait un dernier point positif, mais celui-là était de taille : ni la Tête-de-Paille ni sa famille n'y mettaient les pieds. Quand je me trouvais à la maison, ils ne cessaient de me poursuivre avec leurs exigences absurdes : j'aurais dû, selon eux, partager la chambre de la Tête-de-Paille, l'aider à s'occuper de son petit, ou alors m'intéresser aux flobels ridicules avec lesquels ils s'amusent, eux, à longueur de journée. Ils étaient insupportables.

Les deux hommes restèrent pendant quelques minutes perdus dans leurs pensées, puis Rinvar demanda :

— De quelle façon la Sadaï a-t-elle appris les manigances de Tore ? Qui est le Shiro qui a osé lui demander un entretien pour se plaindre de quelque chose qui relevait des affaires intérieures du clan ?

— Qu'est-ce qui te fait croire que c'était un Shiro ?

— J'ai encore plus de mal à imaginer qu'il ait pu s'agir d'un Asix.

— Un Asix ne l'aurait pas fait, en effet. Sauf le maître de la Paix Intérieure, la plus célèbre Académie de Gaia.

— Toi ?

— Moi. Pendant une courte période, j'avais été l'élève de Sergiadaï. C'était avant qu'il fasse brûler son tatouage clanique pour devenir le conseiller de la Dame, à une époque où il s'appelait encore Gantois. Ensuite, c'est lui qui a été mon élève, pendant plus de six ans.

— Je l'ignorais ; je ne me souviens pas de l'avoir rencontré quand je m'entraînais dans ton Académie.

— Il prenait soin de ne jamais enlever son masque en salle d'armes, et pour prendre sa douche il rentrait chez lui. S'apercevoir qu'on a comme partenaire le conseiller de la Sadaï pourrait être gênant.

» Un soir je lui ai demandé de passer dans ma chambre après l'entraînement. Nous avons bavardé un peu, et deux jours plus tard le sazdo-adaï Huang entrait en se rengorgeant dans la maison de la Dame. Il n'en est jamais ressorti : celui qui une heure plus tard a passé la porte en sens inverse, c'était Tore, mineur sans clan.

— Pourquoi l'as-tu fait ? Ou alors, si tu avais l'intention de le faire, pourquoi as-tu attendu si longtemps ?

Tarr ne répondit pas.

Quand Suvaïdar-adaï était rentrée de l'Extramonde, il avait préféré oublier qu'il avait été son frère de lait et l'éviter. Il avait combattu dans plus d'« entraînements à l'amiable » qu'il aimait se souvenir pour arriver là où il était arrivé. Il avait trouvé plus prudent de se tenir à bonne distance d'elle, parce que dans le passé elle ne lui avait causé que des ennuis. Avec le temps, du reste, elle avait fait de son mieux pour élargir son champ d'action en matière d'embêtements. C'est ce qu'avait découvert à ses dépens Reomer Jestak, son sei-hey qui serait encore vivant si elle ne l'avait soutenu dans son idée stupide de travailler comme médecin, un métier réservé aux femmes depuis des siècles. Son jeune interlocuteur aurait pu lui aussi raconter diverses histoires à propos des idées lumineuses de la dame.

Il avait donc fait son possible pour ne pas s'occuper d'elle, et il avait résisté à la tentation jusqu'au jour où il s'était rendu à la maison du clan et qu'il l'avait vue toute seule, mise à l'écart par tout le monde.

Le silence se prolongeant, Rinvar demanda :

— Veux-tu dormir ?

Il était déjà à moitié levé pour partir, mais la voix de l'Asix l'arrêta.

— Je ne me suis jamais occupé des Extramondins ; ces barbares trop bien nourris, aux habitudes répugnantes, ne présentaient selon moi aucun intérêt pour un Ta-Shimoda. Bien que j'aie passé la majeure partie de ma vie à Gaia, à quelques kilomètres à peine du pont, je n'ai jamais eu la curiosité de me rendre à Niasau. Dans mon orgueil, je me disais que je n'avais rien à chercher auprès de gens qui se nourrissent de cadavres, portent des vêtements grotesques, s'étalent des peintures sur le visage et les cheveux et nourrissent des superstitions stupides à propos d'êtres invisibles et de pouvoirs paranormaux.

» Mais j'avais tort. Ce qu'ils font chez eux, dans les mondes de l'autre côté du soleil, ne concerne qu'eux en effet. Mais ils sont ici, et bien qu'on les garde confinés dans leur réserve, de là-bas se propage quelque chose qui ressemble à une contagion. Par rapport aux temps de ma jeunesse, les choses ont changé dans notre monde, et pas en mieux.

Certains d'entre eux ont été acceptés sur le Haut Plateau, comme la femme qui fait maintenant partie du clan Van Voss ou l'homme surnommé Sei-Nin, qui travaille pour le clan Tagaki. Si les Jestak leur permettent d'arborer un tatouage clanique, elles doivent savoir ce qu'elles font. Toutefois, ces deux-là ne peuvent certes pas oublier leur passé du jour au lendemain. Je sais qu'ils parlent de l'Extramonde à ceux qui les interrogent.

» À part ça, il y a certains Ta-Shimoda qui ont séjourné sur les planètes des mangeurs de cadavres et qui à leur retour se sont mis à répandre de façon irréfléchie des idées dangereuses.

La lumière n'était pas suffisante pour que Rinvar puisse voir l'expression de Tarr, mais la voix, sévère et froide, était celle du maître de la Paix Intérieure en train de tancer un élève.

— Dangereuses ? Tu n'exagères pas un peu ?

— Nullement. Lara… Je veux dire Suvaïdar-adaï, n'était plus capable de traiter les Asix comme il se doit, ce qui est inadmissible de la part d'un Shiro. Quant à toi, tu divagues sur la possibilité d'obtenir de la nourriture et de la boisson sans travailler. Peut-être que cela convient aux barbares, mais certainement pas à nous. Il ne faut pas faire miroiter aux jeunes du clan de pareilles idées, qui ne les mèneraient nulle part. Pour nous, la seule façon de disposer des techniques des Extramondins, ce serait de leur permettre le libre accès au Haut Plateau, pour acheter et vendre, mais aussi pour fouiller partout et dispenser des conseils qu'on ne leur a pas demandés, tout en essayant de nous faire changer nos traditions. On ne peut pas remonter le temps jusqu'à l'époque précédant l'arrivée des astronefs étrangers, mais on peut au moins leur faire obstacle.

» Je te remercie de tes conseils éclairés, maître Dassoi-te.

— Par la Galaxie ! laisse tomber le titre, dans cette chambre il y a un seul vrai maître, et c'est toi. Et de quels conseils parles-tu ? Je ne t'en ai donné aucun.

— Cela faisait un moment qu'une idée me trottait par la tête. Elle était un peu confuse et le fait d'en discuter avec toi a éclairci ma pensée. Je n'ai plus aucun doute maintenant, ma décision est prise.

— Qu'as-tu donc décidé ?

— D'aller rendre visite aux mangeurs de cadavres, pour leur expliquer qu'il y a sur Ta-Shima beaucoup plus de dangers qu'ils se l'imaginent. Je sais que certains d'entre eux craignent les Asix. Eh bien, j'irai à Niasau, leur montrer qu'ils ont raison. Bien sûr, pour ce faire je serai obligé de désobéir à un ordre exprès de Haridar Sadaï, qui nous avait défendu de tuer les étrangers, mais depuis qu'elle a donné cet ordre, les lunes de la saison sèche ont navigué de nombreuses fois dans le ciel. La situation a changé, et si elle était vivante aujourd'hui, Dame Haridar ne dirait peut-être plus la même chose. En outre, un seigneur shiro de mon clan vient de me raconter que lui-même a tué quelques barbares.

— Mais vous, les Asix, vous n'aimez pas faire couler le sang.

— Quand j'accompagnais les troupeaux pour la transhumance, il m'est arrivé, et pas qu'une fois, de tuer un reyo qui nous suivait dans l'espoir de s'emparer d'un veau une fois la nuit tombée. Son sang jaune ne m'a pas troublé outre mesure.

— Les étrangers ne sont pas des bêtes de proie.

— Je crois que si, seigneur, bien que d'un genre différent.

» À l'époque, quand j'étais gardien de troupeau, il m'est arrivé aussi d'être obligé d'achever une vache qui était trop grièvement blessée pour continuer à marcher. Je l'ai fait, bien que j'apprécie les vaches qui, à la différence des barbares de Niasau, sont des bêtes utiles. Leur sang est rouge, comme le mien et comme le vôtre, et le vôtre je le connais mieux que ce que je voudrais : tout au long de mes années comme maître je ne l'ai vu couler que trop souvent. J'ai assisté à la mort de vingt-neuf jeunes Shiro en salle d'armes. C'était terrible chaque fois, mais j'ai tenu le coup. Ceux que je regarderai mourir cette nuit ne sont que des barbares, quel intérêt pourraient-ils présenter pour moi ?

— Si nous avons l'ordre de ne pas les tuer, ce n'est pas pour leur sauver la vie : chaque fois que l'un de nous a levé la main contre un Extramondin, il y a eu des représailles.

— Il s'agissait de Shiro. Nous, ils nous considèrent à peine mieux que des animaux, juste bons à faire le ménage et la cuisine pour des gens trop paresseux ou trop stupides pour subvenir à leurs propres besoins. Tu n'auras qu'à leur expliquer que de temps en temps les Asix souffrent de crises d'amok.

— Tu n'en sortiras pas vivant !

— J'ai dit que j'irai à Niasau, seigneur shiro. Jamais je n'ai prétendu que j'en reviendrai. Si en tant qu'homme je ne suis pas encore vieux, je le suis comme escrimeur, si bien que j'ai perdu mon titre dans un duel que j'aurais remporté sans problème quelques saisons sèches auparavant. Je ne peux pas faire mon devoir pour l'espèce, parce que je porte la bande noire. Mais je suis encore capable de me rendre utile.

Dans le noir, les couleurs du Ruban de la Vie de Tarr ne se distinguaient pas, mais Rinvar l'avait eu sous les yeux des centaines de fois, sans d'ailleurs s'émouvoir particulièrement de la bande noire qui signifiait « interdit de reproduction » par ordre des Jestak. Mais si les Shiro ne s'intéressaient pas spécialement à leurs descendants biologiques, il en allait tout autrement pour les Asix et la tristesse avait été perceptible dans la voix de Tarr.

—Toi et Suvaïdar-adaï, reprit-il, vous avez consenti de grands sacrifices pour obtenir que l'ambassadeur sitabeh envoie à ses maîtres un rapport destiné à décourager les barbares de s'emparer de notre monde. Moi aussi je veux offrir ma contribution.

—À quoi cela servirait-il, sinon à te faire perdre la vie ?

—J'ai entendu dire que certains étrangers voudraient la permission de s'établir ailleurs qu'à Niasau, pour implanter partout leurs temples, où ils racontent des absurdités, ainsi que leurs magasins où ils vendent à prix fort des choses inutiles. Beaucoup d'entre eux mourraient de la fièvre de Gaia, ou bien après avoir rencontré un spécimen dangereux de la vie indigène…

—Il n'y a pas tellement d'animaux sauvages sur le Haut Plateau.

—Je pensais plutôt à un Shiro de mauvaise humeur, seigneur. Mais cela ne suffirait pas, n'est-ce pas ? Toi-même tu m'as dit qu'ils sont nombreux comme les grains de sable sur l'isthme. Ils risqueraient d'envahir tout le Haut Plateau. Un Asix pris de folie ne retardera peut-être pas longtemps l'échéance, mais si j'arrive à décourager quelques commerçants entreprenants, j'aurai l'impression de faire, à ma façon, mon devoir pour l'espèce.

—Je pourrais m'adresser à la saz-adaï, qui te défendrait de passer le pont.

—C'est comme ça qu'agirait en effet tout autre Shiro, mais toi, maître, tu ne le feras pas. Te souviens-tu des paroles de Doran Huang ? Un maître d'escrime souhaite mourir le sabre à la main. Or, personne n'accepte de se battre en un duel à mort contre moi, les Asix parce qu'ils n'utilisent jamais les lames-de-sang, les Shiro parce qu'ils ne supportent pas de faire du mal à un Asix. Je te l'ai dit : celui qui m'a vaincu a refusé de m'aider à me prévaloir du privilège. C'était pourtant son devoir !

Rinvar ne savait pas quoi répondre. Il comprenait le souhait de Tarr, bien sûr. Étant lui-même un adepte de la voie du sabre, il ne pouvait imaginer continuer de vivre après avoir été vaincu et avoir perdu sa charge. Mais la mort violente d'un Asix était une idée insupportable.

Tarr voulait donc simuler une crise d'amok. Rinvar en avait été témoin une fois : une vieille Asix s'était mise à courir droit devant elle, détruisant tout sur son passage, jusqu'à ce qu'un Shiro surgisse et lui murmure un ordre à mi-voix. Et tout était rentré dans l'ordre.

Mais pendant l'été il n'y avait à Niasau aucun Shiro qui puisse arrêter Tarr. La nuit prochaine, en particulier, la rue qui conduisait au pont serait déserte : c'était une Nuit des Quatre Lunes, la première depuis vingt-six ans. Tous les Ta-Shimoda allaient se rassembler autour des feux de camp pour festoyer.

C'était à lui, et à lui seul qu'il incombait donc d'essayer de convaincre Tarr. Mieux, il n'avait qu'à lui donner un ordre, auquel en tant qu'Asix il obéirait, même de mauvaise grâce. Mais donner un ordre à celui qui avait été le maître de la Paix Intérieure, *son* propre maître ?

Il garda donc le silence, ce qui pour Tarr signifiait une approbation.

La torche s'éteignit doucement, les plongeant dans une obscurité tempérée seulement par un fin rayon de lumière solaire qui filtrait par la fenêtre. La forte odeur de résine brûlée s'atténua progressivement, et celle de la peau de l'Asix devint très perceptible. Pour un Shiro, elle ne pouvait que susciter le besoin presque douloureux de protéger, coûte que coûte, le membre de l'autre race, mais un dilemme tourmentait Rinvar. S'il était parfaitement clair dans son esprit que son devoir était d'éviter toute souffrance à l'Asix, il l'était moins de déterminer quelle souffrance serait pour lui la pire.

Je ne peux pas le condamner à mort, se dit-il. *Mais ai-je le droit de condamner à vivre quelqu'un qui ne le souhaite pas ?* Le temps passait lentement ; il s'aperçut qu'il devait avoir somnolé, parce que la lumière du jour ne filtrait plus par la fenêtre. La voix rauque à ses côtés murmura :

— C'est l'heure : la troisième lune doit s'être déjà levée. Veux-tu que ton vieux maître te donne une toute dernière leçon d'escrime ?

» Regarde-moi quand je passerai le pont. Tu connais aussi bien que moi les principes du combat : ne jamais montrer son infériorité ; si on est blessé, ou qu'on souffre d'une douleur, il faut le cacher, afin que l'adversaire ne puisse pas en profiter. Si on te demande : « As-tu mal ? », la seule réponse acceptable, c'est « non », même si tu endures mille morts. Mais il y a une exception : quand tu te bats contre quelqu'un qui t'est excessivement supérieur, en habileté ou en force, le seul stratagème qui puisse te permettre de gagner, c'est de l'induire en erreur, en te montrant encore plus faible que tu l'es. Celui qui sous-estime son adversaire finit toujours par commettre une faute.

Il ouvrit tout grand la fenêtre, et la clarté argentée de Lune Grande inonda la pièce. Tarr avait remis de l'ordre dans ses vêtements. Il alla fouiller dans son coffre et quand il se leva, il avait à la main un grand sabre en acier qui étincela sous les rayons de la lune avant de disparaître, enveloppé dans un vieux pantalon tout déchiré.

L'Asix sembla s'amenuiser. Il se tenait courbé, les épaules tombantes, s'agrippant à ce qui pour un regard distrait ressemblait à un bâton recouvert de chiffons. L'autre bras pendait sans force.

— De quoi ai-je l'air maintenant ? D'un vieil Asix boiteux qui ne fait peur à personne, n'est-ce pas ? Suis-moi seigneur shiro, et quand j'aurai terminé, prends mon sabre. Autrefois, il a appartenu au grand maître Li Nadai, et ensuite à un autre maître, d'un niveau bien inférieur, mais qui jouissait du respect de tous les escrimeurs de Gaia, et cela bien qu'il ne soit qu'un Asix. Ce ne serait pas bien qu'il tombe dans les mains des étrangers. Je te le confie, maître Dassoi-te.

Ce n'est pas un homme dans la plénitude de la maturité qui passa le pont de Niasau, mais un vieillard qui traînait péniblement la jambe. Tarr attendit d'être dans le quartier extramondin pour se redresser, gonflant ses muscles. Disparu, le boiteux avec son ridicule bâton aussi grand que lui ; il y avait à sa place un colosse armé d'un sabre d'un mètre et demi. Cette figure, qui semblait concrétiser toutes les craintes que plusieurs Extramondins s'obstinaient à nourrir vis-à-vis des Asix, s'avança en poussant un cri rauque. Il fit mouliner sa lame sur un groupe d'étrangers, immobiles au bord de la falaise, en train d'admirer le reflet des quatre lunes sur la mer. Il les faucha tous avant même qu'ils aient le temps de se ressaisir de leur surprise, puis il continua sa marche.

Intellectuellement, Rinvar pouvait accepter la décision de son ancien maître, mais cela ne signifiait pas qu'il se sentait capable d'assister au meurtre d'un Asix par les soldats étrangers sans se sentir contraint d'intervenir. Quand Tarr arriva au quartier extramondin, Rinvar se laissa donc distancer.

Il ne pouvait s'empêcher de se demander à quoi pouvait penser le vieil Asix, qui avançait inexorablement, fauchant des vies, dans l'attente de sa propre mort.

Chapitre 26

Tarr Huang

Puisque l'heure de montrer ce que je suis est venue, voici ma vie. Elle s'achèvera le sabre à la main, comme il se doit. La poussière que j'emporte à la semelle de mes bottes est celle de Ta-Shima, le sang qui la lavera est celui de ces étrangers qui souillent notre sol et à qui j'enseignerai, à défaut de respect, la crainte de ce que nous sommes...

Au fond, reprocher son idiotie à ma mère, Dol, c'est de la pure ingratitude de ma part : si j'ai été conçu, c'est justement grâce au fait qu'elle était idiote.

Les doctoresses Jestak du centre d'eugénisme lui avaient attribué une bande grise sur le Ruban de la Vie. En des temps plus heureux, c'est-à-dire avant que débarquent les Extramondins, cela signifiait qu'elle aurait pu seulement avoir un enfant d'un seigneur shiro.

Depuis que les barbares vivent dans leur enclave à Niasau, il arrive que les Jestak en admettent un comme géniteur biologique, mais c'est exceptionnel et cela ne se produit qu'après un examen approfondi de son ADN.

Ou du moins je l'espère.

Les Jestak, c'est sûr, ne viennent pas m'expliquer *à moi* le pourquoi et le comment, mais si depuis la fondation de notre monde ce clan détient le pouvoir de décider du droit à la reproduction de tous les êtres vivants arrivés à bord de la *Sagesse*, du plus orgueilleux seigneur shiro jusqu'à la dernière plante microscopique et...

Qu'est-ce que j'étais en train de dire ? Ah oui ! si les sages dames Jestak ont pris cette décision, ce n'est pas le rôle d'un Asix de la remettre en question, et encore moins d'un Asix qui n'a même pas terminé ses sept années d'école. Je sais parfaitement bien que c'est grâce aux généticiennes de ce clan que notre société fonctionne si admirablement, sans aucun doute beaucoup mieux que celles des barbares qui vivent dans les mondes au-delà du soleil. Obéir aux Shiro est juste et conforme à la nature, et nous devons à plus forte raison obéissance à ce clan respecté de tous, même de la Sadaï, notre mère honorée à tous, qui a droit de vie et de mort sur tous les habitants de la planète.

Je dois toutefois avouer que, à titre personnel, l'idée de petits Ta-Shimoda qui n'ont qu'une moitié de sang humain dans leurs veines me dégoûte un tantinet ; je ne crois pas être le seul à penser de la sorte.

Pour en revenir à mes affaires, mon idée est que la bande grise a été attribuée à Dol après qu'on a vu les résultats de ses tests d'intelligence, parce que pour ce qui concerne le physique, elle était dans une forme superbe. Mon physique me vient d'elle, d'ailleurs.

Quand elle vivait sa douzième saison sèche, Dol a été convoquée à la Maison de la Vie. Là, on lui a enlevé son implant anticonceptionnel et on lui a fait une insémination artificielle. À moins, bien sûr, qu'un jeune Shiro ait accepté d'accomplir en personne son devoir avec elle.

Pour Dol, l'idée qu'insémination ne signifie pas nécessairement conception réussie du premier coup était sans doute trop compliquée. Après l'opération, elle a donc décidé de célébrer sa future maternité en se rendant à une Fête des Trois Lunes dans la ville, pas loin du centre d'eugénisme. Elle y a folâtré allégrement, jusqu'à l'aube, avec un nombre non précisé de gentils garçons, sans perdre de temps à se renseigner sur leur nom, et moins encore sur leur clan d'origine.

Dol appréciait beaucoup les Fêtes, ou du moins elle les a appréciées du temps où elle pouvait s'y rendre. Quand ç'a été mon tour d'y participer, elle a commencé à se dire que ce n'était qu'une perte de temps et que je ferais mieux de rester travailler à la maison, puisqu'elle-même y était obligée. Pour les nourrices du clan, les vacances n'existent pas : pendant les quatre mois de la saison sèche, on doit prendre soin des enfants tout autant que pendant les douze mois de la saison des pluies.

Après la Fête, elle est rentrée à la maison et a passé le temps de sa grossesse dans un état d'exaltation bien disproportionné par rapport à la banalité de l'événement. Une de ses sœurs-même-mère m'a raconté qu'elle continuait à admirer son ventre, en divaguant à propos du « petit Shiro » qu'il y avait dedans. C'est de l'idiotie pure et simple, bien évidemment : les enfants d'un Asix sont toujours asix, indépendamment de qui est l'autre parent.

Je respecte et j'admire les Shiro, comment pourrait-il en être autrement ? Mais Dol ne vivait que pour pouvoir les approcher. Il ne s'agissait pas uniquement du désir, bien naturel, de partager la natte avec l'un d'eux, ou de jouir de la compagnie rassurante d'un adulte et du parfum de sa peau. Pour s'extasier, il lui suffisait d'un petit enfant, dont n'émane pourtant que l'odeur des couches sales.

Je suis donc né au bout des neuf mois réglementaires, et dès que les Jestak ont jeté un œil sur moi le scandale a éclaté. Mon père n'était pas le Shiro dont les armes claniques étaient déjà inscrites dans la dernière case de mon Ruban de Vie. Il suffisait de me voir de loin pour se rendre compte qu'aucun Shiro ne pouvait être intervenu dans ma conception. Mais le pire, c'était qu'il était impossible de découvrir le nom de l'Asix dont j'étais le fils.

Une dame shiro qui mettrait au monde un enfant sans l'accord du centre d'eugénisme se verrait condamnée aux mines, voire pis, mais les Jestak ont été indulgentes avec Dol. La première idée qui vient à un Shiro en se levant le matin, c'est avec qui il pourrait bien engager un duel, et si le duel est à mort il considère probablement que sa journée est réussie. Mais les Shiro ne supportent pas de faire du mal à l'un de nous. Je suppose donc que le spectacle d'une jeune Asix terrorisée était trop pénible pour les doctoresses, qui n'ont pas sévi.

Après que cette sotte eut admis qu'elle ne savait même pas près de quel feu de camp elle avait festoyé, et moins encore qui étaient les quatre, ou peut-être cinq compagnons de jeux avec lesquels elle avait célébré ce qu'elle croyait être une conception réussie, elles se sont bornées à remplacer la bande grise de son Ruban de Vie par une bande noire. Interdite de reproduction.

Je reste convaincu que c'était parce qu'elle s'était montrée vraiment trop bête, mais elle s'est fourré dans la tête que c'était ma faute. Je ne sais pas combien de fois elle m'a répété que je présentais dès la naissance des traits récessifs tellement évidents que les Jestak s'étaient vues contraintes de ne pas autoriser d'autres frères-même-mère.

Elle ne me l'a jamais pardonné.

Comme je suis le seul et unique individu de la planète dont on ne peut pas vérifier l'ascendance, à moins de procéder à un examen de compatibilité génétique avec l'ADN des centaines de jeunes qui avaient participé à la fête à un des feux de camp proches de la Maison de la Vie, je porte, moi aussi, la bande noire.

Et je sais très bien que c'est la faute de Dol et de personne d'autre.

Elle ne s'en est pas trop mal sortie, en fin de compte. Comme elle adorait les enfants (pourvu, bien entendu, qu'il s'agisse d'enfants shiro) et n'était pas suffisamment intelligente pour faire un autre travail, elle était la nourrice idéale. Pendant des années elle a pondu un marmot par an et elle les a très bien soignés. Les dames shiro trop occupées pour s'astreindre personnellement à une grossesse (ce qui en fait veut dire *toutes* les dames shiro) étaient bien contentes de lui confier cette tâche et de lui laisser les bébés durant trois ou quatre ans.

Elle n'avait pas le temps de s'occuper de moi, sauf pour me donner des ordres, pour que je l'aide à laver et à nourrir la marmaille qui se baladait en permanence dans la maison : un ou deux bambins par an, en comptant ceux dont elle accouchait et ceux qu'on lui confiait après la naissance.

Elle a failli me rendre les Shiro antipathiques, tellement elle était en admiration béate devant eux, tout en se plaignant à haute voix de ma laideur. Je suis bègue, et, comme si cela ne suffisait pas, je suis l'Asix le plus asix qu'on puisse imaginer. Je suis encore plus petit que la moyenne, j'ai les bras trop longs et les épaules trop larges mais surtout (comme Dol ne manquait aucune occasion de le faire remarquer), je suis nettement plus velu que les autres.

— Qu'est-ce que tu peux être poilu! pestait-elle quand on était aux bains, tout en examinant avec dégoût la toison brune qui couvre non seulement mon thorax, mais aussi mon dos.

Après quoi elle lançait un coup d'œil significatif à la peau parfaitement glabre des enfants shiro.

C'est drôle, Lara m'a dit un jour textuellement les mêmes mots, mais à ce moment-là elle ondulait doucement sur moi, en frottant sur cette toison les pointes de ses petits seins d'adolescente. Et donc, si les mots étaient les mêmes, le ton était différent, si vous voyez ce que je veux dire.

J'ai quitté l'école après ma dixième saison sèche. Chaque fois que j'avais la possibilité de choisir, je prenais des travaux qui me tenaient éloigné de la maison. J'accompagnais les troupeaux pendant la transhumance et une fois je suis parti pour une saison de pêche dans l'Archipel de la Main, en échange de la fourniture de poisson séché au clan.

Comme je ne restais à Gaia que pendant quelques décennies de la saison sèche, je ne me suis même pas fait attribuer une chambre dans la maison principale. J'habitais chez Dol : avec les constantes allées et venues de gamins, elle avait toujours assez de place. En contrepartie du logis et de la nourriture, j'étais chargé des travaux ménagers. À peine si elle s'apercevait que j'étais arrivé, tellement elle était affairée avec l'un ou l'autre nouveau-né. Moi, ils me semblaient tous pareils ; je suis un homme normal, les Shiro, je veux dire les dames, me fascinent aussi, mais la peau des petits enfants ne dégage pas encore ce parfum enivrant auquel aucun de nous ne peut résister.

Une fois je suis resté absent du début d'une saison sèche à la fin de la suivante. Je suis arrivé chez Dol le soir et je me suis arrêté sur le seuil. Ils étaient en train de manger, et Dol nourrissait à la cuiller un tout-petit, assis sur ses genoux. Elle a levé les yeux vers moi, se bornant à dire :

— Ah, tu es là ! d'un ton dépourvu du moindre signe d'intérêt.

Un des enfants toutefois, un marmot qui ne m'arrivait pas au genou, a laissé tomber sa cuiller dans la soupe en éclaboussant tout le monde, et s'est rué à ma rencontre, en m'appelant par mon nom. Il s'est agrippé à mon pantalon et a commencé à me grimper dessus. Il m'a ordonné : « Veux dans les bras ! » avec un air impérieux de Shiro adulte tellement comique que j'ai éclaté de rire.

J'ai obéi, avant qu'il s'agrippe à des parties trop sensibles de mon anatomie, comme il semblait en avoir l'intention.

— Lara, a lancé Dol d'un ton de reproche, ne te donne pas en spectacle de la sorte, tu es déjà grande.

C'est ainsi que j'ai su que c'était une fille. Elle était aussi collante qu'une tartine de miel : elle me regardait débiter le bois pour le feu ou transporter les victuailles dans le garde-manger et elle me submergeait de questions. Mon défaut de prononciation ne semblait pas la gêner. Elle comprenait ce que je disais ; moi, qui me taisais d'habitude parce que j'avais honte de mon bégaiement, je me suis mis à lui parler. Je lui racontais des histoires de poissons colorés et de coquillages, mais il m'arrivait d'oublier son âge et de lui parler comme à une adulte, de pêche et de tempêtes en mer, d'escrime et de transhumance.

Quand je lui ai dit que j'allais partir le jour suivant, elle m'a regardé, les yeux écarquillés et la lèvre inférieure tremblante.

— Une Shiro ne pleure pas, lui ai-je rappelé, et elle a relevé fièrement le menton.

— Je n'ai plus pleuré depuis que j'étais petite, m'a-t-elle répondu dignement, se hissant sur la pointe des pieds pour essayer de paraître un ou deux centimètres plus grande.

Je suis rentré à Gaia au début de la saison sèche suivante et j'y suis resté jusqu'aux pluies. Lara allait à l'école, alors que moi, j'avais arrêté prématurément. À cause de mon bégaiement, il m'arrivait de me taire même quand je connaissais la réponse, et on m'avait classé d'emblée parmi les travailleurs manuels, incapables d'une activité intellectuelle. Comme c'est le cas de nombreux Asix, personne ne s'en est étonné outre mesure et je n'ai pas été puni.

J'ai de la chance de ne pas être shiro, me disais-je quand aux bains je voyais les marques du fouet sur le dos de mes compagnons de classe de l'autre race, dont les résultats aux examens (nettement meilleurs que les miens) avaient été jugés insuffisants pour de jeunes seigneurs.

À l'Académie en revanche, je m'en sortais assez bien : pour contrer les attaques on n'a pas besoin d'éloquence. Quand je passais un examen il arrivait que Lara, qui était nulle comme bretteuse, se trouve parmi les gamins qui venaient assister aux combats. Quand je rentrais à la maison, elle me répétait chaque fois :

— Tu es formidable. Si seulement je pouvais attaquer avec une telle assurance, moi aussi !

C'était presque une petite dame shiro désormais et, poussé par son admiration, je me suis senti obligé de devenir vraiment bon. Je me suis mis à m'entraîner tous les jours et il arrivait même que la maîtresse, la terrible Doran Huang, me lance, de temps en temps, un regard d'approbation.

Quand je travaillais à la maison, Lara s'asseyait tout près de moi avec ses livres d'école et répétait à voix haute ses leçons. Quelquefois elle essayait aussi de discuter avec moi de ce qui ne lui paraissait pas très clair. Il ne faut pas croire que mes contributions étaient brillantes, mais tandis que je reprisais des pantalons d'enfant avec une déchirure au genou, ou que je balayais le sol, j'ai fini par apprendre un tas de trucs que les enseignants n'avaient jamais réussi à m'enfoncer dans la caboche à l'école. Avec elle je n'avais pas honte de demander la signification d'un mot difficile.

Dol n'appréciait pas particulièrement la chose : elle me réprimandait parce que je faisais perdre son temps à sa « petite dame », comme elle disait fièrement. Elle m'envoyait débiter du bois au fond de la cour ou bêcher le potager, mais dès qu'elle avait tourné les talons, Lara me suivait en catimini, son livre à la main, et elle continuait.

Comme elle était convaincue que je comprenais tout, je me sentais obligé d'essayer de m'en sortir avec ces trucs compliqués. D'un côté elle m'embêtait, avec sa manière de me donner des ordres, bien qu'elle ait encore la coupe de cheveux de l'enfance, mais de l'autre j'étais flatté qu'elle croie dur comme fer que j'étais intelligent. Depuis tout petit, j'avais l'habitude qu'on me prenne pour un idiot.

Puis il y a eu cette fameuse histoire. Cela devait être le dernier été que je passerais chez Dol, bien que, évidemment, je ne l'aie pas encore su à ce moment-là.

Je suis arrivé à peine trois jours après la fin des ouragans : on m'avait chargé de convoyer à Gaia une charrette de poisson séché. J'avais donc parcouru commodément assis, et à toute vitesse, les quatre cents kilomètres depuis la Baie de la Selle, un trajet qui à pied prend une décade.

Quand elle m'a vu, Lara n'a pas couru à ma rencontre, elle est restée agenouillée sur son coussin, un livre à la main, comme à son habitude. Elle n'avait pas encore la coupe de cheveux des adultes, mais mon nez, ainsi qu'une autre partie de mon anatomie qui se dressait dans mon pantalon avec toute la respectueuse admiration due à une dame shiro, me faisait savoir qu'elle n'était plus une petite fille.

—Comment se fait-il qu'elle soit encore ici ? ai-je demandé à Dol. Elle et son frère-même-mère ne devraient-ils pas avoir un tuteur depuis un bon moment ?

Je n'avais jamais entendu parler de petits Shiro pour qui on n'aurait pas nommé de tuteur d'un autre clan après qu'ils avaient vécu leur quatrième saison sèche.

—Ce ne sont pas tes oignons, m'a-t-elle répondu, avec son amabilité coutumière.

Une décade plus tard, alors qu'on était désormais habitués au biorythme de l'été, c'est-à-dire qu'on avait cessé de se tourner et de se retourner sur sa natte pendant la journée, pour passer ensuite la nuit à bâiller en essayant de garder les yeux ouverts, une décade plus tard, disais-je, il y a eu une Fête des Trois Lunes, la première à laquelle Lara devait participer. J'étais en train de sortir, quand Dol m'a lancé un ordre, je ne me rappelle pas les mots exacts, c'était quelque chose comme :

—Asix, accompagne la petite.

Avait-elle perdu la tête ? Depuis quand une jeune femme avait-elle besoin d'être accompagnée pour sortir la nuit ? Les feux de camp sont à proximité de la ville et il y a tellement de monde qu'aucun animal sauvage qui, par le plus grand des hasards, se serait débrouillé pour arriver jusque-là, n'aurait le courage d'approcher.

J'ai marmonné « oui » à contrecœur et je me suis mis en branle. J'étais bien décidé à filer de mon côté dès que possible, mais avant qu'on arrive aux feux, Lara m'a invité à fêter avec elle et, bien sûr, j'ai accepté.

Mon nez percevait l'odeur de sa peau de Shiro, à laquelle se mêlait le parfum aphrodisiaque de la fleur de daïban que les filles portent pendant la première saison sèche où elles sont admises aux fêtes. Aucun mâle asix normal n'est en mesure de résister à une telle invitation. Pourquoi aurais-je dû résister d'ailleurs ? C'était la chose la plus naturelle du monde, et Dol n'a fait que démontrer une fois de plus sa bêtise quand elle m'a grondé.

Selon elle, la jeune dame aurait dû passer la nuit avec un ou deux jeunes Shiro, qui sont tellement plus beaux que nous, avec leurs membres minces et fuselés, mais surtout avec leur peau lisse et parfumée. J'ai essayé de lui faire comprendre que ce qu'*elle* aurait voulu faire n'était pas nécessairement la même chose que voulait une dame : tous les Shiro préfèrent en général les jeux sur l'oreiller avec un Asix. Il n'y a pas eu moyen de lui faire entendre raison et elle a continué à m'en balancer des vertes et des pas mûres. Alors Lara a piqué une typique crise shiro de fureur glaciale, après quoi elle n'a rien trouvé de mieux à faire que m'inviter sur sa natte tous les jours de la décade suivante, alors que dans la maison du clan, à quelques mètres de distance, il y avait une foule de mâles asix qui auraient été bien content d'accepter.

Elle me tournicotait autour aussi la nuit, pendant que je travaillais, au point que Dol, soucieuse qu'une pareille incorrection lui attire des reproches à elle, s'est précipitée pour rapporter l'histoire à l'Ancienne Huang, qui s'est fâchée tout noir. Elle a ordonné à Lara d'emménager immédiatement dans la maison principale du clan ; quant à moi, bien que ç'ait été la saison sèche, je me suis dégotté une embauche en remplacement d'un gardien de troupeau qui s'était cassé une jambe au cours d'une discussion un peu vive entre deux taureaux. Je suis resté un bon moment loin de Gaia : j'avais peur d'Odavaïdar. Tous les Asix auxquels j'ai fait ce récit m'ont répondu que seul un Asix idiot pouvait craindre la saz-adaï. Celle-ci a beau être l'Ancienne toute-puissante, la mère honorée du clan, elle reste en premier lieu une dame shiro. De mémoire de Ta-Shimoda, on n'a jamais entendu dire qu'un Shiro adulte ait fait du mal à l'un d'entre nous, bien qu'ils passent la moitié de leur temps à se massacrer l'un l'autre dans leurs maudits duels.

Tous ces raisonnements étaient bien jolis, mais à moi, Odavaïdar me faisait peur quand même.

J'étais aussi fâché contre Lara : ce n'était pas correct qu'après sa première fête une adolescente se conduise comme si elle avait un compagnon fixe. De plus, qui a jamais vu une Shiro prendre comme compagnon fixe un Asix ? Mais elle donnait des ordres et elle était de fait une adulte, même si elle portait encore les cheveux longs, car elle n'avait pas encore passé les Épreuves de la Majorité. Comment aurais-je pu désobéir ? D'autant plus que la tentation était forte : de ma vie je n'ai jamais entendu parler de quelqu'un qui ait partagé jour après jour la natte d'une dame pendant toute une décade de la saison sèche.

J'imaginais que je la reverrais quelques mois plus tard et que peut-être elle m'inviterait de nouveau, plus normalement, c'est-à-dire de temps en temps, mais quatre saisons sèches ont passé avant que je la revoie. Encore une fois cela a été pour mon malheur, bien que, au fond, ce soit à elle que je doive tout ce que je suis devenu.

Je passais l'été dans un élevage pas loin de Gorival, un endroit agréablement frais, avec une excellente Académie à proximité. Bien entendu elle était loin d'être aussi bonne que celle du vieux Midori à Gaia, mais chez lui, à la Paix Intérieure, il y avait des centaines d'élèves, tous d'un très bon niveau, donc le maître n'avait pas le temps de s'occuper à fond de chacun d'entre eux (non qu'à l'époque je l'aie su d'expérience : je n'avais jamais trouvé le courage d'y aller). À Gorival en revanche, nous étions au maximum une vingtaine qui dépassions le niveau moyen. Dans ce groupe j'étais le seul Asix ; le maître me faisait travailler à outrance, et avec de bons partenaires. Je faisais des progrès.

Le billet qu'on m'a remis disait simplement : « J'arrive la sixième nuit de la première décade du deuxième mois de la saison sèche. Attends-moi au troisième embranchement de la route des montagnes, à la deuxième heure de la nuit. Suvaïdar. »

Plus qu'une lettre, on aurait dit un exercice de mathématiques, avec tous ces chiffres. De plus je n'avais pas la moindre idée de qui pouvait être Suvaïdar : quand Lara avait passé les Épreuves et changé de nom, j'étais absent. Je savais qu'elle les avait réussies, parce qu'elle ne figurait pas dans la liste de ceux qui n'étaient pas revenus, ou qui étaient rentrés dans un tel état que les doctoresses Jestak les avaient autorisés à user du privilège shiro.

Je savais aussi que Suvaïdar n'était pas un nom asix. J'en ai discuté avec une camarade au travail et elle s'est exclamée :

— Félicitations ! La septième nuit de la décade prochaine, ce sera la Nuit des Quatre Lunes, et, à ce qu'il semble, tu as reçu l'invitation d'une dame.

Être invité par une Shiro, cela fait toujours plaisir ; jamais entendu parler de quelqu'un qui aurait eu l'idée de refuser. Pourtant, plus qu'une invitation, c'était l'ordre d'une inconnue et je me sentais un rien mal à l'aise.

J'ai passé une décade et demie à me demander qui était la dame et comment j'allais m'y prendre pour la reconnaître, puis à me dire que j'étais bête. Si ce n'était pas la blague imbécile d'un camarade (mais qui irait gaspiller une feuille de papier, vu ce que ça coûte, juste pour le plaisir de me laisser une heure ou deux planté au troisième carrefour ?), combien de dames shiro seraient en train de se promener sur une route qui ne mène qu'aux pâturages d'été ?

Quand j'ai reconnu Lara, j'ai failli tomber à la renverse : je savais qu'elle aurait dû être à l'université à ce moment-là. D'ailleurs il suffisait de voir sa façon furtive de marcher, alors qu'il n'y avait personne dans le coin, pour être sûr qu'elle avait filé sans permission.

La nuit suivante, les quatre lunes ont surgi, l'une après l'autre. Je les ai fêtées, comme tout le reste de la planète. Qu'est-il arrivé ? Rien de particulier. Les histoires de nattes partagées et de Fêtes des Lunes sont fort agréables à vivre, du moins en général, mais sont toujours ennuyeuses quand on les entend raconter.

Avant de repartir elle m'a dit :

— Ah ! j'oubliais. Je t'ai apporté un cadeau.

Et elle a sorti de sa besace deux livres, je veux dire deux vrais livres en papier plastifié avec de la résine, comme ceux de l'école.

Jamais entendu que quelqu'un en possède personnellement, ils sont trop chers.

— Cela a dû te coûter tout ton argent ! je me suis récrié.

— Pas du tout. Je m'étais rendue à Niasau, parce que je voulais voir si les étrangers sont aussi laids qu'on le dit, et par la Galaxie ! ils sont encore plus laids ! Ils sont grands, gras et plusieurs d'entre eux ont des cheveux jaunes, mais vraiment jaunes, comme le chaume, tu sais, après la récolte.

» Un vieil étranger a eu un malaise dans la rue, et je l'ai soigné, bien que je ne sois qu'en deuxième année de médecine. Ce n'était rien de plus qu'un banal coup de chaleur, que n'importe quel vétérinaire aurait pu traiter, mais il en a fait tout un plat, en insistant pour me payer. Je lui ai dit de verser ce qu'il estimait opportun sur le compte du clan. Ce fou a viré une somme telle que mon pourcentage représentait une petite fortune.

Elle avait beau être devenue riche, je savais bien que pour un cadeau si précieux elle avait dû tout dépenser, ou presque. Pourquoi choisir de m'offrir deux livres à moi, un manœuvre asix tout juste capable de convoyer les troupeaux et de lancer les filets de pêche, ça, je n'en ai pas la moindre idée. Mais il est inutile d'essayer de comprendre ce qui passe par la tête d'un Shiro, n'est-ce pas ?

J'ai ouvert les livres avec tout le respect qu'ils méritaient, en faisant attention de ne pas les amocher avec mes paluches, mieux adaptées à manier la bêche qu'une page imprimée. Le premier c'était *Les Préceptes de l'escrime comme préceptes de vie*. Le titre du deuxième était encore plus difficile : *Traité sur la théorie du combat*.

J'ai levé les yeux vers elle. De toute évidence elle me croyait capable de les comprendre ; pendant un moment, avant de me rappeler qui j'étais, je me suis presque senti intelligent. De toute façon, c'était la première fois qu'on me faisait un cadeau, et je lui en ai été reconnaissant. Mais, juste avant qu'on se quitte, elle m'a dit :

— Cette fois j'en ai fait une belle avec la vieille Huang (c'est comme ça qu'elle a appelé la saz-adaï, sans le moindre titre de respect). Je crains de le payer cher.

J'ai eu un mauvais pressentiment, qui d'ailleurs s'est avéré prophétique.

En riant, elle a ajouté :

— La prochaine Nuit de Quatre Lunes tombe dans vingt-six saisons sèches. Considère que tu es invité.

J'ai ri aussi. Quand on est jeune, vingt-six saisons sèches c'est l'éternité, je n'en avais pas encore vécu vingt ! Je croyais la revoir bien plus tôt, à la maison du clan, mais quand je suis revenu à Gaia j'ai appris qu'elle était partie en Extramonde, et la saz-adaï m'a fait appeler pour me passer un savon. Comme si j'y étais pour quelque chose ! Je n'avais rien fait qu'obéir aux ordres d'une Shiro, laquelle Shiro n'avait pas eu l'idée de m'expliquer que pour cette Nuit de Quatre Lunes, la saz-adaï avait prévu pour elle une rencontre avec des jeunes Jestak, parce que ce clan envisageait d'adopter Lara, pardon Suvaïdar-adaï, pour un rapport tant reproductif que professionnel.

Si je n'avais pas été un Asix, la Dame m'aurait fait fouetter, ou pis, mais elle s'est bornée à m'ordonner de débarrasser le plancher. Elle avait accepté pour moi un contrat dans une usine à Nova Estia. Le travail commençait une décade plus tard, mais j'étais invité à partir immédiatement. Elle ne souhaitait pas m'avoir sous les yeux une minute de plus que nécessaire.

La route pour Nova Estia court le long d'une falaise à pic sur la mer, un itinéraire très agréable, avec une brise fraîche qui souffle toute la journée. Dommage que la destination soit l'endroit le plus horrible de Ta-Shima.

—Du moins elle m'a envoyé à l'usine, pas à la mine, me disais-je en marchant, pour me consoler.

Ce sont ceux qui purgent des peines légères qui atterrissent à l'usine, mais on y trouve aussi des volontaires, et même des Asix envoyés par le clan, quand le nombre de travailleurs est insuffisant. Dans la mine ne descendent que les criminels, et la plupart n'ont même plus de tatouage clanique.

Toutefois, quand je suis arrivé à l'usine, il s'est avéré que les ouvriers étaient en surnombre, alors que la mine de fer avait un urgent besoin de main-d'œuvre. Sans comprendre comment, je me suis retrouvé devant ce grand trou noir dans la terre, avec un groupe composé des Shiro les plus étranges qu'on puisse imaginer, des gens qui donnaient des frissons rien qu'à les regarder.

Le jour d'après je devais découvrir que, parmi les mineurs, il y avait aussi deux Asix, mais eux non plus, ce n'était pas le genre de gais lurons en compagnie desquels on aurait envie de vider une outre de bière, si vous voyez ce que je veux dire.

L'ingénieur qui dirigeait la mine était un Shiro encore plus taciturne que ses congénères, ce qui veut dire vraiment *très* taciturne. Quand je me suis présenté, il a examiné mes cheveux, qui n'étaient pas tondus à zéro comme ceux des condamnés, et m'a demandé pourquoi j'étais là. J'ai commencé à raconter, en bégayant : ça m'arrive toujours en présence d'inconnus. Pendant que je m'empêtrais dans les mots qui commencent par une voyelle (ce sont les pires), une femme, une Shiro, s'est mise à m'imiter, au milieu des rires des autres.

Sans mot dire, l'ingénieur lui a asséné un revers qui l'a envoyée valser. Après s'être salement cogné la tête contre une poutre, elle a glissé à terre, assommée. Moi, qui étais le seul Asix présent, je me suis précipité pour la secourir, mais il a ordonné :

— Laisse-la où elle est, et il a continué sa conversation avec moi, comme si de rien n'était.

» Tu peux te faire attribuer une chambre dans la maison principale, mais si tu préfères te bâtir une cabane, c'est ton droit. Tu commenceras à travailler quand tu te seras installé.

À sa façon de s'exprimer, j'ai cru comprendre que ce ne serait pas une idée mirobolante d'aller dormir dans la grande maison, avec tous ces gens qui me dévisageaient d'une manière qui ne me plaisait pas du tout.

— Où est-ce que je peux construire ma cabane? j'ai demandé.

— Où cela te chante.

En levant son fouet, il a demandé aux autres s'ils avaient l'intention de rester encore longtemps plantés là. Ils ont fichu le camp à toute vitesse, et dès que j'ai été seul, j'ai été me balader pour m'examiner les alentours. À moins de deux kilomètres de la mine il y avait un petit bois de plantes indigènes, ce qu'on appelle une réserve. C'était une bonne place, bien que les arbustes soient un peu salis par la poussière et les scories.

Pour bâtir la cabane, comme ça, tout seul, il m'a fallu deux jours entiers, mais à mon avis je n'avais pas intérêt à demander de l'aide, au contraire. Il valait mieux que les autres ne sachent pas où elle se trouvait. Je l'ai construite adossée à un grand bloc erratique pour m'épargner la construction d'un mur, et je l'ai faite très petite, avec des parois de branches tressées, que j'ai recouvertes de mousse.

Je n'ai pas tellement regardé au confort, mais plutôt à bien la dissimuler. J'avais dans l'idée que ce serait une bonne chose. Le toit, je l'ai assemblé avec davantage de soin, pour ne pas me retrouver à prendre une douche supplémentaire pendant mon sommeil. J'ai utilisé les grandes feuilles des fougères arborescentes qui poussaient à quelques kilomètres de là, du côté opposé de la réserve. J'ai taillé les tiges avec mon couteau, et bien que je sois fort comme un cheval de trait, ça n'a pas été tout seul, loin de là : pour les porter toutes, j'ai dû faire cinq allers et retours.

J'ai réclamé une natte, deux draps et une boîte d'allumettes, et j'étais installé. Je n'avais pas besoin d'une lampe : il me suffisait de tendre la main depuis la cabane pour tomber sur un arbuste résineux, idéal pour les torches.

Et puis la mine.

Je n'ai aucune envie d'en parler, j'évite même d'y penser. Ç'a été un véritable cauchemar de descendre dans ce gouffre noir, jour après jour, toujours hanté par la peur.

C'est contre nature que de craindre les Shiro ? Mais ce n'était pas moi qui étais contre nature, non, c'étaient eux, ces Shiro qui dardaient sur moi des regards en apparence vides, mais en réalité circonspects et malveillants, qui me faisaient comprendre qu'ils étaient prêts à profiter de mon premier faux pas.

Il y avait fort peu à faire à part travailler. Les femmes étaient peu nombreuses : à ce qu'il paraît, la plupart de ceux qui aboutissent dans la mine sont des hommes, ne me demandez pas pourquoi, je n'en sais rien. Et même si une de ces rares femmes m'invitait pour la nuit, j'aimais mieux refuser, toujours avec le plus grand respect, bien entendu. Pour ce qui est de jouer aux échecs ou au go, non, merci. Si on faisait une faute, ces gens-là étaient capables de vous larder de coups de couteau…

Je n'avais pas non plus envie de faire de l'escrime : j'ai assisté à quelques entraînements, et la moitié d'entre eux semblait décidée à éborgner l'autre moitié. Pourtant il ne s'agissait pas de duels, mais juste d'exercices. Ils s'entraînaient torse nu, comme dans une vraie Académie, et on ne pouvait pas s'empêcher de remarquer que sur presque toutes les omoplates gauches le tatouage clanique avait été barré d'un grossier X, tracé au couteau. C'étaient des condamnés à vie, qui, comme le déclarent les anciens au moment de prononcer le verdict, pouvaient vivre ou mourir sans que leur clan ait à se soucier d'eux. S'entendre dire pareille phrase, cela doit être vraiment épouvantable : qu'est donc l'individu sans le clan ?

Et ainsi je passais pas mal de temps seul dans ma cabane, où je m'embêtais tellement que j'ai commencé à lire les livres que Suvaïdar m'avait offerts (ou pour mieux dire, à essayer de les lire, parce qu'ils étaient bourrés de mots difficiles, en haute langue) et à réfléchir.

C'était une nouveauté majeure pour moi : entre le travail et le temps nécessaire pour manger, dormir et prendre mon bain, je n'avais pas tellement eu l'occasion dans ma vie de m'asseoir par terre et méditer. J'avais toujours employé chaque instant libre à m'entraîner à l'escrime, à jouer aux échecs ou au go, ou alors à des jeux d'un autre genre, ceux qu'on pratique sur la natte avec une fille, ou quelquefois, quand j'avais eu de la chance, avec une dame shiro. Mais désormais je n'avais plus grand-chose à faire après le boulot. Quand j'en avais marre de lire, je me couchais, les mains derrière la tête, à me repasser l'enchaînement des péripéties qui m'avaient fait aboutir dans la mine.

J'ai fini par me bricoler un sabre et une épée en bois, avec lesquels je m'entraînais tout seul. J'imaginais un adversaire et je sautais en avant et en arrière, en attaquant les ombres des arbres. Un soir je travaillais la technique la plus difficile, celle qu'on appelle «une lame et une main» : une arme dans une main et l'autre libre. Ce style désigne un combat sans règles où tous les coups sont permis, et dans lequel on peut employer, en plus de l'arme, toutes les parties du corps.

Il s'agit en réalité d'un style que nous, les Asix, ne pratiquons jamais : il est réservé aux duels à mort, que seuls les Shiro acceptent. Pendant que j'attaquais (je faisais semblant d'avoir en face de moi un Extramondin, parce que si j'avais dû imaginer de taillader le ventre d'un Shiro, j'aurais été malade au point de tomber par terre tout seul, sans besoin qu'on me pousse) une voix froide a résonné derrière moi :

— Ce genre d'exercices est réservé aux escrimeurs qui ont réussi l'examen du sixième grade.

Je me suis retourné d'un bond. C'était l'ingénieur.

— Seigneur, ai-je bredouillé, j'ai réussi l'examen du septième grade chez Doran Huang, la maîtresse de mon clan.

Il m'a examiné un instant, puis il m'a fait signe de le suivre. Il habitait lui aussi un peu à l'écart. En fait on aurait pu dire qu'il s'était bâti une cabane, sauf que la sienne était en pierre, mais c'était normal : il vivait là depuis des années, plus longtemps que n'importe qui d'autre.

En général les mineurs vont et viennent. Ceux qui doivent purger une courte peine rentrent chez eux quand le temps imposé arrive à échéance et les autres, ceux dont on a barré le tatouage clanique, eh bien, ceux-là descendent dans les puits une fois de trop. Je veux dire qu'un jour ils vont au fond, mais ne reviennent pas à la surface et personne ne descend à leur suite pour découvrir s'ils sont tombés tout seuls dans un abîme ou si quelqu'un leur a donné un coup de main.

J'avais entendu des histoires sur l'ingénieur. Ils étaient nombreux à se demander quel crime il avait commis pour rester là, année après année, saison sèche après saison sèche. On en racontait des vertes et des pas mûres, mais je n'y ai jamais prêté attention. Qui pouvait connaître la vérité ? Il ne s'arrêtait jamais pour parler à l'un d'entre nous, et je ne vois vraiment pas qui aurait eu le courage de lui poser des questions. Il distribuait le travail, fixait les tours de repos et organisait l'arrivée de la nourriture, mais toujours comme si les autres étaient transparents, du moins tant qu'ils filaient doux. Sinon, il était prompt à lever le fouet.

Et là il était resté derrière moi, à me regarder pendant que je faisais l'imbécile avec mon bout de bois mal équilibré, avec la garde rafistolée au moyen d'une bande d'écorce. J'aurais voulu disparaître sous terre, tellement j'avais honte.

Pour autant que je sache, j'ai été le seul à passer le seuil de sa cabane, et je vous garantis que je suis resté bouche bée. C'était une petite salle d'armes, sans même une natte pour dormir ou une cantine. Le plancher était en bois, poli par le passage de beaucoup de pieds, bien que dans ce cas-ci je soupçonne qu'il s'agissait de deux pieds seulement, mais qui étaient passés de nombreuses fois. Aux parois nues pendaient trois lames-de-sang, chacune dans sa gaine en toile, et diverses armes d'entraînement, mais pas grossières comme les miennes. Elles étaient en bois bien sec ou en bambou, et bien équilibrées.

Mais cela (qu'elles étaient bien équilibrées) je n'allais le découvrir que les jours suivants.

Toujours sans un mot, il m'a fait signe du menton en enlevant sa veste, puis il s'est dirigé vers les armes. Il tendait déjà la main pour en prendre une, quand il s'est souvenu de mettre un masque. Je me rappelle avoir pensé qu'il avait failli oublier parce que, depuis des années, il avait coutume de s'entraîner seul. La vraie raison ne m'est pas venue à l'esprit ; une personne plus intelligente que moi aurait compris d'emblée.

Il a pris une épée dans la main droite en gardant la gauche libre, puis il a attendu de voir ce que j'allais faire. Je me suis approché de la paroi, en marchant lentement pour avoir le temps de réfléchir.

Avec un adversaire de niveau inférieur au mien, j'aurais choisi le couteau, qui donne rapidement la victoire si on arrive à pénétrer dans la garde de l'autre avec une belle feinte. On peut alors approcher suffisamment pour employer, outre la lame, la main libre, le pied ou le genou.

Avec quelqu'un qui vous est nettement supérieur, il vaut mieux utiliser le grand sabre, pour le garder à distance, mais ce n'est qu'une technique de survie, elle ne mène pas à la victoire. La distance permet de parer sans trop de mal, sauf si l'autre entre en feintant, bien sûr, mais avec une arme qui pèse trois fois plus que celle de l'adversaire, les attaques sont lentes et porter une botte qui touche devient difficile.

J'ai donc fait ce qui était évident depuis le début ; si j'avais été plus intelligent, je n'aurais pas eu besoin de toutes ces élucubrations pour choisir moi aussi l'épée.

Je me suis mis en face de lui. Sur sa poitrine lisse se détachaient trois cicatrices longues et nettes, comme celles que laisse une lame-de-sang. Il s'est mis en garde dans une position impeccable, très à l'aise. Nous avons commencé le combat et au bout de deux secondes, moi qui devais peser au bas mot vingt kilos de plus que lui et qui m'étais toujours cru solide comme un roc, je me suis retrouvé assis par terre, sans avoir compris ce qui s'était passé. J'avais juste l'impression d'avoir été renversé par un des grands chevaux qui tirent les charrettes pleines de minerai. La pointe de son arme était immobile devant mon visage, si proche qu'en clignant les yeux mes cils la touchaient.

Pour me lever et me remettre en garde j'ai attendu qu'il recule d'un pas, mais je ne suis pas resté debout longtemps. J'ai été plié en deux par un coup au plexus solaire, le plus violent de toute ma vie, et je peux vous assurer que j'en ai reçu beaucoup. Cette fois j'avais du moins réussi à voir comment il avait fait : une feinte au visage et pendant que moi, bête que je suis, je me pliais en arrière pour me protéger les yeux, il était entré dans ma garde avec le même mouvement, et la pointe de sa botte avait frappé la cible avec une extrême précision.

Nous avons continué un bon moment, lui toujours à l'attaque et moi à essayer de parer, et n'y parvenant presque jamais d'ailleurs. Je haletais comme un soufflet de forge et je sentais la transpiration couler dans la toison de mon thorax, quand sa voix calme a annoncé :

— Pause. Et fin.

Il était frais comme s'il venait de sortir de son bain, alors que je saignais du nez et que je portais sur l'abdomen les marques douloureuses de son arme, de ses poings et de ses bottes.

— Merci, maître, ai-je dit en m'inclinant.

C'était le meilleur adversaire que j'aie jamais rencontré et l'entraînement avait été fabuleux. Avec regret, je me disais que jamais plus il ne m'inviterait à faire de l'escrime avec lui, tellement je m'étais montré nul.

— Je ne suis pas un maître, a-t-il marmonné entre ses dents.

J'avais des doutes et mes yeux se sont portés sur son biceps gauche, pour y chercher le petit triangle bleu, le tatouage qu'arborent les maîtres, mais la vilaine cicatrice d'une brûlure courait de l'épaule jusqu'au creux du coude, et la peau était tendue et brillante, comme si les Jestak n'avaient même pas pratiqué une transplantation. Alors je donnai une interprétation différente à son hésitation à mettre le masque, qui n'est porté que par les élèves en salle d'armes. Mais si un Shiro prétendait ne pas être un maître, ce n'était pas à moi de lui dire comment il devait se faire appeler.

— Merci Shiro-adaï, ai-je rectifié. Je ne connaissais pas son nom, et pour autant que je sache, personne parmi les mineurs non plus.

— Demain ? a-t-il demandé. *Demandé*, pas ordonné.

— Demain, ai-je répondu.

Je suis resté à la mine pendant deux ans, saison des pluies et saison sèche, comme les criminels. Pendant deux ans je me suis entraîné avec lui, sept, huit fois par décade. Durant tout ce temps, je ne sais pas s'il m'a dit plus de vingt mots ; il ne m'expliquait même pas mes fautes, il se bornait à me frapper de manière identique jusqu'à ce que je me corrige tout seul. Il était arrogant et froid, et ses poings laissaient des marques, mais par la Galaxie, quel grand maître il était ! Je n'arrivais presque jamais à lui porter une botte et les fois où je ne finissais pas par terre, à essayer désespérément de faire pénétrer un souffle d'air dans mes poumons, je me sentais raisonnablement satisfait de moi-même.

Voyant mes bleus, mes compagnons croyaient qu'il me punissait et ils me témoignaient une certaine solidarité de criminels. Je suis sûr que c'est une des raisons pour lesquelles personne ne m'a cherché noise dans les puits, parce que ces Shiro-là, ils s'en contrebalançaient de la race. Ils étaient parfaitement capables de frapper cruellement un Asix, comme ça, juste à cause d'un regard ou d'un mot de travers. Je l'ai déjà dit : ces gens vous donnaient des frissons.

J'ai survécu pendant ces années en évitant la compagnie des autres dans la mesure du possible, et pour le reste du temps toujours en silence, sur le qui-vive comme un animal dans la jungle. Si la solitude ne m'a pas rendu fou, je peux en remercier les entraînements, mais aussi les livres de Suvaïdar-adaï, que je continuais à lire, en me creusant la cervelle sur les termes que je ne connaissais pas. Quand je terminais le deuxième, je recommençais le premier, si bien que les phrases sans mots difficiles, celles que j'avais comprises dès la première lecture, désormais je les savais par cœur.

Un soir, au lieu de se diriger vers la paroi où étaient accrochées les armes, l'ingénieur s'est assis en tailleur et m'a fait signe de l'imiter. Je me suis agenouillé respectueusement devant lui, parce que je le considérais comme mon maître, et que je lui devais ce respect.

— Tu vas accompagner le convoi de minerai qui part demain. Il est évident que les dirigeants de ton clan ont fait une erreur en t'oubliant ici si longtemps. Tu aurais dû rester un ou deux mois au maximum, pendant la pénurie de main-d'œuvre. Un Asix qui n'a commis aucun crime n'a pas sa place ici.

Je dois avoir tiré une drôle de tête, parce qu'il a ajouté :

— J'ai prévenu la Sadaï de cette déplorable méprise, et franchement je ne crois pas qu'Odavaïdar aura des objections à formuler.

« Odavaïdar », et « j'ai prévenu la Sadaï », comme s'il connaissait personnellement la personne la plus importante de notre monde ! Un instant j'ai presque cru qu'il souriait, mais ce n'était pas une expression de bonne humeur. Je veux dire que si un alligator devait sourire, j'imagine que ce serait de cette façon-là. J'ai essayé de lui dire gauchement que si j'étais content de quitter la mine (et qui ne le serait ?) je regretterais de ne plus le voir, lui, mais il m'a interrompu d'un geste et je me suis borné à répéter la phrase que je prononçais après chaque entraînement :

— Merci Shiro-adaï.

Après un moment de réflexion, j'ai ajouté :

— Merci de t'être donné tellement de peine pour un Asix qui n'apprend rien.

Il est resté un bon moment en silence à regarder la pointe de ses bottes, et je me demandais si cela ne signifiait pas que je devais m'en aller : je veux dire qu'il m'avait dit, en une seule fois, plus de mots que pendant les deux années précédentes, et il y avait peu de chances qu'il rouvre la bouche, mais il l'a pourtant fait. Il m'a tendu une enveloppe et il a marmonné :

— Apporte-la en mains propres. En mains propres, tu m'entends ?

Elle était adressée simplement à « Maître Midori », mais c'était largement suffisant ! Qui ne connaissait le plus célèbre maître de Gaia, qui dirigeait l'Académie de la Paix Intérieure, une des sept écoles interclans dans lesquelles s'entraînaient les meilleurs bretteurs de la planète ? Les gens venaient depuis Gorival et Nova Estia pour suivre un de ses cours.

Cela ne m'a pas surpris qu'il le connaisse : pour devenir un grand escrimeur, et il en était un, il fallait avoir appris avec les meilleurs maîtres. J'ai pris respectueusement sa lettre à deux mains et je l'ai glissée dans la poche intérieure de ma veste, puis je me suis levé et me suis incliné profondément, et lui aussi s'est incliné.

J'ai été me coucher et à l'aube je suis parti avec le convoi qui transportait le minerai à la grande usine de Nova Estia. L'ingénieur n'était pas là. Pendant deux ans il avait été le seul être humain que je voyais, parce que les autres, ceux qui descendaient dans les puits, je ne suis pas sûr qu'ils étaient complètement humains. Et je ne connaissais même pas son nom.

Je me suis arrêté trois jours à Nova Estia, pour me réhabituer à voir des gens et à entendre leur voix, puis j'ai jeté sur mon épaule la besace qui contenait tous mes biens : un vêtement de rechange, mes sandales d'intérieur et les deux livres de Suvaïdar. Je suis parti à pied pour Gaia. J'aurais pu prendre la navette : pendant les deux années écoulées, je n'avais pas dépensé un sou de ce qui me revenait, et donc j'aurais pu me le permettre, mais qui à ma place aurait été pressé d'arriver, pour voir la vieille Huang, et peut-être aussi cette idiote de Dol ? J'ai pensé un moment que Suvaïdar serait peut-être de retour et que je pourrais la rencontrer, mais j'ai chassé l'idée de ma tête : elle ne m'avait causé que des embêtements. Je ne dis pas qu'elle l'avait fait exprès, mais elle aurait au moins pu expliquer à la saz-adaï que je n'avais rien fait d'autre qu'obéir à ses ordres. Mais bon, les Shiro sont faits à leur façon. Pour le voyage, j'ai mis cinq jours, m'arrêtant dans les fermes où, en échange de quelques heures de travail, j'obtenais un repas et une natte pour dormir. Il ne m'est arrivé qu'une fois d'y passer la nuit seul.

À mon arrivée, je me suis aperçu que je n'avais aucune envie de loger chez Dol, ni de me faire attribuer une chambre dans la grande maison. Je pouvais désormais me considérer comme un expert en matière de cabanes ; je m'en suis bâti une en quelques heures, avec l'aide de deux filles asix qui cherchaient un compagnon de natte pour la nuit et étaient disposées à me rendre quelques menus services en échange.

On m'a envoyé travailler dans les potagers et les vergers de la maison du clan, et je vous garantis qu'après la mine j'avais l'impression d'être en vacances, bien que tout le monde trouve qu'il s'agit d'un travail lourd.

J'ai passé mes deux premières soirées libres à bricoler des améliorations à ma cabane ; la troisième j'ai apporté la lettre à maître Midori. L'Académie de la Paix Intérieure était bâtie sur une langue de terre entre deux canaux et n'avait pas de portes. Chaque année, dès la fin des ouragans, les élèves les démontaient et les rangeaient au sous-sol, de façon qu'on puisse voir de loin les escrimeurs en train de s'exercer, et entendre le bruit familier des armes en bois qui s'entrechoquaient, quand elles ne frappaient pas la peau d'un combattant insuffisamment concentré.

Les élèves étaient pour la plupart shiro, femmes et hommes en proportions égales, et ils se valaient. Il y en a qui s'imaginent que les femmes sont de niveau inférieur, parce que leur force physique est moindre, mais c'est de la pure idiotie. Si c'était vrai, tous les champions de la planète seraient asix : n'importe lequel d'entre nous est au moins aussi fort que deux Shiro ensemble. Les femmes sont plus agiles et plus précises, ce qui fait que dans les combats elles sont sur un pied d'égalité avec les hommes : chaque sexe a ses points forts et ses points faibles.

Je suis resté un bon moment à regarder, captivé. Les salles d'armes m'avaient manqué, là-bas à la mine, je veux dire les vraies salles d'armes, avec beaucoup d'adversaires différents. D'accord, à Nova Estia j'avais eu le meilleur partenaire possible, mais c'est agréable d'avoir de temps en temps en face de soi quelqu'un d'un peu moins bon, et d'arriver à lui porter une botte au lieu de les encaisser toutes, juste histoire de changer.

Midori était déjà âgé, mais c'était encore un bretteur redoutable. J'étais en train d'admirer sa technique, bouche bée, quand d'une voix de stentor il a annoncé :

— Pause.

D'un coup toute la salle s'est remplie de gens qui allaient dans toutes les directions : les élèves qui avaient terminé vers les douches, ceux qui restaient pour le cours suivant vers la paroi nord de la salle, et les nouveaux arrivants, qui entraient en nouant leur masque, à la paroi sud, en direction du râtelier des armes. Dans ce désordre, j'ai perdu de vue le maître. J'ai donc demandé à un jeune qui se dirigeait vers les douches où je pourrais le trouver.

Il m'a toisé de haut en bas, puis de bas en haut. Il me rappelait, d'une certaine façon, les Shiro condamnés à la mine. Je veux dire qu'il ne se conduisait pas comme les seigneurs le font normalement avec les Asix, donnant des ordres en veux-tu, en voilà, comme Suvaïdar-adaï, mais toujours avec un sourire amical. J'ai eu l'impression qu'il avait inventorié chaque accroc et chaque tache de mes vêtements ; c'étaient les plus neufs que je possédais, mais je me suis senti mal à l'aise.

— Que lui veux-tu, au maître ? m'a-t-il demandé avec condescendance.

— J'ai une lettre à lui remettre.

— De la part de qui ?

Comment pouvais-je avouer que je ne le savais pas ? Je n'avais jamais entendu prononcer le nom de l'ingénieur. Toutefois je n'aimais pas ses manières, et j'ai donc répondu, avec respect mais d'un ton décidé :

— De qui le maître reçoit des lettres, ce n'est pas mon affaire, et ça ne te regarde pas non plus, jeune seigneur.

J'ai pris bien soin de souligner « jeune », comme avait l'habitude de le faire Suvaïdar, de façon à le faire sonner presque comme une insulte, bien que j'y aie ajouté « seigneur ». Elle, en fait, aurait dit « garçon », du moins si elle avait été suffisamment furieuse, parce que pour les Shiro c'est une injure – ne me demandez pas pourquoi. Mais jeune ou vieux, sympathique ou antipathique, c'était quand même un Shiro. Il a écarquillé les yeux, ébahi. Sans doute qu'il était habitué à entendre les Asix lui répondre « oui seigneur » et « bien sûr, Shiro-adaï », mais il ne faisait pas partie de mon clan et s'il voulait que je lui témoigne le respect qui lui était dû en sa qualité de Shiro, eh bien il n'avait qu'à se conduire comme tel.

Il était sur le point de réagir, mais une voix a dit :

— Tu as reçu la réponse que tu méritais, mon garçon. Tu peux disposer.

Le jeune homme a regardé derrière mon dos, s'est incliné profondément et a filé sans demander son reste. Je me suis retourné et je me suis retrouvé devant le célèbre maître Midori.

J'en suis resté coi. J'ai sorti la lettre de ma poche, puis je la lui ai tendue en m'inclinant. Il m'a remercié courtoisement et après l'avoir tournée entre ses mains il l'a empochée. Il était clair qu'il n'avait aucune intention de la lire en public.

Quand il m'a tourné le dos pour commencer un nouveau cours, je suis parti. Je pensais que je ne le reverrais jamais, mais que c'était tout de même un honneur d'avoir pu lui adresser la parole. Puis je me suis rendu compte qu'en réalité je ne lui avais rien dit : bête que je suis, j'étais resté là, raide comme un piquet, à le dévisager comme s'il avait eu sur sa tête des cornes de taureau.

Au bout de quelques jours, j'avais repris ma routine comme si je n'avais jamais été à Nova Estia. Je travaillais dans le potager et dans le verger, ou bien je faisais toute autre chose qu'on m'ordonnait de faire, je mangeais dans la salle commune, où on ne manquait jamais d'interlocuteur pour tailler une bavette. Ce n'est que quelques mois plus tard que j'ai eu l'idée de reprendre en main un des livres de Suvaïdar, mais les mots difficiles n'étaient pas devenus plus compréhensibles entre-temps. Alors, de temps en temps, je prenais mon courage à deux mains et je demandais des explications à Doran Huang. C'étaient des livres sur l'escrime, n'est-ce pas ? Qui mieux qu'elle pouvait en comprendre le contenu ? Le problème était que, comme tous les Asix, je suis incapable de prononcer les tons de la haute langue et comment Doran Huang pouvait-elle comprendre une langue tonale prononcée sans les tons ? Je préférais ne pas lui montrer les livres, de crainte de m'attirer des ennuis, je ne savais pas bien lesquels, mais des ennuis, Suvaïdar m'en avait toujours procuré, au point que lorsque j'avais appris qu'elle était partie en Extramonde sans la permission de la saz-adaï, cela m'avait certes fait de la peine, mais d'un autre côté j'en avais été content.

— Mais où vas-tu donc pêcher toutes ces questions ? a fini par me demander avec impatience la maîtresse Huang.

— Ce sont des mots qu'il m'est arrivé d'entendre, et qui ont éveillé ma curiosité.

— Et où t'est-il arrivé de les entendre ?

J'ai été obligé de mentir, en me contorsionnant, je suppose : mentir à un Shiro est génétiquement impossible à un Asix normal, mais je n'avais pas été conçu normalement, après tout. Toutefois c'était *très* difficile.

— Je ne me souviens pas, peut-être dans la rue, par deux Shiro qui bavardaient.

— Ah oui, vraiment ? Ils étaient donc en train de discuter dans un coin du marché à propos de techniques de combat qui remontent à trois siècles ? m'a-t-elle demandé aigrement, et je suis resté là comme deux ronds de flan.

— Pourquoi ne consultes-tu pas un dictionnaire quand tu entends dans la rue des vocables en langue archaïque que personne n'emploie plus aujourd'hui, sauf ceux qui ont étudié pour passer les examens du troisième grade de maître ?

J'ai failli tomber à la renverse. Suvaïdar-adaï m'avait offert les livres qu'on utilisait pour les examens du grade le plus haut de l'Académie. Je n'étais même pas sûr qu'on ait le droit de les lire, alors, imaginez : les avoir en sa possession ! Je n'ai plus osé lui poser de questions ; je me suis adressé à un Shiro jeune, les cheveux encore longs.

— Est-ce que tu sais où on peut consulter un dictionnaire ?

Il a réfléchi un instant.

—Quand j'en ai besoin, j'utilise celui de la bibliothèque de l'école. Tu pourrais essayer à la bibliothèque publique : elle contient un exemplaire de chaque livre jamais publié sur Ta-Shima, et même de certaines œuvres des barbares. Bien entendu, il y aurait aussi le dictionnaire de la saz-adaï…

On a échangé un regard. Je m'y voyais, tiens, aller frapper à la porte du bureau d'Odavaïdar-adaï pour lui demander poliment la permission de fourrer mon nez dans ses cubes holo, à la recherche d'un dictionnaire qui m'aurait permis de lire les livres que Suvaïdar s'était procurés va savoir comment, mais sans aucun doute d'une manière que l'Ancienne honorée n'aurait pas approuvée.

La première fois que j'ai eu un après-midi libre, j'ai pris *Les Préceptes de l'escrime comme préceptes de vie*, qui me paraissait un rien moins abscons (je veux dire qu'il m'arrivait parfois de comprendre jusqu'à deux phrases de suite sans être obligé de m'arrêter pour chercher où était passé le verbe) et je l'ai soigneusement enveloppé dans un morceau de tissu propre, ce qui restait du pantalon que j'avais usé dans la mine. Puis je suis sorti et j'ai attendu d'être assez loin de la maison du clan pour essayer de repérer les armes Jestak sur une omoplate shiro. Avec les dames de ce clan, je suis davantage en confiance qu'avec les autres Shiro. Je suppose que c'est parce que depuis que je suis tout petit, je les ai vues autour de moi, occupées à m'examiner sous toutes les coutures pour essayer de décider quoi faire de ma personne.

—Jestak-adaï, ai-je demandé, pourrais-tu, s'il te plaît, m'indiquer la bibliothèque ?

C'était une dame très jeune, qui m'a rappelé Suvaïdar, parce qu'elle m'a répondu en souriant, sans aucune trace de condescendance, comme s'il était normal qu'un manœuvre asix, qui arrivait à peine à bâtir une phrase en bégayant, veuille aller à la bibliothèque. Suivant ses indications je suis arrivé à un des bâtiments non claniques du centre-ville, près de l'université. J'aurais pu y penser tout seul, que c'est dans ces alentours qu'elle devait se trouver : qui plus que les étudiants en a besoin ? Mais cela ne m'était pas venu à l'esprit. Ai-je déjà dit que je suis bête ?

Tous les édifices communs, qui contiennent nos possessions les plus précieuses, se trouvent dans le centre-ville : université, Maison de la Vie, maison de la Sadaï, où sont entreposées les archives de notre histoire. L'Académie de la Paix Intérieure se trouve aussi dans ces environs, mais je ne sais pas si c'est par hasard ou bien parce qu'elle est aussi considérée comme précieuse.

Elle a toujours été dirigée par des maîtres de haut niveau, les meilleurs de Ta-Shima. Juste avant Midori il y avait Li Nadai ; bien qu'il ait disparu depuis plus de trente saisons sèches, les escrimeurs ne parlent de lui qu'avec la plus grande révérence. Même quand ils sont assis confortablement, un verre de vin à la main, quand ils prononcent son nom en baissant la voix, *maître Li Nadai*, on a l'impression qu'ils sont debout en train de s'incliner.

Je suis entré dans la bibliothèque et je me suis arrêté, stupéfait. Sur chaque mur il y avait des étagères pleines de livres anciens, en papier plastifié. Il devait y en avoir un bon millier ! Et naturellement aussi des cubes holo et des vieilles bandes, de celles qu'on regarde à l'écran.

Je suppose que je suis resté trop longtemps bouche bée, parce qu'un adolescent shiro, les cheveux encore longs, m'a demandé :

— Que fais-tu ? Nourris-tu l'espoir d'attraper un papillon au vol ou bien est-ce un piège pour un essaim d'abeilles qui se serait échappé ?

J'ai immédiatement fermé la bouche, puis j'ai demandé poliment :

— Puis-je consulter le dictionnaire, s'il te plaît ?

Il a examiné les taches noires sur ma veste, que je n'avais pu faire partir même en les frottant avec une racine de saponaire. C'était comme si j'avais arboré l'inscription « mineur » en travers de la poitrine. En levant un sourcil, le jeune Shiro s'est enquis :

— Et que veut faire d'un dictionnaire un Asix qui vient de quitter Nova Estia ? Sais-tu au moins ce que c'est ?

— Oui seigneur, ai-je répondu en bégayant encore plus que d'habitude, tellement je me sentais gêné.

» C'est un livre dans lequel sont écrits tous les mots, aussi bien en gorin qu'en haute langue, avec l'explication de leur signification.

— Que dis-tu ? Je n'ai pas compris.

J'ai répété, en bégayant de plus belle. Les adolescents shiro, ceux qui n'ont pas encore passé les Épreuves et n'ont pas encore tout à fait l'odeur juste, peuvent parfois être antipathiques. Je le savais depuis le temps où venaient chez Dol des camarades de classe de Lara, enfin je veux dire Suvaïdar-adaï, bien entendu. Le jeune homme de la bibliothèque avait parfaitement compris, il voulait juste faire de l'esprit. Il a répété :

— Je n'ai pas compris, ne peux-tu parler plus clairement ?

Au moment où j'ouvrais la bouche sur la syllabe « li » de livre, une syllabe déjà difficile quand je suis calme, et qui alors que j'étais énervé allait se transformer, je le savais parfaitement, en un débile « li-li-li »… j'ai entendu une voix derrière moi, qui sifflait :

— Toi, le garçon !

Avant même de me retourner, j'ai reconnu maître Midori, et pas uniquement à cause de sa façon de surgir à côté de vous sans un bruit, comme une ombre, mais surtout à cause du ton mesuré et courtois de sa voix, derrière laquelle on aurait perçu sa colère même s'il ne s'était pas servi d'un terme injurieux.

— Mes respects, maître, ai-je salué, très inquiet.

— Ce n'est pas à toi que je m'adressais, a-t-il dit avec un sourire, qui s'est effacé quand il s'est adressé au Shiro.

» Debout toi, le garçon ! L'Asix a demandé à consulter un dictionnaire, et ton rôle n'est pas de poser des questions stupides sur ce que c'est ou pourquoi il en a besoin. Si tu es incapable d'exécuter une tâche aussi simple que de trouver un livre, il est évident que ta place n'est pas derrière le comptoir d'une bibliothèque. Je ferai savoir à ta sazadaï que pour les prochains tours de service elle peut t'inscrire pour le nettoyage des toilettes ou le transport du purin. Il s'agit là de travaux très simples ; même toi, tu devrais être en mesure de les accomplir.

Le jeune homme a pâli, s'est incliné profondément et m'a dit, d'un ton de voix tellement respectueux que l'on aurait pu croire qu'il s'adressait au conseiller de la Sadaï :

— Il existe un dictionnaire en papier plastifié, ce sont ces trois grands volumes rouges, sur l'étagère là-bas, mais si tu dois rechercher des vocables rares, je te conseille plutôt un cube holo. Il y en a quatre exemplaires disponibles, identiques entre eux, que tu trouveras dans la plus petite des salles de lecture, là sur la droite.

— Viens à l'Académie ce soir, j'ai à te parler, m'a lancé le maître, sans plus se soucier du garçon.

Je n'étais même pas intrigué. Je supposais qu'il souhaitait me demander des nouvelles de l'ingénieur qui lui avait envoyé la lettre.

Je me suis assis avec mon livre et le dictionnaire et j'ai commencé à chercher les mots que je ne comprenais pas. Ce n'était pas chose facile. Parfois la définition contenait d'autres termes que je ne connaissais pas, que je devais donc rechercher, et dont l'explication n'était pas toujours claire. Le résultat était qu'arrivé à la fin, j'avais oublié l'un ou l'autre passage ou perdu le fil et je devais recommencer. Après un moment je me suis rendu compte qu'il n'y avait qu'une solution : apprendre par cœur la signification de tous les mots dont je comprenais la définition. Bien sûr, je ne pouvais le faire en une seule fois, mais si je parvenais à apprendre dix ou douze termes par jour, en un ou deux mois je devais arriver à lire le livre presque sans dictionnaire.

Ç'a été la première de nombreuses soirées passées à la bibliothèque, parce que après avoir réussi à terminer mes deux livres, je me suis rendu compte qu'il traînait par là tout un tas de cubes holo intéressants. Je passais une ou deux soirées par décade assis devant un écran, toujours avec un dictionnaire sous la patte, à apprendre quantité de trucs dont je n'avais jamais soupçonné l'existence. Il se peut qu'à l'école on ait essayé de me les fourrer dans la tête, mais tous les enseignants étaient tellement sûrs que de toute façon je n'allais rien y comprendre, qu'en effet je ne comprenais pas.

Mais tout ça, c'est arrivé plus tard.

Ce soir-là je me suis rendu à l'Académie de la Paix Intérieure et j'ai attendu que se termine le dernier cours.

— Viens, m'a dit le maître, et je l'ai suivi dans une petite pièce qui donnait dans la salle d'armes et qui contenait une pile de sabres d'entraînement. On s'est assis par terre : il y avait un beau plancher en bois, le même que dans la salle, et on n'avait besoin ni de coussins ni de nattes. Il m'a offert un verre de vin de Gorival, puis il s'est en effet mis à me parler du Shiro de la mine, mais je ne l'ai pas compris tout de suite.

— Cette Académie est la plus célèbre de Ta-Shima.

J'ai hoché la tête : tout le monde le savait.

— Mais sais-tu depuis quand elle l'est ?

Là, je suis resté tout ahuri. J'étais jeune en ce temps-là et les jeunes s'imaginent que les choses ont toujours été comme ils les connaissent. Je n'avais jamais soupçonné que dans le passé la Paix Intérieure ait pu être inférieure à une des autres Académies. Amusé de ma confusion, maître Midori m'a souri avant de continuer :

— Ce fut Li Nadai qui en a fait ce qu'elle est. Un maître exceptionnel, sévère avec ses élèves, mais encore plus avec lui-même. Connais-tu son histoire ?

— Je sais seulement qu'il a disparu voilà des années.

— Pendant un entraînement, il blessa grièvement un élève. Il prononça sa propre condamnation ; ensuite il l'appliqua.

— Mais une blessure pendant un combat, ça n'a rien d'exceptionnel, cela ne mérite pas une condamnation !

— Li Nadai considérait qu'une faute commise par un élève était pardonnable, tandis que celle d'un maître était inadmissible. Pour cette raison, il est l'unique maître de Ta-Shima qui ait démissionné, sans avoir été vaincu au combat. Avant de s'en aller, il nomma pour lui succéder le plus âgé de ses élèves, qui pendant des années avait été son second : Midroidan Valdez.

— Je n'en ai jamais entendu parler.

— Tu connais peut-être le nom qu'il porte en salle d'armes : Midori.

Je me suis excusé, plein de confusion, mais le maître n'était pas en colère, au contraire, il souriait comme pour une blague.

— L'élève qu'il avait blessé était un Asix, ce qui rendait la chose doublement grave pour Li Nadai : il ne s'agissait pas simplement d'une faute, mais aussi d'une violation impardonnable du Sh'ro-enlei. Le code d'honneur shiro établit que nous sommes responsables des Asix, toujours et en toutes circonstances. Tu le sais.

» Avant de quitter la salle d'armes, ce soir-là, il déclara qu'il allait subir immédiatement la peine qu'il méritait, et personne ne l'a jamais revu. Quelqu'un supposa qu'il avait choisi le privilège shiro, mais il était trop correct pour permettre que son cadavre soit gaspillé ; on aurait donc dû retrouver son corps dans la réserve de viande pour les chiens. Or, ce ne fut pas le cas.

» Certains de ses meilleurs élèves le cherchèrent pendant des mois. Je te l'ai dit : c'était un maître exceptionnel, ils n'en voulaient pas d'autre.

Je me suis efforcé d'imaginer quelqu'un d'un niveau tel que comparé à lui Midori soit un deuxième choix, mais je n'y suis pas arrivé.

— Comme j'aurais voulu le voir pendant qu'il faisait son cours ! me suis-je exclamé.

» Bien sûr, en regardant depuis la porte, car jamais je n'aurais été accepté à la Paix Intérieure, ai-je immédiatement ajouté : je ne voulais pas qu'il pense que je me donnais des grands airs.

Midori a éclaté de rire à voix haute, comme un Asix. Jamais je ne m'y serais attendu de la part d'un Shiro, qui, de plus, était le plus important maître de Gaia.

— Donc tu crois que Li Nadai ne t'aurait pas accepté comme élève ? Je me rends compte que j'ai omis de te dire quelle fut la peine qu'il s'infligea, mais le fait est que moi-même je l'ignorais jusqu'à il y a quelques jours. Il se rendit à Nova Estia, pour demander de travailler dans les mines. Personne n'a eu de ses nouvelles jusqu'à la lettre que tu m'as remise.

Que quelqu'un puisse choisir de sa propre volonté pareil sort me paraissait tellement horrible qu'il m'a fallu un moment pour me rendre compte de ce que sous-entendait Midori, qui me regardait, avec la tête d'une bête de proie qui vient de dévorer un veau au nez et à la barbe du gardien de troupeau.

—Alors l'ingénieur a été son élève, me suis-je écrié. Et dire qu'il a perdu son temps à s'entraîner avec moi !

—Il n'estimait pas avoir perdu son temps. Et il n'a pas été son élève. Veux-tu connaître le contenu de la lettre ? Je parie que tu ne l'as pas ouverte.

Avec ces mots il m'a définitivement désarçonné. Comme n'importe quel Asix, je lisais les messages qu'on me demandait de porter. Qu'y a-t-il de mal à ça ? Tout le monde le fait. Ça aide à passer le temps pendant qu'on marche et d'ailleurs personne ne résisterait à porter dans sa poche des nouvelles, peut-être passionnantes, sans les reluquer. Mais la lettre de l'ingénieur, non, cela ne m'était pas venu à l'esprit de la lire. Pourquoi, je n'en sais rien, mais il m'aurait semblé lui manquer de respect.

—Il écrit avoir repris un élève, bien qu'il ait juré de ne jamais plus le faire, au point même de se verser sur le bras l'huile bouillante d'une lampe pour effacer le tatouage de maître. Il estime l'élève très prometteur et me demande de l'accepter dans mon Académie. Il a écrit « je te demande », comme s'il m'était inférieur, mais pour moi, assurément, une requête de Li Nadai est un ordre.

Je suis resté silencieux, parce que j'étais en train d'essayer de réunir les morceaux de ce qu'il me disait et d'y trouver un sens. L'ingénieur était donc le célèbre Li Nadai ? Mais quel élève pouvait-il bien avoir trouvé ? Depuis deux ans il ne s'était entraîné qu'avec moi. Quand j'ai compris j'en suis tombé à la renverse. Se pouvait-il qu'il parle de moi dans sa lettre ? Moi, un élève prometteur, digne d'être admis à la Paix Intérieure ? C'était une Académie où on rencontrait les meilleurs bretteurs de Gaia, et peut-être bien de Ta-Shima. Y entrer était difficile, mais en revanche il était très facile d'en être renvoyé. J'étais tellement bouleversé que j'ai à peine entendu maître Midori m'expliquer que l'ingénieur n'avait pas indiqué le nom de son élève, il s'était borné à écrire « le porteur de cette lettre », imaginant que son message serait ouvert sur-le-champ. Midori lui avait envoyé une demande de renseignements, mais la réponse ne lui étant pas encore parvenue, il était bien content de m'avoir rencontré par hasard.

—Demain, une heure après la tombée de la nuit, a-t-il ajouté en se levant.

Ma vie n'était pas compliquée : je travaillais, pratiquais l'escrime, regardais des cubes holo à la bibliothèque, mangeais et dormais. Et le matin suivant, pareil.

En salle d'armes j'étais doué pour ces trucs que les grands seigneurs shiro estimaient secondaires. À la longue, il ressort qu'ils ne le sont pas du tout, c'est juste que souvent on ne comprend pas tout de suite à quoi ça peut servir. Il arrivait, par exemple, que le maître nous ordonne de rester immobiles pendant tout le cours, à genoux, pour arriver à ce qu'il appelait le vide intérieur. Les jeunes Shiro détestaient cet exercice. Je les entendais en discuter aux douches : ils le trouvaient difficile. Moi, je n'ai jamais compris ce qu'il y avait de difficile là-dedans, mais ça doit être parce qu'ils avaient un tas de trucs en tête, eux : études, travail, ou même des histoires importantes à propos de la politique du clan.

Moi pas. Moi, le vide, je devais l'avoir à l'intérieur depuis tout petit. Les travaux qu'on me donnait n'étaient que des tâches ennuyeuses et répétitives, qui n'exigeaient qu'une grande force physique. Pas question que je passe mon temps libre à ruminer là-dessus !

Et les compagnes de jeux ? Oui, bien sûr, j'en avais : j'étais jeune et les trois lunes se levaient pour moi aussi. Je me rendais aux feux de camp et je m'asseyais bien tranquillement dans mon coin. Les femmes sont tellement plus nombreuses que les hommes qu'il en restait toujours une pour moi, voire deux.

Mais j'ai fait bien attention à ne jamais nouer une relation personnelle : avec une Shiro, aucun danger. Les dames ne prennent pas de compagnon fixe, et si jamais il y en avait une suffisamment originale pour le faire, sûr qu'elle ne choisirait pas l'un de nous. Avec une Asix, pas question. Ça se termine avec la fille qui vient s'installer dans ta cabane, en remorquant une sœur, ou une copine, et avant que tu aies le temps de dire « non, merci », te voilà avec deux ou trois compagnes fixes en train de mettre au monde une ribambelle de marmots qui, dans mon cas, ne seraient pas mes enfants biologiques : la bande noire sur mon Ruban de Vie me le rappelle bien assez. Et tous les moments libres auraient été consacrés aux gamins, alors que j'avais besoin de tout mon temps pour les entraînements.

Quand elle a découvert que j'avais été accepté dans une Académie si prestigieuse, Odavaïdar, ma saz-adaï, au lieu de se réjouir parce que j'honorais le clan, m'a confié des travaux qui m'obligeaient à rester loin de Gaia, et de mon maître. La première fois elle m'a envoyé mener un troupeau en transhumance à la fin de la saison sèche, rien de nouveau jusque-là, je l'avais déjà fait maintes fois.

Mais au début de la saison des pluies suivante, alors que je n'étais revenu que depuis une décade et que je n'avais eu le temps de me rendre que sept ou huit fois à la Paix Intérieure (où du reste le maître m'avait sonné les cloches parce que je m'étais rouillé à force de m'entraîner avec des gens de Gorival, qui avaient un niveau inférieur au mien), voilà que sur le tableau des tâches je vois que j'étais attendu à la Baie de la Selle du Cheval à la fin de la décade.

La baie est un port naturel, où les bateaux passent la période des ouragans, mais aussi la saison sèche, quand les courants entraînent le plancton dans l'hémisphère Nord, et les bancs de petits poissons suivent le plancton, et derrière les bancs de petits poissons viennent les gros… Enfin, ce n'est pas la peine que je m'éternise là-dessus, tout le monde connaît ça. Pendant l'été, le produit de la pêche serait si maigre que le clan Gantois met à profit ces mois pour mettre en bassin de carénage les bateaux qui en ont besoin et pour en construire de nouveaux.

Pendant les mois d'été j'y avais déjà travaillé, mais y être envoyé à cette époque de l'année ne signifiait pas passer une ou deux décades à trimballer les grands troncs de sezan, qu'on employait pour les structures, ou les planches découpées avec lesquelles on fabriquait les superstructures. Ce qui m'attendait, c'étaient les douze mois de la saison des pluies à bord d'un bateau.

Je l'ai signalé au maître, qui n'a pas été content du tout : j'allais rater un tas de cours. Mais que pouvais-je y faire ? Aller voir la saz-adaï pour lui demander un autre travail, qui n'interfère pas avec mes entraînements ? Je m'y voyais comme si j'y étais.

Je me suis mis en marche, avec une vingtaine d'Asix de différents clans qui, comme moi, allaient travailler pour les Gantois en échange de la fourniture de poisson séché, mais je ne peux pas dire que j'étais d'une humeur folichonne. Quand nous sommes arrivés à la baie, on était en train de terminer le chargement des victuailles sur les bateaux.

Pas la peine de se renseigner pour savoir à qui il fallait s'adresser : Sergi Gantois, le conseiller, était debout sur le quai et braillait des ordres à voix tellement haute qu'on devait l'entendre depuis les petits chalutiers qui pêchaient au milieu de la baie.

— Qui d'entre vous est Tarr Huang ? a-t-il demandé en nous voyant arriver.

Je me suis manifesté, assez inquiet. Certains Shiro, j'aime autant qu'ils ne connaissent pas mon nom et ne me reconnaissent pas quand ils me voient, si vous voyez ce que je veux dire. La langue acérée de Sergi-adaï était connue dans tout l'archipel.

— À bord du vaisseau amiral. Monte ta besace, fais-toi attribuer une couchette et reviens à terre pour charger, a-t-il ordonné.

Sur le quai il y avait encore des centaines de tonneaux, de caisses et de paniers, dépourvus de toute indication de contenu et de destination, mais la chose ne semblait nullement problématique pour le seigneur shiro. D'une voix de stentor il hurlait ses ordres à toute une équipe d'Asix et de jeunes Shiro aux cheveux encore longs, qui transpiraient en montant et en descendant des bateaux au pas de course. Pourquoi il avait chargé de ce travail les jeunes Shiro, il était le seul à le savoir : il en fallait deux pour porter ce que j'aurais ramassé d'une seule main. De toute façon depuis mon adolescence je sais que ce n'est pas la peine de se creuser la cervelle pour comprendre pourquoi un Shiro fait une chose plutôt qu'une autre ; ça ne sert qu'à attraper mal à la tête. Ce qui ne veut pas dire qu'on ne m'y reprend pas de temps en temps, mais en général j'essaie de faire ce qu'on me dit, point final.

Je croyais qu'on ne serait pas prêts avant un jour ou deux, mais avant la tombée de la nuit tout était chargé à bord. Un Asix Gantois m'a expliqué que, au fur et à mesure que nous on montait le chargement, une autre équipe l'arrimait à toute vitesse. La saz-adaï voulait que la flotte parte à l'aube, quand la marée commencerait à descendre. Au large de l'île la plus méridionale, on avait repéré le passage du premier grand banc de carimars, qui allait se trouver devant la Baie de la Selle quelques heures après l'aube.

Je me suis étendu sur ma couchette pour piquer un roupillon. J'avais déjà participé à une saison de pêche une fois, et j'avais appris que la meilleure chose à faire, c'était de dormir chaque fois qu'on pouvait. Dès qu'on arrivait sur un banc de carimars, ou de pervils, on devait travailler comme des fous pendant deux ou trois jours à monter les filets et à les redescendre en mer, après quoi tous trimaient encore jour et nuit, jusqu'à ce qu'on finisse de vider les poissons, puis de les saler, ou de les fumer, pour qu'ils se conservent. Et quand je dis que tous trimaient, ça signifie que la mère honorée aussi avait les bras pleins de sang de poisson jusqu'au coude et qu'elle ne puait pas moins que chacun d'entre nous.

Si toutefois après sept ou huit jours de labeur on repérait un autre banc, on n'entendait pas sonner le cor qui appelait tout l'équipage de service à se précipiter sur les filets. Un marin qui croule de fatigue est un danger pour tout le bateau, donc l'ordre était : dormir, manger, se laver, à l'eau de mer seulement, bien sûr, et honorer l'invitation d'une femme. Comme à bord elles étaient trois fois plus nombreuses que nous, il y en avait toujours une qui cherchait un compagnon de couchette, pour une nuit.

On n'a eu besoin que de deux décades pour remplir les cales, puis on a fait voile vers la baie, pour décharger. À l'aller on s'était laissé transporter par le courant ; au retour, on profitait du vent qui souffle vers la terre pendant la journée, et la nuit on jetait l'ancre. On perdait plusieurs heures, mais la saz-adaï se refusait à mettre les marins aux rames si ce n'était pour une urgence : ce n'était que le début de la saison et il fallait garder des forces pour les onze mois et demi suivants. Pour ce qui est des moteurs électriques, elle se vantait de ne les avoir utilisés que sept fois sur vingt-trois saisons de pêche, quand les vents de l'est avaient commencé à souffler avant terme et qu'il avait fallu se hâter pour se mettre à l'abri dans la baie, à la force des moteurs, des voiles et des rames. Je ne suis pas né sur un bateau, moi, et à l'idée de me trouver au beau milieu de la mer quand on annonce les ouragans du changement de saison, je crois que je serais disposé à passer tous les tours de repos à souffler dans les voiles, pourvu qu'on se dépêche un tantinet.

Je disais donc que nous avons eu six jours très calmes : trois pour le retour, un pendant que les ouvriers de l'arsenal déchargeaient le poisson et chargeaient les provisions (nous à bord on se tournait les pouces entre-temps : la saz-adaï nous voulait bien reposés quand on serait sur le banc de pervils. Avoir affaire à ces énormes bêtes aux nageoires venimeuses fait ressembler la pêche au carimar à une période de vacances) et deux autres jours pour rejoindre les bancs de pêche.

Le premier jour de repos, pendant que je prenais mon petit déjeuner, le cor a résonné, mais ce n'était pas le signal du danger, qui veut dire que tout le monde doit se précipiter sur le pont, ni les trois beuglements qui n'appellent que l'équipe de service. On aurait dit un rythme joyeux, comme celui des fifres que les gardiens de troupeau utilisent pour transmettre les ordres aux chiens de berger.

— Qu'est-ce que c'est ? ai-je demandé à l'Asix Gantois avec laquelle j'avais partagé la couchette.

— L'appel pour la salle d'armes. Espérons que ce ne sera pas Sergi-adaï qui donne le cours, je n'ai pas envie de me faire crier après pendant deux heures !

Je me suis alors rappelé qu'à bord du navire amiral il y avait une salle d'armes, qui avait même reçu le titre d'Académie. Je le savais, bien entendu, mais cela m'était sorti de la tête. Je ne sais pas si j'ai déjà fait remarquer que je suis un peu bête, je crois que oui, mais je ne suis pas sûr.

Eh bien, c'est vrai que Sergi-adaï braillait pendant les entraînements tout autant qu'il le faisait pendant le travail, et que sa langue était aussi acérée que les aiguillons des pervils, mais c'était un maître de valeur, sans atteindre le niveau de Li Nadai, bien entendu. Un jeune Shiro m'a raconté qu'il avait été élève de Midori : la saz-adaï Gantois, convaincue qu'il était le meilleur bretteur du clan, l'avait envoyé pendant deux ans à la Paix Intérieure. Pour ce qui me concerne, une personne capable d'arriver en si peu de temps au grade de maître a acquis le droit de brailler et d'avoir un sale caractère, mais il faut avouer qu'il était plus hargneux qu'un chien de berger avec une rage de dents. À chaque écart le fouet volait accompagné de remarques tellement féroces qu'il m'est arrivé de voir des jeunes Shiro perdre toute concentration et accumuler les fautes.

La première fois que je suis entré dans la salle d'armes, il s'est exclamé, d'un ton ironique :

— Ah ! voici le garçon prodige de Gaia. Voyons un peu comment tu t'en sors.

Il m'a gardé à l'œil pendant tout l'entraînement, sans m'épargner ses remarques aigres. À la fin du cours, il m'a ordonné de rester encore un peu, pour lui servir de partenaire. On s'est battus au sabre, c'est la technique qui me réussit le moins bien et il n'a fait que rouspéter pendant les cinq premières minutes, puis il a arrêté. Après tout, si je n'avais réussi à lui porter aucune botte, j'avais paré toutes les siennes, et pourtant il attaquait sans répit, agile et rapide, comme savent l'être les meilleurs Shiro. Moi j'ai trop de muscles, je ne peux pas rivaliser avec leur agilité.

On a ensuite travaillé un moment avec deux lames. Il commençait à être fatigué, cela se remarquait parce qu'il avait modéré un petit peu son rythme. J'ai alors pu reprendre l'avantage. Un Asix a beau être plus lent, il a davantage d'endurance : il peut continuer sur la même cadence pendant des heures. J'ai feinté avec la lame courte et quand il a paré, je suis entré dans sa garde avec la lame longue, en lui laissant une marque rouge en travers du thorax.

Il m'a demandé si j'avais un grade suffisant pour pratiquer le style « une lame et une main », et j'ai acquiescé. C'est celui où je réussis le mieux : pendant deux ans je n'ai fait que le pratiquer avec l'ingénieur, non, je voulais dire avec maître Li Nadai.

Sergi-adaï, qui haletait légèrement, m'a demandé si j'avais besoin d'une pause, mais j'ai répondu que ce n'était pas nécessaire. Avec l'ingénieur il arrivait qu'on continue pendant toute la soirée, et personne n'avait jamais parlé de pauses. Il a pris l'épée dans sa main droite, et moi aussi j'ai choisi l'épée, la tenant toutefois de la main gauche. Si je suis gaucher ? Jamais de la vie, je n'ai fait qu'appliquer un principe que j'avais lu dans mon livre, celui qui s'intitule *Traité sur la théorie du combat* : fais toujours ce à quoi l'adversaire ne s'attend pas. Et vu qu'il était fatigué, alors que je ne l'étais pas, j'ai accéléré et j'ai commencé à attaquer.

Il parait bien, rien à dire, mais il gardait surtout la pointe de l'épée à l'œil. Je me suis allongé en une fente qui visait le visage et dans le même mouvement, j'ai levé le pied arrière en lui plantant la pointe de ma botte dans l'estomac. Comme il avait des abdominaux excellents, il ne s'est pas plié en deux, néanmoins il n'a pas pu maintenir la position et il a valsé contre une cloison. Il a toutefois rebondi comme s'il avait été lancé avec une fronde. Je ne m'y attendais pas, et pour éviter son épée j'ai été obligé de me jeter à terre. Il a dû croire que j'étais tombé, ce qui l'a déconcerté un instant. Il m'a été facile de lui faire un balayage, le bloquant ensuite au sol d'un ciseau aux jambes.

Il n'a pas soufflé mot, mais, pendant les entraînements suivants, quand il voulait montrer un exercice, il me choisissait toujours pour l'assister.

Et voilà qu'un jour on se trouve devant une vingtaine de gros pervils, des bêtes de six à huit mètres de long qui suivent les bancs de carimars, ou d'autres poissons, et dévorent tout ce qu'ils voient, y compris leur propre frai, s'ils arrivent à l'attraper. Les plus grands, nous a expliqué Sergi-adaï, sont vieux et donc malins, parce que pour survivre longtemps dans la mer il faut être très, très malin. Pour échapper aux prédateurs ils ont l'habitude de faire le mort (à l'idée de comment doivent être les bêtes de proie capables de s'attaquer à ces monstres j'ai failli attraper le hoquet), mais il faut se méfier : dès qu'ils sont hors de l'eau, sur le pont, ils se débattent en assenant des coups de queue et de nageoire à quiconque s'approche d'eux, et les nageoires ont des aiguillons venimeux longs comme ma jambe. Bon, ce n'est pas la plus heureuse des comparaisons ; j'ai les jambes encore plus courtes que la moyenne des Asix. Je voulais dire que ces aiguillons sont vraiment impressionnants.

— Celui qui est suffisamment idiot pour se ramasser un coup de nageoire, il aura affaire à moi à la sortie du dispensaire, a menacé le conseiller, en regardant de travers deux jeunes filles shiro qui arboraient de vilaines cicatrices en dents de scie aux jambes.

— C'était un coup de nageoire du pervil le plus vicieux que j'aie jamais vu, m'a soufflé un Asix, et ce n'était pas la faute aux deux dames. J'étais là quand c'est arrivé : on pêchait des carimars et avant d'avoir déversé le contenu du filet sur le pont on ne savait même pas qu'on avait pris une de ces vilaines bêtes.

Personne n'est ravi quand il y a des blessés pendant la saison de pêche, c'est évident, et si la victime est un Shiro, c'est pis, du moins du point de vue d'un Asix, mais enfin, si vraiment cela devait se produire, ça m'aurait moins ennuyé que cela arrive à Sergi-adaï plutôt qu'à quelqu'un d'autre, je ne sais pas si vous voyez ce que je veux dire. Quand il s'est ramassé sur le bras gauche une estafilade infligée par la nageoire ventrale d'un pervil qui, une seconde auparavant, semblait raide mort, je ne me suis pas senti particulièrement malheureux.

Le jour même, pendant que j'étais en train de vider des poissons, la saz-adaï s'est arrêtée à côté de moi et m'a ordonné :

— À partir d'aujourd'hui, c'est toi qui donnes les cours d'escrime. Selon Sergi tu es le meilleur bretteur à bord, lui compris.

Quand je suis rentré à Gaia, ma première idée a été, bien entendu, d'aller présenter mes respects à maître Midori.

— Te voilà, a-t-il grogné, j'en ai marre que tu ailles te promener sur tout Ta-Shima alors que j'ai besoin de toi ici.

Ce n'était pas ma faute si la saz-adaï m'envoyait à droite et à gauche, mais le maître le savait tout aussi bien que moi. Il était donc superflu que je le lui rappelle. Je n'aime pas parler pour ne rien dire : moins je bavarde et moins je bégaie. Maître Midori s'est dirigé vers la petite pièce qui contenait les armes d'entraînement, sauf qu'on les avait déménagées ailleurs et que par terre il y avait une natte épaisse, de celles qui servent pour dormir. En longueur elle occupait presque toute la pièce, laissant à peine la place pour une cantine, sur laquelle était posée une lampe.

— J'ai fait savoir à ta saz-adaï que j'avais besoin d'un Asix bien robuste et j'ai cité ton nom.

— Elle n'a pas protesté ? ai-je demandé, soucieux.

— Ce n'était pas dans son intérêt, du moins si elle veut que je continue à accepter à l'Académie les Shiro que m'envoie Doran Huang. Aucun d'entre eux, soit dit entre parenthèses, ne serait capable de te battre, dans aucun des styles. Pendant les prochains jours tu peux loger ici, on te trouvera une installation moins provisoire plus tard.

J'y suis resté vingt-trois ans.

Dorénavant, les corvées de ménage, je les faisais pour l'Académie : nettoyer, aller chercher les repas pour le maître, et aussi pour moi, dans les maisons des différents clans de provenance des élèves. C'était une étrange vie pour un Asix : nous ne sommes pas des solitaires, comme les Shiro, nous aimons la compagnie, mais quand le dernier cours était terminé, il ne restait plus à part moi que le maître et les jeunes Shiro confiés à l'Académie depuis l'enfance. Le maître s'enfermait dans sa chambre, ou partait s'occuper de ses affaires, et les jeunes confiés à l'Académie… Eh bien, d'une certaine façon ils étaient de la même trempe que ceux qui descendaient dans la mine. Ils combattaient bien, mais avec acharnement, sans aucune sérénité. Pendant un simple entraînement, un vrai, je veux dire, pas un de ces entraînements amicaux des Shiro, qui sont en réalité des duels, ils faisaient leur possible pour blesser grièvement leur partenaire.

Avec moi, ils n'y parvenaient pas : leur impétuosité les désavantageait, mais entre eux le sang coulait souvent. La première fois que j'en ai vu un mourir, j'ai été bouleversé. C'était une fille, jeune mais aux cheveux déjà coupés, dont la peau avait commencé depuis belle lurette à exhaler ce parfum qui fascine tout Asix mâle.

Le soir le maître m'a fait appeler dans sa chambre et il m'a parlé de ce qui était arrivé.

Si ces jeunes n'étaient pas à la mine, c'était uniquement parce qu'ils n'avaient accompli aucun forfait. Toutefois, s'ils étaient restés dans leur clan, leur nature les aurait inévitablement conduits à commettre un crime de sang. Ils étaient, me dit-il, défectueux. De temps en temps quelqu'un naissait comme ça, et il n'y avait rien à y faire. Ni la persuasion ni le fouet ne marchaient avec eux. La plupart mouraient pendant les Épreuves de la Majorité. Incapables de s'intégrer à un groupe, ils partaient seuls, et personne ne peut réussir les Épreuves seul. Ceux qui survivaient étaient confiés à une Académie, où ils pouvaient donner libre cours à l'agressivité pathologique dont ils étaient affligés en livrant duel après duel, et en s'entre-tuant. Cela m'a paru horrible, mais il m'a expliqué les choses à fond.

— Vois-tu, Tarr, leur mort est un bien pour Ta-Shima. Peux-tu imaginer combien de vies chacun d'entre eux pourrait prendre ? À quoi ressemblerait notre monde si une partie des Shiro étaient comme les gens que tu as rencontrés dans la mine ?

Mon cerveau comprenait chaque mot, mais mon instinct s'insurgeait à l'idée de ne rien faire pour protéger les jeunes seigneurs.

Pendant les mois qui ont suivi, je suis retourné assez souvent à la maison du clan, prenant bien soin de me tenir à distance de la saz-adaï. Je dînais avec d'autres Asix, et il m'arrivait de passer la nuit là, mais peu à peu j'ai arrêté.

Une Académie finit par devenir un monde en soi et quand le maître m'a fait l'honneur de me confier les cours pour débutants, l'attitude des jeunes confiés à l'Académie a changé : ils me parlaient presque cordialement et les soirs étaient rares où une jeune fille ne m'invitait pas à partager sa natte. J'étais toujours un peu sur mes gardes avec elles, bien entendu, mais pour finir je me suis habitué et j'ai appris comment je devais me conduire, si bien qu'un jour je me suis aperçu que l'Académie était devenue mon clan et que je m'y sentais bien.

Quand est-ce que c'est arrivé ? Peut-être bien la fois où j'ai entendu deux de mes élèves, des gamins d'une dizaine de saisons sèches, qui parlaient entre eux sans employer les articles. Qu'est-ce que les articles ont à voir avec ça ? C'est un peu long à expliquer, mais le fait est que les bègues inventent un tas de systèmes pour éviter de bégayer en public. Le mien n'était pas bien compliqué : je me taisais, et si je ne pouvais absolument pas me passer de parler, j'employais le moins de mots possible. Au lieu de « tiens ton sabre plus haut », je disais par exemple « tiens sabre haut ».

Un jour j'étais dans ma chambre, où il faisait sombre, j'étais donc invisible pour des yeux shiro. Au dehors une voix enfantine s'est élevée pour proposer :

— Prends arme, faisons entraînement comme si c'était duel entre adultes.

Une deuxième voix a répondu :

— Je choisis lame courte.

J'étais sur le point de sortir leur donner une bonne leçon : je ne pouvais pas permettre que deux élèves se moquent du maître, même si dans le cas présent le maître ce n'était que moi, mais à ce moment-là un adulte asix a demandé :

— Pourquoi diantre parlent-ils de cette façon ?

La réponse a été donnée avec le timbre argentin qui ne pouvait appartenir qu'à une dame shiro.

— Tous les élèves de Tarr parlent de la sorte. Ils sont convaincus que si leur maître ne prononce pas les articles, c'est qu'il a une excellente raison de ne pas le faire. Ils l'imitent donc, comme ils essaient de l'imiter dans l'escrime.

— On devrait leur dire d'arrêter, ils risquent une punition.

— Ils ne font rien de mal ; au fond c'est une forme de respect.

Pour la première fois de ma vie, je me suis senti important, et ce qu'il y a de drôle, c'est que depuis lors je ne bégaie plus que de temps en temps, quand je suis vraiment troublé.

Ou bien j'ai commencé à me sentir chez moi le jour où un jeune qui venait de s'inscrire, c'était quelqu'un du clan Valdez, si je me souviens bien, me voyant sans masque s'est enquis :

— Que fait-il, cet Asix ? Se prendrait-il pour un maître, par hasard ?

Nomia Cutatis, surnommée Cormarou parce qu'elle était aussi vénéneuse que cette plante maléfique, lui a répondu brusquement que maître Midori m'avait confié les cours pour débutants, et que s'il l'avait fait, c'est qu'il avait de bonnes raisons. S'il avait des objections quant à la façon dont était dirigée la Paix Intérieure, pourquoi n'allait-il pas chercher le maître, pour lui expliquer qu'il commettait une faute ?

Il n'a pas répondu, c'est évident, mais en passant à côté de moi il a marmonné quelque chose à propos d'Asix qui veulent rivaliser avec leurs supérieurs. C'était une remarque grossière, et stupide aussi, et il a eu le loisir de s'apercevoir *illico* à quel point elle l'était. Le Shiro à côté de moi était Midori. Le jeune Valdez, qui ne le connaissait pas, n'avait pas prêté attention à cet homme mince, à l'aspect insignifiant. Quand on le voyait sans sabre à la main, le maître n'avait rien de redoutable. Il était du genre tranquille, parlait à voix basse et n'était même pas particulièrement arrogant, pour un Shiro.

Là, il a piqué une crise de colère à faire peur : il a obligé le jeune homme à s'agenouiller et l'a fouetté jusqu'au sang, sans arriver à lui arracher une plainte.

Depuis l'enfance les Shiro jouent avec la mort et je crois que certains d'entre eux la choisissent comme compagne de natte. Celui-là se serait laissé tuer sur place plutôt que de s'excuser auprès de moi, mais par chance il a perdu connaissance. Le maître a flanqué par terre le sabre en jonc dont il s'était servi comme fouet et est sorti de la salle sans mot dire. Et qui, à votre avis, a aidé ce jeune idiot à se lever et l'a conduit aux douches pour qu'il puisse rincer le sang ? Moi, bien sûr. Je craignais qu'après cette histoire les autres Shiro ne me regardent de travers, mais Cormarou s'est bornée à dire :

— Bien fait pour lui. Veux-tu partager la natte avec moi ce soir ?

* * *

J'étais à la Paix Intérieure depuis un ou deux ans quand, un soir, le maître a frappé à la porte de ma chambre. J'étais couché sur ma natte, en train de lire le *Traité sur la théorie du combat*. J'avais pris grand soin des deux livres que Suvaïdar m'avait donnés, mais à force de les feuilleter je les avais abîmés un petit peu. Tout étonné, j'ai bondi sur mes pieds. S'il avait besoin de moi, le maître me faisait venir dans sa chambre, c'était la première fois qu'il venait dans la mienne. Il avait un air étrange, je veux dire étrange pour un Shiro : il était un rien moins inexpressif que d'habitude. Il tenait à la main un long paquet enveloppé d'une cape. Il l'a déposé sur ma natte, puis a déroulé la cape. À l'intérieur il y avait quatre armes en acier : un sabre, deux épées et une lame courte. Je les ai regardées, puis j'ai touché la lame courte du doigt, demandant :

— Maître Li Nadai ?

Ce couteau, je l'avais eu sous le nez tellement souvent que je l'avais reconnu tout de suite. Et j'ai compris que l'ingénieur était mort : personne n'aurait l'idée de sortir se promener sans son couteau.

— Il est mort, a confirmé le maître, et les armes sont pour toi.

J'ai alors compris qu'il avait choisi l'heure de sa mort, comme le font souvent les Shiro, parce que seul un homme vivant peut charger quelqu'un de porter un cadeau à un autre homme.

J'ai levé le sabre. Il était lourd mais bien équilibré, et parfaitement aiguisé, comme s'il avait servi chaque jour au lieu de passer des années accroché au mur, dans sa gaine en toile. Je l'ai déposé sur la natte. C'était la deuxième fois que je recevais d'un Shiro un cadeau précieux, digne d'un grand seigneur, mais je me suis senti triste : pendant deux ans j'avais eu un ami, là-bas à Nova Estia, et je ne m'en étais même pas aperçu.

Nous sommes restés un bon moment en silence. Je crois que nous devions être les deux personnes les plus taciturnes de Ta-Shima (je veux dire après la mort de l'ingénieur, parce que lui, il était imbattable), moi à cause de ma langue qui se grippe, lui parce qu'il était fait comme ça.

Si je continue à dire « l'ingénieur » au lieu de « maître Li Nadai », ce n'est pas par manque de respect, mais parce que je l'avais appelé comme ça pendant deux ans. Et d'ailleurs lui, il n'en voulait pas, de ce titre. Après un bon moment Midori-adaï m'a déclaré :

—À partir de demain, tu t'occupes aussi des cours pour les adolescents qui n'ont pas encore réussi les Épreuves.

C'est comme ça que la chose a commencé, sans aucune solennité, mais quand il a décidé d'abandonner l'enseignement, en donnant, comme Li Nadai l'avait fait, sa démission, parce que personne ne l'avait vaincu, il m'a nommé son successeur. Heureusement il ne m'a pas demandé de l'aider à faire valoir le privilège shiro, comme il aurait été de mon devoir de le faire. Jamais je n'aurais pu lui couper la gorge et j'aurais été le maître d'Académie resté en fonction le moins longtemps de toute l'histoire de Ta-Shima : à peu près une heure.

Être nommé ne suffit pas, bien entendu : j'ai dû combattre contre tous ceux qui contestaient mon titre, c'est-à-dire contre presque tous les élèves shiro de l'Académie.

Et j'ai toujours remporté la victoire.

Un Asix qui dirigeait la plus prestigieuse salle d'armes de Gaia, ce qui signifie de Ta-Shima et, si on y réfléchit bien de tout l'Univers ! Ça ne plaisait pas beaucoup aux seigneurs shiro traditionalistes, ce qui veut dire pratiquement à tous les Shiro, parce que traditionalistes, ils le sont tous, sauf quelques excentriques, des gens du genre de Suvaïdar, si vous voyez ce que je veux dire. Pendant un ou deux ans donc, les défis ont été continuels, même si, bien entendu, on leur donnait le nom d'entraînements amicaux.

Là aussi j'ai remporté la victoire. Toujours.

Ils ont donc bien été obligés de me respecter, faisant contre mauvaise fortune bon cœur. Dès que ma position est devenue incontestée, ou du moins c'est ce que je croyais, j'ai réuni tous les élèves et je leur ai dit qu'il n'était plus nécessaire que les clans paient pour chacun des jeunes qu'ils me confiaient. Je n'avais besoin de rien, je continuerais à dormir dans ma petite chambre, de toute façon je m'y étais habitué. Eux s'occuperaient à tour de rôle du ménage et d'apporter la nourriture pour moi et pour les élèves confiés à l'Académie. J'ai fait ça parce que j'avais déjà décidé que quelque chose allait changer dans mon école.

Cela ne signifie pas que je ne respectais pas mon ancien maître, ou plutôt, mes deux maîtres. Midori et Li Nadai avaient appliqué la même méthode à l'encontre des jeunes que les clans décidaient de ne pas accueillir après les Épreuves de la Majorité mais de confier à l'Académie. Ils leur permettaient de se battre entre eux, ou contre les meilleurs élèves, avec les lames-de-sang, quand et comme ils le voulaient, si bien que peu d'entre eux survivaient plus d'une ou deux saisons sèches.

Quand arrivait la charrette du clan Bur, pour charger un de ces corps aux membres minces et fuselés qui se vidait lentement de son sang sur le plancher de la salle d'armes, perdant en même temps cette odeur tellement enivrante pour moi, je me sentais mal et j'étais obligé de m'éloigner, tout en me répétant les explications du maître. Ces jeunes étaient des êtres incapables de distinguer le bien du mal, le juste de l'injuste, comme ils étaient incapables de s'intégrer dans un clan, parce qu'ils manquaient du sens de l'honneur et de la capacité de se repentir. Pour les mêmes raisons, ils étaient inéducables : il n'y avait pas de bases sur lesquelles s'appuyer. Ils représentaient un danger permanent pour les autres Shiro, parce que avec leurs manières brutales et offensantes ils accumulaient les duels, et prenaient inutilement beaucoup de vies avant que quelqu'un prenne la leur. Voilà pourquoi lui, comme les autres maîtres, ne se souciait point de les garder en bonne santé ; au contraire, il les encourageait à se battre entre eux.

Je comprenais chaque mot, et mon cerveau me disait que c'était juste, mais chaque fois qu'un de ces jeunes tombait, blessé à mort, mon sang asix gelait dans mes veines et moi aussi je mourais un peu.

Quand ça a été à moi de décider, j'ai voulu les garder en vie et, si possible, les éduquer, dans l'espoir qu'au moins certains d'entre eux puissent être accueillis dans leur clan. C'est pour ça que j'ai déclaré que les saz-adaï devaient se borner à me fournir la nourriture, pour moi et pour eux. Je savais que jamais elles n'auraient accepté de continuer à payer, pendant des années, pour des gens inutiles.

Pour les empêcher de se massacrer les uns les autres, j'ai été obligé d'instituer une discipline de fer. Quand j'en convoquais un dans ma chambre après le cours, tout le monde savait qu'il n'allait pas en sortir sans qu'on l'entende hurler sous le fouet. Ce n'était pas facile pour moi de lever la main sur un Shiro. Les premières fois, quand j'envoyais mon élève rincer le sang que ma badine avait fait couler, je me sentais tellement mal que je me jurais à moi-même de ne plus jamais recommencer, mais je savais que c'était nécessaire : c'était ou le fouet ou d'autres morts sur le sol de la salle d'armes.

Avec les élèves externes je me conduisais de façon différente. Je n'ai jamais été cruel, comme on racontait que Li Nadai l'avait été. Un avis que je ne partage pas, d'ailleurs : les coups donnés pendant un entraînement ne sont pas une expression de brutalité, ils ne représentent qu'une manière d'enseigner. Je n'étais pas non plus capable de manier l'ironie féroce de Midori. Elle aurait été incisive, tu parles, une phrase qui s'interrompait à moitié pour un de mes « a-a-a… de-de-de… »

La pire punition, celle que tout le monde craignait, c'était d'être renvoyé de l'Académie. Après avoir chassé quelqu'un, je ne l'acceptais plus comme élève, même pas des années plus tard. Je n'ai pas eu à le faire souvent : je m'arrangeais pour que cela arrive de la façon la plus humiliante possible et s'il y a quelque chose que les Shiro craignent plus que le fouet ou une lame-de-sang bien aiguisée, ce sont les blessures d'orgueil.

Le premier était un bretteur de très haut niveau, de ceux que les maîtres sont fiers de compter parmi leurs élèves, parce qu'ils glanent les succès dans les tournois interclans. Je ne me souviens pas de son nom : il n'est resté à la Paix Intérieure que quelques décennies. Il était arrogant, excessivement imbu de sa supériorité. Pour cette raison je lui avais ordonné de travailler avec un élève beaucoup moins bon que lui, mais il lui avait asséné presque immédiatement un coup vicieux, et j'avais très bien vu qu'il l'avait fait exprès.

— Néko, ai-je appelé, prends-le comme adversaire.

Et Eomer Jestak, dont personne à part moi ne connaissait plus le vrai nom tellement son sobriquet lui allait comme un gant (Néko, comme cette sale bestiole au poison mortel), Eomer Jestak qui attendait le cours suivant en dehors de la salle s'est alors avancée. Elle avait une démarche un peu raide parce que le soir d'avant j'avais été obligé de la fouetter, et ce n'était pas la première fois. Elle ne contrôlait pas ses coups ; s'entraîner ne signifiait pas pour elle améliorer sa technique, tout en aidant en même temps son partenaire à progresser. Ce qu'elle voulait, c'était faire le plus de mal possible à celui qu'elle avait en face d'elle.

Pendant que je la fouettais, je lui répétais, entre deux coups, qu'en salle d'armes pendant les entraînements on a devant soi un partenaire et non un adversaire.

Elle m'a lancé un regard interrogatif.

— Adversaire, ai-je confirmé, et je me suis souvenu d'ajouter : Laisse-le en vie.

Elle s'est léché les lèvres, comme font les chiens de berger quand ils reçoivent un morceau de cadavre à manger, et s'est hâtée vers le râtelier des armes d'entraînement. Je sentais presque de la compassion pour le pauvre idiot arrogant qui lui faisait face, sûr de son habileté.

Quand Néko a eu terminé avec lui, il n'était plus tellement arrogant.

— Tu n'es pas à la hauteur de mon Académie ! ai-je déclaré. Dehors, et ne perds pas ton temps à revenir.

Est-ce que ça me dérangeait de parler de la sorte à un Shiro, ou de le voir blessé par Néko sur mon ordre ? Et comment, que ça me dérangeait ! J'en ai été malade pendant trois jours, au point d'être incapable de manger – et personne n'ignore que pour un Asix il s'agit d'un symptôme grave. Mais il fallait que je me conduise de la sorte si je voulais continuer à être maître. Ça, je le voulais plus que tout au monde, et pas seulement parce que en tant que maître je réussissais à garder en vie tout un groupe de jeunes confiés à l'Académie, qui avec un autre seraient morts en quelques mois. Non, je le voulais pour moi aussi. J'avais été Tarr l'imbécile, Tarr le bègue, que même sa mère n'avait jamais trouvé beau, mais depuis que je dirigeais l'Académie, j'étais devenu apparemment attrayant pour mes élèves, Shiro comme Asix. Chaque soir je devais refuser des invitations à partager la natte.

Mais les histoires de natte n'ont pas grande importance. Ce qui en avait, c'était la fierté dans les yeux des autres Asix quand ils prononçaient mon nom, et le respect dans les yeux des Shiro. C'était qu'ils viennent frapper à la porte de ma chambre après l'entraînement, pour me demander conseil, comme si j'étais un des grands sages dont il était question dans mon livre. C'était d'avoir ma propre Académie, renommée sur tout Ta-Shima, et mes élèves personnels, les meilleurs bretteurs de Gaïa. Bon, il faut bien avouer que beaucoup d'entre eux étaient le genre de personnes auxquelles il vaut mieux ne pas tourner le dos, à moins qu'on ait envie de se retrouver un couteau planté entre les omoplates.

Il m'est arrivé d'entendre dire que je n'étais pas un vrai Asix, et il se peut bien que ce soit vrai. Après tout, je suis le résultat d'une conception fortuite, donc je pourrais ne pas être tout à fait adéquat, si vous voyez ce que je veux dire, mais quelle importance ? Je suis un Ta-Shimoda, et en conséquence un être humain.

Que les Extramondins le soient aussi, je n'en suis par contre nullement sûr. Je regrette de ne pas avoir discuté un peu plus à fond de la chose avec Suvaïdar-adaï, la seule personne, à part maître Dassoï-te, qui ait vraiment vécu dans les mondes au-delà du soleil. Les étudiants n'y restent que quelques années, qu'ils passent le nez dans leurs livres pour pouvoir terminer leurs études dans la moitié du temps nécessaire à leurs compagnons de cours, originaires de planètes dont les habitants sont de toute évidence nettement moins intelligents que nos seigneurs shiro.

Mais pour discuter avec la dame il est trop tard.

* * *

Me remémorer mon glorieux passé de maître de la Paix Intérieure n'a plus de sens. Il y a quelques années, tout a changé. À l'aube, bien avant l'arrivée des élèves externes, le Balafré s'est approché de moi.

Il avait été confié à l'Académie immédiatement après les Épreuves, encore du temps de Midori. C'était la fin de la saison sèche qui a précédé mon arrivée à l'Académie. Qu'il soit encore vivant quand j'ai été nommé maître témoigne suffisamment de son niveau d'escrimeur et aussi de sa capacité à se dominer. Il ne portait pas de sobriquet en ce temps-là, tout comme son beau visage arrogant ne portait pas encore de cicatrices.

Il n'était pas agressif avec les autres Shiro. Son problème, c'était que les Asix ne lui plaisaient pas, et selon les Jestak il s'agissait d'un signe de déséquilibre mental suffisamment grave pour justifier qu'on le confie à une Académie après les Épreuves, bien qu'il n'ait jamais fait de mal à l'un d'entre nous. Il se bornait à nous éviter, et quand une fille asix essayait de le courtiser, il l'invitait avec brusquerie à débarrasser le plancher *illico*. Dans l'Académie il s'occupait de ses affaires ; s'il parlait à quelqu'un, ce qui n'arrivait pas souvent, il s'agissait toujours d'un des élèves externes, un Shiro.

Il était déjà à l'époque d'un très bon niveau, et il était convaincu qu'il allait succéder à Midori. Je crois qu'il se préparait à le défier, mais le vieux l'a pris de court en donnant sa démission et en faisant valoir le privilège shiro. Avant de le faire, toutefois, il m'a nommé son successeur, comme j'ai l'impression de l'avoir déjà dit.

Pour défendre mon titre, j'avais été obligé de me battre contre presque tous les élèves shiro de l'Académie, mais toujours avec des armes en bois, c'est évident. C'est la règle quand les deux adversaires n'appartiennent pas à la même race. Même le plus arrogant et le plus sanguinaire des Shiro répugne à faire du mal à un Asix, sauf le Balafré, qui à l'époque s'appelait encore Itomi Huang.

En me défiant il a proclamé :

— Je choisis les lames-de-sang.

Et à voix si basse que seuls moi-même et l'élève haut gradé qui allait arbitrer l'avons entendu, il a ajouté :

— On va voir comment tu t'en sors maintenant, imbécile d'Asix. Un maître ne peut pas craindre les lames-de-sang.

Le combat a eu lieu, et depuis ce jour, personne ne l'a plus appelé Itomi-adaï, il est devenu le Balafré : au troisième assaut je lui ai ouvert la lèvre supérieure et au quatrième je l'ai blessé au thorax. Ça n'a pas été facile de doser le coup de façon à ne pas le tuer, mais j'y suis arrivé.

Était-il nécessaire de lui infliger une blessure si grave ? Sûr, sinon il ne se serait pas rendu, malgré le sang qui lui coulait de la lèvre sur les pectoraux, jusqu'à imbiber son pantalon. J'ai donc visé le thorax, en ayant bien soin d'éviter le cœur. Personne ne peut continuer un combat avec un trou au poumon : chaque fois qu'on veut respirer, on tousse et on crache du sang. Avant même que l'arbitre ouvre la bouche j'ai baissé mon arme en proclamant à haute voix :

— Je me déclare satisfait. Qu'on appelle une Jestak.

Itomi-adaï était conscient. Je l'ai donc dévisagé en déclarant :

— Je t'autorise à faire soigner la blessure au thorax, mais pas celle à la bouche. Tu parles trop, et sans réfléchir. J'ai décidé de t'apprendre la valeur du silence.

Ç'a été le dernier duel : celui dont cela aurait été le tour de combattre contre moi s'est incliné en disant :

— Lever l'arme contre le maître, ce serait une violation du Sh'ro-enlei.

À tour de rôle, tous les autres ont répété la même phrase : j'étais accepté, et personne ne m'a plus jamais manqué de respect.

J'ai dit sèchement que je voulais rester seul, et ils sont tous partis, me témoignant la plus grande déférence.

Juste à temps.

J'avais blessé un Shiro, un *Shiro* et le dernier élève venait à peine de disparaître que j'ai vomi tripes et boyaux sur le plancher de la salle d'armes.

Bien que j'aie été malade comme un chien, j'ai tout nettoyé et j'ai même frotté le bois avec quelques feuilles de menthe pour effacer l'odeur, après quoi je me suis couché sur ma natte, où j'ai passé la nuit à trembler et à claquer des dents.

Une décade plus tard, Itomi s'est présenté devant moi. Il s'est incliné profondément, comme on le fait devant un supérieur, puis il a demandé, d'une voix qui sifflait par sa lèvre mutilée :

— Que dois-je faire, maître ? Souhaites-tu me confier à une autre Académie ou bien me donnes-tu l'ordre de faire valoir le privilège shiro ?

— Tu es chargé des cours des débutants, ai-je répondu.

Avec Néko et Cormarou, c'était un des meilleurs élèves. Je ne voulais pas que ses compétences soient gaspillées dans ce qu'on appelle privilège et que je considérais à cette époque comme un geste stupide. Et si je l'avais confié à une autre Académie, alors qu'il était adulte, cela aurait conduit à une série de défis ; la charrette des Bur aurait dû venir pour beaucoup de jeunes Shiro.

Les années ont passé. Suvaïdar-adaï est rentrée de l'Extramonde, mais j'ai préféré oublier que j'avais été son frère-de-nourrice et je l'ai évitée. Pour arriver où j'en étais, j'avais livré beaucoup de duels ; je me disais donc qu'il valait mieux me tenir à distance d'elle, parce que moi, Suvaïdar m'avait toujours fichu dans la panade. Et pas que moi. Il ne lui a fallu que deux années pour susciter le plus gros scandale de l'histoire du clan Huang. En fait, elle n'était coupable de rien, son rôle s'est borné à découvrir un crime odieux perpétré par quelqu'un d'autre, mais voilà, ce quelqu'un d'autre, c'était la saz-adaï, la mère honorée du clan, et la honte rejaillissait donc sur tous les Huang, d'autant plus qu'au lieu d'agir avec discrétion, Suvaïdar avait étalé l'histoire au grand jour. Puis il y a eu l'histoire de Rinvar-adaï et après ça elle est devenue un paria dans le clan.

Là, je me suis senti obligé de faire quelque chose, mais quand j'ai parlé à Sergi-adaï, je me suis arrangé pour que ça se passe avec discrétion. Personne n'a su qui avait renseigné la Dame, et c'était bien ainsi. Du moins, c'est ce que je me suis dit à ce moment-là. Avec l'âge, je n'étais pas devenu plus malin.

Entre-temps, j'avais continué à donner mes cours, et jamais plus personne ne m'a défié. Jusqu'à il y a neuf saisons sèches.

Il y a neuf saisons sèches, le Balafré m'a défié pour la deuxième fois. Cela faisait des années que je ne me battais plus dans un vrai duel et bien qu'en tant qu'homme je ne sois pas encore vieux, je le suis comme escrimeur : je ne suis plus aussi rapide que dans le temps. Le Balafré m'a vaincu et est donc devenu le nouveau maître.

J'espère qu'il a bien profité de son titre pendant les dix minutes durant lesquelles il est resté en vie.

Que je sois battu n'était pas du goût d'Eomer Jestak. Pour elle, il était tout à fait secondaire que la faute ait été due à une erreur de ma part et non au Balafré, qui avait profité d'une ouverture comme doit le faire tout bon escrimeur et qui de plus s'était arrangé pour m'écloper au lieu de m'infliger une botte mortelle. Même si les Asix ne lui plaisaient pas trop, il n'en aurait pas été capable.

Eomer Jestak s'est montrée digne de son sobriquet de Néko. C'est sans doute la seule personne jamais confiée à une Académie *avant* les Épreuves de la Majorité. Avec moi elle s'était toujours conduite comme une chienne jalouse de son chiot, regardant de travers toute personne à laquelle elle estimait que je vouais une attention excessive. Elle essayait de toutes les manières de me convaincre de partager la natte avec elle, si bien que la seule manière de la tenir était de la menacer de ne jamais plus accepter une seule de ses invitations.

Je n'étais pas encore sorti de la salle d'armes qu'elle avait déjà lancé un défi au Balafré. Il ne lui a pas suffi de le blesser, oh non, pas elle. Elle l'a tué, en prenant soin de le faire de la manière la plus douloureuse qu'elle connaisse.

Quand les Bur sont venus récupérer ce qui restait de l'ex-maître de la Paix Intérieure, il leur a fallu un balai pour ramasser les intestins, éparpillés tout autour sur deux ou trois mètres carrés. J'ai donc fini par comprendre que les maîtres shiro avaient raison, quand ils veillaient à laisser en vie le moins de temps possible les jeunes confiés à leurs Académies.

Néko aurait dû mourir peu après son arrivée, avant de devenir une escrimeuse éprouvée. Au lieu de ça elle est maintenant une maîtresse, avec fort peu d'élèves, il faut le dire. Il ne lui reste que ceux que les clans ont refusé d'accueillir. Les externes ont préféré changer d'Académie, parce qu'ils ne tiennent pas à connaître de près son fouet. Quand elle est en colère, elle ne s'arrête pas tant qu'elle a encore quelque chose de vivant sous la main. La Paix Intérieure, la meilleure école d'escrime de Gaia, sinon de Ta-Shima, n'existe plus. À la place il n'y a plus qu'une minable arène où la charrette des Bur vient ramasser un cadavre presque chaque décade. L'odeur de sang et de charogne y est aussi poignante que dans un de leurs entrepôts.

À qui la faute? À moi et à personne d'autre, à un stupide Asix qui s'est entêté à garder en vie ceux qui, pour le bien de l'espèce, auraient dû fournir les protéines dont les chiens de berger ont besoin.

Après qu'on m'eut soigné à la Maison de la Vie, je suis passé chercher mes armes personnelles. La nouvelle maîtresse m'a demandé de rester, mais je ne me sentais aucun désir d'être son élève. Quand elle l'a compris, elle été jusqu'à m'offrir de me rendre mon titre. Je n'ai pas voulu. Le mériter était une chose, le lui devoir c'en était une autre.

J'ai donc réintégré la maison de mon clan et j'ai demandé à la première Asix que j'ai rencontrée où était la conseillère, pour lui annoncer mon arrivée et me faire attribuer une chambre. J'ai alors découvert que le discours que j'avais tenu au conseiller de la Sadaï avait fait son effet. Il y avait eu un nouveau scandale chez les Huang. Cela commençait à devenir une habitude. Les principaux dirigeants du clan avaient été envoyés à Nova Estia, où ils pourraient se rendre utiles dans la mine, et les seuls responsables présents dans la maison étaient Doran Huang et Suvaïdar-adaï, qui était devenue de nouveau *persona grata*, et même très *grata* : la Sadaï l'avait remerciée en plein Conseil, parce que pour une fois ses manigances avaient donné un résultat utile. Tout le monde a appris qu'elle avait obtenu que l'ambassadeur des Extramondins envoie dans son monde un rapport destiné à décourager les barbares qui voulaient s'emparer du nôtre.

Dire qu'ils voulaient s'en emparer, c'est peut-être exagéré, mais certains d'entre eux avaient demandé l'autorisation de s'établir en dehors de l'enclave qui leur est attribuée, de l'autre côté du pont de Niasau. Ils seraient venus avec leurs absurdes temples et leurs magasins dans lesquels ils vendent à des prix faramineux des tas de choses futiles, pis, inutiles. Ils sont comme une de ces maladies infectieuses qui existaient avant notre arrivée sur ce monde. Ces maladies se propageaient sournoisement, si bien qu'avant que les dames Jestak de l'époque (je suppose qu'il y en avait déjà, sinon comment nos ancêtres seraient-ils restés en vie ?) comprennent ce qui se passait, plein de gens s'étaient chopé une infection qui les empêchait de travailler et de se rendre utiles au clan.

Je veux dire que ça n'a l'air de rien, un commerçant avec un étal au marché de Gaia, en train d'essayer de vendre ce que personne ne veut acheter, mais deux, trois ou dix commerçants ? Un Asix jeune et stupide pourrait se dire que ça vaut la peine de troquer de la nourriture, nécessaire à la survie de tout le monde, contre des babioles inutiles, avec lesquelles il ferait l'intéressant à une Fête des Trois Lunes. Une chose en entraînerait une autre…

Et après s'être installés, les commerçants pourraient vouloir une autre ambassade de ce côté-ci du pont (jamais compris à quoi ça sert, une ambassade, mais les étrangers semblent y tenir beaucoup), et pourquoi pas des médecins pour les soigner ? Chez eux les médecins sont souvent des hommes, ce qui prouve, si besoin était, qu'ils ne sont que des barbares.

Ensuite, l'un d'entre eux pourrait avoir l'idée de faire venir dans notre monde leurs femelles, et avant qu'on se rende compte de ce qui arrive, ils commenceraient à élever des petits, avec leurs systèmes contre nature. Des parents biologiques qui s'occupent personnellement de leur progéniture ! On peut imaginer les résultats. Et ces petits barbares, élevés en dépit du bon sens, finiraient par jouer avec nos enfants, et les jeunes enfants sont influençables.

Bon ! je reprends le fil de mon discours : jusqu'à ce qu'on organise les élections pour désigner la nouvelle saz-adaï, en dehors de Doran Huang, qui ne s'est jamais occupée d'autre chose que d'escrime, Suvaïdar était la seule responsable du clan encore en vie (une personne envoyée dans la mine, qui n'a plus le tatouage clanique pour la protéger, est en vie, si l'on veut, mais seulement en théorie. Qu'elle le sache ou non, elle est déjà morte, même si elle marche encore). Tous ceux qui, pendant des années, l'avaient traitée comme s'ils ne la voyaient pas faisaient maintenant la queue devant sa chambre et l'entouraient dès qu'elle était aux bains ou à table.

J'ai frappé à sa porte ; elle a réussi à me toiser de haut en bas, bien qu'elle soit assise et moi debout.

En guise de salutation, elle m'a lancé :

— Toi aussi !

Elle croyait que moi aussi je l'avais évitée parce qu'elle était en disgrâce et que je venais maintenant pour lui cirer les bottes.

J'aurais peut-être dû lui raconter ce que j'avais fait pour elle, mais son accueil m'avait intimidé au point que je n'ai pu que répondre, en bégayant lamentablement comme quand j'étais jeune homme :

— Excuse-moi, ma dame, je voulais juste demander que l'on m'attribue une chambre dans la maison du clan. Je ne suis plus le maître de la Paix Intérieure et je me fais trop vieux pour les cabanes provisoires.

— Tu pourras prendre la mienne. Elle sera libre à partir de demain. Autre chose ?

— Non, ma dame, ai-je répondu, et il ne m'est même pas venu à l'esprit de me poser la question, de me la poser à moi-même, parce que après avoir vu son expression, ou plutôt sa complète absence d'expression, *à elle* je n'aurais certes pas osé poser de questions... Qu'est-ce que je disais ? Ah oui ! la question de comment il se faisait que la seule responsable présente du clan s'en aille, et à titre définitif, puisqu'elle n'avait plus besoin de sa chambre.

— Toujours protéger nos Asix, a-t-elle marmonné entre ses dents. À n'importe quel prix.

Pourquoi me racontait-elle quelque chose que tout le monde sait ? Puis elle a changé de sujet, je veux dire que sur le moment il m'a semblé qu'il s'agissait d'autre chose, mais il y avait un rapport, c'est juste que je suis un peu lent ; il m'a fallu quelques jours de réflexion pour nouer tous les fils.

— Rasser avait besoin d'être guidé ; à la fin, il lui arrivait même de me demander directement conseil. Soener, lui, s'en sort très bien tout seul.

Je ne savais ni qui était ce Soener ni quels étaient ses rapports avec nous. Je me suis dandiné, en me demandant si elle attendait une réponse, et dans l'affirmative ce que je pouvais bien lui dire. Je venais de décider qu'elle était en train de se parler à elle-même, quand elle m'a regardé droit dans les yeux, et cette fois sa voix était haute et claire.

— J'ai fait tout ce que je pouvais, ne crois-tu pas ? m'a-t-elle demandé.

Qu'est-ce que j'en savais, moi ? Je ne suis qu'un Asix, comment pourrais-je être au courant de ce que doit accomplir une dame Shiro, qui plus est une conseillère ?

— Sans doute, ma dame, ai-je répondu.

—Alors je peux m'arrêter là.

Elle aurait dû être satisfaite, mais elle n'en avait pas l'air. Enfin, les Shiro ne montrent jamais leurs sentiments, mais Lara avait été ma petite sœur de lait, et je la connaissais très bien. J'aurais juré qu'elle était triste.

Je me suis alors incliné pour prendre congé, ne recevant en retour qu'un signe distrait. Elle regardait quelqu'un derrière moi, à qui elle a dit :

—Je t'attendais.

C'était Oda Huang, qui arrivait tout souriant, mais quelque chose a effacé son sourire.

Je me suis rendu à la salle commune pour renouer connaissance avec les membres du clan. J'étais de repos pour trois jours. Après que le sabre du Balafré avait sectionné mon tendon d'Achille, on avait dû m'en transplanter un nouveau, qui n'était pas encore bien solide. Du coup je boitais pas mal. Je me suis assis, un verre de vin à la main, et j'ai passé un bout de temps à bavarder avec tous les Asix qui passaient, et aussi avec quelques Shiro, mais entre-temps mon subconscient continuait à se demander où devait aller Suvaïdar-adaï – et ce que voulaient dire ses remarques sibyllines. Ce n'est que quand j'ai entendu le bruit de la charrette et que j'ai vu les deux Shiro Bur que j'ai compris. Je ne suis pas très intelligent, n'est-ce pas ? J'aurais dû comprendre plus tôt.

Pourquoi faire ça alors que les choses s'arrangeaient pour elle, je ne suis toujours pas sûr de l'avoir compris et je ne crois pas que quelqu'un le sache, mais le privilège shiro est un droit. Personne, aucun Shiro je veux dire, n'aurait l'idée de contester pareille décision ou d'en être peiné. Elle avait fait son devoir pour l'espèce, non ? Nous, les Asix, on a été désolés, mais c'est normal. Si les Shiro, avant de se massacrer l'un l'autre dans des duels inutiles, se mettaient à prendre en ligne de compte les états d'âme des Asix, on pourrait tout aussi bien fermer les Académies.

J'ai été obligé de prendre sa chambre, qui pendant des décades est restée imprégnée de l'odeur de sa peau shiro. Suvaïdar-adaï avait un sens de l'ironie assez particulier. Par exemple, elle a demandé à Oda Huang de l'assister quand elle a fait valoir le privilège. C'était un grand honneur, auquel il ne pouvait pas se soustraire, mais je me demande si ça lui a plu, de lui couper la gorge. Pendant des années il s'était attiré pas mal de coups d'œil ironiques, tellement il se démenait pour lui arracher une invitation à partager la natte.

Elle avait trouvé la manière de porter une botte à ceux qu'elle avait considérés comme des amis et qui lui avaient tourné le dos, comme tous les autres : le seigneur Oda et un imbécile d'Asix, qui avait été son frère-de-nourrice. En ce qui me concerne, elle a réussi à entrer dans ma garde et la botte a porté ; pour l'honoré seigneur, par contre, je ne peux rien affirmer. Depuis tout petit, son autocontrôle shiro est parfait. Il se tient tellement raide qu'on dirait qu'il a avalé son sabre.

Trois lunes brillent dans le ciel et le reflet de la quatrième commence à miroiter à l'horizon. Je suis en marche pour l'enclave étrangère, moi qui n'ai jamais encore passé le pont de Niasau. J'avais vu les barbares, ça oui, parce que quand, il y a plus de trente saisons sèches, leur astronef d'exploration a atterri, j'étais là. Je n'ai pas jugé utile d'aller les reluquer de plus près.

Voilà, j'ai passé le pont. Ici ce doit être le quartier où vivent les Asix qui travaillent pour les Extramondins : les maisons sont normales et les rues sombres, alors que plus loin brille une lumière vive. On me l'avait dit, que les barbares gaspillent une précieuse énergie pour illuminer les rues, et c'est vrai ! Qui a jamais entendu pareille absurdité ? Si quelqu'un doit impérativement se balader la nuit (et je ne vois vraiment pas qui devrait le faire, à part une doctoresse Jestak, appelée pour un cas urgent) il n'a qu'à prendre une branche résineuse et l'allumer. De plus, c'est une Nuit des Quatre Lunes et personne n'aurait besoin d'une torche, même pas un seigneur shiro, dont la vue n'est pas perçante comme la nôtre.

Ils sont là ! Il y en a tout un troupeau debout près des falaises. Mais que font-ils ? Ils regardent la mer, où il n'y a rien que des vagues, en caquetant comme des poules. On ne dirait pas qu'ils sont dangereux, et pourtant s'ils n'avaient pas été là, cette fameuse fois, il y a longtemps, Suvaïdar aurait subi la punition qu'elle avait méritée, avec pour seule conséquence qu'elle aurait dû dormir à plat ventre pendant une ou deux semaines, jusqu'à ce que se referment les blessures que le fouet de la saz-adaï lui aurait laissées sur le dos. Au lieu de ça, elle s'est enfuie en Extramonde, où elle a changé au point de ne plus être en mesure de vivre avec des gens normaux.

Si les choses étaient comme elles devraient l'être, cette nuit je serais en train de fêter avec elle. Après tout, elle m'avait donné rendez-vous pour la prochaine Fête des Quatre Lunes, bien qu'en vingt-six saisons sèches elle l'ait probablement oublié.

Moi pas.

Et donc je ferai la fête avec les barbares, mais je ne suis pas sûr qu'ils apprécieront. Cette nuit je vais expliquer, à ma manière, aux mangeurs de cadavres que les Asix ne sont pas uniquement des gens forts comme des taureaux, capables de faire les travaux les plus durs, mais qu'ils peuvent être dangereux et imprévisibles.

Les Shiro sont convaincus que les Asix n'aiment pas voir couler le sang. Sans doute, un autre Asix aurait des difficultés à exécuter la tâche que je me suis imposée. Quand c'est nécessaire pour le bien du clan ou de Ta-Shima, nous pouvons faire des choses qui répugnent à notre nature, même si ce n'est pas facile. Mais moi, je n'aurai aucun problème, je le sais.

Je suppose que c'est vrai que je ne suis pas un Asix normal, que ce soit à cause de ma naissance irrégulière ou de la vie que j'ai menée. Cette nuit, je ferai mon devoir pour l'espèce. Je n'ai pas pu le faire de la manière traditionnelle, en aidant à peupler le monde, parce que je porte la bande noire. Mais pour le reste, j'ai toujours exécuté scrupuleusement les ordres et j'ai travaillé au mieux de mes forces.

Puis je suis devenu maître, et j'ai eu l'impression que j'étais vraiment utile à Ta-Shima. J'ai eu tort, sans doute. Je croyais que réussir à garder en vie les jeunes confiés à l'Académie était une bonne chose. En deux occasions il est arrivé que les clans en accueillent de nouveau un et que les Jestak lui assignent un certain nombre d'enfants, et je me suis senti important. Cela n'est arrivé que deux fois pendant toutes ces années. De plus, dans les deux cas, les Jestak, prudentes, n'ont autorisé la conception que d'un Shiro et d'un halb, c'est-à-dire un demi-Asix. J'étais quand même fier de moi.

Mais maintenant ? Il n'est pas correct qu'une personne qui arbore sur le biceps un tatouage de maître passe ses journées à bêcher le potager. J'avais droit au privilège moi aussi, bien que je ne sois pas shiro ! Mais si même le Balafré, qui détestait les Asix, a évité de me tuer, à quel Shiro pourrais-je demander de faire le nécessaire ? Un autre Asix, n'en parlons pas : il n'aurait qu'à essayer de lever le couteau sur moi pour tomber par terre, en proie aux convulsions. Il fallait donc que je cherche une solution à mon problème, et je l'ai trouvée.

Maintenant je jette un cri, pour les déconcerter et leur faire peur, et puis, à l'attaque !

Qu'ils sont faciles à tuer ces barbares ineptes ! Ils ne se tiennent pas en garde et sont incapables de réagir rapidement. Je peux comprendre que les premiers ne se soient pas défendus, je les ai pris par surprise, mais les autres ? Au lieu de se battre, ils sont restés là, à brailler comme des enfants de deux saisons sèches. Il n'y en a plus ici ; je vais suivre la rue principale, je trouverai d'autres mangeurs de cadavres.

Aaah, barbares, vous avez peur de moi ? Vous avez raison, parce que je suis Tarr Huang, le premier maître asix de l'histoire de Ta-Shima, Tarr Huang qui est devenu trop orgueilleux pour servir le clan en transportant du fumier, Tarr Huang qui cette nuit œuvre pour le bien de toute l'espèce, comme quand il apprenait son art à des jeunes de tous les clans, qui se pressaient aux portes de la Paix Intérieure.

Ce n'est pas là un discours d'Asix ? Qui l'affirme ? Est-ce qu'un seigneur shiro s'est jamais préoccupé de ce qui passe par la tête d'un Asix qui s'incline avec un « oui seigneur » soumis ?

Encore un, et encore un autre. Ils ne sont même pas capables de s'enfuir, ils ne font que se gêner l'un l'autre, de sorte qu'il en reste toujours un à portée de mon sabre. Ah ! voilà qu'arrivent leurs soldats, ceux qui ont des armes qui tuent de loin. Méthode de barbares lâches et sans honneur. Je dois me dépêcher, il ne me reste plus beaucoup de temps. Que les autres fêtent les lunes de la manière traditionnelle, personne ne passe une meilleure fête que moi. Je suis heureux, heureux, heur…

Chapitre 27

Suivre les traces de Tarr n'était pas difficile : il avait laissé derrière lui une jonchée de cadavres. Il était arrivé à la porte de l'ambassade quand on parvint finalement à l'arrêter, ce qui nécessita trois soldats, armés de pistolets laser et de fusils à plasma.

Un soldat retourna sur le dos le corps sans vie de l'Asix.

— Mais ce n'est qu'un vieillard ! Comment a-t-il pu continuer à marcher avec des blessures pareilles ?

— Moi, ce que je voudrais savoir, c'est ce qui lui a pris. Est-il devenu fou ?

— On ne comprend jamais ce qui leur passe par la tête, ils sont à peine plus que des animaux. Il est peut-être devenu enragé, ça arrive aux chiens, non ?

— C'était une crise d'amok, déclara une voix glaciale.

Un Shiro arrivait sur les lieux, sans se hâter. Tandis qu'il enjambait un dernier corps sans vie, son visage restait absolument inexpressif.

— Je vais faire enlever le cadavre de l'Asix. Ne touche pas à ce sabre, soldat ! Je considérerais comme une offense grave qu'un étranger y pose la main et, comme tu l'as peut-être entendu dire, nous, les Shiro, nous sommes plutôt pointilleux en ce qui concerne notre honneur.

Il parlait un universel impeccable, presque sans accent. C'était donc par arrogance, et non par méconnaissance de la forme de courtoisie, qu'il employait le tutoiement. Ébranlés par le spectacle, les soldats ne protestèrent pas, mais celui qui avait tendu la main vers le sabre demanda :

— Qu'est-ce qui s'est passé au juste ? L'ambassadeur, M. Soener, a toujours prétendu que les Asix sont inoffensifs.

—C'est vrai – en général. Mais ils souffrent de temps en temps de ces crises, que nous appelons amok. Ils peuvent devenir dangereux quand on ne sait pas comment les traiter. Ce n'est pas la peine de me dévisager bouche bée, ajouta-t-il d'un ton impérieux. Vous seriez mieux inspirés d'aller calmer vos compatriotes qui sont en train de piailler comme une bande de poules. Il n'y a plus aucun danger.

Soener le surprit en train de nettoyer soigneusement sur les vêtements d'un cadavre le sabre qui avait appartenu à un maître légendaire, puis à un maître connu et respecté, sur le point d'entrer lui aussi dans la légende.

—Qu'est-il arrivé, Shiro-adaï? s'enquit-il en gorin.

Puis, avisant un des corps, affalé sur le sol du hall d'entrée, il s'écria en universel:

—Oh dieux! mais c'est la pauvre dame qui était venue ici pour rechercher son mari! Mais… vous n'êtes pas Johnson to Yamamoto Shiro-adaï, le monsieur qui avait épousé…? Non, c'est impossible, vous êtes beaucoup plus jeune.

C'était à peu de chose près ce qu'avait dit juste auparavant la Tête-de-Paille. Mais elle n'avait pas eu de doutes: après tout, elle avait eu son mari sous les yeux pendant des années. Hagarde, elle avait piaillé:

—Toi! Ce n'est pas possible, tu n'as pas vieilli d'un jour! C'est donc vrai, ce qu'affirmait Sa Révérence l'Archidiacre. Dans votre monde vous avez recours à des pratiques perverses, abominables aux yeux des dieux et contraires à la loi des hommes. Sinon, comment aurais-tu pu rester inchangé après plus de dix ans? Il me tarde d'en faire état à qui de droit sur Neudachren!

Un escrimeur doit avoir des réflexes rapides. Les soldats venaient de lui tourner le dos, mais on entendait des pas pressés qui approchaient derrière une porte. Il ne serait seul avec elle que pendant quelques secondes, mais cela suffisait. D'un geste souple, d'une rare élégance, il fit mouliner le sabre qu'il avait ôté des mains de Tarr. La tête blonde d'Arsel roula au loin tandis que son corps s'affaissait avec un jet de sang qui aspergea la porte. Il eut encore le temps de le déplacer du bout du pied, pour qu'il ne recouvre pas celui de Tarr. L'Asix avait fait au moins vingt victimes. Quel soldat se rappellerait que ce cadavre en particulier n'était pas là quelques minutes plus tôt? Les étrangers perdaient toujours la tête en situation de stress.

Il lança un regard glacial à Soener, qui recula.

— Bien que mon nom ne te regarde pas, étranger, apprends que je suis maître Dassoi-te. As-tu déjà entendu parler de moi ?

» J'attends tes excuses, barbare. Ta supposition m'offense. Marié, moi ? Les Ta-Shimoda ne suivent pas vos usages dégénérés.

* * *

Ce fut une nuit satisfaisante, après tout, méditait le maître d'escrime du clan Huang en rentrant chez lui.

La mort d'un Asix ne pouvait être qu'un événement pénible, mais quelqu'un qui avait choisi la voie du sabre, devenant l'un des plus grands maîtres de Gaia, méritait de parcourir cette voie jusqu'à sa fin logique : affronter la mort son arme à la main.

C'était juste et honorable.

Il s'en était fallu de peu pour que la femelle extramondine ne réduise à néant tous les efforts accomplis par Suvaïdar-adaï (sans parler des sacrifices que lui-même avait consentis) pour obtenir que l'ambassadeur transmette un rapport qui leur garantissait un répit. La mort de Tarr aussi aurait été inutile.

Ce qui se passait entre Ta-Shima et la toute-puissante Fédération ne pouvait pas être considéré comme un duel, car dans un duel les deux adversaires possèdent des armes équivalentes. D'une certaine façon, toutefois, cela s'apparentait à une passe d'armes, toute en feintes et en parades. C'était une danse mortelle ; un seul faux pas pourrait signifier la fin de leur monde ou du moins de leur mode d'existence, ce qui revenait au même pour tout Shiro qui se respecte, et probablement aussi pour la plupart des Asix.

Ils ne pourraient sans doute pas échapper définitivement à la menace qui pesait sur eux. De cela Rinvar en était convaincu, lui qui avait eu un aperçu de la puissance, de la richesse et des moyens dont disposait la seule Neudachren. Mais pour le moment – un moment qui allait durer quelques années, ou si le sort leur souriait quelques décennies – ils avaient écarté le danger d'une invasion, tant militaire que pacifique.

Si la Tête-de-Paille l'avait démasqué une demi-minute plus tôt, en présence des soldats, il n'aurait rien pu faire. Si cela s'était produit devant Soener, il aurait été obligé de le tuer lui aussi. Il fallait donc remercier la chance – mais aussi la capacité à réagir au quart de tour d'un maître d'escrime, qui avait exercé ses réflexes depuis qu'il avait encore la coupe de cheveux de l'enfance.

Quelque chose cependant le dérangeait : couper la tête de la femelle extramondine, cela avait été pour lui un vrai moment de bonheur. Or, l'Académie recommande de tuer avec sérénité, sans colère ni passion.

Mais il décida de s'absoudre de cette faute : c'était là une règle qui avait été édictée du temps où les vrais êtres humains foulaient seuls le sol du Haut Plateau. Il estimait en toute honnêteté pouvoir s'autoriser une exception vis-à-vis des étrangers.

Il leva le regard vers le ciel serein, illuminé par quatre lunes. Après avoir déposé le sabre de Tarr en salle d'armes, il allait rincer le sang dont ses mains étaient souillées.

S'il se dépêchait un peu, il aurait encore le temps de rejoindre les feux de camp avant que tous les Asix trouvent un compagnon pour la nuit.

Glossaire

-ADAÏ : suffixe de courtoisie, utilisé pour s'adresser à un supérieur ou à un pair ; littéralement : « honoré(e) ».

ADAMÉ : je suis honoré(e).

AMOK : crise de folie dont peuvent être victimes les Asix quand ils se trouvent confrontés à une situation sans issue. L'Asix qui en est frappé court droit devant soi, en détruisant tout ce qu'il rencontre. Sa force le rend dangereux pour ses congénères ou pour les animaux domestiques, toutefois un ordre d'un Shiro suffit pour mettre un terme à une crise d'amok.

ASIX : une des deux races de Ta-Shima.

AY : mot utilisé par un inférieur qui s'adresse à un supérieur ; signifie « oui », mais c'est aussi une façon de présenter ses excuses.

CHAMPIGNON : végétal saprophyte qui se défend en émettant un nuage de spores hallucinogènes.

COHEY : sœur/frère cadet (familier).

COHEY-ADAÏ : sœur/frère cadet (usage courant).

CORMAROU : plante indigène. Les feuilles contiennent un puissant alcaloïde et leur jus est un poison mortel ; les spores provoquent une dermatite prurigineuse.

COROSAÏ : chaîne montagneuse qui marque la frontière nord du Haut Plateau (la partie habitée de Ta-Shima).

Corosaï-no-goï : au-delà du Corosaï, c'est-à-dire toute la partie non habitée de la planète, presque complètement *terra incognita*. Nom donné au fleuve qui coule immédiatement derrière la chaîne montagneuse.

Daïban : plante indigène aux feuilles comestibles ; les fibres servent à la fabrication de cordes, bottes et sandales ; les graines sont aphrodisiaques.

Flobel : chose superflue, donc inutile, et en conséquence inconvenante.

Fototex : tissu métallisé et chatoyant.

Gorin : langue courante.

Haute langue : langue tonale. Les Asix la comprennent, mais ils sont incapables de la prononcer. Utilisée presque uniquement entre Shiro et seulement pour souligner ce que l'on dit.

Haï : exclamation qui exprime le mépris. C'est ce qui s'approche le plus d'un mot grossier en gorin

Mox : animal herbivore.

Néko : animal (prédateur) qui se sert d'un poison neurotoxique pour paralyser sa proie, qu'il dévore ensuite vivante.

O-hedaï : contraction honorifique de ohey-adaï (sœur/frère aîné).

Ohey-adaï : sœur/frère aîné (usage courant).

Ohey : sœur/frère aîné (familier).

Privilège shiro : suicide rituel.

Reyo : animal (prédateur).

Sadaï : la femme qui gouverne Ta-Shima ; contraction honorifique de saz-adaï.

Saz, sazdo : mère, père.

Saz-adaï : mère honorée. Employé pour s'adresser à sa mère biologique ou pour désigner la femme qui dirige un clan.

Sazdo-adaï : père honoré. Employé pour s'adresser à son père biologique ou pour désigner l'homme qui dirige un clan.

Scorophon : animal (prédateur).

Séran : chaussures extramondines : plates-formes soutenues par trois plaquettes hautes de vingt centimètres ou plus.

Sei-hey : Shiro qui ont passé ensemble les Épreuves de la Majorité.

Sei-nin : être humain.

Sfarix : plante indigène de Ta-Shima contenant un puissant alcaloïde.

Shiro : une des deux races de Ta-Shima.

Sh'ro-enlei : contraction honorifique de Shiro no yenlei. On peut le traduire par code shiro ou bien par honneur shiro ; pour les Ta-Shimoda les deux idées coïncident.

Tica : animal (prédateur).

BRAGELONNE, C'EST AUSSI LE CLUB :

Pour recevoir la lettre de Bragelonne annonçant nos parutions et participer à des rencontres exclusives avec les auteurs et les illustrateurs, rien de plus facile !

Faites-nous parvenir vos noms et coordonnées complètes, ainsi que votre date de naissance, à l'adresse suivante :

**Bragelonne
35, rue de la Bienfaisance
75008 Paris**

club@bragelonne.fr

Venez aussi visiter notre site Internet :
http://www.bragelonne.fr
Vous y trouverez toutes les nouveautés, les couvertures, les biographies des auteurs et des illustrateurs, et même des textes inédits, des interviews, des liens vers d'autres sites de Fantasy et de SF, un forum et bien d'autres surprises !

Aubin Imprimeur
LIGUGÉ, POITIERS

Achevé d'imprimer en septembre 2008
N° d'impression L 72434
Dépôt légal, septembre 2008
Imprimé en France
35294220-1